WU MING

DIE ARMEE DER SCHLAFWANDLER

WU MING

Seit 1994 trat unter dem Phantomnamen Luther Blissett eine Gruppe subkultureller Aktivisten aus Bologna auf, die nach zahlreichen spektakulären Aktionen im Stile der Kommunikationsguerilla ihr Tätigkeitsfeld auf die Literatur verlegten. Mit ihrem Reformationsepos »Q« (dt. Neuausgabe bei Assoziation A, Februar 2016) gelang ihnen ein Überraschungserfolg. Der »theologische Thriller« wurde in zahlreiche Sprachen übersetzt und avancierte zum internationalen Bestseller.

Anschließend setzten die Autoren ihre Arbeit unter dem Namen »Wu Ming« fort. Seitdem hat das Kollektiv mehrere Romane veröffentlicht, denen gemein ist, die offizielle Geschichte gegen den Strich zu bürsten, um gegen das Kontinuum der Herrschaft Räume der Utopie zu öffnen. Im Februar 2015 erschien auf Deutsch ihr Roman »54«. In der Folge erschienen ebenfalls in deutscher Erstausgabe bei Assoziation A »Altai«, der historisch und thematisch an »Q« anschließt, der Partisanenroman »Kriegsbeile« sowie »Manituana«.

WU MING

DIE ARMEE DER SCHLAFWANDLER

Roman

Aus dem Italienischen
von Klaus-Peter Arnold

ASSOZIATION A

Originaltitel:
L'Armata dei Sonnambuli

Questo libro è stato tradotto grazie ad un contributo del Ministero
degli Affari Esteri e della Cooperazione Internazionale Italiano.
Die Übersetzung dieses Buches ist dank einer Förderung des italienischen Ministeriums
für auswärtige Angelegenheiten und internationale Kooperation entstanden.

Wu Ming's books are printed on eco-sustainable Cyclus Offset. Should there be
any problems or delays in supply, only paper approved by the Forest Stewardship
Council and not obtained from the destruction of ancient forests is used.

FSC www.fsc.org
MIX
Papier aus verantwortungsvollen Quellen
FSC® C083411

Assoziation A, Gneisenaustraße 2a, 10961 Berlin
www.assoziation-a.de, berlin@assoziation-a.de, hamburg@assoziation-a.de
Gestaltung: Andreas Homann
Druck: CPI
ISBN 978-3-86241-474-1

INHALT

OUVERTÜRE ___ *7*

ERSTER AKT: ZUCKER UND FREIHEIT ___ *27*

ZWEITER AKT: DAS GROSSE ANDERSWO ___ *181*

DRITTER AKT: TERROR ___ *387*

VIERTER AKT: THERMIDOR ___ *487*

EPILOG ___ *641*

Wollt ihr also, dass mein Körper spricht? Er wird es tun, und ich verspreche euch, dass die Antworten, die er euch geben wird, mehr Wahrheit enthalten, als ihr euch vorstellen könnt. Gewiss nicht, weil mein Körper mehr wüsste als ihr, sondern weil in euren Befehlen etwas steckt, das ihr nicht aussprecht, das ich aber gut verstehe, eine Art unausgesprochener Befehl, auf den mein Körper reagieren wird.

Ich werde auf das hören, was du nicht aussprichst und ich werde dir gehorchen und dir Symptome liefern, in denen du die Wahrheit erkennen musst (gezwungen sein wirst), denn sie werden auf die nicht ausgesprochenen Befehle antworten, ohne dass du es weißt [...]. Mehr oder weniger in diesen Begriffen bewegt sich der Diskurs über die Hysterie.

MICHEL FOUCAULT

Es waren Martern aller Art, Folter, Scheiterhaufen, Galgen; sie haben uns grausame Gewohnheiten anerzogen. Die Herrschenden, anstatt uns zu erziehen, haben uns so grausam werden lassen, weil sie so sind. Jetzt ernten sie die Früchte.

GRACCHUS BABEUF

OUVERTÜRE

21. Januar 1793

1.

Die morgendliche Kälte hatte die vom Saufen aufgetriebenen Knollen rot gefärbt, die breiten, fleischigen Zinken, krumm wie die Schnäbel von Raubvögeln, platt und schief geprügelt im Kampf ums Vaterland, nach einem Gelage zu Ehren Bacchus' oder bei einer Balgerei nach Art des Pöbels, um einen Knochen, ein Geldstück oder eine Fotze; manchmal fehlte sie, abgetrennt vom ungeschickten Hieb eines Geldeintreibers oder eines Mordbuben.

Nasen haben die merkwürdigsten Formen, dachte der Mann in Schwarz und verbarg die eigene hinter dem hochgeschlagenen Jackenkragen und einem Wollschal, während er sich unter Einsatz der Ellenbogen durch die Menge schob, die sich am Boulevard de Bonne Nouvelle versammelt hatte. Er suchte nach vertrauten Gesichtern, aber alles was er sah, war diese endlos lange Reihe von Nasen, die alle in dieselbe Richtung zeigten, in die, aus der die Kutsche kommen musste.

Des Volkes Nasen widerten ihn an. Diese deformierten, mit Malen und Warzen bedeckten, vor Kälte triefenden Organe waren anatomische Merkmale ungezähmter Kreaturen der Frühzeit, die ausschließlich dazu taugten, den Gestank der Elendsviertel zu erschnüffeln.

Nichts charakterisierte den Pariser Pöbel überzeugender als diese Nasenparade.

Man sollte die Stadt Nasonia nennen! Jetzt, da die Welt Kopf stand und alles möglich war und man die Namen der Kalendermonate änderte, konnte man auch den Namen der Stadt ändern.

Um das zu verhindern, war er hier, und dafür setzte er sein Leben aufs Spiel. Er wartete auf das verabredete Zeichen, und auf der Suche nach bekannten Gesichtern beobachtete er vom Straßenrand aus aufmerksam die Menge. Bei einer stämmigen, nachtblau gekleideten Gestalt blieb er stehen.

»Niemand zu sehen, nur die da drüben, irgendwas ist schiefgegangen«, sagte der Schwarze und zeigte auf drei Männer, die auf der anderen Straßenseite in der Menge standen. Unter Dreispitzen quollen blonde und graue Haare hervor, der Dritte, ersichtlich der Älteste, war anscheinend kahl.

»Trotzdem müssen wir handeln«, sagte der andere.

»Zu fünft?«

»Vielleicht haben wir sie bei dem Nebel nicht gesehen.«

»Ja, vielleicht! Aber ›vielleicht‹ genügt nicht!«

»Es gibt keine andere Möglichkeit.«

»Der Plan ist aufgeflogen. Warum sollen wir uns sinnlos abschlachten lassen?«

»Wir haben ein Ziel. Wenn das Volk ...«

»Das Volk!«, murmelte der Schwarze mit unterdrücktem Zorn. »Der revolutionäre Pöbel fiebert dem Schlachtfest entgegen. Ihr wart ein Jahr lang weit weg von Paris. Die Stadt hat völlig den Verstand verloren.«

»Ein paar loyale Untertanen wird es schon noch geben ...«

»Vielleicht. Aber sind die bereit, sich für uns zu opfern?«

»Nicht für uns, sie opfern sich für Seine Majestät.«

»Wir sind zu wenige.«

»Was wollt Ihr also tun? Wollt Ihr zulassen, dass sie den König von Frankreich köpfen, ohne auch nur einen Finger zu rühren?«, fragte der Baron.

Der Schwarze schwieg. Anschwellender Lärm und Trommeln übertönten inzwischen alle anderen Geräusche. Am Ende der Straße tauchte der Konvoi auf.

Die Kutsche war noch hundert Schritt entfernt, als der Baron aus der Menge trat und seinen Säbel unter dem Mantel hervorzog. Der Schwarze folgte ihm und auf sein Zeichen traten auch die drei auf der anderen Straßenseite vor.

Der Baron hob die Waffe: »Volk von Frankreich! Mit uns, wer den König retten will!«

»Rettet den König!«, wiederholten der Blonde, der Graue und der Kahle.

»Rettet den König!«, schrie der Schwarze und blickte sich gehetzt um.

2.

»Ruhe und Besonnenheit wahren!« stand auf einem Plakat an der Mauer. Ein Blatt gleich daneben forderte: »Frauen bleiben zu Hause!«

Orphée d'Amblanc hielt den Freiwilligen, die ihm den Weg versperrten, seinen Bürgerausweis entgegen. Sie trugen Kärtchen am Jackenaufschlag, die sie als Angehörige der Ordnungskräfte auswiesen. Jede der achtundvierzig Pariser Sektionen hatte heute mehr als zweihundert Mann geschickt, die mit der Muskete auf der Schulter und sechzehn Patronen in der Tasche Dienst taten. Als Arzt war D'Amblanc von diesem Dienst freigestellt, und angesichts der Ruhe, die in der Stadt herrschte, fragte er sich, ob ein solches Aufgebot nötig war. Die Zeitungen priesen »die prosaische Würde des souveränen Volkes in Ausübung seiner Macht«, aber niemand konnte wissen, was geschehen würde, wenn statt der achtzigtausend nur die Hälfte im Einsatz wäre. D'Amblanc neigte zu der Ansicht, der monarchische Virus werde sich nicht weiter ausbreiten. Der Prozess, die geheimen Machenschaften und die Fluchtversuche hatten dem König den letzten Rest von Unantastbarkeit geraubt. Louis Capet war ein Bürger der Republik, der sich einer Reihe von Delikten schuldig gemacht hatte, und als solcher wurde er hingerichtet. »Auch die Herrschaft untersteht dem Recht.« Dieser Satz Saint-Justs war in allen Schänken zum geflügelten Wort geworden.

Freudige Erwartung, aber auch Skepsis hingen in der Luft. Die Versammlung der Sektionen tagte permanent, Freiwillige standen unter Waffen, die Frauen waren zu Hause, die Geschäfte geschlossen und Tausende Bürger hatten sich bereits unter der Guillotine versammelt; einfache Passanten waren kaum zu sehen. Auf den Gesichtern las D'Amblanc dieselben Gefühle, die ihn selbst umtrieben. Schon beim ersten Morgengrauen hatte ihn der Lärm der Trommeln, Glocken und Kanonen geweckt, und seitdem erklang die Symphonie des großen Ereignisses pausenlos und wurde abwechselnd vom Traben der Kavallerie, vom Marschieren der Truppen und vom Rollen der Militärwagen begleitet.

Er blickte auf seine Taschenuhr. Um Punkt zehn musste er an die Tür Frau Girards klopfen, die Magnettherapie duldete keinen Aufschub.

Eine halbe Stunde später würde der Henker von Paris der Menge den Kopf des Bürgers Capet entgegenstrecken.

D'Amblanc fragte sich, wie viele Menschen auf ein solches Schauspiel verzichtet und beruflichen Pflichten den Vorrang gegeben hätten.

Er stellte sich die von Berittenen mit Säbeln und Piken eskortierte grüne Kutsche des Bürgermeisters von Paris vor; Capet betend mit vor der Brust gefalteten Händen in der Kutsche, neben ihm sein Freund, der in Irland geborene und in Toulouse aufgewachsene Priester, der ihm während des Prozesses Beistand geleistet hatte, ihnen gegenüber zwei Gendarmen, die bemüht waren, das eigene Erstaunen zu verbergen.

Der Konvoi musste jetzt auf der Höhe von Saint-Denis sein.

D'Amblanc steckte die Uhr wieder ein und entfernte sich in entgegengesetzter Richtung, weg von dem Ort, an dem die Geschichte Frankreichs geschrieben wurde.

3.

»Rettet den König!«

Als er den Ruf hörte, wandte sich der für öffentliche Sicherheit zuständige Beamte Armand Chauvelin blitzschnell um.

»Da hinten!« Er und seine Männer rannten los.

Auf der Allee standen fünf schemenhafte Gestalten mit gezogenen Waffen. Chauvelin schätzte die Entfernung auf hundert Schritt. Er lief schneller und versuchte die Migräne zu verdrängen, die ihn seit dem frühen Morgen peinigte. Hundert Schritt, und er würde die Köpfe der Verschwörung festnehmen. Aus dem Gedränge der Zuschauer rechts und links waren Gelächter und Anfeuerungsrufe zu hören.

»Die spinnen!«

»Schnappt sie euch!«

»Macht Hackfleisch aus ihnen!«

»Wenn sie unbedingt verrecken wollen, sollen sie sich verbrennen, dann wird's wenigstens wärmer.«

Die Trommeln brachen nicht ab, Kutsche und Begleitung fuhren weiter.

Als er in Schussweite war, legte Chauvelin seine Pistole auf die Gestalt im gelben Mantel an und schoss.

Der Mann brach zusammen. Die anderen sprangen zur Seite und bahnten sich unter den Augen der Wachen am Rand der Allee mit Schwerthieben einen Weg durch die Menge, die an der Einmündung einer Seitenstraße weniger dicht gedrängt stand.

Zwei von ihnen versuchten, in ein Haus zu flüchten, dessen Tür jedoch verschlossen war. Die Menge packte einen der beiden und schlug und trat mit Fäusten und Füßen auf ihn ein, bis er tot war. Der andere floh, noch bevor man ihm den Schal, der nur die Augen freiließ, vom Gesicht reißen konnte. Die beiden Letzten tauchten im Getümmel unter und bewegten sich wie geübte Schwimmer in Richtung Konvoi.

Und es war der Konvoi, der die Jagd Armand Chauvelins beendete und ihn zwang, zur Seite zu treten und zunächst der Eskorte und dann der Kutsche den Vortritt zu lassen.

Der Polizist spähte ins Kutscheninnere und erkannte das Profil des Reisenden, die Gestalt jenes einst mächtigen Mannes, der jetzt nur noch ein hilfloses, erschrecktes Wesen war, das sich ganz in sich selbst zurückgezogen hatte.

Als der Konvoi vorüber war, starrte Chauvelin ohnmächtig auf die Masse der Körper, die die Fliehenden verschluckt hatte. Einer seiner Männer trat neben ihn.

»Wir haben drei von ihnen erwischt.«

»Der Anführer gehört zu den Entkommenen, jede Wette«, sagte Chauvelin und senkte die Pistole. »Wo sind die anderen?«

Der Untergebene zeigte auf die beiden Leichen, die in der Menge auf dem Pflaster lagen.

»Die können uns nichts mehr erzählen.«

Armand Chauvelin verzog bedauernd das Gesicht. Noch in der Nacht hatte er das Netz gesponnen, das den Anschlag der Monarchisten verhindern sollte. Noch vor Morgengrauen hatten die Beamten des Ausschusses die Verschwörer, einen nach dem anderen, in ihren Häusern festgenommen; zweihundert Männer, die sich am Weg des Zugs aufstellen und das Volk anstacheln sollten, Louis Capet zu befreien. Für ein umfassendes Verhör hatte jedoch die Zeit nicht gereicht, und über den genauen Einsatzort hatte es widersprüchliche Versionen gegeben. Dennoch hätte der Tag mit einem kompletten Sieg enden können, es hatten nur ein paar Schritte gefehlt. Stattdessen war er sich jetzt sicher, dass sie den Anführer nicht gefasst hatten, und keiner der Verhörten schien ihn zu kennen. Ein Mann, der so klug war, sich seinen Anhängern niemals zu zeigen.

Der Polizist Chauvelin ordnete die Beseitigung der Körper an, während sich die Migräne, die sich hinter dem rechten Ohr eingenistet hatte, über den ganzen Kopf ausbreitete.

4.

Jetzt werden wir dir erzählen, wie alles war. Wir, die wir das auf dem Platz der Revolution selbst erlebt haben. Andere, die würden dir das anders erzählen, haben sie ja vielleicht schon, so wie das alle machen ... weil, hinterher ist man immer schlauer. Man guckt sich dann ein paar Drucke in bunten Büchern an: Guck mal da, Madame Guillotine, und da, ein Bild von Robespierre; ein bisschen Blättern, lauter Daten, die Aufzählung von all den Schlachten; die Zahlen wie einen Rosenkranz runterleiern: 1789, 1793, 1794. Was dabei rausgekommen ist, weiß sowieso jeder – und außerdem, was soll für solche wie uns auch schon dabei rauskommen – die erzählen das dann irgendwie von außen, als wären sie oben auf einem hohen Turm, weil, die waren ja nicht mittendrin im Gewühl, und hinterher tun sie ganz zerknirscht.

An dem Tag haben wir uns auch vorgestellt, dass wir einen Turm bauen, aus Holz, höher als die Dächer der höchsten Häuser. Es war so eng auf dem Platz, wir haben dagestanden wie Pinselborsten, na gut, das hat geholfen gegen die Schweinekälte, aber das haben wir uns vielleicht nur eingebildet; man weiß ja, geteiltes Leid ist schon fast ein halbes Vergnügen. Aber sehen tut man leider so gut wie nichts, nur Rücken und Rüben, und die Alten hängen dir an den Klamotten, damit sie nicht umfallen! Unglaubliche Sachen! Papa nimmt den Sohnemann auf die Schultern, dahinter brüllt einer: Runter mit der Rotznase, und irgend so'n schmieriger Dienstbote brüllt: Das ist kein Schauspiel für Hosenscheißer.

Deshalb haben ein paar von einem Gerüst gefaselt, das wollten sie bauen, es gab aber kein Holz und keine Seile, die haben nur gequatscht und dann war's eben ein Turm, der war höher als Notre-Dame oder der von Babel.

Einer hat gemeckert: »Turm? Bloß um eine Rübe rollen zu sehen? Nimm doch Stelzen!«

»Was heißt hier bloß? Die Rübe ist der Nabel Frankreichs! Jetzt kommt die neue Weltordnung! Ein richtiger Republikaner steht oben auf der Turmspitze und guckt sich den Hauptdarsteller an und den Pöbel natürlich auch, mit seinen Flöhen und Flicken am Arsch, den gewaltigen, wutschnaubenden Drachen, das ausgehungerte Drecksvolk, das Blut sehen will!«

Ein paar haben geklatscht, weil, die Rede hat denen gefallen, und ein besonders Schlauer hat gesagt, dass so'n Turm vor allem deshalb gut ist, weil da kann man ganz weit gucken.

»Wir lassen hier unsern Herrn Ludwig hochleben, und in Belgien kämpfen unsere Truppen und verteidigen die Revolution gegen die Bluthunde all der anderen Könige und Fürsten gegen das ganze Adelspack; gegen Leute, die raufen sich schon verzweifelt die Haare, weil die Untertanen im Nachbarland keine Untertanen mehr sind und die Könige keine Könige mehr, die gibt's gar nicht mehr und Schluss!«

Einer erklärt ihm, dass Belgien viel zu weit weg ist, dass man das von einem Turm auf dem Platz der Revolution gar nicht sehen kann, aber der hört überhaupt nicht zu, der ist ganz besessen von seiner Idee und schreit:

»An dem Turm könnte man Heißluftballons festmachen und Beobachter durch die Luft dahin schicken, wo unsere Soldaten kämpfen und krepieren, man könnte ihnen die frohe Botschaft überbringen, dass ...«

»Guck mal, der Henker!«, schreit plötzlich einer und reißt alle aus ihren Träumen.

»Quatsch, das ist der Bürgermeister.«

Alle recken die Hälse und stehen wie besoffene Tänzer auf Zehenspitzen und blicken über Schultern und Köpfe; Flüche und Wortfetzen fliegen durch die Luft, und hin und wieder schnappt man einen halben Satz auf.

»Runter!«

»Mit Verlaub!«

»Am Arsch, Verlaub, wir sind hier nicht in der Kirche.«

»Weg da!«

»Hör auf zu drängeln. Was glaubst du eigentlich wer du bist?«

»Wann kommt denn endlich Louis? Ich hab schon ganz geschwollene Finger von der Kälte.«

»Guck dir mal dem seine Hand an! Sieht aus wie ne Euterzitze!«

»Das nennt man Brand, mit Kälte hat das nichts zu tun.«

»Du spinnst ja, guck hier, ich kann alle Finger bewegen!«

»Pass auf, dass sie dir nicht in der Tasche abbrechen ...«

Plötzlich geht ein Raunen durch die Menge, eine Nachricht geht von Mund zu Mund.

»Wenn ich's dir doch sage! Sie haben alle erwischt und eingelocht.«

»Wie viele waren es denn?«

»Keine Ahnung, so zehn bis zwanzig. ›Es lebe der König!‹, haben sie gerufen.«

»Welches Arschloch hat da gerade ›Es lebe der König‹ gerufen?«

»Ich, ich hab nur erzählt, was ich gehört habe.«

»Ich hab sie gesehen. Die hatten Spieße! Aber die haben sie in Stücke gerissen. Wenn von denen noch einer lebt, dann kommt der sofort nach Louis dran, jede Wette!«

Gelächter, Geschrei, unverständliche Dialekte, Grinsen, Tränen der Wut und der Freude. Was in Belgien, an den Reichsgrenzen und auf den Meeren geschieht, das hängt auch davon ab, was da vorne, vor aller Augen geschieht, auf der Bühne von Madame Guillotine.

Plötzlich geschieht etwas Merkwürdiges.

Die Kutsche erscheint, und es wird still wie auf einem Friedhof. Kein Lufthauch mehr, weder oben noch unten, als hätten alle einen Stöpsel im Mund und im Hintern. Sogar die fliegenden Händler mit ihren Lupinen und gerösteten Kichererbsen halten jetzt den Schnabel. Unfassbar, dass all diese Menschen so eine Stille zustande bringen. Man hört sogar den Wagenschlag der Kutsche quietschen.

Da ist er. Capet. Ein kleines fettes Männchen auf dünnen Beinen und mit großer Nase. Nicht kleiner als unsere, der trägt sie nur anders, klar, uns ist sie immer im Weg, aber er schiebt sie vor sich her wie den Bug eines Schiffes. Und ganz plötzlich, als hätte jemand das Signal gegeben, geht der Krach wieder los, Verwünschungen, Schreie, großes Durcheinander:

»Tod dem König!«

»Verräter, Blutsauger!«

»Arschkriecher der Österreicher!«

»Hatschi!«

»Gesundheit!«

»Danke! Verdammte Kälte. Fehlt bloß noch, dass man krank wird und selbst den Löffel abgibt, nur weil man sehen will, wie Louis verreckt.«

Louis hat die Jacke ausgezogen. Zitternd und schlotternd steht er da im Unterhemd. Ob das die verdammte Kälte ist oder die Angst vor dem Tod? Wie auch immer, er muss die Stufen hinaufsteigen. Oben wartet schon Sanson der Henker auf ihn. Er nimmt ihm die Krawatte weg und schneidet ihm mit einer Schere das Zöpfchen ab. Ein bisschen Schneider, ein bisschen Friseur, so richtet unser Sanson ihn für den Tanz mit Madame Guillotine her.

Die meisten unten können es kaum glauben:

»Ich glaub, ich träume!«

»Von wegen, alles echt diesmal! Wer hier nicht dabei ist, der verpasst wirklich was!«

5.

Der Mann im grauen Kostüm öffnete die Augen, als habe ein Gedanke aus dem Jenseits den Nebel aus Schlaf und Alkohol ganz plötzlich vertrieben. Er starrte auf seine Fußspitzen, dann glitt der Blick seinen Körper hinauf und er sah, dass er noch immer das Kostüm des Scaramouche trug. Neben ihm lag ein Haufen aus Stoff und Unterröcken. Colombine schlief fest an seiner Seite. Er strich ihr übers Haar und erinnerte sich an die ausgelassene Feier der vergangenen Nacht, aber dann wurde der Gedanke, der ihm gerade so heftig zugesetzt hatte, zu plötzlicher Gewissheit.

»Verdammt! Der König!«

Colombine erwachte und richtete sich auf.

»Der König? Wo?«

Scaramouche starrte sie an und fluchte.

»Auf dem Platz!«

Colombine stieß einen spitzen Schrei aus, wühlte sich aus dem Stoffberg und hastete zu dem Stuhl, auf dem die Alltagskleidung lag.

»Los, mach schon, wir kommen zu spät!«, rief Scaramouche und packte sie am Arm.

»Im Kostüm?«, fragte die Schauspielerin und schlüpfte in den ihr hingehaltenen Mantel.

Eingehüllt in ihre Mäntel rannten sie über die leere Bühne zum Theaterausgang. Auf der Straße verharrten sie einen kurzen Augenblick in der schneidenden Morgenkälte und liefen dann weiter. Colombine rutschte auf einer gefrorenen Pfütze aus, der Mann in Grau bemühte fluchend ein paar Heilige, nahm das Mädchen fest an die Hand und begann zu rennen, wobei er mit seinem Theaterstock die Passanten auf Abstand hielt und brüllte, sie sollten Platz machen. Verwünschungen wurden gerufen, aber dann hatten sie die bewachte Absperrung erreicht. Scaramouche versuchte auf eine Barriere zu springen und landete auf dem Hintern. Er rappelte sich wieder hoch und wischte sich den Dreck vom Mantel.

»Wir wollen auf den Platz der Revolution, Bürger!«

Der Milizionär schnitt eine Grimasse.

»Alles voll. Wenn ich dich hier hinten auf den Platz lasse, wird vorne einer zerquetscht.«

»Aber wir wollen auch dabei sein.«

»Genau wie ich, Bürger. Aber ich muss hier stehen und dafür sorgen, dass der Platz nicht aus allen Nähten platzt.«

»*Azidänt al diével!* [Geh zum Teufel!]« Scaramouche stieß einen Fluch in seinem heimatlichen Dialekt aus, zog Colombine hinter sich her und hielt Ausschau nach einem unbewachten Zugang in einer der Seitengassen. Es war kein Durchkommen. Die Milizionäre hatten alle Durchgänge abgeriegelt, nie zuvor hatte Paris ein solches Aufgebot an Ordnungskräften gesehen.

Colombine zitterte.

»Léo, mir ist kalt«, sagte sie. Das war der Name des Schauspielers, und sie, Colombine, hieß ohne Schminke und Kostüm bei allen nur Colette. Man hatte ihr noch andere Namen angehängt, sehr intime und wenig schmeichelhafte Kosenamen, die die ganze Person, Körper und Geist meinten, auch wenn sie sich nur auf einen bestimmten Körperteil bezogen. Wollte man sie benutzen, musste man sie allerdings sehr gernhaben, so wie Léo sie gernhatte, der jetzt neben ihr in der Januarkälte zitterte. Die Theaterkostüme unter den Mantelumhängen waren aus dünner, feiner Baumwolle, damit man während der Aufführungen nicht schwitzte.

»Léo, ich erfriere«, jammerte Colette und verzog das Gesicht.

Das wusste er schon, auch er hatte einen eiskalten Hintern, und um sich vor der Kälte zu schützen, suchten sie einen Hauseingang. Eng umschlungen massierten sie sich Schultern und Arme, um die Blutzirkulation anzuregen.

Die ganze verdammte Stadt war gekommen, um ein Schauspiel zu erleben, von dem man noch in tausend Jahren erzählen würde, und er, Léo, hatte keinen Platz auf der Galerie erwischt.

Außergewöhnliche Umstände führen zuweilen zu außergewöhnlichen Reaktionen. Frost und Ärger, Reiben und Massieren verdichteten sich bei Léo und Colette an jenem zufälligen Ort zu einer explosiven Mischung, die nach kurzer Zeit dazu führte, dass die von der Reibung erwärmten Hände sich einen Zugang unter die Kleidung verschafften, nicht zu groß, damit die Kälte nicht eindrang, aber auch nicht zu klein, sodass mehr als nur ein Finger durchschlüpfen konnte; für den Rest sorgten natürlicher Impuls und Druck der Lenden.

6.

Von ihrem Standort aus sah Marie Nozière nur eine rundliche Gestalt auf dürren, krummen Beinen. Zwischen ihr und jener Gestalt wogte ein Meer von Hauben, Kappen, Hüten und phrygischen Mützen, unter denen der Atem des Volkes von Paris hervorquoll. Marie hatte im Jahr des Sturms auf die Bastille am Marsch auf Versailles teilgenommen und bei dieser Gelegenheit den König aus der Nähe gesehen. Zusammen mit der Königin und Lafayette hatte er auf dem Balkon des Schlosses gestanden. Einen Tag und eine Nacht hatten sie im Regen warten müssen, bis die drei sich dem Volk gezeigt hatten. Ihre Freundin Annette hatte sich eine schwere Lungenentzündung geholt, an der sie fast gestorben wäre.

Die Idee, nach Versailles zu marschieren, den König zu zwingen, nach Paris umzuziehen und in der Nähe der Nationalversammlung mitten unter seinem Volk zu wohnen, hatten die Frauen gehabt, auch wenn jetzt einige so taten, als könnten sie sich nicht mehr daran erinnern, und das schwache Geschlecht aufforderten, zu Hause zu bleiben. Die Enthauptung eines Königs sei kein Schauspiel für Frauen. Quatsch! An jenem Tag vor drei Jahren hatten die Frauen die Köpfe der Wachen auf ihre Piken gespießt, um zu zeigen, dass Paris es ernst meinte. Wer hätte gedacht, dass man sich auf diesem Platz wiedersehen würde und dass die Frauen jetzt darauf warteten, dass der Kopf des Königs rollte. Wäre er nur in Paris geblieben und hätte nicht versucht, sich heimlich aus dem Staub zu machen, um bei irgendwelchen österreichischen Verwandten der Königin unterzukriechen ...

Ein Zupfen am Rock lenkte ihren Blick nach unten.

»Mama, ich kann nichts sehen. Heb mich hoch!«

Marie schnaubte.

»Du bist mir zu schwer.«

»Aber ich sehe nichts!«, jammerte der Junge.

Ein Haufen unreifer Knochen überzogen mit Haut und Muskeln unter zu weiten Kleidern. Er reichte ihr schon bis zur Schulter, und das war das Maß für die Zeit, die vergangen war, seit der Kleine aus ihrem Bauch gekrochen war.

»Ich will ihn auch sehen.«

Sie legte ihm die Hand auf den Mund, stellte sich auf die Spitzen der Holzschuhe und reckte den Hals. Der König sagte etwas. Er sprach zum Volk. Marie und alle anderen spitzten die Ohren, um seine letzten Worte zu erhaschen. Sie hörte das Wort »Anklage« und das Wort »Frankreich«. Dann schnappten sich Sanson der Henker und seine Gehilfen den König und legten ihn der Länge nach auf die Bank.

»Was hat er gesagt?«, fragte Marie die vor ihr Stehenden. Eine Frau mit Haube, nicht alt und nicht jung, drehte sich um.

»Er verflucht uns, weil wir ihn umbringen, und dass er nichts bereut und dass sein Blut über uns kommen würde.«

»Bis hierher wird's kaum spritzen«, witzelte ein Stutzer ein paar Köpfe weiter.

»Seid ihr taub? Er hat gesagt, ich bin unschuldig, mein Blut ist das Blut Frankreichs ...«, murmelte ein anderer.

»Seid jetzt still! Der König hat gesagt, dass er uns allen vergibt«, verkündete ein Dritter.

Vergebung ja oder nein, der Hals des Königs lag jetzt genau über dem Loch.

Wieder wurde an Maries Rock gezogen.

»Heb mich hoch, ich will hoch!«

Der Junge versuchte an ihr hochzuklettern. Sie gab ihm einen Klaps.

7.

Das Gestöhn der beiden Kopulierenden rief einen Bewohner des Hauses auf den Plan, der sich ihnen mit erhobener Faust näherte; vielleicht aus Gründen der Erregung oder des Anstands, vielleicht wegen des Skandals eines solch profanen Vorgangs in einem so feierlichen Moment. Im ersten Fall wäre er ein Neider, im zweiten ein Scheinheiliger und im dritten Monarchist.

Léo war kurz vor dem Höhepunkt und fand alle drei Hypothesen abstoßend, und ohne seine Stöße in den Unterleib Colettes einzustellen, verhinderte er das Näherkommen der Gestalt, indem er ihn mit dem Knüppel Scaramouches auf Abstand hielt.

»Bleibt mir vom Leib, oder ich brat Euch eins über!«

Der Typ blieb stehen und zog sich unter unverständlichem Gemurmel wieder ins Halbdunkel des Hintergrunds zurück.

Colettes wollüstiger Schrei wurde von der Salve der Kanonen und dem Jubel des Volkes auf dem Platz übertönt. Léo wollte nicht zurückstehen und begleitete seinen Orgasmus mit gebührender Lautstärke.

»Es lebe die Republik!«

8.

Über dem Platz liegt atemlose Stille, als die Hand Sansons die Leine loslässt. Ein dumpfes *Tump,* und alle ziehen wie erschreckte Schildkröten die Köpfe ein, dann ein gewaltiger Schrei. Hüte fliegen in die Luft und verschwinden für immer, aber das ist an einem solchen Tag egal! Ein Milizionär der Nationalgarde hat den Kopf von Louis hochgehalten, aus dem ist noch Blut rausgeflossen, ein paar in der ersten Reihe haben sogar ein paar Spritzer abgekriegt, wahrscheinlich waschen die ihre Klamotten nie wieder, die laufen bis an ihr Lebensende damit rum, als ob das Orden wären. Dann hat Sanson den Mantel des Königs in die Menge geworfen, und der wurde sofort in kleine Stücke gerissen, weil, alle wollten eine Reliquie, ein klitzekleines Stückchen Stoff vom letzten französischen König. Nicht weil sie traurig waren, das war der Beweis: »Ich war dabei. Ich war dabei, als ein Mal, ein einziges Mal, IN EINEM VERDAMMTEN HEILIGEN AUGENBLICK das Volk das Schwert des Scharfrichters in der Hand hielt und der König unten lag!«

Überall ist Konfetti durch die Luft geflogen, wie beim Karneval, viele haben gesungen, eine Gruppe Frauen hat angefangen, ganz schrill, und dann haben alle mitgesungen, wir alle zusammen, das kann man gar nicht beschreiben, da fehlen einem die Worte, wenn man denen, die gar nicht dabei waren, erzählen soll, wie schön das war, aber wir erzählen es dir trotzdem, so gut wie wir das eben können.

Stell dir einen riesigen Platz vor. Der quillt über von Menschen, und alle singen aus vollem Hals die Marseillaise! Einer weint, ein anderer kriegt einen Lachanfall, und sogar die Stummen singen, die bewegen die Lippen, ohne dass man was hört. Blinde werfen ihre Hüte in die Luft, und Scheiß drauf, ob sie die wiederfinden, dann gehen sie eben ohne, die Stimmung ist unglaublich, aber was soll's, heute ist *der* Tag! Unser Tag! Heute wird wirklich die Republik geboren, heute!

Und hinterher?

Wir werden dir erzählen, wie es weiterging. Nicht so wie die anderen das erzählen, so wie wir das erzählen.

9.

»Und wie fühlt Ihr Euch jetzt? Verschafft es Euch Erleichterung?«

»Ja, Doktor. Ich bekomme jetzt besser Luft«, bestätigte die Frau mit geschlossenen Augen und im typischen Tonfall des magnetischen Schlafs.

D'Amblancs ausgestreckte Hände schwebten eine Handbreit über den braunen Haaren Frau Girards, aus denen ein intensiver Duft in seine Nase stieg. Jasmin, stellte er fest und atmete tief ein.

»Wie lange wünscht Ihr, in diesem Zustand zu verharren?«

»Dreißig Minuten«, erklärte Frau Girard.

D'Amblanc war erstaunt.

»Doppelt so lange wie gewöhnlich, darf ich den Grund erfahren?«

»Die Wirkung ist heute schwächer, weil Ihr nicht bei der Sache seid, Eure Gedanken sind weit weg.«

»Ihr habt Recht«, gab D'Amblanc zu und versuchte, den Lärm der Trommeln, der von der Straße heraufdrang, aus seinen Gedanken zu verscheuchen. »Ich werde mir mehr Mühe geben.«

Um sich besser konzentrieren zu können, schloss auch er die Augen.

»Aber es müssen trotzdem dreißig Minuten sein«, betonte sie noch einmal, »wenn auch nicht in der üblichen Art und Weise.«

»Was wollt Ihr damit sagen?«

»Ich glaube, eine Massage würde mir sehr gut tun.«

D'Amblanc schluckte.

Die Magnettherapie, wie man sie ihn gelehrt hatte, sah vor, dass die Hände auf einem bestimmten Punkt ruhten, höchstens, dass sie sich in einem drei bis vier Finger breiten Abstand um den Körper des Patienten bewegten. Eben diese Therapie schrieb dem Arzt aber auch vor, die Anweisungen des Patienten genau zu befolgen, weil dieser im Zustand des magnetischen Schlafs besser als jeder andere seine Beschwerden erkannte und wusste, wie sie zu beheben waren. Legte der Somnambule Tag und Stunde der Sitzung fest, musste der Magnetiseur pünktlich erscheinen, schlug der Somnambule eine spezielle Art der Behandlung vor, musste der Magnetiseur ihn zufriedenstellen.

»Einverstanden«, antwortete er schließlich, berührte die Schultern der Frau mit den Händen und begann sie rhythmisch zu bewegen.

»Soll ich diese Art der Behandlung dreißig Minuten lang fortführen?«, fragte er gestelzt, um seine Erregung zu verbergen.

»Ich denke, es wäre besser, Ihr würdet Eure Bemühungen auf den Ort der Krankheit konzentrieren, schließlich habe ich Asthmabeschwerden«, antwortete die Somnambule.

Der Arzt hielt verstört inne, als Frau Girard auf ihr Zwerchfell zeigte:

»Ich glaube, es wäre besser, die Massage auf diese Stelle zu konzentrieren und anschließend auf die entsprechende Stelle am Rücken.«

D'Amblancs Herz schlug schneller, und während er ihren Anweisungen folgte, dachte er über die sonderbaren Wünsche verheirateter Frau nach. Halfen diese Streicheleinheiten *wirklich* bei Asthma? Oder halfen sie vielmehr gegen ganz *andere* Leiden? Oder konnte es sein, dass sich in ihnen ein Wunsch des Therapeuten manifestierte, der über das magnetische Fluidum auf den Patienten überging? Man warf Franz Anton Mesmer, dem Vater des Magnetismus, häufig vor, seine Patienten zu manipulieren.

Durch das Fenster drang plötzlich ein Knall in weiter Ferne.

»Mein Gott!«, rief Frau Girard. Sie war aus dem magnetischen Schlaf erwacht und drehte sich zu D'Amblanc um, der erstaunt feststellte, dass er die Position eines Verehrers eingenommen hatte, der die Taille seiner Geliebten umschlungen hält. Verlegen zog er langsam die Hände zurück. Frau Girard schloss wieder die Augen, und Schweißperlen traten auf ihre Stirn. Plötzlich fing sie an zu keuchen und wurde kurzatmig.

Sofort befahl D'Amblanc der Hausangestellten, das Fenster zu öffnen und frische Luft hereinzulassen, dann rieb er die Hände gegeneinander, legte die eine Hand auf die Stirn der Frau und die andere auf ihren Rücken. Nach wenigen Sekunden atmete sie wieder normal.

»Ist der Anfall vorüber?«, fragte er.

»Ja, er ist vorbei.«

Cécile Girard öffnete wieder ihre frühlingsgrünen Augen, und D'Amblanc war zumute, als sähe er sie zum ersten Mal.

»Gott sei uns gnädig«, murmelte die Frau und fügte hinzu: »Es lebe Frankreich!«

»Es lebe!«, sagte der Arzt.

10.

Durch das kleine Fenster der Dachkammer fiel trübes Licht. Als der Mann in Schwarz und der Baron den wilden Schrei des Pöbels auf dem weit entfernten Platz der Revolution hörten, wussten sie, dass das Unvermeidliche geschehen war. Sie bekreuzigten sich.

»Lasst uns für die Seele Seiner Majestät beten«, flüsterte der Baron. Sie knieten nieder, senkten die Köpfe auf die gefalteten Hände und murmelten ein Requiem. Als sie geendet hatten, blickte der Schwarze aus dem Fenster über die Dächer von Paris. Aus der Ferne drang der wilde Gesang der Marseillaise herüber.

Ihre Flucht war zwar geglückt, aber hier konnten sie nicht länger bleiben.

»Ihr müsst die Stadt so schnell wie möglich verlassen, gnädiger Herr. Wenn der Plan aufgeflogen ist, wird man Euch verdächtigen.«

»Sie haben keine Beweise.«

»Aber Ihr dürft kein Risiko eingehen, ihr müsst weg«, wiederholte der Schwarze.

Der Baron öffnete die Augen.

»Ihr wollt also bleiben! Warum?«

Der Schwarze antwortete, ohne zu zögern:

»Weil einer bleiben muss. Ich verfüge über zahlreiche Kontakte in der Stadt, ich kann Informationen sammeln und werde erfahren, was geschieht.«

Der Baron nickte.

»Sie werden Euch suchen. Ihr werdet schwerlich eine Unterkunft finden.«

»Ich werde einen Ort finden, an dem ich mich verstecken und den geeigneten Moment abwarten kann.«

Schwach drangen die letzten Strophen des Liedes durch das Fenster.

»Wir werden einen langen Atem brauchen, nach allem, was heute geschehen ist«, sagte der Baron.

Der Schwarze wusste es nur zu gut. Er wusste, auf was er sich einließ, und die Vorstellung, sich dieser fast aussichtslosen Aufgabe zu stellen, machte ihm keine Angst, sie spornte ihn vielmehr an. Aber er wusste auch, dass er nicht leichtfertig handeln durfte, dass er mit größtmöglicher Kaltschnäuzigkeit und Abgeklärtheit vorgehen musste.

»Große Eile ist unser Feind. Wir müssen abwarten«, er deutete eine Verbeugung an. »Falls wir uns nicht wiedersehen sollten ... Es war mir eine große Ehre, gnädiger Herr.«

Die beiden gaben sich die Hand.

»Die Ehre ist ganz auf meiner Seite. Gott schütze Euch, Chevalier.«

Sie schwiegen. Der Baron verließ die Kammer, seine Schritte waren noch auf der Treppe zu hören, dann herrschte Stille. Kein Geräusch, kein Gesang. Aber das Gesindel in den Straßen und auf dem Platz würde ausgelassen feiern, dessen war er sich sicher. Den ganzen Tag und die kommende Nacht würden sie die Straßen von Paris mit ihren monströsen, deformierten Nasen bevölkern, sie würden saufen und fressen, abscheuliche Lieder singen, kopulieren und Kinder in die Welt setzen.

Er ließ dem Baron ein paar Minuten, um unterzutauchen, dann verließ auch er über dieselbe Treppe das Versteck und mischte sich unters Volk. Bauern mit phrygischen Mützen unterhielten sich, und er schnappte ein paar Fetzen auf:

»Habt ihr gehört? Er hat uns alle verflucht.«

»Quatsch! Er hat uns vergeben, wie Christus am Kreuz.«

»Ich habe direkt an der Bühne gestanden, siehst du hier die Spritzer? Er hat gesagt, dass man uns allen die Gurgel durchschneiden wird.«

Dafür hätte er sorgen sollen, als er noch lebte, dachte der Schwarze. Ein tatenloser Souverän ist das Verderben des Staates. Damit die Vergangenheit eine Zukunft hatte, mussten viele Dinge geändert werden.

11.

Marie Nozière ließ die Hand ihres Sohnes nicht los und zog ihn hinter sich her. Er sollte mit ihr nach Hause gehen und nicht den ganzen Tag unter all den Menschen in der Stadt herumvagabundieren. Noch immer flogen Hüte in die Luft, man küsste und umarmte sich und strebte der nächstgelegenen Schänke zu; die Weinkrüge waren überall gut gefüllt. Wer Glückseligkeit in Flaschen verkauft, macht heute gute Geschäfte, dachte Marie. In den Gassen entleerten die Menschen ihre von Kälte, Bier und Wein auf eine harte Probe gestellten Blasen; Männer pinkelten an die Mauern, Frauen kauerten sich auf den Boden und ließen es unter den Röcken plätschern.

Der Junge lachte und fing sich einen Klaps ein.

Vor dem Haus wartete bereits eine Gruppe mit Hauben, Röcken und Kokarden.

»Da kommt Marie!«

Die Freude der Frauen machte sich in heftigen, herzlichen Umarmungen Luft.

»Und? Alles genau gesehen?«

»Überhaupt nicht … alles nur ganz klein«, antwortete Marie.

»Sophie hat Spritzer auf ihrem Schal.«

Die Angesprochene hielt das Stück Stoff wie eine Standarte hoch.

Eine andere stieß Marie den Ellenbogen in die Seite.

»Weißt du, was sie Sanson versprochen hat, wenn er ihr den Zopf des Königs schenkt?«

»Ein Stück vom König für ein Stück vom Henker. Tolles Stück!«, kicherte eine andere.

Marie warf ihnen einen bösen Blick zu.

»Hört auf, so vor dem Kind zu reden!«, rief sie und verpasste ihrem Sohn eine Ohrfeige. Er wollte protestieren, schwieg aber, weil er nicht noch eine zweite provozieren wollte.

»Der darf nur deine sauberen Wörter hören, was Madame?«, stichelten die anderen weiter.

»Jetzt wird erst mal gefeiert.«

»So ist es!«

»Wenn das verdammt noch mal kein Grund ist ...!«

Ein Typ näherte sich, und als sie ihn erkannten, verstummten sie.

»Vorsicht, Schnüffler«, sagte eine leise.

»Nur keine Panik, den kenne ich, der beißt nicht«, sagte Marie.

»Der würde bestimmt ganz gerne mal in dich reinbeißen ...«

Marie ignorierte die Bemerkung.

»Was willst du, Treignac?«

Die Frauen starrten den Mann an, den alle nur Treignac nannten, weil das Dorf in der Corrèze, wo er geboren war, so hieß. Sein wirklicher Name war Passounaud, aber den kannte kaum jemand, und auch er selbst stellte sich allen stets als Treignac vor. Er antwortete mit einer Gegenfrage:

»Warst du auf dem Platz?«

»Nein, ich war baden in der Seine. Und du? Willst du uns einlochen?«

»Unfug ...«, er kratzte sich am Kopf. »Ich dachte, wir könnten zusammen anstoßen.«

Auf seinem Gesicht erschien ein schüchternes Lächeln, als er eine Flasche Wein unter dem Mantel hervorzog.

Marie zeigte auf ihre Freundinnen.

»Worauf warten wir? Stoßen wir an!«

Treignac machte ein enttäuschtes Gesicht, aber sie nahm ihm die Flasche aus der Hand und rief:

»Es lebe die Republik!« Sie nahm einen Schluck, und dann machte die Flasche die Runde und nach jedem Schluck ertönte ein »Auf die Republik!«, und als sie zu ihrem Ausgangspunkt zurückkehrte, war sie fast leer. Auch Treignac trank. Marie zeigte auf den Jungen.

»Und Bastien? Kriegt der nichts?«

Als auch der Junge einen Schluck getrunken hatte, lud Marie die Freundinnen in ihre Wohnung ein.

»Du wartest hier!«, befahl sie ihrem Sohn. »Wenn ich zurückkomme, will ich dich hier vor der Tür sehen, sonst gibt's Ärger!«

Die Frauen machten leise Witze über Treignac und lächelten ihn verschmitzt an. Dann folgten sie Marie in die Wohnung, und als sich die Tür hinter ihnen geschlossen hatte, seufzte Treignac und strich dem Jungen über die Haare.

»Und? Hast du den Kopf gesehen?«

Der Junge zog die Nase hoch.

»Nein, niemand hat mich hochgehoben.«

Treignac zwinkerte ihm zu und beugte sich vor.

»Sanson ist mein Freund«, murmelte er verschwörerisch und zog ein abgerissenes Stück Stoff aus der Tasche, »er hat ein Stück von der Jacke des Königs für mich aufgehoben. Da, nimm, ich schenke es dir.«

Der Junge blickte verzaubert auf die Reliquie. Dann streckte er seine vor Kälte rote Hand aus und ergriff den Fetzen. Treignac wollte gehen, aber Bastien hielt ihn am Mantel fest.

»Nimm mich mit, Treignac.«

»Und was willst du dann tun?«

»Wir jagen die Freunde des Königs. Ich kenne alle in Saint-Antoine, ihre Gesichter sind alle hier drin«, er schlug sich gegen die Stirn. »Auf mich achtet keiner, aber ich schaue sie mir alle an.«

Treignac kicherte.

»Du kannst ziemlich gut reden ...«, er taxierte die paar Kilo Fleisch und Knochen, »und außerdem hängt dir Rotz aus der Nase. Bleib jetzt hier, und wenn ich wiederkomme, reden wir darüber.«

Dann verschwand er in die Richtung, aus der er gekommen war.

Der Junge setzte sich auf eine Treppenstufe und betrachtete das königliche Stück Stoff von allen Seiten. Das war wertvoll und würde lange halten. Länger als ein Fleck auf dem Schal und sogar länger als eine Haarlocke.

ERSTER AKT

Zucker und Freiheit

NATIONALKONVENT

Unter dem Vorsitz von Rabaut de Saint-Étienne
Auszug aus der Sitzung von Donnerstag, dem 7. Februar 1793
(Jahr II der Französischen Republik)

CHÉNIER, im Namen des Ausschusses für Kultur und Bildung:

Wenn Könige Literatur und Bildung fördern, tun sie es aus Stolz. Freie Nationen aber müssen dasselbe im Geiste einer vernünftigen Politik aus Einsicht und Gründen der Gerechtigkeit fördern. Ich will mit dieser Erkenntnis weder den Franzosen Vorschriften machen noch dem Gesetzgeber vorgreifen, ich will lediglich auf eine Petition antworten, die dem Ausschuss für Kultur und Bildung vorgelegt wurde. Ich möchte die ruhmreiche Nation im Namen des Ausschusses auf das Schicksal eines Ausländers hinweisen, eines hochbetagten, illustren Literaten, der Frankreich seit dreißig Jahren als seine Heimat bezeichnet und dessen Talent sich die Wertschätzung Europas verdient hat.

Der Gelehrte, Autor und Moralphilosoph Carlo Goldoni, den Voltaire den »italienischen Molière« nannte, wurde 1762 von der alten Regierung nach Paris berufen. Ab 1768 erhielt er eine jährliche Rente von viertausend Livre. Seit vergangenem Juli erhält er nichts mehr; eines eurer Dekrete hat einen achtzigjährigen Greis ins Elend gestoßen, einen Mann, der sich mit exzellenten Werken um Frankreich und Italien verdient gemacht hat. Ohne jegliche Unterstützung, ausschließlich auf das Wohlwollen eines gutherzigen Enkels angewiesen, der seine bescheidenen Einkünfte aus harter Arbeit mit ihm teilt, geht er im Alter von sechsundachtzig Jahren krank und verarmt dem Tod entgegen und dankt dabei dem Himmel, als französischer, republikanisch gesinnter Bürger sterben zu dürfen.

Bürger! Ich bin mir sicher, dass ihr die Sorgen und Gefühle der Mitglieder des Ausschusses für Kultur und Bildung angesichts einer solchen Petition teilt.

Auch wenn ihr manchmal gezwungen seid, im Namen der französischen Nation mit aller Strenge vorzugehen, so ist euch dennoch die Verpflichtung bewusst, auch der Großzügigkeit zu ihrem Recht zu verhelfen. Mit hilfreicher Hand unterstützt ihr das, was euch auf dieser Erde heilig ist: Tugend, Genie, Alter, und im Falle eines widrigen Schicksals wie diesem solltet ihr nicht erst eine genaue Untersuchung verlangen, denn die Natur wartet nicht, und in wenigen Tagen könnte jede Wohltat zu spät kommen.

Daher schlagen wir folgendes Dekret vor:
Der Nationalkonvent, nach Anhörung seines Ausschusses für Kultur und Bildung, beschließt wie folgt:

Art. 1. Die jährliche, dem Goldoni 1786 zugesprochene Vergütung von viertausend Livre wird ihm ab heute aus der Staatskasse gezahlt.

Art. 2. Die Summe, die ihm daher ab Juli vergangenen Jahres zusteht, wird ihm umstandslos und allein auf sein Ersuchen hin ausgezahlt.

Der Konvent möge dieses Dekret annehmen und seine Veröffentlichung im Bulletin anordnen.

ERSTE SZENE

Schicksalsschläge

6.–8. Februar 1793

1.

»Schöner aber ist das Wagnis, ohne Gestern, ohne Morgen, du kannst bleiben, du kannst gehen, hältst die Welt in deinen Händen!«

Scaramouche beendete seine Tirade mit hoch über dem Kopf erhobenen Armen, dann verschwand der Schauspieler Léo Modonnet unter tosendem Applaus hinter den Kulissen.

Das Theater war zum dritten Mal hintereinander ausverkauft. Ganz normal, dachte Léo, wenn sich herumspricht, dass an einem zweitrangigen Theater ein erstklassiger Schauspieler auftritt, einer der an die Comédie française gehört, für den man Schlange stehen und einen Haufen Geld auf den Tisch legen muss.

Aber die Kollegen empfingen ihn nicht wie erwartet. Anstelle von Anerkennung und Bewunderung sah er Trauer und Mutlosigkeit in ihren Augen, und er fragte sich, ob sie so niedergeschlagen waren, weil sie wieder einmal hatten erkennen müssen, dass zwischen seinem und ihrem Talent Welten lagen.

Er fragte Colette nach dem Grund ihrer Traurigkeit, und ohne den Blick zu heben, antwortete die Frau:

»Goldoni ist gestorben.«

»*Carlo* Goldoni?«, hakte Léo nach, um sich Zeit zu verschaffen, das Gehörte zu begreifen, und nicht etwa, weil er Zweifel an der Identität des Verstorbenen gehegt hätte.

»Hugo hat es gesagt, kurz nach Beginn deines Auftritts.«

»Das hättet ihr mir sofort sagen müssen!«, beschwerte er sich. »In einer solchen Situation kann man nicht einfach weiterspielen!«

Er schüttelte ungläubig den Kopf. Seine Lippen murmelten immer wieder fast lautlos den Namen des Meisters. Erinnerungen wurden wach: Bologna, die Villa Albergati ... Kindheitserinnerungen, alte Geschichten, ausgeschmückt und ins Märchenhafte gesteigert durch die Erzählungen der Älteren. Über den letzten Besuch Rechtsanwalt Goldonis auf dem

Landgut des Grafen war viel geredet worden. Der Meister war auf dem Weg nach Paris gewesen, aber wegen eines hartnäckigen, äußerst lästigen Rheumas hatte er in Bologna einen ganzen Monat fast ausschließlich im Bett verbracht.

Viele Jahre später hatte Modonnet ihn in Paris wiedergesehen, als Goldoni schon alt und auf einem Auge blind war, aber immer noch hellwach und brillant, noch immer ...

Léo gab sich einen Ruck und ließ den Vorhang öffnen. Der erste Auftritt im zweiten Akt gehörte ihm, und das Publikum überschüttete ihn mit Applaus, aber er hob abwehrend die Hände, und als es endlich still wurde im Publikum, holte er tief Luft und sagte:

»Bürger, soeben habe ich erfahren, dass während wir hier gespielt und gelacht haben, ein edler Mann einsam und arm in seiner Pariser Wohnung gestorben ist: Carlo Goldoni, der italienische Molière. Sein Ableben lässt uns als Waisen seines Genies zurück ...«

Bei dem Namen Goldoni erhob sich Stimmengewirr im Saal, aber Léo ließ sich nicht ablenken:

»Er war ein Meister, er war der König unter den ihm Ebenbürtigen, Schicksalsschläge hatten ihn seiner Pension beraubt, und allzu häufig wurde er falsch verstanden.«

Das Stimmengewirr wurde lauter, das Publikum teilte sich in zwei Gruppen, Beleidigungen flogen hin und her, einige wurden handgreiflich. Léo zögerte und verlor für einen Augenblick den Faden, aber dann fuhr er mit neuem Elan fort:

»Wenn ein Mensch der Sonne gleich untergeht, haben die im Dunkel die Pflicht, ihn zu ehren. Im Reich der Kunst sind wir seine Untertanen.«

Ein Stuhl flog auf die Bühne und zerbrach in seine Einzelteile. Léo starrte auf die Stelle, wo er gelandet war, und schloss aus der Entfernung, dass der Wurf nicht ihm gegolten hatte. Trotzdem war es Zeit zu gehen.

»Ich wollte sagen, wir werden weiterhin zu seinen Ehren spielen. Aber nicht heute Abend. Heute trauern wir und gedenken seiner. Bürger, die Vorstellung ist hiermit beendet!«

Als er ging, flogen neben weiteren Gegenständen, die er sich nicht die Mühe machte zu identifizieren, zahlreiche Beleidigungen auf die Bühne. Seltsamerweise waren es die Aufrufe zur Ruhe, die besonders laut und drohend klangen.

Vielleicht war der Tumult entstanden, weil das Publikum ihn unbedingt in der überall angekündigten Rolle sehen wollte; einen Nachruf wollte niemand hören, überlegte Léo.

Hinter den Kulissen kam der Prinzipal mit den Armen fuchtelnd auf ihn zu:

»Was fällt dir ein? Bist du verrückt geworden? Die verlangen ihr Eintrittsgeld zurück! Fünfzig Sous für mindestens hundert Personen! Der Besitzer wird uns verklagen!«

»Goldoni ist gestorben, ich spiele heute nicht mehr!«, antwortete Léo.

Die Mienen der Kollegen signalisierten Zustimmung.

Léo verstand. Er musste die Situation retten und eine Art Machtwort sprechen.

»Wir gehen jetzt alle zusammen zur Wohnung des Meisters und erweisen ihm die Ehre, die ihm gebührt«, schlug er vor. Den Stimmen entnahm er, dass er die Wünsche seiner Kollegen erraten hatte.

»Unsere Pflicht.«

»Eine Selbstverständlichkeit.«

»Ein großes Licht ist erloschen.«

Sie waren sich alle einig und hasteten durch den hinteren Bühnenausgang auf die Straße.

Bis zur Rue Saint-Sauveur war es ein gutes Stück zu Fuß, und obwohl er im Laufe des Tages nur wenig und dazu schlecht gegessen hatte, verspürte Léo keine Müdigkeit und eilte hellwach an der Spitze der Schauspielertruppe, einer exzentrisch gekleideten Schar, die dreifarbige Kokarde gut sichtbar, durch die Straßen der eiskalten Stadt.

Colette hielt ihren Rock an zwei Zipfeln hoch, und um mit ihm Schritt zu halten, musste sie immer mal wieder ein paar Laufschritte einlegen.

»Wo geht's jetzt weiter?«

»Ich weiß es nicht genau, Léo. Ich glaube nach rechts, es kann nicht mehr weit sein.«

Gedankenverloren schlug Léo die angegebene Richtung ein. Sie gingen schnell, die Schritte mit den Armen rhythmisch unterstützend, nur Léo hielt den Kopf gesenkt und hatte die Hände hinter dem Rücken ineinandergelegt, was ihm eine gewisse, besorgt scheinende Autorität verlieh.

»Wir sind fast da, Saint-Sauveur muss die nächste sein«, rief Colette.

Unter den Fenstern der Wohnung Goldonis blieb die Gruppe schweigend stehen. Die Blicke nach oben gerichtet, schienen sie auf ein Zeichen zu warten, auf eine Stimme, die ihnen sagte, was zu tun sei. Ein Fenster war schwach erleuchtet; jemand hielt Totenwache.

Eine Baritonstimme unterbrach das Schweigen:

»Und jetzt? Was machen wir jetzt, Léo?«

Der Angesprochene zuckte zusammen.

»Was wir machen? Wir sammeln uns und denken über das Schicksal des Menschen und der Kunst nach. So muss es sein, wenn jemand stirbt, und dann ...«, Léo fuhr sich mit der Hand über die Stirn, nur mühsam schien er die Tränen unterdrücken zu können und nach einem tiefen Seufzer fuhr er fort:

»Irgendjemand«, Léo blickte sich um, »... sollte eine Trauerrede halten.«

Alle redeten durcheinander.

»Die Rede musst du halten, Léo.«

»Noch eine? Ich hab doch gerade erst eine gehalten!«

Der Bariton rief: »Léo, du stehst hier nicht auf der Bühne.«

Léo warf ihnen betont lässig drei oft erprobte kurze Blicke zu: Dank, leichtes Bedauern, schweres Bedauern.

Als er wieder nach oben blickte, bemerkte Colette, dass seine Bestürzung echt war, als Beweis rollte eine Träne über seine Wange.

»Komm Léo, lass uns gehen, wir fallen nur auf. Du weißt ja, was passiert ist!«, sagte der Bariton.

»Ja, Saint-Jacques, ich habe es gesehen, deshalb hatte ich es so eilig. Wir waren uns doch alle einig, oder? Ihr habt doch gesagt: ›Es ist unsere Pflicht, eine wichtige Geste, ein großes Licht ist erloschen, das Licht auf der Spitze eines Leuchtturms, der Koloss von Rhodos ...‹, und das habe nicht ich gesagt, Saint-Jacques!«

»Er hat Recht, es gibt viele gute Gründe hier zu sein, und es verstößt nicht gegen das Gesetz, einem großen Mann die letzte Ehre zu erweisen.«

»Er war ein edler Mensch, einzigartig!«

Léo nickte und wühlte in seiner Manteltasche, er wurde immer ungeduldiger und erstarrte plötzlich. »Das Buch«, murmelte er.

»Was für ein Buch?«

»Was für ein Buch? Die ›Erinnerungen‹ von Goldoni. Ich hab's im Theater vergessen. Ich muss noch mal zurück.«

»Die ›Erinnerungen‹? Das sind mehrere Quartbände.«

Im Licht der Laterne sah man Léo erblassen.

»Ich besitze nur den zweiten Band, den wichtigsten.«

»Macht nichts, aber wir sind müde, ich finde, wir haben unsere Pflicht getan, wir haben dem Toten die letzte Ehre erwiesen.«

Sie blickten sich schweigend an, und ein anderer fügte versöhnlich hinzu: »Improvisier doch einfach was!«

»Nein, Freunde und Kollegen! Es müssen Worte des Meisters selbst sein, Worte, die uns inspirieren und leiten. Meine eigenen wären viel zu erbärmlich.«

»Lauf zurück«, Colette schob ihn mit der Hand vorwärts. »Wir warten hier vor dem Haus.«

Eine kleine Revolte brach aus.

»Was soll das heißen, wir warten hier? Bei der Kälte, mitten in der Nacht?«

»Viel zu kalt, du kannst ja warten, wenn du Lust hast!«

»Mach schon, Léo, lass dir was einfallen. Deine Rede wird schon gut genug sein.«

»Ja, los! Beeil dich!«

Ohne zu antworten, machte Léo auf dem Absatz kehrt und lief die Straße zurück, die sie gekommen waren, aber schon nach wenigen Schritten hielt eine laute Stimme ihn zurück:

»Stehen bleiben, Bürger! Auch die anderen, alle stehen bleiben!« Die Greifer. Léo erkannte einen Mann, der im Theater in der ersten Reihe gesessen hatte. Der Mann zeigte mit dem Finger auf ihn und redete leise auf den Anführer des Trupps ein.

»Bürger, ihr seid alle wegen Störung der öffentlichen Ordnung verhaftet.«

Zwei Polizisten gingen auf Léo zu, drehten ihm die Arme auf den Rücken und hielten ihn fest.

Der Anführer, ein grobschlächtiger Mann mit vulgären Zügen, baute sich vor ihm auf.

»Seid Ihr der Schauspieler Léo Modonnet?«

»Ja, der bin ich! Und was habe ich getan?«

»Mit den Händen vielleicht nichts, aber mit dem Mund. Es hat lange gedauert, bis wir die Ordnung wiederhergestellt hatten.«

Léo blickte dem Typen aus der ersten Reihe im Theater verächtlich ins Gesicht; offensichtlich hatte er die Polizei gerufen.

»Auf geht's! Entweder ihr kommt friedlich mit oder wir legen euch Handschellen an, Ihr habt die Wahl«, rief der Anführer.

2.

Der größte Raum in dem ehemaligen Palais eines Adeligen, das man zum Gefängnis umfunktioniert hatte, war völlig überfüllt. An den Wänden standen lange Holzbänke und alte Stühle, an einer Wand hing ein großer Spiegel. Auf der Suche nach einem Platz teilten sich die Schauspieler in kleine Gruppen, verfolgt von den teilnahmslosen Blicken der Mitgefangenen. Léo fühlte sich einsam und allein, soweit das an einem mit Menschen vollgestopften Ort möglich war.

Außer den Verhafteten hielten sich einige Polizisten in dem Raum auf. Sie bewachten den durch ein dickes Schiffstau abgetrennten Frauenbereich und wurden nach einer bestimmten Zeit von anderen abgelöst. Léo suchte Colette, aber als er sie endlich entdeckt hatte, wandte sie sich nach einem flüchtigen Blick ab. Er war enttäuscht und wollte schon laut nach ihr rufen, hielt sich aber zurück, weil er die Situation nicht noch weiter verschlimmern wollte. Ein Wächter wies ihm eine Bank zu, auf der er sich ausstreckte. Die Bank war hart und schlecht gehobelt. Immer wieder veränderte er seine Lage, und erst nach einer Weile wurde er ruhiger und blickte resigniert an die hohe Deckenwölbung. Er lauschte dem Stimmengewirr und schnappte Wörter und Satzfetzen auf: »Arschloch«, »Italiener«, »Der spinnt doch«, »Jetzt sitzen wir im Knast«.

Die Nacht verging langsam, in der Luft hingen die Ausdünstungen der Körper und der Sauerstoff wurde knapp, aber an frische Luft war nicht zu denken, die Fenster waren mit Holzbalken verrammelt. Im Halbschlaf sah Léo plötzlich das Gesicht eines Polizisten vor sich, der ihn rücksichtslos schüttelte und anbrüllte, er solle sofort aufstehen, er müsse zum Verhör. Er erhob sich, bat um einen Augenblick Geduld und ging mit langen Schritten zum Spiegel. Der Polizist lief hinter ihm her und knurrte ihn an, er sei schön genug für Nogaret.

3.

»Zuerst müssen wir ein paar Ungereimtheiten klären. In Eurer Bürgerkarte steht, dass Ihr in Boulogne geboren seid, in anderen Dokumenten steht Bologna, und das finde ich glaubwürdiger, schließlich heißt Ihr Leonida Modonesi, auch bekannt als Léo Modonnet. Wo also: Boulogne auf der Strecke nach Calais, Boulogne in der Vendée oder Bologna in Italien?«

»Ich bin in Bologna geboren.«

Der Beamte nahm die Eintragung vor, ohne mit der Wimper zu zucken.

»Seid Ihr ein Spion des Papstes?«

»Ein Spion des Papstes? Ich bin Schauspieler, ein berühmter sogar, ich habe mich noch nie um etwas anderes als ...«

»... um die Kunst gekümmert«, ergänzte der Beamte den Satz. »Dasselbe haben auch die anderen geantwortet. Sie bezeichnen Euch übrigens als Schwärmer und geben Euch allein die Schuld an den Unruhen im Theater.«

Léo seufzte. Jetzt musste er zeigen, wer er war, schließlich war er kein Angsthase.

»Es geht wohl um die Trauerrede aus Anlass des Todes des Bürgers Goldoni. Ja, das war meine Initiative, die Rede war improvisiert, sie war nicht geplant, eine Rede im alten Stil. Wir haben die Nachricht seines Todes während der Aufführung erhalten, und ich dachte ... Aber es ging ausschließlich darum, unser Beileid aus Anlass des Todes eines edlen Menschen zu bekunden.«

Nogaret lächelte sarkastisch. Léo blickte in ein trauriges Gesicht mit zwei tiefen Falten an den Mundwinkeln, die ihm das Aussehen eines großen Hundes gaben.

»Und wohin führt die ausschließliche Beschäftigung mit der Kunst, Bürger Modonnet? Dass man über das, was man auf der Bühne, auf der Straße und im Leben überhaupt sagt und tut, nicht weiter nachdenkt. Eure zweideutige Rede hat die Menschen aufgewühlt und die republikanische Ordnung gestört.« Er blickte auf den Bericht, der vor ihm auf dem Tisch lag. »Das Hervorheben des *edlen Menschen ... ein König unter seinesgleichen ... ein Mann, der wie die Sonne ... wir Unterta-*

nen ... Das war für viele eine deutliche Anspielung auf den Sturz der Monarchie. Die revolutionäre Macht respektiert die Meinungsfreiheit, trotzdem ist Vorsicht geboten bei dem, was man sagt. Wenn Ihr Euch der monarchistischen Propaganda schuldig macht, ist es aus mit der Freiheit und manchmal auch mit dem Leben.«

Léo verzichtete darauf, noch einmal darauf hinzuweisen, dass er das Wort »Kunst« nicht in den Mund genommen hatte. Er hatte daran gedacht, das konnte er nicht leugnen, aber er hielt es für nützlicher, sich auf sicheres Terrain zu begeben.

»Ich halte mich für nicht schuldig, Bürger, und zwar deshalb, weil ich es nicht bin. Ich stehe treu zur Republik und habe mich über den Tod des Tyrannen gefreut.«

Das Vergnügen mit Colette am Morgen der Enthauptung Capets fiel ihm ein, aber sofort verscheuchte er die Erinnerung, dies war nicht der richtige Augenblick.

»Wenn Ihr gestattet, erzähle ich Euch die tieferen Gründe der von mir gehaltenen Rede, sie liegen in meiner Lebensgeschichte.«

Nogaret verzog das Gesicht. »Ich erkenne die Gründe für Eure Rede an, aber Eure Lebensgeschichte ... nicht, dass es mir an Lust fehlte, aber an der nötigen Zeit.«

»Ein paar Informationen müsste ich Euch schon geben, damit Ihr das Warum der Rede versteht, es sind sentimentale Beweggründe, und es genügt schon, wenn ich Euch sage, dass ich Goldoni schon in jungen Jahren kennengelernt habe. Goldoni war Gast im Hause seines Freundes, des Grafen Albergati in Bologna, und erkrankte. Ich bin ein Sohn der Kunst, mein Vater war Leiter der Schauspieltruppe am gräflichen Theater, daher ...«

Der Beamte hob die Hand.

»Kommt zur Sache, Bürger Modonnet, die sentimentalen Gründe, wie Ihr sie nennt, für die Rede und den zweideutigen, wenn nicht offen aufwieglerischen Tenor der Rede!«

Léo nickte.

»Um es kurz zu machen, Herr ... das heißt, Bürger, diese große Seele, dieser Genius, der Erneuerer unserer Kunst hat mich als Kind auf seinen Knien geschaukelt, und als ich ihn hier in Paris wiedertraf, hat er mit mir geredet und mir eine Lektion fürs Leben erteilt.«

»Verstehe. Eine Art spiritueller Vater.«

»Ganz recht, Bürger. Vater und Meister.«

»Es waren also keine Anspielungen auf die politische Situation.«

»In keiner Weise, Bürger.«

»Und was hat Goldoni Euch gesagt?«

»Wenn es für den Fall nicht wichtig ist, würde ich lieber schweigen.«

Nogaret zuckte mit den Schultern.

»Reine Neugierde, aber Ihr sollt wissen, dass ich Euch zwingen könnte, wenn ich es für wichtig hielte.« Er machte eine Pause und beschäftigte sich wieder mit dem Bericht und dem Haftbefehl. Dann fuhr er fort: »Hört zu! Besonders überzeugend ist Eure Darstellung nicht. Die Republik befindet sich in einer kritischen Situation und kann ihren Bürgern keine Nachlässigkeiten erlauben, Unredlichkeit wird nicht geduldet.« Er hob die Hand, um Léo Einhalt zu gebieten, der gerade widersprechen wollte. »Trotz allem glaube ich, dass das, was Ihr sagt, zu einem guten Teil der Wahrheit entspricht. Die Strafe fällt folglich milde aus. Aber Vorsicht, doppelte und dreifache Vorsicht, sonst werde ich in Zukunft gezwungen sein, härtere Maßnahmen zu ergreifen.«

Léo schluckte.

»Ich danke Euch, Bürger.«

»Ihr irrt, Bürger Modonnet, ich tue Euch keinen Gefallen, ich urteile nur nach dem Gesetz. Und wenn wir schon einmal dabei sind, Ihr solltet auch in anderen Dingen vorsichtiger sein. Einer der im Saal Anwesenden hat berichtet, die Rede sei nichts Besonderes gewesen, Goldoni hätte Besseres verdient gehabt; zu überschwänglich, zu wenig wahre, ernsthafte Gedanken. Ich habe Euch bereits in verschiedenen Rollen gesehen, Bürger Modonnet, und ich muss sagen, Ihr neigt zu übertriebenem Pathos.«

»Findet Ihr?«, sagte Léo kalt.

»Ja, Modonnet, italienische Schule: Technik, launige Einfälle, Mystifizierung. Ihr könnt jetzt gehen!«

»Bin ich frei?«

»Immer mit der Ruhe, Modonnet. Ihr geht jetzt zurück in den Arrest und wartet auf Euren Entlassungsschein.«

4.

Den Entlassungsschein erhielt er erst am nächsten Tag. Die anderen hatte man sofort wieder gehen lassen, da man ihnen nichts vorwerfen konnte. Niemand von ihnen hatte das Wort ergriffen, und der nächtliche Ausflug unter die Fenster Goldonis war keine Straftat.

Léo überlegte, wen sie bei der Aufführung am Abend zuvor für ihn eingesetzt haben könnten, aber wer auch immer es gewesen war, jetzt kehrte der natürliche Inhaber der Rolle zurück. Die Luft war beißend kalt, aber die Sonne schien und er hatte gute Laune. Pausenlos waren Menschen zum Verhör erschienen, das Gefängnis war überfüllt, und auch jetzt, als sie ihn hinausließen, hatte sich eine lange Schlange von Frauen und Männern gebildet, die ihren Ausweis vorzeigen mussten, bevor man sie einsperrte.

Léo hatte zwar noch nichts gegessen, aber er schritt kräftig aus auf dem Weg zurück zum Theater. Er nahm sich fest vor, in Zukunft vorsichtiger zu sein, sich besser zu beherrschen. Man müsste jetzt so schnell wie möglich ein Stück des Meisters aufführen, das erst wäre eine wahre Hommage. Aber zuerst musste der Prinzipal, François Barbier, genannt La Résistance, überzeugt werden. Immerhin ein Mann vom Fach, auch wenn er nicht gerade brillant war. Léo überlegte, welche Komödie zu den Schauspielern seiner Truppe passen könnte. Colette spielte am besten in leichten Rollen, Saint-Jacques würde einen guten Pantalone abgeben, vielleicht etwas zu dick, und auch für die anderen würde sich etwas finden, im Grunde verstanden sie ihr Geschäft.

Schnell erreichte er die Rue de la Mouche, an der der Hinterausgang der Bühne lag. Er wollte seine Überlegungen den Kollegen sofort mitteilen, er wusste, dass er etwas wiedergutzumachen hatte, er hatte sie in eine unangenehme Situation gebracht.

Léo riss die Augen auf und schaute genauer hin. La Résistance stand da und bewachte einen Haufen Hausrat, der aus einer Truhe, einem Sack und einem Koffer mit Theaterkostümen bestand; es waren alles seine Sachen.

»Wieso stehen meine Sachen auf der Straße, Barbier?«

»Die waren etwas schneller als du, Modonnet. Du gehörst nicht mehr zur Truppe.«

Jetzt kamen auch die anderen Schauspieler heraus.

Die massige Gestalt Saint-Jacques' verdeckte Colette, sodass Léo ihr Gesicht nicht sehen konnte.

»Und warum? Auch wenn ich mir den Grund denken kann, um ehrlich zu sein.«

»Da du es schon weißt, kann ich mir die Erklärungen sparen.«

Léo schluckte seine Wut hinunter und wandte sich in kaltem Ton an die anderen:

»Und ihr, meine Freunde, seid ihr derselben Meinung?«

»Was sie denken, interessiert niemanden«, schaltete sich der Prinzipal wieder ein.

»Der Impresario hat gesagt, du oder wir, und er hat recht. Verlust der Einnahmen, zwei Zuschauer im Krankenhaus und jede Menge zerbrochene Stühle. Alles wegen dir.«

Sollte er bitten und betteln? Sie einzeln nach dem Grund für ihren Verrat fragen? Schreckliche Szene, dachte er. Er beschränkte sich auf eine rhetorische Frage:

»Ihr seid also alle einverstanden?«

Schweigen. Colette blickte ihn an. Léo las Ablehnung, kaum wahrnehmbare Traurigkeit und unverhüllte Gleichgültigkeit in ihren Augen.

»Feiglinge. Ihr verdient meine Kunst nicht.«

Das Problem waren seine Sachen, wie sollte er sie wegschaffen und wohin? Das erste Problem einer langen Reihe von Problemen, die auf ihn warteten.

»JOURNAL DE LA RÉPUBLIQUE FRANÇAISE«
Marat, der Freund des Volkes
Abgeordneter des Nationalkonvents

Ut redeat miseris, abeat fortuna superbis.
Möge das Glück die Überheblichen verlassen
und zu den Elenden zurückkehren.

Aus der Nr. 133, Montag, 25. Februar 1793

Niemand kann bestreiten, dass Kapitalisten und Spekulanten, Monopolisten und Händler von Luxusgütern, das Adelspack und die Oppositionellen allesamt Handlanger das alten Regimes sind; der eine mehr, der andere weniger. Sie haben sich auf Kosten der Nation bereichert und trauern jetzt dem Missbrauch nach, von dem sie profitiert haben. Wie könnten sie also etwas beisteuern zur Gründung des Reichs der Gleichheit und Freiheit?

Angesichts der Unmöglichkeit, ihre Herzen zu ändern, und da die bis heute ergriffenen Maßnahmen, mit denen man sie an ihre Pflichten erinnerte, vergeblich waren, und weil wir nicht darauf hoffen können, dass der Gesetzgeber geeignete Maßnahmen ergreift, bleibt nur die vollständige Vernichtung dieses verfluchten Gesindels, damit im Staat endlich Ruhe einkehrt, denn solange sie da sind, werden sie niemals aufhören zu konspirieren. Sie verdoppeln jetzt ihre Anstrengungen und quälen das Volk mit unmäßigen Preissteigerungen für Grundnahrungsmittel und drohen mit einer Hungersnot.

Angesichts der Erwartung, dass die Nation, die dieser empörenden Machenschaften überdrüssig ist, endlich Entscheidungen trifft und den Boden der Freiheit von einer kriminellen Rasse befreit, deren feige Vertreter ungestraft zum Verbrechen aufrufen, sollte sich niemand wundern, wenn das Volk in seiner Verzweiflung Selbstjustiz übt. In allen Ländern, in denen die Rechte des Volkes nicht nur hohle, mit großem Pomp vorgetragene Worte sind, würde die Plünderung von Vorratslagern, an deren Tore man die Hamsterer aufhängte, der Veruntreuung von Waren, die fünf Millionen Menschen zur Verzweiflung treibt und Tausende verhungern lässt, bald ein Ende bereiten. Haben die Abgeordneten des Volkes für diese Missstände nichts weiter als Geschwätz übrig, haben sie kein einziges Gegenmittel anzubieten?

Repressive gesetzliche Maßnahmen bringen nichts, da sie offensichtlich wirkungslos sind und es auch in Zukunft sein werden. Die einzig wirksamen Maßnahmen sind revolutionäre Aktionen. In diesem Moment wüsste ich keine andere Maßnahme, die unter den gegebenen Umständen und in unserer schwachen Position angemessen wäre, als die, dem Sicherheitsausschuss die Macht zu übertragen, die Hauptgeschäftemacher aufzuspüren und sie vor ein staatliches, aus fünf aufrichtigen und ehrlichen Männern bestehendes Gericht zu stellen und sie als Vaterlandsverräter zu verurteilen.

ZWEITE SZENE

Der freie Handel

25.–26. Februar 1793

1.

Um neun Uhr morgens betrat Marie Nozière den Laden des Bürgers Vaillant und verlangte drei Pfund Seife, zehn Kerzen und ein Päckchen Zucker.

Der Drogist stellte eine Holzkiste und zwei große Behälter auf den Tresen, legte einen Bogen Ölpapier auf die Waagschale und wog mit gekonnten Handgriffen die Ware, wobei er die Zahlen mit Kreide auf das Holz des Tresens schrieb. Während er noch rechnete, kündigte ein kalter Luftzug das Eintreten neuer Kundinnen an. Er hob den Kopf, begrüßte jede einzeln, verschloss dann die drei Päckchen und nannte den Preis: neun Livre und fünfzehn Sous.

Der Preis löste die üblichen Bemerkungen aus, das waren vier Arbeitstage einer tüchtigen Näherin. Das Murren endete meistens mit einer schlagfertigen Antwort, aber an diesem Tag war keine der Kundinnen zu Scherzen aufgelegt.

Marie folgte mit dem Finger den Berechnungen des Ladenbesitzers, nahm die Kreide, die noch auf dem Tresen lag, und schrieb:

Zucker, 20 Sous.

Seife und Kerzen, 12 Sous.

Sie zog einen schnurgeraden Strich, addierte und schrieb Zahlen, und nach Abschluss ihrer Berechnungen sagte sie, sie werde zwei Livre und 18 Sous bezahlen.

»Wie Ihr wollt, für das Geld bekommt Ihr von mir – Moment, das haben wir sofort – einen Esslöffel Zucker, vier Kerzen und ...«, antwortete Vaillant.

Wieder drang ein kalter Luftzug durch die geöffnete Tür, und der Ladenbesitzer sah, wie sich weitere fünf Weiber in den Laden drängten. Inzwischen befanden sich mindestens ein Dutzend Frauen in dem Raum, dicht gedrängt standen sie zwischen Tresen und Regalen.

»Ihr habt mich nicht verstanden«, sagte Marie und knallte drei Zwanziger-Assignaten auf den Tresen, »das, was da steht, sind die Preise, die ab heute Morgen gültig sind.«

»Gültig? Und wer bestimmt das?«

»Wir!«, rief Georgette und zeigte auf das Häufchen, das sich hinter ihr versammelt hatte.

Der Ladenbesitzer blickte verwirrt auf die Preisliste, die man ihm aufzwingen wollte.

»Für das Geld lohnt es sich nicht mal, die Säcke aus dem Lager zu holen.«

Marie lächelte ihn an: »Um die Säcke kümmern wir uns später, ich wette, du hast sogar Mehl, das es auf dem Markt schon seit vier Tagen nicht mehr gibt.«

Der Ladenbesitzer trat einen Schritt zurück, stemmte die Hände in die Hüften und schob seinen Bauch wie einen Schutzschild vor.

»Wollt Ihr damit sagen, dass ich manipuliere?«

Marie hob Schultern und Stimme.

»Gebt uns das, was wir brauchen, und zwar zu dem von uns geforderten, gerechten Preis, dann wird niemand so etwas behaupten. Man wird euch im Gegenteil als ein Beispiel ...«, sie suchte nach Worten, »... öffentlicher Tugend loben.«

Vaillant stützte einen Ellenbogen auf den Tresen und legte nachdenklich das Kinn in die Hand. Die andere Hand griff unter den Tresen und tauchte mit einem kleinen Beil bewaffnet wieder auf, das er vor sich in das Holz des Tresens schlug. Die Frauen zuckten zusammen.

»Genügt Euch das als Warnung, Bürgerin Nozière?«

Ein Schwall Schmutzwasser löschte den drohenden Ausdruck in seinem Gesicht.

»Bitte sehr!«, rief Georgette.

Der Ladenbesitzer hob die Hände vors Gesicht, schüttelte sich, spuckte und rief mehrmals »Puah!«, während Marie die Axt an sich nahm. Hinter ihr waren fünf auf ihn gerichtete Spritzen bereit, Dreck und Pferdepisse zu verschießen. Vor der Ladentür hatten sich inzwischen weitere Frauen versammelt, und die im Laden begannen, wie zufällig gegen Schachteln und Behälter zu stoßen und sich den Inhalt in die Taschen zu stecken.

Vaillant entschied, es sei besser, die Frauen zufriedenzustellen, als bestohlen zu werden und sich den Laden verwüsten zu lassen.

»Ich ergebe mich«, sagte er endlich angesichts der drohenden Klinge, die er kurz vorher noch selbst in der Hand gehalten hatte. »Hier sind Eure Einkäufe, Bürgerin Nozière.«

Er nahm die Assignaten vom Tisch und suchte in aller Ruhe nach dem Wechselgeld.

Der Ladenbesitzer Vaillant hatte schon ungefähr zehn Kundinnen bedient, als er die Stimme Treignacs hörte, der sich in der Schlange Gehör verschaffte.

»Macht Platz! Was ist das für ein Aufstand hier?«

Treignac war Flickschuster, er hatte nicht einmal die Zeit gehabt, seine schmutzige Schürze abzulegen. Im Auftrag der Revolution war er als Polizist im Viertel tätig, mit genau der Unparteilichkeit, zu der er fähig war, und soeben hatte man ihn gerufen, um in diesem Laden zu vermitteln.

Er schob sich an den Tresen und stellte sich vor die Frauen.

Treignac wusste, dass Marie Nozière zu den Anstifterinnen des Aufruhrs gehörte, aber als sie mit einer geschliffenen Waffe in der Hand vor ihm stand, fühlte er sich unwohl. Erstens war sie die starrköpfigste Frau des ganzen Viertels, und zweitens hätte er sie liebend gern in einer weniger angespannten Situation angetroffen.

Das Erscheinen des Polizisten zauberte ein befriedigtes Grinsen ins Gesicht Vaillants.

»Kommissar Treignac, gut, dass Ihr gekommen seid. Die Weiber wollen mich bestehlen«, rief er erfreut.

»Lügner!«, rief es von überall her.

»Niemand hat hier irgendwas gestohlen«, erklärte Marie, »aber wir kaufen die Ware zum Preis von vor drei Jahren, bevor die Blutsauger angefangen haben, sich an unserem Hunger zu bereichern.«

Treignac räusperte sich. Er war kein Mann des Wortes, er war ein Mann der Praxis, aber auf dem Weg hierher hatte er sich eine Standpauke ausgedacht.

»Wir wollen alle niedrige Preise«, fing er an, »aber die gibt's nicht von heute auf morgen. Es wird ein Gesetz vorbereitet, das die Reichen besteuert, und die Einnahmen werden dazu verwendet, das Brot billiger zu verkaufen. Ihr müsst Geduld haben. Oder tun euch die Reichen leid, wenn sie die Steuer bezahlen müssen?«

Seine Rede traf die Frauen unvorbereitet, und Vaillant nutzte die Situation und sattelte drauf:

»Damit Vanille billig ist, wird der freie Markt behindert! Wollt ihr eine Regierung, die den Zuckerpreis senkt oder eine Regierung, die die Freiheit garantiert?«

»Wir wollen Zucker und Freiheit!«, antwortete Marie, und sofort wurde der Satz zur Losung.

»Zucker und Freiheit!«, riefen die hinter ihr Stehenden.

»Zucker und Freiheit!«

»Zucker ist ein Luxusgut«, versuchte Treignac zu argumentieren und übertönte mit seiner Stimme den Lärm. »Es ist ganz normal, dass er mehr kostet als Brot.«

»Vor drei Jahren haben wir fünfundzwanzig Sous für ein Pfund bezahlt, heute kostet es hundert!«

»Das ist die Schuld der Monopolierer!«

»Macht sie einen Kopf kürzer!«

»Ruhe!«, rief der Polizist, als die Stimmen lauter wurden, und hob beschwichtigend die Hände. »Die Spekulanten werden bestraft, aber es muss die richtigen treffen, man darf nicht alle über einen Kamm scheren.«

Trotz des abweisenden Blicks Treignacs, der auf die Unterstützung des Ladenbesitzers gerne verzichtet hätte, mischte Vaillant sich mit erhobenem Finger wieder ein.

»Wir Ladenbesitzer sind unschuldig. Unsere Preise hängen von den Preisen ab, die uns die Lieferanten machen.«

»Erzähl keine Märchen, Vaillant«, rief Marie und wedelte mit dem Beil in Richtung Drogist. »Wir beobachten dich schon seit einiger Zeit. Du versteckst die Sachen im Lager, und später verkaufst du sie zu überteuerten Preisen.«

Der Ladenbesitzer wurde rot und schlug mit der Faust auf die Ladentheke, aber bevor er etwas sagen konnte, griff wieder Treignac ein:

»Das ist eine schwerwiegende Anschuldigung, die muss bewiesen werden.«

Marie richtete das Beil gegen den Drogisten.

»Gute Idee. Gehen wir in sein Lager.«

Treignac wollte noch etwas sagen, aber er war wütend und murmelte nur unverständliches Zeug. Schließlich beruhigte er sich und streckte die Hand aus.

»Gut. Aber das Beil gibst du mir.«

Die beiden standen sich regungslos gegenüber. Treignac sah, dass sich auf Maries ernstem Gesicht eine leichte Befriedigung abzeichnete, vielleicht sogar so etwas wie Dankbarkeit. Er musste sich beherrschen, um ihr nicht zuzulächeln.

Das Beil glitt in seine geöffnete Hand.

2.

Das Lager Vaillants befand sich direkt neben den Hafenanlagen und den Lagerschuppen am rechten Ufer der Seine.

Auf ihrem Weg durch die Rue des Chantiers folgten dem Ladenbesitzer, Treignac und Marie Nozière eine Menschenmenge, die bei jedem Wohnblock größer wurde. Vor dem grün gestrichenen Tor angekommen, öffnete der Besitzer vier Schlösser, nahm das Vorhängeschloss von der Verriegelung und schob den Riegel bis zum Anschlag zurück.

Das Morgenlicht drang durch einen langen, mit Gitterstäben gesicherten Spalt, der sich über die ganze rechte Wand zog, in Streifen in den Lagerraum. Im Halbdunkel waren die auf dem Boden gestapelten Säcke schlecht zu erkennen, aber es fiel auf, dass es erstaunlich viele waren, bedachte man den Umsatz, den ein Einzelhändler wie er in einem armen Viertel machte, wo nur wenig Gewürze über den Ladentisch gingen.

Treignac forderte Vaillant auf, ein paar Laternen anzuzünden, und als das Lager besser erleuchtet war, begann dieser sich zu rechtfertigen.

»Wer von Vorratshaltung keine Ahnung hat, dem mag das alles hier viel vorkommen«, erklärte er und zeigte auf die Säcke, »aber Kolonialwaren werden nicht wie Wirsing oder Kartoffeln jeden Tag nach Paris geliefert. Das sind Waren, die müssen für Monate im Voraus eingekauft werden. Zum Glück verdirbt die Ware nicht sehr schnell. Dinge wie Zucker, Kaffee, Vanille, Tee aus Indien oder Kakao halten sich wochenlang, manche Waren sogar ein ganzes Jahr, wie zum Beispiel Wein. In einem Lager für Alkoholika findet man große Mengen Flaschen und Fässer.«

»Schluss mit dem Gerede, zeig uns, was in den Säcken ist«, sagte Marie.

»Ruhe!«, befahl Treignac und wandte sich an den Ladenbesitzer: »Holt die Lieferscheine und Zahlungsbelege und zeigt uns die dazugehörige Ware.«

»Hört zu, Treignac, ich danke Euch, dass Ihr eingeschritten seid, aber lasst mich nicht einen ganzen Tag mit der Inventur des Lagers verlieren«, jammerte der Ladenbesitzer.

Die Stimme Maries war laut und deutlich zu hören:

»Lasst Euch doch von ein paar ehrlichen Bürgern helfen!«

Während der Ladenbesitzer weiterredete, ging Marie zur Tür und stieß sie weit auf. Es wurde hell und ungefähr hundert Personen, die sich draußen versammelt hatten, strömten herein.

»Der Bürger Vaillant möchte, dass wir ihm helfen, die Säcke mit dem Mehl zu finden, die er hier aufbewahrt. Er kann sich nicht erinnern, wo er sie gelagert hat.«

Treignac eilte herbei und stellte sich neben die Frau. Beim Anblick des Polizisten zögerte die erste Reihe, sich auf die Suche zu machen.

»Stimmt das, Treignac, dass meine Frau seit vier Tagen kein Mehl kaufen kann, weil Vaillant es versteckt?«, fragte ein Transportarbeiter. »Keine Ahnung, Germain, wir untersuchen das Lager jetzt genau, und wenn die Anschuldigungen sich bestätigen, wird das Schwert des Gesetzes den Schuldigen treffen.«

Ein schöner Satz war ihm gelungen, aber er fand keine Zeit, sich daran zu erfreuen, denn schon wurden neue Kommentare laut:

»Wisst Ihr, was Marat heute Morgen geschrieben hat? Dass in allen Ländern, wo die Rechte des Volkes nicht nur auf dem Papier stehen, man nur ein paar Lager plündern und die *Monopolierer* an der Eingangstür aufhängen müsste, dann würden die Machenschaften von denen, die Tausende ins Elend stürzen, schon aufhören.«

»Und woher weißt du das, Philippe? Du kannst doch gar nicht lesen«, fragte Treignac.

»Auf dem Markt wurde heute Morgen über nichts anderes geredet. Da haben sie auch mit so ein paar Raffgierigen wie Vaillant abgerechnet. Stimmt's, Renaud?«

»Stimmt genau, Philippe. Komm jetzt, wir suchen das Mehl.«

Die beiden Männer betraten, gefolgt von einer weiteren Gruppe, entschlossen das Lager. Andere zögerten noch, und Treignac war klar, dass ihm für einen letzten Versuch nur noch wenig Zeit blieb.

»Ich habe den Artikel von Marat auch gelesen«, sagte er und tippte sich mit dem Finger auf die Brust. »Da steht etwas ganz anderes. Er sagt, es müsse ein Tribunal eingerichtet werden, das die Spekulanten bestraft, und dass die Reichen sich einigen müssen, damit ...«

»Hier ist es ja, Treignac! Mehl! Hier gibt's jede Menge Mehl!«

Treignac schwieg. Hinter Holzkisten und einem Haufen Säcke sah er zwei erhobene Arme, von denen weißes Pulver herabrieselte. Nach und nach wurden weitere Säcke aufgerissen.

Jetzt drängten auch die Zögerlichen wild entschlossen ins Lager und nach kurzer Zeit lag über allem eine weiße Wolke.

Das Mehl wurde in aufgehaltene Mützen geschüttet, Frauen hoben den Saum ihrer Unterröcke, um es fortzutragen, andere warfen sich die halbleeren Säcke über die Schulter und trugen sie ins Freie.

Vaillant versperrte einem der Männer den Weg, als der in aller Ruhe mit einem Sack auf den Schultern das Lager verlassen wollte. Die beiden stürzten in einer weißen Wolke zu Boden, zerrten, stießen und schlugen sich und rollten zwischen den Regalen über den Boden. Als Treignac eingreifen und sie trennen wollte, war nur noch der Ladenbesitzer da, weiß von Kopf bis Fuß, und betastete seine aufgeplatzte Lippe.

»Ruft sofort die Nationalgarde!«, rief er dem Polizisten zu.

»Da ist sie, deine Garde«, antwortete Treignac und zeigte auf einen Gendarmen, der das Lager soeben mit einer Ladung Zucker auf dem Arm verließ.

»Ich bin ruiniert, die rauben mir Waren von ungeheurem Wert«, jammerte Vaillant und klopfte seine Jacke ab.

»Ihr übertreibt!«, brachte Treignac ihn zum Schweigen. »Ich nehme an, Ihr seid versichert. Erstattet Anzeige, macht eine Liste von allem, was Euch außer dem Mehl noch gestohlen wurde. Oder besser noch, holt Eure Papiere und kommt mit mir zum Kommissariat. Hier gibt's für Euch nur Prügel, und ich habe keine Männer, die Euch schützen könnten. Ich warte an der Tür, Bürger Vaillant.«

Der Polizist schenkte der wegen der geschwollenen Lippe und des plötzlichen Stotterns unverständlichen Antwort keine Beachtung. Er steckte die Hände in die Taschen, verließ den Lagerraum und dachte darüber nach, was er in den Bericht für die Stadtverwaltung schreiben könnte.

Am Ausgang stieß er auf Marie Nozière, die vergeblich versuchte, für eine gerechte Verteilung der Beute zu sorgen. Die meisten Plünderer wurden selbst zu Hamsterern und schleppten so viel fort, wie sie tragen konnten.

»Hast du es jetzt gesehen, Treignac? Vaillant hortet Waren, wie ich gesagt habe. Er hat es nicht anders verdient.«

»Bist du sicher?«, antwortete er. »Habt ihr nicht die Todesstrafe für Hamsterer gefordert und dass die beschlagnahmte Ware zu einem gerechten Preis verkauft wird? Sieht so aus, als ob ihr heute weder das eine noch das andere erreicht hättet. Aber wenn ihr das in Ordnung findet, dann ist ja alles gut!«

Treignac lehnte sich mit dem Rücken an den Türrahmen und beobachtete das Volk des Faubourg Saint-Antoine, wie es Vanillevorräte für die nächsten zwanzig Jahre beiseiteschaffte.

3.

Mit den Österreichern und Deutschen sind sie noch gar nicht fertig, und schon erklären sie den Engländern wieder den Krieg. Aber das ist ein alter Hut; mit England ist immer Krieg, das war immer so, auf dem Meer, auf dem Land, überall auf der Welt. Der letzte vor zehn Jahren wurde ja eigentlich gewonnen, aber in Wirklichkeit haben wir doch verloren, denn hinterher waren wir pleite. Und warum haben wir den eigentlich geführt? Warum hat unser Ludwig den amerikanischen Engländern all das schöne Geld gegeben? Ich sag's euch: aus Rache, weil die uns in dem Krieg vorher Kanada weggeschnappt haben. So geht das schon seit ewigen Zeiten.

Die Engländer regen sich jetzt auf, weil wir Ludwig einen Kopf kürzer gemacht haben; als ob das ihr eigener König gewesen wäre. Dabei war der ihr Feind. Aber wenn Gesindel wie wir ihn einen Kopf kürzer machen, dann geht einem Haufen Aristokraten und Mylords der Arsch auf Grundeis. Die halten sich ihren Georg, den Verrückten, der ist so durchgeknallt, dass er seine Minister und Butler mit Scheiße bewirft. Da guckt man doch gerne zu, wenn man weit genug weg ist und nicht in der Schusslinie steht.

Jetzt geht der Krieg mit ihnen also wieder los, immer dasselbe.

Was hat Saint-Just gesagt? »Nicht die Menschen, die Staaten bekriegen sich.« Kluger Spruch! Ein hübscher, junger adeliger

Bursche ist das, aber alles was der sagt, Hut ab, und einen goldenen Arsch verdient er sich nicht damit wie die meisten. Robespierre fand den Krieg auch nicht gut, weil im Krieg die Generäle befehlen, nicht die Bürger. Aber es gibt natürlich auch ein Aber: Brissot und seine Freunde von der Gironde haben gesagt, dass die Revolution ohne Krieg nicht weitergeht, entweder wir machen sie fertig oder wir werden fertiggemacht. Sogar Danton war für die Wehrpflicht nach dem Losverfahren, das bedeutet dreihunderttausend Mal würfeln, sechshunderttausend Arme weniger zum Arbeiten, und die größten Streithammel wie Hébert haben sofort nach der Todesstrafe gebrüllt, für alle, die sich weigern.

Vielleicht haben sie recht. Auch wenn's hier bei uns genug zu tun gibt ... Wäre ja schön gewesen, wenn das Köpfchen von Ludwig gereicht hätte. »Wer wagt, gewinnt!«, und in dem schönen Lied heißt es: »Der König hat nur einen Kopf / aber wenn's ein paar mehr sein sollen / lass sie alle rollen!« Und dann stell dir vor, wie sie durch die Gassen von Saint-Antoine zum Fluss runterrollen, *burubumburubum*, bis sie das Licht der Freiheit erblicken, wie die Sesselfurzer im Konvent sagen würden.

Einige Köpfe müsste man ganz hoch in die Luft halten, damit sie das Licht auch sehen können. Zum Beispiel die von den Monopolierern. Man erkennt sie an den ausgerissenen Haaren und ausgestochenen Augen, das waren die Frauen, wenn die zuschlagen ..., da bleibt kein Auge trocken. Heute Abend sind sie wieder auf der Sektionsversammlung, und wenn man keinen Streit will, guckt man am besten nur auf seine Fingernägel. Die halten zusammen wie Pech und Schwefel, die sind wie ein dickköpfiges Monster mit langen, spitzen Stricknadelkrallen. Die Nadeln stehen nie still, immer hin und her und zick und zack, und wenn die dich alle gleichzeitig anstarren, dann denkt man, dass sie dir gleich die Eingeweide rausreißen und sich aus deinen Därmen einen Schal stricken. Die quatschen und quatschen, und dann fangen sie wieder von vorne an, und dann verabschieden sie Petitionen. Die Sesselfurzer der Sektion sollen die Aufrufe an den Konvent schicken, im Konvent sollen sie dann darüber abstimmen. Aber die im Konvent kannst du fast alle vergessen. Sie wollten Jacques Roux, den Priester, wählen, den, der gesagt hat, dass Gott alle gleich erschaffen hat und dass es keine Aristokraten und keine

Reichen mehr geben darf, aber der hat nicht genug Stimmen gekriegt. Nur in den Stadtrat haben sie den gewählt, und da beißt er jetzt immerhin ganz schön um sich.

Die Freiheit kriegt man nicht geschenkt, dafür verlangen sie was, was noch mehr wert ist. Was hast du von der Freiheit, wenn du vor Hunger verreckst? Die Pfaffen haben früher gesagt, wenn ihr tot seid, dann seid ihr frei, und wir haben sie zum Teufel geschickt. Unser Priester, Jacques Roux, »der Rote«, sagt, dass man frei von Hunger und Elend sein muss, weil man sonst immer noch Sklave ist. Wenn das jemand in der Sektion sagt, wackeln sie alle mit den Hauben, die Frauen von Saint-Antoine finden das gut, wäre ja auch noch schöner. Auch wenn's Dinge gibt, die Frauen nicht verstehen können, aber schließlich haben sie zu Hause die Blagen im Nest sitzen, und die sperren den ganzen Tag den Schnabel auf ... und das sind nicht gerade wenig. Jedenfalls machen sie sich ganz schön wichtig, und Marie Nozière spricht dann für alle. Die ist Kriegerwitwe, ihr Mann ist bei Valmy vermisst, der hat sie mit einem Kind im Bauch zurückgelassen. Ist aber nicht seins, nicht von ihm, von irgendeinem anderen, irgendwo, irgendwann ... ein Bankert eben, irgendein verantwortungsloser Stutzer hat Heiliger Geist gespielt und dann hatte er plötzlich eine Stricknadel in der Arschbacke. Alles was man von ihr weiß, ist, dass sie aus dem Süden gekommen ist, als sie noch ganz jung war, mit Flicken am Hintern und dem Kleinen am Hals, wie viele andere auch, auf der Flucht vor einem Leben, das noch beschissener ist als das, was wir hier haben. Sie hat sofort angefangen mit Nähen und Stricken und hat das ziemlich schnell gelernt, und die ist richtig gut. Sie spricht inzwischen auch wie alle hier. Man kann sie fast nicht unterscheiden von einer, die im Faubourg geboren und groß geworden ist.

Die hat noch alle Zähne im Mund, die Marie, kräftige Hüften und die Kokarde an der Brust. Da fällt einem sofort die berühmte Vaterlandsliebe ein, und man würde ihr gerne einen brüderlichen republikanischen Kuss aufdrücken, wenn da die Stricknadelabwehr nicht wäre. Wer's probiert hat, hat bezahlt, einem mussten sie die Nase wieder annähen, und der konnte froh sein, dass sie die unzerkaut wieder ausgespuckt hat.

Eine Menge Leute behaupten, das neue Scheidungsgesetz hätte die Frauen aufgewiegelt; früher haben die Männer mit ihren Frauen gemacht, was sie wollten, von hinten und von vorne, und die lagen nur stumm rum. Dann haben sie das neue Gesetz gemacht, und jetzt kann es dir passieren, dass du gehen musst, wenn du deiner Frau eine verpasst. Saint-Just hat sogar gesagt, wer eine Frau schlägt, hat den Tod verdient. Bei der Vorstellung sollte man schnellstens seine Eier und seinen Hals berühren.

Wie auch immer, heute Abend trifft sich alle Welt in der Sektion. Da ist es dann rappelvoll, man kann kaum atmen, und es stinkt nach Knoblauch, Schweiß und Fürzen. Aber es lohnt sich trotzdem, nach dem Chaos der vergangenen Tage geht es heiß her.

Marat und Robespierre haben gesagt, das wäre nicht die Schuld des Volkes, unser Hunger sei legitim, haben sie gesagt, sind aber auch zu großzügig, und wir würden uns zu Recht aufregen, aber die Helden der Bastille und auch die Heldinnen des Marsches nach Versailles verkaufen ihre Seele nicht für einen Löffel Zucker. Ich weiß, das sagt sich leicht, wenn man welchen hat. Am Ende ist die ganze Wut dann umsonst, die Provokateure schlagen sich den Bauch voll und schüren das Feuer, verdächtige Gestalten, Fremde, englische Agenten, sogar Frauen aus anderen Vierteln, und das sind vielleicht gar keine Frauen, sondern als Frauen verkleidete Männer, die mütterlich und unschuldig aussehen wollen. Einer von den Sesselfurzern ist krebsrot angelaufen und hat rumgepöbelt, die verkleideten Betrüger und Hetzer mit ihren lächerlichen Bärten hätten sich nicht mal anständig rasiert.

Ein paar drehen sich zu den Näherinnen um, da gibt es welche mit schönen echten Schnurrbärten und Haarbüscheln in den Ohren, und die Nozière wird sofort laut und stopft dem Redner das Maul, der soll nicht alles durcheinanderschmeißen und dass es um den Hunger geht und die sollen aufhören nur zu quatschen; das Maximum muss her, die Preise müssen endlich per Gesetz festgelegt werden, und im Konvent sitzen sie den ganzen Tag auf ihren fetten Hintern rum und tun nichts! Einer aus der Sektion springt auf und sagt, das würde nicht funktionieren, denn wenn man ein Maximum festlegt, horten und verstecken die Ladenbesitzer alles und verkaufen das dann auf dem Schwarzmarkt.

»Dann müssen wir dafür sorgen, dass die zusammen mit dem Adelspack auf den Wagen kommen, das sind genauso Feinde des Volkes!«, ruft die Nozière.

Die Näherinnen jubeln bei den mutigen Worten Maries, und die Sansculotten klatschen begeistert.

Jetzt ergreift ein anderer das Wort, der Töpfer, der seine Werkstatt am Tor hat:

»Die Bürgerin Nozière hat recht, die Leute können doch nicht überall die Geschäfte plündern. Die Behörden müssen die konterrevolutionären Monopolierer aus ihren Löchern holen und sie bestrafen.«

Eine so schöne und einfache Rede überzeugt alle, und dann schauen sich alle um und suchen nach dem dafür zuständigen Polizisten, und dann entdecken sie ihn da, wo sich die Schnüffler immer aufhalten, am Ausgang. Treignac steht mit Dreispitz und Kokarde an den Türrahmen gelehnt, hört zu und nickt wie ein dressiertes Pferd zustimmend mit dem Kopf.

Aber Marie Nozière ist noch nicht fertig und übertönt mit ihrer Stimme den Lärm im Saal: »Wir brauchen zuerst das Gesetz, und dann muss es angewandt werden. Mit Geschwätz macht man keine Republik. Wenn unsere Männer gut genug dafür sind, an der Front zu krepieren, dann müssen wenigstens unsere Kinder satt werden!«

Tausend gute Argumente, und würde man sie dafür bezahlen, könnte sie sofort aufhören zu nähen.

4.

Als Marie Treignac mit dem Jungen auf dem Arm auf sich zukommen sah, setzte ihr Herzschlag für einen Moment aus und Angst presste ihr den Magen zusammen. Es war wie damals, als sie erfahren hatte, dass Jacques nach der Schlacht als vermisst galt, was so viel hieß, dass er tot war; keine Umarmungen mehr, keine Lieder mehr, keine Liebe am Sonntag, Einsamkeit.

Sie hielt den Atem an, die Kerze in ihrer Hand zitterte, ihre Schritte waren unsicher. Als Treignac lächelte, holte sie tief Luft. Bastien schlief, er hatte den Kopf auf Treignacs Schulter gelegt.

»Er ist in der Kneipe von Férault eingeschlafen«, sagte Treignac.

Marie strich ihrem Sohn über die Haare. Er atmete mit offenem Mund. Sie gab Treignac ein Zeichen, ihn ins Haus zu bringen. Er legte das Kind aufs Bett in der Zimmerecke und wischte sich Rotz von der Jacke, während sie ihren Sohn in eine Decke wickelte. Treignac blickte sich um. Überall im Zimmer lagen Stoffe, Wollknäuel und Stricknadeln aller Art und Größe. Nichts erinnerte an den Mann, mit dem sie zusammengelebt hatte. Treignac nahm die Kerze, die sie auf den Kamin gestellt hatte, und entzündete eine zweite.

»Danke«, hörte er sie sagen, während sie noch mit Bastien beschäftigt war.

»Schon gut. Ich habe es geahnt, dass er dort sein würde.«

Marie drehte sich zu ihm um. Sie war kleiner als er und blickte ihn wie immer furchtlos an.

»Hast du ihn dort hingeschickt?«

»Nein. Aber ich kenne ihn, du solltest besser auf ihn achtgeben«, antwortete Treignac.

Sofort bereute er seine Worte und wartete auf eine scharfe Erwiderung Maries, aber die setzte sich mit müdem Blick auf die Bettkante und legte die Hände in den Schoß; kleine, kräftige, gerötete Hände. Sie war noch keine dreißig, aber um Augen und Mundwinkel zog sich schon ein Netz feiner Falten.

»Zehn Stunden am Tag nähe ich Uniformen und stricke, und abends gehe ich in die Sektion. Wann soll ich auf ihn achtgeben? Soll ich ihn anleinen wie einen Hund? Bei dir verdient er sich wenigstens manchmal ein bisschen Kleingeld.« Sie hob den Blick, und ihre Augen blitzten wie am Morgen im Laden Vaillants. »Wenn ihm was passiert ...«

Der Polizist machte einen zögerlichen Schritt auf sie zu.

»Du kannst beruhigt sein. Solange er bei mir ist, geschieht ihm nichts.«

Sie blickte ihn unentwegt an, als wolle sie seine Ernsthaftigkeit prüfen.

»Gute Nacht, Treignac«, sagte sie schließlich.

»Gute Nacht.«

Sie brachte ihn zur Tür, und als er draußen war, drehte sie den Schlüssel um und schob den Riegel vor.

»Mama!«, tönte es aus der Ecke, wo das Bett stand.

»Sei still und schlaf.«

Sie pinkelte in den Nachttopf, wusch sich Hände und Gesicht in einer Schüssel, blies die Kerzen aus und legte sich neben ihren Sohn.

»Mama ... kommt Jacques nie zurück?«

»Nein.«

»Und mein Vater?«

»Der war nie da. Du sollst jetzt schlafen.«

Nach kurzem Schweigen ein Flüstern im Dunkel:

»Ich bleibe bei Treignac.«

Auszug aus

ERINNERUNGEN ZUM BESSEREN VERSTÄNDNIS DER GESCHICHTE UND DER GRUNDLAGEN DES ANIMALISCHEN MAGNETISMUS

Von Armand-Marie-Jacques de Chastenet de Puységur (1784)

Glaubt & Wollt

Wenn ich für die Sache des animalischen Magnetismus eintrete, dann gilt das in gleicher Weise auch für seinen berühmten Entdecker. Ich kann nur hoffen, dass Herr Mesmer in meinem Bemühen, die Sache, die mich antreibt, mit eigenen Erkenntnissen zu befördern, nichts anderes sehen wird als den glühenden Eifer, der mich zu seinem Ruhme beseelt.

Ich maße mir nicht an, die Theorie des animalischen Magnetismus erläutern zu wollen, noch will ich in die Diskussion über die Analogie zum gesamten Weltsystem eintreten; nur Herr Mesmer selbst wäre einer solch gewaltigen Aufgabe gewachsen. Es ist lediglich meine Absicht darzulegen, wie ich vorgehe, um bestimmte Krankheiten zu heilen, und wie die Wirkungen hervorgerufen werden, die sich bei vielen Kranken zeigen; Wirkungen, die ebenso unerwartet wie überraschend sind und über die geredet wird.

Ich glaube, dass ein universelles Fluidum existiert, das die gesamte Natur belebt. Ich glaube, dass dieses Fluidum auf der Erde in ständiger Bewegung ist. Die einzige »greifbare« Vorstellung, die wir von ihm haben, wird uns durch die Elektrizität vermittelt.

Der mineralische Magnetismus hätte uns eine weniger »greifbare«, aber dafür umso gewissere Vorstellung davon geben müssen, denn wie könnte sonst eine magnetisierte Nadel ihre Position ohne Bewegung ändern? Der animalische Magnetismus, der heute der letzte noch fehlende Beweis für dieses sich immer in Bewegung befindende universelle Fluidum ist, gibt der Menschheit ein Mittel an die Hand, mit dem sie sich von den meisten Krankheiten befreien und diese heilen kann.

Der Mensch ist genau wie alles Existierende mit universellem Fluidum gesättigt, und man kann ihn als animalische elektrische Maschine auffassen, und zwar als die perfekteste, die es gibt, weil das Denken, das all seine Handlungen reguliert, ihn unendlich leiten kann.

Wenn die Grundannahmen meines Systems wahr sind, benötigt der Mensch keinerlei Hilfsmittel, um gesundheitsfördernd auf seine Mitmenschen einzuwirken, weil unsere animalische Elektrizität sich tendenziell immer dorthin bewegt, wohin unser Wille sie lenkt.

Wie bei der künstlichen Elektrizität auch, genügen unsere Endpunkte, unsere Finger, um das überschüssige Fluidum, das sich in manchen Kranken findet, abzuziehen, und die ganze Hand, um es dort einfließen zu lassen, wo es fehlt. Aber man soll nicht glauben, es seien stets solch außergewöhnliche und präzise Gesten erforderlich, damit einem Mitmenschen erfolgreich geholfen werden kann.

Unsere elektrische Organisation ist so perfekt, dass allein durch Rückgriff auf den Willen sich Phänomene hervorbringen lassen, die in erster Linie physischer Natur sind, aber den Anschein des Mirakulösen haben.

DRITTE SZENE

Der Magnetiseur

24. März 1793

1.

»Entspannt Euch. Haltet die Augen geschlossen und lauscht meiner Stimme. Stellt Euch den magnetischen Fluss vor, der von meiner Hand, durch Euch hindurch, zu meiner anderen Hand fließt. Ein warmer, heilsamer Strom ... Was macht die Migräne?«

»An manchen Tagen glaube ich verrückt zu werden, an anderen verschont sie mich.«

»Und wie fühlt Ihr Euch heute Morgen?«

»Ich spüre, dass sich der Schmerz jeden Moment einstellen kann.«

»Woran merkt Ihr das?«

»Ein Hindernis hemmt den magnetischen Fluss.«

»Könnt Ihr seinen Ursprung feststellen?«

»Ja. Es liegt an meinem Versagen.«

»Was führt Euch zu dieser Annahme?«

»Ein Traum. Eine Schlange kriecht über den Weg. Ich teile sie mit einem Schwerthieb in zwei Hälften. Die Hälfte mit dem Kopf verschwindet in einem Loch im Boden.«

»Kennt Ihr die Bedeutung?«

»Eine Verschwörung aufdecken, ohne sie zu enthaupten, ist wie die Republik proklamieren, ohne den König zu beseitigen.«

»Meint Ihr die Verschwörung zur Befreiung Ludwigs XVI.?«

»Ich habe der Schlange den Schwanz abgeschlagen. Der Kopf sucht sich einen neuen Körper. Die Revolution ist noch immer in Gefahr. Nur wer bereit ist, alles aufzugeben, ist auf der Höhe der Zeit.«

»Und wer bestimmt die Höhe?«

»Die Geschichte. Es gab freie Völker, die aus größerer Höhe abgestürzt sind.«

»Habt Ihr der Todesstrafe für den König zugestimmt?«

»Ich hielt die Warnung Saint-Justs und Robespierres für richtig, entweder die Republik oder der König. Die Monarchie gründet sich auf das Recht des Blutes, also musste es vergossen werden. Einigen genügt das nicht. Das Blut des Capet fließt noch in den Adern seiner Familienmitglieder, und jeder Aristokrat ist ein potentieller Monarch. Marat fordert hunderttausend Köpfe. Marat ist ein Verrückter, aber anscheinend zu jedem Opfer bereit, und das Volk von Paris verehrt ihn.«

»Beneidet Ihr ihn?«

»Ich fürchte ihn.«

»Aus welchem Grund?«

»Weil er nichts fürchtet.«

»Was macht der Schmerz jetzt?«

»Zu Beginn der Behandlung wurde er stärker, jetzt sieht es so aus, als verschwände er.«

»Sehr gut. Eure Nerven haben sich beruhigt. Meint Ihr, wir können aufhören?«

»Ja.«

2.

Der Arzt Orphée d'Amblanc saß am Schreibtisch und wartete, bis der Beamte Chauvelin sich die Jacke wieder angezogen hatte.

»Wenn es Euch gelänge, Eure Widerstände zu überwinden, könnten wir einen tieferen Zustand des Somnambulismus erreichen. Der Verstand würde Euren allgemeinen Gesundheitszustand besser erkennen, und Ihr könntet mir mehr Elemente für eine passende Therapie liefern.«

»Findet Euch damit ab, D'Amblanc. Der Widerstand wird bleiben.«

Chauvelin nahm seine Ledertasche und setzte sich an den Schreibtisch. Es gab kaum Möbel, nur einen Schrank, eine kleine Kommode mit Ampullen und Fläschchen und im Nebenzimmer einen weiteren Schrank und ein Bett.

»Die Behandlung hat heilende Wirkung, das solltet Ihr inzwischen verstanden haben«, betonte D'Amblanc noch einmal.

Endlich hatte Chauvelin seine Jacke zugeknöpft.

»Eine Menge Leute glauben das Gegenteil. Die Tatsache, dass ich Euch vertraue, bedeutet nicht, dass alle Magnetiseure diese Art von Behandlung in redlicher Weise durchführen.«

D'Amblanc erhob sich, goss zwei Fingerbreit Likör in zwei Gläser und bot eines dem Sicherheitsbeamten an.

»Magnetiseure gibt es nicht, es gibt nur den Magnetismus. Jeder kann sich seiner bedienen, er muss es nur wollen. Er muss die Technik erlernen und über die entsprechende geistige Haltung verfügen«, sagte er.

»Genau das ist das Besorgniserregende«, schloss Chauvelin.

D'Amblanc zeigte auf die Tasche, die der andere mitgebracht hatte.

»Ich vermute, darin befindet sich ein Teil der Besorgnis.«

Chauvelin deutete ein Lächeln an.

»Die reinste Wahrsagerei!«

»Überhaupt nicht«, wiegelte D'Amblanc ab, »bisher seid Ihr niemals mit etwas gekommen, das größer war als ein Brotbeutel. Das Außergewöhnliche hat mich zu dieser Annahme verführt.«

Obwohl die Fenster geschlossen waren, drangen die Rufe einer Zeitungsverkäuferin in die Stille des Raumes. Chauvelin trank einen Schluck Likör und fuhr sich mit der Zunge über die Lippen. Als der Lärm sich entfernt hatte, entnahm er der Tasche einen kleinen Band und legte ihn auf den Schreibtisch. Auf dem Deckblatt war zu lesen:

Jacques-Pierre Brissot

ÜBER DIE KONTERREVOLUTION DER SOMNAMBULISTEN

Paris, 1791

»Ich nehme an, Ihr kennt den Inhalt dieses Pamphlets.«

D'Amblanc nickte. Er kannte den Aufruf nur zu gut, mit dem Brissot den Alarm ausgelöst hatte. Visionäre und weinende Madonnen waren eine Gefahr für das neue Frankreich. Man konnte die Befürchtungen teilen, aber Brissot hatte sie alle, Betrüger, Mesmerianer, Somnambulisten und Besessene, über einen Kamm geschoren. Er hatte sich eines beunruhigenden Phänomens bedient, um die eigene Vergangenheit als Magnetiseur zu vertuschen, um als Saubermann dazustehen, der sich auf eine brillante politische Karriere vorbereitete.

Chauvelin wartete, bis der Doktor das Werk durchgeblättert hatte, dann nahm er den Faden wieder auf: »Angesichts dessen, was gerade in der Vendée geschieht, ist mehr als ein Abgeordneter davon überzeugt, dass Brissot recht hat. Der Aufstand der Monarchisten begann nach den Prophezeiungen irgendeines Papisten, der behauptete, mit der Jungfrau Maria gesprochen zu haben.«

D'Amblanc schüttelte den Kopf.

»Der animalische Magnetismus ist eine Therapie. Man kann damit Menschen heilen, aber man begegnet keinen Heiligen.«

Chauvelin griff erneut in die Tasche und zog ein paar Aktenbündel heraus. Auf jeweils der ersten Seite prangte der Stempel des Ausschusses.

»Das sind Berichte aus der Auvergne. Sie berichten von Fällen ...«, er suchte nach dem passenden Wort, »... von ungewöhnlichen Fällen. Meine Vorgesetzten haben den Verdacht, dass diese Fälle mit der Tätigkeit von Magnetiseuren und Somnambulisten in Verbindung stehen.« Er zuckte mit den Schultern. »Vielleicht handelt es sich auch einfach nur um eine Verschwörung, ich kann das nicht beurteilen.« Er blickte dem Arzt in die Augen. »Aber vielleicht seid Ihr dazu in der Lage.«

»Ich?«, fragte D'Amblanc.

Der Polizist neigte den Kopf leicht zur Seite, als müsse er sein Gegenüber genauer studieren.

»Wir müssen eine Untersuchung vor Ort durchführen«, sagte er.

Nach einem kurzen Moment des Schweigens hatte D'Amblanc sein Erstaunen überwunden.

»Ich soll in Eurem Auftrag in die Auvergne fahren?«

»Im Auftrag des Allgemeinen Sicherheitsausschusses«, präzisierte Chauvelin.

»Aber ich bin Arzt, kein Polizist.«

»Ihr beherrscht die Technik und verfügt über die nötigen geistigen Fähigkeiten«, erwiderte Chauvelin mit den Worten D'Amblancs. »Wer besser als Ihr könnte ...«

»Ein absurder Auftrag«, empörte sich D'Amblanc.

»Absurd nennt Ihr das?« Chauvelin zog eine Augenbraue hoch. »Die Départements der Auvergne sind die aufrührerischsten, rückständigsten und bigottesten der ganzen Republik. Im vergangenen Februar, als die Wehrpflichtigen ausgelost wurden, brachen in jedem Dorf Unruhen aus. Zwei Seminaristen nutzten das aus und forderten die Bauern auf, in die Armee Gottes und des Königs einzutreten. Die Nationalgarde hat einen Hof voll mit wütenden, mit Heugabeln bewaffneten Bauern belagert, die es vorzogen, sich massakrieren zu lassen, als sich zu ergeben. Der Ausschuss befürchtet eine zweite Vendée. Findet Ihr es absurd, dass er ausschließen will, dass monarchistische Agenten die Bevölkerung mit mesmeristischen Praktiken beeinflussen?«

Der Ton Chauvelins war nach und nach schärfer geworden. D'Amblanc suchte nach einer Antwort.

»Meine Patienten sind hier in Paris, ich kann sie nicht einfach allein lassen. Was könnte ich da unten schon aufdecken«, sagte er schließlich.

Der Sicherheitsbeamte blickte D'Amblanc über sein Glas hinweg ins Gesicht.

»Alles oder auch gar nichts. Unter uns gesagt, Doktor, ich glaube, es wird sich Euch keine bessere Möglichkeit bieten, diejenigen zu beruhigen, die die Lehren des Magnetismus und Eure somnambulistischen Praktiken mit Argwohn betrachten.«

3.

Ohne ans Mittagessen zu denken, eilte D'Amblanc zum Haus von Madame Girard. In einer Tischlerwerkstatt auf der anderen Straßenseite arbeiteten Frauen. Der Tischler verteidigte die Republik im Krieg, während die Frauen in seiner Werkstatt Gewehre fürs Vaterland herstellten. D'Amblanc grüßte, ohne dabei zu applaudieren, wie jene, die ihre fehlende Überzeugung durch zur Schau gestellten Enthusiasmus zu ersetzen suchten. Die Frauen gestikulierten und antworteten mit skurrilen Gesten. In der Nähe bot eine Zeitungsverkäuferin das neueste Blatt von Jacques-René Hébert an:

»Papa Duchesne ist wütend auf den König von Spanien, auf den Busenfreund von Capet und seine Aristokrätze! Er freut sich über den Krieg gegen die Spanier. Ein weiterer Feind Frankreichs, ein weiterer Triumph der Freiheit!«

Die erste Seite zierte eine Karikatur des Papa Duchesne. Der »Ofenbauer« war mit einer Pfeife und einer Stange Tabak bewaffnet, darunter stand das Motto: »Ich bin der wahre Papa Duchesne, fickt euch!«

D'Amblanc ging weiter, er kannte den Weg und ließ seine Gedanken schweifen. Die Passanten schienen zu sagen: »Macht Platz! Dieser Mann denkt über ein Problem nach, von dem das Schicksal anderer abhängt.« Sie wichen ihm aus, als hülle ihn eine sichtbare Gedankenwolke ein.

Nur einer riss ihn aus seinen Gedanken und versuchte ihn aufzuhalten. Er war gerade um eine Ecke gebogen, als er um ein Haar über die Waren eines Trödlers stolperte, die fast die ganze Straßenseite einnahmen. Der Mann grüßte ihn. Er war ein Polizeispitzel, der gute Geschäfte mit ungewöhnlicher Ware machte: irgendwo entwendete Lilien Frankreichs, Heiligenfiguren, Kronen, Mitren, Stuckarbeiten. D'Amblanc stieg über ein Adelswappen, das zwischen einem Wagenrad an der Mauer und einem Ölgemälde des Heiligen Sebastian auf der Erde lag. Die einstmals lebhaften Farben hatten sich zu blassen Krusten verflüchtigt. Dem Heiligen fehlten die Nase und ein Stück des Gesichts.

»Bürger, bleibt einen Moment stehen«, forderte der Trödler ihn auf, »schaut Euch um. Hier gibt es alles, was das Herz begehrt.«

»Danke, Bürger, aber ich habe es eilig.«

Hinter der nächsten Ecke fand er sich plötzlich in einer Gruppe Neugieriger aus allen Schichten wieder. Männer und Frauen schauten einem angeblichen Wissenschaftler zu, der anhand eines Experiments die Wirkungen der Elektrizität demonstrierte. Dazu benutzte er Spatzen.

Mit einer Kurbel drehte er eine kreisförmige Glasscheibe in einem Rahmen, die über vier kleine Lederkissen rieb und sich mit elektrischer Energie auflud. Über einen Messingdraht wurde diese in eine Leidener Flasche übertragen und dort gespeichert, bis der Mann aufhörte, die Kurbel zu drehen. Dann nahm er einen Holzstab, der auf der einen Seite mit der Flasche verbunden war, während das andere Ende in zwei Kupferspitzen mündete, näherte sich einem Spatzen und betäubte ihn mit der elektrischen Ladung. Anschließend beschrieb er sein Tun und dessen Wirkung mit großartigen Worten und begann erneut: Kurbel, Flasche, Stab und hingestreckter Spatz.

D'Amblanc beobachtete, wie der Vogel in seinem kleinen Käfig ohnmächtig wurde und dann wieder zitternd zu sich kam. Jetzt kündigte der Wissenschaftler das große Finale an, er nannte es die »komplette« Demonstration der Möglichkeiten des elektrischen Stroms. Es war nichts anderes als ein besonders starker Stromschlag, der den Spatz hochschleuderte und ihn dann tot am Boden des Käfigs zurückließ. Das Publikum applaudierte, der »Wissenschaftler« ließ seinen Hut herumgehen und sammelte ein paar Münzen ein.

D'Amblanc ging weiter. Die Wissenschaften, die in den Jahren vor der Revolution einen immer stärkeren Aufschwung erlebt hatten, schienen ihren Siegeszug auf Straßenniveau fortzusetzen. Er beschleunigte seine Schritte und dachte wieder an die Unterhaltung vom Morgen. War die Tasche Chauvelins nicht so etwas wie die Büchse der Pandora, die man besser nicht öffnete?

Auf den Vorschlag Chauvelins hatte D'Amblanc weder mit Ja noch mit Nein geantwortet, er hatte sich Zeit ausbedungen. Zunächst wollte er die Berichte lesen und darüber nachdenken, was man tun konnte.

Vergeblich versuchte er, hinter den versteckten Sinn der Worte Chauvelins zu kommen, die chiffrierte Botschaft zu entschlüsseln.

4.

D'Amblancs Hand ruhte über dem Nabel auf dem Bauch der Frau, kaum eine halbe Spanne vom Busen und vom Schambein entfernt. Die andere lag auf dem Rücken, in der Senke oberhalb des Gesäßes. Er war bemüht, dem Körper der Patientin nicht zu nahe zu kommen und versuchte sich wegzudrehen, trotzdem stieg ihm das Parfum in die Nase. Cécile Girard saß aufrecht auf einem Stuhl ohne sich anzulehnen, so dass die Hand des Therapeuten zwischen Lehne und Rücken gleiten konnte. Einzige Zeugin der Magnetisierung war die alte Dienerin, die wie immer am Fenster saß und mit einer Häkelarbeit beschäftigt war. D'Amblanc versuchte, nicht an ihre Gegenwart zu denken und sich ganz auf das Wohl der Patientin zu konzentrieren. Madame Girards Augen waren halb geschlossen, ihre Atmung ging regelmäßig und ihr leicht geöffneter Mund ließ die perfekten Zahnreihen sehen.

»Habt Ihr den Eindruck, dass es Euch guttut?«, fragte D'Amblanc.

»Ja. Macht bitte weiter.«

»Ihr entscheidet, wann die Behandlung unterbrochen werden soll. Spürt Ihr die Wärme des Fluidums?«

»Ja. Es fließt durch mich hindurch, von einer Seite zur anderen.«

D'Amblanc bewegte kaum wahrnehmbar die Finger und spürte unter dem Gewebe der Kleidung ein leichtes Erschauern. Er hielt inne. Die Nadeln der alten Dienerin bewegten sich immer langsamer, dann fiel ihr Kopf zur Seite und sie schlief ein.

D'Amblanc konzentrierte sich wieder auf seine Patientin und betrachtete ihr Profil, die kleinen Ohren, die feinen Nackenhärchen.

»Wollt Ihr mir sagen, welches die Ursachen eurer Krankheit sind?«, fragte er.

»Ich könnte Euch sagen, an was Ihr leidet, Doktor«, antwortete die Frau.

D'Amblanc steckte den Seitenhieb ein und errötete.

»Wir sollten nicht über mich reden, sondern über Euer Asthma, wodurch wird es ausgelöst?«, verteidigte er sich.

»Mit Sicherheit durch eine Kompensationsstörung des Fluidums.«

D'Amblanc dachte über die Antwort nach.

»Und auf was, glaubt Ihr, ist die Störung zurückzuführen?«

Schweigen.

D'Amblanc zögerte, die Frage zu wiederholen. Auf einer Antwort zu bestehen, war keine gute Methode. Er warf einen Blick auf die alte Dienerin neben dem Fenster. Sie schlief und dem glücklichen Gesichtsausdruck nach zu urteilen träumte sie von angenehmen Dingen.

Das Parfum roch intensiver als je zuvor.

Er beschloss, es noch einmal zu versuchen.

»Könnt Ihr mir sagen, welches Hindernis es ist, das den normalen Fluss des magnetischen Fluidums stört?«

Jetzt kam die Antwort sofort.

»Die Lüge.«

Jetzt war es an D'Amblanc zu schweigen. In keiner der vergangenen Sitzungen hatte Frau Girard je etwas anderes angesprochen als mangelnden Appetit, Traurigkeit oder Weinkrämpfe.

»Könntet Ihr es etwas präziser beschreiben?«, fragte er.

»Ich lebe inmitten von Lügen. Man könnte auch sagen, ich habe sie geheiratet.«

D'Amblanc verstand nicht, aber man musste die Somnambule bei der Selbstdiagnose unterstützen.

»Wie kann eine so aleatorische Angelegenheit euren magnetischen Fluss unterbrechen und sich auf eure Lungen auswirken?«

»Die Lüge ist nicht aleatorisch, Doktor. Sie ist etwas sehr Konkretes, das im Inneren wühlt. Vergesst nicht, dass ich die Frau eines Advokaten bin«, antwortete sie.

D'Amblanc bezwang seine Verwunderung. Dann entschloss er sich ohne weiteres Nachdenken zu einem Wagnis.

»Glaubt Ihr, dass man auf die Ursache der Störung einwirken kann?«

Erneutes Schweigen. Der Salon im Hause Girard schien von der Welt abgeschnitten. Nur das leichte Schnarchen der Dienerin war zu hören.

Die Hand Frau Girards streifte seinen Oberschenkel. Nach kurzem Zögern erhöhte D'Amblanc ganz leicht den Druck auf ihren Bauch, und sie antwortete mit einer zarten, aber gewagten Berührung, die bei ihm den Wunsch nach entschiedenerem Zugriff auslöste. D'Amblanc stellte fest, dass auch seine Hand sich bewegt hatte und gerade die Haut des Busens streifte, die der Ausschnitt freiließ. Sein Zeigefinger streichelte die kleine Einbuchtung am Hals, und beide begannen schwerer zu atmen. Die Hand der Frau glitt höher hinauf, und D'Amblanc zuckte zusammen, als habe er sich verbrannt. Die abrupte Bewegung weckte die Dienerin.

Frau Girard öffnete die Augen und blickte ihn an, während er an seinen Manschetten zupfte, sich erhob und sich dann verabschiedete.

Wenige Minuten später stand er auf der Straße und versuchte, der Gedanken Herr zu werden, die ihm durch den Kopf rasten.

5.

Am Abend, beim weichen Licht des Kerzenleuchters, ordnete D'Amblanc seine Gedanken, indem er sie in seiner geschwungenen Schrift auf einige Seiten eines Heftes zwang.

Er konnte es nicht leugnen, Frau Girard hatte seit der ersten Sitzung anziehend auf ihn gewirkt, aber er war sich sicher, dass er sich jederzeit korrekt und professionell verhalten hatte. Die Frage war, ob er während der Magnetisierung irgendeine Form ungewollten Einflusses auf sie ausgeübt hatte. Hatte er sich schon vorher vorgestellt, von jenen Händen berührt zu werden? Gewiss war es so, wie könnte man sonst die Tatsache erklären, dass die unberührbare, mit einem der bekanntesten Advokaten der Gironde verheiratete Frau sich nicht nur zu einem anderen Mann hingezogen fühlte, sondern diesem Gefühl auch noch nachgegeben hatte, und zwar im Salon ihres Hauses und in Gegenwart einer Dienerin, auch wenn diese geschlafen hatte?

D'Amblanc dachte daran, dass viele Frauen aus gutem Hause im Laufe konvulsivischer Krisen, die Mesmer bei ihnen ausgelöst hatte, in erotische Ekstase geraten waren. Das war in seinen Sitzungen noch nie geschehen. Vielleicht, sagte er sich, hatte keine Frau ihn bisher so angezogen wie Frau Girard; sie strahlte etwas Beunruhigendes aus, es war nicht nur ihre Schönheit oder ihr Parfum, es war diese Ruhe, diese von Begehren inspirierte Art des Entgegenkommens, das blinde Vertrauen in eine Behandlung, die keinerlei Unterwerfung verlangte, Unterwerfung, die sie nur ihrem Gatten schuldete. Es war die geschmeidige, willfährige Hingabe eines Tigers.

War es so? Hatte er mithilfe der Somnambulisierung einen Tiger gezähmt?

D'Amblanc wusste, dass er an diesem Abend keine zufriedenstellende Antwort finden würde. Das nachmittägliche Ereignis hatte alte Zweifel geweckt. Seine Worte vom Vormittag fielen ihm wieder ein: Der animalische Magnetismus ist eine Therapie. Man heilt mit seiner Hilfe Menschen, aber man begegnet keinen Heiligen.

Er nahm ein Blatt und tauchte die Feder ins Tintenfass. Er wollte seinem Lehrer schreiben, aber dann änderte er seine Absicht. Er verfügte nicht über genügend Elemente, um einen Mann zu belästigen, der sich aus der Armee zurückgezogen und sich dem Landleben gewidmet hatte. Chastenet, Marquis de Puységur, derjenige, der Mesmers Lehre vom Kopf auf die Füße gestellt hatte, würde sich nicht mit ein paar dürftigen Hinweisen zufriedengeben, er würde vielmehr die Gelegenheit nutzen und den Eifer eines pedantischen Adepten zurechtstutzen.

D'Amblanc legte die Feder beiseite und lehnte sich zurück. Sein Blick fiel auf das Aktenbündel des Polizisten Chauvelin. Er hatte es am Morgen auf den Stuhl gelegt, ohne auch nur einen Blick hineinzuwerfen; wie Patienten warteten die Akten darauf, dass man sich ihrer annahm. Und nichts anderes waren diese Berichte, dachte D'Amblanc: Geschichten von Menschen, von potentiellen Patienten.

Er nahm die erste Akte und begann zu lesen. Es handelte sich um die Geschichte einer Schäferin aus dem Zentralmassiv, die behauptete, sie rede mit Engeln und diese hätten ihr das Weltenende und den Anbruch des Reiches Christi und der Heiligen angekündigt. Wenn sie mit Engeln sprach, befand sich das Mädchen anscheinend im Schlafzustand, es nahm die Gegenwart von Menschen nicht wahr und antwortete ausschließlich auf Fragen ihrer Mutter.

D'Amblanc schloss die Akte und zog widerwillig eine andere heran. Bernard Jaranton, genannt der »Wildschwein-Mann«. Wie es aussah, handelte es sich um einen Fall von Lykanthropie.

In der dritten Akte ging es um eine junge Schlafwandlerin, die sich nachts in die Wälder aufmachte und in ihrem Zustand außergewöhnliche Kräfte und Fähigkeiten entwickelte.

D'Amblanc legte auch diesen Ordner zur Seite und dachte an die Worte Chauvelins von einer neuen Vendée. Konterrevolutionäre Banden, die durchs Land streifen, Räuber in den Wäldern, Massenhinrichtungen auf öffentlichen Plätzen. Die zweite Front, die Front im Inland.

D'Amblanc war Bataillonsarzt in einem anderen Krieg gewesen, und die Wunden, die er aus diesem Krieg mitgebracht hatte, reichten für zwei Leben. Instinktiv glitten seine Finger über die Narben auf Brust und Rippen. Am Nachmittag, als Madame Girard eine der Narben berührt hatte, hatte ihn ein Schauer überlaufen, begleitet vom Klang der eigenen Schreie, die aus den Tiefen der Erinnerung aufgetaucht waren; aufblitzende Klingen, Fetzen blutiger Haut. Drangen diese Bilder an die Oberfläche, tauchte auch der Schmerz wieder auf, und ohne diese periodisch auftauchenden Erinnerungen hätte er niemals den animalischen Magnetismus entdeckt.

Sein Leutnant hatte ihm eine Behandlung nach der Methode des Franz Anton Mesmer empfohlen. Der Mann war

D'Amblanc zutiefst zugetan, weil dieser sein Bein vor dem Brand gerettet hatte. Als Gegenleistung hatte er ihm eine Empfehlung geschrieben, ohne die ihn eine Magnettherapie sehr viel Geld gekostet hätte. D'Amblanc hätte alles getan, um dem Damoklesschwert dieser plötzlich auftretenden Schmerzen zu entrinnen, Schmerzen, die ihn peinigten und unter denen er sich krümmte wie ein Zweig im Feuer; also war er in die Hauptstadt aufgebrochen.

Die Schläge der Turmuhr erinnerten ihn daran, wie spät es war, und plötzlich übermannte ihn Müdigkeit. Er machte sich fertig fürs Bett, und als er unter der Decke lag, wandte er sich wieder der Vergangenheit zu, der näheren und der weiter zurückliegenden, der Zeit vor der Revolution, dem Beginn seiner Forschungen über den Magnetismus, den Kupferwannen und den Konvulsionen.

Am Anfang war das Wort.

6.

Seht die Sterne des Kleinen Wagens, mein Freund, betrachtet die Bärin. Ihr stellt Euch die Linien dieser Konstellationen als konkret und real vor, aber es sind nur gedachte Verbindungslinien zwischen Himmelskörpern, die weit voneinander entfernt sind, ihre scheinbare Nähe ist nur eine Illusion aufgrund der Perspektive. Wir sehen Bilder in ihnen, geben ihnen Namen und fertigen Himmelskarten an. Aber das alles sind sie nur für uns. Newton hat das Gesetz entdeckt, das die Beziehungen der Sterne untereinander regelt und das Himmelsgewölbe stützt. Es ist die Schwerkraft, die uns mit den Füßen auf der Erde festhält und die das Universum zusammenhält; sie hat weitreichende Auswirkungen auf Statik und Dynamik des Universums.

Aber wie kann ein Objekt ein anderes beeinflussen, ohne es zu berühren? Unsere Füße berühren die Erde, aber die Sterne berühren sich nicht, sie sind weit voneinander entfernt. Wie wirkt die Schwerkraft im Himmel? Ist es Magie, Zauberei? In ihrem Herrschaftsbereich kann die Physik nur wissenschaftlich erklärbare Einflüsse zulassen. Irgendetwas muss die ungeheuren Distanzen zwischen den Sternen füllen.

Es ist ein Fluss, ähnlich dem elektrischen oder magnetischen, der das Universum durchdringt, ein Fluss, der jedes

Ding und jedes lebendige Wesen durchdringt, ein Fluss, der alles mit allem verbindet.

Es gibt Menschen, die können ihn hören. Sie hören das Atmen der Welt. Der Ton ist dem des Harmoniums ähnlich. Könnt ihr ihn hören? Er stellt die Verbindung zum Boden her, auf den wir die Füße stellen, zum Gras, das den Boden bedeckt, zu den Insekten, die zwischen den Halmen laufen, zu den Bäumen und den Flugtieren auf ihren Zweigen, zu den Steinen und bis hin zu allen Objekten, zu Holztischen, Säulen, Nippes, alles besteht aus derselben Materie. Es sind *Teile desselben Universums* ... Sie können sich mit Fluidum aufladen und es leiten, so wie Metalle die Elektrizität leiten. Genauso können einige Menschen eine große Quantität Fluidum in sich konzentrieren ... es verstärken und den universellen Fluss lenken.

Wozu? *Nur mit dem einen Ziel*: die Leiden der lebenden Kreatur lindern.

Was sind Schmerz, Krankheit, Krebs? Seit Beginn der Zeiten hat der Mensch sich dem Aberglauben hingegeben und behauptet, das seien Früchte moralischer Schuld, dabei sind sie nichts anderes als die Folgen einer Störung des universellen Flusses. So wie ein Hindernis den Lauf einer Kugel auf einer schiefen Ebene aufhält, so verursacht die Blockade des magnetischen Flusses eine Disharmonie, eine Unordnung, das Böse. Wie also kann das Hindernis beseitigt und es der Kugel ermöglicht werden, bis an ihr Ziel zu rollen? Ein lebhafter Schock ... ein starker magnetischer Schlag ist in der Lage, die Blockade aufzuheben und den Fluss wieder freizugeben. Ein solcher Schlag bewirkt bei dem leidenden Kranken eine konvulsivische Krise, aber sobald er diese überwunden hat, spürt er wieder das regelmäßige Fließen durch seinen Körper.

Und das ist es, was ich, Franz Anton Mesmer, mit Euch machen werde. Eure Narben ... schmerzen nicht immer. Es sind die Erinnerungen, die sie wieder aufbrechen lassen. Die unangenehmen Erinnerungen stören das Gleichgewicht des Flusses. Wir können Erinnerung und Narben nicht beseitigen, aber wir können dem Fluss den Weg freimachen, die Verbindung zu allem, was Euch umgibt, wiederherstellen.

Aus meinen Händen ... prallt der Fluss auf das Hindernis und fegt es hinweg.

Auszug aus

TABLEAU DE PARIS, VIII

von Louis-Sébastien Mercier (1788)

Welch schreckliches Geschwür wuchert am Körper des Gemeinwesens, tief und eitrig; man kann es nur beschreiben, wenn man den Blick abwendet. Man riecht den Ort schon aus einer Entfernung von 400 Klaftern, und alles weist darauf hin, dass man sich einem Gefängnis, einem Hort des Elends, der Entwürdigung und des Unglücks nähert.

Bicêtre ist Rückzugsort für all jene, die vom Schicksal oder durch Unvorsichtigkeit irregeleitet wurden, und für diejenigen, die um Unterstützung für ihr hartes, schmerzliches Dasein betteln müssen; und es ist ein Gefängnis oder vielmehr ein Haus der Leiden und Qualen, in dem man die Störenfriede der Gesellschaft zusammenpfercht, Freidenker und Freigeister aller Art, Betrüger, Spione, Falschspieler, Diebe, Fälscher, Päderasten.

Es verstört, wenn man sieht, dass sich in denselben Räumen neben diesen Vagabunden auch Epileptiker, Idioten, Verrückte, Alte und Krüppel befinden, die sie die guten Armen nennen. Man müsste sie dringend von der Gruppe jener Schurken fernhalten, die bei uns mehr Empörung als Erbarmen auslösen!

Die Anzahl der Insassen von Bicêtre schwankt. Im Winter nimmt sie zu, da viele Arme, die im Sommer Arbeit finden, im Winter gezwungen sind, in diesem Hospital Zuflucht zu suchen; dort halten sich dann ungefähr viertausendfünfhundert Menschen auf.

Die Menschen sind wie die Fliegen! Im Sommer aktiv und im Winter wie Steine. Wie gut hat es dagegen der Pöbel in Neapel! Nackt und ohne Dach über dem Kopf, aber unter einer wärmenden Sonne ...

Auszug aus
BETRACHTUNGEN EINES ENGLISCHEN REISENDEN ÜBER DAS GEFÄNGNIS VON BICÊTRE
von Honoré-Gabriel Riqueti, Conte de Mirabeau (1789)

Wir waren so mutig, uns nach Bicêtre zu begeben; ich sage mutig, auch wenn das auf mich nicht zutrifft, denn als ich den Entschluss fasste, dorthin zu gehen, hatte ich keinerlei Vorstellung von den Schrecken dieser hassenswerten Herberge. Ich wusste wie alle, dass Bicêtre zugleich ein Hospital und ein Gefängnis ist, aber was ich nicht wusste, ist, dass man ein Hospital bauen kann, um Krankheiten zu gebären, und ein Gefängnis, um aus Menschen Kriminelle zu machen.

Auszug aus
ESSAY ÜBER DIE PHYSISCHE UND MEDIZINISCHE TOPOGRAPHIE VON PARIS MIT EINER BESCHREIBUNG SEINER HOSPITÄLER
von Joseph-Marie Audin-Rouvière
(Jahr II der Französischen Republik)

Über der Eingangstür des Hauses ist zu lesen: » Erbarmt euch der Leidenden«. Die Anstalt liegt auf einem Hügel zwischen den Dörfern Ville-Juive und Gentilly, nur eine Meile von Paris entfernt.

Die Geisteskranken werden nach ihrer Ankunft sofort als unheilbar erfasst und erhalten keinerlei Behandlung. Im Großen und Ganzen werden sie anscheinend liebevoll behandelt. In ihren Unterkünften gibt es hundertachtundsiebzig Zellen und einen Schlafsaal. Nachts werden sie in ihren Zellen oder in verschiedenen Räumen eingeschlossen, tagsüber können sie sich frei im Hof bewegen, wenn sie nicht gewalttätig sind; die Zahl Letzterer ist nicht besonders hoch und wechselt je nach Jahreszeit. Ich sah nur sechs, die angekettet waren.

Obwohl sie nicht behandelt und auch nicht in unterschiedlichen Krankheitsgruppen zusammengefasst werden, kommen manche Geisteskranke wieder zur Vernunft und werden dann freigelassen. Die Höfe sind gut durchlüftet, und wenn viele der Zellen sich nicht im feuchten Kellergeschoss befänden, wären sie gar nicht schlecht für einen einzelnen Menschen.

VIERTE SZENE

Der Pensionsgast

8. April 1793

1.

»Besonders närrisch ist die Vorstellung in den Köpfen der Politiker, es genüge, dass ein Volk bewaffnet in das Gebiet eines fremden Volkes einfiele, um diesem seine eigenen Gesetze und seine Verfassung aufzuzwingen.«

Robespierres volltönende, feste Stimme eignete sich bestens für Jeremiaden, aber wenn er die Kontrolle verlor und laut wurde, entfuhren ihm häufig spitze Kastratenschreie. Im Bewusstsein dieses Makels und um mögliches Gelächter im Keim zu ersticken, blickte er sein Publikum gereizt an.

»Niemand liebt bewaffnete Missionare, Natur und Vorsicht geben in einem solchen Fall den Rat, sie als Feinde zurückzuschicken.«

Der Redner blickte Marat an, der seinen Oberkörper wie ein aus dem Takt gekommenes Pendel unablässig vor- und zurückwarf und dabei gleichzeitig mit den Füßen auf dem Boden trippelte.

»Wie muss erfolgreiche Politik aussehen, damit die im Entstehen begriffene Republik gefestigt wird? Sie muss den Abscheu vor der Monarchie in die Herzen pflanzen und die Anhänger der Monarchen beeindrucken.«

Danton, nachlässig bürgerlich gekleidet, nickte mit feierlichem Gesichtsausdruck, seine Lippen bewegten sich, er sprach mit sich selbst, als suche er nach passenden Worten, um in die Debatte einzugreifen.

Ohne das Ende der Rede des Unbestechlichen abzuwarten, sprang Marat auf die Bank und schrie seine bekannte Forderung nach Rache heraus.

»Tausend Köpfe, tausend Köpfe!«

Auch an diesem Nachmittag war es der seraphische Brissot, der sich den Ausbrüchen des Freundes des Volkes entgegenstellte. Er näherte sich dem Rasenden, legte ihm die Hand auf die Schulter und antwortete, Blutzoll sei durchaus nötig, redete dann aber mäßigend auf ihn ein, tausend Köpfe sei zu hoch gegriffen, man müsse besänftigend auf extreme Forderungen reagieren, damit den Steuermännern das Ruder der Revolution nicht aus den Händen gleite und das Staatsschiff nicht an den feindlichen Klippen zerschelle.

Stultifera Navis, das Narrenschiff, dachte der Mann, der sich Laplace nennen ließ.

Danton sagte etwas, aber seine Stimme war nicht zu hören. Marat stampfte mit den Füßen auf, und da man um die Bank fürchtete, eilten Bedienstete herbei, um ihn im Guten oder im Schlechten davon zu überzeugen, dass er sich wieder setzen solle, er könne auch stehen bleiben, aber er solle zum Kuckuck von der Bank heruntersteigen.

Im Hof verbreitete sich Aufregung. Die Schwankenden schwankten heftiger, die vor sich hin Murmelnden unterbrachen ihr Gemurmel immer häufiger mit Gekreisch, von den Melancholikern brachen einige in Tränen aus, andere schlugen sich auf den Kopf und die Katatoniker standen kurz vor der Explosion.

Der Unbestechliche versuchte die Meute zu übertönen und schrie, man habe sich hier versammelt, um über den Tod des Königs zu entscheiden! Diejenigen, die das Gesagte verstanden hatten, wurden von noch größerem Überschwang ergriffen. Ein paar stellten sich auf Stühle und stimmten die Marseillaise an, andere sangen das erstbeste Lied, das ihnen gerade einfiel, und wieder andere klatschten in die Hände und stampften mit den Füßen.

Der Mann, der sich Laplace nennen ließ, beobachtete die Szene, die ihm zeigte, dass der Wahnsinn für alle, die Macht ausüben und verstehen wollen, ein unabdingbarer Forschungsgegenstand sein müsste, das Unbekannte, das in jedem Augenblick, in persönlichen wie in kollektiven Angelegenheiten, seinen Einfluss geltend machen konnte. Allem Anschein zum Trotz befand er sich folglich an einem privilegierten Ort, und zwar nicht nur in einer wahren Akademie der politischen Wissenschaften, sondern auch im Mikrokosmos der Nation. *Quod est inferius, est sicut quod est superius.* Was unten ist, ist wie das, was oben ist. Bicêtre war Frankreich: Geisteskranke hielten Reden, die größer waren als sie. Deshalb hatte er jedem von ihnen den Namen eines Abgeordneten des Konvents zugeordnet. Das war einfach gewesen, denn abgeschiedene Orte wie dieser standen der Welt offener gegenüber, als man glaubte.

Von außen drangen Körper, Nahrungsmittel, Stimmen, Ideen und Konflikte ein. Die Nachricht von der Einsetzung eines Wohlfahrtsausschusses, bestehend aus neun Deputierten, die jeden Monat neu gewählt wurden, war an diesem Morgen eingetroffen, nur zwei Tage nach dem Ereignis. Nur die besonders schweren Fälle, Menschen, die sich ihrer selbst nicht mehr bewusst waren, kannten die Namen der großen Männer des Augenblicks nicht. Die Mehrzahl hatte Kenntnis von ihren Worten und ihrem Verhalten. Einige der Geisteskranken bewunderten sie und identifizierten sich so stark mit ihnen, dass sie glaubten, sie selbst seien diese Menschen. Hinter diesen Mauern waren Robespierre, Hébert, Saint-Just und Marat Helden, Beispiele und nachahmenswerte Vorbilder.

Vor allem Marat, dachte der Mann, der Laplace genannt wurde.

Der große Marat.

Dass eine solche Figur als »groß« gelten konnte, war ein Symptom der schweren Krankheit, die das Land heimsuchte.

Auf Anordnung von oben wurde die Arbeit des Konvents jetzt eingestellt, und die auffälligsten Deputierten wurden vorzeitig in ihren Unterkünften eingeschlossen.

Marat – der verführerische Marat, der den Porträts Marats ähnlich war – wiederholte immer wieder den Spruch von den tausend Köpfen, wenn auch mit weniger Emphase, denn inzwischen steckte er in einer Zwangsjacke, die ihm die Brust zuschnürte.

Robespierre, der nicht wie Robespierre aussah und nur die auswendig gelernten, bekannten Sätze aufsagte, verabschiedete sich und rief:

»Wir machen keine Gesetze nur für den Augenblick, sondern für Jahrhunderte. Nicht für uns, für das Universum machen wir sie!«

Der Brissot von Bicêtre hatte nichts vom echten Brissot. Laplace hatte ihm den Namen nur gegeben, weil er sich entschlossen gegen Marat stellte. Er war ein eher unauffälliger Typ, der sich ohne Gegenwehr wegbringen ließ, genau wie Danton, den man in Ketten legte, weil sein Danton-Bauch nicht in der Zwangsjacke unterzubringen war.

2.

Bicêtre war Krankenhaus, Gefängnis, Hospiz und Waisenhaus. Der Mann, der sich Laplace nennen ließ, war in Saint-Priscus, im Pavillon der Geisteskranken untergebracht. Er genoss Privilegien, die sogenannten »Pensionsgästen« vorbehalten waren, denjenigen Mitbewohnern, die eine monatliche Pension bezahlten. Ein Kurpfuscher in Paris hatte gegen eine entsprechende Summe einen Antrag auf Einweisung wegen schwerer melancholischer Anfälle für ihn eingereicht.

Er hatte beschlossen, sich an dem Ort zu verstecken, der Schauplatz der Septembermassaker gewesen war, als die Sansculotten auf der Suche nach Aristokraten und Priestern die Tore gestürmt hatten. Niemand würde ihn für so dumm halten, sich an einem Ort zu verkriechen, an dem nur wenige Monate zuvor die Justizfarce des Pöbels ein Massaker angerichtet hatte. Für einen Feind der Revolution gab es kein besseres Versteck als Bicêtre.

Er hatte sich diesen Ort ausgesucht, weil es ein schrecklicher Ort war, weil er ihm die Grenzen seiner Möglichkeiten aufzeigen würde, Grenzen, die angesichts der stürmischen Entwicklungen in Frankreich in jedem Fall überschritten werden mussten. Kontakt und Nähe zu ausgemergelten, schmutzigen Körpern, faltigen Gesichtern und deformierten Nasen, zu kindlichem oder irregeleitetem Denken genügten den Erfordernissen, die eigene Seele durch Willensübungen zu kräftigen, die geeignet waren, Ängste und uralte Abwehrmechanismen zu überwinden.

Es war die größte Herausforderung, der er je gegenübergestanden hatte. Die Art der Angst, die er auf dem Schlachtfeld kennengelernt hatte, war rein physischer Natur. Im Krieg starb man durchbohrt von einer Lanze, zerfetzt von einer Kanone oder zu Tode geschleift von flüchtenden Pferden mit dem Fuß im Steigbügel hängend. Welcher wahre Mann, welcher Soldat hatte wirklich vor all dem Angst? Die Angst vor den Martern des Körpers löste bei ihm nur vage Trauer aus, aber sie quälte ihn nicht.

Der Begegnung mit Wahnsinn, Missbildung und Hässlichkeit war etwas ganz anderes. Menschliche Maschinen, menschliche Tiere, Tier-Maschinen, die sabbern und fluchen, die dich unbeweglich oder von Zuckungen heimgesucht anstarren, schreckliche Gesichter eine Spanne vom eigenen entfernt, du hörst sie atmen, riechst den Gestank ihres Fleisches und der Kleidung.

Es war dieser Horror, der es ihm ermöglicht hatte, das zu tun, was er tun musste, das, was er von Anfang an zu tun beschlossen hatte, diese Versammlung von Verdammten zu benutzen, um seine besonderen Fähigkeiten zu trainieren. Fähigkeiten, die er jahrelang vernachlässigt hatte, die verkümmert waren, weil er sie nicht trainiert hatte, auf die er aber wieder zurückgreifen musste, weil sie möglicherweise entscheidend sein konnten. Er baute auf sie, um dem Unglück Frankreichs doch noch eine glückliche Wendung zu geben.

Das Zimmer, das er bewohnte, lag in dem Gebäudeteil direkt neben dem Flügel, in dem die besonders schweren Fälle untergebracht waren, diejenigen, die Geduld und Gemüt auf eine harte Probe stellten und schwache Geister in den Wahnsinn treiben konnten.

Die Einrichtung bestand aus einer hölzernen Pritsche mit einem sauberen Strohsack und guten Decken, einem Stuhl und einem Tisch mit Papier, Feder und Tintenfass, ein paar Büchern auf einem Bord, das aus der steinernen Mauer herausgehauen war, und einer aufrecht stehenden, geöffneten Kleidertruhe.

Er hasste es, nur dazuliegen, ohne etwas zu tun, deshalb hatte er einen Tagesplan mit Übungen, Gebeten und Reflexionen ausgearbeitet.

Immer wieder dachte er an den Baron, an gemeinsame Reisen und Erfahrungen vor der Großen Unordnung, vor der Großen Parodie. Er dachte an die Frühzeit der Revolution, als Capet noch als Geisel weiterregiert hatte, zu der Marionette gemacht, die er im Grunde immer gewesen war. Er dachte an die Illusionen, denen sich der Baron hinsichtlich der Generalstände hingegeben hatte, um dann zu dem Schluss zu gelangen, dass die Revolution der Ruin der Welt war. Er dachte an die Flucht nach Koblenz und an die Kanonen, das Blut und die Niederlage von Valmy.

Dann der finale Trugschluss, das Komplott zur Befreiung des Königs von Frankreich. Die Aktion war vorhersehbar gewesen, leicht zu durchschauen und deshalb leicht abzuwenden. Der Baron konnte das nicht verstehen, zu stark war er jener Aristokratie verbunden, die schon lange vor der Großen Unordnung verblüht war.

Laplace hatte sich zu lange von den kraftlosen Bestrebungen und falschen Hoffnungen der Exilanten mitreißen lassen, von der Vorstellung, »Konterrevolution« und »Restauration« seien dasselbe. Der misslungene Versuch, Ludwig zu befreien, hatte ihm die Augen geöffnet und ihm die Gewissheit verschafft, die er nicht wieder verlieren würde.

Die Konterrevolution ist selbst eine Revolution, oder sie ist nichts.

3.

Die Bediensteten hatten die Angewohnheit, wie Polizisten hart gegen die Tür zu schlagen. Anscheinend schlugen sie mit der Handfläche dagegen, nicht mit der Faust. Der Laut ähnelte einer Ohrfeige und drang als dumpfer, nachhallender Ton durchs Holz.

Auf das »Herein« des Mannes im Zimmer betraten sie den Raum. Zwei blonde Schränke mit grobschlächtigen Gesichtern, in denen riesige Nasen prangten, die eine dunkelrot wie eine bösartige Geschwulst, die andere eine Art Sonde, deren Spitze nach unten auf das Kinn zeigte, als strebe sie dem Erdmittelpunkt zu.

»Bürger Laplace, der Aufseher Pussin wünscht Euch zu sprechen.«

Der Mann mit der gebogenen Nase bewegte sich mit großer Vorsicht, als erwarte er Widerstand, und offensichtlich war er bereit, den Bewohner in jedem Fall zu überzeugen und notfalls zu zwingen, ihm zu folgen.

Laplace zog sich in aller Ruhe seinen Überrock an, als gehe er zu einem lange vorher vereinbarten Treffen. Draußen gewann die winterliche Sonne Tag für Tag an Kraft, und in den Hof fiel jetzt mehr Licht. Dürre Ahornbäume umstanden die weite graue, gepflasterte Fläche, die sich wie ein Exerzierplatz im Zentrum der massiven Gebäude von Bicêtre befand.

Nur die friedfertigsten Geisteskranken durften zu jener Tageszeit frei umherspazieren. Hier trafen sich Männer unterschiedlichen Alters, alle gleich gekleidet mit *Frac* und *Culottes* aus grobem Tuch, Kniestrümpfen, Holzschuhen und einer Wollmütze. Einige saßen auf dem Boden, andere auf Stühlen und Bänken, und wie auf antiken Porträts stellten sie fast alle eine zerknirschte Würde zur Schau, es waren die Athener und Römer einer neuen Epoche, Cicero und Themistokles in modernem Gewand. Einer von ihnen ermahnte die anderen mit den immer gleichen Gemeinplätzen von Liebe und Dienst am Vaterland, einem Vaterland, das der Vorstellung eines Kindes entsprach.

Laplace begutachtete ihn von oben bis unten. Er hatte ihm noch keinen Namen gegeben, und bevor er die Räume des Aufsehers betrat, beschloss er, ihn Lafayette zu nennen.

»Ihr seht gut aus, Bürger Laplace, Ihr habt ein frisches Gesicht.«

»So ist es, Bürger Pussin, meine Gemütslage ist stabil, aber das überrascht mich nicht. Ich wusste, dass der Aufenthalt hier mir guttun würde.«

Pussin blickte auf die Blätter, die vor ihm auf dem Tisch lagen.

»Bei unserem letzten Gespräch habt Ihr die Hoffnung geäußert, die Nähe zu jenen, die härter vom Schicksal gezeichnet sind als Ihr, könne euch helfen.«

Laplace nickte.

»Ich bin mir sicher, dass der Nutzen noch größer wäre, wenn ich mich den anderen Gästen gegenüber als hilfreich erweisen könnte.«

Pussin kratzte sich zufrieden am Kinn.

»Ich will Euch eine Geschichte erzählen, Bürger. Vor zwanzig Jahren kam ein Mann mit Skrofulose nach Bicêtre. Er galt als unheilbar, dennoch wurde er geheilt, und zwar auch deshalb, weil man ihm den Dienst als Aufseher übertragen hatte. Ohne jene Aufgabe hätte er seine zukünftige Ehefrau nicht kennengelernt, er wäre in den Jura zurückgekehrt, hätte weiter Stoffe gefärbt und die Krankheit hätte sich vielleicht wieder eingestellt. Aber er blieb hier, so lange bis er einen Posten von großer Verantwortung übernahm.«

»Der Mann seid Ihr, ist das richtig?«

»Genau.«

»Früher waren es die Herrscher, die die Skrofulose heilten.«

»Heute sind wir alle Herrscher. Deshalb bin ich für den Einsatz von Geisteskranken bei verschiedenen Aufgaben. Jeder nach seinen Fähigkeiten. Die an harte Arbeit gewöhnten Männer schöpfen und schleppen Wasser aus den Brunnen, die Bauern arbeiten im Garten, andere in den Ställen, manch einer hält nur einen Besen in der Hand. Ihr seid ein Mann von gewissem intellektuellen Format, Ihr lest gerne. Ihr solltet darüber nachdenken, wie Ihr diese Fähigkeit für das allgemeine Wohl einsetzen könnt. Ihr könntet den Analphabeten das Alphabet beibringen oder denen, die vom Schicksal niedergedrückt sind, aufmunternde Geschichten vorlesen. Denkt darüber nach, Bürger Laplace. Und wenn Ihr zu einem Entschluss gekommen seid, lasst es mich wissen. Ich wünsche Euch einen angenehmen Tag.«

Zurück im Hof sagte sich Laplace, dass Pussin ein Träumer sei. Wie viel zu viele in diesen Zeiten widmete er sich einer Sache, die deshalb verloren war, weil sie falsch war. Die Königin der falschen Vorstellungen war die absurde Überzeugung, alle Menschen seien gleich, trotz ihres Aussehens, ihrer Natur und des Blutes, das sie am Leben erhielt. Als wären alle Sterne am Himmel gleich weit entfernt und leuchteten mit der gleichen Intensität oder als wären alle Farben nur eine einzige.

Bis vor wenigen Jahren hatten sich die Geisteskranken von Bicêtre noch in Ketten im feuchten Halbschatten zwischen den Mauern bewegt, ohne dass ihre Haut je vom Wind gestreichelt wurde. In ihre Zellen drang nur selten von Staub und Insekten getrübtes Licht. Aber die Dinge hatten sich geändert. Jean-Baptiste Pussin machte seine eigene Revolution in der Revolution. Er realisierte unübliche, auf ihre Art mutige Ideen; er behandelte die Leblosen wie menschliche Wesen, seine Maßnahmen zielten auf ihre »Heilung« ab. Als könnte man den Willen des allmächtigen Gottes mit Theorien ändern. Er hatte die Eisen von Handgelenken und Knöcheln entfernt, und er hatte begonnen, mit den Geisteskranken zu *reden*.

Während er den Platz überquerte, beobachtete Laplace die ziellos umherwandernden Geisteskranken. Er erkannte Mirabeau, Condorcet, Barère. Was man bei diesen gezeichneten Wesen erreichen konnte, war, sie friedfertig zu stimmen, und das war ein Akt des Willens. Auch wenn es so aussah, als sei es das Ergebnis der Behandlung, handelte es sich im Wesentlichen immer nur um den Eingriff eines überlegenen Wesens, eines adeligen, starken Menschen, der den Verstand aus Wachs eines anderen nach seinem Willen formte, der seinen Willen brach und dem eigenen unterwarf, und so war es seit Beginn aller Zeiten.

4.

Von weit her drang chaotischer Lärm herüber, Schreie und unartikulierte Laute. Der Mann, der sich Laplace nannte, stellte sich im Halbschlaf die Frage, wo er sich befand und was diese Schreie bedeuteten. Gespenster schwirrten durch seinen Kopf, aber dann fiel es ihm wieder ein: Er befand sich in seinem Zimmer in Bicêtre. Die Schreie stammten von einem Geisteskranken.

Wütendes Geschrei, Klagen und alle Arten von Singsang gehörten zum Geräuschpegel der Irrenanstalt, so wie der Gesang der Vögel in der warmen Jahreszeit zu einem Garten gehört, aber Laplace saß jetzt hellwach auf dem Rand seiner Pritsche und fragte sich, ob die kräftigen und unartikulierten Laute tatsächlich von einem menschlichen Wesen stammten oder vielmehr von einem großen Tier.

Die Aufregung hatte die Hunde der Aufseher und andere Internierte angesteckt. Das Getöse wurde lauter, näherte sich und jetzt konnte man drohende, anfeuernde und beschwichtigende Stimmen unterscheiden.

Er wusch sich gerade Hände und Gesicht in der Schüssel, als es schlagartig still wurde. Nur noch entferntes Pferdegetrappel und Räder auf dem Pflaster waren zu hören, und nach einer knappen Minute schwere Schritte von mehreren Beinpaaren auf dem Gang und unterdrückte Verwünschungen.

Laplace blickte aus der Tür.

Mehrere Wachmänner schleiften einen jungen Mann über den Flur.

Laplace hatte die regelmäßigen Gesichtszüge, die ebenmäßige, wenn auch volkstümliche Nase, den von blonden Locken gerahmten Kopf schon mehrmals gesehen. Zusammen mit dem robusten, kräftigen Körperbau erinnerte der Mann an ein Zwischending aus Putte und Kutscher.

Die eben gehörten Schreie stammten von ihm.

Er heiße Malaprez, hatte man ihm gesagt. Seine Vorfahren waren wahrscheinlich vor mehr als tausend Jahren als stolze, junge Rasse voller Erwartungen aus den Urwäldern Frankens gekommen, aber Gott hatte aus dem Blonden mit den perfekten Gesichtszügen einen Unmenschen gemacht, ein Wesen, das nur wenig höher stand als ein Tier.

Laplace war nicht naiv und nicht so arrogant zu glauben, den Willen des Allmächtigen zu kennen. Aber die Tatsache, dass dieser Malaprez mit den ebenmäßigen Gesichtszügen und einer erschreckenden Brutalität sich gerade hier in seiner Nähe unter demselben Dach befand, hatte zweifellos etwas zu bedeuten.

Malaprez war seit etwas mehr als einem Jahr in Bicêtre. Die ursprünglichen Gründe für seine Einlieferung waren wie bei so vielen unbekannt. Man wusste aber, dass er während des Septembermassakers einen oder mehrere Knüppelschläge auf den Schädel erhalten hatte. Die Narben auf der Haut waren noch als weißliche Streifen zwischen den feinen Haaren sichtbar.

In jener Nacht hatte Malaprez die Sprache und seinen restlichen Verstand verloren. Er stieß nur noch Grunzlaute aus und wurde immer wieder von tierischen Wutanfällen geschüttelt.

Eingeschnürt in die Zwangsjacke und angetrieben von den Wärtern wurde der Junge vorbeigeführt. Er hatte sich anscheinend beruhigt.

Anstaltsleiter Pussin war ein Träumer, gewiss, aber weder war er ahnungslos noch unvorbereitet. Seine Experimente waren von einem *Man-kann-nie-wissen* abgesichert, das in einer Jacke mit geschlossenen Ärmeln bestand, an denen Bänder hingen, mit denen die Arme hinter dem Rücken gefesselt werden konnten. Die Zwangsjacke, sehr viel weicher als Ketten, war die Idee eines Tapezierers aus der Umgebung gewesen.

Die Blicke Laplace' und des Irren kreuzten sich.

Einen Augenblick später gelang es dem Geisteskranken, sich mit der Kraft des Rumpfes seinen Häschern zu entwinden und unter schrillen Schreien, die das Blut in den Adern gefrieren ließen, begann er, wild um sich treten. Die Zwangsjacke lockerte sich. Laplace wich schrittweise zurück, ohne den Blick von einem Geschehen zu wenden, dem die leere Faszination des Augenblicks anhaftete, der dem Ausbruch der Hölle vorausgeht.

Weitere Bedienstete eilten herbei, und zahlreiche Arme drückten Malaprez auf den Boden. Die Zwangsjacke wurde neu geschnürt und zusätzlich legte man ihm Ketten an die Füße. Die verzweifelte Wut begann sich zu verflüchtigen.

Auszug aus

ALLGEMEINES DEKRET ALLE ARTEN VON AUFFÜHRUNGEN UND DAS THEATER BETREFFEND

13. Januar 1791

Es steht jedem Bürger frei, ein öffentliches Theater zu betreiben und dort jede Art von Werk aufzuführen; vor der Eröffnung des Theaters hat er der örtlichen Verwaltung eine Erklärung abzugeben.

Art. 6: Die Impresarios und die Mitglieder der verschiedenen Theatergruppen unterstehen der Aufsicht der örtlichen Verwaltung und erhalten Anweisungen ausschließlich von den kommunalen Beauftragten, die die Aufführung von Werken weder verhindern noch abbrechen dürfen; die Verantwortung von Autoren und Schauspielern bleibt davon unberührt. Die Beauftragten dürfen den Schauspielern keine Auflagen erteilen, die nicht bereits polizeirechtlich geregelt wurden.

Art. 7: Bei Aufführungen ist nicht mehr als eine außerhalb des Theaters stationierte Wache zugegen. Im Theater selbst sind stets ein oder mehrere Zivilbeamte anwesend. Die Wache betritt die Säle nur bei Gefährdung der öffentlichen Sicherheit, und zwar auf ausdrückliche Anordnung eines Zivilbeamten und unter Einhaltung der Gesetze und der polizeirechtlichen Bestimmungen.

Auszug aus dem

DEKRET ZUR ÜBERWACHUNG VON AUFFÜHRUNGEN

31. März 1793

Der Nationalkonvent beauftragt den Ausschuss für öffentliche Bildung, ihm kontinuierlich Bericht über die Kontrolle der Theater und über andere öffentliche Aufführungen zu erstatten.

FÜNFTE SZENE

Es geht bergab

Ende April 1793

1.

Es war einer jener Abende, an denen man sich die Gesichter der Zuschauer in der ersten Reihe einprägt. Sie sitzen dort, starren dich an und geben ihren Gefühlen weder mit Gesten noch mit der Stimme Ausdruck.

Léo blickte den Schauspieler an, der neben ihm auf der Bühne stand; ein armer Hund. Er hatte ihm das Stichwort für seinen Einsatz unauffällig zugespielt, trotzdem hatte der Kollege ihn verpasst. Vergeudetes Talent, dachte Léo. Verständlich, dass die erste Reihe verwundert starrte. Und in der zweiten und dritten gähnten schon einige.

Sie waren eine drittklassige Theatertruppe, und seine Gegenwart auf der Bühne störte nur das Gleichgewicht einer mittelmäßigen Schauspielertruppe. Seine persönlichen Fähigkeiten konnten das allgemeine Niveau der Aufführung nicht heben; er war ein Fisch auf dem Trockenen. Seine größeren technischen Möglichkeiten verwirrten die anderen. Nur die Schauspielerinnen zeigten sich aufgeschlossen, sie wollten sich verbessern und benahmen sich sehr respektvoll ...

Solchen Gedanken nachhängend, verpasste jetzt auch Léo seinen Einsatz, und um das zu überspielen, deklamierte er in den folgenden Szenen mit größerer Emphase, aber das Publikum hatte die Disharmonie bemerkt, es kam mit Sicherheit schon seit Jahren in dieses Theater, und die Zuschauer in der ersten Reihe waren wahrscheinlich an Stil und Spielweise des Schauspielers gewöhnt, für den Léo eingesprungen war. Etwas Besseres als die Rolle eines Ersatzmannes hatte er nicht gefunden. Die Neuigkeit hatte sich unter den Impresarios schnell herumgesprochen: Modonnet der Streithammel. Modonnet der Unglücksbote. Modonnet der Exhibitionist. Da stand er und vergeudete sein Talent inmitten dieser Hundemeute.

Aus den Augenwinkeln sah Léo einen Mann in der zweiten Reihe, der sich zwischen zwei anderen nach vorne beugte und auffällig den Kopf schüttelte. Léo sagte den nächsten Satz dieser langatmigen und langweiligen Komödie auf. Erbauliches mit unbedeutenden Charakteren war in Frankreich gerade groß in Mode. Der Kopf in der zweiten Reihe wackelte wieder, um seine Missbilligung zu unterstreichen. Als Léo die Bühne verlassen hatte und wieder hinter den Kulissen stand, beobachtete er weiterhin das Verhalten der Zuschauer in den vorderen Reihen. Jetzt traten die Schauspielerinnen mit eng anliegenden Kostümen und großzügigen Ausschnitten auf und lösten gefälliges Lächeln aus.

Dann war wieder Léo an der Reihe. Er musste jetzt eine längere Rede halten und fühlte sich in der Lage, jeden überzeugen zu können: Modulation der Stimme, ausholende, nicht allzu pathetische Gesten, abgestimmte Bewegungen ... Aber der Kopf in der zweiten Reihe sagte, begleitet von Gesten und Grimassen, weiterhin nein. Vielleicht gehörte er zu den Freunden des Schauspielers, den Léo zu ersetzen hatte, aber es war schließlich nicht seine Schuld, wenn der krank geworden war. Böswillige Menschen ...

Als er seinen Monolog beendet hatte, erhob sich der Kopf in der zweiten Reihe und ein Laut ertönte im Zuschauerraum.

»Wau! Wau!«

Leó erstarrte und sah dem Provokateur in die Augen. Sie blickten ihn herausfordernd an.

Er entschied, es sei jetzt genug, und mit langen Schritten ging er in den Zuschauerraum. Der andere starrte ihn an. Mehrere Zuschauer waren aufgestanden, und die anderen Schauspieler blickten aus den Kulissen auf das Geschehen. Léo suchte nach einer angemessenen Antwort, aber das Einzige, was ihm einfiel, war eine Antwort auf demselben Niveau. Auch er produzierte Hundelaute.

Er knurrte.

Dann zauberte er ein gewinnendes Lächeln auf sein Gesicht und näherte sich seinem Gegner mit ausgebreiteten Armen. Als er den richtigen Abstand hatte, verpasste er ihm einen Stoß mit dem Kopf, der den anderen aber nicht umwarf.

Der Typ und seine Freunde reagierten sofort, und es entstand ein Handgemenge. Léo verteilte Ohrfeigen, Tritte und Faustschläge, wie er es in seiner Jugend gelernt hatte. Während er blindlings kämpfte, beglückwünschte er sich zu seinem vermeintlichen Vater, Giovanfranco Mingozzi, Aufseher auf den Ländereien des Grafen und dessen Faktotum. Mingozzi war in einer feindseligen, gewalttätigen Stadt aufgewachsen, in der Kampflehrer, die die Kunst des Fechtens und jede Art von Kampf mit bloßen Fäusten lehrten, gutes Geld verdienten. Mingozzi hatte ihm beigebracht sich zu verteidigen ... und zu beleidigen, was sein Schicksal mitbestimmt hatte. Addio Bologna, hier bin ich, Paris.

Und während er in alle Richtungen austeilte, verfluchte Léo sich. Die Sache nahm einen für ihn ungünstigen Verlauf. Ein Faustschlag traf ihn mitten im Gesicht, einer hatte ihn treffen müssen, und der hatte es in sich gehabt. Eine der Lehren fürs Leben seines Vaters lautete: »Wenn du dich ernsthaft prügelst, gibt es immer einen Schlag, der die Verteidigung durchdringt.«

Er landete auf dem Boden, aber mit der Gewandtheit eines Akrobaten machte er eine Rolle rückwärts und stand wieder auf den Füßen, gerade rechtzeitig, um dem am nächsten stehenden Gegner einen Tritt in die Genitalien zu verpassen. Er bemerkte, dass seine Nase blutete, und fluchte.

Dann hörte man einen Pistolenschuss, und erregte Stimmen übertönten das Durcheinander. Der Kampf brach ab.

Musketen und Kokarden. Alle ins Loch, vor allem ich, dachte Léo.

2.

Nogaret betrachtete ihn mit mäßigem Interesse.

»Ihr seid das, was man einen Hitzkopf nennt, Modonnet. Schon wieder Störung der öffentlichen Ordnung, dazu noch das, was man nicht anders als Aggression bezeichnen kann. Seid Ihr der Ansicht, dass Euch Euer Kopf an der Stelle, an der er sich befindet, im Weg ist?«

Léos Gesicht war blassblau. Ärger, große Schwierigkeiten, eine Unmenge Ärger, es galt, eine harte Nuss zu knacken.

»Ich weiß wirklich nicht, was über mich gekommen ist, Bürger. Im Publikum befand sich ein Provokateur ...«

Nogaret hob wieder einmal die Hand und Léo schwieg.

»Das Theater muss ich Euch nicht erklären, Modonnet. Das Publikum hat das Recht, unzufrieden zu sein, aber eine Reaktion wie die Eure zieht eine Strafe von zwanzig Livre nach sich, ersatzweise vier Tage Gefängnis; in jedem Fall eine schriftliche Anzeige mit Eurem Namen beim Ausschuss für allgemeine Bildung.«

Léo brach der kalte Schweiß aus.

»Bitte keine Mitteilung, Bürger Nogaret.«

Der Beamte seufzte tief.

»Doch, es wird eine Anzeige geben, Modonnet. Ich habe klare Anweisung, was das betrifft, und die Muse wird mir verzeihen, wenn ich sie dadurch Eurer Dienste beraube.« Er gab den Wachen ein Zeichen, den Gefangenen abzuführen. »Wenn sie mir dafür nicht sogar dankbar ist«, schloss er.

Léo blieb nichts, als den Spott zu ertragen, auch wenn ihn diese Worte verletzten. Er blickte zu Boden, während sie ihm die Handschellen wieder anlegten.

»Die Bühne ist mein Leben. Ich habe nie etwas anderes gemacht.«

Nogaret schaute ihn verlegen an.

»Ihr könnt Euch jederzeit freiwillig melden. Die Republik braucht gute Patrioten. Ihr seid ja inzwischen eigentlich ein Franzose.«

Léo fiel keine Antwort ein, und schweigend ließ er sich abführen. Nogaret hatte sich resigniert über eine neue Akte gebeugt.

3.

Die vier Tage im Gefängnis gingen schnell vorüber, weniger schnell die Nächte. Daran gewöhnt, jeden Abend aufzutreten, bei Proben oder vor Publikum, raubte das Nichtstun Léo den Schlaf. Er wälzte sich auf dem stinkenden Stroh seiner Liege hin und her und immer wieder gingen ihm dieselben Fragen durch den Kopf. Wann würde er wieder auftreten können und wie würde das Ganze sich auf seine Schauspielerkarriere auswirken? Hatte Nogaret das ernst gemeint? Würde seine Anzeige wirklich große Wirkung zeigen oder war alles nur gespielt, wollte er ihn nur beeindrucken?

Léo dachte an die Schlägerei zurück. Er tröstete sich damit, dass er niemanden umgebracht hatte. Er dachte an die schreckliche Nacht vor sieben Jahren, als er Bologna mit dem Segen Mingozzis Hals über Kopf verlassen hatte.

Was für ein Segen ... Es war wohl eher ein Tritt in den Hintern gewesen.

Mingozzi. Der Bruch war schmerzhaft gewesen, bedingt durch die Enttäuschung des alten Vaters über das, was aus seinem Sohn geworden war. In Paris angekommen, hatte Léo ihm ein Jahr lang nicht geschrieben. Eines Abends hatte er von ein paar Akrobaten, die aus Bologna gekommen waren, erfahren, dass er gestorben war. Seit jenem Tag hatte er nicht mehr geweint, sah man von den Tränen ab, die er beim Tod Goldonis vergossen hatte.

Léo, eigentlich Leonida, hatte seine Liebe zum Theater entdeckt, als er als Kind die Komödien gesehen hatte, die Graf Albergati auf seinem Landsitz aufführen ließ. Der Graf schrieb diese Stücke häufig selbst und rühmte sich dessen stets vor allen Leuten, aber ebenso häufig wurden sie ihm von Meister Goldoni geschenkt, der sie ausdrücklich für seinen Freund schrieb.

Francesco Albergati konnte es sich erlauben, Amateur zu sein, genau wie nicht wenige andere Adelige Europas – und im Gegensatz zu den zahlreichen Hungerleidern, die schauspielerten, um zu überleben. Dennoch war er durch und durch ein Mann des Theaters, jedenfalls sah er sich selbst so. Es genügte ihm nicht, Stücke zu schreiben und auszustatten, er trat auch selbst als Schauspieler auf.

In den meisten Fällen fanden die Aufführungen nur vor ausgesuchten aristokratischen Freunden, vor Mitgliedern der Familien des Bologneser Senats und anderen ranghohen Gästen statt. Neuen Ideen stand der Graf durchaus aufgeschlossen gegenüber, er korrespondierte mit den aufgeklärtesten Geistern seiner Zeit, zu denen, wie behauptet wurde, auch der alle überragende Voltaire gehörte. Bei bestimmten Gelegenheiten fanden die Aufführungen unter freiem Himmel statt und jeder, der auf dem Gut lebte, arbeitete oder auch nur vorbeikam, konnte zuschauen.

An einem jener Abende hatte Leonida die Aufführung von »Der Campiello« von Goldoni gesehen.

Der Meister selbst lebte zu jener Zeit schon in Versailles und gab den Kindern Ludwigs XVI. Italienisch-Unterricht. Er schrieb dem Grafen und berichtete ihm vom Gepränge und den Merkwürdigkeiten am französischen Hof, und diese Berichte sickerten bis zur Dienerschaft durch und über die Mauern des Landguts hinaus. Überall wurde getuschelt, und in Zola Pedrosa, drei Meilen westlich von Bologna, war Goldoni eine Volkslegende.

Man hatte Leonida erzählt, der Meister habe ihn sich während seines letzten Besuchs auf den Schoß gesetzt, habe Grimassen geschnitten, die Backen aufgeblasen und ihn zum Lachen gebracht. Léo war damals zwei Jahre alt gewesen.

An jenem anderen schicksalhaften Abend war er acht Jahre alt gewesen. Nach dem Ende der Aufführung hatte er sich an Mingozzi gewandt und gesagt: »Wenn ich groß bin, will ich Schauspieler werden.«

Mingozzi hatte den Kopf geschüttelt und geantwortet: »Der Graf schauspielert, weil er Geld hat. Wenn du Schauspieler wirst, wirst du ein Hungerleider sein.«

Giovanfranco Mingozzi war ein athletischer, muskulöser Mann mit dunklen Augen und schwarzem Bart. Er war 1760 zweiundfünfzig Jahre alt und arbeitete seit zweiundzwanzig Jahren für die Albergati. In seiner Jugend war er Soldat und vieles andere gewesen, über das er niemals sprach. Er hatte nie geheiratet, jedenfalls wusste niemand etwas von einer Heirat, aber es wurde gemunkelt, in der Romagna, in der Gegend um Bologna, gebe es überall erwachsene Kinder von ihm.

Obwohl er von zahlreichen Menschen umgeben war, fühlte der Alte sich einsam. Als eine junge Bedienstete der Albergati bei der Geburt ihres Kindes, dessen Vater unbekannt war, starb, hatte Mingozzi sich der Kreatur erbarmt und verhindert, dass sie aufs Drehbrett für Findelkinder kam. Der Junge blieb und wurde als das Kind aller aufgezogen – mit einem leichten Übergewicht Mingozzis. Sie hatten ihn Leonida genannt, niemand wusste mehr, warum, es war ein Name wie jeder andere. Zu Mingozzi hatten sie gesagt: »Gib ihm deinen Familiennamen«, aber er hatte es für richtig gehalten, ihm den Namen seiner verstorbenen Mutter zu geben, damit ihn später etwas an sie erinnerte.

Die Arme hatte Natalina Modonesi geheißen. Man wusste kaum etwas über sie, denn sie war erst angekommen, als sie schon schwanger war, und als sie sich gerade eingewöhnt und die Namen der anderen gelernt hatte, war sie bei der Geburt gestorben.

Nach der Flucht aus Bologna und Italien, auf den Spuren Goldonis auf dem Weg nach Paris, hatte Leonida seinen Namen dem Französischen angepasst und den Vater gewechselt; er hatte einen Chefkomödianten erfunden. Besser ein Sohn der Kunst als der Sohn von niemandem.

Das war 1786 gewesen.

Nacht für Nacht und Minute für Minute von Zweifeln zerfressen, hatte sich Léo, kaum dass die Tore des Gefängnisses sich für ihn geöffnet hatten, Hals über Kopf ins Pariser Gewühl gestürzt und war direkt zum nächsten Theater gerannt, ohne auch nur zu Hause die Kleider zu wechseln. Impresarios und Prinzipals kannten ihn gut, und die Hochachtung, die sie ihm entgegenbrachten, beruhte nicht auf sauberer Kleidung.

»Tut mir leid, Léo, aber wir sind komplett.«

»Nichts zu machen, Bologna. Versuch's mal beim ›Marais‹, ich glaube, die suchen jemand.«

»Nein, Modonnet, wir haben keine freie Stelle für dich.«

Die letzte Absage hörte sich weniger endgültig an, in Léo flammte ein Hoffnungsschimmer auf, und er wollte die Gelegenheit nicht ungenutzt verstreichen lassen.

»Ich danke dir, Jean«, antwortete er. »Ich weiß, du würdest mir gerne einen wichtigen Part geben, nett von dir, dass du mir keine Nebenrolle anbieten willst, aber im Moment ...«

»Die Rollen sind alle verteilt, Modonnet. Ich wüsste nicht, was du tun könntest.«

Aber Léo gab nicht auf, er musste auf der Bühne arbeiten, es musste einen Weg geben.

»Hör zu, Jean, vielleicht könnte ich trotzdem bei euren Proben mitmachen. Ich könnte den unerfahrenen Schauspielern bei schwierigen Passagen helfen, ich könnte den Souffleur machen, einspringen, wenn jemand fehlt, das passiert ja immer wieder, dass jemand ausfällt, ich könnte alle Rollen auswendig lernen und so eine Art Faktotum werden. Was meinst du? Eine Art Mädchen für alles! Ich verlange dafür nur Kost und das Bisschen, das ich meinem Vermieter, dem Blutsauger, monatlich schulde.«

»Nein, Modonnet, unmöglich.«

Und während Modonnet angesichts einer so unerwarteten, harten Verweigerung krampfhaft um Worte rang, wühlte der

Mann, der sie ausgesprochen hatte, in seiner Jackentasche und wedelte plötzlich mit einem Papier vor seiner Nase herum.

Es trug den Briefkopf des Ausschusses für allgemeine Bildung und war an alle Theatergesellschaften und Theaterbesitzer der Hauptstadt gerichtet. Es war eine Namensliste, der ein kurzer, alle Zweifel ausschließender Satz vorangestellt war:

> »Angesichts der immer häufiger auftretenden Unruhen und Zügellosigkeiten an den Aufführungsorten wird empfohlen, gegen alle Bürger, die solche Tumulte in den vergangenen Monaten ausgelöst und befördert haben, auf der Bühne und im Zuschauerraum Maßnahmen zu ergreifen.«

Léo überflog die Namen. Seiner war der dritte auf der Liste, nach den Namen Fourmillon und Jeannard, zweier als Konterrevolutionäre bekannter Schmierenkomödianten.

»Du hast die Räude, Modonnet«, lautete die bittere Kurzfassung, »eine solche Aufforderung ist schlimmer als ein Urteil; sie setzen Aufführungen ab, schließen Theater, und niemand will das Risiko eingehen, sich Kontrollen ins Haus zu holen.«

»Und wenn ich dir verspreche, hinter den Kulissen zu bleiben, nur für Proben auf die Bühne zu gehen?«

Der Mann schüttelte energisch den Kopf, faltete das Papier zusammen, steckte es in die Tasche und verabschiedete sich mit einem geheuchelten »Viel Glück«, das nicht im Entferntesten nach Mitleid roch.

Der Tag neigte sich dem Ende zu, die Mauern der Wohnhäuser leuchteten in der Abendsonne. Léo beschloss nach Hause zu gehen, eine Kleinigkeit zu essen und sich dann den neuen Fragen zu stellen, die anstelle des Schlafs im Bett auf ihn warteten. Auf der Straße beobachtete er Männer und Frauen, die die unterschiedlichsten Arbeiten verrichteten, und er stellte sich vor, wie er an ihrer Stelle schuftete, um sich sein Brot zu verdienen. Das Einzige, worauf er sich verstand, war die Schauspielerei, was konnte man schließlich von einem Kind erwarten, das von Carlo Goldoni auf den Knien geschaukelt worden war.

Durch ein offenes Fenster beobachtete er Arbeiter in einer Druckerei. Verschwitzt, die Hände voller Druckerschwärze, bearbeiteten sie Druckplatten, während ein hagerer Typ sie anschrie, sie sollten schneller arbeiten. Wie konnte man das schweigend ertragen?

An der Ecke eines Platzes verkaufte ein junges Mädchen mit strahlenden Augen halb verwelkte Blumen. Léo studierte ihre zarten Gesichtszüge und die weichen Rundungen ihres Körpers. Sie hatte eine wohltönende Stimme, und mit der Hilfe eines guten Schauspiellehrers könnte sie eine jener Schauspielerinnen werden, die für das Publikum bei zwei ebenbürtigen Stücken den Ausschlag geben. Stattdessen vergeudete sie ihre natürlichen Talente und verkaufte nutzlose, schon verdorbene Ware. Würde auch er so enden? Würde auch er bald mit Gesten und Worten gemeine Kunden anlocken und sie überreden, ein Pfund Gurken zu kaufen?

Es begann zu dunkeln, genau wie in seinem Kopf. Er lenkte seine Schritte zur Haustür und stieg die Treppe hinauf, bis zu dem Treppenabsatz seiner Dachkammer. Dort stand ein formloser, bunter Haufen. Es waren seine Kleider, seine Bücher, eine Lampe und zwei Schüsseln. Die Sachen standen bedeckt von Kalkspuren und Staub an der Wand, damit der Weg frei blieb.

Léo nahm einen kleinen Band und säuberte die erste Seite mit dem Unterarm.

DER FÄCHER

von Carlo Goldoni

Er zog einen großen Schlüssel aus der Tasche, steckte ihn ins Schloss und stand dann im einzigen Zimmer seiner Wohnung einem Mann mit nacktem Oberkörper gegenüber.

»Wer seid Ihr?«, sprachen zwei Münder gleichzeitig, und einen Augenblick später behaupteten beide, die legitimen Mieter dieses Lochs zu sein.

Der Mann ging mit nacktem Oberkörper hinaus und brüllte ins Treppenhaus:

»Meister Picard, kommen Sie rauf, der Vormieter ist gekommen und will nicht gehen!«

Von unten hörte man das Klirren eines Schlüsselbundes, dann blickte der Kuhkopf Picards nach oben. Während er heraufkam, fuchtelte er mit dem Finger und fing an zu schreien:

»Du verdammtes Stück Scheiße, seit vier Tagen suche ich dich. Du schuldest mir zwei Monatsmieten, wegen dir muss ich den Metzger anbetteln und anschreiben lassen. Pack deine Siebensachen und verschwinde, verpiss dich, auf der Stelle, ich will dein Arschgesicht hier nicht mehr sehen.«

Oben angekommen, stürzte er sich wutentbrannt auf Léos Sachen schaufelte sie mit seinen Armen wie Laub zusammen und begann ohne ein weiteres Wort, Kleidung, Bücher, Lampen und anderes die Treppe hinunterzuwerfen.

Léo hätte sich gerne auf ihn gestürzt, ihn seine Aufgeblasenheit und Zähne schlucken lassen, aber noch eine Prügelei und noch einmal Gefängnis mit weiteren schlaflosen Nächten waren nicht das, was er brauchte, um das Knäuel seiner Existenz zu entwirren.

Er beschränkte sich auf die Feststellung, er habe verstanden, die Szene sei unnötig, Löcher wie dieses gebe es zu Tausenden in Paris, auch billiger, und deshalb gehe er sofort und zwar gerne und verlange, dass man ihm den Schaden bezahle, der an seinen persönlichen Sachen entstanden sei.

Er ging nach unten, breitete ein Betttuch auf dem schmutzigen Boden aus, sammelte seine Sachen zusammen, verknotete die Enden über Kreuz, und mit einem Knoten in jeder Hand, wuchtete er sich das Bündel auf den Rücken und ging auf die Straße, wo mitleidlos eine weitere schlaflose Nacht auf ihn wartete, eine Nacht auf nackter Erde und mit dem Bogen einer Seine-Brücke als Dach.

Auszug aus einem

BRIEF DER ABGEORDNETEN JEANBON SAINT-ANDRÉ UND ÉLIE LACOSTE IM AUFTRAG DES NATIONALKONVENTS AUF DIENSTREISE IN DER DORDOGNE AN DEN ABGEORDNETEN BARÈRE

Die Unruhen in der Vendée und den angrenzenden Départements sind ohne Zweifel beunruhigend, aber sie sind nur deshalb tatsächlich gefährlich, weil heilige Begeisterung und Freiheitsdrang in den Herzen erstickt werden. Überall wird man der Revolution überdrüssig. Die Reichen verabscheuen sie, die Armen haben kein Brot und werden gegen uns aufgehetzt.

Die sogenannten Moderaten, die mit den Patrioten in irgendeiner Art und Weise gemeinsame Sache machten und irgendeine Art von Revolution verlangten, wollen heute nichts mehr davon wissen. Sie wollen sie jetzt eindämmen, schlimmer noch, geben wir es ruhig zu, sie wollen die Konterrevolution und sind mit Herz, Verstand und Willen und sehr bald auch mit ihren Taten den Aristokraten verbunden.

Die Armen haben kein Brot, aber nicht etwa, weil es an Getreide fehlt, es wird in Lagerhäusern gehortet. Wenn wir wollen, dass die Armen die Revolution unterstützen, müssen wir mit einem Gesetz dafür sorgen, dass sie leben können.

In außergewöhnlichen Situationen hat das höchste Gebot, nämlich das der öffentlichen Wohlfahrt, über allem zu stehen.

SECHSTE SZENE

Maximum

1. Mai 1793

1.

Es gibt Leute, die können dir sofort sagen, wie viele Menschen da vor dir stehen; nicht in Tausendern, das können alle, nein, ganz genau, bis auf die Hunderter.

Sechstausenddreihundert hat Guérin heute Morgen gesagt, als wir an der Porte Saint-Denis losgelaufen sind, da, wo die Bastille stand, und dann immer geradeaus bis zur Reitschule, wir wollten die alten Säcke mal so richtig auf Trab bringen, seit einer Woche hocken die da rum und quatschen und quatschen, aber das mit dem Gesetz über das Maximum, das kriegen sie nicht auf die Reihe.

Ist ja auch egal, wie viel wir genau waren, und dass wir so viele waren, ist schließlich kein Wunder. Wenn Bauch und Geldbeutel leer sind, dann muss man das doch nicht lang und breit erklären, dass man für Lebensmittel einen Höchstpreis braucht, das muss man einfach nur sagen, da sind doch alle sofort einverstanden, nur die reichen Säcke und die Ladenbesitzer nicht. Man muss das erklären, wenn man's nicht tut, aber wenn man denen, die am Hungertuch nagen, weismachen will, dass der Brotpreis frei sein muss, so lange bis alle verhungert sind, muss man schon ein ganz schöner Halunke sein. Aber von ganz oben, vom Berg, haben sich sogar Robespierre, Marat und Saint-Just für den freien Brotpreis eingesetzt und uns erklärt, wie Wirtschaft funktioniert, und dann auch noch Danton und Barère, die sind im Wohlfahrtsausschuss, und der tagt jetzt im Zimmer der Königin. Das Maximum ist falsch, haben sie gesagt, weil wenn man den Getreidepreis blockiert, dann horten die Dickschädel auf dem Land den Weizen, damit sie die Transportkosten sparen, und wir in der Stadt müssen das Zeug dann auf den Hausdächern anbauen. Damit haben sie viele rumgekriegt, aber seit März hat es angefangen, Scheiße zu regnen, wie man im Club der Sansculotten sagt.

Die Anhänger von Brissot haben Marat den Prozess gemacht, weil der zu Plünderungen aufgerufen hat. Marat!

Der Freund des Volkes! Das ist eine Kriegserklärung, die von innen kommt, nicht von außen.

In der Vendée haben sich die Bauerntrottel gegen die Republik erhoben. Die kämpfen unter der Lilienfahne, da steht der Name von Louis-Charles, dem Sprössling von Capet drauf. Bei denen fängt die Zeitrechnung mit dem Tag an, als wir seinen Papi einen Kopf kürzer gemacht haben; die behaupten, wir sind jetzt im Jahr eins der Regierungszeit von Ludwig XVII. Den Papst wollen sie auch zurück und die ganze adelige Bagage und alle, die dafür gesorgt haben, dass sie nie aus der Scheiße rausgekommen sind. Die fühlen sich wohl in der Scheiße, die werden in der Scheiße geboren und die leben und sterben in der Scheiße, genau wie die Zwiebeln, die sie anbauen.

Und weil das noch nicht reicht, ist General Dumouriez, der, der mit den Holländern abrechnen sollte, zu den Österreichern übergelaufen. Und weil Brissot und seine Wichser mit den Verrätern unter einer Decke stecken, haben fünfunddreißig Pariser Sektionen eine Petition verabschiedet und eine Delegation mit dem Bürgermeister an der Spitze ist im Konvent aufgetaucht und hat gefordert, dass die Anhänger Brissots hochkantig mit einem Tritt in den Arsch rausgeschmissen werden.

Die Preise sind natürlich immer weiter nach oben, immer weiter ... Also haben die von der Montagne gesagt, dass das kein gutes Ende nimmt, wenn sie uns das Maximum nicht geben, dass es dann überall so wird wie in der Vendée. Von wegen massenhaft Freiwillige, die bereit sind, die Nation zu verteidigen! Wer Angst hat, dass Frau und Kinder nichts mehr zu fressen kriegen, der scheißt auf die Nation, der geht doch nicht an die Front und lässt sich erschießen. Wenn man überhaupt nichts mehr kriegt, dann führt das dazu, dass man die Sklaverei wiederhaben will, weil dein Herr dir zwischen zwei Peitschenhieben wenigsten ab und zu ein Stück Brot gegeben hat. Deswegen haben die Schlaumeier jetzt aufgehört, ständig zu behaupten, dass man das Maximum nicht machen kann. Jetzt sind sie der Meinung, dass wenn es das Gesetz gibt, die Bauern und die Monopolierer und die Hamsterer die Sachen nicht mehr horten, um sie zu verkaufen, wenn die Preise gestiegen sind, aber dann haben sie sofort noch gesagt, dass alle die, die das Eigentum anderer anrühren, Ärger kriegen, und auch noch, dass wenn einer mit dem, was er hat, dem Volk Schaden zufügt, dass der dann gezwungen wird, es in der richtigen Art und Weise zu benutzen. Endlich haben sie es kapiert! Wir sind jetzt zufrieden und können der Sache zustimmen.

Und deswegen sind wir heute hier, sechstausenddreihundert! Wir gehen direkt zur Reitschule der Tuilerien und machen den Anhängern von Brissot und den Sesselfurzern im Konvent Feuer unterm Arsch und erklären ihnen die Sache noch mal.

2.

Treignac behielt die Menge im Auge, die den Palast umstellt hatte. Seit Tagen hatte er den Sektionskommissaren immer wieder gesagt, dass es keine gute Idee sei, den Zug durch ganz Paris bis unter die Fenster der Tuilerien laufen zu lassen. Er war zwar Sympathisant der Montagne, hatte aber kein großes Vertrauen in die berühmt-berüchtigte Disziplin der Sansculotten, in ihre aufrichtige und anständige, vom Papa Duchesne so hoch gelobte Besonnenheit. Aber noch weniger vertraute er den konterrevolutionären Spielverderbern, den Provokateuren, die sich unter die Menge mischten und die Stimmung anheizten.

Aber für seine Ansichten interessierte sich niemand, es zählten nur die der Vorsteher der Stadtbezirke, Typen wie Chaumette und Bürgermeister Pache, und die hatten beschlossen, dem Volk gefällig zu sein, seine Wut zu besänftigen, den Girondisten Brissots einen Schreck einzujagen, den Montagnards zu schmeicheln und das Maximum einzufordern, alles an einem einzigen Tag und mit nur einem Demonstrationszug; sie mussten die Ordnung ja nicht aufrechterhalten. Zu allem Überfluss gab es nicht nur einen, sondern zwei Züge, und jetzt musste man vielleicht noch darüber streiten, wer den Vortritt hatte, die fünftausend Sansculotten aus Saint-Antoine, weil sie die Mehrheit waren, oder die zweihundert Frauen aus Versailles, die bereits vier Meilen Fußmarsch hinter sich hatten.

An den Stamm einer Platane gelehnt und jederzeit bereit einzugreifen, auch wenn er, verglichen mit der Menge, die die königliche Reithalle umstellt hatte, nur über wenig Männer verfügte, blickte Treignac ins Gewühl.

Er sah den Sohn Marie Nozières auf sich zukommen.

»Hallo Bastien, was habt ihr jetzt vor?«

Der Junge putzte sich mit dem Ärmel die Nase:

»Sie haben entschieden, dass zuerst die aus Versailles reingehen, weil ihre Petition kürzer ist als unsere, außerdem müssen sie nach Hause zurück, bevor es dunkel wird.«

»Gut so«, bemerkte Treignac lakonisch. »Und worüber regt sich deine Mutter so auf?«

»Weil die an der Tür sagen, dass zu viele Leute drin sind und dass sie von uns nicht mehr als vierzig reinlassen.«

»Reichen die denn nicht?«

Der Junge nickte.

»Doch, aber sie streiten sich, wer reingehen soll. Meine Mutter sagt, dass die Frauen in Saint-Antoine mehr als die Hälfte der Bewohner sind und dass deshalb auch mindestens zwanzig Frauen dabei sein müssen. Und weil sie die Ersten waren, die schon vor zwei Monaten das Maximum verlangt haben, wollen sie, dass die Petition von einer Frau an der Schranke vorgelesen wird.«

Treignac schüttelte den Kopf:

»Deine Mutter hat schon komische Ideen, sollen wir jetzt die Blonden zählen, die im Faubourg wohnen, und dann entsprechend viele reinschicken? Und dann die Hinkenden! Wieviel Hinkende gibt's im Faubourg? Mindestens drei Hinkende müssen dabei sein, meinst du nicht?«

Der Junge lachte.

»Und drei Skrufolöse und auf jeden Fall eine Nutte!«

Treignac blickte ernst.

»Red keinen Unsinn. Was gibt's sonst noch?«

»Muzine wird sprechen.«

»Muzine! Muss das sein …?«, murmelte Treignac und blickte auf seine Schuhspitzen. »Geh und sieh nach, was los ist. Die hören gar nicht mehr auf zu diskutieren.«

Stolz darauf, einen Auftrag erhalten zu haben, machte sich der Junge auf den Weg, nach zwei Schritten drehte er sich noch einmal um:

»Aber ich bleibe bei dir. Ich halte dir den Rücken frei, in Ordnung, Treignac?«

Treignac warf ein Steinchen hinter ihm her und rief ihm zu, er solle aufhören, so viel zu quatschen, wenn er sich das Geld verdienen wolle, das er ihm versprochen hatte.

3.

Als sie das Stimmengewirr im Konvent hörte, hielt Marie Nozière den Atem an.

Die königliche Reithalle war ein langes schmales Rechteck, in dem man bei Regen Pferderennen veranstaltet hatte, damit die adligen Jockeys nicht nass wurden. An beiden Schmalseiten türmten sich die Tribünen für das Volk, auf denen dicht an dicht nur Köpfe zu sehen waren. Marie sah das große Transparent, das die Frauen aus Versailles mitgebracht hatten. »Die Getreidepreise müssen gesetzlich festgelegt werden« stand dort in abwechselnd roten und blauen Großbuchstaben.

Von der Decke hingen wie in einem Kirchenschiff drei prächtige Kronleuchter und die französische Trikolore herab. Während die Worte der Redner langsam nach oben stiegen, wurden die Rufe und Unterhaltungen des Publikums hart und laut von den Längswänden zurückgeworfen. Dort saßen die Deputierten, und in der Mitte des Saales hatten an mehreren Tischen Minister und Mitglieder der verschiedenen Ausschüsse Platz genommen. Von ihnen durch eine Holzbrüstung getrennt, trugen die Abordnungen des Volkes Anträge, Anzeigen und Beschuldigungen vor.

Wie Ochsen auf dem Viehmarkt standen sie jetzt dort, die Vierzig aus Saint-Antoine. Sie schoben und drängten, weil jeder an die Brüstung wollte, um den einen oder anderen Deputierten zu sehen.

Auch Marie drängte nach vorne. Sie wollte neben Muzine stehen, sie wollte verstehen, was der Mann sagen würde, der im Namen aller die Petition vortrug. Der offizielle Sprecher des Faubourg, der Färber Gonchon, war am Abend vorher plötzlich erkrankt, und einige meinten, dieses plötzliche Unwohlsein hätten ihm Freunde eingeredet, die von seinen letzten Reden enttäuscht gewesen seien, in denen er sich für einen Ausgleich zwischen Girondisten und Montagnards starkgemacht hatte. Andere behaupteten, er hätte sich den Bauch mit fünfzehn Fröschen vollgeschlagen, und das sei der Grund für sein Unwohlsein. Wie auch immer, jedenfalls war ganz plötzlich Jean-Claude Muzine, einer der Schnüffler, aufgetaucht und hatte gesagt, er habe eine starke Rede fertig im Kopf, niemand würde den angestammten Redner vermissen.

Viele hatten ihn unterstützt und behauptet, Gonchon selbst habe ihn als Ersatzmann bestimmt. Marie wollte seine Rede auf keinen Fall verpassen und hatte sich jetzt bis zu ihm vorgearbeitet. Er räusperte sich gerade und begann:

»Bürger«, rief er, »wir sind gekommen, um euch die Petition der Bewohner des Faubourg Saint-Antoine zu übergeben.«

Der Name des in der Revolution aktivsten Faubourg von Paris löste auf den Tribünen und den Bänken der Montagnards zustimmenden Applaus aus. Muzine nickte zufrieden, als gelte der Beifall allein ihm:

»Draußen stehen neuntausend Menschen, die darum bitten, am Konvent vorbeiziehen zu dürfen, und zwar mit allem Respekt, der den Repräsentanten des Volkes gebührt, in aller Ruhe und ohne Waffen.«

Wieder ließ der Applaus die Brust des Redners schwellen.

»Beauftragte des souveränen Volkes!«, fuhr er fort. »Leider habt ihr den Weg verlassen, den ihr hättet beschreiten müssen. Ihr kümmert euch nur noch um partikulare Interessen und um Anschuldigungen, die eine Partei gegen eine andere vorbringt. Aber ihr seid hier, um das Wohl aller zu befördern, um republikanische Gesetze auszuarbeiten, und deshalb müsst ihr jetzt die Frage beantworten: Was habt ihr getan? Ihr habt viel versprochen, aber nichts davon gehalten.«

Vom Berg und aus der Ebene, von den Rechten und den Linken in der Versammlung kam unterschiedslos missbilligendes Stimmengewirr, im Rücken Maries ertönten halblaute Rufe: »Bravo Muzine! Gib's ihnen!«

»Wir aus Saint-Antoine«, rief der Redner mit vibrierender Stimme, »sind bereit, in die Vendée zu ziehen und die Aufständischen ins Meer zu werfen. Wir brennen darauf, den Tyrannen zu zeigen, dass die republikanisch gesinnten Franzosen stärker sind als die Verschwörer. Aber unsere Frauen und Kinder haben weder Kleidung noch etwas zu essen, so können wir sie nicht zurücklassen. Wer das Volk hungern lässt, hat sein Vertrauen nicht verdient. Auch ihr müsst Opfer bringen, und die meisten von euch müssen endlich vergessen, dass sie Grund und Boden besitzen. Wir werden euren Besitz und mehr noch den des Vaterlandes verteidigen, aber ihr müsst endlich das Maximum verabschieden. Das allein genügt aber nicht. Hört, was ein Mitglied des Souveräns, des

Volkes, zu sagen hat. Die drei Sektionen des Faubourg Saint-Antoine haben Folgendes beschlossen.«

Endlich begann Muzine die Petition vorzulesen, die auf dem Papier stand, das er in der Hand hielt. Marie kannte sie fast auswendig, trotzdem hörte sie genau zu, so als höre sie sie zum ersten Mal. Welchen Eindruck würde sie auf die Deputierten machen?

Sie hörte, wie Muzine forderte, alle in Paris stationierten Soldaten müssten sofort an die Front geschickt werden, dazu die Unterzeichner antirevolutionärer Petitionen, all jene, die einer ablehnenden Haltung dem Staat gegenüber verdächtig waren, die katholischen Priester, alle alleinstehenden Männer zwischen achtzehn und fünfzig und Witwer ohne Kinder. Und als sei das nicht genug, sollte unter den verheirateten Bürgern das Los entscheiden.

Die so zusammengestellten Truppen sollten ihre Generäle selbst wählen, und um sie besser bewaffnen zu können, sollten die reichsten Bürger mit einer Steuer belegt werden.

»Das, meine Herren Abgeordneten, ist es, was die freien, republikanisch gesinnten Menschen vom 14. Juli und von heute fordern, und dazu natürlich den Getreidehöchstpreis. Bisher lastete die Revolution nur auf den Schultern der Armen, es wird Zeit, dass auch die Reichen und Egoisten zu Republikanern werden und ihren Mut beweisen und nicht nur den eigenen Vorteil im Auge haben.«

Dieses Mal applaudierten nur die Montagne und die extreme Linke.

»Abgeordnete«, übertönte der Redner sie wie ein Marktschreier, »das, was ich soeben gesagt habe, halten wir für die einzig wirksamen Maßnahmen, mit denen die öffentliche Sache gerettet werden kann. Solltet ihr euch weigern, sie anzuwenden, werden wir, die wir die Republik retten wollen, uns zu Aufständischen erklären. Vor der Tür dieses Saales stehen zehntausend Männer ...«

Muzines Stimme ging unter in Geschrei, Beleidigungen und den Geräuschen umgestürzter Stühle. Stimmen übertönten das Gewirr, die die Verhaftung der gesamten Delegation wegen Schmähung der Versammlung forderten. Dutzende von Abgeordneten waren aufgestanden und fuchtelten mit den Armen, die einen in Richtung des Redners, die anderen in Richtung des Präsidenten Lasource, der stumm eine Glocke hin und her bewegte, um die Ordnung wiederherzustellen.

Er stand auf, nannte einige Kollegen beim Namen und schlug mit der Faust auf den Tisch, trotzdem verstand Marie ihn kaum. Die Strafpredigt war langweilig, Lob und Tadel richteten sich an alle. Ein Kunsttischler namens Joseph stieß Marie mit dem Ellenbogen an und flüsterte ihr zu, Lasource müsse vorsichtig sein, sein Name stehe auf einer Liste von zweiundzwanzig Anhängern Brissots, deren Ausschluss aus dem Konvent von fünfunddreißig Pariser Sektionen gefordert werde.

»Deshalb schmiert er uns jetzt Honig ums Maul«, ereiferte sich der Mann, während der Präsident seine Rede beendete und das Wort einem Abgeordneten erteilte, der aufgeregt auf seinen Einsatz wartete.

Er gehörte zur Gironde und ging mit einem Stoß Blätter unter dem Arm und der Miene eines erfahrenen Schauspielers entschlossenen Schrittes in Richtung Tribüne. Marie hörte, wie einige ihn »Girard, der Scheißkerl« titulierten, »einer von denen, die Marat wegen der Plünderungen angeklagt haben«, »ganz dick mit Brissot«.

»Bürger, ich würde ja gerne glauben, dass diese Männer des 14. Juli nur fehlgeleitet sind, aber wir müssen uns gegen einen solchen Irrweg wappnen. Will er die Republik retten, muss sich der Konvent dieser tödlichen Bedrohung stellen und sofort dafür sorgen, dass Frankreich nicht ohne legitime Autorität bleibt, wenn die Mörder kommen und uns einen nach dem anderen abstechen.«

Was hatte das mit den Forderungen der Petition zu tun, mit dem Maximum, der Einberufung, der Besteuerung der Reichen, fragte sich Marie, als ein einsamer Applaus ihre Aufmerksamkeit auf sich zog. In der ersten Reihe, auf den Bänken der Girondisten, beklatschte eine Frau die Worte Girards. Sie war wie ein Mann gekleidet, trug einen Hut mit Feder und Jacke und Hosen.

»Deshalb beantrage ich, dass sofort eine Stellvertreterversammlung in Tours oder Bourges zusammentritt. Sie soll für den Fall, dass der Konvent ausgelöscht wird, die Macht übernehmen, damit sie nicht der Stadt Paris in die Hände fällt, die schon mehrfach versucht hat, sie zu usurpieren«, fuhr der Mann fort.

Ein Ersatzkonvent in Tours? Marie glaubte nicht richtig gehört zu haben. Ein Abgeordneter schrie, der Redner aus Saint-Antoine stecke mit Girard unter einer Decke, er habe die Geschichte vom Aufstand nur erzählt, um dem Gejammer der Anhänger Brissots neue Nahrung zu geben, um den Konvent aus Paris zu entfernen, weit weg vom Volk der Sansculotten und der Montagnards. Girard habe davon gewusst und seine Rede schon vorher verfasst. Girard reagierte nicht, sein Gesicht blieb undurchdringlich, während die Amazone in der ersten Reihe in schallendes Gelächter ausbrach. Wo hatte sie die schon gesehen? Marie stieß Georgette an, die sich neben sie gedrängt hatte, die einzige Frau außer ihr in der Delegation des Faubourg.

»Kennst du die?«

»Weißt du wirklich nicht, wer das ist? Théroigne de Méricourt, die Hure Brissots. Die wärmt ihm und noch ein paar anderen von der Gironde das Bett. Deshalb darf sie da vorne sitzen.«

Jetzt erinnerte sich Marie an Théroigne die Amazone, die eines Tages in den Vorort gekommen war, um den Frauen zu sagen, dass sie wie die Männer an die Front zu gehen hätten. Sie hatte sich auf einem Zettel die Namen der Freiwilligen aufschreiben wollen und war mit einem weißen Blatt und unter Androhung von ein paar Tritten in den Hintern wieder abgezogen.

In den Reihen der Gironde wurde eine Hand gehoben, und ein hagerer Mann schritt selbstsicher und entschlossen zur Tribüne. Marie betrachtete das lange Gesicht und die auffällige Nase, überall wurde geflüstert und gemurmelt: »Brissot.«

Der Abgeordnete schien einen längeren Vortrag halten zu wollen. Die Amazone breitete die Arme aus und forderte die neben ihr Sitzenden zum Schweigen auf.

»Bürger«, begann Brissot, »wahre Größe zeigt sich im Mut, nicht darin, den Gefahren auszuweichen. England stellt unsere Kräfte auf die Probe. Minister Pitt besticht ein paar Männer, blendet die vortrefflichsten Bürger und stiftet unter denen, die für die Freiheit leben und für sie sterben würden, große Verwirrung, sodass sie ihre Anstrengungen gegen die Freiheit und damit gegen sich selbst richten.«

Angeführt von der Amazone, die mit einer behandschuhten Hand in der Luft herumfuchtelte, kam von den Bänken unter der Tribüne lautstarke Zustimmung.

Marie blickte zu Muzine, der weiß wie die Wand war, sich gesetzt hatte und an seinen Fingern knabberte. Wenn er tatsächlich Geld von den Engländern erhalten hatte, spielte er jetzt den armen Schlucker, den die Wut dazu gebracht hatte, sich als den Aufrechtesten des Faubourg aufzuspielen, ziemlich gut.

»Wenn ihr die Maßnahmen nicht ergreift, die der Redner aus Saint-Antoine euch soeben diktiert hat«, fuhr Brissot in ironischem Ton fort, »dann wird er sich, wie er sagt, gegen euch erheben, das heißt gegen die Nation, deren Vertreter ihr seid. Bürger, wenn es sich hier nicht um ein Delirium handelte, wäre die Vorlage dieser Petition ein folgenreiches Attentat. Sie wollen gegen die Aufständischen marschieren, das behaupten sie. Aber die Aufständischen stehen dort an der Schranke. Die Aufständischen der Vendée haben gegen den Konvent die Standarte der Rebellen gehisst und damit den heiligen Namen der Erhebung entweiht, und die Überbringer dieser Petition tun es ihnen gleich. Die Aufständischen der Vendée verlangen von euch einen neuen König, und die hier und heute beschworene Erhebung führt uns zur Monarchie zurück. Deshalb schlage ich vor, die Vendée-Aufständischen aus Saint-Antoine in Arrest zu nehmen und sie zu verhören, um die Hintermänner, die wahren Urheber der Missstände der Republik zu ermitteln, jene, die unsere Uneinigkeit provozieren.«

»Abstimmen! Sofort abstimmen«, wurde von den Bänken der Talpartei gerufen, »namentliche Abstimmung, damit man sieht, wer die Schurken unterstützt!«

Die Amazone wandte sich mit einem herausfordernden Lächeln der Delegation aus Saint-Antoine zu. Sie würde sie am Hals packen, sie würde ihr ins Gesicht spucken, wäre sie nahe genug, dachte Marie.

Brissot hob mit päpstlicher Geste eine Hand, um anzuzeigen, dass seine Strafpredigt noch nicht beendet war.

»Was mich betrifft«, sagte er und richtete die Augen zum Himmel, »sage ich den feigen Verehrern sowohl des Königs als auch des Volkes, dass sie mich auf dieser Tribüne erdolchen können, aber die Freiheit können sie mir nicht rauben, so wenig wie sie mich dazu bringen können, meinen geleisteten Eiden abzuschwören oder mich zum Unterdrücker meiner

Landsleute zu machen. Für das Vaterland sterben heißt für die Nachwelt leben.«

Marie blickte ihm bestürzt nach, als er, begleitet vom Beifall seiner Geliebten in der ersten Reihe, auf seinen Platz zurückkehrte. Sie verstand nicht, wie es zu einem solchen Auftritt hatte kommen können, wie man angesichts der Forderung nach einem Höchstpreis für Lebensmittel und nach einer Reichensteuer von Dolchen und Mördern, Verschwörungen und Arrest reden konnte. Aber es folgten weitere Strafpredigten und während der nächsten halben Stunde wechselten sich Jacques Brival (»Das ist einer von uns«, »Der, der vorgeschlagen hat, alle Statuen des Königs in Kanonen umzuschmelzen«, »Einer, der gegen die Verhaftung Marats gestimmt hat«), Georges Couthon (»Der ist auch Jakobiner«, »Der wohnt zusammen mit Robespierre im Haus Duplay«) und François Buzot (»Ein Speichellecker Brissots«, »Aber bei der Abstimmung über Marat hat er sich enthalten«, »Der soll andersrum sein«) auf der Tribüne ab. Sie alle verteidigten das Volk, wenn auch in unterschiedlichen Tönen, und forderten »aus diesem Grund« die Verhaftung der Unterzeichner der Petition.

Nur ein gewisser Mallarmé (»Ein ausgemachter Pfaffenfresser«, »Ein Knallharter, auch wenn er aus Nancy kommt«) wies die Kollegen auf die Zeitverschwendung aufgrund eines unschuldigen Satzes hin. Marie bedachte ihn mit einem langen Applaus, der vom Gebimmel des Präsidenten Lasource unterbrochen wurde. In diesem Augenblick kreuzte sich ihr Blick mit dem Théroigne de Méricourts; es waren Blicke eines gegenseitigen Hassversprechens.

»Bürger«, kündigte der Präsident an, »ich muss euch eine Botschaft vorlesen, die ich in diesem Augenblick erhalten habe: ›Die Bewohner von Saint-Antoine nehmen mit großem Bedauern zur Kenntnis, dass ihre Petition einen Skandal ausgelöst hat. Eine neue Delegation bittet darum, gehört zu werden. Sie setzt sich aus Bürgern zusammen, die den Konvent bis zum Tod verteidigen werden.‹«

4.

»Die Bürger von Saint-Antoine wünschen nicht, dass die Republik wertvolle Zeit vergeudet. Wir bitten darum, die Petition ohne Kommentare vorlesen zu dürfen, so wie sie geschrieben wurde, und ausschließlich über die aufgeworfenen Fragen zu diskutieren.«

Der Arzt Henri Fournier sprach als Redner der zweiten Delegation des Viertels.

Der Präsident fragte, welche der beiden Delegationen das Recht habe, im Namen des Faubourg zu sprechen, und welche aus Betrügern bestehe.

Marie sah, dass Fournier errötete, dann sagte er das Einzige, was er sagen konnte.

»Die Bürger von Saint-Antoine stehen draußen, sie haben uns geschickt. Wir wollen euch ganz bestimmt nicht umbringen, wie behauptet wurde, ganz im Gegenteil, wenn es denn solche Absichten gäbe, würden wir euch mit unseren Körpern schützen.«

Tumultartiges Geschrei bei der Gironde, die Skandal riefen. Auf den Zuschauerbänken ereiferte sich Théroigne de Méricourt und wetterte gegen die Montagnards, und wieder hätte Marie ihr gern den Hals umgedreht.

Vergeblich schlug der Präsident mit der Faust auf sein Pult. Erst als auf den Bänken der Montagne Bewegung entstand und ein korpulenter Abgeordneter langsam und scheinbar unbeteiligt auf die Tribüne stieg, verstummte das Stimmengewirr; an dem breiten pockennarbigen Gesicht mit der Narbe erkannte Marie Danton.

Ihr entging auch nicht der lange Blick, den dieser auf einen Mann richtete, der ein paar Bankreihen weiter oben saß, auf einen hageren, gut gekleideten Mann mit gepuderter Perücke, der wie das genaue Gegenteil von Danton wirkte. Sie fragte Fournier, wer der groß gewachsene Elegante sei, und erhielt als Antwort ein knappes: »Robespierre.« Marie beobachtete ihn, während Danton zu sprechen begann, und stellte fest, dass er keinerlei Gefühlsregung zeigte.

Georges Jacques Danton war ein illustres Mitglied des Wohlfahrtsausschusses. Er redete im Tonfall eines Anwalts, der bereits weiß, dass er gewonnen hat.

»Bürger, es ist nur natürlich, dass der Konvent sich empört, wenn man ihm vorwirft, er habe nichts für die Freiheit getan. Ich bin weit davon entfernt, diese Empörung zu verdammen, und ich weiß, dass der Konvent antworten könnte, er habe den Tyrannen vertrieben, er habe ein revolutionäres Tribunal geschaffen, damit es die Feinde des Vaterlandes verurteilt, und er bündle die Kräfte der Nation im Kampf gegen die Aufständischen. So viel zu dem, was getan wurde. Aber wenn ein Bürger der Ansicht ist, wir seien nicht in der Lage, die *res publica* zu retten, und er fest davon überzeugt ist, dass es Maßnahmen gäbe, die das sicherstellen könnten, dann begeht er kein Verbrechen, wenn er feststellt, die Nation habe das Recht, sich zu erheben, sollten diese Maßnahmen nicht angewendet werden.«

An dieser Stelle wiesen zahlreiche Stimmen den Redner darauf hin, dass zwischen der Nation und den Bewohnern eines Faubourg wohl doch ein kleiner Unterscheid bestehe, aber Danton ging auf diese Kritik nicht weiter ein.

»Ihr werdet mir sicher zustimmen«, fuhr er fort, »dass der allgemeine Wille, der Wille der Nation, sich aus den Willen der Einzelnen zusammensetzt. Wenn ihr dem zustimmt, dann hat jeder Franzose das Recht zu sagen, das Volk habe das Recht, sich in Massen zu erheben, wenn man nicht diese oder jene Maßnahme ergreift. Ich behaupte nicht, es gäbe keine Menschen, die nicht versuchen könnten, die Bürger irrezuführen, und ich stimme auch der Petition bezüglich des Maximums, die man euch soeben vorgelegt hat, nicht vorbehaltlos zu. Vielmehr möchte ich das Recht als solches, nämlich Petitionen vorzutragen, auf den Prüfstand stellen, und ich wage zu behaupten, dass niemand in dieser Versammlung das Recht hat, einen Menschen zu beleidigen, der eine Petition vorträgt, und dass jedes einzelne Individuum von den Volksvertretern zu respektieren ist wie das ganze Volk. Wäre der Konvent sich seiner Stärke bewusst, würde er demjenigen, der kommt und ihm bestimmte Vorwürfe macht und mit Aufstand droht, mit Würde und Leidenschaft erwidern: ›Das und das haben wir gemacht, und allen Bürgern, die sich erheben wollen, sei gesagt, dass sie der Justiz übergeben werden, sollten sie sich eines Verbrechens schuldig machen.‹ So müsste eure Antwort lauten, und daher beantrage ich, dass die Versammlung die neue Situation zur Kenntnis nimmt, sich mit der Angelegenheit beschäftigt und den Überbringern der Petition zusichert, dass man sich mit den vorgetragenen Anliegen beschäftigen wird.«

Seine letzten Worte wurden von unzufriedenem Gemurmel begleitet, aber der Präsident fragte bereits, ob es notwendig sei, über den Antrag abzustimmen, oder ob man ihn als angenommen betrachten könne. Niemand opponierte. Dann wurde in den Bankreihen zur Linken des Präsidenten eine Hand gehoben, der sich alle zuwandten.

Robespierre.

Der Anwalt aus Arras stand auf, und Marie sah eine Gestalt, die in einen Lichtschein getaucht schien, aber es waren vielleicht nur die vielen Gesichter, die ihn anstarrten, die diese Wirkung hervorriefen. Ihr Blick folgte ihm bis auf die Tribüne. Dort angekommen, blickte er weder die Kollegen noch den Präsidenten an; er tat, als existierten sie nicht, und blickte nur zur Delegation aus Saint-Antoine, und Marie hätte schwören können, dass er sie ganz persönlich anschaute, dass er ihr direkt in die Augen blickte.

»Bürger. Alles Reden ist überflüssig. Nur das Wort des Gesetzes kann die Befürchtungen verstummen lassen, die Versammlung suche hinsichtlich der Wünsche des Volkes nach Ausflüchten. Ich schlage deshalb vor, dass innerhalb der nächsten drei Tage über den Gesetzesentwurf zur Obergrenze der Getreidepreise abgestimmt wird.«

Tosender Beifall der Delegationen und der Frauen aus Versailles ließ Gewölbe und Kronleuchter erzittern.

Marie starrte noch immer diesen Mann an. In weniger als einer Minute hatte er zwei Stunden überflüssigen Geredes ausgelöscht und eine Frist festgelegt, die die Sansculotten seit Monaten forderten. Dieser Mann würde sie nicht verraten. Der Unbestechliche.

5.

Wir erzählen's dir, auch wenn wir gar nicht dabei waren. Wir haben das von einem aus dem Faubourg gehört, wie fast alle, in der »Grande Pinte«. Als unsere beiden Näherinnen die andere im Konvent gesehen haben ... die haben sich sofort gehasst, wie nur Weiber hassen können. Eine Menge Leute haben gesagt, Marie und Georgette hätten ihr an dem Tag Rache geschworen, weil sie geklatscht hat, als die Anhänger von Brissot uns aus Saint-Antoine anhängen wollten, wir wären Feinde der Revolution, und weil sie den Schwachkopf Muzine einsperren wollten. Am nächsten Tag wussten alle, wer die Hure von Brissot ist, von der Porte de la Seine bis zur Place du Trône-

Renversé, und viele haben sich daran erinnert, dass sie schon mal dagewesen war, als sie Frauen für die Front rekrutieren wollte, und damals hatten schon alle kapiert, dass die nicht ganz dicht im Kopf ist.

Und deshalb ist dann eben das passiert, was passiert ist.

Na klar, eine Hure, aber das muss man erklären, da gibt's nämlich große Unterschiede. Bei uns gab's mindestens zwei Sorten. Die, die wir kannten, die arbeiteten vor dem Palais Égalité oder in den Gassen des Viertels, in Kellerräumen oder Hauseingängen. Wenn die von den Greifern erwischt wurden, dann flossen Krokodilstränen und dann tischten die Geschichten über ihr Scheißleben auf, darüber hätte man ein Buch schreiben können. Die schämten sich, aber denen ging's wirklich dreckig, das war so und das ist immer noch so, die mussten ihre Bälger oder die Alten satt kriegen oder alle beide. Die meisten haben abends gearbeitet, wenn es dunkel wurde, tagsüber haben sie ganz normale Arbeiten gemacht, aber das hat nicht gereicht, davon sind nicht alle satt geworden. Wir haben die natürlich verachtet, für Barmherzigkeit hatten wir keine Zeit. Wir haben uns zurückgehalten, weil es hätte ja sein können, dass deine Schwester plötzlich in derselben Situation ist, oder eine Witwe oder sogar deine Mutter; dass man nichts mehr zu fressen hatte, konnte jeden treffen, aber auch ein bisschen deshalb, weil wenn man eine Frau respektlos behandelt hat, auch wenn die noch so versifft war, ging's ab in den Knast.

Aber die war von der anderen Sorte, denen hat das gefallen, die gab's nämlich auch. Die haben rumgetönt, die Frauen müssten frei sein und sich von allen Männern, die ihnen gefallen, unter die Unterröcke glotzen lassen. Die haben natürlich nicht auf der Straße gearbeitet, von wegen, die haben sich schicke Wohnungen bezahlen lassen und sich ein schönes Leben gemacht, und die Reichen, fast immer Adlige und Pfaffen, die haben das nicht nur bezahlt, die haben ihnen auch die Syphilis angedreht. Die haben sich sogar neue Namen zugelegt, die hießen dann wie die großen Damen, die sie gar nicht waren, aber das hat die Preise nach oben getrieben.

Und so welche sind die Freundinnen von Brissot.

Die berühmteste kam aus Holland, und dahin haben sie die dann auch wieder zurückgeschickt, die hieß Etta Palm d'Aelders. Die hat sich Baronin genannt, auch wenn sie Barone nur zwischen den Beinen gehabt hat, in Wirklichkeit war sie die Tochter von einem Wucherer aus Groningen. Es wird behauptet, dass die so schön und so leicht zu haben war, dass die Männer Schlange standen, und wer zu spät kam, der hat sich mit seinem Ständer unter ihr Fenster gestellt. Die hat mehr Männer gehabt, als Ratten in der Seine schwimmen. Bevor sie dahin zurück ist, wo sie hergekommen ist, hat die in ihrem Weiberkränzchen auch immer davon gequatscht, dass sie Frauenbataillone aufstellen und an die Front schicken will, damit die zusammen mit den Männern kämpfen. Aber die hat ja auch nie Bälger großziehen müssen, und wenn sie welche gehabt hätte, dann wäre das mit dem, was die verdient hat, kein Problem gewesen.

Es gab noch eine in Paris, die auch einen auf ganz große Dame machte, dabei war sie die Tochter von einem Totengräber. Olympe de Gouges, das *de* hat sie sich selber dazwischen geklebt, damit sie als Adlige durchging. Die hat immer davon gequatscht, dass Männer und Frauen gleich sein müssen, auch wenn die Natur sie anders gemacht hat, und die hat auch gesagt, dass Weiße und Schwarze gleich sind, und dass die Ehe ein Gefängnis ist und dass man sich nicht schämen muss, wenn man sich jedem hingibt, den man gut findet. Die wollte auch nicht, dass man Ludwig einen Kopf kürzer macht, die wollte sogar eine Verteidigungsrede für ihn halten. Eine Frau! Zwischen einem Beinebreitmachen und dem nächsten hat sie auch noch Theaterstücke geschrieben, die Händchen müssen ja weich und zart bleiben, weil damit muss man den Geldsäcken ja die Eier streicheln. In der einen Hand hat Madame die Feder und in der andern den Schwengel des Grafen gehalten, so könnte man's sagen.

Aber die Feindin von unseren Strickerinnen, Anne-Josèphe Théroigne de Méricourt, das war die Schlimmste von allen. Vor der Revolution hat sie davon gelebt, dass sie gesungen hat und Kurtisane war. Als dann der große Tanz losging, ist sie sofort ans andere Ufer gesprungen, und weil das mit Rock nicht so einfach war, hat sie sich Hosen angezogen und ist Amazone geworden. Die Furie der Gironde nennen sie die in den Tuilerien, weil sie Brissot und seinen Kumpanen bei ihren Schweinereien die Kerze und noch anderes gehalten hat.

Im Viertel haben sie sogar mit den Füßen geklatscht, als die vermöbelt worden ist. Ein paar sind persönlich dabei gewesen, die anderen haben sich das erzählen lassen. Das wurde überall erzählt, in der Grande Pinte, auf dem Markt am Tor und unten am Fluss, immer ein bisschen anders, aber im Großen und Ganzen hat sich das ungefähr so abgespielt:

Als sie endlich das Maximum unter großem Beifall verabschiedet haben, wollten eine ganze Menge Strickerinnen im Konvent dabei sein. Es sah ja erst so aus, als ob uns Hungerleidern das was bringen würde. Aber weil die Frauen keinen Arbeitstag verlieren wollten, nur um auf die Sesselfurzer aufzupassen, ist eine auf die Idee gekommen, die Arbeit von zu Hause mitzubringen und die erste Reihe auf der Tribüne zu besetzen und vor der Nase der Schwätzer zu stricken, und vielleicht wollten einige nach dem Maximum auch noch den Maximilian feiern.

Das Problem war, reinzukommen, weil unseren Frauen, Ehefrauen, Müttern und Witwen ohne Zaster und ohne Zähne hat nämlich keiner einen Platz freigehalten wie den anderen.

An dem Morgen standen die Mutigsten ganz vorne in der Reihe am Eingang zu den Tuilerien: Marie, Georgette, Sophie, Amandine und Madeleine. Die hatten sich untergehakt, weil die von hinten drückten, und wenn beim Schieben und Drücken eine unverschämte Hand aufgetaucht ist, dann haben die sofort ihre Stricknadeln eingesetzt. Da wurde zwei Stunden lang geflucht und gejammert, und die Schlange hat sich wie eine Ziehharmonika zusammen- und wieder auseinandergeschoben.

Und dann kam plötzlich die Amazone aufgetakelt mit Federn und Hosen und Hut wie ein Mann, Kopf hoch und Nase geradeaus ist sie an der ganzen Schlange vorbeistolziert, weil Pierre-Gockel Brissot seiner Anne-Josèphe natürlich persönlich den Platz freihält. Wahrscheinlich legt er seine Hand auf den Sitz und zieht sie auch nicht weg, wenn sie sich setzt.

Denen in der Schlange kommt aus Wut das Frühstück wieder hoch, einigen ganz wortwörtlich, die kotzen unter lautem Geschrei ihr mageres Morgenvergnügen wieder aufs Pflaster, was ja kein schöner Anblick ist. Alle regen sich mächtig auf und verfluchen alle Heiligen und ihre toten Omas im Himmel. Aber die geht ohne mit der Wimper zu zucken an allen vorbei, und als sie bei Georgette ist, klatscht ihr ein Rotzbollen auf die Backe. Sie bleibt stehen, wischt ihn ab, blickt die Näherin böse an und dann brät sie ihr mit dem Handrücken eins über, dass man das Klatschen sogar am Ende der Schlange hört, und die anderen müssen Georgette festhalten, damit sie nicht umfällt.

Aber jetzt geht der Tanz erst richtig los. Die stürzen sich mit ausgefahrenen Krallen auf sie, Madelaine packt einen Arm, Sophie den anderen, Marie ein Bein und Amandine das andere und Georgette brüllt: »In den Park! Los in den Park!« und dann schleppen sie sie auf die Wiese. Wer dabei gewesen ist, hat später behauptet, dass Georgette vor Wut fast die Augen aus dem Kopf gefallen sind, ihr halbes Gesicht war rot und geschwollen von dem Schlag und die andere Hälfte war leichenblass. »Nackt!«, hat sie kichernd gesagt, und die andern haben angefangen, die Amazone wie eine Zwiebel zu schälen: Jacke und Hemd und runter mit den Hosen und den Unterhosen, alles unter lautem Geschnatter der Betroffenen. Dann haben sie sie vornübergebeugt, damit man ihre bleichen Arschbacken im ganzen Universum sehen konnte. Georgette hat dann von einem kleinen Baum in der Nähe einen Ast abgebrochen und ein paar Mal in die Luft geschlagen, das hat ganz schön gepfiffen. Als die Brissot-Tante dann kapiert hat, was jetzt kommt, hat sie noch lauter gebrüllt und sich gewunden und um Hilfe gerufen. Aber wer sollte ihr helfen? Marie und die andern haben sie festgehalten, auch an den Haaren, und das sind Frauen, die lassen sich auch von so einem Gejammer nicht erweichen. Die Leute in der Schlange haben natürlich anzügliche Bemerkungen gemacht und mit ihren zahnlosen Mündern gelacht, während die Méricourt ihren Hintern den Prügeln entgegengestreckt hat. Georgette hat draufgehauen, als würde sie am Fluss Wäsche ausschlagen. Jeder Schlag hat genau die Stelle getroffen, wo das Fleisch ganz weich ist und wo es besonders wehtut. Die muss jetzt eine Weile im Stehen essen und auf dem Bauch schlafen, weil ihr Hintern voller Striemen ist. Und wer weiß, was noch alles passiert wäre, wenn nicht jemand von drinnen gekommen wäre, der ihnen gesagt hat, dass sie aufhören sollen, und das war nicht irgendeiner von den Gecken. Die Menschenmenge ist zurückgewichen wie die Wasser vom Roten Meer bei Moses, dabei war es nur Marat, verpickelt und verknittert wie immer. Sein Name hat sich sofort unter den Anwesenden rumgesprochen, und in der Menge hat's gebrodelt wie in einem Topf, der überkocht. Der Freund des Volkes ist einfach weitermarschiert bis zu dem Frauenhaufen und hat das Treiben der Meute beendet. Der hat überhaupt nichts gesagt, nur böse geguckt, das hat gereicht. Die Strickerinnen haben sich ganz still verkrümelt, und Marat hat die zerzauste und verschrammte Brissot-Tante so gut es ging mit ihren Kleiderfetzen zugedeckt, das ist die republikanische Scham. Und als er sie weggeführt hat, haben alle gedacht, was für ein schreckliches Schicksal dem Vaterland und der Revolution blühen würde, wenn man das nur den Frauen überlassen würde, ohne solche Mannsbilder aus einem Guss wie Marat, der hat sie dahin zurückgeschickt, wo ihr Platz ist.

Abends und auch noch in den nächsten Tagen in der Grande Pinte haben alle über die gelungene Taufe von Théroigne de Méricourt geredet, und es gab welche, die hätten am liebsten ihre Unterhosen als Trophäe über dem Tresen aufgehängt mit dem Stock von Georgette darüber, direkt neben der Trikolore, aber keiner hatte die Sachen mitgenommen. Die Strickerinnen sind aufgeplustert wie Hähne rumstolziert und haben ganz wichtig geguckt, mit einer Kokarde vorne und einer hinten, die wollten zeigen, dass sie dem Vaterland einen großen Dienst erwiesen hatten.

So hat man uns das jedenfalls erzählt.

Auszug aus dem

GEHEIMBERICHT ÜBER DEN MESMERISMUS

Verfasst von Bailly

Die Überprüfung des Mesmerismus durch die vom König beauftragten Kommissare hat gezeigt, dass die Hauptursachen für die Wirkungen, die dem animalischen Magnetismus zugeschrieben werden, Berührung, Vorstellungskraft und Imitation sind. Die Kommissare stellten außerdem fest, dass mehrheitlich Frauen von Krisen heimgesucht wurden.

Immer sind es Männer, die Frauen magnetisieren, und es ist zu bezweifeln, dass die sich entwickelnde Beziehung ausschließlich die einer Kranken zu ihrem Arzt ist, denn der Arzt ist auch ein Mann, und wie immer der Krankheitszustand sein mag, er enthebt uns nicht unseres Geschlechts. Die Frauen, die sich magnetischer Heilmethodik zuwenden, sind nicht wirklich krank. Viele nehmen sie aus Langeweile oder aus Vergnügen in Anspruch. Andere mögen zwar irgendwelche Beschwerden haben, sind aber trotzdem frisch und kräftig und üben noch immer ausreichend Faszination auf den Arzt aus, der ihr jederzeit erliegen kann. Die Gefahr besteht allerdings wechselseitig.

Magnetische Anwendungen stellen daher eine Gefahr für die Moral dar. Da sie angeblich Krankheiten heilen, die lange Behandlungszeiten erfordern, lösen sie angenehme Gefühle aus, Gefühle die vermisst werden und daher wiedererlebt werden wollen, weil sie eine natürliche Anziehung auf uns ausüben und zu unserem körperlichen Wohlbefinden beitragen, die aber moralisch deshalb nicht weniger verdammenswert und gefährlich sind, weil sie leicht zur süßen Gewohnheit werden.

Niedergeschrieben in Paris, am 11. August 1784

UNTERZEICHNET
Benjamin Franklin
Gabriel de Bory
Antoine-Laurent de Lavoisier
Jean-Sylvain Bailly
Michel-Joseph Majault
Charles-Louis Sallin
Jean d'Arcet
Joseph-Ignace Guillotin
Jean-Baptiste Le Roy

SIEBTE SZENE

Die Wahl

Letzte Maitage 1793

1.

Die Inneneinrichtung gehörte zum Erbärmlichsten, was Orpheé d'Amblanc je gesehen hatte, und er hatte in all den Jahren, in denen er seinen Beruf ausübte, alle Arten von Behausungen aufgesucht, die Häuser reicher Geschäftsleute, die Herrensitze von Adligen und die Quartiere der Armen in den Vierteln, in denen die Menschen wohnten, die ausschließlich von der Kraft ihrer Arme und Lungen lebten.

Zur letzten Gruppe gehörte der Patient. Er saß auf einem hohen Holzbett, das zusammen mit einer klapprigen Truhe und zwei Stühlen mit zerschlissenem Strohgeflecht die ganze Einrichtung bildete. Er war jünger als D'Amblanc, sah aber alt und müde aus, auch wenn seine körperliche Konstitution gut und solide war, nur die Schultern kippten nach vorne, als wollten sie sich über die Brust legen, und das Gesicht war ein einziges Faltennetz, das an den Mundwinkeln und unter den Augen tiefe Furchen aufwies.

Beautour war Hilfsarbeiter und litt an einer seltenen Krankheit, von der normalerweise nur Intellektuelle heimgesucht wurden, die sich aber in den letzten Jahren auch in den unteren Schichten ausbreitete, wie D'Amblanc festgestellt hatte. Jemand hatte den Grund dafür in der aufgekommenen Mode des Lesens gesehen; unvorbereitete Gehirne intellektueller Spannung auszusetzen, ihnen Erregung auslösende Geschichten vorzusetzen, nächtliche, durch Romane hervorgerufene Phantasien, all das könnte sehr wohl zu Fieber und Störungen führen.

D'Amblanc hielt nichts von den Theorien, die in der Verbreitung von Lektüre die Ursache für alles Schlechte sahen, nicht im medizinischen und schon gar nicht im politischen Sinn. Wie auch immer, Beautour konnte kaum den eigenen Namen schreiben und das Einzige, was es in seiner Behausung zu lesen gab, war ein Kalender von 1788, der am Kopfende seines Bettes hing. Eine Sonne mit Augen und Mund sandte Strahlen aus, aber weder leuchtete noch wärmte sie.

Beautour litt an Schlaflosigkeit und rang seinem Körper unglaubliche Kraftanstrengungen ab, um sich, seine Frau und mehrere Kinder zu ernähren. Am Tag vorher war er zusammengebrochen, er hatte keine Luft mehr bekommen und seine Beine hatten nachgegeben. Seine Frau, ein zierliches Wesen mit roten Wangen, dessen Gesicht von einer zu großen Haube eingerahmt wurde, wiederholte immer wieder, zum Glück habe er nicht auf einem Gerüst gestanden. Die Kinder standen zusammengedrängt auf der Seite des Raums, die dem einzigen Fenster gegenüberlag, einer kleinen Öffnung, die kaum Licht hereinließ. Die Frau stand, und Beautour saß auf dem Bett und trug aus unerfindlichen Gründen einen Hut. Monoton schlenkerte er mit den Beinen, während er versuchte zu erklären, was geschehen war, und hin und wieder übertönte ihn die aufgeregte Stimme seiner Frau. Auf ein Zeichen D'Amblancs schwieg sie und die Stimme Beautours wurde ruhig und leise; er sprach mit einem regionalen Akzent, der seiner Stimme einen infantilen Charakter gab.

»Nach der ersten Behandlung vor ein paar Monaten wurde es besser, Doktor, aber dann fing es wieder an, ich konnte nicht schlafen. Das ist doch eine Krankheit, oder nicht, Bürger? Ich werde jedenfalls immer dünner.«

Unter einem ausgeblichenen und stellenweise zerrissenen Dutzendgewebe, das den Mann fast gänzlich einwickelte, verzehrte sich ein Körper.

»Macht Euch keine Sorgen, Bürger Beautour, es wird Euch wieder besser gehen. Habt Ihr die Aufgüsse gemacht, die ich Euch empfohlen habe?«

Die Frau schaltete sich ein.

»Bürger D'Amblanc, wir haben kein Geld für Arzneien.«

Der Arzt sah die Frau genauer an. Trotz der häuslichen Bedingungen und des Lebens, das ihr das Schicksal auferlegt hatte, schien sie von lebhafter Intelligenz, und sie war gesund.

»Ihr solltet genau beobachten, was ich tue. Ich könnte Euch zeigen, wie man die Störungen Eures Mannes behandelt, aber man braucht Geduld und Überzeugung.«

»Geduld und Überzeugung haben wir, Bürger, nur Geld für Medizin haben wir nicht.«

D'Amblanc atmete tief ein und näherte sich dem Patienten. Er wies die Frau an, genau hinzusehen, dann begann er mit der Behandlung. Der Mann war ein empfängliches Subjekt und fiel schnell in Hypnose.

D'Amblanc trat zurück ins helle Licht des Sonntagmorgens und machte sich auf den Weg nach Hause. Die Frau hatte ein ausgezehrtes, abgemagertes Huhn unter dem Bett hervorgeholt und darauf bestanden, ihn damit zu bezahlen. Es lege sowieso keine Eier mehr, hatte sie gesagt. D'Amblanc hatte es annehmen müssen, und jetzt hielt er das Tier an den Beinen, und der Körper baumelte hin und her.

Wieder einmal hatte er festgestellt, dass Fähigkeiten und Geschicklichkeit eines Menschen sich anscheinend verbesserten, wenn dafür gesorgt wurde, dass der magnetische Fluss ungehindert fließen konnte. Im Grunde trug jeder Mensch, unabhängig von Schicht, Klasse oder Erziehung, unentdeckte Fähigkeiten in sich.

Das Huhn schlug mit den Flügeln. D'Amblanc schaute zu ihm hinunter und sah den gläsernen, entsetzten Blick des Tieres, den Ausdruck ratloser Verblüffung, der typisch war für diese Tierart, die brütete, fraß und starb, die lebte wie ein Herdentier, fast wie der Mensch.

D'Amblanc erinnerte sich, dass er jenseits des Atlantiks einen amerikanischen Frontsoldaten kennengelernt hatte, der Hühner zum Einschlafen bringen konnte, indem er vor ihren Augen kreisförmige Bewegungen mit dem Zeigefinger machte. Oder er drückte das Huhn mit dem Bauch auf den Boden, sodass es den Kopf nicht drehen konnte, und zog vom Schnabel aus eine gerade Linie in den Staub. Die Handlung absorbierte alle Aufmerksamkeit des Huhns, das daraufhin in einen katatonischen Zustand verfiel. D'Amblanc lächelte. Vielleicht war es möglich, einem Huhn das Fliegen beizubringen. Oder es glauben zu lassen, es sei ein Löwe.

Puységur hätte gesagt, das sei durchaus möglich, man müsse es nur wollen und es müsse einem guten Zweck dienen.

Mesmer hätte eine weitere Bedingung hinzugefügt, der Magnetisierte müsse die Autorität des Magnetiseurs anerkennen.

Einen Löwen dazu zu bringen, sich für ein Huhn zu halten, wäre wahrscheinlich sehr viel schwieriger.

»Heute habt Ihr einen Adeligen gesehen, der einen Bauern magnetisiert. Aber habt Ihr schon jemals einen Bauern gesehen, der dasselbe mit einem Adeligen tut?«

Der Wunderheiler hatte diese Frage an einem Tag des Jahres 1784 gestellt, und sie hatte sich fest ins Gedächtnis D'Amblancs eingebrannt. Kurze Zeit vorher war ein großer Bewunderer Mesmers nach Paris gekommen.

Armand-Marie-Jacques de Chastenet, Graf von Puységur.

2.

»Darf ich Euch magnetisieren, Herr Race?«

»Ja, natürlich, gnädiger Herr«, antwortet dieser mit einem Akzent aus dem Norden, »nur zu, ich stehe zu Eurer Verfügung.«

Mitten im Raum steht ein blonder, stämmiger Bauer mit Allerweltsgesicht und in Allerweltskleidung.

Über ihm funkelt ein Kristallleuchter aus Böhmen. Der geschmackvoll eingerichtete Salon ist das Herz eines reichen Wohnsitzes im Zentrum von Paris.

Puységur hält eine Hand im Abstand von einer Spanne über seinen Kopf.

»Schließt die Augen!«, befiehlt er. Im Raum herrscht absolutes Schweigen.

Fünfzig Münder schweigen und fünfzig Ohrenpaare lauschen neugierig vor einem riesigen Gobelin, der die Abenteuer des Herkules zeigt.

Orphée d'Amblanc sitzt auf einem Stuhl in der ersten Reihe und studiert Gesicht und Gestik des Magnetiseurs, des Marquis de Puységur, Oberst der Artillerie beim Regiment in Straßburg.

Der Bauer heißt Victor Race, stammt aus Buzancy und arbeitet schon immer auf den Besitzungen des Grafen.

Die fünfzig Köpfe gehören den Mitgliedern der Gesellschaft der Universellen Harmonie. Unter ihnen General Lafayette, die Journalisten Brissot und Carra, der Anwalt Bergasse, der Bankier Kornmann und natürlich ist auch Franz Anton Mesmer anwesend, der es nicht erwarten kann, den berühmtberüchtigten magnetischen Somnambulismus am Werk zu sehen, jenes seltsame Phänomen aus der Provinz, das sich auf seine medizinischen Theorien stützt.

Auf der Pendeluhr neben dem Kamin macht der längste Zeiger vier komplette Umdrehungen.

»Wie fühlt ihr Euch, Herr Race?«, fragt der Marquis.

»Nicht so gut wie sonst«, antwortet der Bauer. Der Akzent der Picardie ist ebenso verschwunden wie die Verlegenheit.

»Aus welchem Grund?«

»Weil Ihr mich vor so vielen Menschen zur Schau stellt.«

D'Amblanc beobachtet Brissot, der sich auf seinem Stuhl vorbeugt und sein Lachen hinter einem Hustenanfall verbirgt. Madame Goncourt, eine der vier anwesenden Damen, versteckt ihr Gesicht hinter einem Fächer aus Spitzen.

»Was stört Euch an diesen Herrschaften? Es sind alles gute Freunde.«

»Zwei von ihnen betrachten das, was wir tun, mit großem Misstrauen, und das stört meinen magnetischen Schlaf. Als wollte ein Naturphilosoph seine Experimente durchführen, aber jemand schlägt ihm die Brennkolben kaputt und schüttet den Heiltrank auf den Boden.«

Der Graf befiehlt Victor Race auf die beiden Skeptiker zuzugehen und mit der Hand auf sie zu zeigen.

Der Bauer läuft leichten Schrittes und mit geschlossenen Augen durch den Raum, bleibt vor Kornmann stehen, zeigt auf ihn, tritt wieder zurück, riecht an der Luft und geht anschließend sicheren Schrittes zu Mesmer.

Der Deutsche lässt sich nichts anmerken. Auch Puységur nimmt die Überraschung hin, ohne mit der Wimper zu zucken.

»Sehr gut!«, verkündet er. »Herr Race wird uns jetzt eine vollständige Diagnose aller Krankheiten liefern, unter denen Herr Kornmann leidet, von den neuesten, punktuell auftretenden bis zu den chronischen, unter denen er schon länger leidet. Seid Ihr bereit, Herr Race? Und Ihr, Herr Kornmann, würdet Ihr uns bitte sagen, ob die Aufzählung korrekt ist?«

Wieder bewegt sich der Bauer wie ein Balletttänzer über den großen Perserteppich. Er stellt sich vor dem Bankier auf, streckt die Arme aus und ergreift dessen Hände.

»Gestern hat ihn eine heftige Kolik gebeutelt, er hat schlecht geschlafen. Ich bemerke, dass sein Magen im Augenblick Knoblauch ablehnt«, verkündet er.

Kornmann schlägt die Augen nieder und blickt auf seine Schuhe, als wolle er verhindern, dass der Bauer Anzeichen weiterer Krankheiten in seinem Gesicht abliest.

Aber der Bauer hat die Augen geschlossen. Er atmet langsam wie ein Schlafender und spricht wie jemand, der eine Vision beschreibt.

»Er leidet häufig an Rückenschmerzen, auf Höhe der Taille, und für die Schwellungen würden ihm Thymianumschläge guttun ...«

»Das reicht, danke«, unterbricht ihn der Bankier und zieht seine Hände aus denen von Race zurück. »Es stimmt alles, Herr Graf. Beachtlich! Dieser Mensch besitzt außergewöhnliche Fähigkeiten.«

Das Geständnis löst überall Kommentare aus, fünfzig Köpfe drehen sich verwundert einander zu, fünfzig Münder flüstern erstaunt.

Puységur fixiert das Publikum und wartet mit hinter dem Rücken verschränkten Armen auf erneute Aufmerksamkeit.

»Nicht das Individuum ist außergewöhnlich«, betont er mit erhobenem Zeigefinger, »jeder kann von jedem, der dazu bereit ist, in diesen Zustand versetzt werden, vorausgesetzt er hält sich an ein paar einfache Regeln. Wichtig ist das Wollen. Der Glaube und das Wollen.«

Stimmengewirr und Erstaunen erfüllen den Saal. Die Augen richten sich auf Franz Anton Mesmer, der als Einziger keinerlei Überraschung zeigt. Der Graf hat soeben widerlegt, was der Deutsche immer behauptet hat, dass nämlich einige Individuen dank einer stärkeren Konzentration magnetischen Fluidums über besondere therapeutische Fähigkeiten verfügen und dass sie eine solche Konzentration erst nach langer Lehrzeit erreichen und steuern können. Wenn es aber genügt, zu glauben und zu wollen, gibt es keine Geheimnisse mehr in der Lehre vom animalischen Magnetismus.

Während die Stimmen verstummen, nähert sich Puységur Race und legt ihm zwei Finger auf die Augenlider.

»Darf ich Euch jetzt aufwecken?«

»Wenn Ihr es wünscht, ich bin einverstanden.«

»Ich wünsche es«, ruft der Graf.

Der Mann öffnet die Augen, er blickt wie in Trance.

»Herzlich willkommen, Herr Race. Würdet Ihr bitte die Krankheiten wiederholen, die Ihr bei Herrn Kornmann diagnostiziert habt?«

Der Bankier fährt mit den Händen durch die Luft, als wolle er darum bitten aufzuhören.

»Ich erinnere mich an gar nichts, Herr Graf. Ich habe tief geschlafen, wie Ihr wisst!«

Der Hausherr wendet sich ans Publikum.

»Möchte jemand die Stelle von Herrn Race einnehmen? Es sollte eine Person sein, die nicht ganz gesund ist. Wie uns unser Meister lehrt, wird die Krankheit von einem magnetischen Ungleichgewicht verursacht, und nur wer an eben diesem Ungleichgewicht leidet, fällt in einen somnambulischen Zustand, sobald er die ihm fehlende Dosis Fluidum erhält.«

Hinter zwei Reihen von Köpfen zeigt sich ein geschlossener Fächer. Alle drehen sich um und blicken auf Madame Goncourt, die sich erhebt. Die Blicke bewundern nicht nur ihren Mut, sie zeugen auch von echtem Interesse, waren in der Gesellschaft der Universellen Harmonie doch zahlreiche Disharmonien aufgetreten, deren Grund in den Reizen dieser Dame lag.

Puységur wiederholt sein schmuckloses Ritual, und D'Amblanc stellt fest, dass dessen Praxis sich wesentlich von der Mesmers unterscheidet; es fehlen Wasser, Schüsseln, Eisenstangen, Seile, Handfesseln und konvulsive Krisen, es gibt nur einfache, freundliche Gesten.

Die Dame hat die Augen geschlossen und den Kopf zur Seite geneigt. Sie behauptet, ihre Kopfschmerzen seien »wie von Zauberhand« verschwunden, und vier weitere somnambulische Sitzungen würden sie für immer von der Plage befreien.

Sie läuft in ihrem englischen Kleid im Raum umher und listet die Krankheiten von Carra und General Lafayette auf. Sie beschreibt Heilmethoden und gibt Zeiträume für die Heilung an.

Dann bleibt sie vor D'Amblanc stehen. Langsam entledigt sie sich ihrer Seidenhandschuhe, streckt ihm ihre schlanken Hände mit den Handflächen nach oben entgegen und wartet darauf, dass er seine darauf legt.

Zahlreiche Menschen in Paris behaupten, die Magnettherapie diene nur einem einzigen Zweck, nämlich Nähe zwischen Frauen und Männern herzustellen. Sie sei nur ein Vorwand für gegenseitige Berührungen, und man verwechsle das dadurch ausgelöste Vergnügen mit Medizin.

Es gibt viele Männer in Paris, die allein schon der Gedanke, Madame Goncourt zu berühren, in höchste Erregung versetzen würde.

Ihre Finger sind glatt und weich. Sie streicheln die Haut und bewegen sich vor und zurück, vor und zurück.

»Die Narben schmerzen«, stößt die Schlafwandlerin mühsam hervor, »es sind Narben aus dem Krieg.«

D'Amblanc nickt instinktiv. Die Fingerkuppen der Goncourt schicken Hitzeblitze durch die Knochen seiner Hand. Er zwingt sich, das soeben Gehörte trotzdem im Licht der Vernunft zu betrachten. Seine Narben, seine Teilnahme am Krieg in Amerika sind kein Geheimnis, und Madame Goncourt könnte davon gehört haben, wenn auch nur flüchtig.

D'Amblanc wagt es, sie zu fragen, wo sich die alte Wunde befinde, die ihm die größten Schmerzen bereite.

Es dauert, bis die Antwort kommt. Die Finger der Frauen schließen sich um seine.

»In Eurer Seele«, haucht sie, »würdet Ihr Euch somnambulisieren lassen, könnte Euch das große Erleichterung verschaffen.«

Plötzlich lockert sich der Griff, und Madame Goncourt entfernt sich, wie von einem unsichtbaren Faden gezogen.

In Eurer Seele.

Gewiss ist die Antwort nicht präzise genug, um als Beweis für das zu gelten, was Puységur zeigen will. Trotzdem hat sie ins Schwarze getroffen, dorthin, wo die Narben *wirklich* am meisten schmerzen. Aber nicht nur das. Während diese sonst hochmütige, spröde Frau ihn behandelte, merkte D'Amblanc, wie eine heilsame Welle durch seine Nervenbahnen, Adern und das Knochengerüst floss. Das Wohlbefinden, das er jetzt wahrnimmt, ist real, es ist physischer Art und unterscheidet sich von dem, das er so oft den Wannen und Händen Mesmers zu verdanken hatte, aber es ist nicht weniger intensiv.

Die Stimme Puységurs hallt wieder durch den Raum.

»Der Körper dieser Dame ist jetzt ein Anhängsel meines Körpers«, erklärt er mit Überzeugung, »ihr Geist und mein Geist sind eins. Sie tut das, was ich denke, sie sagt das, was ich will.«

Er macht eine erwartungsvolle Pause und lässt die fünfzig Augenpaare, die an seinen Lippen hängen, auf sich wirken.

Der Marquis deutet eine Bewegung des rechten Arms an, und Madame Goncourt erhebt ihren eigenen über den Kopf.

Der Marquis deutet ein Vorwärtsgehen an, und Madame Goncourt macht blindlings einen Schritt auf ihn zu.

Wenn Ihr Euch somnambulisieren lassen würdet, würde Euch das große Erleichterung verschaffen.

Rechtsanwalt Bergasse in der ersten Reihe greift ein.

»Wie können wir sicher sein, dass der Herr Marquis ihr genau diese Befehle erteilt?«

Puységur schenkt ihm ein leichtes Lächeln.

»Wollt Ihr es versuchen und meine Stelle einnehmen?«

Bergasse zieht sich nicht zurück. Seit er Mesmer gegen ein üppiges Entgelt das Versprechen abgenommen hat, dieser solle den Adepten die Geheimnisse des animalischen Magnetismus enthüllen, benimmt er sich, als sei er der Anführer der Gesellschaft der Harmonie. Bei jeder Gelegenheit zeigt er sich tatendurstig und entscheidungsfreudig.

Der Marquis erklärt ihm, er müsse sich ganz auf die Migräne der Frau konzentrieren und mit aller Kraft wünschen, ihr Linderung zu verschaffen. Nur dann könne das Experiment gelingen. Auslösendes Moment der Beziehung müsse die Heilbehandlung sein, sonst fließe das Fluidum nicht in gewünschter Weise und die Somnambulisierung misslinge. Er lässt ihn eine Hand über die elegante Haarpracht der Goncourt erheben und befiehlt ihm, an eine Handlung zu denken, die sie ausführen soll, und dann bittet er Madame Goncourt, den Gedanken des neu Hinzugekommenen Aufmerksamkeit zu schenken.

Bergasse fixiert sie intensiv, die Hand noch in der korrekten Position, aber zunächst passiert nichts.

»Sie sind nicht ausreichend konzentriert«, hört man die leise Stimme des Marquis.

»Ich habe sie gebeten, sich die …«, murmelt Bergasse, aber er beendet den Satz nicht, weil Madame Goncourt, ohne sich zu bücken, die Schuhe abstreift.

»Erstaunlich«, kommentiert Bergasse.

Der Marquis fordert ihn auf, sich nicht ablenken zu lassen, sonst wache die Frau plötzlich auf und fühle sich schlecht.

Bergasse fixiert sie erneut.

»Wenn ich ihr befehlen würde, das Kleid auszuziehen, würde sie gehorchen?«

Die Frage lässt alle aus ihrer Schlaffheit auffahren. Erregtes, ablehnendes Geflüster wandert durch den Raum, das Puységur durch eine Geste zum Verstummen bringt.

Sofort stellt Bergasse seine Frage:

»Darf ich Euch bitten, Euch auszuziehen, Madame?«

Die Frau schüttelt den Kopf.

»Nein, das dürft Ihr nicht«, sagt sie.

»Ich bitte demütig um Verzeihung«, sagt Bergasse hastig, der sein Vorpreschen bereits bedauert.

»Dass Ihr mich einen Arm heben lasst, kann mir in keiner Weise schaden«, fährt die Frau fort, »auch nicht, dass ich mich meiner Schuhe entledige, aber dasselbe gilt nicht für unschickliche Gesten. Ihr könnt mit all Eurer Kraft, die Ihr im Körper habt, wünschen, ich solle mich ausziehen, dennoch werde ich es nicht tun.«

Bergasse' Wangen glühen, aber auch die von D'Amblanc, als sei ihm die Taktlosigkeit des Anwalts peinlich.

»Die Liebe zur Wissenschaft ließ mich so handeln«, rechtfertigt sich der Anwalt, und während er das sagt, wächst sichtlich sein Groll gegen diejenigen, die Schlechtes von ihm gedacht haben könnten.

Toutain erhebt sich und es sieht aus, als wollte er ihn ohrfeigen, um die Ehre seiner Auserwählten zu rächen. Carra und D'Eprémesnil halten die beiden auf Abstand. Puységur weiß in seiner Verlegenheit nicht, was er tun soll, anscheinend gibt er sich die Schuld für den Zwischenfall. Dann hallt eine Stimme durch den Raum.

»Schluss!«

Der Ruf Mesmers wirkt wie ein Pistolenschuss. Alle erstarren und wenden sich ihm zu. Der Deutsche hat die geöffneten Hände erhoben, als könne er sie alle mit seiner magnetischen Kraft zur Bewegungslosigkeit verdammen. Und das ist es, was er tut. Keiner atmet.

»Herr Marquis, würdet Ihr so freundlich sein, Euch um Madame Goncourt zu kümmern?«, sagt er an Puységur gewandt.

Der weckt die Frau auf und vergewissert sich, dass es ihr gut geht. Nachdem sie kurz Bergasse angestarrt hat, bestätigt auch sie, sich an nichts von dem, was vorgefallen ist, zu erinnern, womit sie ihn möglicherweise begnadigt, aber nicht freispricht. Die Spannung lässt nach.

Wenn Ihr Euch somnambulisieren lassen würdet …

Als sich bereits alle verabschieden wollen, hebt D'Amblanc den Arm.

»Ich bitte um Entschuldigung …«

Seine Stimme wird von ersten Abschiedsfloskeln übertönt.

Mesmer sieht den Arm und weist den Grafen darauf hin.

Puységur bittet um Ruhe und fordert ihn mit einer Geste auf, seine Frage zu stellen.

»Herr Graf, nach dem, was wir gesehen haben, könnte man sagen, der Somnambulisierte steht nicht in der Macht desjenigen, der ihn magnetisiert hat. Der Wille des einen kann sich dem des anderen widersetzen. Was ist entscheidend für den Sieg bei einem solchen Aufeinanderprallen der Willen? Hängt er von der geistigen Kraft, der Verteilung des Fluidums, dem Grad der Überzeugung oder gar von der Krankheit ab?«

Puységur nickt, blickt ins Publikum und denkt über einen einprägsamen Satz nach, einen Satz, mit dem er sich verabschieden kann, einen Satz, den man nicht vergisst.

»Es ist das Gute, das den Unterschied ausmacht. Man muss das Gute wollen und an das Gute glauben.«

3.

Ein Mann mit phrygischer Mütze und einem Umschlag in der Hand vor seinem Haus riss D'Amblanc aus seinen Erinnerungen.

»Bürger D'Amblanc, ich habe Euch einen Brief des Beamten Chauvelin zu übergeben.«

Die beiden Männer blickten sich an, und dann glitt der Blick des Mannes nach unten, zum Huhn.

D'Amblanc hasste es, Hühnern den Kopf umzudrehen. Er streckte dem Mann das Huhn hin, während er mit der anderen Hand die Sendung entgegennahm.

»Ihr könnt es haben! Ich gebe es Euch gerne.«

Die Augen des Mannes blitzten vor Freude.

»Warum nicht, Bürger, ich danke Euch. Es wäre eine Sünde, in diesen Zeiten so etwas abzulehnen. Je älter die Henne, desto besser die Brühe.«

Als der merkwürdige Tausch vollzogen war, verabschiedete sich der Mann unter dem Protest des Huhns, das mit den Flügeln schlug, Federn fliegen ließ und seine letzten Energien darauf verschwendete, seinen Widerspruch kundzutun.

D'Amblanc betrat seine Wohnung und öffnete ein Fenster, um frische Luft hereinzulassen. Eine große Biene flog herein. Ihr vibrierendes Summen war der Basso continuo, der Stimmen und Geräusche der Straße wie in einem Konzert zusammenhielt, das Alltagsleben eines außergewöhnlichen Moments in der französischen Geschichte; das Kreischen der Räder auf dem Pflaster, Liedfetzen, Kindergeschrei, gereimte Verse ambulanter Händler und der Zeitungsverkäufer. Die Biene drehte eine Runde durchs Zimmer, verschwand dann wieder auf dem gleichen Weg, den sie gekommen war, und verlor sich im Himmel von Paris.

D'Amblanc folgte ihr mit den Augen, bis sie aus seinem Blickfeld verschwunden war, dann fiel ihm der Brief ein, den er in den Händen hielt.

Die Revolution hatte Wörter und Gesten der Kommunikation verändert. Chauvelin hatte sein Schreiben weder als Funktionär noch als Freund und auch nicht als Kamerad derselben Partei verfasst, er hatte vielmehr all diese Aspekte zusammenbringen und gleichzeitig jeden einzelnen von ihnen ein wenig verraten müssen.

Paris, den 25. Mai 1793

Sehr verehrter Doktor D'Amblanc,
ich hoffe, Ihr hattet Gelegenheit, die Berichte aus der Auvergne zu lesen, die ich Euch bei unserer letzten Sitzung überließ. Ich würde gerne Eure Meinung in dieser Angelegenheit kennenlernen und was Ihr glaubt, was man unternehmen könnte. Der Ausschuss, auch wenn er sich vielen anderen, schwerwiegenden Problemen gegenübersieht, beharrt auf seinem Wunsch, Euch um die Annahme des Auftrags zu ersuchen. Ihr sollt Euch vor Ort persönlich ein Bild machen und feststellen, ob die betreffenden Fälle mit den Aktivitäten konterrevolutionärer Magnetiseure in Verbindung zu bringen sind. Ich weiß, dass es Euch widerstrebt, Eure Patienten zu verlassen, aber ich bin allen Ernstes der Über-

zeugung, dass sie für die Zeit der Reise auch ohne ihre Behandlungen auskommen werden, auch ich zähle zu ihnen. In gewissen Situationen ist Kopfschmerz einem schlimmeren Übel vorzuziehen. Erlaubt mir noch hinzuzufügen, dass der Verzicht auf den Besuch einiger Privatwohnungen zugunsten eines Dienstes, den Ihr der Republik erweisen würdet, eine weise Wahl genannt werden kann.

In Erwartung einer Antwort verbleibe ich mit Hochachtung,

Offizier Armand Chauvelin
Mitglied des ALLGEMEINEN SICHERHEITSAUSSCHUSSES

D'Amblanc las die Botschaft mehrere Male, einschließlich der diskreten Grußformel.

Schrift und Syntax des Offiziers bedeuteten vor allem eins: Es war der Moment gekommen, sich zu entscheiden, auf welcher Seite man stehen wollte. Die Signale sprachen für sich selbst. Die Schlacht um den Konvent hatte begonnen. Brissot, Vergniaud, Roland und die Deputierten der Gironde auf der einen Seite, die Brüder Robespierre, Marat, Danton und die Deputierten der Montagne auf der anderen. Und man konnte sicher sein, dass die Stadtverwaltung unter dem Einfluss von Roux und Leclerc nicht einfach zuschauen würde, ebenso wenig wie die Pariser mit ihrem Vertreter Hébert, der in seiner Zeitschrift »Père Duchesne« dazu aufrief, die Verräter der Revolution ihrer gerechten Strafe zuzuführen.

Es war nicht schwer, die richtigen Schlussfolgerungen aus den Worten Chauvelins zu ziehen. Es kam noch etwas anderes hinzu. Einige Vertreter der Gironde unterhielten persönliche Beziehungen zu D'Amblanc, Deputierte, die vor der Revolution Mesmerianer gewesen waren wie Carra und Brissot. Und das waren die Mitglieder einer Partei, die ganz offensichtlich für die Interessen einer kleinen, nicht aus Paris stammenden Schicht kämpften, zu denen Händler und Reeder gehörten, die Verbindung zu den Engländern hielten. Es waren potentielle Konterrevolutionäre, die sich hinter dem zweideutigen Schleier des Moderaten verbargen. D'Amblanc kannte sie gut. Er kam selbst aus diesem Kreis von Gelehrten, die den Magnetismus erforscht hatten, aus der inzwischen aufgelösten Gesellschaft der Universellen Harmonie. Ihr Prophet war nach

Wien zurückgekehrt, und wer ihn gepriesen hatte, tat jetzt so, als habe er ihn nie gekannt. D'Amblanc war der letzte Apostel, der Einzige in ganz Paris, der in der Lage war, die Ideale der Republik und den Magnetismus zu vereinen, und dafür gab es einen Grund: Vor der Behandlung durch Mesmer hatte er schrecklich unter den Kriegsverletzungen gelitten, aber durch die Bäder und die konvulsiven Krisen hatten sich die Schmerzen verflüchtigt, so als hätte sich eine gefesselte Kraft einen Weg gebahnt und sich entladen. D'Amblanc hatte den Marquis de Puységur kennengelernt, und dieses Zusammentreffen hatte sein Leben verändert. Aber auch Puységur gehörte zu den verdächtigen Freundschaften, er war Aristokrat und der Bruder eines Exilierten.

D'Amblanc war sich sicher, dass Chauvelin keine Zweifel hegte an seiner Treue zum Vaterland und den Idealen von Freiheit und Gleichheit, die das Volk dazu bewegt hatten, Ungewöhnliches, Ungehörtes und nie Gesehenes zu vollbringen, neue Normen zu setzen nach dem Bruch, dem Schnitt, dem Ausnahmezustand. Aber seine Vergangenheit als Anhänger Mesmers und sein heutiges Auftreten als Magnetiseur konnten ihn in den Augen der Montagne kompromittieren. Sie kontrollierten das Revolutionstribunal und den Wohlfahrtsausschuss.

Darüber hinaus – und der Hinweis auf die Privatwohnungen war deutlich – verkehrte D'Amblanc im Haus Rechtsanwalt Girards, eines bekannten Anhängers Brissots. Zuallererst, um dessen Frau zu heilen, aber D'Amblanc konnte sich lebhaft vorstellen, welche Gerüchte darüber im Umlauf sein mochten. Gerüchte, die mit Sicherheit auch an die Ohren des Schreibers, eines tüchtigen Polizeifunktionärs, gedrungen waren. Er wunderte sich darüber, dass gerade diese letzte Geschichte ihm am meisten schadete, vielleicht weil sie begründet war, wenn auch nur möglicherweise, sagte er sich.

Der Rat Chauvelins war, Paris für eine Weile zu verlassen, und zwar mit einem offiziellen Auftrag des Ausschusses. Es galt die Fähigkeiten eines Magnetiseurs in den Dienst der Republik zu stellen. Das würde ihn aus allem Handgemenge heraushalten und seine Zugehörigkeit zur richtigen Partei endgültig besiegeln.

4.

In der Wohnung hingen Küchengerüche, und soweit D'Amblanc sich erinnern konnte, war das noch nie vorgekommen.

Die Hausangestellte begleitete ihn durch die mit Hausrat, Bildern und Gobelins überladene Eingangshalle. An der Schwelle des Arbeitszimmers kündigte sie den Gast an.

Madame Girard stand am Fenster, drehte sich um und begrüßte D'Amblanc mit abwesendem, distanziertem Lächeln. Sie hielt ein Buch in Händen, das sie geöffnet auf den Schreibtisch legte. D'Amblanc ging auf sie zu und warf dabei einen Blick auf die Seiten. Der Illustration nach zu urteilen, handelte es sich um ein Kräuterbuch oder Ähnliches. Madame Girard entließ die Dienerin und jetzt waren die beiden zum ersten Mal allein in diesem Raum.

»Ich werde wohl auf andere Mittel zurückgreifen müssen, um meine Leiden zu lindern«, sagte sie.

D'Amblanc war überrascht. Er hatte eine Abschiedsrede vorbereitet, und es fiel ihm jetzt nur eine ausweichende Antwort ein.

»Ihr habt schon seit mehreren Wochen keine Asthmaanfälle mehr. Man kann die Beschwerden, unter denen Ihr leidet, auf verschiedene Weise behandeln.«

»Aber die Sitzungen haben mir sehr geholfen. Ist dies ein Abschiedsbesuch?«, die Stimme klang schläfrig, ein wenig launisch, widersprüchlich.

D'Amblanc suchte nach ihrem Parfum. Er war sich sicher, dass es Jasmin war. Die Vorstellung, dass er es nie mehr riechen würde, schnürte ihm den Magen zusammen.

»Allerwichtigste Angelegenheiten führen mich weg von Paris; ein Dienst an der Republik. Ich weiß nicht, wann ich zurückkehren werde.«

Die Frau setzte sich und gab D'Amblanc ein Zeichen, sich ebenfalls zu setzen. Er blieb zunächst in steifer, fast militärischer Haltung stehen, dann setzte auch er sich.

»Sie haben sich also freiwillig gemeldet?«

»Nicht wirklich. Man hat mir einen Auftrag angetragen, den ich nicht ablehnen kann.«

»Wenn Ihr zurückkehrt, wird vielleicht alles schon ganz anders sein.«

»Die Situation wird sich notwendigerweise ändern, alles wird klarer, eindeutiger sein«, antwortete er.

Madame Girard schwieg, blätterte in dem Kräuterbuch und legte es dann wieder zur Seite.

»Meint Ihr, dass Melisse mir helfen könnte?«

D'Amblanc beschloss, offen zu sein, deswegen war er schließlich gekommen.

»Ich bitte Euch, mir zuzuhören, ich will aufrichtig sein. Ich glaube, ich habe Euer Interesse an meiner Person geweckt. So etwas wie ... Anziehung. Ihr seid eine intelligente, begabte Frau. Ich werde den Verdacht nicht los, durch die Therapie in irgendeiner Weise Eure Seele beeinflusst zu haben. Ich möchte Paris nicht verlassen, ohne diesen Zweifel ausgeräumt zu haben.«

Er wollte noch etwas hinzufügen, aber vor dem Lächeln kleiner schneeweißer Zähne verblassten seine Gedanken.

»Ihr verlasst mich, vielleicht für immer. Und während Ihr das tut, wollt Ihr Eure Gefühle auf mich übertragen und die Behandlung dafür verantwortlich machen. Das verschafft Euch die Rechtfertigung, sie zu unterbrechen und Euch von mir zu entfernen; ganz der aufmerksame Arzt. Aber vor allem negiert Ihr, dass ich eigene Gefühl habe. Ihr macht mich doppelt krank.«

D'Amblanc saß wie versteinert da. Er fühlte sich nackt, entlarvt, er fühlte sich wie ein Infanterist, der allein einer gewaltigen Übermacht gegenübersteht. Zu seinem Glück sprach sie weiter.

»Vielleicht ist es meine Abhängigkeit, und nicht nur von der Therapie, ich spreche von den Umständen meiner sterilen Ehe und den Ereignissen, die auf uns allen lasten; von der Zeit selbst. Mein Vorrat an Jugend ist fast aufgebraucht.«

Sie lächelte wieder, aber es war das traurigste Lächeln, das D'Amblanc jemals gesehen hatte.

»Vielleicht«, nahm sie den Faden wieder auf, »sind wir nur eine einsame Frau und ein aufgewühlter Mann, voneinander getrennt durch eine Mauer von Anstandsregeln. Wenn Ihr mich schon meinem Asthma überlasst, dann lasst mir wenigstens meine Gefühle, Doktor.«

Sie goss Likör aus einer grünen Flasche in ein kleines Glas, reichte es dem Arzt und füllte ein zweites für sich.

»Trinken wir auf unseren Abschied und auf unsere Gesundheit.«

Sie nahm das Glas und trank in kleinen Schlucken.

D'Amblanc trank seines in einem Zug leer.

»Geht jetzt. Eure Gegenwart verschlechtert meinen Zustand, so wie sie mir früher guttat. Ich wünsche Euch viel Glück.«

D'Amblanc erhob sich mit dem Glas in der Hand. Er hätte gerne etwas gesagt, aber jedes Wort kam ihm überflüssig vor, und bevor er sich lächerlich machte, erwiderte er den Gruß und verließ das Haus.

5.

Ich weiß, was Ihr mir sagen wollt, mein Freund. Eure Behandlung durch mich ist zu Ende. Die Zeit ist reif, Ihr müsst Euren Weg allein gehen, ganz allein.

Ihr wollt geheilt werden, und Eure Heilung wollt Ihr zum Modell machen, Ihr wollt medizinische Praxis aus ihr ableiten. Aber Eure Suche ist die Suche eines ganzen Lebens, Ihr steht erst am Anfang Eures Weges. Die anderen sind auf der Suche nach philosophischen Konzepten und politischen Formeln, mit der sie die Gesellschaft heilen können, aber die Gesellschaft kann man nicht heilen, wenn man den Mann nicht heilt ... den Menschen! Es gibt keine Harmonie ohne Frieden. Ich habe Ihnen eine neue Art angeboten, das Universum zu betrachten. Der Fluss ist Realität gewordene Metapher. Das Fließen verbindet alles mit allem.

Bergasse wünscht, dass ich die Geheimnisse der Lehre veröffentliche. Brissot und Carra unterstützen ihn. Sie haben auch nicht davon abgelassen, als ich eine unmäßig hohe Summe für die Enthüllung gefordert habe. Für was haben sie all das Geld gesammelt? Ich habe ihnen schon alles gegeben, was sie wollten, und jetzt bemerken sie, dass es zugleich zu viel und zu wenig war. Sie wollen mich stürzen, mich wie einen König absetzen, damit sie glauben können, sie selbst seien die Paladine der Freiheit und Wahrheit. Aber das ist die verkehrte Revolution ... Sie werfen mir Geiz vor, weil sie Angst haben, nur Mittelmaß zu sein.

Ihr seid nicht wie sie, D'Amblanc. Ihr habt verstanden. Es ist kein Geheimnis, es gibt kein Geheimnis. Es gibt nur das Fließen. Puységur hat es vor ihren Augen demonstriert, aber sie sind blind wie die Würmer ... Bergasse will das nicht akzeptieren, er will ein Geheimnis aufdecken, um es dem Volk zu schenken, er will ein neuer Prometheus sein. Er muss mir den Rücken kehren, weil er mich sonst an den Iden des Märzes töten müsste. Ich werde ihn gehen lassen.

So wie ich auch Euch nicht zurückhalten werde, Doktor. Ihr habt vielleicht noch Hoffnung. Aber ... bevor ihr geht, will ich Euch noch etwas sagen.

Heute habt Ihr einen Adligen gesehen, der einen Bauern magnetisiert. Habt Ihr jemals einen Bauern gesehen, der dasselbe mit einem Adligen macht? Denkt darüber nach und sucht nach dem Weg, nicht nach Führung. Ich wünsche Euch, Ihr möget eine authentische Revolution finden ... echt und wahr muss sie sein. Viel Glück.

Auszug aus

UNTERSUCHUNGEN UND BEOBACHTUNGEN ZUR MORALISCHEN BEHANDLUNG VON GEISTESKRANKEN

Von Philippe Pinel (Paris, 1798)

Ein junger Mann verliert infolge unglücklicher Ereignisse seinen Vater und wenige Monate später auch seine Mutter, an der er sehr hing. Seitdem befällt ihn schwere, intensive Traurigkeit. Er schläft nicht mehr, hat keinen Appetit mehr und verfällt in manische, äußerst gewalttätige Zustände. Er erfährt die übliche Behandlung: reichlich Aderlass, Bäder und Duschen in Verbindung mit extrem strengen, repressiven Maßnahmen. All diese Behandlungen schlagen fehl. Schließlich wird der Geisteskranke als besonders gefährlich in Bicêtre eingewiesen. Aufseher Pussin, weit davon entfernt ein solches Urteil blind zu übernehmen, lässt ihn vom ersten Tag an sich frei in seiner Unterkunft bewegen, um seinen Charakter und die Natur seiner Störungen studieren zu können. Das dumpfe Schweigen dieses Geisteskranken, seine Niedergeschlagenheit, die nachdenkliche und konzentrierte Haltung, ein paar unzusammenhängende Kommentare, die er hinsichtlich seines Unglücks von sich gibt, lassen aufgrund nicht kohärenter Vorstellungen die Anfangsgründe seiner Manie nur erahnen. Pussin tröstet ihn, zeigt ihm sein Interesse, und es gelingt ihm nach und nach, das dunkle Misstrauen zu zerstreuen und ihm die Hoffnung auf Besserung einzuflößen. Vertrauen und Wertschätzung für den Leiter werden grenzenlos, seine Kräfte werden zusammen mit allen anderen Zeichen von Gesundung Schritt für Schritt wiedererweckt, und die Vernunft meldet erneut ihre Rechte an; und so ist jemand, der in einer anderen Anstalt malträtiert und als der Gewalttätigste der Verwirrten bezeichnet wurde, auf liebevollem, versöhnendem Wege zu einem der gutartigsten und wegen seiner ausgeprägten Sensibilität interessantesten Menschen geworden.

Die moralische Behandlung sieht den Geisteskranken nicht als Menschen bar jeder Vernunft, das heißt unzugänglich für Gefühle der Angst, Hoffnung, Ehre ... Zuerst muss er unterworfen werden, dann ermutigt.

ACHTE SZENE

Die Rede des Stummen

Mai 1793

1.

Der kleine Markt innerhalb der Mauern war gut besucht. Der Mann, der sich Laplace nennen ließ, betrachtete die Skulpturen aus Hühnerknochen, die einer der Patienten an Besucher, Verwandte und Neugierige verkaufte. Ein Ausflug zu den Verrückten war ein beliebter Zeitvertreib, aber dafür musste man nicht unbedingt nach Bicêtre kommen, fand Laplace. Ganz Frankreich wimmelte von Verrückten.

Eine der Skulpturen stellte eine Schäferin dar, und auch wenn sie ein wenig plump war, konnte man die Figur recht gut erkennen. Der Mann, der die arkadische Figur hergestellt hatte, wurde von Zitteranfällen heimgesucht, aber immer wenn er an seinem Werk arbeitete, wenn er bog, verband oder zusammensetzte, waren seine Hände so ruhig wie die Hände eines Chirurgen, der eine Kugel entfernt.

Neben anderen Figuren entdeckte Laplace ein kleines Haus mit Schornstein und Fenstern und einen menschlichen Kopf, der anscheinend bestimmte Gesichtszüge wiedergeben sollte.

»Wer ist das?«, fragte Laplace die Gestalt hinter dem niedrigen Tisch.

»Mm... Mm... Marat!«, stieß der verrückte Handwerker hervor.

Das passt, dachte Laplace. Marat, der Freund der Verrückten.

Er betrachtete den Gegenstand von allen Seiten, bezahlte ihn und setzte seinen Spaziergang fort.

Nach ein paar Schritten blieb er abrupt stehen. Unter einem Maulbeerfeigenbaum stand Malaprez in Begleitung eines kräftigen Aufsehers. Obwohl angenehme Temperaturen herrschten, bewegte er sich, als sei ihm kalt. Er zog die Schultern hoch, als müsse er seinen Hals schützen.

Laplace ging langsam auf ihn zu.

Malaprez trug keine Zwangsjacke, ein Zeichen, dass er in den letzten Tagen nicht aufsässig geworden war.

»Vorsicht, Bürger Laplace, der Junge wirkt ganz ruhig, aber der kann jeden Moment hochgehen. Wenn's nach mir ging, würde er Tag und Nacht eingesperrt«, empfing ihn der Aufseher.

»Lasst das nicht Aufseher Pussin hören, Bürger. Darf ich etwas sagen?«

»Wenn Ihr unbedingt Eure Zeit verschwenden wollt, bitte sehr, aber der versteht nichts von dem, was Ihr sagt.«

»Nein, nein, ich will Euch etwas sagen. Etwas Angenehmes, etwas das Türen öffnen kann. Oder auch schließen.«

Der Mann runzelte die Stirn. Laplace lächelte, kam näher und flüsterte ihm etwas zu.

»Wenn sie Euch erwischen, muss ich dafür büßen«, antwortete der Aufseher. Er blickte sich um, senkte den Kopf und sagte leise: »Es gibt hier eine Menge, die schöner sind und vor allem friedlicher. Wenn der hier durchdreht, während Ihr ihn Euch vornehmt, dann macht der Matsch aus Euch.«

Laplace biss die Zähne zusammen und unterdrückte seine Wut. Er hatte diese Art von Missverständnis erwartet. Die Krankenwärter waren an Ausschweifungen gewöhnt, auch an solche gegen die Natur. Er zog eine Augenbraue hoch und tat belustigt.

»Mit dem Geld, das ich Euch in die Tasche stecke, kaufe ich Euch auch Eure Ängste ab, Bürger. Denkt nicht weiter darüber nach, und gebt mir das, für das ich bezahle.«

2.

An demselben Abend, eine halbe Stunde nach dem Essen, betrat der Mann, der sich Laplace nennen ließ, die Zelle jenes Bauern, der die Gabe der Sprache verloren hatte.

Malaprez lag auf einer wackeligen Bank und hob den Kopf. Er trug jetzt eine Zwangsjacke. Hinter Laplace wurde die Tür geschlossen. Der Bauer stand auf, warf einen wilden Blick auf den Eindringling und stieß ein Brummen aus, das dem eines Bären glich. Auf seiner verschwitzten Stirn klebten blonde Locken. Im Wiegeschritt näherte er sich Laplace. Er wollte auf ihn losgehen, ihn mit einem Rempler oder einem Tritt zwischen die Beine zu Boden strecken oder ihm in die Nase beißen. Laplace wich zur Seite aus, um den Zusammenstoß zu vermeiden, und Malaprez bremste ab, bevor er gegen die feuchte Wand lief.

Was willst du von mir?, meinte das Geblöke, das den Raum erfüllte. Laplace musste ihn so schnell wie möglich zum Schweigen bringen.

Die Zelle wurde von zwei Kerzen erhellt, die eine hielt Laplace in der Hand, die andere stand in einem alten Krug neben dem Eimer auf dem Ziegelboden. Die beiden Flammen verdoppelten die Schatten; vier Figuren tanzten über die Mauern, die sich suchten und sich drehten, auseinanderliefen und wieder stehen blieben.

Malaprez wollte Laplace treffen, ihm wehtun, Laplace wollte Malaprez in die Augen schauen, es war das Menuett der Verrückten, die Gavotte des animalischen Magnetismus.

Laplace erinnerte sich an einen Abend in Versailles, an einen jener überfüllten Empfänge. Vielleicht 1788. Die Gäste hatten eine Gavotte getanzt. Die Kavaliere standen den Damen in einer Reihe gegenüber, jeder hielt einen kleinen Blumenstrauß in der Hand. Nach gemeinsamen ersten Schritten setzten sich der erste Kavalier und die erste Dame von ihren Reihen ab und tanzten allein. Sie umarmten sich, und anschließend umarmte die Dame die anderen Kavaliere und der Kavalier die anderen Damen. Er erinnerte sich nicht, wer genau der Kavalier gewesen war, irgendjemand mit einem Strauß rosa Hyazinthen, der Vertreter eines blutarmen, defätistischen Adels, nur ein Schatten seiner selbst. Die Dame war Marie-Antoinette Josepha Johanna von Habsburg-Lothringen gewesen, die Gemahlin des Königs von Frankreich und Navarra. Eine schöne Frau, die Österreicherin, aber auch nicht viel mehr. Laplace hatte abseits neben dem Baron gestanden und die Szene beobachtet.

Tanz und Erinnerung dauerten nur wenige Augenblicke.

Am Ende einer komplizierten Figur, die mehr als zehn Schritte erfordert hatte, stand die blaue Iris des Bauern der noch blaueren des Kriegers gegenüber. Laplace versenkte seinen Blick in die Pupillen des Wahnsinnigen, berührte ihn an der schweißnassen Stirn, und im Ton eines Menschen, der ein weinendes Kind beruhigt, sagte er: »Wir haben getanzt, aber jetzt reden wir.«

Malaprez schloss überrascht den Mund und glättete die Stirn, der tierische Ausdruck auf seinem Gesicht verschwand, Ungestüm und Bewegungsdrang verebbten und er lehnte sich gegen die Hand Laplaces.

Die Fingerkuppen berührten die Narben. Laplace hob die Kerze, um sie besser zu sehen.

Es waren die Reste kleinerer Verletzungen, kaum mehr als ein paar Kratzer. Erinnerungen an einen rauen, unregelmäßigen Gegenstand, vielleicht ein Ast.

»Setzen wir uns«, sagte er zu dem Verrückten, der völlig ruhig geworden war und sich jetzt in seiner Gewalt befand.

Der Bauer gehorchte. Sie setzten sich auf die Bank.

»Ich werde dir die Jacke ausziehen, sie engt dich ein. Solltest du versuchen, mich anzugreifen, wirst du einen schrecklichen Schmerz am Kopf erleiden, solltest du dir selbst etwas antun, wirst du das Gefühl haben zu ersticken. Hast du verstanden, was ich gesagt habe?«

Malaprez stieß ein undefinierbares Knurren aus.

Laplace wiederholte die Frage.

Malaprez nickte.

Laplace wiederholte die Frage.

Malaprez war verwirrt.

Laplace wiederholte die Frage zum vierten Mal.

Die Gesichtsmuskeln Malaprez' zogen sich zusammen. Laplace war sich sicher, dass der Bauer die Fäuste in der Zwangsjacke geballt hatte.

»Zum fünften Mal, hast du verstanden, was ich gesagt habe?«

Malaprez presste die Kiefer aufeinander und ließ eine Silbe passieren.

»Bravo, sag das noch einmal«, forderte Laplace ihn auf.

»Ja«, sagte Malaprez, und in diesem Moment entspannte sich sein Gesicht.

3.

Jean-Baptiste Pussin stand am Fenster und beobachtete zwei Geisteskranke, die Guillotine spielten. Einer war der Verurteilte, der andere der Henker. Die gedachte Klinge fiel, der Hingerichtete entspannte den Hals und ließ den Kopf hängen, um dessen Fall in den Korb anzudeuten. Dann tauschten sie die Rollen. Der Enthauptete bediente die unsichtbare Maschine und der Henker von vorher lag unter der Klinge. Dann ging es wieder von vorne los. Sie spielten das schon seit mindestens einer halben Stunde, ohne ein Wort zu wechseln.

Die Szene verwirrte Pussin. Höchstwahrscheinlich wussten beide nicht, dass die echte Guillotine vor etwas mehr als einem Jahr in Bicêtre erprobt worden war. Pussin erinnerte sich sehr gut daran. Der Henker Sanson hatte vor ein paar Zuschauern drei frische Leichen unter die Maschine gelegt. Nach jeder Exekution hatte er die Klinge gewechselt, um zu sehen, welche am besten geeignet war, die abgeschrägte oder die klassische Sichelform. Die erste hatte gewonnen, sie hatte in null Komma nichts den Kopf einer Prostituierten abgetrennt. Nach Abschluss der Versuche hatte der Henker die Erfinder für das hervorragende Produkt gelobt und dann den Vorgang mit etwas Bitterkeit in der Stimme als »fast zu einfach« bezeichnet.

Schließlich unterbrachen Henker und Gerichteter ihr Schweigen und fingen an zu streiten; ein Justizirrtum habe einen der beiden aufs Schafott gebracht.

»Ihr versteht das nicht, ich dürfte gar nicht hier sein!«, sagte derjenige, der in diesem Augenblick die Rolle des Opfers spielte.

»Wenn's nur das ist, ich auch nicht«, antwortete der andere.

Pussin fand es angemessen, dass sich die Szene auf dem »Platz« des Viertels »Saint-Prix« abspielte, also auf dem zentralen Hof des siebten Pavillons von Bicêtre. Das Viertel der Verrückten war die Parodie eines bürgerlichen Viertels. Die engen Gassen zwischen den Gebäuden hießen Straße der Hölle, Straße der Wütenden, Platz des zentralen Hofes, Brunnenstraße ... Pussin war der erste Verwalter des Viertels. Der Bürgermeister. Der Bürgermeister der Verrückten.

Warum nicht, dachte Pussin. Alles, was hier passiert, ist eine Parodie auf die Welt draußen. Die Ortsnamen, das Spiel mit der Guillotine ... Die Große Parodie hatte Auguste Laplace es bei einem ihrer Gespräche genannt; er war der gebildetste und vornehmste Bewohner von Saint-Prix und zugleich der am wenigstens greifbare. Der Ausdruck hatte Pussin so beeindruckt, dass er ihn in seinem Tagebuch vermerkt hatte, das er seit drei Jahren führte und in dem er die Ergebnisse seiner Experimente festhielt.

Laplace war anders als alle anderen Patienten, die seines Wissens je in Bicêtre gewesen waren, und das Gedächtnis Pussins reichte weit zurück; er arbeitete hier seit dreizehn Jahren und hatte den Ort schon vorher gekannt.

Laplace behauptete, er stamme aus Aurillac, und sein Akzent schien das zu bestätigen. Er behauptete weiterhin, ein nicht besonders guter, aber solider Maler gewesen zu sein, der aber infolge einer melancholischen Krise jedes Interesse an Leinwänden und Bildern verloren habe. Pussin hatte ihn gefragt, welche Art Bilder er gemalt habe. »Heilige Themen, aber die waren nach der Revolution nicht mehr gefragt«, hatte der Mann aus der Auvergne geantwortet.

Wenn man vom Teufel redet, dachte Pussin, als er Laplace aus der Straße der Wütenden kommen sah. Er fiel sofort auf, weil er seine eigene Kleidung trug und nicht die graue Anstaltskleidung der anderen Internierten.

Er war nicht allein, neben ihm ging ein Patient, der so groß war wie er, nur kräftiger, mit zerzaustem blonden Haarschopf, rotem Kopf, die Hände hinter dem Rücken. Als die beiden die Mitte des Hofs erreicht hatten, erkannte Pussin Antoine-Marie Malaprez, den Bauern aus dem Département Essonne, den Geisteskranken mit den Wutanfällen, der nach den Septemberereignissen stumm geworden war.

Die Umstände waren merkwürdig. Nach den letzten Wutanfällen hatte Pussin angeordnet, Malaprez solle immer von einem Aufseher begleitet werden, der für alle Fälle stets eine Zwangsjacke bereitzuhalten habe. Was machte der dort ohne Begleitung an der Seite von Laplace? Das musste geklärt werden, er musste ...

Die beiden blieben genau unter seinem Fenster stehen. Laplace lächelte und deutete einen Gruß an. Verwirrt erwiderte der Anstaltsleiter ihn.

Laplace wandte sich mit leiser Stimme an seinen Begleiter.

Malaprez schüttelte in einer verzweifelten Geste der Verweigerung den Kopf. Er erinnerte Pussin an einen Hund, der das Wasser abschüttelt, nachdem er einen Fluss durchquert hat.

Laplace redete weiter auf den Bauern ein, aber es war nichts zu verstehen. Malaprez hielt den Kopf gesenkt, und plötzlich legte Laplace ihm die Hand auf die Schulter.

Die beiden Schauspieler, Henker und Hingerichteter, waren verschwunden. Im Hof befanden sich andere Geisteskranke, Aufseher und sogar ein paar Besucher, aber niemand achtete auf das Geschehen unter dem Fenster Pussins.

Endlich hatte Laplace seinen Begleiter überzeugt, das zu tun, was er von ihm wünschte, was immer es auch sein mochte. Pussin erkannte es an den entspannten Zügen Malaprez'. Der hob jetzt den Kopf und richtete sich auf, und Pussin war sich sicher, dass er sich bemühte, Haltung anzunehmen, er starrte ihn an und begann zu reden.

Er jaulte, kläffte und heulte nicht. Er grunzte, brummte und murrte nicht. Er brüllte nicht und schimpfte auch nicht. Er redete so wie fast alle. Nicht sehr laut, aber Pussin verstand die Wörter. Es waren vier, und eines davon war sein Name.

»Guten Morgen, Bürger Pussin.«

Der Anstaltsleiter runzelte die Stirn. Irgendetwas geschah oder vielmehr war schon geschehen. Er blickte Laplace an, der lächelte, auch wenn seine blauen Augen kalt blickten.

»Bürger Pussin«, redete der ihn jetzt an, »ich würde Euch gerne erklären, was ich zum Besten des hier anwesenden Bürgers Malaprez getan habe. Ich glaube, es könnte Euch interessieren. Erlaubt Ihr?«

Pussin antwortete nach kurzem Nachdenken: »Einverstanden, Bürger Laplace. Kommt in mein Büro, *allein*. Ein Wärter wird solange bei Eurem Freund bleiben.«

4.

»Ich weiß nicht, was Ihr genau gemacht habt, aber ich sollte Euch vermutlich gratulieren.«

»Ich habe lediglich Eure Anregungen in die Praxis umgesetzt, Bürger Pussin. Ich habe darüber nachgedacht, wie ich mich im Hospital nützlich machen kann.«

»Erklärt es mir.«

»Ich bin von Euren Methoden ausgegangen. Ich habe mehrmals beobachtet, wie Ihr mit den Unglücklichen von Saint-Prix geredet habt, und ich habe genau aufgepasst, wenn Ihr mit *mir* geredet habt. Dass Ihr kein Arzt seid, verschafft Euch anscheinend einen Vorteil. Ihr sucht den Ursprung von Geisteskrankheit nicht in Schädigungen der Nerven oder im Ungleichgewicht organischer Funktionen, sondern in all den Dingen, die von moralischer und geistiger Unordnung hervorgebracht werden. Ihr informiert Euch über die Gefühlswelt der Geisteskranken, über die Gründe für eine vorübergehende Besserung oder bleibende Irritationen, über die Erinnerungen, die plötzlich in ihren Köpfen erwachen und über die Sehnsucht nach ihren Lieben ...«

»Eine sehr genaue Beschreibung.«

»Und Ihr schreibt alles auf.«

»Natürlich. Das ist nicht nur nützlich, sondern auch meine Pflicht.«

»Steht in Euren Notizen über Malaprez, worauf Ihr den plötzlichen Verlust der Sprache zurückführt?«

»Hört zu, Bürger Laplace, es ist nicht normal, dass ein Patient all diese Fragen an den Leiter des Pavillons richtet. Aber gut, in meinen Notizen habe ich die plötzliche Sprachlosigkeit Malaprez' auf die Schläge zurückgeführt, die er während des Überfalls im September erlitten hat.«

»Habt Ihr mit dieser Zuordnung nicht Eure übliche Methode verraten und zu früh darauf verzichtet, nach einer spirituellen Ursache für die Störungen unseres Freundes zu suchen?«

»Was ich soeben gesehen und gehört habe, scheint Euch Recht zu geben. Aber Ihr, Laplace, was habt Ihr entdeckt und wie?«

»Auch ich bin kein Arzt, Bürger Pussin, aber Malaprez' Kopfverletzungen sind anscheinend nicht sehr schwer. Ich habe mich bemüht, mit ihm zu reden, mit Vorsicht und der Bereitschaft, seinen Lauten zuzuhören, so als wären es Wörter: herausgepresste, deformierte Wörter, zerdrückt von einer Last. Nach und nach habe ich bemerkt, dass er meine Sätze verstand. Ich bin geduldig vorgegangen, und jetzt ist er in der Lage, sich zu äußern, wenn auch noch mit großer Mühe.«

»Und was war der Grund für die Sprachlosigkeit?«

»Ich glaube, dass das Septembermassaker ihm so sehr zugesetzt hat, dass es ihm nicht mehr möglich war zu sprechen. Anscheinend kann er sich an nichts in jener Nacht erinnern.«

»Und wie ist es möglich, dass man fürchtet, was man vergessen hat?«

»Geschieht es nicht auch Kindern, dass sie Angst haben, ohne zu wissen, warum und wovor? Malaprez wusste es, aber jetzt weiß er es nicht mehr.«

»Ich muss zugeben, ich bin beeindruckt, Bürger Laplace ...«

»Bürger Pussin, ich möchte in dieser Sache ...«

»Ja, was?«

»Ich habe den Eindruck, das Reden mit dem Verrückten hilft mir gegen meine Melancholie. Ich möchte weitermachen dürfen und bitte euch deshalb, die Bewegungsfreiheit Malaprez' nicht länger einzuschränken, ihm die Zwangsjacke zu ersparen und ihn nicht ständig von ein oder zwei Aufsehern begleiten zu lassen.«

»Es ist nicht wenig, um das Ihr mich bittet.«

»Das ist mir bewusst.«

»Wenn ich Euren Wunsch erfülle und Malaprez bekommt wieder einen seiner Wutanfälle, dann bin ich und nur ich für die Konsequenzen verantwortlich.«

»Er wird keine weiteren Wutanfälle haben.«

»Und woher nehmt Ihr diese Gewissheit?«

»Ich gebe Euch mein Wort, es wird keine weiteren Wutanfälle geben.«

»Ich frage mich, wie Ihr Euch so sicher sein könnt.«

»Ich bin mir nicht nur sicher, ich weiß es. Hört zu, ich wiederhole es noch einmal: Es wird keine weiteren Wutanfälle geben.«

5.

Das Experiment machte Fortschritte. Laplace entlockte dem Bauern jeden Tag neue Wörter und Fetzen der Erinnerung, und das Ergebnis verdankte er ausschließlich seinem Willen. Ein einzelner Mensch konnte das Universum mit der Zauberkraft seines Willens aus den Angeln heben.

Laplace wollte Malaprez dazu bringen, sich an das Ereignis zu erinnern und es noch einmal zu erleben, bei dem er den Gebrauch der Sprache verloren hatte. Um dieses Ziel zu erreichen, magnetisierte er ihn kurz nach Tagesanbruch, wenn es hell geworden war, und am späten Nachmittag, nach Anbruch der Dämmerung, kurz bevor es endgültig Nacht wurde, denn es ging darum, die Erfahrungen einer Nacht, und zwar der Nacht zwischen dem 3. und dem 4. September 1792 erneut zu durchleben.

Laplace erinnerte sich an jene Nacht. Er hatte sie im Feldlager von Verdun verbracht. Nach zweiwöchiger Schlacht hatte die Armee des Herzogs von Braunschweig die Revolutionäre besiegt und die Festung eingenommen. Die Preußen, in deren Reihen Laplace und der Baron kämpften, bereiteten sich auf den Marsch auf Paris vor. Die Nachricht von der Niederlage in den Argonnen und das Gespenst einer Invasion hatten in der Hauptstadt Wut und Panik ausgelöst. Das niedere Volk war entschlossen, mit dem »inneren Feind«, mit den noch in

Paris anwesenden Konterrevolutionären abzurechnen. Sie hatten Gefängnisse und Krankenhäuser gestürmt, und das größte Massaker hatte sich in Bicêtre abgespielt.

Weder sein Einfluss auf Pussin noch größere Trinkgelder für den einen oder anderen Aufseher hätten es Laplace ermöglicht, mitten in der Nacht im Hospital herumzulaufen. Er musste sich damit begnügen, seine Sitzungen direkt nach Sonnenaufgang oder vor Sonnenuntergang abzuhalten.

Laplace hatte weit ausgeholt, damit der Bauer sich nicht zurückzog und so wenig Widerstand wie möglich leistete. Die ersten Fragen hatten seiner Kindheit in Longjumeau gegolten, der jung gestorbenen Mutter, der Arbeit auf den Feldern, dann der Ankunft in Paris, dem Leben in Armut ... Eines Tages im Frühjahr '92 hatte Malaprez geglaubt, nicht mehr weiterleben zu können, und beschlossen, sich durch Schreien umzubringen. Er wollte sich die Seele aus dem Leib schreien, Schreien und Blut spucken, schreien bis zum Tod. Er war zum Platz der Revolution gegangen. Er wollte sich dort umbringen, wo andere Menschen umgebracht wurden, aber die Wachen hatten ihn ergriffen und ein paar Stunden später war er in Bicêtre angekommen.

Ein armer Mensch konnte aus verschiedenen Gründen und auf verschiedenen Wegen in Bicêtre landen – als Geisteskranker, Gefangener, Epileptiker, Waise, Vagabund, dort Arbeitender – und aus wieder anderen Gründen dort verbleiben oder nicht. Malaprez war immer in Saint-Prix geblieben. Er erinnerte sich an die ersten Monate, an die drückende Sommerhitze, die Feuchtigkeit und den Gestank der Zellen, das Heimweh nach der Landschaft, wo er Hunger und Kälte gelitten hatte, aber dort hatte er immerhin Platz zum Laufen gehabt ... Er erinnerte sich an das erste Mal, als er Pussin begegnet war.

Und dann tat sich ein schwarzes Loch auf, Malaprez sprang mit beiden Beinen über einen tiefen Graben und landete im gegenwärtigen Gefängnis.

Das Loch, es war nicht schwer zu erraten, war die Nacht des Massakers.

Über jene Nacht sprach niemand gerne. Niemand außer Pater Richard, der für die Post in Bicêtre verantwortlich war. Wurde er danach gefragt, schilderte der kleine Mann mit großer Inbrunst und detailliert jede Stunde der Tragödie. Es war zweifellos das außergewöhnlichste und schrecklichste Ereignis gewesen, das er je erlebt hatte, und er würde sein ganzes Leben davon erzählen.

Nachdem der Mann, der sich Laplace nennen ließ, einen Monat nach der Niederlage des Herzogs von Braunschweig in Valmy unerkannt nach Paris zurückgekehrt war, hatte er verschiedene Versionen des Septembermassakers gehört. Einige behaupteten, eine große Menschenmenge aus Paris sei mit Schwertern, Lanzen, Scheren und sogar Gewehren bewaffnet am Nachmittag des 3. September vor dem Eingangstor von Bicêtre erschienen. Sie hätte außerdem sechs Kanonen hinter sich hergezogen. Mit der Drohung, die Umfassungsmauern zu beschießen, hätten sie sich Zugang zum Hof verschafft und sechstausend Menschen massakriert, mit allem, was zum Töten geeignet war, sogar mit Wasser, mit dem sie alle ertränkten, die sich unter die Erde verkrochen hatten, ohne zwischen Gefangenen, Kranken, Geistesgestörten, Verwaltern, Ärzten oder Kindern zu unterscheiden.

Pater Richard bestritt entschieden, dass die Menge Kanonen gehabt hätte, und in Bicêtre hätten noch nie sechstausend Menschen gelebt. Der Pöbel war ins Gefängnis eingedrungen, wo sich an jenem Tag nicht mehr als ein paar Hundert Menschen aufhielten. Um die fünfzig wurden sofort freigelassen, nach den Kriterien zu fragen, war sinnlos. Andere flohen im allgemeinen Durcheinander, und ungefähr hundertfünfzig Personen wurden getötet.

Am ersten Tag hatte man zwanzig Gefangene mit einem Kreidekreuz auf der linken Schulter gekennzeichnet, sie auf den Platz neben der Kapelle des Hospitals geführt, sie an den Stamm einer Ulme gebunden und sie mit Stangen erschlagen. Es waren in der Mehrzahl »feuerfeste« Priester gewesen, Verwandte von ausgebürgerten Aristokraten und zum Tode Verurteilte, die auf ihre Hinrichtung warteten. Man hatte die Leichen mit großer Gewissenhaftigkeit entkleidet und ihre Habseligkeiten inventarisiert, damit niemand das, was der Familie des Verstorbenen zustand, stehlen konnte. Die Henker waren überzeugt, für das Wohl Frankreichs zu handeln, deshalb wollten sie nicht, dass ein Dieb den Wert ihres Handelns schmälerte.

Die Große Parodie. Affen, die Richter spielten.

Nach Sonnenuntergang hatten sich die Richter dieses angemaßten Tribunals vom Wirtschafter Weinvorräte aus dem Keller bringen lassen. Der Weingeist hatte ihr vorgebliches oder tatsächlich vorhandenes Unterscheidungsvermögen eingenebelt, und die ganze Nacht über hatte man Gefangene, ohne auch nur den Anschein eines Prozesses, zu der blutverschmierten Ulme geführt. Auf diese Art waren im Schutze der Dunkelheit ungefähr hundert Gefangene ermordet worden, und die letzten zweiundvierzig, Jungen aus der Besserungsanstalt, hatten sie am nächsten Morgen umgebracht.

Am Nachmittag des 4. September, nachdem der Haufen abgezogen war, hatten die Aufseher Malaprez bewusstlos auf dem Rücken liegend gefunden, mit blutigem Kopf und nur ein paar Dutzend Meter von der inzwischen berühmt-berüchtigten Ulme entfernt. Wie war er dorthin gekommen? Die Sansculotten hatten niemand aus dem siebten Pavillon geholt, nur aus dem Gefängnis.

Eines Abends schließlich knackte die Magie des Willens den Erinnerungstresor Malaprez'.

Sie befanden sich in der Unterkunft von Laplace. Der Bauer saß auf dem Feldbett, Laplace lief im Zimmer umher, ohne ihm je den Rücken zuzukehren oder ihn aus dem Blick zu verlieren.

»Ich will nicht hier drinnen bleiben!«, platzte Malaprez plötzlich heraus.

Der Magnetiseur verbarg seine Überraschung und tat so, als handle es sich um eine ganz normale Bemerkung.

»Und warum nicht?«, fragte er.

»Draußen schreien sie herum, da sind Menschen, die platzen.«

»Und was bedeutet das?«

»Ich glaube dem Priester Richard nicht.«

»Was hat Pater Richard damit zu tun?«

»Pater Richard ist gekommen und hat gesagt, wir sollten ganz ruhig bleiben, die Sansculotten seien wegen dem Adelspack im Gefängnis hier, nicht wegen uns Verrückten.«

Der Magnetisierte sprach langsamer und senkte den Kopf auf die Brust. Laplace kam näher, berührte ihn mit den Händen, zwang ihn, ihm in die Augen zu blicken und bat ihn fortzufahren.

»Als die Wärter verschwunden waren, wollte ich gehen, ich wollte nicht enden wie ...«

»Enden wie wer?«

»Wie die Maus.«

»Und dann?«

»Dann ... Ich komme auf den Platz. Dort sind Revolutionäre, vierzig, fünfzig. Ich verstecke mich hinter einem Baum, ich will abhauen, ich denke nach, und dann höre ich einen schreien: ›Erbarmen!‹ Ich gucke und sehe drei, die einen Typen herbeischleifen, ihn an eine Ulme lehnen und ein anderer Sansculotte ...«

»Was macht der?«

»Der macht *Zack*! Mit einem Knüppel, er zertrümmert ihm den Schädel und es fließt viel Blut. Und danach sofort ein anderer, *Zack*!, und noch einer, und ...«

Die Stimme des Bauern erlischt, aber Laplace greift nicht ein. Der Krug hatte jetzt einen Sprung, und die Erinnerungen flossen aus ihm heraus.

Malaprez leckte sich die Lippen, bat um ein Glas Wasser und redete weiter.

»Ich wollte loszurennen, ich konnte ja nicht die ganze Nacht da bleiben und mich morgens von den Wärtern einfangen lassen. Also lauf ich los, aber die anderen ... sie sehen mich und zeigen auf mich, zuerst fällt einer über mich her, aber ich schüttle ihn ab, dann noch zwei, dann fünf, dann sechs. Sie halten mich am Boden fest und sagen ›Still! Sei still!‹ Ich schreie. Ich schreie und kann nicht aufhören, wie damals auf dem Platz der Revolution. Die fragen sich, wer ich bin, ich kann sie hören: ›Wer soll das schon sein, das ist ein Durchgedrehter aus Saint-Prix, wer weiß, wie lange der schon da stand und geguckt hat!‹, ›Und wenn schon, auch wenn er geglotzt hat! Wir müssen uns doch nicht schämen, wir üben hier die revolutionäre Gerichtsbarkeit aus‹, ›Schon gut, aber es ist trotzdem wichtig, dass er nicht redet‹. Und dann *Zack!* Ich kriege einen Schlag auf den Kopf, aber nicht so fest, dass er bricht, vielleicht ist meine Rübe härter als die der anderen armen Schweine ... Ich schlafe ein und Schluss. Und als ich wieder wach werde, schreie ich nicht mehr. Ich spreche nicht mehr. Ich bin stumm.«

Auszug aus der

SITZUNG DES JAKOBINERKLUBS

vom 26. Mai 1793

Rede von Maximilien Robespierre

Der augenblickliche Triumph der Aristokratie sollte keine größeren Befürchtungen auslösen als der Erfolg von Intriganten in gewissen korrupten Sektionen. Der Faubourg Saint-Antoine wird die Sektion Mail zerquetschen, wie die Sansculotten von Bordeaux die Aristokraten zerquetschen werden. Ihr müsst euch gegen die Betrügereien des Brissotismus wappnen. Die Anhänger Brissots sind durchtrieben, aber das Volk von Paris ist schlauer als sie. Ich habe euch gesagt, dass das Volk auf seine eigene Kraft bauen muss, aber wird das Volk unterdrückt, ist der ein Feigling, der es nicht dazu aufruft, sich zu erheben. Dieser Augenblick ist jetzt gekommen. Unsere Feinde unterdrücken die Patrioten, und im Namen des Gesetzes wollen sie das Volk in Elend und Sklaverei zurückstoßen. Ich werde niemals ein Freund dieser korrupten Männer sein, was immer sie mir auch bieten mögen. Ich ziehe es vor, mit den Republikanern zu sterben als mit den Frevlern zu triumphieren. [*Applaus*] Ich fordere das Volk auf, sich im Schoß des Konvents gegen die korrupten Deputierten zu erheben, und ich erkläre, dass ich mich im Konvent, allein, gegen den Präsidenten und die Deputierten erheben werde. [*Applaus*] Ich fordere die Deputierten der Montagne auf, vereint gegen die Aristokratie zu stehen, es gibt für sie keine Alternative. Entweder sie leisten mit aller Kraft Widerstand gegen die Intrigen oder sie treten zurück. Ich erkläre, dass ich die Verräter selbst bestrafen werde, und ich verspreche, jeden Verschwörer als Feind zu betrachten und ihn als solchen zu behandeln.

[*Applaus. Die ganze Gesellschaft erhebt sich und erklärt, gemeinsam gegen die korrupten Deputierten vorgehen zu wollen.*]

NEUNTE SZENE

Die Kanone schießt

31. Mai – 2. Juni 1793

1.

Man kann sehr gut auf einem Pferdewagen oder in einem Heuschober schlafen, aber unter einer Brücke schlafen ist etwas völlig anderes; die Pariser nennen sie einfach Pont Neuf. Schlafen konnte man das nicht nennen, zermürbt von Müdigkeit, dämmerte man immer mal wieder für kurze Zeit weg, und mit einem Loch im Bauch, den Léo trotz aller Widrigkeiten an mehr oder weniger regelmäßige Mahlzeiten gewöhnt hatte, wachte man dann wieder auf.

Alles, was er nicht unbedingt benötigte, hatte er verkauft, sogar seine beiden besten Kleidungsstücke; das eine hatte er sich in Bologna machen lassen, das andere hatte er in Frankreich mit dem ersten Geld vom Theater gekauft. Geld! Geld hatte er gehabt.

Jetzt hatte er den Pont Neuf. Unter ihm befand sich seine prekäre und nicht ungefährliche nächtliche Behausung. Oben und in den umliegenden Straßen war sein Arbeitsplatz; ein Seiltänzer ohne Seil, auf dem er hätte tanzen können, und der nichts, weder einen Potenz fördernden Wundertrank noch ein Haarwuchsmittel, zu verkaufen hatte. Dem Schauspieler blühte ein Scheißleben. Selbstverständlich war er gut, aber in erster Linie war er müde, und nach einiger Zeit überzeugten seine Witze nicht mehr. Außerdem musste er alles allein machen, aber für diese anstrengende Arbeit gaben die Pariser nur Almosen, die dazu auch noch recht dürftig ausfielen. Die Pariser interessierten sich jetzt für andere Dinge, sie hatten Geschmack an einem größeren Theater gefunden, und damit hatte Léo nur ganz am Rande zu tun.

Er besaß noch ein paar Reste seiner Bühnengarderobe, halb Scapino, halb Scaramouche; ein geflicktes weißes Hemd und eine Maske mit großer Nase, außerdem noch einen Beutel, ein paar Kerzen und einen Band der Erinnerungen seines Meisters Goldoni.

Auch die Schuhe hatte er gegen wenig Geld und ein paar Holzschuhe getauscht. Leonida Modonesi hatte sich inzwischen an das Geräusch gewöhnt, das sie auf dem Pflaster machten, und in letzter Zeit war ihm aufgefallen, dass er mit diesem rustikalen Schuhwerk Schlurfgeräusche machte; ein Zeichen, dass er kurzatmig und langsam geworden war.

Nur einer der ambulanten Händler auf der Brücke war ihm sympathisch, vielleicht weil auch er aus Italien kam. Aus Bergamo, wie Harlekin. Rota war ein kleiner Mann mit einem zu kurzen Bein, der jeden Morgen mit seinem Karren voller Bücher und Almanache auf die Brücke humpelte. In Paris nannten sie ihn den *Bouquiniste,* und gleich am ersten Tag hatte Léo ihm gesagt, dass das Wort *bouquin, buchén* in Bologna nicht Buch bedeutet, sondern eine spezielle, sehr geschätzte Tätigkeit bezeichnet, die eine gewisse Art von Dienstmädchen mit dem Mund ausführen ... »Schau mich an! Würde ich statt Bücher so etwas verkaufen, würde ich keinen Sou verdienen!«, hatte Rota herzhaft lachend gesagt und ihm erzählt, wie gesagte Tätigkeit im Bergamaskischen hieß: *fà öna ciciàda.*

Am ersten Tag auf dem Pont Neuf war Léo noch zu Scherzen aufgelegt gewesen, aber das hatte sich schnell gelegt, und unten, unter der Brücke, waren in mondlosen Nächten traurige Gedanken des Selbstmitleids die einzig möglichen gewesen.

Er schloss das Buch der Erinnerungen und schickte sich an, den Kerzenstummel zu löschen, dessen Lichtschein ein Stück Mauer erleuchtete. Dort stand: »...épublique« und »Vive la Trance«. Lèo blickte genauer hin, und wäre er nicht so müde gewesen, wäre er aufgestanden, um die Schrift aus der Nähe zu untersuchen. Es hieß anscheinend tatsächlich »Vive la Trance«. Léo kam zu der Überzeugung, dass es sich um eine optische Täuschung handeln musste, hervorgerufen durch die flirrende Spiegelung des Laternenlichts auf dem Wasser; dazu kamen seine müden Augen und sein geplagtes Hirn. Er war überzeugt, dass es »Vive la France« heißen sollte, auch wenn ein letzter Blick auf die Mauer ihm das Gegenteil sagte. Er löschte die Kerze. Es war kalt.

Die Laterna magica seines Geistes projizierte Fetzen der Erinnerung. Ereignisse der letzten vierundzwanzig Stunden und solche, die bereits ein Jahr zurücklagen, Zeichen im Leben der Menschen, die ihre Bedeutung erst im Laufe der Zeit erhalten, Wörter, die man niemals hatte hören oder sagen wollen.

Die Seine klatschte gegen das Ufer, Feuchtigkeit kroch ihm in die Glieder, und plötzlich fragte er sich, was wohl das Wort *Trance* bedeutete. Es kam ihm bekannt vor, aber er war sich nicht sicher, ob er es schon einmal gehört hatte. Vielleicht gab es das Wort gar nicht. Vielleicht war nur der Buchstabe falsch, ein Stück Kohle war aus der Hand gefallen und in die Seine gerollt, ein Stück Mauer am zweiten Querstrich, dem kleineren des F war abgebröckelt.

Trance. Es musste ein Wort sein. Er kannte die Bedeutung nicht, aber der Klang erinnerte an Tanz, an eine Gigue oder einen Springtanz, an einen der Tänze, die sie in den Bergen hinter Bologna tanzten, an einen Gemeinschaftstanz, bei dem sich Männer und Frauen in Reihen gegenüberstanden; die Musik für einen solchen Tanz wurde von Trompeten, Trommeln und Geigen erzeugt.

Léo wartete auf die kurze Erstarrung, die seinen Schlaf ausmachte und ihn das doppelte Gefängnis vergessen ließ; tagsüber waren es die Straßen der Stadt und seine armseligen Lebensumstände, nachts seine Gehirnwindungen, die Erinnerungen und Gefühle dumpfer Verzweiflung, die sich mit sinnloser Euphorie abwechselten, und auf einer rein materiellen Ebene bestand es aus Feuchtigkeit und dem Gestank, den der Fluss und das Bauwerk des den Himmel verdeckenden Pont Neuf verströmten. Das Leben schien ihm ein gewaltiges, unerbittlich ablaufendes mechanisches Uhrwerk, Stück für Stück im Laufe der Jahre von ihm selbst zusammengesetzt, und der Mechanismus diente anscheinend nur dem Zweck, ihn in einem Sarg aus Gesten der Vergangenheit einzuschließen.

Eine riesige Ratte stieg aus dem Wasser, kam den Uferstreifen herauf und schnupperte mit vorgestreckter Nase an den Nachtstunden.

Léo bewaffnete sich mit einem Holzschuh, um sich dem Überraschungsgast zu stellen. Die Ratte, die fast so groß war wie ein kleiner Hund oder ein Stachelschwein, stieß einen Pfiff aus, der sich wie ein Ruf oder eine Warnung anhörte, und entfernte sich dann ohne große Eile, bis sich ihre Wasserspuren im Dunkel verloren.

Wieder versuchte Léo zu schlafen, aber jetzt zwickte ihn unter der rauen Militärdecke ein Mangel, der fast ebenso elementar war wie Hunger. Aber in seinem gegenwärtigen

Zustand konnte er natürlich nicht darauf hoffen, die Blicke einer Frau auf sich zu lenken. Frauen, das war es, was ihm fehlte. Eine Frau, brav oder nicht, Hauptsache sie verdiente Geld. Er hatte immer geglaubt, im schlimmsten Fall würde eine Witwe oder eine Wirtin auftauchen, die ihn umwarb und begehrte, immerhin war er kein zu verachtender Mann. Würde eine Horde ausgelassener Weiber ihn zerfleischen, sich erregt und lüstern an seinem Fleisch gütlich tun und sich an seinem Blut befriedigen, schien ihm das in diesem Augenblick ein annehmbares Ende zu sein.

Frauen. Der Karneval, der Frankreich heimsuchte, hatte sie verändert. Sie liefen in Horden herum wie sonst nur die Jugend, häufig ohne jede Rücksicht auf Anstand und Konventionen. Sie machten Politik, und das faszinierte Léo. In seinem Herzen war er überzeugt, dass im wahren Leben und in der Kunst Anstand und Konventionen keine Bedeutung hatten.

Egal, es fehlte eine Frau. Nicht nur hätte sie die Hand ersetzen können, die sich in Richtung Leiste bewegte, sie fehlte auch als Stütze, Unterschlupf, Gesellschaft. Daran dachte Léo, und weil er den Schlaf durch zusätzliche Erschöpfung fördern wollte, packte er sein Glied unter dem Theaterkostüm, den Hosen Scapinos, und wünschte sich, es möge bald eine Witwe erscheinen und ihn aus einer Existenz erlösen, die zu nah am Tod angesiedelt war.

Der Halbschlaf zog sich hin, zwischen blitzschnell auftauchenden und wieder verblassenden vagen Bildern, Gedankengängen und unverständlichen Assoziationen, aber endlich schlief er ein.

Nach kurzer Zeit nahm er ganz entfernt auf dem Grund seines Bewusstseins einen Klang wahr, der ständig konkreter wurde.

Glocken.

Sturmglocken. War Feuer ausgebrochen?

Léo öffnete die Augen, es war noch dunkel. Er fluchte auf Italienisch, obszön und blasphemisch.

Glocken. Glockenschläge mit dem Hammer. Es dauerte lange, bis sie wieder verstummten. Hunde bellten. Das Gekläff flog von einem Ufer zum anderen.

Léo hörte entferntes Geschrei, er war noch müde, aber wach und klar. Es mochten noch zwei Stunden bis zum Sonnenaufgang sein. Kurz darauf schlug die Uhr vier.

Eine Stunde später das erste Licht.

Léo machte sich fertig für den Auftritt auf der Bühne, auf dem Pont Neuf, in der Hoffnung, die Zeit bis zum Abend ohne größere Probleme zu verbringen und wenigstens ein Mal zu essen. Die Bühnenausstattung war einfach, eine umgedrehte Mütze und ein Schild, das die Republik pries. Als er die Treppen hinaufstieg, sah er, dass auf der Mauer tatsächlich »Vive la Trance« stand, was immer es auch bedeuten mochte.

Das Treppensteigen war anstrengend, aber dann war er oben und schnupperte an der Luft wie die Ratte, die vor ein paar Stunden aus der Seine gekommen war.

Rota war noch nicht da und auch kein anderer der ambulanten Händler, mit denen sie den prekären Arbeitsort teilten. Es musste noch sehr früh sein, aber die Minuten verflossen, und langsam wurde Léo misstrauisch, als niemand kam und irgendetwas aufbaute; nicht mal der aus Savoyen, der Spazierstöcke und Regenschirme verkaufte und immer der Erste war.

Der Lärm kam näher, Léo sah kleine Gruppen, die im Laufschritt der anderen Seite der Brücke zueilten, die einzelnen Gruppen vereinten sich nach und nach zu einer größer werdenden Menge.

Jetzt waren sie gut zu sehen. Es waren in der Mehrzahl Männer, aber es waren auch Frauen darunter. Sie sangen, riefen Parolen, und sie trugen Lanzen und Gewehre. Léo ging auf die Menge zu, immer schneller, als werde er von einem Magneten angezogen, als habe die in der Luft liegende Erregung auch ihn ergriffen, bis er sich plötzlich inmitten der Menge wiederfand. Die Menschen verließen die Brücke auf der anderen Seite und strömten in den Park der Artillerie. »An die Kanone, zur Kanone, zur Kanone!«, hörte er einzelne Rufe. Die Kanone? Léo dachte an ein feindliches Heer, das vielleicht aufgehalten werden musste.

Die Menge hatte jetzt den ganzen Festungsplatz besetzt, und Léo arbeitete sich mit den Ellenbogen bis an die Kanone heran, an der die Anführer des bewaffneten Volkes standen. Endlich geschah etwas, und er war mitten drin, nicht wie an dem Tag, als sie dem König den Kopf abgesägt hatten. Und egal was es war, Hauptsache es brachte ihn weg von den Ratten unter dem Pont Neuf.

Die Menschen unterhielten sich angeregt, und zunächst verstand Léo nicht genau, was sie sagten. Es handelte sich anscheinend um eine Alarmkanone, die abgeschossen werden musste, weil die Republik in Gefahr war. Es kam keine feindliche Armee, es ging um die altbekannten »Feinde im Innern«. Léo versuchte, noch näher heranzukommen, und warf sich wie ein echter Patriot in die Brust. Da die Menge jetzt ruhig war, verstand er, was sie redeten. Sie wollten die Kanone abschießen und wedelten mit einem Schreiben, mit einem außerordentlichen Befehl unter der Nase des Offiziers herum. Der Offizier zuckte mit den Schultern und sagte, der Befehl sei ungültig, man brauche eine Vollmacht des Konvents, unterzeichnet und datiert. Wer ohne eine solche Vollmacht die Kanone abfeuere, werde zum Tode verurteilt. Wenn jemand Lust hatte, seinen Kopf zu riskieren, bitte schön!, dann solle er schießen, aber die anderen seien Zeugen, dass er, der Offizier, es verboten hätte.

Léo spürte das Unbehagen und die Wut der Menge. Direkt vor ihm berieten sich die Anführer über das weitere Vorgehen. Sie beschlossen, sofort einen Delegierten zum Konvent zu schicken und sich den erforderlichen Befehl unterzeichnen zu lassen. Sie wählten zwei aus, die sie für vorzeigbar hielten, und während die sich auf den Weg machten, begannen die Wartenden zu diskutieren und stellten fest, das alles dauere viel zu lange, das sei völlig sinnlos, man müsse unverzüglich handeln; der Offizier solle sie schießen lassen und sich raushalten. Aber der blieb dabei: Ich werde die Lunte nicht anzünden, ich hänge an meinem Kopf.

Die Mutigsten waren gleichzeitig die Weitschweifigsten, stellte Léo fest. Abgesehen von den Gesten und den düsteren, von Leidenschaft gezeichneten Gesichtern waren diese Leute einfach zu unentschlossen. Während er nachdachte, begleitete er seine Überlegungen ohne es zu merken laut in heimatlicher Mundart. Der Offizier sagte gerade: Befehl? Bringt mir einen gültigen, unterzeichneten Befehl, dann werde ich schießen. Wenn nicht, müsst ihr es selbst tun, und dabei zeigte er auf seinen Hals.

Léo fühlte sich herausgefordert. Seine eigene Vorstellung, *la matinée,* fiel aus, die Nervensägen taten nichts, und die Kanone schoss nicht.

»Sta' mò bono c'ai pans me, brott dio d'un boia. Vût vadder?« (Bleib ruhig, lass mich das mal machen, ich zeig's dir!).

Er machte einen Schritt nach vorn und dann noch einen und stand jetzt vor dem Offizier.

»Càvet bän d'in m'z ai marón!« (Verpiss dich), und dann schob er ihn beiseite. »Wichser!«, apostrophierte er sie alle zusammen. Die Leute begafften das Kostüm und die Maske, die an seinem Hals hing. Léo machte einem der Finsterlinge in der Menge ein Zeichen, und der reichte ihm wie auf Befehl einen Anzünder, und dann hantierte er mit dem Anzünder, und es wurde mucksmäuschenstill. Schließlich legte er Feuer an die Zündschnur.

»Acsè! (Sie brennt!).«

2.

Treignac hörte den Schuss der Alarmkanone und wusste sofort, dass alle Aufrufe zu Ruhe und Ordnung jetzt sinnlos waren. Die Glocken der Kirche der Findelkinder im Faubourg Saint-Antoine hatten als erste geläutet, und die Sansculotten des Viertels waren mit der Waffe in der Hand aus den Häusern gestürmt, während man sich in dem Teil des Viertel, in dem die besser Gestellten lebten, noch über die Lärmbelästigung beschwerte, denn wie man weiß, sind die Menschen nicht mal im Schlaf gleich. Die einen besitzen haufenweise Kerzen, diskutieren und feiern bis spät in die Nacht, während die, die sparen müssen, kurz nach Sonnenuntergang ins Bett gehen und noch vor Sonnenaufgang wieder aufwachen, sich ein Stückchen Brot zwischen die Zähne schieben, sich den Mund ausspülen, sich noch mal zwei Stunden hinlegen, wenn sie können, andernfalls gehen sie zur Arbeit.

Deshalb standen, als Treignac den Schuss der Alarmkanone hörte, viele Bürger von Saint-Antoine bereits seit drei Stunden vor dem Haus des Sektionshauptmanns, ohne den wahren Grund zu kennen, warum man sie gerufen hatte. Oder besser gesagt: alle kannten den Grund, denn am Tag vorher hatte sich die Nachricht aus Lyon verbreitet, dass die Anhänger Brissots dort die wahren Revolutionäre aus dem Rathaus gejagt hatten, und man befürchtete, dass sie dasselbe auch in Paris versuchen würden. Aber niemand wusste, was man jetzt tun sollte, ob man hier bleiben und die Sektion verteidigen, ob man zu den Befestigungsmauern gehen sollte, um die Stadt zu schützen, oder direkt zum Konvent und den Anhängern Brissots den Hals umdrehen.

Treignac versuchte gerade, etwas Ordnung in das Durcheinander zu bringen, als ihn jemand an der Jacke zog. Bastien war ganz außer Atem.

»Am Col des Moulins haben sie sich die weißen Kokarden des Königs angesteckt und sich mit zwei Kanonen im Palais Égalité verschanzt.«

»Wer hat das gesehen?«

»Das wird überall erzählt.«

Treignac fluchte und bahnte sich einen Weg durch die Menge. Die Sektion Col des Moulins gehörte zum Machtbereich Brissots, und der eine oder andere forderte bereits eine Strafexpedition, »um ihnen ihre hübschen Kokarden in den Arsch zu stecken«.

Treignac ging zu Hauptmann Soyer.

»Wer hat die Nachricht überbracht?«, fragte er.

Soyer zuckte mit den Schultern, als wollte er sagen, dass das angesichts des ganzen Durcheinanders unwichtig sei.

»Der Palais Égalité liegt ganz in der Nähe der Tuilerien. Wenn die vom Col den Konvent angreifen wollen, muss man sie sofort aufhalten«, sagte er.

Treignac trippelte nervös.

»Verdammt«, sagte er halblaut, während um ihn herum die Aufregung zunahm.

Soyer zog ohne weitere Zeit zu verlieren sein Schwert aus der Scheide und reckte es zum Himmel empor.

»Bürger von Saint-Antoine«, rief er, »wir wollen uns die weißen Kokarden mal aus der Nähe anschauen!«

Eine halbe Stunde später stand Treignac vor der riesigen Fassade des Palastes, der die Residenz Philipps von Orléans gewesen war. Er nannte sich jetzt Philippe Egalité, um sich das Wohlverhalten der Revolution zu erkaufen und seinen Hals zu retten.

Aus jedem Fenster ragte eine Waffe.

Hauptmann Soyer befahl, die Kanonen aufzustellen, und schrie dann aus vollem Hals in Richtung der Belagerten:

»Die tapferen Patrioten von Saint-Antoine befehlen euch, die Waffen niederzulegen! Gebt auf oder wir eröffnen das Feuer und begraben euch da drin!«

In einer Dachluke tauchte ein Kopf auf.

»Hier ergibt sich niemand! Haut wieder ab!«, rief er, bevor er wie eine Maus wieder in seinem Loch verschwand.

Soyer warf sich in die Brust. Er wusste, dass seine Leute ihn beobachteten.

»Wenn ihr euch bis zur vollen Stunde nicht ergeben habt, eröffnen wir das Feuer!«

Es machte auf alle großen Eindruck, dass die Kanonen auf die Restaurants, die modischen Cafés, die Geschäfte der Goldschmiede, die Spielsalons und die Bordelle gerichtet waren, die sich hinter dieser Fassade verbargen. Für die Geldsäcke war es der Mittelpunkt der französischen Hauptstadt und die Besucher konnten es sich leisten, Geld für Nippes, Glücksspiel und Dirnen auszugeben.

Die Zeit verrann. Treignac rief nach Bastien.

»Hör zu! Kannst du schnell laufen?«

Der Junge nickte.

Treignac drückte seinen Arm, als müsse er ihm größere Entschlossenheit einflößen.

»Dann lauf zur Rue Sainte-Anne. Frag nach dem Haus des Bürgers Cordonniers. Der kennt mich, wir haben zusammen gedient. Sag ihm, dass ich dich schicke und dass er sofort kommen soll, dass es sehr wichtig ist. Hast du mich verstanden?«

»Ja, Treignac.«

Der Polizist gab ihm einen Schubs: »Lauf los!«

Bastien rannte los wie der Blitz.

Soyer trat zu Treignac.

»Was habt Ihr vor?«

»Ich kenne einen Montagnard aus dieser Sektion. Der ist in Ordnung. Er muss mir erklären, was das hier alles soll.«

Soyer zeigte auf die Fassade des Gebäudes.

»Das ist doch ziemlich klar! Die Anhänger Brissots sind bewaffnet und bedrohen den Konvent und die Republik, in Lyon haben sie dasselbe gemacht.«

Treignac antwortete nicht. Er hoffte, Bastien würde zurück sein, bevor jemandem der Geduldsfaden riss.

Soyer fragte die anderen nach der genauen Uhrzeit und kam dann mit geschwellter Brust zurück.

»Beim Glockenschlag gebe ich den Feuerbefehl.«

Treignac blickte sich um in der Hoffnung, Bastien zu sehen, dann starrte er wieder auf den Palast. Ein lauter trockener Knall hallte über den Platz, ein Schuss. Treignac sah, wie von einem der Fenster Rauch aufstieg.

Er hatte keine Zeit zu überlegen, ob der Schuss sich zufällig gelöst hatte oder ob es eine Provokation war, denn das Durcheinander war groß. Soyer brüllte Befehle und ließ die Kanonen laden. Wer ein Gewehr hatte, legte es an, man sah Schleudern und sogar eine Armbrust.

Jemand zog an Treignacs Jacke. Bastien war zurück, schweißgebadet und atemlos. Treignac packte seine Schultern.

»Was ist? War er zu Hause?«

Der Junge schüttelte den Kopf und schnappte nach Luft.

Treignac blickte zum Himmel und rief ein paar Heilige an.

»Hast du herausgefunden, wo er ist?«, fragte er ohne große Hoffnung.

»Ja«, sagte Bastien.

Treignac sah, wie der Junge seinen dünnen Arm hob und mit dem Zeigefinger nach vorne zeigte.

»Verdammte Scheiße!«, fluchte Treignac. Er rannte vor die Reihen und schob mit der Hand die Gewehrläufe nach oben. »Halt!«, er stellte sich vor die Mündungen der Kanonen. »Halt! Nicht schießen!«

Soyer, der sich schon darauf gefreut hatte, endlich den Befehl zu geben, baute sich ganz rot im Gesicht vor ihm auf.

»Weg da, Treignac! Ich werde nicht warten, bis die Freunde Brissots und der Gironde auf uns schießen.«

»Sie haben nicht auf euch geschossen, Trottel! Es war nur ein einziger Schuss, es war offensichtlich ein Versehen.«

Die Menge knurrte den Polizisten an, und Soyer musste sie mit gezogenem Säbel zum Schweigen bringen. Als es ruhiger wurde, wandte er sich wieder an Treignac.

»Was wollt Ihr tun?«

»Ich werde hineingehen.«

Stimmengewirr erhob sich.

»Allein?«

Treignac blickte Bastien an.

»Ich nehme den Jungen mit. Niemand wird auf ihn schießen.«

Jemand aus den hinteren Reihen sagte, darauf würde er sich nicht verlassen, aber alle spürten, dass die Initiative Treignacs Respekt verdiente. Soyer nahm die Stimmung auf wie ein Hund die Witterung.

»Also gut, gebt ihm eine weiße Fahne.«

Sie banden ein weißes Taschentuch an einen Stock und reichten ihn Treignac.

»Wenn Ihr in zehn Minuten nicht zurück seid, werde ich das Feuer eröffnen lassen, und davon wird mich niemand abhalten«, verabschiedete ihn Soyer.

Treignac schien ihn nicht zu hören. Er machte sich mit Bastien auf den Weg und überquerte den Platz bis an das Tor des großen Gebäudes.

Um die beiden einsamen Figuren hatte sich absolute Stille ausgebreitet, sie konnten die eigenen Schritte auf dem Pflaster hören.

»Wenn deine Mutter das rauskriegt, schneidet sie mir die Nase ab«, sagte Treignac.

»Wir sagen es ihr erst gar nicht«, antwortete der Junge mit halb erstickter Stimme.

Treignac legte einen Finger auf den Mund.

»Niemals.«

Bastien atmete erleichtert auf.

Sie gingen noch ein Stück weiter und konnten jetzt die bewaffneten Personen, die sie am Eingang unter den Arkaden erwarteten, genau unterscheiden.

»Hast du Angst?«, fragte Treignac.

Bastien nickte.

»Ich auch. Wenn nicht, wären wir zwei ahnungslose Affen. Bleib ganz dicht bei mir.«

Als sie bei den bewaffneten Männern ankamen, wies Treignac sich aus und bat darum, mit dem Bürger Cordonniers zu sprechen.

»Cordonniers? Und warum?«, schnauzte ihn einer der Männer an.

»Weil ich ihn kenne und ihn fragen will, was hier los ist.«

Er übergab dem Typen die weiße Fahne und forderte ihn auf, den Weg freizugeben. Der andere blickte ihn befremdet an, beriet sich mit seinen Kameraden, und dann beschlossen sie, die beiden durchzulassen.

Treignac und Bastien betraten eskortiert den Innenhof. Die Geschäfte unter den Kolonnaden waren geschlossen. Vor einer breiten Treppe befand sich ein weiterer Wachposten. Drei bewaffnete Sansculotten umstanden einen Typen in schwarzer Kleidung mit Totenkopfgesicht und machten sich über ihn lustig.

Treignac sah, dass ihm die Nase fehlte, und merkte, wie Bastien an seiner Seite erstarrte.

»Lasst mich gehen, ich habe nichts getan«, protestierte das Totenkopfgesicht, »ich bin nur der Hausmeister.«

»Scheiße auch! Du bleibst hier, wir behalten dich im Auge, dir ist nicht zu trauen.«

Die Gruppe bemerkte die Neuankömmlinge.

»Wo kommen die denn her?«

»Das ist der Oberbulle von Saint-Antoine, er gehört zu denen, die draußen stehen. Er sucht Cordonniers. Er hat das hier mitgebracht.«

Die weiße Fahne ging von Hand zu Hand, und die Wachen betrachteten sie, als handle es sich um ein ganz außergewöhnliches Exemplar.

»Ich würde sagen, es fehlen zwei Farben«, witzelte einer.

Die anderen hoben die Schultern und beachteten Treignac nicht weiter.

»Cordonniers ist oben.«

Als man Treignac und Bastien die Treppe hinaufführte, blickte ihnen der Totenkopf hinterher.

Sie betraten einen großen Spielsaal mit Kronleuchtern, Spieltischen, Diwanen und Stühlen für Zuschauer, es fehlten nur die Glücksspieler. Der Raum war voller Menschen, die Gewehre luden, Fässchen mit Schießpulver hereinrollten und Möbel vor die Fenster rückten.

Treignac schaute sich nach dem von ihm Gesuchten um und entdeckte ihn neben der Tür. Er redete gerade auf einen Jungen ein, der mit einer Waffe herumhantierte, die größer war als er selbst.

»Cordonniers!«

»Treignac?« Der Mann, ein hagerer Typ mit kleinem Zopf, der unter einer phrygischen Mütze in der Farbe der Trikolore hervorlugte, riss die Augen auf. »Was um alles in der Welt machst du hier?«

»Dasselbe wollte ich dich fragen. Draußen steht die Hälfte der Einwohner von Saint-Antoine, sie wollen euch mit Kanonen beschießen.«

Der Mann verzog das Gesicht zu einer ungläubigen Grimasse.

»Ihr seid aus Saint-Antoine! Und warum greift ihr uns an?«

»Sag du es mir, Cordonniers. Es wird behauptet, ihr hättet euch die weißen Kokarden des Königs angesteckt.«

Der Mann brach in Gelächter aus.

»Willst du mich auf den Arm nehmen, Treignac?«

Treignac nahm seinen Dreispitz ab und kratzte sich am Kopf.

Cordonniers schien zum ersten Mal Bastien zu bemerken.

»Wer ist das? Dein Sohn?«

Treignac berührte Bastien an der Schulter.

»Nein. Das ist mein Gehilfe.«

Bastien platzte fast vor Stolz.

»Kein Freund der Girondisten hier drin?«

Der andere nahm ihn zur Seite und redete leiser.

»Ich kann nicht behaupten, dass keiner hier ist. Aber wir behalten sie im Auge. Und solange wir Montagnards da sind, steckt sich niemand die weiße Kokarde an.«

»Ja, aber ...«, begann Treignac und brach sofort wieder ab.

»Heute Morgen, als die Glocke läutete, haben wir die Nachricht erhalten, dass unsere Sektion angegriffen werden soll. Deshalb haben wir uns ein paar Schießprügel besorgt und uns hier verbarrikadiert. Damit man uns nicht mit runtergelassenen Hosen findet.«

»Und dann?«

»Dann seid ihr gekommen und wir haben natürlich gedacht, dass die Gerüchte über den Angriff stimmen.«

Die beiden Männer blickten sich lange an, als müsse sich jeder erst sicher sein, die Tragweite des Missverständnisses begriffen zu haben.

»Ein Gerücht bestätigt das andere, vielleicht werden sie absichtlich verbreitet.«

»Was meinst du damit?«, fragte Cordonniers.

»Dass wir uns gerade fast gegenseitig erschossen hätten. Gib mir bitte deine Mütze!«

Der Freund reichte sie ihm. Treignac ließ sich von Bastien eine der Lanzen reichen, die an den Wänden lehnten und stülpte die phrygische Mütze mit der Kokarde auf die Lanzenspitze. Dann verschaffte er sich Platz und schritt zum Fenster, hielt die Lanze hinaus und schwenkte sie, damit sie draußen jeder sehen konnte.

»Es lebe der Konvent!«, rief er.

Cordonniers stimmte sofort ein, gefolgt von den Anwesenden.

»Es lebe Frankreich!«

»Es lebe die Republik!«

»Es lebe Robespierre!«

Draußen wurde mit derselben Inbrunst und anhaltendem Applaus geantwortet.

Die Menge aus Saint-Antoine strömte durch Tore und Türen in die Flure und inspizierte Räume voller Waffen, in denen Bürger mit Kokarden in den Farben der Trikolore patriotische Lieder sangen.

Treignac erklärte das Missverständnis zum zweiten Mal, ganz von vorne und in aller Ruhe, dann begleitete er diejenigen, die Tore und Türen geöffnet hatten, nach unten, um den Bürgern von Col des Moulins und von Saint-Antoine die Möglichkeit zu einer warmen, brüderlichen, revolutionären Umarmung zu geben.

Ein paar verwandelten sie in einen Tanz und manch einer ergänzte sie um ein Glas Wein, bis Cordonniers einen Blutsturz erlitt, zu Boden fiel und der Arzt sofort zum Aderlass schreiten musste, um zu verhindern, dass die Zuneigung der Sansculotten von Saint-Antoine mehr Schaden anrichtete als ihre Kanonen.

Inmitten des festlichen Durcheinanders ergriff Treignac eine Flasche Wein und bot Bastien ein halbes Glas an. Dann schenkte er sich selbst ein Glas ein.

»Trink! Du warst eine große Hilfe heute. Wir trinken auf deinen Mut.«

Der Junge führte das Glas zum Mund und zwang sich zu trinken. Treignac lächelte ihn an.

»Deine Mutter darf das niemals erfahren!«

Bastien legte einen Finger auf seine geschlossenen Lippen.

3.

Orphée d'Amblanc bog in die Rue du Carrousel ein. Hinter einer Barrikade drängten sich Gruppen aus den unteren Schichten, vor allem Frauen mit Stöcken, Lanzen und Beilen; hin und wieder sah man ein Gewehr und sogar Spieße und Mistgabeln.

Aller Aufmerksamkeit war auf das Ende der Straße gerichtet, wo sie sich verbreiterte und die Tuilerien zu erkennen waren. Niemand beachtete ihn, als er die Straße überquerte. Er stieß gegen Menschen, aber niemand blieb stehen und wartete auf eine Entschuldigung.

Am Eingang des Hôtel de Brionne richtete er seine Krawatte, holte tief Luft und zeigte den beiden Wachen seinen Bürgerausweis.

»Ich muss zu Polizeioffizier Chauvelin.«

»Heute ist kein Einlass, Bürger«, sagte einer der beiden lustlos.

D'Amblanc ließ sich nicht entmutigen, er hatte die Antwort erwartet und sagte: »Ich bin sein Arzt, wir haben für heute eine Visite vereinbart.«

Der Wachmann warf seinem Kollegen einen Blick zu, als wolle er die Verantwortung nicht allein übernehmen, aber der zuckte nur mit den Schultern.

Der Erste wies mit dem Kopf in Richtung Straßenende.

»Heute nicht, Bürger!«

»Ich versichere Euch, heute ist genau der richtige Tag, und wenn Ihr den Weg nicht freigebt, werde ich Euch für die Attacken von Kephalalgie des Beamten Chauvelin verantwortlich machen«, erwiderte D'Amblanc.

Der Mann blickte ihn erschrocken an.

»Kephalalgie? Sind das Kopfschmerzen ...?«

Sein beunruhigter Gesichtsausdruck ließ vermuten, dass mit Chauvelin nicht zu spaßen war, wenn er Kopfschmerzen hatte.

»Ihr behandelt seine Kopfschmerzen?«, wollte die Wache wissen.

»Genauso ist es«, bestätigte D'Amblanc.

Die Wache warf vorsichtige Blicke in alle Richtungen, um sicher zu gehen, dass es keine Zeugen gab, und ließ ihn dann passieren.

Die Nischen im großen Treppenaufgang waren leer, die Statuen waren entfernt worden, weil es sich um berühmte Aristokraten oder Kirchenmänner gehandelt hatte, die Möbel des Palastes stammten noch aus dem Nachlass des Grafen von Armagnac, Charny und Brionne, der sich als Intimus des Königs entschlossen hatte, in Gegenden zu emigrieren, die seiner Gesundheit weniger abträglich waren. Die Entscheidung war ihm umso leichter gefallen, als man seine Pariser Wohnstatt als Sitz des Sicherheitsausschusses beschlagnahmt hatte.

D'Amblanc betrat einen großen Raum, in dessen Zentrum ein imposanter Schreibtisch mit Löwenfüßen stand. Aber niemand saß dort, und für einen kurzen Augenblick glaubte er, der Raum sei leer. Dann bemerkte er den Mann, der am Fenster stand. Chauvelin wandte sich um und blickte ihn neugierig an, aber er redete erst, als die Eskorte den Raum verlassen hatte.

»Wie habt Ihr es geschafft, Doktor, dass man Euch hereingelassen hat? Es gibt genaue Anweisungen.«

Der Hall seiner Stimme verlor sich in den vergoldeten Gesimsen an der hohen Decke des Saals, wo er sich einst mit dem Klingen der Gläser und dem Gelächter der Damen vermischt hatte.

»Da ich Euch dringend sprechen muss, habe ich behauptet, eine Verabredung mit Euch zu haben, um Eure Kopfschmerzen zu behandeln«, antwortete D'Amblanc.

Der Polizeioffizier forderte ihn auf näherzutreten, und D'Amblanc trat neben ihn ans Fenster.

»Nichts kann eiliger sein als das«, sagte er und blickte hinaus.

D'Amblanc folgte seinem Blick und sah zwischen den Häuserdächern einen Ausschnitt der Tuilerien.

»Es ist also so weit?«

Chauvelin nickte ohne Begeisterung.

»Habt Ihr meinen Brief nicht erhalten?«

»Doch, natürlich, nur, ich hätte nicht gedacht ...«

»Dass es so schnell gehen würde?«, beendete Chauvelin den Satz. »In diesen unruhigen Zeiten sind nicht wir es, die entscheiden. Die Anhänger Brissots schüren Aufstände in Bordeaux, Marseille und Lyon. Das Volk von Paris ist bewaffnet und in Alarm. Die Nationalgarde bewacht den Konvent. Uns bleibt nichts, als dem Vaterland zu dienen. Eure Anwesenheit sagt mir, dass auch Ihr Euch dazu entschlossen habt.«

D'Amblanc blickte ihn schweigend an. Seit Chauvelin vor einem Jahr sein Patient geworden war, hatte er sich immer wieder gefragt, ob er sich an ihn gewandt hatte, weil er wirklich behandelt werden wollte oder ob er sich nicht vielmehr für seine Aktivitäten interessierte. Vielleicht traf beides zu.

»Warum seid Ihr nicht dort unten?«, fragte er.

»Ich warte auf einen Befehl «, antwortete Chauvelin.

»Auf welchen Befehl?«

»Der Zeitpunkt muss gut gewählt sein. Die Liste der zu verhaftenden Girondisten ist bereits fertiggestellt.«

D'Amblanc musste die Frage stellen, im Grunde war er nur deshalb gekommen.

»Enthält sie auch den Namen Girard?«

Der Polizeioffizier blickte ihn kalt an.

»Wollt Ihr das wirklich wissen, Doktor? Warum sollte ich es Euch sagen?«

»Weil ich darum ersuchen möchte, seine Frau zu verschonen«, gestand D'Amblanc.

Chauvelin seufzte und blickte wieder aus dem Fenster.

»Seht nach unten, D'Amblanc. Hinter jenen Mauern entscheidet sich unser Schicksal. Überall in Frankreich geschieht das Gleiche. Die Départements der Gironde erheben sich, genau wie die Vendée. Die ausländischen Feinde des Vaterlandes schlafen nicht, England bereitet eine Invasion vor, und Ihr verlangt im Augenblick größter Gefahr, man solle eine einzelne Person retten? Glaubt Ihr, dass das in meiner Macht steht? Ich weiß nicht, was aus meiner Macht wird. Der Wohlfahrtsausschuss will alle anderen Ausschüsse kontrollieren, vor allem diesen. Wie immer es ausgehen wird, ab morgen wird es große Veränderungen geben, so viel ist sicher.«

»Aber Ihr seid ...«, versuchte D'Amblanc einzuwenden.

»Ein Jakobiner? Ja, das stimmt. Genau wie Ihr«, ergänzte der Offizier.

»Ich wollte sagen ›ein Gerechter‹«, korrigierte ihn D'Amblanc. »Die politische Verantwortung des Ehemannes kann man Madame Girard nicht anlasten. Das wisst Ihr so gut, wie ich weiß, dass ich in dic Auvergne reisen werde, um im Auftrag des Ausschusses dort Untersuchungen durchzuführen.«

Chauvelin schüttelte den Kopf. Er wirkte nach den beiden letzten Tagen, in denen er mit Sicherheit kaum geschlafen hatte, angespannt und erschöpft.

»Hört zu! Ich kann Euch nichts versprechen«, sagte er plötzlich, »wenn ich Madame Girard einen Rat geben sollte, würde ich ihr sagen, ihrem Mann nicht zu folgen, was immer auch geschehen mag, jeden Kontakt zu ihm abzubrechen und sich ab heute als Witwe zu betrachten. Der Himmel möge ihr beistehen.«

Nervös drehte er sich um, als sei er unzufrieden mit sich und dem, was er soeben gesagt hatte. Die Hände hinter dem Rücken ging er mit kurzen eiligen Schritten zum Schreibtisch.

D'Amblanc folgte ihm und blieb vor dem Tisch stehen.

»Schaut mich nicht so an, ich kann nichts tun«, sagte Chauvelin.

»Versprecht mir, dass Ihr es wenigstens versuchen werdet, im Namen unserer Freundschaft«, insistierte D'Amblanc.

Das letzte Wort traf Chauvelin unvorbereitet, als wäre es zu unbequem oder zu bedeutend und dies nicht der geeignete Moment, es auszusprechen.

»Ich werde tun, was ich kann«, sagte er. »Vergesst diese Frau! Reist so schnell wie möglich ab.«

Er entnahm einer Schublade des riesigen Schreibtisches ein Blatt mit Briefkopf, schrieb etwas, setzte einen Stempel darunter und reichte es D'Amblanc.

»Das ist ein Passierschein, der Euch als Beauftragten des Ausschusses ausweist.«

D'Amblanc steckte das Dokument in die Jackentasche.

»Nehmt auch das hier«, fügte Chauvelin hinzu und überreichte ihm ein Päckchen Assignaten. »Die müssten Eure Ausgaben hinreichend decken. Viel Glück.«

Nach kurzem Zögern reichte er ihm mit einer knappen Geste die Hand über den Schreibtisch.

D'Amblanc schüttelte sie.

»Geht jetzt!«, befahl Chauvelin.

D'Amblanc deutete eine leichte Verbeugung zum Zeichen seines Respekts an und ging Richtung Tür, aber nach wenigen Schritten blieb er stehen und wandte sich um.

»Ich habe Euch nicht einmal gefragt, wie es mit Euren Kopfschmerzen steht«, sagte er mit verlegenem Ausdruck.

Chauvelin setzte ein bitteres Lächeln auf.

»Ich beschwere mich nicht. Solange ich Kopfschmerzen habe, bedeutet das, er sitzt noch auf meinem Hals. Auf Wiedersehen, D'Amblanc, und gute Reise.«

Als er den Palast verlassen hatte, kämpfte D'Amblanc sich eilig durch die anströmenden Menschen, die sich zum Schauplatz des Geschehens bewegten, zu dem Haus vor, das er sich noch einmal aufzusuchen anschickte, und das überraschte ihn. Aber er musste eine letzte Sache erledigen. Er nahm den Zettel, auf dem er seine Einkäufe notiert hatte, und schrieb an eine Mauer gelehnt auf den noch freien Teil wenige Zeilen.

Gnädige Frau,

Ihr sagtet mir einst, Ihr hättet die Lüge geheiratet. In dieser außergewöhnlichen Stunde wird man Euch vor die Wahl stellen. Ihr müsst Euch zwischen ihr und der Rettung entscheiden. Ich hoffe, Ihr werdet eine weise Entscheidung treffen und nicht nur nach Tugend, sondern auch nach Sicherheit und Glück streben.

Ein Freund

Er näherte sich dem Haus über den auf der Rückseite gelegenen Hof. Als er die alte Dienerin vor der Küchentür sitzen sah, dankte er der Vorsehung. Die Frau war dabei, ein Huhn zu rupfen, der Hals des Tieres hing in ihrem Schoß, und zwischen den Füßen hielt sie einen Eimer, in dem sich die Federn sammelten. Als er unversehens vor ihr stand, zuckte sie zusammen und blickte ihn fragend an. Sie ließ das Huhn fallen und wollte sich erheben, aber D'Amblanc war schneller und ging in die Hocke, und bevor sie ein Wort sagen konnte, nahm er ihre Hand und wartete, bis die Dienerin den Zettel entgegengenommen hatte.

»Den gebt Ihr Eurer Herrin und nur ihr, ich bitte Euch darum. Es geht um ihre Gesundheit«, sagte er.

Er wartete auf ein Zeichen der Zustimmung in den Augen der Frau, und als er ein kurzes Aufflackern bemerkte, ließ er ihre Hand los und bedankte sich herzlich.

Dann entfernte er sich in aller Eile, ohne sich noch einmal umzudrehen. Auf dem Jackenaufschlag schwebte eine Feder, und er fühlte sich wie ein Gauner, der etwas gestohlen hat.

4.

Marie war mit einem großen Knüppel bewaffnet, mit dem man das Vieh zusammentrieb, andere hatten große Stricknadeln und Besenstiele, Georgette hatte an der Spitze ihres Besenstiels ein Küchenmesser befestigt und Sophie hielt eine große, spitze Bratengabel in der Hand. In aller Eile hatten sie eine Barrikade errichtet. Aufeinander geschichteter Hausrat und alte Möbel aus den Kellern, die zur Straße lagen, ließen nur einen schmalen Durchgang frei, sodass die Absperrung leicht zu halten war. Unzusammenhängende Nachrichten verbreiteten sich auf der Straße. Die Nationalgarde hatte die Deputierten der Gironde in den Palast eskortiert. Milizionäre umringten den Konvent. Am Eingang war es am Morgen zu Prügeleien gekommen, und als man die Türen aufgebrochen hatte, hatten Marie und ihre Freundinnen sich diese Stelle ausgesucht: die Einmündung der Rue de Carrousel, die den Hof der Tuilerien nach Norden abschloss.

Aus anderen Stadtteilen kamen weitere Nachrichten. Die Sektionen tagten in Permanenz. Alle tüchtigen Männer hatten sich unter ihren Bannern versammelt und unterstützten die Nationalgarde. Seit die Kanone am Pont Neuf vor zwei Tagen den Alarm ausgelöst hatte, hatte Marie kaum noch geschlafen. Nur kurz hatte sie Bastien gesehen und sich mit dem Gedanken getröstet, Treignac werde schon auf ihn aufpassen, und um die Angst zu verscheuchen, redete sie sich ein, bei ihm sei er sicherer als bei ihr. Das Gefühl der drohenden Gefahr hatte die ganze Stadt erfasst. Was würde geschehen? Was geschah in den Départements der Gironde und der Vendée? Standen die Engländer vor der Landung in Calais? Die Gerüchte, die sich in den Gassen der Stadt ausbreiteten, waren wie trockenes Holz im Feuer.

»Seht mal da!«

Georgette hatte laut gerufen. Sie hatte sich umgedreht und schaute über die Freundinnen hinweg nach hinten, und jetzt entdeckten auch die anderen die näher kommende Gruppe. Bisher hatten sie sich nur um die gekümmert, die den Konvent verlassen wollten, nicht um die, die hinein wollten.

Sie marschierten in Zweierreihen mit Jakobinermütze und Kokarde und mit Stöcken, die sie wie Gewehre auf der Schulter trugen; Holzschuhe knallten aufs Pflaster. Erst als die Person, die die Kolonne anführte, Halt rief und der Lärm schlagartig nachließ, konnte Marie die Gesichter genauer betrachten und erkannte, dass es Frauen waren. Sie war nicht die Einzige.

Die Überraschung wurde von einem deutlichen »Ach du Scheiße!« unterstrichen, das Armandine laut über die Barrikade rief.

Die Frau, die die Gruppe anführte, kam näher. Sie war groß, trug Hosen und eine Jacke, am Gürtel hing ein Offizierssäbel. Unter der Mütze lugten dunkle Locken hervor.

»Ihr seid die Hexen der Bergpartei!«

Es war keine Frage. Marie tauschte einen Blick mit Georgette.

»Und wer seid Ihr?«, lautete die Gegenfrage.

Die Amazone antwortete mit überlauter Stimme:

»Die republikanischen, revolutionären Bürgerinnen.«

»Nie von gehört«, sagte Georgette, »für Brissot oder Robespierre?«

Die Antwort war noch deutlicher als die vorige:

»Für das Volk. Für die Mütter und Ehefrauen Frankreichs.«

Georgette ließ einen Pfiff zwischen den Zähnen ertönen und fächelte sich Luft zu:

»Für alle und niemand!«

Die Amazone erstarrte. Marie betrachtete sie genauer: dunkle, zornige Augen, zwischen den Brauen zog sich eine Falte über die Stirn. Sie war zweifellos schön, das war nicht zu leugnen.

»Am 10. August beim Sturm auf die Tuilerien war ich mit dem Bataillon der Föderierten dabei.«

Georgette wandte sich mit einem Grinsen an die anderen:

»Am 10. August hat keiner gefehlt, was? Und alle waren in der ersten Reihe, hinten war keiner.«

Die Falte wurde tiefer.

Eine zweite Amazone kam nach vorne. Sie war klein und blickte kriegerisch:

»Das ist die Wahrheit. Sie war da, und sie war nicht allein«, sagte sie.

Einen Moment lang standen sich die beiden Gruppen schweigend gegenüber, die Näherinnen in ihren Röcken mit schmutzigen Säumen, den Hauben und ihrem Handwerkszeug in den Händen auf der einen Seite und auf der anderen die Amazonen, gekleidet wie Männer, der Blick weniger boshaft, aber kriegerischer.

»Was arbeitest du?«, fragte Georgette die Erste, die gesprochen hatte.

»Bevor ich nach Paris kam, war ich Schauspielerin.«

»Ach, deshalb hast du dich verkleidet«, platzte Marie heraus und löste bei ihren Gefährtinnen Gelächter aus, aber sie fand die ebenmäßigen Züge, die großen Augen und den kleinen herzförmigen Mund schön.

»Und du, was machst du?«, fragte Georgette die Zweite.

»Ich handle mit Schokolade.«

Georgette schüttelte den Kopf.

»Wir pfeifen auf Händler, und Schauspielerinnen verprügeln wir, wie Eure Freundin, Annajosefine Streifenarsch.«

»Dann stimmt es also ...«, sagte die Amazone.

»Klar stimmt das, frag sie doch selbst, wenn du's nicht glaubst, die kann immer noch nicht sitzen.«

Marie und ihre Gefährtinnen grinsten, aber gleichzeitig überkam sie ein merkwürdiges Gefühl, das sie nicht beschreiben konnte, als habe sie etwas Wichtiges vergessen. Sie sah plötzlich die weißen und roten Arschbacken der Metze von Brissot vor sich und hörte ihre Schreie; eine unbestimmte, richtungslose Wut erfasste sie, und sie presste die Lippen aufeinander, als müsse sie einen Brechreiz unterdrücken.

Die Amazone neigte den Kopf unmerklich zur Seite und fixierte weiterhin Georgette.

»Wie viele wart ihr gegen die Méricourt? Ich habe gehört fünf gegen eine.«

Das Lächeln verschwand. Georgette zog so laut wie möglich die Nase hoch. Dann nahm sie ihre Brüste zwischen die Hände.

»Hör zu, Schöne, meine Milch ist sauer geworden, wir stehen hier, und ihr kommt hier nicht vorbei, verduftet, aber schnell!«, sagte sie.

Die Amazone wirkte kein bisschen eingeschüchtert.

»Wir wollen gar nicht vorbei. Wir sind aus dem gleichen Grund hier wie ihr, Verdächtige festnehmen.«

Georgette warf ihr einen schiefen Blick zu.

»Hör auf, wir wissen, was ihr wollt, Hosen und Uniformen anziehen und mit der Armee gehen.«

»Wir wollen Frauenbataillone aufstellen und die inneren Feinde der Republik bekämpfen, wer immer sie sind und wo immer sie sich verstecken; in den Straßen von Paris genauso wie in den Wäldern der Vendée.«

»Wie schön sie redet ...«, sagte Armandine belustigt.

»Wir können nicht Soldat spielen, wir haben Kinder, unsere Männer sind an der Front oder tot.«

»Ihr Mann ist in Valmy verschollen«, sagte Madeleine und zeigte auf die Freundin.

Die Amazone nickte, als wisse sie, wovon die anderen redeten.

»Ihr müsstet eine Pension von der Republik erhalten.«

Die Antwort hatte Marie nicht erwartet.

»Und wo soll die Republik das Geld hernehmen?«, fragte sie skeptisch.

»Von da, wo es ist«, antwortete ihr Gegenüber, »die Reichen besteuern. Das steht im Programm unserer Gesellschaft.«

Die Näherinnen waren sprachlos. Dann sagte Georgette kurz angebunden:

»Hört zu, das hier ist unser Posten. Haut ab!« Sie zeigte ihnen die lange Stricknadel, die sie in der Hand hatte. »Wollt ihr wissen, wo ich eurer Freundin die reingestochen habe?«

»Wir gehören nicht zu Brissot!«, protestierten die Frauen im Rücken der Amazone.

»Still!«, flüsterte Marie und zeigte nach vorn. »Da kommt jemand!«

Die Näherinnen versammelten sich vor dem schmalen Durchlass.

Eine Gruppe Bürger näherte sich. Zwei Männer und zwei Frauen.

»Halt!«, rief Georgette und hob ihre selbstgebaute Waffe. »Bürgerausweise zeigen!«

Die vier gehorchten, ohne mit der Wimper zu zucken. Die Näherinnen betrachteten die Gesichter und lasen die Dokumente.

»Wohin wollt ihr?«, fragte Georgette.

»Wir begleiten diese Frauen zurück in ihre Sektionen.«

»Welche Sektion?«

»Die einundzwanzig. Saint-Denis.«

Sie kontrollierten die Adressen und ließen die beiden Männer ihre Vornamen, Namen und Anschriften wiederholen. Die beiden Frauen hatten sich unter ihre Hauben und Schals zurückgezogen und sagten kein Wort.

»Ihr seid also ein Hufschmied und ein Holzschuhmacher.«

Die Männer nickten. Marie flüsterte Georgette ins Ohr, sie solle sich die Hände zeigen lassen. Keine einzige Schwiele, kein Zeichen. Die Fingernägel waren sauber.

»Und wir sind eurer Meinung nach eine Herde dummer Gänse?«, fragte Georgette.

Der Mann wurde rot.

»Aufgepasst, Schwestern!«, sagte Georgette. »Die Sache stinkt gewaltig!«

Sofort wurden die beiden Typen von bewaffneten Näherinnen umringt.

»Übergeben wir sie der Nationalgarde?«, fragte Sophie.

Die beiden protestierten und suchten nach einer Fluchtmöglichkeit, aber hinter den Näherinnen standen die Amazonen, die Knüppel einsatzbereit in den Händen.

»Nein, aber wir schicken sie zurück«, sagte Georgette.

»Lasst wenigstens diese Bürgerinnen nach Hause gehen«, sagte einer der beiden.

Georgette zuckte mit den Schultern und machte den beiden Frauen ein Zeichen.

»Haut ab, ihr beiden, ab ins Körbchen!«

Die beiden Frauen wollten eilig die Engstelle passieren, aber Marie hob instinktiv die Hand und hielt sie zurück.

»Einen Moment!«

Sie näherte sich einer der beiden, riss ihr die Haube herunter und entblößte einen männlichen Haarschnitt, was einen Schwall von Flüchen und Verwünschungen auslöste.

»Den kennen wir doch, erinnerst du dich Georgette?«, sagte Marie.

»Aber klar doch, das ist einer von den Sesselfurzern aus dem Konvent. Einer von denen, die uns verhaften lassen wollten. Wie hieß der noch?«

»Girard«, erinnerte sich Marie.

Der Mann riss panisch die Augen auf.

»Girard. Genau, verdammt«, sagte Georgette, »und die andere ist vielleicht seine Frau ...«

Sie riss auch die andere Haube herunter, aber es tauchte ein zweiter Mann darunter auf. Er war jünger und hatte sich das Gesicht weiß geschminkt.

»Die Scheißtypen sind alle verhaftet!«, entschied Georgette.

»Zur Hölle!«, zischte Girard und warf sich auf Marie, die zu Boden stürzte. Sie sah, wie er unter dem Geschrei der Frauen losrannte, aber nach wenigen Schritten stellte ihm jemand ein Bein und unter drohend erhobenen Knüppeln lag er eingekeilt am Boden. Die Amazone stellte ihm einen Fuß auf die Brust und wandte sich mit einem triumphierenden Lächeln an die Näherinnen:

»Fast wäre der größte Fisch aus dem Netz entwischt.«

Ihre Freundinnen halfen Marie wieder auf die Beine. Erst jetzt bemerkten sie, dass die beiden anderen Männer verschwunden waren, während der zweite, der sich als Frau verkleidet hatte, auf den Knien lag und sie mit kreischender Stimme anflehte, ihn zu verschonen.

»Unglaublich«, bemerkte Georgette, »Männer verkleiden sich als Frauen, um zu fliehen, und Frauen, um sie zu ergreifen, verkleiden sich als Männer. Die Welt steht Kopf.«

Jetzt kicherten auch die Amazonen.

»Dieser hübsche Kerl wird sofort der Nationalgarde übergeben«, entschied Georgette und setzte dem Gefangenen ihr Messer direkt an die Kehle. »Steht auf, Bürger Girard!«

Der Deputierte erhob sich. Er versuchte seine Kleidung zu ordnen und klopfte sich den Staub vom Rock.

»Ich bitte Euch, meinen Sekretär freizulassen«, sagte er und bemühte sich um einen formalen Ton. »Er ist unschuldig, ich habe ihn überredet mitzumachen.«

»Alle beide kommen mit!«, schnitt Georgette ihm das Wort ab.

Die verkleideten Männer wurden umringt und von der Barrikade weggestoßen. Georgette wandte sich an die Amazonen:

»Wenn ihr euch nützlich machen wollt, lasst niemanden durch, bis wir wieder da sind!«

Bevor sie ihren Gefährtinnen folgte, blieb Marie vor der Schauspielerin stehen.

»Wo trifft sich eure Gesellschaft?«

»In der Rue Saint-Honoré, in der Bibliothek des Jakobinerkonvents.«

Schweigen.

»Dann kennst du also Robespierre?«

Die andere lachte.

»Ich habe noch nie mit ihm geredet, aber manchmal nehmen wir an den Versammlungen der Männer teil. Komm doch mal vorbei!«

»Zu weit. Ich wohne in Saint-Antoine.«

»Du kannst bei uns schlafen.«

»Ach, egal. Auf Wiedersehen.«

»Wenn du deine Meinung ändern solltest, frag nach mir. Ich heiße Claire. Claire Lacombe.«

Marie tat, als hätte sie nichts gehört, und ging weiter, aber nach wenigen Schritten beschlich sie das Gefühl, irgendetwas vermasselt zu haben, einen nicht wieder gut zu machenden Fehler begangen zu haben, und instinktiv dreht sie sich um und antwortete:

»Ich heiße Marie Nozière. Adieu.«

5.

Ha! Sie behaupten, wir hätten gejammert! Aber hinterher ist man immer schlauer. Jetzt wird jedenfalls gefeiert, und dann trinken wir auf die Gesundheit von Marat und Robespierre.

Ganz ehrlich, die Sektionen haben dem Konvent am 31. Mai eine Unmenge von Forderungen präsentiert, eine ewig lange Liste, man kann sich gar nicht an alles erinnern; die Reichensteuer zum Beispiel, damit das Brot billig bleibt, dass das Adelspack aus der Armee geschmissen wird, überall Gewehrfabriken, Kontrollen bei der Postenvergabe und der Assignaten, eine Sansculotten-Armee, die gut verdient, Stütze für die Familien von allen, die das Vaterland verteidigen, und Knast für zweiundzwanzig Brissot-Anhänger. Und was ist davon übrig geblieben? Nur das Letzte, nur das, was die Anführer der Bergpartei unbedingt wollten, weil sie die Arschlöcher der Gironde loswerden wollten. Wenn man denen glauben will, dann machen sie jetzt auch noch die anderen Gesetze, die uns wichtig sind, weil mit denen konnten sie die ja nicht machen, aber jetzt sind die ja weg ...

Eine Menge Leute finden, dass man den Freunden von Brissot eigentlich einen Gefallen tut, wenn man sie einsperrt. Die wurden in letzter Zeit, wenn die zum Konvent gegangen sind, die Gaudet, Girard, Mazire und wie die alle heißen, dauernd beschimpft und bespuckt, und manchmal gab's auch einen hinter die Löffel. Um die Köpfe von denen hätten wir uns schon selbst gekümmert, auch ohne Vaterland. Ein paar von den Schlaumeiern haben sich inzwischen verpisst, keiner weiß, wo die jetzt sind und was die aushecken. Andere haben sie mit dem Koffer in der Hand erwischt, die hatten's besonders eilig. Den Girard haben die Hexen von der Bergpartei erwischt, als der sich dünnemachen wollte.

Na ja, auch wenn's nicht das ganz große Ding war, ein Reinfall war's jedenfalls auch nicht. Die Sache kann man jedenfalls später seinen Enkeln erzählen, und von jetzt ab, wenn einer im Namen vom Volk von Paris spricht, dann muss er sagen, das sind die vom 14. Juli, vom 10. August und vom 2. Juni, das war nämlich der Tag, als achtzigtausend den Konvent umzingelt haben und den Sesselfurzern zugerufen haben, dass sie ihre Nase nicht ins Freie stecken sollen, bevor sie nicht ein Gesetz oder ein Dekret gemacht haben, damit die Revolution nicht vor die Hunde geht. Aber die Deputierten wollten ja unbedingt rauskommen, ihr Anführer war die Schlafmütze Hérault de Séchelles, der sollte das brave Volk bequatschen, man könne drinnen nicht diskutieren, wenn von den Tribünen alles Mögliche runtergeworfen würde, von den Frauen, von den Weibern Robespierres, weil immer wenn einer von den Brissot-Anhängern was sagen wollte, dann haben die sofort angefangen zu schreien und haben den beschimpft. Die haben gedacht, sie müssen nur mal ein bisschen mit dem braven Volk reden, aber die wollten uns bloß für dumm verkaufen. Draußen standen dann aber auch ein paar richtig Aggressive, es wurde behauptet, das wären freigelassene Verbrecher gewesen, die eigentlich in die Vendée gehörten, aber anstatt sie dahin zu schicken, hätten sie die dann zu den Deputierten geschickt. Die Anhänger von Brissot haben behauptet, wenn diese Gewaltverbrecher nicht dagewesen wären, dann hätte das brave Volk von Paris mit seinen Vertretern geredet. Wenn das stimmt, dass die die extra dahingeschickt haben, damit die Idioten da rumbrüllen, dann hätten sie die besser alle zusammen sofort in die Vendée geschickt, dem Hérault de Séchelles hätten wir sogar noch ein Paar Stiefel geschenkt.

Aber der Abwiegler und seine Freunde, als die gesehen haben, dass da nicht nur der Pöbel stand, sondern auch noch Henriot, der neue Chef der Garde, der hat nämlich, als der gesehen hat, dass der Herr von und zu Séchelles seinen Kopf rausstreckt, seinen Kanonieren zugerufen, sie sollten die Dinger klarmachen, und der hat das laut gerufen, damit das die Deputierten auch hören konnten, sind sofort wieder abgezischt und sind wieder rein, und du glaubst es nicht, plötzlich haben sie eine Lösung gefunden: Sie haben die zweiundzwanzig Anhänger von Brissot verhaftet.

Das ging plötzlich zack-zack, und daran kann man sehen, dass die recht hatten, die gesagt haben, dass sie vorher nur über überflüssiges Zeug diskutiert haben, zum Beispiel wer die Alarmkanone abgeschossen hat. Wie kann man mit der Alarmkanone so viel Zeit verplempern, als ob das Schicksal Frankreichs davon abhängt, wer die Kanone abgeschossen hat; die brauchten jemand, dem sie die Schuld an den Unruhen anhängen konnten, und dann Kopf ab. Die, die dabei waren, haben gesagt, dass jedes Mal wenn einer über die Verräter von Brissot oder den Brotpreis reden wollte, dann ist einer von den Perückentrotteln aufgesprungen und hat gefragt, wer denn überhaupt die Unverschämtheit besessen hätte, die Alarmkanone abzuschießen. Und auf den Tribünen haben sie dann gerufen: »Alle! Das waren wir alle! Schneidet uns den Kopf ab!«, und am Ende hat der junge Robespierre, Augustin, den nennen sie Bonbon, dem Hin und Her ein Ende gemacht und hat ganz klar gesagt, dass er wüsste wer's gewesen ist, dass das die Vaterlandsverräter waren, die Konterrevolutionäre, die Emigranten mit ihren verdammten Intrigen und Manövern, die Aufständischen aus Lyon und der Vendée. Und dann gab's Applaus und Bravorufe ohne Ende.

Uns ist das ja auch nicht egal, wer die Kanone am Pont Neuf abgeschossen hat. Wir fragen uns das schon seit drei Tagen. Die Brüder Marchard haben einen Onkel, der eine von den Wachen der Kanone kennt, und der hat gesagt, dass er den, der die Zündschnur angesteckt hat, gesehen hat, und dass der, bevor er sie angesteckt hat, dauernd auf Bretonisch geflucht hat, und als die Wache das dann nachgemacht hat, hat sich rausgestellt, dass das gar kein Bretonisch war, das hat sich wie Katalanisch angehört. Aber Katalanisch versteht ja auch keiner so richtig, und das Einzige, was alle gesehen haben, war, dass der Typ maskiert war, der trug ein Kostüm, das steht jedenfalls fest.

Sieht so aus, als ob Scaramouche die Alarmkanone abgeschossen hat, nachdem er auf Katalanisch alle zum Teufel geschickt hat.

6.

Der Mann, den sie Laplace nannten, beobachtete im Hof des Hospitals den Sonnenuntergang. Dass er das im Freien tun konnte, war eines der Privilegien, die er dank des Vertrauens genoss, das der Aufseher Pussin ihm entgegenbrachte. Weil die Gebäude von Bicêtre den Horizont verdeckten, konnte Laplace den Sonnenuntergang nie bis zum Ende verfolgen, und so beobachtete er die Farbspiele am Ausschnitt des Himmels, der von den Dächern begrenzt wurde.

Der 2. Juni 1793 ging seinem Ende entgegen, der Himmel im Zenit war blau, nach Westen hin war er fleischfarben, von jener Farbe, die das Fleisch annimmt, wenn es in Verwesung übergeht; ein Wachwechsel von Apollon zu Selene war nicht zu erwarten, in der Nacht vorher war Neumond gewesen.

Seit zwei Tagen gelangten Berichte über die Tumulte von Paris nach Bicêtre. Pussin, Pater Richard, Bedienstete und Besucher brachten Neuigkeiten von außerhalb der Mauern. Sie verbreiteten sich schnell und wurden zu unkontrollierbaren Gerüchten, denen die Geisteskranken ihre Ängste hinzufügten und sie ihren gewundenen, schwer nachvollziehbaren Gedankengängen anpassten.

In Paris flohen wichtige, als Frauen verkleidete Männer, die von Frauen verhaftet wurden, die wie Männer gekleidet waren.

Ein paar Geisteskranke behaupteten, Brissot sei eine Frau, die Marat liebte. Diese Liebe werde aber vom Freund des Volkes nicht erwidert, was zu unglücklichen Ereignissen geführt habe. »Nichts ist gefährlicher als eine abgewiesene Frau, die als Mann verkleidet ist«, hatte der Robespierre von Bicêtre feierlich erklärt, bevor er seine Gefährten aufgefordert hatte, dem Geisteskranken zu folgen, den alle Brissot nannten, und ihm die Hosen runterzuziehen, um zu sehen, ob er eine Kartoffel oder eine Gurke hatte. Aber die Bediensteten hatten eingegriffen und das Rätsel war ungelöst geblieben. Einer der Marats des Pavillons stand in einer Ecke, schüttelte den Kopf und sagte: »Gut, dass ich dem da nicht getraut habe.«

Auch eine andere merkwürdige Geschichte war in die Welt der Geisteskranken eingedrungen, und wie ein vom Mistral geblähtes Segel war sie immer weiter aufgebauscht worden. Es wurde behauptet, die Lunte der Alarmkanone, die das Volk von Paris zur Revolte gerufen hatte, sei von einer merkwürdigen Gestalt im Theaterkostüm und mit einer Scaramouche-Maske am Hals angezündet worden. Die Person habe außerdem eine unbekannte Sprache gesprochen.

Scaramouche versammelte jetzt ein ganzes Heer von Maskierten um sich. Bei ihm standen Harlekin, Capitan Fracassa und Scarpino, die in Wirklichkeit Frauen waren, grausame Frauen. Im Vergleich zu dem, was sie vorhatten, waren die Septembermassaker eine Kleinigkeit gewesen.

Laplace erkannte in solchen Gerüchten zahlreiche Wahrheiten, mehr als in der Erzählung der Revolution, die sie von sich selbst verbreitete. In aller Offenheit das Delirium derjenigen zu studieren, die in der Großen Parodie leben, kann helfen, die zu verstehen, die auf den ersten Blick über mehr Verstand verfügen und in ihr versinken, ohne sich dessen bewusst zu sein.

Laplace war sich immer sicherer, am idealen, für seine Absichten perfekten Ort zu sein. Von hier aus konnte er den unabwendbaren Verlauf der Parodie verfolgen.

Die revolutionäre Dynamik erfuhr eine sichtbare Beschleunigung. Das freute ihn. Jeder Schub musste die Welt weiter von der alten Ordnung entfernen, jedes Paradoxon musste schriller hervortreten, jeder Kontrast musste zugespitzt werden.

Damit die Revolution besiegt werden konnte, musste sie zuerst unumkehrbar werden. Jede Illusion über die Möglichkeit der Wiederherstellung der alten Ordnung musste sich verflüchtigen. Nur dann würde die neue Ordnung entstehen, beziehungsweise die *wirklich* alte, wenn jede Tendenz bis an die Grenzen ihrer Möglichkeiten getrieben wurde und, abgewiesen von der von Gott errichteten, unsichtbaren Barriere, in die entgegengesetzte Richtung gelenkt wurde.

Scaramouche verfügte über außergewöhnliche Kräfte. Mit einem Satz sprang er auf ein Dach und hielt Reden ans Volk. Seine Stimme war noch in einer Entfernung von zehn Meilen zu hören, und er konnte sich anscheinend in jeder Sprache der Welt ausdrücken, in einer Art aufrührerischer Pfingstrede. Unter denen, die ihm zuhörten, hörten die Bretonen ihn Bretonisch, die aus Perpignan ihn Katalanisch, die aus Marseille ihn Provenzalisch und die Belgier aus Flandern ihn Flämisch reden.

Laplace beabsichtigte, im Moment der großen Gegenattacke zur Tat zu schreiten. Die Konterrevolution ist nicht das Gegenteil der Revolution, sie ist eine *entgegengesetzte* Revolution. Sie kann nichts anderes tun, als die Revolution zu begrüßen, so wie man Fehler eines anderen begrüßt, die das Spiel wieder öffnen und es ermöglichen, wieder einzugreifen und zu gewinnen. Laplace fühlte sich als der Prototyp des neuen Revolutionärs, seine *re-volutio*, sein Wiederaufrollen, zeigte in die andere Richtung und führte zum Ursprung, er griff den Faden des über die Jahrhunderte offenbarten Schicksals wieder auf.

Es war ohne Sinn, die verderbte Welt von vor fünf oder zwanzig oder dreißig Jahren wieder herbeizusehnen, man musste sehr viel weiter zurückgehen. Darum war es nützlich, jedenfalls für den Moment, weiter voranzuschreiten.

Am Morgen des 1. Juni war Scaramouche nach Lyon aufgebrochen, an der Spitze eines Bataillons von Amazonen, bewaffnet mit Degen und Dolchen. Als sie in weniger als einer Stunde die rebellische Stadt erreicht hatten, schlitzte die Bande mehr als tausend Girondisten die Kehle auf und traf noch vor dem Abendessen wieder in Paris ein.

Laplace fühlte sich den Robespierres und den Barères näher als den *Émigrés* aus Koblenz. Die Capets und Habsburg-Lothringer waren armselige Gespenster, und auch um sich vor ihrer Rückkehr zu schützen, musste die Konterrevolution gemacht werden. Unter diesem Aspekt war es ein naiver Fehler gewesen, sich von den Preußen anwerben zu lassen. Laplace hätte nie geglaubt, je zu einer solchen Schlussfolgerung zu kommen, aber inzwischen bestanden für ihn keine Zweifel mehr, die Armee der Revolutionäre war das eigentliche Instrument der Zukunft.

Der Wahnsinn hatte begonnen. Die Krise würde ihren Verlauf nehmen.

Bis jetzt hatte er Bicêtre für den Ort gehalten, an dem sich die parodistische Natur der revolutionären Ordnung verwirklichte. Bicêtre ähnelte der äußeren Welt und die mikrokosmische Revolution Pussins wiederholte die makrokosmische von Danton und Marat.

Jetzt dagegen ähnelte die äußere Welt der Welt von Bicêtre.

Wenn er diesen Ort verließ und handelte, würde das lange Verweilen in der Gesellschaft der Verrückten ein Vorteil gewesen sein.

ZWEITER AKT

Das große Anderswo

Auszug aus

REISEN IN DEN JAHREN 1787 UND 1788 DURCH DIE EHEMALS OBERE UND UNTERE AUVERGNE, HEUTE DÉPARTEMENTS PUY-DE-DÔME, CANTAL UND TEIL DES DEPARTMENTS HAUTE-LOIRE

von Pierre Jean-Baptiste Legrand d'Aussy (1788)

Ich, mein Freund, habe sie bereist, die Auvergne. Genau wie ich hattest du den Verdacht, diese vergessene Ecke könnte interessant sein, und jetzt, da ich zurück bin, fragst du mich, wie ich darüber denke. Also gut. Von allen historischen Provinzen Frankreichs ist den Physikern und den Naturwissenschaftlern, den Malern und Reisenden keine weniger bekannt, und vielleicht gibt es unter allen keine, die mehr Aufmerksamkeit verdient hätte.

Betrachtet man die geografische Lage, so scheint es keinen Ort zu geben, der mehr vom Glück gesegnet sein könnte. Im Zentrum der Republik gelegen, bietet sie nur Vorteile, sie hat Abstand zu allen Gefahren, die Temperaturen sind auf den ersten Blick äußerst günstig, sie ist umgeben von der Rouergue, der Marche, dem Limousin, den Cevennen, dem Forez usw., also von unfruchtbaren, armen Landstrichen, die von ihr ernährt werden müssen; man könnte glauben, sie sei für den Wohlstand ihrer eigenen Bewohner und den ihrer Nachbarn zuständig.

Aber diese Glückseligkeit ist illusorisch. Auch wenn zahlreiche kleine Flüsse von den Bergen herunterkommen, hat die Natur sie mit nur einem schiffbaren Fluss ausgestattet. Von Vulkanen geprägt, ist sie mit Ausnahme eines kleinen Gebietes rau und bergig, und morgens ist fast alles mit Raureif bedeckt. Nachdem sie auf den ersten Blick in die erste Reihe der Départements der Republik gehört, reiht sie sich jetzt aus einer Laune heraus bei den letzten ein.

ERSTE SZENE

Der Wildschwein-Mann

Sommer 1793

1.

Der Maultierpfad, der den Lauf der Dordogne von der Ortschaft Saint-Martin trennt, wand sich einen ausgedörrten, schattenlosen Hang hinauf. Die vier Männer trieben ihre Pferde an, ein frischer Wind, der in Böen vom Hügel Saint-Sixte herunterwehte, brachte nur wenig Abkühlung.

D'Amblanc war Chauvelin dankbar, dass er ihm drei Männer, alle Mitglieder der Nationalgarde, als Eskorte mitgegeben hatte. Der Einzige mit militärischer Ausbildung war Unteroffizier Radoub. Sein weißer Rock und der schwarze Dreispitz zeugten nicht etwa von Reminiszenzen an das Heer des Königs, es gab einfach zu wenig neue Uniformen, und wer keine hatte, musste sich mit dem begnügen, was er besaß. Thuillant und Poulidor trugen als einziges Zeichen die phrygische Mütze und die Kokarde. Der Erste verdiente seinen Lebensunterhalt als Kunsttischler und war seit Generationen ein echter Pariser. Der Zweite lebte seit ungefähr zehn Jahren in Paris, war aber im Limousin, an der Grenze zur Auvergne geboren und hatte dort bis zu seiner Übersiedlung gelebt, und das machte ihn in den Augen D'Amblancs zu »einem von hier«, der in der Lage war, den Klang der okzitanischen Sprache zu verstehen und die undurchsichtigen Launen der Bergbewohner zu entschlüsseln.

D'Amblanc betrachtete das Dorf und die starke Festung, die über ihm thronte. Saint-Martin war in Sichtweite, nah war es aber nur, wenn man fliegen konnte. Auf dem Bauernhof, wo sie übernachtet hatten, hatte man ihnen eine Reise von fünf Stunden vorausgesagt, und es waren noch keine vier vergangen. Serpentinen, Richtungsänderungen, Anstiege und Abstiege rückten das Ziel immer wieder in weite Ferne. Der Marsch der Männer auf ihren Pferden glich der Arbeit des Sisyphos, erschwert durch die Qualen des Tantalus.

Das Dorf bestand aus wenigen aus Stein gebauten Häusern, die sich an den Glockenturm der Kirche lehnten. Die Burg auf dem Bergkamm war ein verrußtes, aber noch intaktes Gehäuse; es musste dort erst kürzlich gebrannt haben, was vermutlich die Flucht eines Adeligen und eine ausgiebige Plünderung ausgelöst hatte. Das Schauspiel der ersten Ermittlungen in der Auvergne spielte auf einer groben Bühne, viel weiter weg von Paris, als es die Entfernung von hundert Meilen vermuten ließ, und dennoch bestimmte das Echo dessen, was in Paris geschah, das Leben auch dieser Menschen. D'Amblanc hielt sein Pferd an und begutachtete nachdenklich den letzten Anstieg mit der von einer Trockenmauer gesäumten Biegung, der sie noch vom Dorf trennte. Ganz in der Nähe, auf der Schwelle eines kleinen, von Kletterpflanzen überwucherten Hauses stand ein Mann unbestimmten Alters und fütterte ein Maultier.

»Euch einen guten Tag«, sagte D'Amblanc.

Der Mann hob die Hand an die Mütze und erwiderte den Gruß. Er blickte die drei Begleiter an, unterdrückte ein Gähnen und sagte in erstaunlich gut verständlichem Französisch:

»Was führt Euch her, Bürger? Das Dorf hat sich den Einberufungsbefehlen nicht entzogen. Soviel ich weiß, stehen wir auf der richtigen Seite.«

»Wir kommen nicht wegen der Einberufungen«, beruhigte ihn D'Amblanc. »Es geht um etwas anderes. Ich nehme an, Ihr wisst, wo der Bürgermeister wohnt?«

»Das ist wohl richtig.«

»Würdet Ihr es mir sagen?«

Bevor er antwortete, musterte der Mann den Fremden. D'Amblanc vermutete, er wolle sich freundschaftlicher Absichten vergewissern. Die Kokarde, die aufrechte Haltung, die aus den Quersäcken ragenden Pistolengriffe wiesen schon von weitem auf Stadt hin, sie ließen aber keine weitergehenden Schlüsse zu. Die Eskorte gab allem eine Aura von Wichtigkeit und Autorität, und vielleicht war es das, was den Maultiertreiber überzeugte.

»Wenn Ihr auf den Platz kommt, ist es gleich das erste Haus auf der linken Seite.«

D'Amblanc zog eine Münze aus der Westentasche unter der Jacke und hielt sie zwischen Daumen und Zeigefinger hoch.

»Hier sind drei Deniers.«

Die Münze zeigte auf der einen Seite ein Bildnis Ludwigs XVI. und den Schriftzug: »König der Franzosen« und auf der Rückseite ein Rutenbündel mit einer phrygischen Mütze und dem Motto »Nation, Gesetz, König«. Die Geschichte schritt sehr viel schneller voran als die staatliche Münze.

Der Maultiertreiber steckte das Geldstück ein und sagte: »Kommt, ich zeige Euch den Weg.«

D'Amblanc folgte zu Fuß mit seiner Eskorte, die Pferde liefen hinter ihnen, die Hufe klapperten rhythmisch in der Juniluft; ihm war heiß, der Schweiß rann unter dem Dreispitz auf die Stirn.

Vor der Kirche hatte sich ein Komitee einfältig blickender Gesichter versammelt: Frauen, Kinder und zahlreiche Männer über dreißig. Von den Jüngeren waren nur wenige von der Einberufung zu Jahresanfang verschont geblieben. Die Abwesenden verteidigten die Republik in der Vendée und an den Grenzen oder verfaulten in Massengräbern auf irgendeinem Schlachtfeld.

Ein kleiner, fetter, schlecht rasierter Mann mit löchrigem Hut und dem Band der Trikolore um den Hals kam aus der Tür des Hauses, das der Maultiertreiber ihnen gezeigt hatte. Er kam näher und sagte:

»Euch einen guten Tag. Ich bin Pierre Bizebarre, der Bürgermeister des Dorfes.«

D'Amblanc zog sein Beglaubigungsschreiben aus der Tasche, glättete es und reichte es dem Bürgermeister.

»Orphée d'Amblanc aus Paris, auf Reisen im Auftrag des Allgemeinen Sicherheitsausschusses.«

Die Worte lösten Geflüster aus. Der Bürgermeister schluckte und las hastig das Dokument durch. Als er fertig war, stellte er sich mit herausgestreckter Brust vor den Neuankömmling.

»Welcher Auftrag führt Euch in unser Dorf, Bürger D'Amblanc?«

»Ich muss einen Vorfall untersuchen, der sich angeblich in diesem Dorf zugetragen hat.«

Der Bürgermeister hüstelte: »Wenn Ihr damit das Gerede über das Hamstern von Lebensmitteln meint, kann ich Euch versichern, Bürger, dass es sich um üble Nachrede handelt. Saint-Martin ist ein Dorf, in dem ehrliche Menschen wohnen, alles gute Patrioten ...« Als D'Amblanc die Hand hob, schwieg er.

»Ich versichere Euch, Bürger, dass es nicht mein Auftrag ist, Aufkäufer und Hamsterer zu verfolgen. Darum kümmert sich der unerbittliche Arm des Gesetzes.«

Das Flüstern in der zweiten Reihe wurde stärker, aber als der Bürgermeister anfing, wie ein aufgescheuchter Vogel mit den Armen zu fuchteln, herrschte wieder Schweigen. Bizebarre sagte nichts, die Arme noch immer halb erhoben, den Oberkörper vorgestreckt und den Kopf zur Seite geneigt.

»Ich bin hier, um die Fälle von Lykanthropie aufzuklären«, sagte D'Amblanc und legte besondere Betonung auf das Wort Lykanthropie.

Im runden Gesicht des Bürgermeisters verknautschten Lippen, Augen und Augenbrauen, dann entspannte es sich wieder.

»Fälle? *Der* Fall, wolltet Ihr wohl sagen. Gewiss. Aber ich fürchte, Ihr kommt zu früh.«

»Zu früh für was?«, fragte D'Amblanc.

»Um es mit eigenen Augen zu sehen. Es sind noch vier Tage bis Vollmond.«

D'Amblanc nahm die Antwort hin, ohne weitere Fragen zu stellen, dafür war später noch Zeit.

»Ihr werdet eine Unterkunft für uns besorgen müssen«, sagte er und hob den Quersack vom Sattel.

»Ich kümmere mich sofort darum«, antwortete der Bürgermeister beflissen. »Ihr werdet entschuldigen, dass wir Euch keine Unterkunft wie in der Hauptstadt bieten können. Wenn Ihr mich inzwischen in den Saal des Stadtrats begleiten wollt ... Ihr habt eine lange Reise hinter Euch, Ihr wollt Euch sicher stärken.«

Der Bürgermeister schritt auf der einzigen Straße bis zu dem Platz voran, an dem ein niedriges Gebäude mit dem Wappen der Republik über der Eingangstür stand. Es folgten D'Amblanc und seine Eskorte und die kleine Menge der Dorfbewohner, der sich ein paar Hunde angeschlossen hatten. Die Prozession hielt vor dem Eingang. Der Bürgermeister trat als Erster ein, und dann empfing er D'Amblanc ganz offiziell in den Räumen der örtlichen Verwaltung. Der Ratssaal war ein schmuckloser großer Raum mit einem großen antiken Tisch und alten Holzstühlen. D'Amblanc setzte sich auf den Sessel des Bürgermeisters.

Man brachte Brot, Käse, Früchte und Wein. Das Mahl wurde schweigend unter den wachsamen Augen des Bürgermeisters und der Ratsmitglieder eingenommen.

Als er geendet hatte, schob D'Amblanc den Teller von sich und lehnte sich zurück.

»Sehr gut. Ich glaube, es ist besser, ganz von vorne zu beginnen. Ich wäre euch sehr dankbar, wenn Ihr mir erzählen würdet, was bei Vollmond passiert, und zwar in allen Einzelheiten. Außerdem wünsche ich, dass Ihr für morgen Vormittag alle in Frage kommenden Zeugen hier zusammenruft.«

Am Abend und für den Rest des Aufenthalts in Saint-Martin wurde D'Amblanc im Haus der Witwe Decabane untergebracht.

Die kräftige, gesunde Frau war eben dreißig Jahre alt geworden. Sie war nach dem Tod ihres Mannes die Besitzerin eines Hauses geworden, das groß und bequem genug war, um darin einen Gast aufnehmen zu können. Sie war eine ausgezeichnete Köchin und ließ sich im Haushalt von ihren Töchtern helfen. Das heißt, sie beaufsichtigte die Arbeiten der jungen Mädchen, denn in jenen Tagen sah D'Amblanc sie nie einen Wischlappen oder einen Besen in die Hand nehmen. Als Krönung des abendlichen Mahls servierte die Witwe einen Kuchen mit Blaubeermarmelade, den D'Amblanc trotz seines einladenden Aussehens freundlich ablehnte. Ein großzügig bemessenes Stück Kuchen würde ihm die ganze Nacht schwer im Magen liegen. Aber als er sich in sein Zimmer im oberen Stockwerk zurückgezogen hatte, bemerkte er, dass die Witwe sich nicht so leicht entmutigen ließ, sie hatte im Gegenteil die Absicht, ihre Gabe voll und ganz gewürdigt zu wissen, und hatte keine Skrupel zu ihm in die Kammer hinaufzusteigen und ihr Angebot mit guten Argumenten zu wiederholen. D'Amblanc wollte sie keinesfalls beleidigen, außerdem war nicht abzustreiten, dass er eine Schwäche für Marmelade hatte. Es war viel Zeit vergangen, seit er das letzte Mal so etwas Köstliches gegessen hatte, und so entschloss er sich, ein Stück der Leckerei zu probieren. Dabei stellte er fest, dass der Druck auf seinen Magen sehr viel weniger schwer war, als er angenommen hatte, und er nahm ein weiteres Stück.

In Gedanken versuchte Orphée d'Amblanc sich die Gesellschaft einer anderen Frau vorzustellen, doch es fehlte etwas, ein Parfum, der Duft von Jasmin, doch dann verboten ihm die Umstände jedes weitere Zögern.

2.

Am Abend des zweiten Tages überflog D'Amblanc seine Aufzeichnungen und machte sich mit einer alten zerzausten Feder Notizen für einen Bericht an Chauvelin.

Er hatte sich ein Schreibpult in sein Zimmer bringen lassen.

Saint-Martin de Dordogne, Juni 1793

Annette Anthus, einunddreißig Jahre, Frau des Melkers Pierre Anthus, wohnhaft in der Nähe des Dorfes, behauptet das Folgende:

In einer Vollmondnacht vor ungefähr sechs Monaten hörte sie merkwürdige Schreie, die vom Hof vor der Mühle kamen. Ihr Mann war geschäftlich auf Reisen, und sie war mit ihren drei Töchtern allein im Haus, daher wollte die Anthus das Haus nicht verlassen, schaute aber aus dem Fenster. Sie sah ein Wesen von imposanter Gestalt, das sich wie ein Tier bewegte und Laute ausstieß, die denen eines verletzten oder brünstigen Wildschweins ähnelten; die Althus wies ausdrücklich darauf hin, dass die Kreatur eine beeindruckende Erektion aufwies (woraus zu folgern ist, dass sie nackt oder mindestens ohne Hosen war). Aufgrund der zu großen Entfernung konnte die Frau keine weiteren Einzelheiten erkennen. Die Kreatur verschwand schließlich im Wald.

Zeugenaussage von Alphonse Arnaud, Schweinezüchter, siebenundzwanzig Jahre alt:

Vor zwei Monaten in einer Vollmondnacht weckte ihn ein Grunzen im Schweinestall, der an seine Behausung am Rand des Dorfes grenzt. Da er den Verdacht hatte, möglicherweise habe sich ein Wildschwein, angelockt von seinen Zuchtsäuen, unter seine Tiere gemischt, ging Arnaud mit einem Stock bewaffnet hinaus und ertappte innerhalb der Umzäunung einen besessenen Nackten, der sich über eine Sau hermachen wollte. In dem Besessenen erkannte er Bernard Jaranton, einen Bauern, der auf einem Hof ganz in seiner Nähe wohnt. Arnaud verpasste ihm ein paar Stockhiebe und schlug ihn in Richtung Wald in die Flucht.

Der Bauer Jean-Baptiste Romagnat, fünfzig Jahre, erzählt:

Beim letzten Vollmond hielt er sich noch spät am Flussufer auf, in der Nähe der Stelle, an der die Frauen ihre Wäsche waschen; er wollte die Geburt eines Enkels feiern – wie es scheint, war er zusammen mit einer Flasche Wein der einzige Gast – und wurde unter einer Eiche vom Schlaf übermannt. Mitten in der Nacht weckte ihn kriegerisches Geschrei, das »das Blut in seinen Adern gefrieren ließ«. Versteckt hinter dem Baumstamm sah er einen großgewachsenen nackten Mann, der den Vollmond anbrüllte, während er onanierte und dann seinen Samen in den Fluss spritzte. Anschließend stieg er bis zur Hüfte ins Wasser, badete ausgiebig und stieg dann wieder zum Dorf hinauf. Er glaubt, dass es sich bei dem Mann um Bernard Jaranton handelte.

Zeugenaussage der Angeline Jaranton, vierundzwanzig Jahre alt, Ehefrau des Bernard Jaranton:

Seit ungefähr einem Jahr leidet ihr Ehemann, ein starker, imponierender Mann, der den Beschreibungen der anderen Zeugen entspricht, an Anfällen von Wahnsinn, bei denen er sich animalisch verhält und jede zivilisierte Zurückhaltung ablegt; er entledigt sich dabei sämtlicher Kleidung, stößt tierische Schreie aus und zwingt seine Frau mehrmals zur Erfüllung ihrer ehelichen Pflichten. Aus Sorge um die eigene Unversehrtheit und die ihrer Kinder hat die Jaranton sich dazu entschlossen, ihren Ehemann in Vollmondnächten aus der Wohnung zu entfernen und die Tür zu verbarrikadieren, damit er nicht in die Wohnung eindringen kann. Der Ehemann verbringt diese Nächte im Freien oder in einem Heuschober oder streift nackt durch die nähere Umgebung. Am nächsten Morgen arbeitet er wieder auf den Feldern und weiß anscheinend nicht, was geschehen ist. Auf die Frage, ob das Verhalten auf irgendein auslösendes Ereignis zurückzuführen sei, dachte die Jaranton lange nach. Schließlich erklärte sie, ihr Mann habe vor einiger Zeit, vor den Anfällen von Satyriasis, einen herumziehenden Arzt namens Eloisius kennengelernt, der ihm ein Heilmittel gegen seine Hämorrhoiden empfohlen habe.

Auf Vorschlag der Witwe Decabane wurde auch an diesem Abend wieder vom Selbstgemachten gekostet. Und wäre nicht der Vollmond dazwischengekommen und der Moment, den vorbereiteten Plan umzusetzen, wäre der zweiten sicherlich noch eine dritte Gaumenprobe gefolgt.

3.

Am dritten Tag des Aufenthaltes im Dorf machte D'Amblanc die Bekanntschaft zweier weiterer Personen.

Die erste war Bernard Jaranton, der Satyr persönlich, der Werwolf, der Wildschwein-Mensch, je nachdem welche Bezeichnung man im Ort vorzog. Er bestellte ihn am frühen Morgen in den Ratssaal und bevor er mit ihm redete, beobachtete er ihn eine Weile. Die menschliche Physiognomie verrät die Seele und Jaranton war ein tölpelhafter Koloss mit schaufelgroßen Händen, leerem, von geringer Vorstellungskraft zeugendem Gesichtsausdruck und von einer Intelligenz, die sich einzig mit Feldarbeit beschäftigte.

D'Amblanc fragte ihn geradeheraus, ob das Heilmittel gegen seine Hämorrhoiden gewirkt habe.

Der Bauer blickte zu Boden, schüttelte den Kopf und antwortete frei heraus: »Ich habe Blut im Stuhl.«

Mit der zweiten Frage versuchte D'Amblanc herauszufinden, was das Heilmittel gewesen war. Es hatte sich um eine Creme gehandelt. Der gute Bernard hatte sich von einem Scharlatan eine ebenso ekelerregende wie nutzlose Creme andrehen lassen, von denen es reichlich gab. Vagabunden zogen über Land und profitierten von der Gutgläubigkeit der Bevölkerung, indem sie ihnen die letzten Ersparnisse für angebliche Allheilmittel abluchsten. Man konnte sicher sein, dass dieselbe Creme als Heilmittel bei Rheuma, Schwielen und Blähungen angepriesen wurde. D'Amblanc fragte, ob jener Eloisius in Gegenwart von Bernard irgendwelche rituellen Handlungen durchgeführt habe, aber die Antwort war negativ. Der Wunderheiler hatte nur das Geld eingesteckt und war dann verschwunden.

Die dritte Frage D'Amblancs betraf die vollständige Amnesie, von der Bernard nach den Wahnsinnsattacken regelmäßig heimgesucht wurde. Er machte nicht den Eindruck eines geschickten Lügners, aber es bedurfte eines zusätzlichen empirischen Nachweises.

»Wie bewertet Ihr die Angelegenheit, Bürger D'Amblanc?«, fragte der Bürgermeister, nachdem der Bauer gegangen war.

»Mir war es wichtig, einwandfrei festzustellen, dass es sich nicht um einen Zustand handelt, der durch Somnambulismus hervorgerufen wird. Im Moment würde ich das ausschließen, es sieht nicht so aus, als habe man ihn einer magnetischen Behandlung unterzogen.«

»Dann handelt es sich also wirklich um Lykanthropie?«, insistierte Bizebarre.

D'Amblanc betrachtete den unbeholfenen Mann und unterdrückte ein Lächeln.

»Lykanthropie, Bürger, gibt es nicht. Es ist eine Legende, die aus Unwissenheit entstanden ist. Solche Legenden halten sich manchmal hartnäckig und können einfache Menschen beeinflussen und dazu bringen, sich den Erwartungen anderer anzupassen.«

»Glaubt Ihr, dass Jaranton simuliert?«

»Nein. Seine Amnesie ist anscheinend echt, aber um absolut sicher zu sein, muss ich ihn beobachten. Übermorgen Nacht werden wir gemeinsam an Ort und Stelle sein, und mit der Hilfe meiner Männer werden wir uns den Exzessen Bernards stellen.«

Der Bürgermeister nickte wenig überzeugt, und weil er schwieg, fragte D'Amblanc ihn, welche Zweifel er habe.

»Wenn ich Eure Absichten richtig verstanden habe, würde ich lieber ein paar von unseren jungen Männern mitnehmen, Leute aus dem Ort. Ich möchte nicht, dass Jaranton sich schlimmer aufführt als sonst, wenn er sich einer Gruppe von Fremden gegenübersieht. Und ich wünsche nicht, dass sich eine Gruppe Fremder allzu gewalttätig gegenüber Jaranton verhält.«

D'Amblanc lobte Bizebarre für seine Aufmerksamkeit und Umsicht, und die beiden einigten sich, dass die Pariser nur im äußersten Notfall eingreifen sollten.

D'Amblanc fand sich mit seinen Männern bei Sonnenuntergang am vereinbarten Treffpunkt ein und traf dort auf den Bürgermeister, zwei kräftige junge Männer, die für das Unternehmen ausgesucht worden waren, und Bernard Jaranton. Der Bauer blickte ziemlich verwirrt, als sie ihn in das Holzhaus eintreten ließen und die Tür von außen verriegelten; anschließend mussten sie nur noch warten.

Niemand fragte D'Amblanc, wofür er den Metallstab benötige, der aus seinem Quersack ragte.

Die Männer setzten sich beim letzten Tageslicht nieder. Die Umrisse der Dinge wurden undeutlicher, und der Mond erschien rund und weiß am Himmel. Sein Licht erzeugte einen silbernen Streifen im Fluss, der auch noch den armseligsten Poeten zu ein paar Versen inspiriert hätte.

D'Amblanc dachte daran, wie verschieden die französischen Flüsse von den amerikanischen waren, die er in Erinnerung hatte. In der Neuen Welt waren die Wasserläufe wild, und die Fluten wurden von Wasserfällen und Stromschnellen angetrieben.

Bizebarre nutzte das Warten, um Fragen zu Paris zu stellen. Stimmte es, dass Brissot verhaftet worden war? Dann zog also Robespierre die Fäden in der Regierung? Und die neue Verfassung würde verabschiedet werden? Und bei den nächsten Wahlen würden alle das Wahlrecht haben? Die Neugier des Mannes aus der Provinz schien ernst gemeint, ohne Hintergedanken, genauso wie seine Treue zur Republik. Vielleicht wäre er auch dem König treu ergeben gewesen, wenn es diesem gelungen wäre, seinen Kopf oben zu behalten, vermutete D'Amblanc, aber er schien sich als Teil von Veränderungen zu begreifen, die größer waren als Saint-Martin. Es waren Fragen, hinter denen sich eine viel tiefer gehende verbarg, die der Mann aber nicht auszusprechen wagte. Eine Frage, die nicht extra gestellt werden musste, denn jeder, der erkannte, was geschah, musste sich diese Frage am Ende stellen: »Wird noch etwas bleiben von der alten Welt?«

D'Amblanc antwortete mit wenigen Worten. Er hatte keine Lust zu langen Erklärungen. Der Abendwind trug den Geruch der Vegetation und wilder Blumen heran. In seinem Kopf spielten sich Phantasieszenen ab, in denen er zusammen mit der Bürgerin Girard auftrat. Sie waren im Haus der Frau in Paris, aber draußen vor den Fenstern lag diese Landschaft. Sie stritten freundschaftlich und der Grund des Geplänkels war ein Stück Kuchen, das bei einer Tasse Schokolade gegessen wurde. Freundschaftliches Ziehen und Zerren wurde zum Vorwand für Berührungen und den Austausch von Liebkosungen und schließlich dafür, dass ihre Körper sich in einer Umarmung verknoteten. Die Umarmung war das Versprechen eines Kusses. Der Kuss dauerte, bis sie im Schlafzimmer angekommen waren. D'Amblanc malte sich aus, wie er gemeinsam mit der Frau auf die Matratze fiel, wie er ihr half, sich von den Kleidern zu befreien, ohne seine Lippen von den ihren zu lösen. Er erinnerte sich an die Gefühle, als er ihr die Hand auf den Bauch gelegt hatte, und er versuchte sich vorzustellen, wie es gewesen wäre, hätte er ihr Gesäß, ihre Schenkel, ihr Geschlecht berührt, aber in den Händen spürte er die Erinnerung an das Fleisch der Witwe Decabane, die dort erst vor kurzer Zeit ihre Abdrücke hinterlassen hatte.

Er wusste, dass Cécile möglicherweise tot war, hingerichtet zusammen mit ihrem Mann oder aufgegriffen bei dem Versuch, Paris zu verlassen. Seit zwei Wochen hatte er keine Nachrichten von ihr, und im revolutionären Frankreich waren zwei Wochen eine Zeit, in der sich alles zwei Mal von Grund auf ändern konnte.

Der Lärm, der plötzlich aus dem Haus drang, riss ihn aus seinen traurigen Überlegungen und erinnerte ihn an den Grund der nächtlichen Wache. Als mehrere dumpfe Schläge gegen die Tür zu hören waren, näherten sich die Männer aus dem Dorf dem kleinen Haus.

D'Amblanc befahl seinen Leuten, dort zu bleiben, wo sie waren, und forderte die beiden jungen Männer auf, sich links und rechts der Tür zu postieren. Er entnahm dem Quersack eine Schnur und reichte das eine Ende Bizebarre.

»Haltet Euch bereit, ihn zu fesseln«, befahl er ihm.

Die Schläge wurden kräftiger und von Schreien und Grunzen begleitet. Auf ein Zeichen D'Amblancs schob einer der beiden jungen Männer den Riegel der Tür zurück. Die Tür flog auf und Jaranton sprang heraus. Er war nackt. Einen kurzen Moment lang blieb er wie vom Mondlicht verzaubert stehen. Das reichte D'Amblanc und Bizebarre, ihm die Schnur um die Beine zu wickeln und ihn zu Fall zu bringen. Die beiden jungen Männer stürzten sich auf ihn und machten ihn bewegungsunfähig. Aber der gewaltige Körper Jarantons war nicht einfach in Schach zu halten. Der Bürgermeister warf D'Amblanc einen Blick zu, und sofort sprangen Radoub und Poulidor herbei und halfen, den Wildschwein-Mann endgültig zu fesseln. Jaranton heulte und grunzte weiter, während er mit den noch freien Händen sein Glied bearbeitete.

»Mein Gott, der hat den Teufel im Leib«, rief Bizebarre.

»Der Teufel hat damit nichts zu tun«, sagte D'Amblanc und hielt den armen Teufel an den Fußgelenken fest. »In Vollmondnächten ist die Anziehungskraft des Mondes und der Erde am stärksten. Wenn der natürliche animalische Magnetismus gehemmt oder irgendwie blockiert wird, kann das bei sensiblen Subjekten ein Delirium oder Anfälle von Priapismus auslösen.«

Der Bürgermeister warf einen angewiderten Blick auf Jaranton, der unerschütterlich seine Tätigkeit fortsetzte.

»Gibt es Heilungsmöglichkeiten?«

D'Amblanc fesselte endgültig die Beine des Gefangenen.

»Der Mensch kennt bereits die Mittel der Selbstheilung, aber er ist sich dessen nicht bewusst. Um den Stau des magnetischen Fluidums zu lösen, muss die körperliche Polarisierung wiederhergestellt werden. Wenn man nicht über die geeigneten Instrumente verfügt, streicht man kräftig über die Extremitäten, über Kopf, Hände und Füße. Aber wenn ein Mensch nicht weiß, wo die Behandlung anzusetzen hat, lässt er sich vom Instinkt leiten und er streicht über die Extremität, die ihm ... besonders einladend erscheint, und auf diese Weise verschafft er dem Fluidum einen Ausgang.«

Jaranton ejakulierte mit einer Salve kriegerischer Grunzlaute.

»Helft ihm!«, flehte Bizebarre mit versteinertem Gesichtsausdruck.

D'Amblanc nickte.

»Ich werde Euch etwas zeigen.«

Die Fesseln machten Jaranton bewegungslos. Er knurrte noch und gab andere Geräusche von sich, aber D'Amblanc beachtete sie nicht. Er nahm den Eisenstab und forderte Bizebarre auf, das eine Ende in die Hand zu nehmen. Mit dem anderen Ende ließ er ihn den Bauch des Patienten berühren. Er befahl den beiden Männern aus dem Dorf zusammen mit Bizebarre eine Menschenkette zu bilden und eine Hand auf den Bauch des Unglücklichen zu legen. Dann beugte er sich über ihn und begann zuerst seine Schläfen und dann kräftig seine Hände und Füße zu massieren.

»Man muss die Körperextremitäten massieren, damit das magnetische Fluidum wieder ungehindert fließen kann.«

Er begann wieder von vorne und wiederholte die Massagen mehrere Male. Dabei sprach er dem Bauern etwas ins Ohr; er erinnerte ihn daran, dass er Bernard Jaranton war, der Mann von Angeline, Vater von drei Kindern, und forderte ihn auf sich zu beruhigen.

Unter den ungläubigen Augen der Pariser und der Männer aus der Provinz erlosch nach und nach die Wut des Wildschwein-Menschen. Zunächst hörte er auf sich zu schütteln, dann schwieg er, und nur sein heftiges Atmen war noch zu hören, dann schien er in einen tiefen Schlaf zu fallen.

D'Amblanc erhob sich und trocknete seine Stirn mit einem Taschentuch.

»Ihr könnt ihm die Fesseln abnehmen, die Krise ist vorbei«, sagte er. »Bringt ihn wieder hinein und deckt ihn zu. Wenn er aufwacht, begleitet ihr ihn nach Hause.«

Bizebarre blickte D'Amblanc bewundernd an, während die beiden anderen die Anordnungen ausführten.

»Ihr habt ihn geheilt!«

»Keinesfalls. Der arme Hund müsste regelmäßig Bäder in magnetisiertem Wasser nehmen ... und seine Hämorrhoiden behandeln. Ich bin überzeugt, dass sie es sind, die sich auf das Fluidum auswirken, dass sie der Grund für die Anfälle sind. Ich habe Euch gezeigt, wie man damit umgeht. Meine Aufgabe ist damit beendet.«

»Aber ich ... ich wäre dazu nicht fähig ...«, stammelte der Bürgermeister verwirrt.

»Ihr könnt es auch, Ihr habt ja gesehen, wie ich es gemacht habe«, erwiderte D'Amblanc bestimmt. »Vollmond ist erst wieder in einem Monat, bis dahin könnt Ihr Euch vorbereiten.«

Er ließ dem Bürgermeister nicht die Zeit, über die Verantwortung nachzudenken, die er ihm übertragen hatte, und sagte:

»Wenn Ihr nichts dagegen habt, werde ich mich jetzt ein paar Stunden hinlegen. Morgen in aller Frühe brechen wir nach Manorba auf.«

Bizebarre schwieg. Er wollte schon gehen, aber dann blickte er D'Amblanc wieder an.

»Bürger, Eure Wachmannschaft ist für das Gebiet, in das Ihr reisen wollt, nicht stark genug. Glaubt mir, ich bin ein guter Patriot.«

D'Amblanc nickte.

»Ich verstehe.«

Der Bürgermeister biss sich auf die Lippen.

»Auch wenn wir hier nur wenige sind, es ist meine Pflicht, euch zwei weitere Männer zur Verfügung zu stellen. Jemanden, der die Gegend, die Sprache und die Bräuche kennt. Die Männer Eurer Eskorte sprechen alle mit fremdem Akzent.«

D'Amblanc schüttelte dem Bürgermeister die Hand.

»Danke, Bürger Bizebarre. Ich nehme Euer Angebot gerne an. Sagt ihnen, sie sollen sich bei Sonnenaufgang bereithalten.«

4.

Die östliche Flanke des Hügels von Saint-Sixte war weniger steil und unwegsam als die, an der Saint-Martin lag. Es gab Eichen, Eschen und gepflegte Esskastanienpflanzungen. Der Weg war breiter und besser einsehbar als der Maultierpfad an der anderen Bergflanke, nur wenn es über holpriges Gelände ging, wurde er plötzlich schmaler und unerwartet tauchten enge Kehren auf.

Die Männer ritten hintereinander, es waren zwei hinzugekommen. Der Bürgermeister von Saint-Martin hatte als Verstärkung die beiden kräftigen jungen Männer geschickt, die in der vergangenen Nacht geholfen hatten, den Wildschwein-Mann zu überwältigen.

Eingehüllt in die Stille der Heidelandschaft, überlegte D'Amblanc, dass ein Landstrich nicht seiner Beschaffenheit, seiner Unwegsamkeit oder seines unwirtlichen Klimas wegen anderen feindlich gesinnt ist, sondern dass es die Geisteshaltung derjenigen ist, die ihn bewohnen. Natürlich wird sie von der natürlichen Umwelt beeinflusst, aber sie kann von anderen Faktoren gelenkt, geleitet oder irregeführt werden, wie von Religion und Aberglauben, von einer Vorstellungswelt, die unverändert über Jahrhunderte weitergegeben wird. Aber wenn es stimmt, dass jede Epoche mit der ihr eigenen Atmosphäre eine eigene Denkweise hervorbringt, waren Frankreich und die Welt Zeuge der Geburt einer neuen Epoche und der ihr entsprechenden Denkweise, wenn sie auch unter schmerzhaften, aber unvermeidlichen Wehen erfolgte.

Umweltfaktoren. In diesen Landstrichen waren Religion und Unterwürfigkeit gegenüber Adel und Wohlhabenden so natürlich wie der Raureif im Winter oder die Hitze der Hundstage, in der sie unter einer Sonne dahinritten, die bereits hoch am Himmel stand.

Er dachte an die kindliche Fügsamkeit der Bauern, an das radikale Anderssein von Menschen wie Jaranton. Es war die mühselige Schufterei, die keine Worte der Auflehnung zuließ. Vollmond, die magische Welt der Vergangenheit mit subtilen Einflüssen, mit Suggestion und Beschwörung waren der Ort, unterdrückte, negierte Energie auszuleben.

Aber diese Heidelandschaft, der eigentliche Mittelpunkt des Vaterlandes, die nicht nur räumlich weit weg von Paris, sondern auch zeitlich in einer anderen Ordnung angesiedelt war, brachte dennoch nicht nur Menschen hervor, die daran gewöhnt waren, über Jahrhunderte von Generation zu Generation eingeübten und zum Joch gewordenen Vorschriften zu gehorchen. Die Männer seiner Eskorte aus dieser Gegend zum Beispiel bezeugten, dass die Veränderung begonnen hatte. Auch sie waren aus der Auvergne, vom Stamme Vercingetorix', sie waren Schäfer oder Holzfäller wie die anderen, aber sie hatten sich entschlossen, die ausgetretenen Pfade zu verlassen, die Adel und Klerus ihnen aufgezwungen hatten und die sie für richtig gehalten hatten, weil es angeblich Gottes Wille war.

Der eine war groß und kräftig mit breitem Kreuz. Seine noch kindlichen Gesichtszüge waren bereits von einer tiefen Narbe auf der Wange gezeichnet, die wie eine latente Drohung wirkte, wie sie von kaputten Puppen ausgeht. Er hieß Doiet, D'Amblanc nannte ihn in Gedanken den »Gezeichneten«. Er war mit einem Jagdgewehr und einem Messer, fast so lang wie ein Degen, bewaffnet und ritt inmitten der Gruppe auf einem Maultier.

Der andere war groß und schmal, aber als es galt, den Wildschwein-Mann niederzuringen, hatte er kräftig und entschieden zugepackt. Er gehörte zu den Hageren, ausgestattet mit nervöser Kraft, stählernen Sehnen und gut trainierten Muskeln, durch die das Fluidum ohne Blockaden und Unterbrechungen hindurchfließt. Im Sattel eines fahlgelben Gauls stimmte er unter dem löchrigen Hut von Zeit zu Zeit Strophen eines unverständlichen lokalen Lieds an. D'Amblanc fiel plötzlich sein ungewöhnlicher Nachname ein: Feyfeux.

Es waren die Revolutionäre der Auvergne, Soldaten einer neuen Zeitrechnung, mit einer Kleidung, die kriegerisch hatte wirken sollen, die sie aber aussehen ließ wie Banditen der Vergangenheit in der Vorstellungskraft eines Dichters oder Malers. Ein Engländer hätte ihr Aussehen *romantisch* genannt. Aber es war nicht die Zeit, dem Reiz des Pittoresken zu erliegen.

Im dichten Wald kam die Gruppe an einen Fluss. Auf dem sumpfigen, moosbewachsenen Boden voller Wasserpflanzen lagen überall vom Grat über ihnen herabgerutschte Felsbrocken auf dem Weg.

D'Amblanc hörte plötzlich Gepolter von Steinen und Geröll. Unteroffizier Radoub hatte noch gerade rechtzeitig den Befehl zum Absteigen gegeben, als aus dem Unterholz eine Gewehrsalve krachte. Das Maultier des Gezeichneten brach zusammen, der Reiter rollte über den Boden und legte sich mit eingezogenem Kopf hinter den Kadaver seines Maultiers.

»In Deckung!«, befahl Radoub. »Sie laden nach, und nach der nächsten Salve werden sie uns angreifen, aber schießt erst, wenn sie nahe genug herangekommen sind!«

Die Antwort war trockenes Gewehrfeuer, und aus der Vegetation erhob sich eine Rauchwolke, aber die Männer hatten bereits hinter Bäumen Deckung gesucht und hielten die Pferde am Halfter. Dann zeigten sich die Angreifer, schreiend und wild durcheinander rennend kamen sie den Abhang herunter. Sie sahen aus wie in Leder gekleidete Wilde. Wer eine Muskete hatte, feuerte im Laufen auf irgendein Ziel, andere schossen mit Zwillen.

»Jetzt!«, befahl Radoub.

Sie antworteten mit einer Salve, aber nur das Jagdgewehr des Gezeichneten erzielte eine Wirkung. Aufgrund der breiten Streuung konnte der Schuss aus dieser Distanz nicht fehlgehen. Einer der Angreifer stürzte und schrie auf vor Schmerz. Die anderen bremsten ihren Lauf. D'Amblanc zog seine Pistolen, konnte aber keinen der Angreifer ins Visier nehmen. Auf Befehl Radoubs bildete die Eskorte eine dichte Reihe, die Angreifer zögerten. Feyfeux stürzte sich schreiend auf den nächsten Gegner, überrumpelte ihn, stach ihm das Messer in die Brust und schnitt ihm die Kehle durch, während um ihn herum in Staub und Pulverdampf der Kampf entbrannte. Die Begleiter aus der Auvergne kämpften wie die Furien, während die Pariser die Angreifer mit aufgepflanzten Bajonetten auf Distanz hielten. Die Loyalisten, oder wer immer sie waren, verloren einen weiteren Mann und flohen zurück in den Wald.

Das ist der *kleine Krieg*, dachte D'Amblanc und hielt die Griffe der immer noch geladenen Pistolen fest umschlossen. Genau wie in Amerika. Eine solche Szene hatte er unter ähnlichen Umständen schon einmal erlebt.

An den Ufern des Bush Creek hatten indianische Führer sie einst in einen Hinterhalt gelockt. Sie waren nach einem Angriff mit blanker Waffe im Schatten der Bäume und im Rauch des Schwarzpulvers nur knapp mit dem Leben davongekommen. Die Indianer waren anschließend ohne irgendeine Art von Prozess auf der Stelle hingerichtet worden, Führer und Gefangene. Schon damals hatte D'Amblanc aufgehört, der kriegerischen Handlung an sich einen moralischen Wert beizumessen, dem Töten und Vierteilen. Der Krieg war harte Notwendigkeit und musste zum Wohle des Vaterlandes siegreich bis zum Ende geführt werden.

Der Riese aus der Auvergne mit der Narbe auf der Wange gab seinem Freund Feyfeux ein Zeichen und zeigte auf die hingestreckten Körper der Angreifer. Einer von ihnen röchelte noch; mit zwei Hieben des Gewehrkolbens auf den Schädel erledigte er ihn. D'Amblanc betrachtete die Leichen der Besiegten, Schäfer, die zu Soldaten der Reaktion geworden waren. Die Sache hätte auch anders ausgehen können. Eine Reihe glücklicher Umstände – das Jagdgewehr, die Erfahrung Radoubs, die mutige Reaktion Feyfeux' – hatten diesen Ausgang ermöglicht. Das ist der Krieg, dachte er: die Probe, ob einem das Schicksal hold ist, und je *kleiner* er ist, je beschränkter er räumlich und zahlenmäßig ist, desto größer die Bedeutung des Schicksals.

Die beiden aus der Auvergne hatten die Leichen sorgfältig untersucht und teilten sich alles, was nützlich sein konnte: Pulver, Pfanne, Messer, eine Axt und einen Quersack mit Brot und Käse. Als alles verteilt war, machte sich der Gezeichnete daran, den Opfern mit einer verrosteten Zange die Zähne zu ziehen. Er arbeitete schnell und geschickt, er war es gewöhnt, solche Arbeiten zu erledigen. Gebisse aus echten menschlichen Zähnen waren teuer und sehr viel besser als die aus Holz oder Tierknochen. Es gab einen Markt für Zähne.

D'Amblanc wohnte der Szene bei, als handle es sich um einen der Albträume, die ihn ab und zu heimsuchten und deren Schauplatz eine andere Zeit und ein anderer Kontinent war.

Aber sie befanden sich auf französischem Boden. Der Arzt schüttelte sich und wollte eingreifen, aber Radoub hielt ihn zurück: »Lasst sie machen, Bürger, sie halten es für ihr gutes Recht, und das ist es auch. Wir wissen nichts über den Hass, der in diesen Gebieten gedeiht.«

Feyfeux schnitt inzwischen Finger ab, um sich der Eheringe zu bemächtigen.

5.

Nachdem sie den Kampfplatz verlassen hatten, ritt die Gesellschaft ohne anzuhalten bis zum Sonnenuntergang weiter. D'Amblanc saß niedergedrückt im Sattel, und das Einzige, was ihn mit dem Hier und Jetzt verband, mit der Auvergne, den Gegebenheiten der Mission, den Bildern, die vor seinen Augen vorüberzogen, war ein schmerzhaftes Stechen in Beinen, Lenden und der Rippengegend. Seit Jahren hatte er nicht mehr solche Schmerzen gespürt, vor allem der Schmerz in der Rippengegend war kein gutes Zeichen.

Die Sonne brannte gnadenlos hernieder, und vielleicht um die Angst zu verdrängen, verlor er sich in den Phantastereien eines ganz anderen Schicksals. Er stellte sich vor, vor vielen Jahren in Amerika von einer Gewehrkugel verletzt worden zu sein, er sah sich zurückgelassen auf einem Feld, für tot gehalten und von einer Halbblutfamilie gefunden. Er malte sich aus, jahrelang vom Verkauf von Fellen zu leben, er sah sich mit einer Wilden verheiratet. Er zählte Kinder und Enkel, die Jahr für Jahr geboren wurden und er stellte sich vor, das sei das wahre Leben und der Rest sei nur ein Traum.

Sie erreichten eine kleine, aus unverputzten Steinen gebaute Behausung in Form eines Zuckerhuts, die in der Auvergne »Tsabana« genannt werden; sie diente Schäfern als Unterschlupf, und obwohl sie verlassen war, roch es nach Schaf und Käse.

Feyfeux hörte nicht auf zu singen, auch nicht als er abgestiegen war und das Pferd absattelte. Das Tier war nervös, es schnaubte und versuchte auszuschlagen, aber Feyfeux beruhigte es mit seinem Singsang und hielt ihm eine große Karotte vors Maul.

Die anderen Männer bereiteten sich auf die Nacht vor, Radoub teilte die Wachen ein. D'Amblanc befreite das Pferd von seiner Last und machte sich erschöpft ein Nachtlager zurecht, während der Gezeichnete und Thuillant, der Kunsttischler, zwei Hühner rupften, die ihnen die Leute von Saint-Martin geschenkt hatten.

Radoub näherte sich D'Amblanc und fragte ihn, wie es ihm gehe. D'Amblanc beruhigte ihn, aber der Schmerz war ihm ins Gesicht geschrieben, und der Unteroffizier blickte ihn besorgt und mit gerunzelter Stirn an. Auch wenn der Ausgang der Mission nicht von ihm abhing, für die kriegerische Seite des Unternehmens, für Situationen, in denen es um Leben und Tod ging, und die sich daraus ergebenden Konsequenzen fühlte Radoub sich verantwortlich. Er war vertrauenswürdig und hatte Mut, unvorsichtig war er nicht. Wie ein alter Soldat hatte er die Mentalität eines Schauspielers oder Spielers. Steht man auf dem Schlachtfeld, auf der Bühne oder hält man Karten in der Hand, muss alles getan werden, um erfolgreich zu sein.

D'Amblanc zog eine Flasche aus dem Quersack und nahm rasch hintereinander zwei Schlucke von einer Flüssigkeit, die sofort den stechenden Geruch von Alkohol, gemischt mit Safran und Muskat verbreitete, den typischen Aromen, mit denen man den bitteren Geschmack von Laudanum zu überdecken versuchte. Bevor er Mesmer kennengelernt hatte, hatte er oft auf diese Heilmittel zurückgegriffen. Er hatte keine gute Erinnerung an sie, aber in der Situation, in der er sich jetzt befand, war es sicherlich das kleinere Übel.

»Ist es das, was ich vermute?«, fragte der Unteroffizier.

»Es lindert den Schmerz und hilft beim Einschlafen«, antwortete D'Amblanc lakonisch.

Radoub betrachtete ihn mit einer Mischung aus Sorge und Skepsis.

»Was verursacht Eure Schmerzen?«

D'Amblanc kniff die Augen zusammen.

»Alte Verletzungen.«

Radoub setzte einen bedeutungsvollen Blick auf, der D'Amblanc fast väterlich vorkam.

»Kriegsverletzungen?«

»In der Neuen Welt. Gegen die Engländer.«

Radoub nickte.

»Ich habe in dem Krieg davor gekämpft, als wir uns Kanada zurückgeholt haben. Ich war mit Senezergue auf den Abrahamshöhen. Zweites Bataillon, Regiment de la Sarre.«

D'Amblanc fixierte den Soldaten. Er hatte in Amerika Dutzende Geschichten und Erzählungen über die Abrahamshöhen und die Schlacht um Québec von 1759 gehört.

»Ihr müsst noch sehr jung gewesen sein«, bemerkte er.

»Ja, ich war noch jung, aber nicht allzu jung«, wich Radoub aus. »Und Ihr? In welchem Regiment wart Ihr?«

»Regiment de Bourbon«, antwortete D'Amblanc, »aber bei der Belagerung von Yorktown war ich nicht dabei, ich wurde vorher außer Gefecht gesetzt.«

Radoub nickte und zeigte auf die Flasche.

»Übertreibt nicht mit dem Zeug. Sorgt dafür, dass es Euch bessergeht.«

Er verabschiedete sich und ließ D'Amblanc mit dem Kopf zwischen den Wolken zurück, in einer anderen Zeit und in einem anderen Raum, die er wie die Zeichen auf seinem Körper mit sich trug.

Er hatte nicht erwartet, sich nach all den Jahren wieder in einem Krieg zu befinden. Er hatte geglaubt, die Reise sei eine Kleinigkeit, etwas Nebensächliches, das in ein paar Monaten erledigt wäre, er hatte keine besonderen Erwartungen gehabt. Er hatte erwartet, sich mit dem Aberglauben der Bergbewohner auseinandersetzen zu müssen, weit weg von Paris, dem Ort aller Ereignisse, die es wert waren, festgehalten zu werden, weit weg von seinen Patienten, weit weg von Madame Girard. Er hatte den Auftrag angenommen, ohne daran zu denken, dass er zur letzten Mühsal seines Lebens werden konnte. Er war zu nachsichtig gegen sich selbst gewesen, er hatte sich in dem Moment für unsterblich gehalten, als die Umstände, die Frankreich heimsuchten, die Verletzlichkeit jeglicher Existenz bezeugten. Er hatte oberflächlich und unachtsam gehandelt. Der Gezeichnete und Feyfeux, er hörte sie in ihrem Dialekt miteinander reden, hatten ihn zurück auf den Boden dieses rauen Stücks Frankreichs geholt. Man musste diesen Männern dankbar sein, die sich Gefahren auf die Schultern luden, als handele es sich um einen Sack Kastanien.

Die beiden hatten ein kleines Feuer entfacht und gemeinsam verzehrten sie beim Schein der Flammen ein schweigsames Mahl.

Sie waren allein in der weiten Landschaft, der Himmel war ein offenes blaues, ins kalte Licht der Sterne getauchtes Gewölbe. Nacht für Nacht nahm der Mond weiter ab. D'Amblanc hätte sich dasselbe von seinen Leiden gewünscht. Er widerstand der Versuchung, einen weiteren Schluck aus der Flasche zu nehmen, und zog die Decke bis zur Nasenspitze hoch.

Auszug aus

MOLIÈRE

Komödie in fünf Akten von Carlo Goldoni (1751)

Erster Akt, sechste Szene

MOLIÉRE

Großartig! Ich schade niemandem und werde verfolgt;
dem Publikum hab' ich gedient, und
das Publikum beleidigt mich.
In Frankreich war, ihr wisst es, das komische Theater
in den Händen von Menschen, die
für den Pflug geboren sind.
Man sieht nur Farcen und improvisierte Possen,
geschaffen nur, um dümmlich Volk zu unterhalten.
Die gebildeten Bürger und das artige Volk
vergeuden kostbare Zeit mit schändlichem Vergnügen:
Die gemeinsten Komödianten kamen aus fremdem Land,
sie lachten uns aus und amüsierten sich auf unsere Kosten;
einer von ihnen war Scaramouche, und alle wissen,
dass er im Jahr zwölftausend Lire einnahm,
denn ohne groß' Vergnügen zu erwerben,
wogen die Bürger seine Possen in Gold auf.
Ich, geborenes Genie mit Verlangen nach Ehre,
lieh dem komischen Theater Hand und Herz;
ich schickte mich an, die schlechten
Gewohnheiten zu ändern,
Plautus und Terenz nahm ich mir zum Vorbild.
Erinnert euch des Zuspruchs, den mein erstes Werk erfuhr;
»Der Tolpatsch« wurde überall gefeiert,
und mit dem »Liebesärger« und den
»Lächerlichen Preziösen«
erwarb ich augenblicklich Ehre, Ruhm und Brot mir.
Und alle riefen mir anerkennend zu:
Chapeau Molière, nur Mut, das ist wahre Komödie.

VALERIO

Über all das solltest du dich nicht
ärgern, sondern dich freuen,
dass du die öffentliche Bühne aufgabst, um

ins komische Fach zu wechseln.
Nur Mut, ich wiederhole es: Nur Mut.

MOLIÈRE
Ja, Mut.
Es gibt reichlich Grund, ihn zu haben, den Mut.
[Er sagt das ironisch.]
Jener Scaramouche, von dem ich vorher sprach,
ging nach Florenz zurück, mit dem verbliebenen Ersparten.
Seine Kinder misshandelten ihn, seine Frau verprügelte ihn;
er gab ihnen alles, was er besaß, damit
sie ohne Sorgen lebten,
und kehrte nach Paris zurück, auf die Bühne,
und wieder waren Loge und Parkett voller Menschen.
Das Publikum, das besseren Geschmack bewiesen,
hat sich dem Schlechten wieder hingegeben.
Und als Lohn für meine Mühen, und
deshalb bin ich verärgert:
rennen sie zu Scaramouche, mich vergessen sie.

ZWEITE SZENE

Das Neue Theater

Letzte Juniwoche 1793

1.

Beeindruckend konnte man den Platz nicht nennen. Jedenfalls nicht, wenn man die Häuser, die Kleidung der Passanten, die holprigen Straßen und die Geometrie betrachtete. Bei Licht besehen, war es gar kein Platz, sondern eine kleine Kreuzung, gerade groß genug für ein wildes Blumenbeet in der Mitte, auf dem drei Straßenhändler Blumen, Gerümpel und Diebesgut verkauften. Léo hatte sie um Erlaubnis gebeten, seine bescheidene, schmucklose Bühne hier aufbauen zu dürfen, und sie hatten ihm resigniert bedeutet, er solle es sich bequem machen. Ihn wieder verjagen konnten sie immer noch, und die Zeit mit unnötigen Streitereien zu vergeuden lohnte sich nicht.

Während er sich auf seinen Auftritt vorbereitete, musste Léo an den Pont Neuf denken. Auch wenn es kein guter Schlafplatz gewesen war, so hatte er immerhin eine beachtliche Bühne geboten. Auch das war kein richtiger Platz gewesen und auch dort hatte er in der Nachbarschaft finsterer Händlergestalten rezitiert, aber der Pont Neuf hatte eine gewisse Würde ausgestrahlt, er war berühmt, er war die längste Brücke der Stadt, unentwegt wurde er von Menschen überquert. Er war ein Spiegel der Stadt, Reiche, Arme, echte und falsche Revolutionäre, Flegel und geistvolle Menschen benutzten ihn. Er hatte ihn nur schweren Herzens verlassen. Es hieß, die Polizei suche nach ihm, das heißt, sie suchten nicht wirklich nach ihm, nach Léo Modonnet, sie suchten nach dem Aufrührer mit der Maske, nach dem Komiker, der sich erdreistet hatte, die Kanone abzufeuern, die dem Volk gehörte.

Hier in der Rue de Charenton, mitten im Faubourg Saint-Antoine, kamen nur Sansculotten, Wäscherinnen, streitsüchtige Weiber, ignorante Dörfler und eine Gruppe Betrunkener aus der nahen Schänke vorbei.

Die Kaschemme hieß »La Grande Pinte«, und der Wirt war ein Ehrenmann, er gehörte zu jener seltenen Gattung Mensch, die die Beweggründe der Kunst versteht.

Trotz der Angst, verhaftet zu werden, hatte Léo mehrere Nächte im Freien verbringen müssen, die Gastwirte waren geizig und gefühlskalt. Zum Glück waren die Gäste meistens ziemlich großzügig, und für einen schlagfertigen Spruch, eine Parodie oder ein paar Verse spendierten sie ihm einen Teller Suppe und ein Glas Wein. Aber wenn dann der Augenblick kam und er den Wirt um ein bequemes Nachtlager bat, nachdem er den ganzen Abend dessen Kundschaft unterhalten hatte, wurde er regelmäßig abgewiesen, sodass Léo sich jedes Mal auf der Straße wiederfand, die er gezwungenermaßen zu seinem Schlafplatz machte.

Der Wirt Férault hatte ihm dagegen einen Strohsack, eine Decke und den Hof der Grande Pinte mit einem Brunnen, an dem man sich waschen und aus dem trinken konnte, so viel man wollte, zur Verfügung gestellt. Deshalb hatte Léo seit drei Nächten diesen nicht wirklich festen, aber im Vergleich zu vorher doch festeren Wohnsitz im Faubourg Saint-Antoine gewählt. Er hatte seine Glieder ausgestreckt und tief und unbeschwert geschlafen, und zusammen mit dem Schlaf war der Schwung zurückgekehrt, den er für seine Auftritte auf dem Platz brauchte, und es war egal, ob das nun ein richtiger Platz war oder nicht.

Er hatte den Gesprächen der Laufburschen zugehört und glaubte die richtige Formel für die Unterhaltung des Publikums des Faubourgs gefunden zu haben: Karikaturen von Adeligen, Eimer voll Scheiße auf Reaktionäre, Betrügereien unter Priestern und fürchterliche Prügel für Aufkäufer und Hamsterer.

Nichts einfacher als das, sagte sich Léo und stellte eine hölzerne Schüssel vor sich auf, die er sich in der Taverne geliehen hatte. Die Mütze, in der er normalerweise das Geld einsammelte, hatte er gegen zwei Pfund Äpfel getauscht, und die Reste seiner Bühnenausstattung, das heißt das Schild, auf dem er die Republik willkommen hieß, hatte er als Erinnerung an ihn am Pont Neuf zurückgelassen. Ihm blieb das für Aufführungen Unverzichtbare: Körper, Stimme und ein Theaterkostüm.

Etwa ein Dutzend Personen hatte sich vor ihm versammelt und wartete auf die Aufführung. Andere schauten aus der Ferne zu, sie standen in den Türen von Häusern und Geschäften, als hätten sie Angst, bezahlen zu müssen, wenn sie näher kamen.

Léo konzentrierte sich, stellte sich dem Publikum vor und kündigte einen Monolog mit dem Titel »Die Gräfin hat einen Teller zerbrochen« an. Er war sich sicher, dass er die Gunst des Publikums erobern würde. Es war unvorstellbar, nicht über Léo Modonnet zu lachen, der auch ohne weibliches Kostüm eine Aristokratin interpretieren konnte, die ohne Dienerschaft geblieben war und sich selbst helfen musste.

Aber das Publikum reagierte nicht auf seine Witze, es lachte nicht und klatschte auch bei den gelungensten Passagen nicht. Dennoch wurde die Gruppe größer, jetzt waren es schon zwanzig bis dreißig Personen, die in irritierender Weise zu ihm herüberblickten, miteinander tuschelten, die verlausten Köpfe schüttelten, sich auf die Schulter schlugen und sich die Ellenbogen in die Seite stießen. All das hatte keinerlei Bezug zu dem von ihm Rezitierten.

Léo machte es kurz. Vielleicht war die Gräfin doch nicht das richtige Objekt. Er hatte gehört, dass die wahren Revolutionäre, die Anführer der Bergpartei, obszöne Karikaturen des Adels nicht länger schätzten, weil das alte Frankreich tot und begraben sei und man es nicht zu neuem Leben erwecken solle, auch nicht, um darauf zu spucken. Vielleicht gaben sich die braven Sansculotten deshalb auf den öffentlichen Plätzen alle Mühe, nicht über Witze zu lachen, die am Tisch einer Taverne unter Freunden und Trinkgenossen herzhaftes Gelächter ausgelöst hätten.

Was sind schon kaputte Teller! Die Aristokraten saßen inzwischen im Gefängnis, und wer nicht im Gefängnis saß, war nach Koblenz ausgebürgert worden, und wer weder im Gefängnis und noch in Koblenz war, an dem nagten die Würmer.

Er beendete die Vorstellung mit einer Verbeugung und zeigte eine Akrobatennummer, bei der er so tat, als sei er ein unfähiger Tölpel, wobei ihm das Gewünschte beim letzten verzweifelten Versuch gelang. Aber die Zuschauer waren unkonzentriert und lachten immer noch nicht. War es möglich, dass ihnen der Sinn der Aufführung entgangen war? War es möglich, dass sie den subtilen Witz, die Ironie nicht verstanden? War es möglich, dass sie ihn tatsächlich für einen unfähigen Tölpel hielten?

Léo beeilte sich und war bereits beim großen Finale angekommen. Er schwang sich in den Handstand, und gerade in diesem Augenblick trat einer aus der ersten Reihe zwei Schritte vor, warf eine Münze in die Schale, und bevor er an seinen Platz zurückkehrte, hob er die Faust und rief:

»Hoch lebe Scaramouche!«

Léo, mit dem Kopf nach unten, starrte wie versteinert, Gedankenfetzen rasten durch sein Hirn. Jemand hatte ihn wiedererkannt. Die verdammte Kanone und der verdammte Leonida Modonesi, war er verrückt geworden? Hätte er sich heute Morgen nicht um seine eigenen Angelegenheiten kümmern können? »Jetzt gibt's Ärger«, entfuhr es ihm, aber niemand hörte ihn, denn zwei weitere Zuschauer waren dem Beispiel des ersten gefolgt und entfernten sich mit demselben Ruf:

»Hoch lebe Scaramouche!«

Léo stand jetzt wieder auf den Füßen. Weitere Personen näherten sich und ließen ein paar Münzen in die Schale fallen, woraufhin ihre Freunde dasselbe taten und nach und nach auch alle anderen, die den weiter entfernt Stehenden Zeichen gaben und ihnen zuriefen: »Marchard hat gesagt, er ist es«, »Natürlich, wenn ich's doch sage« und »Das ist der vom Pont Neuf, der Scaramouche mit der Alarmkanone!«, und zu den Münzen in der Schale gesellten sich weitere, während die Ersten ihm die Hände schüttelten, ihm auf die Schulter klopften und Sachen sagten wie: »Bravo!«, »Klasse gemacht!« und »Wenn's doch mehr gäbe, die nicht nur dumm quatschen«, und dann entfernten sie sich und wiederholten immer wieder:

»Hoch lebe Scaramouche!«

Léo hatte Gefahr gewittert und gefürchtet, Hals über Kopf mit der Polizei auf den Fersen fliehen zu müssen, stattdessen applaudierte und schrie der ganze Haufen vor Begeisterung und ließ den Helden hochleben.

Manchmal genügt das Aufzucken eines Blitzes, um in dunkler Nacht den Weg zu finden.

Léo verneigte sich mit einem Seufzer der Erleichterung und dankte der Menge, klopfte seinerseits Schultern, schüttelte Hände und murmelte wirre Sätze des Dankes.

Aber dann fand er, dass es besser sei, die Zelte abzubrechen. Er lächelte und grüßte, strich seinen Verdienst ein und schritt von dannen, ohne sich noch einmal umzudrehen, als müsse er dringend zur Toilette. Mit eiligen kleinen Schritten und zusammengekniffenen Arschbacken lief er durch die

Straßen des Faubourgs, immer darauf bedacht, das verdiente Geld nicht zu verlieren.

2.

Der Faubourg Saint-Antoine war in ganz Paris für seine verwinkelten Höfe, versteckten Durchgänge und Hinterzimmer in Tischler- und Möbelbauerwerkstätten bekannt. Dank der durch unterirdische Gänge miteinander verbundenen Brunnen waren Diebe der Verhaftung entgangen und zu legendären Gestalten geworden. Léos Flucht war weniger abenteuerlich.

Er versteckte sich in einem schmalen, langen Hof, hockte sich zwischen die Mauer und einen mit Holzstangen beladenen Wagen, in Gesellschaft eines Pferdes, das an der Deichsel stand und vor sich hindämmerte, und wartete, bis sein Herzschlag sich wieder beruhigt hatte.

Was war eigentlich geschehen?

Man hatte ihn wiedererkannt.

Jemand hatte ihn erkannt und ihn zum neuen Helden ausgerufen.

Durch einen Zufall trug der neue Held den Namen einer Figur der Commedia dell'Arte: Scaramouche, ein ehemaliger Soldat auf der Suche nach dem Glück, geboren in Neapel, leicht erregbar und ein Aufschneider. Scaramouche war durch den großen Fiorelli in Frankreich berühmt geworden.

Léo suchte nach einer versteckten Botschaft, die sich hinter den Ereignissen verbarg, als das Geschwätz von zwei Alten seine Überlegungen unterbrach.

Er spähte unter dem Wagen hindurch und entdeckte acht Stuhlbeine und vier geschwollene Fußgelenke. Die beiden hatten sich an die gegenüberliegende Mauer des Hofes gesetzt und diskutierten, ob ein gewisser Solin es verdient habe, wie Capet zu sterben.

»Die Todesstrafe ist das einzige Heilmittel«, sagte der eine.

»Ich finde, Gefängnis reicht, wenn sie den Scheißkerl wirklich reinstecken«, erwiderte der andere.

Léo rechnete. Seit sechs Jahren lebte er in Paris, und fast jeden Abend hatte er vor Publikum gespielt, auf der Bühne eines Theaters oder unter freiem Himmel, fünf Mal die Woche. Wie viel macht das insgesamt? Fünf mal zweiundfünfzig mal sechs ...

»Soll ich dir sagen, was das Wichtigste ist? Dass sie jemanden wie Solin aus dem Verkehr ziehen. Ob sie ihm den Kopf absägen, interessiert mich nicht. Wichtig ist, dass er nicht mehr da ist.«

Also, zweiundfünfzig mal fünf macht ... zweihundertsechzig ...

»Könnte doch sein, dass einer wie Solin nicht aufhört, wenn man ihm sagt, dass er mit dem, was er tut, Gefängnis riskiert, aber wenn er weiß, dass er seine Rübe riskiert, dann überlegt er sich's vielleicht.«

Sagen wir tausendfünfhundert. Tausendfünfhundert Vorstellungen. Und wie oft hat man mich auf der Straße erkannt und mir die Hand geschüttelt und mir Komplimente gemacht? Fünf, sechs Mal? Auf keinen Fall mehr als zehn Mal, überlegte Léo. Und in letzter Zeit? Kein einziges Mal.

»Warum haben sie Solin eigentlich noch nicht eingebuchtet?«

»Warum? Ich sag's dir: Weil er einen Onkel hat, der ganz dick mit einem von den Abgeordneten ist, deshalb.«

Léo zermarterte sein Hirn. Er war zum ersten Mal in einen Aufstand auf der Straße geraten und hatte spontan und unüberlegt gehandelt. Dann hatte er einen Auftritt gehabt, und die Leute hatten ihn erkannt und Beifall geklatscht, aber nicht wegen seiner Leistung als Schauspieler oder einer besonders gelungenen Szene, nein, sie hatten applaudiert, weil er die Zündschnur einer Kanone angezündet hatte und sie sich an ihn in der Rolle des Scaramouche erinnerten. Aber nicht weil er ihn mit immer neuen Einfällen an die hundert Mal auf der Bühne verkörpert hatte, sondern weil er an jenem Tag ein Kostüm getragen hatte, das an Scaramouche erinnerte.

»Ein Abgeordneter? Bist du dir sicher?«

»Ich weiß nicht, ob es stimmt. Es wird rumerzählt, und die Bullen glauben, dass Solin ein paar Heilige im Paradies hat, die dafür sorgen, dass er in Ruhe gelassen wird. Deshalb kauft er einfach weiter alles auf und verkauft den Mais zum doppelten Preis, und Brot und Mehl und Trockenfrüchte ... Bis zu einer bestimmten Summe kannst du anschreiben lassen, aber wenn du dann nicht zahlen kannst, hetzt er seine Bluthunde auf dich.«

Léo hatte schon seit einiger Zeit bemerkt, dass das Interesse der Pariser am herkömmlichen Theater erloschen war. Zwar waren die alten Theater immer noch voll, einige Aufführungen machten Schlagzeilen und erregten Aufsehen, aber nicht wegen der Fähigkeiten eines bestimmten Schauspielers oder wegen der Magie eines Textes. Die Gründe waren politischer Art.

Die Pariser interessierten sich immer für Theater, aber das Theater war so groß geworden wie die Stadt. Die besten Redner des Konvents nahmen Unterricht bei Schauspielern, die nicht mehr gefragt waren, und die Menschen gingen hin, um sie zu hören und ihnen zu applaudieren, als befänden sie sich im Theater. Die wirklich aufregenden Schauspiele waren diejenigen, bei denen die Menschen tatsächlich den Kopf verloren, bei denen die Kanonen dröhnten, und es kam vor, dass die Zuschauer von einem Moment auf den anderen selbst zu rezitieren begannen.

»Wir sollten ihm selbst ein paar Bluthunde auf den Hals schicken. Wenn die anderen nicht entscheiden, müssen wir es selbst in die Hand nehmen und dem Bürger Solin eine Lektion erteilen.«

»Bist du verrückt? Der kennt dich doch und zeigt dich an, und dann landen wir im Gefängnis, nicht er. Er kann beweisen, dass du ihm ein blaues Auge verpasst hast, aber du hast keine Beweise, dass er das Zeug hortet.«

»Dann verkleiden wir uns eben, aber irgendwas müssen wir tun.«

Es stimmte, die Pariser hatten Gefallen an einem viel größeren Theater gefunden. Schauspieler, die große Figuren darstellten, waren nicht länger die Idole der Menge. Er selbst hatte mangels einer anderen Bühne auf der Straße gespielt und erfolglos den Gaukler gegeben. Er hatte falsche Erwartungen gehegt. Ein Schauspieler wie er durfte nicht auf der Straße rezitieren, nur weil ihm eine angemessene Bühne fehlte. Er durfte sich nicht länger eine Bühne wünschen, die man ihm nicht mehr zur Verfügung stellen würde. Ein Schauspieler wie er musste auf der Straße arbeiten. Die Straße als Bühne war aufregender und wirkungsvoller. Das war die eigentliche Herausforderung in diesen verworrenen Zeiten. Kunst bedeutete, den Geist der Zeit interpretieren, sich den Wind der Veränderung zunutze zu machen und mit prallen Segeln aufs Meer hinauszufahren. Hatte nicht auch Goldoni, sein Meister, so gehandelt, als er Masken und Stegreifrezitation abgeschafft hatte?

Léo sah, wie die acht Stuhlbeine verschwanden. Er hörte Abschiedsworte und dann das Schlurfen sich entfernender Schritte.

Der Augenblick war gekommen, das Versteck zu verlassen. Erstens waren seine Beine eingeschlafen, zweitens musste er dringend pinkeln und drittens hatte Scaramouche ein paar Pflichten zu erledigen.

3.

»Grauer Stoff. Wenn möglich mit schwarzen Streifen, aber das muss nicht unbedingt sein. Das Material spielt keine Rolle, Leinen, Cretonne, was Ihr habt. Hauptsache es ist nicht teuer und reicht für einen kompletten Anzug.«

»Soll ich Eure Maße nehmen? Das dauert nicht lang.«

»Nein, nicht nötig, Ihr könnt einfach grob schätzen, und wenn es mehr ist, mache ich mir aus dem Rest einen Hut.«

»Wie Ihr wünscht. Schauen wir mal, der hier, würde Euch der gefallen? Ja? Sehr gut, für drei Livre bekommt Ihr fünf Ellen. Was? Die Hälfte? Die Hälfte reicht gerade mal für ein Hemd.«

Léo griff in seine Taschen und holte zwei Hände voll Münzen heraus. Er legte sie auf den Tresen und überflog hastig seine Kapitalbestände.

»Ich kann höchstens zwanzig Sous ausgeben.«

Der Ladenbesitzer zuckte mit den Schultern und rollte den Stoff wieder zusammen, als könnte der Blick eines armen Schluckers ihn beschädigen.

»Es geht mich nichts an, wie viel Geld Ihr in der Tasche habt«, sagte er, als er den Stoff zurückgelegt hatte, »aber dafür bekommt Ihr in ganz Paris kein Stück Stoff, das für einen Anzug reicht. Für das Geld könnt Ihr ein paar Reststücke bei einer Schneiderin erstehen und sie dann selbst zusammennähen, wenn Ihr mit Nadel und Faden umgehen könnt, aber anschließend seht Ihr aus wie Harlekin.«

»Das ist in meinem Fall kein großes Risiko«, brummte Léo.

»Wie Ihr wünscht, aber ich verkaufe nur vollständige Zuschnitte. Hier nebenan wohnt eine Witwe, die Euch bestimmt gerne ihre Reste verkauft.«

Léo bedankte sich mit zusammengebissenen Zähnen und klopfte an die ihm empfohlene Tür.

Er stellte sich vor, erklärte, was er benötigte und wie viel er ausgeben konnte.

»Für fünfundzwanzig würde ich euch den Anzug auch nähen, das ist ein gutes Angebot«, sagte die Schneiderin.

»Danke, aber ich werde ihn selbst zusammennähen«, erwiderte Léo sofort.

Die Frau befahl ihrem Sohn Bastien, er solle ihr die Kisten mit den Stoffresten bringen.

Kaum ausgesprochen, tauchte im Zimmer eine große Truhe auf. Sie schien auf eigenen Beinen zu laufen und wurde mit einem Knall auf dem Boden abgestellt. Dann brachte der dunkelhaarige Junge noch drei weitere und bat um Erlaubnis, zu einem gewissen Treignac gehen zu dürfen.

Erst jetzt fiel Léo auf, dass er das Gesicht schon einmal gesehen hatte, und zwar mehrmals auf dem Mäuerchen neben der Eingangstür der Grande Pinte, wo er einen Apfel gegessen oder an einem Stock geschnitzt hatte.

Seine Mutter hatte inzwischen Teile mit den gewünschten Farben herausgesucht und prüfte, ob sie für einen Anzug reichten. Sie blickte konzentriert auf die Stoffreste, und das hielt Léo für den geeigneten Moment, ihr in unverfänglichem Ton eine Frage zu stellen.

»Wisst Ihr, wo der Bürger Solin seinen Laden hat?«

4.

Drei Tage später waren auf dem Markt von Saint-Antoine nicht die von Aufkäufern gehorteten Waren die begehrtesten, sondern die Neuigkeiten über das Schicksal von Pierre Solin, genannt »Gänsehaut«.

»Hat man ihm den Schädel eingeschlagen?«

»Und was ist mit den Augen? Stimmt es, dass er jetzt blind ist?«

»Ja, er hat sie ihm mit dem Schnabel ausgehackt!«

Léo humpelte mit gesenktem Kopf zwischen den Ständen mit Obst und Getreide umher, lauschte und dachte über den Unterschied zwischen dem alten und dem neuen Theater nach, dem großen Welttheater, an das sich die Pariser mit größter Natürlichkeit zu gewöhnen schienen, ganz so, als gebe es keine Umwälzung des Geschmacks und der Kunst.

Wenige Stunden zuvor, mitten in der Nacht, war ein nicht unbedeutender Schauspieler für sie in die Rolle des Scaramouche geschlüpft.

»War das der Scaramouche von der Kanone?«

Im Unterschied zum alten Theater war das Stück ohne Publikum aufgeführt worden. Es versammelte sich paradoxerweise erst nach beendeter Vorstellung und versuchte mithilfe von Gehörtem und anderen Hinweisen das Geschehen zu rekonstruieren, um es auf der Bühne der eigenen Vorstellungskraft zu genießen.

»Er hat angeblich vor dem Haus auf ihn gewartet.«

»Nein, er ist durchs Fenster geklettert.«

»Und dann hat er ihm eine mit dem Knüppel übergezogen, *Bamm!*«

»Und er hat zu ihm gesagt, dass er dieses Mal noch Glück gehabt hat, aber wenn er weiter Waren hortet, dann macht's beim nächsten Mal: *Zack!*«

Der Schauspieler genoss seinen Erfolg, aber er wollte keinen Applaus und nicht gefeiert werden. Er entzog sich und mied die Öffentlichkeit. Trotzdem wurde er von einigen erkannt, und wortlos zeigte man ihm seine Hochachtung: ein Laib Brot, Ziegenkäse, Birnen, die zusammen mit Ziegenkäse besonders gut sind ...

»Stimmt es, dass er dem Schwein Solin ein Auge ausgestochen hat?«

Léo musste sich zurückhalten, er musste schweigen, auch wenn die Frage den Clou der ganzen Aufführung betraf.

Er hatte den Tagesablauf des Aufkäufers zwei Tage und zwei Nächte lang beobachtet und sich diskret Informationen beschafft. Das Leben dieses Menschen spielte sich ausschließlich zwischen Haus und Geschäft ab; er hatte keine Laster. Weder gab es Gasthausbesuche noch solche bei einem »Fräulein«. Wohnung und Geschäft befanden sich am selben Ort, im Erd- und im Obergeschoss desselben Hauses. Kurz nach Sonnenuntergang schloss Solin gewöhnlich den Vordereingang des Ladens ab, verließ ihn durch den rückwärtigen Ausgang, stieg eine Treppe hinauf und verschwand in den häuslichen Gemächern. Es war der einzige Augenblick des Tages, an dem er alleine anzutreffen war, im Dunkeln und im Freien. Es gab keine Alternative. Im neuen Theater konnten die Schauspieler Zeit und Aufführung des Stücks nicht immer selbst bestimmen. In seinem neuen, mehr schlecht als recht zusammengenähten Kostüm hatte Léo sich unter der Treppe versteckt und sich dann einen Knüppel schwingend auf den Aufkäufer gestürzt. Aber der Bastard hatte sich als stark und wendig entpuppt. Er hatte den Schlag auf die Schulter weggesteckt und den Angreifer in den Klammergriff genommen. Die beiden waren über den Boden gerollt, das neue Kostüm hatte ein paar Teile verloren, Léo konnte seine Arme nicht bewegen und ein Knöchel war gestaucht; nur die Kunst der Improvisation hatte ihn gerettet. Die Nase der Maske, die er trug, war aus Leder und wie ein spitzer Schnabel geformt, und er hatte sie in die rechte Augenhöhle des Bürgers Solin gerammt. Der war plötzlich auf einem Auge blind gewesen, hatte seinen Griff gelockert, und sein letztes Aufbäumen hatte Scaramouche mit dem Knüppel erstickt.

In Gedanken an die Szene und mit Geschenken beladen humpelte Léo zur Grande Pinte.

Der Sohn der Schneiderin saß auf dem Mäuerchen neben der Eingangstür und spielte mit zwei Gleichaltrigen ein Würfelspiel. Er blickte auf und Léo grüßte ihn mit einer unentschlossenen Kopfbewegung, die eher zufällig wirkte. Der Junge schien es tatsächlich nicht bemerkt zu haben und wandte sich wieder den Würfeln zu.

Es war noch nicht Mittag, der größte Teil der Besucher arbeitete noch, die Tische in der Schänke waren fast alle leer, nur ein paar Gauner saßen vor ihren Weinkrügen. Léo hatte einen Ort gesucht, an dem er unbeobachtet nachdenken konnte.

Er zog sich in eine Ecke im Hintergrund des ersten Raumes zurück und war unentschlossen, ob er Bier oder Wein bestellen sollte. Aber bevor er sich entschieden hatte, tauchte der Wirt mit einer Karaffe Rotwein auf.

»Der geht auf's Haus«, sagte er mit seiner schrillen Stimme und zog sich wieder hinter den Tresen zurück.

Im alten Theater konnte ein Schauspieler seines Niveaus aus der Truppe ausgeschlossen werden und sein Einkommen verlieren. Im neuen Theater dagegen zahlte das Publikum in Naturalien, und so musste man wenigstens nicht verhungern.

Das Schicksal der Menschheit schien sich also doch am Fortschritt zu orientieren.

Er nahm den Löffel und begann zu essen.

Auszug aus

APPELL VON JACQUES ROUX AN DEN KONVENT

(25. Juni 1793, Jahr II der Französischen Republik)

Abgeordnete des französischen Volkes,
die Freiheit ist nichts als eitle Phantasterei, wenn eine Klasse von Menschen eine andere ungestraft hungern lässt. Die Gleichheit ist nichts als eitle Phantasterei, wenn der Reiche, dank seines Monopols, sich das Recht herausnimmt, über Leben und Tod seines Nachbarn zu entscheiden. Die Republik ist nichts als eitle Phantasterei, wenn die Konterrevolution Lebensmittelpreise als Waffe einsetzt, die drei Viertel der Bürger sich nicht leisten können, ohne Tränen zu vergießen.

Jetzt, da das Heiligtum der Gesetzgebung nicht mehr durch die Anwesenheit der Gorsas, der Brissots, der Barbaroux, der Girards beschmutzt wird, jetzt, da diese infamen, nichtswürdigen Verräter sich in den Départements verstecken und die Menschen aufwiegeln, jetzt, da dem Nationalkonvent Würde und Kraft zurückgegeben wurden und er, um das Gute zu fördern, nichts weiter tun muss, als es zu wollen, bitten wir euch im Namen der Republik, die es zu retten gilt, Spekulationsgeschäfte und Hamsterkäufe mit einem konstitutionellen Bannfluch zu belegen und das allgemeine Prinzip zu dekretieren, dass es nicht Ziel des Handels sein kann, die Bürger zu ruinieren, hungern zu lassen und in die Verzweiflung zu treiben.

Es kann nicht sein, dass der Besitz der Betrüger heiliger ist als das Leben der Menschen! Der Verwaltung stehen bewaffnete Kräfte zur Verfügung, die die Lebensmittel beschlagnahmen könnten. Freiheit des Handels heißt Dinge benutzen und benutzen lassen, aber nicht, Tyrannei ausüben und die Benutzung verhindern.

Das Volk hat vor allem an den Tagen des 31. Mai und des 2. Juni bewiesen, dass es die ganze Freiheit will. Gebt ihm deshalb Brot und ein Gesetz.

Ja, ihr habt die Reichen mit einer Steuer von einer Milliarde belegt, aber wenn ihr die Spekulation nicht an der Wurzel bekämpft, wenn ihr der Gier der Aufkäufer keinen Riegel vorschiebt, werden sich die Kapitalisten und Händler schon ab morgen, dank ihres Monopols und durch Erpressung, die

Summe von den Sansculotten zurückholen, und ihr trefft nicht die Egoisten, sondern die Sansculotten.

Aber es wird diesen Betrügern nicht gelingen, ein Volk, das von Eisen und Freiheit, von Entbehrung und Opfern lebt, in Sklaverei zu halten. Nur die Partisanen der Monarchie ziehen die alten Ketten und Schätze der Republik und der Unsterblichkeit vor.

Nein, Abgeordnete der Montagne, ihr werdet euer Werk nicht unvollendet lassen, ihr werdet die Grundlagen für öffentlichen Wohlstand legen, ihr werdet es zum allgemeinen Prinzip erheben, dass Spekulation und Hamsterkäufe zu unterdrücken sind, ihr werdet euren Nachfolgern nicht das schreckliche Beispiel von der Barbarei der Starken über die Schwachen, der Reichen über die Armen geben, ihr werdet eure Karriere nicht in Schimpf und Schande enden lassen.

Es lebe die Wahrheit, es lebe der Nationalkonvent, es lebe die Französische Republik.

DRITTE SZENE

Bürgerinnen

Ende Juni 1793

1.

Georgette sagte: »Jetzt bist du dran.«

Marie wollte zurückweichen, aber die anderen waren schneller und packten sie.

»Fang nicht an zu schnattern wie eine Gans!«

Marie hätte gute Gründe gehabt, es zu tun, hätte die Angst ihr nicht den Hals zugeschnürt.

»Komm schon, hör auf mit dem Theater!«, rief Georgette, während die anderen sie mit Gewalt hochzogen.

Marie wehrte sich mit aller Kraft, aber die Hände schlossen sich fest um Handgelenke und Knöchel, und der Griff wurde nur noch fester. Georgette stand über ihr und lächelte monströs. Sie drückten sie nach vorn, schlossen ihren Hals im Loch ein und banden ihr die Handgelenke auf den Rücken. Wieder versuchte sie zu schreien, aber aus ihrem Mund kam kein Laut.

Sie hoben ihren Rock an und entblößten ihr Hinterteil. Der erste Peitschenhieb kam trocken, der Schmerz erreichte sie erst später, als hätten sie ihr eine glühende Klinge auf die Haut gedrückt. Der zweite war schlimmer, denn jetzt wusste sie, was sie erwartete. Der dritte, der vierte ... Marie hörte auf zu zählen, sie hatte keine Zeit, Luft zu holen, sie war sich sicher zu ersticken, aber plötzlich hörten die Hiebe auf.

Sie hob den Kopf, und vor ihr stand ein Mann. Marat. Blass und halb nackt, nur mit einem Tuch bedeckt, das an den Hüften zusammengebunden war.

Er sagte: »Nicht sie, Idioten. Mich.«

In diesem Moment traf ein Pfeil sie in die Brust. Ein zweiter erwischte sie an der Schulter. Durchbohrt wie der heilige Sebastian fiel sie auf die Knie.

Marie richtete sich auf. Keuchend zog sie Luft in ihre Lungen. Dann hob sie die Hände. Sie waren frei. Das Brennen am Rücken war verschwunden. Bastien schlief neben ihr. Schwacher Lichtschein hinter dem Fenster deutete das Morgengrauen an.

Es dauerte ein paar Minuten, bis sie sich beruhigt hatte. Dann stand sie auf und wusch ihr Gesicht in der Schüssel. Das bedrohliche Gefühl, das sie aus früheren Situationen kannte, war stärker geworden, es ergriff nicht nur sie, es hatte sich im Raum ausgebreitet, als wollte es ihr die Luft nehmen.

Sie schob den Korb mit den Garnrollen und Stoffresten zur Seite, setzte sich auf den Stuhl und legte die Hände in den Schoß. Sie wollte darüber nachdenken, was mit ihr los war, aber sie konnte keinen klaren Gedanken fassen.

»Mama ...«

Sie gab sich einen Ruck. Bastien saß aufrecht im Bett und beobachtete sie.

Marie befahl ihm, zu Frau Medon am Ende der Straße zu gehen und Milch fürs Frühstück zu holen.

Als der Junge zurückkam, hatte Marie die Glut angefacht und stellte Milch aufs Feuer. Sie bröckelten zwei Zwiebäcke in die Milch und aßen schweigend. Drei Schläge gegen die Tür ließen sie von ihren Schüsseln auffahren. Marie machte ihrem Sohn ein Zeichen zu öffnen.

Im Türrahmen stand Treignac.

»Guten Morgen.«

»Du hättest ihn nicht abholen müssen, er wäre auch allein gekommen«, sagte Marie und räumte das Geschirr weg.

Der Mann nahm den Hut ab und trat ins Zimmer.

»Ich weiß, aber ich muss mit dir reden. Darf ich?«

Marie zeigte auf den Stuhl, und Treignac setzte sich unbeholfen hin.

»Geh ein bisschen raus, aber lass die Tür auf, sonst gibt es wieder Gerede«, sagte er zu Bastien.

Der Junge gehorchte.

Marie nahm die Stricknadeln, legte ein Wollknäuel in den Schoß und begann zu arbeiten.

»Ich höre.«

Treignac schien unschlüssig, er wusste nicht, wie er beginnen sollte.

»Jacques wird nicht zurückkommen. Das weißt du!«

Marie verzog keine Miene und strickte weiter.

»Das tut mir leid«, fuhr Treignac fort, »wirklich. Er war ein guter Patriot, und er war nicht dumm. Er war ein Vater für den Jungen ...«

»Das weiß ich, Treignac«, unterbrach sie ihn. »Was willst du mir sagen?«

»Die Zeiten sind, wie sie sind«, redete der Polizist weiter. »Ich bin der Meinung, du solltest mit dem Jungen nicht allein bleiben. Ich bin der Meinung, du brauchst einen Mann an deiner Seite.«

»Und der Mann wärest du?«, fragte Marie.

Treignac nickte:

»Tu nicht so. Du weißt selbst, dass es schwer ist allein.«

»Ich komme schon klar, das siehst du doch!«, sagte sie.

Sie hob den Blick und Treignac sah etwas, das er darin bisher noch nicht gesehen hatte.

»Du kommst klar, ja. Aber wie lange noch?« Treignac zeigte in Richtung Tür. »Es geht drunter und drüber. Wenn wir zusammen leben würden oder wenn wir verheiratet wären, könnte ich mich nicht nur um Bastien kümmern, sondern auch um dich.«

Er erwartete eine ihre giftigen Bemerkungen, aber Marie sagte nur:

»Danke für das Angebot, ich werde darüber nachdenken. Und danke für alles, was du für Bastien tust. Ich möchte dich bitten, ihn heute Nacht bei dir schlafen zu lassen. Ich gehe in den Club der Jakobiner.«

Treignac seufzte.

»Du sorgst schon selbst dafür, dass du Schwierigkeiten bekommst, ist es nicht so?«

Marie stand auf, holte ein andersfarbiges Wollknäuel und arbeitete weiter.

»Wir sind alle in Schwierigkeiten, schon jetzt, das ist normal. So ist die Revolution.«

Er nickte, ergriff seinen Hut, setzte ihn auf und ging zur Tür.

»Denk darüber nach, Marie. Auf Wiedersehen.«

Als er weg war, wurde Marie langsamer, bis die Nadeln fast stillstanden, aber dann nahm sie mit neuem Schwung und entschlossenem Gesichtsausdruck die Arbeit wieder auf.

2.

Die im Gewölbe hängenden Laternen warfen Lichtzungen auf die Decke und erzeugten helle Inseln im Dunkel des Raumes.

Marie erkannte niemanden. Ungefähr hundert jüngere und ältere Frauen hörten aufmerksam der Rednerin auf der

Tribüne zu und kommentierten leise das, was sie gesagt hatte. Ein paar Frauen hatten Kleinkinder auf dem Arm, einige trugen Trauerkleidung, und wieder andere strickten ohne aufzublicken und spitzten die Ohren. Alle trugen die dreifarbige Kokarde. Es war heiß, aber die Fenster waren geschlossen. Marie ergatterte einen Stuhl in der Nähe des Eingangs, wo man sie nicht sofort bemerken würde.

Thema der Sitzung war die Volksabstimmung über die Annahme der neuen Verfassung.

In der Rednerin erkannte Marie die junge Schokoladenhändlerin, die sie vor wenigen Wochen getroffen hatte. Sie forderte die Bürgerinnen auf, sich bei den Menschen dafür einzusetzen, sich an der Abstimmung zu beteiligen. In wenigen Tagen sollten republikanisch gesinnte, revolutionäre Bürgerinnen in allen Wahllokalen anwesend sein, um die Unterstützung der Frauen für die neue Verfassung zu manifestieren.

Der Vorschlag wurde mit Applaus bedacht, dann wurde abgestimmt, und er wurde einstimmig angenommen.

Eine ältere Frau ging auf die Tribüne. Sie hatte nur noch wenige Zähne, sodass sie beim Reden zischte, was einer gewissen Komik nicht entbehrte, aber das störte niemanden.

»Ich finde, wir sollten eigene Wahllokale organisieren, wir sollten symbolisch mit abstimmen.«

Marie beugte sich zu der neben ihr sitzenden Frau.

»Was bedeutet ›symbolisch‹?«

Die andere blickte sie schräg von der Seite an.

»Das bedeutet, dass wir nur so tun.«

Die Zahnlose sagte gerade, dass ihre Stimmen in jedem Fall wichtig wären, auch wenn sie nicht zusammen mit denen der Männer zählten. Auch diesem Beitrag wurde applaudiert, aber bevor darüber abgestimmt werden konnte, meldete sich eine weitere Rednerin.

Es war Claire Lacombe, Marie erkannte sie sofort; klarer, eindringlicher Blick, kleiner, leuchtend roter Mund, die Haut von blassem Rosa, fast weiß, das Gesicht und die nackten Unterarme hoben sich deutlich vom dunklen Hintergrund der Tribüne ab.

»Bürgerinnen«, rief sie, »es ist richtig, dass wir uns in aller Öffentlichkeit für die neue republikanische Verfassung einsetzen, aber wir sollten uns nicht darauf beschränken. Wir sollten fordern, dass die neue Verfassung auch umgesetzt wird. Wir müssen das Volk auffordern, wachsam zu sein und dafür zu sorgen, dass die Dinge, über die sie abstimmen, keine toten Buchstaben bleiben. Gegen die Übergriffe der Regierung kann sich das Volk nur selbst verteidigen.«

In den Applaus hinein ertönte eine schrille Stimme: »Und was ist mit den Übergriffen der Hamsterer, Claire? Unsere Kinder haben Hunger!«

Die Lacombe beugte sich nach vorn.

»Die Hamsterer?«, sie machte eine Pause und suchte in den vorderen Reihen nach der Frau, die ihr diese Frage gestellt hatte. »Ich bin der Meinung, das Schwester Guillotine für sie zuständig ist!«

Applaus brach los, aber wieder übertönte die Stimme der Frau den Lärm.

»Wir müssen ein Gesetz fordern, das die Todesstrafe für alle vorsieht, die das Volk dem Hunger preisgeben! Denn sie sind nicht weniger ruchlos als Tyrannen und Aristokraten. Es ist ein genauso großes Verbrechen, wenn nicht noch hassenswerter. Wenn das Volk sich von Tyrannen befreit, aber die Aufkäufer straflos bleiben, dann ist das Werk nicht einmal halb vollendet.«

Claire Lacombe hatte Marie bemerkt und wiedererkannt und bedachte sie mit einer Begrüßungsgeste:

»Ich freue mich, dass hier heute Abend eine Vertreterin der Frauen aus Saint-Antoine anwesend ist, die Bürgerin Marie Nozière. Habt ihr aus Saint-Antoine nicht als Erste die Todesstrafe für Aufkäufer gefordert?«

Die Frau neben Marie blickte sie erstaunt an, als sei sie sicher, dass die Rednerin sich in der Person geirrt haben musste.

Marie nickte zunächst nur mit dem Kopf, aber Claire gab ihr ein Zeichen, zur Bühne zu kommen.

»Es ist uns eine Ehre, Euch hier willkommen zu heißen. Kommt her Bürgerin, und erzählt uns davon.«

Marie hätte sich die Sache gerne erspart, wollte sich der Aufforderung aber nicht entziehen. Sie stand auf, schritt langsam durch die Halle und erklomm die wenigen Stufen, während Claire Lacombe ihr ihren Platz überließ.

Von hier oben konnte sie allen ins Gesicht sehen, jedenfalls denen in den vorderen Reihen. Sie hatte sie nie zuvor gesehen, aber es waren alles Frauen wie sie. Ein paar waren vielleicht gebildeter, andere älter und erfahrener, aber warum hätten sie andere Ideen im Kopf haben sollen als sie? Es waren Mitbürgerinnen, Französinnen, und wenn sie hier waren, glaubten sie an die Revolution, und das genügte.

Sie räusperte sich und als sie zu reden begann, bemerkte sie, dass ihre Worte im Raum widerhallten, als rede nicht nur sie, es klang wie ein Chor von Stimmen.

»Es stimmt, wir aus Saint-Antoine fordern die Todesstrafe für die Aufkäufer. Wir fordern ein Gesetz.« Die Gegenwart Claire Lacombes an ihrer Seite, eine Stufe tiefer, gab ihr den Mut weiterzureden. »Der Konvent braucht viel zu viel Zeit, die Menschen haben jetzt Hunger, wenn wir auf den Konvent warten, werden wir die Tischbeine abnagen müssen, um satt zu werden! Deshalb bin ich der Meinung, dass das Volk, und das heißt wir, die Sache selbst in die Hand nehmen müssen, wenn die Regierung nichts tut. Bestimmte Dinge kann man sofort machen. Man kann zum Beispiel die Wagen, die vom Land in die Stadt kommen, beschlagnahmen und die Lebensmittel zu einem gerechten Preis auf die Märkte verteilen.«

Es erhob sich ein Stimmengewirr, das von einer schrillen Stimme unterbrochen wurde, von der ersten Rednerin, die in der ersten Reihe saß.

»Und wer soll die Preise festlegen? Ihr aus Saint-Antoine?«

Marie antwortete ohne jede Begeisterung, schließlich gab sie die normalste Sache der Welt bekannt.

»Die Kommune von Paris. Es geht um den Hunger der Pariser, oder nicht?«

Der einsetzende Applaus wurde erneut von lauten Stimmen und Flüchen unterbrochen. Marie wartete nicht länger und ging zurück auf ihren Platz, aber bevor sie sich setzen konnte, hakte sich jemand bei ihr ein. Es war Claire.

»Ich bin froh, dass du gekommen bist. Du hast etwas Wichtiges gesagt. Komm«, sie schob sie an den Rand des Saals, »ich glaube auch, dass es Zeit ist, etwas zu tun, aber viele von uns zögern noch ...« Sie brach ab, als sie die hochgezogenen Augenbrauen Maries sah. »Sie haben Zweifel, sie fürchten sich vor dem, was passieren könnte, wenn wir Gewalt anwenden.«

Marie nickte, sie hatte verstanden.

»Ich habe auch Angst, aber irgendwas muss geschehen«, sagte sie.

Die Schokoladenverkäuferin, die Marie vor den Tuilerien kennengelernt hatte und die als Erste geredet hatte, kam auf Marie zu:

»Willkommen in unserer Gesellschaft. Du hast gut geredet. Ich heiße Pauline Léon.«

Claire stellte sich zwischen die beiden und hakte sich bei ihnen ein.

»Du bist heute Abend unser Gast. So spät kannst du nicht mehr allein zurück in dein Viertel.«

3.

Sie wohnten im Dachgeschoss eines alten Hauses. Als erstes sah Marie ein abgenutztes, durchgesessenes Sofa. An der Wand befand sich ein Kamin und auf einem Bord standen Kerzenhalter mit heruntergebrannten Kerzen, die zusammen mit einer Öllampe die einzige Lichtquelle bildeten. Neben dem Kamin stand ein großer Holzbottich, und in diesem Bottich hockte ein Mann. Er rauchte Pfeife, las Zeitung und begrüßte mit einer Geste die Frauen. Pauline ging zu ihm hin, setzte sich auf den Rand des Bottichs und küsste ihn auf die Wange. Claire tat es ihr nach.

Marie blickte verständnislos auf die Szene.

»Darf ich dir Théo vorstellen?«, sagte Pauline. »Théo, das ist Marie Nozière. Marie hat der Gesellschaft vorgeschlagen, die Lebensmittelladungen zu beschlagnahmen und sie zu einem gerechten Preis zu verkaufen.«

»Donnerwetter!«, sagte der Mann teilnahmslos. »Aber hattet ihr euch nicht getroffen, um eure Unterstützung für die Verfassung zu bekunden?«

Die Frage blieb unbeantwortet. Marie errötete. Sie fühlte sich unwohl und bereute es jetzt, die Einladung angenommen zu haben, aber sie war zu müde, um wieder zu gehen, und beschloss, gute Miene zu bösem Spiel zu machen.

Claire ging zum Diwan, nahm ihren Schal ab, zog die Schuhe aus und begann ihre Füße zu massieren.

»Setz dich«, forderte sie Marie auf, »irgendwo muss noch Wein sein. Ich gieße dir ein Glas ein.«

»Das mach ich schon«, sagte Pauline.

Kurz darauf kam sie mit einer Flasche und Gläsern zurück.

Marie wandte dem Mann den Rücken zu. Vielleicht hatte Claire ihr diesen Platz überlassen, um ihr die Verlegenheit zu ersparen, einem nackten Mann gegenüberzusitzen. Sie trank vom Wein, und da sie nicht zu Abend gegessen hatte, spürte sie sofort, wie sich die Wärme in ihrem Magen ausbreitete und ihr leichter zumute wurde.

Sie hörte, wie der Mann sich aus dem Bottich erhob und Wasser auf den Boden tropfte. In ein Tuch gehüllt, das einen Arm freiließ, kam er und nahm das Glas, dass Pauline ihm anbot. Er erinnerte Marie an einen Römer aus der Antike, wie sie auf manchen Reliefs zu sehen waren.

»Artikel 19 der neuen Verfassung: ›Niemandem darf ein bestimmtes Minimum seines Eigentums ohne seine Zustimmung weggenommen werden, außer ein gesetzlich anerkanntes, öffentliches Interesse erfordert es.‹ Wenn ihr die Waren den legitimen Eigentümern wegnehmen wollt, müsst ihr erst das Gesetz abwarten. Sonst handelt ihr gegen die Verfassung, über die ihr abstimmen lassen wollt. Und wenn ihr gegen die Verfassung seid, seid ihr Feinde der Republik«, sagte der Julius Cäsar.

Marie blickte ihn fassungslos an, aber der Mann schien ihrem Schweigen keine Bedeutung beizumessen. Er nippte in aller Ruhe von seinem Wein. Marie schätzte, dass er einige Jahre jünger war als sie. Sie entschloss sich, ihm zu antworten.

»Ich finde den Artikel ganz in Ordnung. Wir wollen nichts stehlen. Die Bauern und die Ladenbesitzer haben ein Recht auf ihren Verdienst, aber der Verdienst muss gerecht sein. Sie dürfen die Preise nicht festlegen, wie es ihnen gerade passt.«

Marie bemerkte, dass die beiden Frauen Blicke tauschten.

»Théo ...«, sagte Claire, aber er beachtete sie nicht und wandte sich wieder an Marie.

»Vor ein paar Tagen hat Jacques Roux gefordert, einen weiteren Artikel in die Verfassung aufzunehmen: ›Die Republik schützt den freien Handel, aber sie bestraft Spekulation und Wucher.‹ Das hat begeisterten Applaus ausgelöst, trotzdem gab es am Ende keine Mehrheit für die Änderung. Robespierre, Hébert und die anderen werden nicht müde zu wiederholen, dies sei die beste Verfassung aller Zeiten, besser als die von

Lykurg, Epiktet und Solon. Aber es ist eine Verfassung, die Wucherer und Aufkäufer schützt.«

Marie kniff die Augen zusammen, als wolle sie nicht nur das Gesicht des Mannes, sondern auch seine Gedanken scharfstellen.

»Ich verstehe nicht, auf was Ihr hinauswollt«, begann sie laut nachzudenken. »Zuerst habt Ihr gesagt, man solle nicht gegen die Verfassung sein, jetzt sagt Ihr, dass die Verfassung die Spekulanten schützt.«

»Ich habe nicht gesagt, dass Ihr nicht gegen die Verfassung sein dürft, ich habe gesagt, dass man Euch als Provokateurin bezeichnen wird, als Agentin der Monarchie, wenn Ihr es tut. Wollt Ihr Grundnahrungsmittel zum gerechten Preis? Wollt Ihr die Todesstrafe für Spekulanten? Ich ja, und weil ich es will, sage ich, dass jetzt nicht der richtige Moment ist, gegen die Verfassung zu sein. Wir stehen kurz davor, ein Gesetz zu verabschieden ...«

»Aaah, ich verstehe«, erregte sich Marie. »Aber das habe ich schon tausend Mal gehört: ›Jetzt ist nicht der richtige Augenblick, bleibt ruhig, es gibt eine Menge Probleme, wir werden die entsprechenden Gesetze schon machen.‹ Ich sage Euch was: Ich habe in meinem Leben noch nicht viele glückliche Momente erlebt, aber Hunger schon, den kenne ich gut, das ist ein Problem, das man sofort lösen muss, denn wenn es nur Zwiebeln zu essen gibt, hält man das höchstens eine Woche durch. Die Plünderungen im Februar haben niemandem gefallen, aber sie haben uns geholfen, über den Winter zu kommen. Und aus Angst vor weiteren Plünderungen hat der Konvent den Höchstpreis für Getreide festgelegt!«

»Im Februar war ich nicht da«, sagte Théo. »Da war ich in Lyon, aber ich weiß, dass Roux sich im Stadtrat damit gebrüstet hat, zum Plündern von Geschäften aufgerufen zu haben. Im Februar lagen die Dinge anders, der Konvent war in der Hand der Anhänger Brissots. Aber jetzt hat die Montagne die Mehrheit, mit der Hilfe des Volkes von Paris hat sie ihre Widersacher besiegt. Sie stehen in unserer Schuld und wir können sie zwingen, diese Schuld zu begleichen. Nicht alle sind wie Danton, es sind auch Leute wie Marat dabei. Oder vertraut Ihr auch Marat nicht?«

Als sie den Namen des Volksfreundes hörten, begannen die Köpfe von Claire und Pauline zu nicken, als handle es sich um eine unumstößliche Wahrheit.

»Ich vertraue meinem Magen und meinen Augen«, sagte Marie, »mein Magen sagt mir, dass das, was ich mir auf dem Markt leisten kann, für mich und meinen Sohn nicht reicht, und meine Augen sehen, dass die Reichen genug zu essen haben. Wer von denen, die im Konvent, im Stadtrat oder in der Sektion sitzen, interessiert sich dafür?«

Der Mann schwieg und blickte sie lange an. Die gebogene zierliche Nase gab ihm das etwas distanzierte Aussehen eines Denkers, sein Körper war dagegen kräftig und wohlgestaltet.

»Was habt Ihr für einen Beruf?«, fragte er plötzlich.

»Schneiderin.«

Der Mann wandte sich an die beiden anderen.

»Ein Bataillon von Frauen von Eurem Kaliber könnte ganz Europa erobern. Ihr brauchtet dafür nicht einmal die Waffen, die ihr so gerne haben wollt. Davon bin ich überzeugt.«

Marie konnte nicht schweigen.

»Wollt Ihr Euch über mich lustig machen?«

Der Mann blickte sie überrascht an.

»Im Gegenteil«, sagte er, »ich bewundere Euch. Ich bedauere nur, dass Ihr kein Mann seid und nicht anstelle der ganzen Advokaten in den Tuilerien sitzt.«

»Der Himmel stehe mir bei!«, platzte Marie aufgebracht heraus. »Aber manchmal glaube ich, wir Frauen müssten einen eigenen Konvent haben.«

Der Mann wandte sich wieder an die anderen.

»Habt ihr gehört?«

»Hör auf, Théo, geh schlafen!«, sagte Pauline in spitzem Ton.

»Ein Frauenkonvent ...«, wiederholte er, »von mir aus ... Aber ich fürchte, ihr würdet euch innerhalb kürzester Zeit an die Gurgel gehen. Erinnert ihr euch, was sie mit der Méricourt gemacht haben?«

Claire und Pauline blickten Marie schweigend an, Marie hielt sich zurück. Sie saß mit offenem Mund da, sah wieder die Bilder des Traums der letzten Nacht und blieb stumm.

Der Mann reichte Pauline die Hand, die sich erhob.

»Es ist schon spät, und ich muss morgen vor Sonnenaufgang aus dem Bett. Die Druckerei wartet nicht.« Er warf Claire eine Kusshand zu und wandte sich an Marie: »Ich freue mich, Euch kennen gelernt zu haben. Ich überlasse Euch Claires Händen. Gute Nacht und viel Glück.«

Die beiden verschwanden hinter einer Gipswand.

Erst jetzt sagte Claire mit leiser Stimme.

»Die Méricourt hatte es verdient. Und die Guillotine muss häufiger eingesetzt werden.«

Marie schwieg noch immer.

»Weißt du, wer das war?«, versuchte Claire es erneut und zeigte auf die Wand im Hintergrund des Zimmers. »Théophile Leclerc.«

Als sie diesen Namen hörte, zeigte Marie endlich eine Reaktion.

Leclerc, der Wütende. Deshalb brachte er immer Jacques Roux ins Spiel. Er und der rote Priester vertraten in vielen Dingen dieselbe Meinung, und in Saint-Antoine hatten sie viele Anhänger. Andere beschuldigten sie, früher ein Adeliger und ein Abt gewesen zu sein und heimlich für die Wiederherstellung der Monarchie zu arbeiten.

Eilig fügte Claire hinzu: »Entschuldige, ich hätte es dir vorher sagen müssen.« Sie stand auf. »Was hältst du von einem Bad? Hier oben ist es so heiß.«

Sie zog sich sofort aus. Die Kleider fielen auf den Boden und mit einem Seufzer stieg sie in den Bottich.

»Komm, hier passen wir beide rein.«

Marie hatte ihr zugeschaut, sprachlos ob der Unbefangenheit ihres Benehmens. Das Kerzenlicht auf dem Sims über dem Kamin fiel auf Claires Locken und umgab ihren Kopf mit einem goldenen Schein.

Es war lange her, dass sie sich ein Bad gegönnt hatte, ein richtiges Bad! Die Aussicht, sich all den Schweiß abwaschen zu können, der sich an ihr festgesetzt hatte, siegte über ihre Verlegenheit. Seit Jacques zur Armee gegangen war, hatte sie sich vor niemandem mehr ausgekleidet. Auch vor ihm hatte sie es nicht oft getan, für gewöhnlich zogen sie sich für ein intimes Zusammensein nicht aus. Trotz allem überwand sie ihre Scham, entkleidete sich und ging zum Bottich. Sie stellte fest, dass es weniger die Nacktheit war, die sie in Verlegenheit brachte, als vielmehr der Kontrast zwischen ihrem und dem kurvenreichen, weißen Körper Claires.

Marie bemerkte, dass Claire aus Rücksicht die Augen geschlossen und ihre Arme auf den Rand des Bottichs gelegt hatte, das Wasser benetzte gerade eben ihre Brüste. Marie tauchte ins Wasser, darauf bedacht, sie nicht zu berühren; Rücken und Nacken ans Holz gelehnt, hüllte die erfrischende Kühle sie ein.

»Nicht schlecht, oder?«, sagte Claire und blickte sie an.

Marie gestattete sich ein Lächeln, vielleicht das erste an diesem Tag.

»Ich dachte schon, du lächelst nie«, bemerkte Claire.

Marie legte den Kopf zurück.

»Ich bin so fertig, ich könnte hier auf der Stelle einschlafen.«

»Wenn du willst, kannst du.«

Sie schwiegen eine Weile, genossen die Kühle und entspannten ihre Glieder.

»Hast du einen Mann?«, fragte Claire.

»Ich hatte einen«, antwortete Marie, »er ist im Krieg gestorben.«

»Das tut mir leid. Wie hieß er?«

»Jacques«, antwortete Marie. Sie wischte mit der nassen Hand über ihr Gesicht. »Hast du einen?«

Claire blickte nach oben. »Ich habe Théo.«

»Aber ist der nicht ...«

»Der Mann Paulines?«, ergänzte Claire mit einschmeichelnder Stimme. »Manchmal.«

Marie schwieg angesichts der Bestätigung, dass das Gerede über die Promiskuität der Amazonen zutraf. Sie fühlte sich zu gut, um gekränkt zu sein. Der Gedanke, dass ihre Freundinnen aus Saint-Antoine an ihrer Stelle jetzt eine Flut von Beleidigungen losgelassen hätten, löste ein ungewolltes Lächeln aus.

»Findest du das lustig?«, fragte Claire und lachte ebenfalls.

Marie zuckte mit den Schultern.

»Hast du Kinder?«

»Eins«, sagte Marie, »aber nicht von Jacques. Ich hatte es schon vorher.«

»Wie alt ist es?«

»Zehn.«

»Meine Güte, wie jung du noch warst!«

Das Erstaunen Claires war anscheinend echt.

»Ich war sechzehn«, sagte Marie und starrte an die Decke. Sie schwieg und überlegte, ob sie sich einer Frau anvertrauen sollte, die sie kaum kannte. Seit sie als Kind mit ihrer Schwester zusammen gebadet hatte, hatte sie nie wieder zusammen mit einem anderen Menschen in einem Bottich ein Bad genommen. »Ich habe als Bedienstete in dem Dorf gearbeitet, in dem ich geboren bin. Meine Herrschaft ...«, sie zögerte kurz, »er hat mich mit Gewalt genommen, immer wenn er Lust dazu hatte. Es gefiel ihm ...« Sie beendete den Satz nicht. »Ich wurde schwanger, und er hat mich hier nach Paris zu den Nonnen geschickt. Ich habe das Kind zur Welt gebracht und bin dann mit dem Kind abgehauen. Die verdammten Hexen wollten es mir wegnehmen.« Ihre Gesichtszüge wurden hart. »An dem Tag, als ich aus dem Kloster abgehauen bin, habe ich heimlich in den großen Kessel mit der Gemüsesuppe gepisst.«

Beide lachten und hielten sich die Hand vor den Mund, um die anderen nicht zu wecken.

»Ein Theaterdirektor hat einmal versucht, mich zu vergewaltigen«, sagte Claire, als sie wieder ernst geworden waren. »Ich habe ihn mit einem Messer erwischt, aber es war ein Theatermesser, aus Holz.« Sie imitierte einen Messerhieb und streifte die Wange Maries. »Ich habe ihn nicht umgebracht, aber ein Auge musste dran glauben.«

»Du bist also Schauspielerin«, sagte Marie.

»Ja, und ich komme auch nicht aus Paris. Ich bin zuerst in Marseille aufgetreten, dann in Lyon. Ich bin erst seit anderthalb Jahren in Paris«, antwortete Claire.

»Spielst du jetzt nicht mehr?«

Claire lächelte.

»Die Revolution ist besser als jedes Theater.«

Ihre Augen leuchteten.

»Hast du schon mal mit jemandem gespielt, der die Rolle des Scaramouche hatte?«, fragte Marie.

»Oft, gibt es einen, der dich besonders interessiert?«

Marie zuckte mit den Schultern.

»Nein, ist nicht so wichtig.«

Claire blickte sie prüfend an. Marie wandte den Blick ab von dem glänzenden, nassen Körper, der vor ihr stand. Sie schaute auf ihre Hände, die Fingerkuppen waren verschrumpelt. Claire wickelte sich in ein Tuch und bot auch ihr eins an.

»Wenn du nicht im Bottich schlafen willst, mach es dir auf dem Diwan bequem. In der Bank unter dem Fenster gibt es eine Menge Kleidung. Such dir was aus. Das ist alles Zeug, das ich aus den verschiedenen Theatern mitgenommen habe.« Sie blickte sie spitzbübisch an und lachte. »Théo ist einmal in einer Scapino-Jacke ins Rathaus gegangen.«

Marie beeilte sich, aus dem Bottich zu steigen und sich in ihr Tuch zu wickeln.

»Meine Kleider sind schon in Ordnung.«

Claire legte sich auf ein Bett in der Ecke neben dem Fenster. Weit weg von den Kerzen war sie nur noch ein Schatten. Ihre Stimme erreichte Marie auf dem Diwan, als komme sie von einem weit entfernten und zugleich nahen Ort.

»Ich wünsche dir, dass du jemanden findest, mit dem du zusammen sein kannst. Du hast es verdient.«

Marie lächelte ins Kissen.

»Ich glaube nicht«, murmelte sie gerade noch, bevor sie endgültig einschlief.

4.

Als sie die Augen wieder öffnete, dauerte es eine Weile, bis sie wusste, wo sie war. Ihr fiel ein, dass sie nur mit einem Tuch bedeckt und darunter nackt war, aber sie bemerkte, dass jemand in der Nacht eine weitere Decke über sie gebreitet hatte. Claire schien noch immer auf ihrer Liege zu schlafen. Marie stand auf, atmete leise und bemühte sich, keinen Lärm zu machen. Rasch zog sie sich an und huschte hinaus.

Der Lichtschein im Osten, Richtung Vorstadt, kündigte den Sonnenaufgang an. Sie huschte wie ein Gespenst durch die Straßen von Paris, in der Stunde, in der es nicht mehr Nacht, aber auch noch nicht Tag ist, in der Kohlenhändler und Bäcker an die Stelle von Prostituierten und Taschendieben treten, während die Lampenwärter die Laternen löschen.

Marie blickte niemanden an, sie lief immer geradeaus durchs Zentrum der Stadt. Sie wollte zu Hause sein, bevor das Viertel erwachte und jemand sie um diese Uhrzeit nach Hause kommen sah. Sie würden glauben, sie gehe einem neuen Beruf auf der Straße nach, wie so viele Witwen, die Kinder durchzufüttern hatten. Aber sie würde das niemals tun. Eher würde sie stehlen. Natürlich bei den Reichen, nicht bei den Armen, sich unter Armen gegenseitig zu beklauen war das Widerwärtigste, was man tun konnte. Der Gedanke führte sie zurück zu der Begegnung mit Leclerc. Er war noch jung, wirkte aber älter, er schien ... Ihr fehlten die Worte, ihn zu beschreiben, er hatte etwas Irritierendes und gleichzeitig Interessantes. Er lebte mit zwei Frauen, die beide älter waren als er, ohne mit einer verheiratet zu sein. Marie lächelte bei dem Gedanken, dass das eigentlich ein Skandal war, aber sie konnte sich nicht darüber aufregen.

Sie und Jacques hatten, seit sie sich am Tag des Verrats von Lafayette auf dem Marsfeld kennengelernt hatten, zwei Jahre zusammengelebt, ohne geheiratet zu haben. Als die Nationalgarde das Feuer eröffnete, hatte Marie sich unter den Flüchtenden befunden, mitten in einer panischen Menge, die sie fast erstickt hätte. Jacques hatte ihre Hand genommen, die Hand einer Unbekannten, und hatte sie zu einer Mauer geführt und ihr gesagt, sie solle sich ohne zu rennen schnell zurückziehen und sich an der Mauer abstützen, um das Gleichgewicht nicht zu verlieren. Gemeinsam hatten sie den Ort verlassen. Seitdem waren sie zusammengeblieben, bis er entschieden hatte, sich fürs Vaterland anwerben zu lassen. Wäre er zurückgekehrt, hätte er sie vielleicht geheiratet, aber das war nicht wichtig. Was ihr fehlte, war die Möglichkeit, sich jemandem mitzuteilen, Zuwendung zu bekommen, liebkost zu werden. Abends fuhr sie sich manchmal mit einer Hand über die Wange und stellte sich vor, es wäre die Hand eines anderen. Claires Verhalten am Abend vorher, so unmotiviert wie delikat, hatte ihr das erneut vor Augen geführt. Seit Monaten sehnte ihr Körper sich nach Berührung. Seit Monaten schuftete sie ununterbrochen ohne Rücksicht auf sich selbst.

Sie lief bis zur Place de la Bastille, wo die Festung gestanden hatte. Saint-Antoine erwachte, Milchhändler und Zeitungsverkäufer begannen mit der Arbeit und aus den Bäckereien drang der Geruch warmen Brotes, die Strafe der Hungrigen. Maries Magen knurrte. Sie hatte seit gestern nichts mehr gegessen. Vor dem Laden standen bereits ein paar streitende Frauen.

Sie hoffte, zu Hause noch ein bisschen Brot und Käse zu finden. Bastien würde nicht vor Mittag kommen. Am Morgen würde er noch bei Treignac in der Werkstatt arbeiten. Sie suchte in ihrer Rocktasche nach dem Hausschlüssel, bog um die Ecke und blieb abrupt stehen.

Vor ihrer Haustür stand ein Mann.

Jacques.

Ihr Herz begann wie wild zu schlagen.

Er kehrte ihr den Rücken zu, aber er war es, sie war sich sicher, sie erkannte ihn an den Haaren, das breite Kreuz ... Sie kam näher, hatte aber nicht den Mut zu rufen und näherte sich ihm bis auf wenige Schritte. Der Mann bemerkte ihre Gegenwart und drehte sich um.

Die Enttäuschung war groß. Es war nicht Jacques. Es war der italienische Gaukler, der mit der Kanone. Der, von dem man sagte, er habe »Gänsehaut« eine Lektion erteilt. Er schaute sie an, als habe er eine Verrückte vor sich.

»Was wollt Ihr so früh?«

»Es soll mich hier niemand sehen«, antwortete er leise und zeigte auf ein Bündel, das er unter dem Arm trug. »Ich komme wegen des Anzugs. Er ist zerrissen.«

Marie schaute sich um. Die Straße lag noch immer verlassen da. Sie hieß ihn eintreten und ließ die Fensterläden geschlossen, sodass das Zimmer im Halbdunkel lag.

Sie nahm das Bündel und warf einen Blick auf den Anzug. Er hatte an mehreren Stellen Risse.

»Ihr wolltet ihn unbedingt selbst zusammennähen, das habt Ihr jetzt davon.« Marie warf den Anzug auf den Tisch. »Jetzt kann man nicht mehr viel machen.«

»Ich weiß, ich brauche einen neuen«, sagte er.

Marie hatte ein merkwürdiges Gefühl. Als der Mann das erste Mal hier gewesen war und die Stoffreste gekauft hatte, war ihr die Ähnlichkeit mit Jacques nicht aufgefallen, aber jetzt im Halbdunkel schien ihr Mann zurückgekehrt zu sein. Vielleicht spielte ihr Kopf ihr einen üblen Streich und wollte nicht einsehen, dass sie sich geirrt hatte, als sie glaubte, Jacques sei zurückgekehrt. Vielleicht wurde sie langsam verrückt.

»Ihr braucht einen widerstandsfähigeren Stoff, aber der kostet«, sagte Marie.

Ihre Blicke kreuzten sich über den Kleidungsstücken.

»Ich habe kein Geld«, antwortete er.

»Womit wollt Ihr bezahlen?«

»Ich stelle mich in Eure Dienste.«

»In meine Dienste?«, fragte Marie ungläubig. »Ich bin keine Dame.«

»Ich stehe Euch und den Menschen des Viertels zur Verfügung, ich weiß, wer Ihr seid und auf welcher Seite Ihr steht«, antwortete der Mann.

Marie blickte ihn an und ging einen Schritt auf ihn zu. Aus der Nähe betrachtet war die Ähnlichkeit mit Jacques nicht sehr groß. Er war anders, aber sah ihm auch ähnlich. Er hatte einen anderen Mund, vielleicht war es die Nase, ja, die Nase hatte eine ähnliche Form.

»Glaubt Ihr, ich könnte umsonst arbeiten?«

»Nicht umsonst. Dafür, dass die Ausbeuter erschreckt werden oder die Hamsterer, wie ihr sie hier im Viertel nennt.«

Marie dachte angestrengt nach.

»Habt Ihr Solin verprügelt?«, fragte sie.

Der Mann schwieg, aber dann nickte er und wartete auf das Urteil.

»Wollt Ihr Euch einen nach dem anderen vornehmen? Ihr kennt die doch gar nicht, Ihr seid doch Schauspieler!«

»Eure Freundinnen haben mir eine Liste gegeben. Sie sind zu mir in die Schänke gekommen und haben sie mir wortlos überreicht.«

»Georgette und die anderen? Ach du meine Güte! Und warum lasst Ihr Euch den Anzug nicht von ihnen machen?«

Der Italiener blickte sie in einer Weise an, die sie wieder an Jacques erinnerte.

»Weil ich Euch vorher kennengelernt habe.«

Unter anderen Umständen hätte Marie sich mit der Antwort nicht zufriedengegeben, aber jetzt machte es ihr nichts aus. Sie sah sich wieder in dem Bottich ein Bad nehmen, ihren entspannten Körper im erfrischenden Wasser auf der anderen Seite der Stadt oder der Welt. Dieses Gefühl der Leichtigkeit war wie ein Echo, als antwortete ihr eine zweite Marie aus der Ferne, um sie zu locken.

»Wie wollt Ihr den Anzug?«, fragte sie. Ihre Stimme klang unsicher und bemüht.

»Keine Ahnung ... Er soll Angst machen.«

Marie seufzte: »Stellt Euch neben das Fenster.«

Durch einen Spalt im Fensterladen drang ein Lichtstrahl. Dorthin stellte sich der Italiener und breitete die Arme aus. Man konnte die Geste als Zeichen der Ergebenheit deuten, aber auch als Einladung zu einer heftigen Umarmung. Marie nahm ihr Schneidermaßband und maß seine Arme, seinen Brustumfang, seine Taille und seine Beine. Das Bild von Claire, die sich über sie beugte, tauchte plötzlich vor ihren Augen auf.

Sie machte es ihr nach und streifte mit der ausgestreckten Hand die Nase des Italieners. Ja, sie fühlte sich an wie die von Jacques.

Der Mann reagierte nicht, er sagte kein Wort.

Die Tür öffnete sich, und im Türrahmen erschien die schmächtige Gestalt Bastiens. Für einen Moment stand er unbeweglich dort, dann trat er ein und machte seiner Mutter ein Zeichen der Begrüßung; dem Mann warf er nur einen kalten Bick zu.

»Ich habe viel Arbeit«, sagte Marie und trat ein paar Schritte zurück. »Ihr könnt ihn in zehn Tagen abholen.«

Ihre Stimme war fest, weitere Worte waren nicht nötig. Der Mann murmelte einen Dank und verschwand in den anbrechenden Tag.

WOHLFAHRTSAUSSCHUSS

Auszug der Sitzung vom 1. Juli 1793
(Jahr II der Französischen Republik)

Diesem Ausschuss wurde ein Komplott gegen die öffentliche Freiheit angezeigt, mit dem die Monarchie in Frankreich restauriert und der Nachkomme des ehemaligen Königs, Ludwigs XVI., zurück auf den Thron gebracht werden soll. Daher beschließt
DIESER AUSSCHUSS
dass der junge Louis-Charles, acht Jahre alt, Sohn des Capet, von seiner Mutter getrennt und in einem gesonderten Appartement untergebracht wird, und zwar in den am besten geschützten Räumen des Temple.

GEZEICHNET
Hérault
Jeanbon Saint-André
Danton
Barère
Couthon
Berlied
Cambon

Auszug aus dem
GEFÄNGNISREGISTER DES TEMPLE

Am 3. Juli 1793, gegen halb zehn abends, haben wir, die diensthabenden Kommissare, die Wohnung der Witwe Capet betreten und haben ihr den Beschluss des Wohlfahrtsausschusses des Nationalkonvents zugestellt mit der Aufforderung, diesem Folge zu leisten. Nach verschiedenen Einwänden hat die Witwe Capet sich entschlossen, uns ihren Sohn zu übergeben, der dann in die im heutigen Beschluss festgelegte Wohnung gebracht wurde. Das Kind wurde dem Bürger Simon übergeben, der die Verantwortung für ihn übernommen hat. Es bleibt festzuhalten, dass die Trennung mit der unter diesen Umständen gebotenen Sensibilität erfolgte. Die Richter des Volkes haben in dieser Situation rücksichtsvoll und unter Achtung der Würde ihrer Funktionen gehandelt.

GEZEICHNET
Eudes
Gagnant
Arnaud
Véron
Cellier
Devèze

VIERTE SZENE

Der Mann ohne Nase

1.–10. Juli 1793

1.

Bericht des Aufsehers Jean-Baptiste Pussin über den Fall der Geistesgestörten Malaprez und Laplace.
Juli 1793

Seit heute scheint Malaprez nicht nur sein düsteres Schweigen, sondern auch sein bestialisches Verhalten aufgegeben zu haben. Er benimmt sich umgänglicher, die Gesellschaft von Laplace scheint ihm Selbstvertrauen und Vertrauen zu den anderen einzuflößen. Die beiden verbringen einen großen Teil des Tages gemeinsam, und auch wenn sie nicht viel reden benehmen sie sich wie alte Freunde, die sich auch ohne Worte verstehen.

Laplace profitiert davon, dass er sich um Malaprez kümmert. Seine Melancholie lässt nach, und er scheint anderen gegenüber aufgeschlossener und aktiver zu sein. Er gibt sich anscheinend seltener trüben Gedanken hin.

Die Besserung bestätigt mir, dass Dialog und Wohlwollen nicht nur dazu führen, bestimmte Geistesgestörte ruhig zu halten, sondern auch eine Besserung ihres Zustandes bewirken können. Dennoch ist heute etwas geschehen, das man gelehrteren Männern zur Beurteilung vorlegen sollte.

Es geht um einen jener Unfälle, wie sie häufig an diesem Ort vorkommen. Der Internierte Cabot hatte bei einem Hofgang einen unerwarteten Wutanfall. Er ergriff eine liegen gelassene Schaufel und traf damit einen Bediensteten im Rücken, was unter den Geistesgestörten, die sich auf dem Platz im Freien befanden, Panik auslöste.

Ich kam gerade rechtzeitig, um die Szene mit Cabot mitzuerleben, der in einer Ecke wild mit der Schaufel um sich schlagend, alle auf Distanz hielt. Ich bemerkte, wie Laplace Malaprez etwas ins Ohr flüsterte, woraufhin dieser entschlossenen Schrittes auf Cabot zuging. Er näherte sich ihm ohne Furcht, aber Cabot zögerte keinen Augenblick und traf ihn mit der Schaufel an der linken Schulter. Malaprez steckte den

Schlag ein, als komme er von einem Kind, ergriff die Waffe und entwand sie ihm. Dann packte er ihn an der Gurgel und drückte ihn gegen die Mauer, bis Laplace ihm befahl, ihn loszulassen. Daraufhin war es den Bediensteten ein Leichtes, Cabot zu ergreifen und festzusetzen.

Als Laplace meine Gegenwart bemerkte, machte er ein zufriedenes Gesicht und halb ernsthaft, halb belustigt schlug er mir vor, seinen Freund als Bediensteten einzustellen. Malaprez kam mit einem großen Bluterguss an der Schulter davon, unter dem sich vielleicht ein Bruch verbirgt. Aber er verspürt keinerlei Schmerz und verlangt nur, dass man ihn schlafen lässt.

Der Angriff Malaprez' auf Cabot wurde offensichtlich von Laplace gesteuert. Malaprez führte die Befehle von Laplace aus und ignorierte die Gefahr, der er sich aussetzte. Die Beziehung zwischen beiden stellt neben unleugbaren Vorteilen auch ein Risiko dar; bis zu welchem Punkt geht der Gehorsam einem Willen gegenüber, den ich heute am Werk gesehen habe?

2.

Die Spinne hatte ihr Netz in der Ecke von Wand und Decke gewebt. Der Mann, der sich Laplace nannte, lag die Hände im Nacken verschränkt auf der Liege, beobachtete verträumt die Spinne und fragte sich, welches natürliche Geschick es einem so kleinen Wesen ermöglichte, ein solches Meisterwerk zu schaffen. Die Spinne hatte sich an den Rand des Netzes zurückgezogen und verharrte dort bewegungslos. Laplace starrte sie weiterhin an, und dann folgte sein Blick der perfekten Geometrie der Fäden und ließ sich von ihnen an Orte der Vergangenheit tragen, in die Zeit vor der großen Verwirrung, vor dem Ende der Welt, als er einen anderen Namen trug und Zeit und Energie in die wissenschaftliche Korrespondenz mit dem Grafen von Puységur investiert hatte.

Der Graf bevorzugte Bauern. »Der einfache, ungebildete Geist ist wie geschaffen für den Magnetismus, er bietet weniger Widerstand«, hatte er ihm geschrieben. Außerdem war er davon überzeugt, dass die Landbevölkerung, da sie sich keine guten Ärzte leisten konnte, von zahlreichen, auch latenten Krankheiten heimgesucht wurde. »Deshalb sind unsere Experimente mit ihnen kein Zeitvertreib, sondern dienen ihrer Heilung.«

Laplace hatte angefangen, die Dienerschaft zu magnetisieren. Als sich in der Umgebung die Nachricht herumgesprochen hatte, er erziele gute Ergebnisse, waren die Bauern von allein gekommen; wegen der Zähne, weil sie Fieber hatten oder wegen ihrer Pellagra. Laplace glaubte nicht, dass der Magnetismus das Elend beseitigen konnte, in dem sie lebten. Jeder nimmt in der Ordnung der Welt die ihm bestimmte Stelle ein. Aber das hatte er nie laut geäußert, er hatte sich darauf beschränkt, sie wegzuschicken, wenn es zu viele wurden. Puységur hatte Recht: Der einfache Geist leistet weniger Widerstand, und *die Grundlage für eine Magnettherapie ist Vertrauen.* Es stimmte zwar, der Verstand der Bauern war einfach strukturiert, aber auch die Mühen ihres Lebens, die Plackerei auf den Feldern, die Entbehrungen und Ausschweifungen hatten ihren Geist ruiniert.

In all dieser Unreinheit arbeiten hieß, den Stein der Weisen im Schweinestall suchen.

Um den animalischen Magnetismus zu überprüfen, um seine Wirkungen ohne diese Einflüsse zu bewerten, brauchte er saubere, nicht verunreinigte Materie.

Kinder.

Höchstens acht, neun Jahre. Analphabeten, ohne Wissen von der Welt.

Noëlle war die Erste gewesen.

Große Augen in einem abgezehrten Gesicht, eingerahmt von strohblonden Haaren. Sie litt unter Amnesie, manchmal wusste sie nicht mehr, was sie am Tag vorher getan hatte. Laplace hatte sie magnetisiert und sie aufgefordert, alles zu sagen, was ihr nicht gefiel. Die kleine Noëlle hatte ihre Gedächtnislücken geschlossen und alles berichtet, was sie über das Leben der Einwohner ihres Dorfes wusste; kein Abgrund, kein Unrat, den das Kind nicht erkannt hätte. Es hatte Zeichen und Hinweise beobachtet und entschlüsselt, und zwar besser als jeder Erwachsene. Und sie hatte keine Hemmungen gehabt, alles wie einen Rosenkranz herunterzubeten. Sie hatte sogar von kleinen Betrügereien ihrer eigenen Verwandten bei Pacht oder Steuern erzählt, die daraufhin später vom Baron bestraft wurden. Sie hatte noch kein rechtes Bewusstsein von Gut und Böse. Diese Einfalt verhinderte jeden Widerstand und erlaubte es ihr, die Wahrheit in den menschlichen Angelegenheiten zu erfassen.

Die Nächste war Juliette gewesen.

Auch nach Jahren noch löste die Erinnerung an sie Unruhe bei ihm aus.

Juliette war ein zartes Mädchen kurz vor der Pubertät gewesen, auf das das übliche, unausweichliche Schicksal wartete: Heirat mit einem grobschlächtigen Schafhirten und Kindergebären, bis sie daran starb. Sie verehrte die Madonna und alle Heiligen. Und sie war schön, schön wie eine Bäuerin aus dem Zentralmassiv eben sein kann; mit tiefgründigen dunklen Augen, noch gesunden Zähnen und einer kleinen, geraden Nase, die so ganz anders aussah als die der meisten Bauern.

Unbeweglich auf seinem Feldbett in seiner Zelle in Bicêtre liegend, stellte Laplace sich vor, wie Arbeit und Schwangerschaften diesen Körper im Laufe der Jahre verwüstet hatten. Erinnerungen waren eine wunderbare Sache. Im Gedächtnis gespeichert und vom Willen kontrolliert und in Schach gehalten, konnte man sie jederzeit abrufen und sich in ihnen verlieren. Juliette war eine davon, ein ungeschliffener Diamant.

Während der Magnetisierungen hatte der Geist des Mädchens sich dem Absoluten zugewandt, als irrte er in einer Art großem Anderswo herum, immer auf der Suche nach dem Lächeln Gottes. Manchmal fand sie es und lächelte zurück, und dann war es einfach gewesen, sie zum Reden zu bringen. Sie war in der Lage, die eigenen und die Gebrechen der Welt zu diagnostizieren. Sie schöpfte aus einer tiefen Wahrheit und sprach über menschliche Schicksale. Sie vermischte die Predigten vom Sonntag mit ihren jugendlichen Phantasien. Laplace hatte ihr stundenlang zugehört. Um sie zu magnetisieren, hatte er sich angewöhnt, ihre Nasenspitze als Kontaktpunkt zu nehmen. Er legte seinen Zeigefinger darauf und berührte mit der anderen Hand ihren Rücken. Juliette redete von Gott, dem Herrn, und jede Sitzung war ein Schritt näher zu ihm. Und zu Laplace.

Puységur hatte ihm abgeraten, Kinder zu benutzen. »Der Zugang zu ihnen scheint einfacher zu sein, das erleichtert dem Lernenden die Sache, aber sie erfordern ungemein gewissenhafte Kontrolle, wenn man vermeiden will, ihr Gleichgewicht für immer zu zerstören.« Obwohl er beschlossen hatte, diesem Rat nicht zu folgen, hatte Laplace ihm weiterhin geschrieben, Fragen gestellt und ihm Einzelheiten aus seinen Sitzungen mit den kleinen Patienten beschrieben, bis Puységur ihn aufgefordert hatte, die Behandlung Juliettes zu unterbrechen oder den Schriftverkehr mit ihm einzustellen.

Laplace hatte rebelliert. Glaubte der große Wissenschaftler wirklich, er treibe Unzucht? Verstand er nicht, dass es um etwas ganz anderes ging? Sie standen an einer Schwelle. Man musste den Mut aufbringen, den ersten Schritt in dieses große Anderswo zu tun, das sich vor ihnen auftat.

Eine Antwort war ausgeblieben, und ein paar Wochen später hatte er die Behandlung von Juliette abgebrochen. Nicht um sich mit Puységur zu versöhnen, sondern um all seine Kräfte auf einen neuen Fall, auf ein echtes Geschenk des Himmels zu richten.

Jean hatte keine Familie und kein Zuhause, er lebte von den Almosen der Mitbewohner. Er war ein verachtetes Waisenkind auf der Suche nach einem Menschen, der ihn aufnahm; war Juliette ein Diamant, war der Junge eine seltene Perle.

Sein Meisterwerk.

Dann war der Baron dem Ruf des Königs gefolgt, der mit der Einberufung der Generalstände den Anfang vom eigenen Ende eingeläutet hatte. Als treu ergebener Chevalier war Laplace dem Baron nach Paris gefolgt. Er hatte sich seinen Adelstitel mit dem Schwert erkämpft, und dieses Schwert wollte er weiterhin in den Dienst seiner Herren stellen. So hatte er damals gedacht. Innerhalb weniger Monate war alles in einem großen Abgrund versunken, und beide hatten sich weit weg von ihren Ländereien im Exil wiedergefunden. In einem verzweifelten Versuch hatten sie gemeinsam in Valmy gekämpft und verloren, und noch einmal hatten sie mit der Verschwörung zur Befreiung Ludwigs, mit jenem letzten lächerlichen Angriff auf die Zukunft, gemeinsam versucht, die Vergangenheit zu retten. Erst danach hatten sich ihre Wege getrennt.

Die Vergangenheit, die es zu retten galt, war nicht die der Capet und des Ancien Régime, sie lag viel weiter zurück. Die Revolution hatte keinen Thron gestürzt, sie hatte eine Gruft geöffnet.

Er hatte sich mit dem Ziel in Bicêtre einsperren lassen, den vor Jahren eingeschlagenen Weg wieder aufzunehmen. Zu diesem Zweck hatte er einen neuen Jean gefunden.

Seine Intuition hatte ihn nicht getäuscht. Von dem Augenblick an, als Malaprez in seiner ganzen Wildheit aufgetaucht war, hatte er es gewusst. Aber Malaprez war kein Kind, sondern ein kräftiger, junger Mann mit einfältigem Verstand. Welche Möglichkeiten in ihm steckten, hatte er bei Cabot gezeigt; eine perfekte Aktion, zielgerichtete nackte Gewalt. Wer weiß, was Puységur dazu gesagt hätte, der große Wissenschaftler, der sich von der Aufklärung, vom Kult der Vernunft und der universellen Moral blenden ließ. Seine eigenen Experimente zeigten ganz zweifelsfrei, dass das magnetische Fluidum sich der Gleichheit gegenüber neutral verhielt. Willenskraft ist unterschiedlich auf die Menschen verteilt, weder Übung noch Studium oder Erziehung können Gleichheit herstellen. Aber Puységur behauptete hartnäckig das Gegenteil und versteckte die eigenen Entdeckungen hinter einer beruhigenden, angepassten Theorie.

Laplace stand auf und ging zum Fenster, durch das eine leichte Sommerbrise hereinwehte. Auf der schmalen Fensterbank stand die Skulptur aus Hühnerknochen, die Marat darstellte. Er blickte durch das Gitter über die Dächer des Instituts auf einen Teil des Hofs. Er verhielt sich wie jene Spinne, die in Wartestellung unbeweglich am Rand ihres Netzes saß. Wie lange würde es noch dauern? Nicht mehr lange. Die Köpfe der Hydra hatten bereits begonnen, sich gegenseitig zu verschlingen. Die Girondisten waren die Ersten gewesen, jetzt waren die Radikalen an der Reihe, die Enragés. Der Unbestechliche hatte Stimmung gegen sie gemacht. Es war absurd, dass die Umwälzungen einer Epoche einen kleinen Advokaten aus der Provinz zu einem großen Mann machen konnten, oder besser gesagt zu einer Parodie auf ihn.

Zum ersten Mal seit Monaten lächelte er. Frankreich war so gut wie bereit.

Er stellte den Stuhl an die Wand, stieg hinauf, streckte die Hand aus und ergriff die Spinne mit zwei Fingern. Der Bauch hatte die Größe eines Kirschkerns.

Das Tier zappelte und biss ihn in die Fingerkuppe, aber Laplace ließ nicht los. Will man seinen Willen trainieren, braucht man Willen. Die spirituelle Ungleichheit unter den Lebewesen ist unüberbrückbar.

Laplace öffnete den Mund und legte sich die Spinne auf die Zunge. Er drückte sie gegen den Gaumen, und ein Würgen wollte ihn zwingen, sie wieder auszuspucken. Er kämpfte mit acht Beinen und mit sich selbst, bis das Tier nur noch ein regloser Körper war.

Mit einem Schauer des Ekels und der Zufriedenheit schluckte er sie hinunter.

Bald würde er die entscheidende Schwelle überschreiten, dann würde es kein Zurück mehr geben. Er würde weiterschreiten auf der Suche nach der wahren Vergangenheit, so wie Juliette ihren Gott gesucht hatte.

3.

Auf dem Markt herrschte großes Gedränge. Die Wärme des Sommeranfangs hatte zahlreiche Besucher angelockt, die neugierig zwischen den Ständen der Internierten umherliefen. Die Wärter hielten sich abseits und beobachten die Szene. Spazierstöcke und alles, was als Waffe zu benutzen war, hatten sie am Eingang beschlagnahmt. Nach dem Fall Cabot hatte Aufseher Pussin strenge Kontrollen befohlen und den besonders schweren Fällen war es verboten, sich zusammen mit den anderen im Hof aufzuhalten.

Laplace saß neben Malaprez im Schatten der Maulbeerfeige, an der sie sich zum ersten Mal getroffen hatten. Der junge Bauer trug seinen verbundenen Arm in einer Schlinge, seinem Gesicht waren keine Leiden anzusehen. Laplace magnetisierte ihn jeden Abend und linderte die Schmerzen, bis sie verschwunden waren.

»Was würdest du tun, wenn du diesen Ort verlassen könntest?«, brach Laplace das Schweigen.

»Wenn sie mich rauslassen, gehe ich zurück in mein Dorf.«

»Gefällt dir Paris nicht?«, kicherte Laplace.

Malaprez dachte über die Frage nach, ohne die Ironie zu bemerken.

»Draußen, bevor ich hierhergebracht wurde, haben mich alle beschimpft. Sogar die anderen Bauern. Weil ich nicht lesen und schreiben kann und weil ich arm bin. Weil ich nicht aus Paris bin.«

Laplace nickte: »Ich bin auch nicht aus Paris, auch ich habe fast ausschließlich unangenehme Erinnerungen.«

»Würdet Ihr auch weggehen?«

Laplace beobachtete die Menschen, die über den Hof schlenderten, die Geistesgestörten, die sich unter die Normalen mischten.

»Nein. Ich habe mit dieser Stadt noch eine Rechnung offen.«

»Und ich erst!«, sagte Malaprez und hieb mit der flachen Hand durch die Luft. »Einen Haufen Rechnungen. Wenn ich die alle begleiche, kriege ich großen Ärger.«

Laplace legte ihm eine Hand auf die Schulter.

»Weil du nicht weißt, für welche gerechte Sache du kämpfen sollst. Ich könnte ...«

Er brach ab, starrte auf eine Stelle hinter den Verkaufsständen, stand dann ruckartig auf und gab Malaprez ein Zeichen, zu bleiben, wo er war.

Er entfernte sich langsam im Schatten der Bäume und blickte weiter zu der Stelle, an der sich eine dunkle Gestalt zwischen den Ständen nach vorne schob und sich umschaute. Als er an der Umgrenzungsmauer angekommen war, trat er aus dem Schatten und blieb stehen, damit der andere ihn sehen konnte.

Der Mann trug einen alten breitkrempigen Hut und einen beigen Mantel, dessen Saum genau wie die Stiefel mit Schlamm beschmutzt war. Als er Laplace entdeckt hatte, ging er leicht gebeugt auf ihn zu und blieb ein paar Schritte vor ihm stehen.

»Ich bin es, Chevalier«, sagte er schließlich, »La Corneille.« Er hob die Krempe des Huts an und schob das Tuch zur Seite, das Mund und Nase bedeckte.

Nur dass er keine Nase hatte. Obwohl er es kannte, musste Laplace sich überwinden, in das entstellte Gesicht zu blicken. Anstelle der Nase sah man nur die Nasenlöcher, als habe ein Schwerthieb den Knorpel bis auf den Knochen abgetrennt. Die schwarzen, tief in den Höhlen liegenden Augen und die schlechten Zähne vervollständigten das Porträt einer abschreckenden Gestalt.

»Warum bist du hier?«

Der andere berührte den Hut mit einem Finger zum Zeichen des Grußes.

»Ich überbringe eine Botschaft.«

»Ich hatte dir befohlen, erst hierherzukommen, wenn ich dich rufen lasse.«

Der Mann blickte ihn unterwürfig und mit gespielter Bescheidenheit an.

»Es war der Baron, Herr. Er hat mir eine Botschaft aufgetragen.«

Laplace bezwang seine Wut und warf einen Blick über die Schulter, aber niemand beachtete sie, dann gab er dem anderen ein Zeichen, ihm zu folgen, und führte ihn in seine Zelle. Er befahl ihm, sich auf das Feldbett zu setzen.

»Hast du dem Baron gesagt, wo ich mich aufhalte?«

»Nein, Herr«, er blickte Laplace in die Augen und beeilte sich hinzuzufügen: »Ich schwöre es!«

Laplace blickte unverändert.

»Ich frage dich noch einmal, La Corneille. Hast du dem Baron gesagt, wo ich bin?«

Der Mann legte eine Hand aufs Herz und schüttelte den Kopf.

»Beim Blut aller Heiligen«, murmelte er.

»Hat er dich aufgesucht?«

»Vor zwei Tagen, als ich im Palais Égalité meiner Arbeit nachging, kam ein Mann zu mir, den ich vorher noch nie gesehen hatte. Er sagte, jemand wünsche mich zu treffen. Ich wollte ihn gerade zum Teufel schicken, als er mir das Wappen des Barons zeigte.«

Der Mann, der La Corneille genannt wurde, holte Luft und schielte zu dem Krug auf dem Tisch. Laplace verstand, füllte das einzige Glas und bot es ihm an.

Der andere trank das Wasser und leckte sich die Lippen.

»Sprich weiter«, forderte Laplace ihn auf.

»Er brachte mich in ein Haus von Freunden, gute Royalisten. Der Baron war persönlich anwesend.«

Laplace machte einen Schritt zum Fenster und blickte dem Marat aus Hühnerknochen ins Gesicht.

»Der Baron in Paris. Was hat er gesagt?«

»Er sagte, er habe eine Botschaft für Euch.«

»Und du hast gesagt, du könntest sie mir überbringen?«

»Ja. Aber ich habe nicht gesagt, wo Ihr Euch befindet. Er hat mich auch nicht danach gefragt.«

Laplace wandte sich um: »Wie lautet die Botschaft?«

La Corneille setzte sich aufrechter hin.

»Der Baron will es noch einmal versuchen, mit der Königin«, sagte er zögerlich.

Die Nachricht löste bei Laplace ein Gefühl der Erleichterung aus. Angenehm überrascht, ließ er sich verleiten, seinem Gast ins Gesicht zu lachen. La Corneille starrte ihn bestürzt an.

»Der Baron will der Königin zur Flucht verhelfen, mein Gott ... Und warum nicht dem Kronprinzen?«

La Corneille antwortete, als habe er den Einwand erwartet.

»Ihr wisst vielleicht nicht, dass der Dauphin nicht mehr bei seiner Mutter ist. Er wurde einem Stadtrat übergeben, der aus ihm einen ›guten Bürger‹ machen soll.« Er unterstrich das Gesagte mit einer angewiderten Grimasse. »Die Nachricht ist erst wenige Tage alt.«

Laplace lachte immer noch.

»Der Baron bietet mir also an, mich an der Verschwörung zu beteiligen.«

Der andere nickte unsicher, die Fröhlichkeit verwirrte ihn.

Laplace wurde wieder ernst, er blickte dem Mann ohne Nase angewidert ins Gesicht und sagte: »Nein.«

La Corneille hielt die Luft an.

»Der Baron ...«

»Der Baron ist ein Träumer, der Fehlschlag im Januar hat ihm wohl nicht gereicht«, unterbrach ihn Laplace.

»Er behauptet, der Augenblick sei günstig. Unsere Kräfte in der Vendée leisteten mutig Widerstand. Sie warteten auf Unterstützung durch die englische Flotte ...«

Laplace stellte weiter seine Verachtung zur Schau. Er nahm die Hühnerknochenskulptur und drehte sie in den Händen hin und her.

»La Corneille, du warst am 21. Januar dabei, als wir gescheitert sind und sich der Traum des Barons in Luft aufgelöst hat. Du warst dabei, als wir gerufen haben: ›Es lebe der König!‹, und was hat das unverständige Volk von Paris getan? Sag es mir!«

Die Erinnerung an die erlittene Niederlage und die unwürdige Flucht schmerzte, La Corneille senkte den Kopf.

»Es hat uns lächerlich gemacht, als wären wir ein Haufen Betrunkener. Es hat Gardère und Vigneron getötet. Bei meiner Arbeit hatte ich tagelang Angst, man könnte mich wiedererkennen, sie würden mich abholen. Ohne Nase bleibt man nicht unbemerkt. Aber niemand kam, nur Ihr, um mir mitzuteilen, dass Ihr euch hier einsperren lasst.«

Er hob den Kopf. Laplace entdeckte jetzt etwas Interessantes, Zwiespältiges in dem Gesicht, eine Unstimmigkeit.

»Es entwickelte sich anders, als wir uns das vorgestellt hatten«, fuhr La Corneille fort. »Ich war stolz, Euch zu Diensten sein zu können, ein armseliger Mensch wie ich, der Letzte von allen, ein Hausmeister im Palais Égalité, der den König von Frankreich befreit, zusammen mit dem Baron von Grèche und ...«

»Beantworte mir eine Frage, La Corneille. Wie konnte es so weit kommen?«

»Was meint Ihr? Die Revolution?«

»Ja, erkläre mir, warum!«

»Es ist die Schuld der Aufständischen, der korrupten Geschäftemacher, der Spekulanten, der Freimaurer, die das Volk aufgewiegelt haben, und der Verräter, die den Thron schutzlos gelassen haben.«

Laplace stellte die Skulptur zurück auf die Fensterbank.

»Alles Märchen!«, sagte er brüsk. »Es ist so weit gekommen, weil man die Staatskassen geplündert hat, um den Krieg der amerikanischen Rebellen auf der anderen Seite des Ozeans zu finanzieren, um diejenigen zu unterstützen, die es uns später damit gedankt haben, dass sie die französischen Untertanen inspiriert haben, es ihnen gleichzutun. Es ist so weit gekommen, weil der Reichtum Frankreichs bei Banketten, Bällen, Gesandtschaften und mit Huren verprasst wurde. Es ist so weit gekommen, weil unsere Herrscher und Adligen ihr Leben mit Fressen und Ficken verbracht haben. Es ist so weit gekommen, weil an die Stelle von Willen Schwäche und Nachgiebigkeit getreten sind.«

Das Schweigen war mit Händen zu greifen. La Corneille schien nicht einmal mehr zu atmen, vielleicht wollte er nicht, dass man es hörte, er war verwirrt.

Laplace überwand seine Abscheu und zwang sich, ihn anzusehen.

»Trotz alledem«, fuhr er fort, »habe ich genau wie der Baron geglaubt, nach dem großen Durcheinander sei eine Wiedergeburt nur möglich, wenn das königliche Blut gerettet würde, weil es die Nachfolge garantiert. Heute habe ich keine Angst, der Wahrheit ins Gesicht zu blicken und sie auszusprechen. Ludwig musste sterben. Marie-Antoinette muss sterben. Und auch der Dauphin. Alle. Ihr Blut muss vergossen werden, und zusammen mit dem ihren das von Tausenden, weil nur das Martyrium die Wiederauferstehung Frankreichs bewirken kann. Es gibt kein Zurück, man muss nach vorne schauen.«

Er nickte zu seinen eigenen Ausführungen.

»Die Vendée? Brennende Dörfer, massakrierte Einwohner ... Tabula rasa. Das ist es, was wir brauchen. Die Robespierre, Marat, Danton sind die Männer des Augenblicks. Sie wollen nicht gerettet werden, sie fliehen nicht, sie sind bereit zu sterben, sich für ihre Ideen zu opfern. Sie werden alle sterben, sie werden sich erbarmungslos zerfleischen, nachdem sie ihrer Republik eine Pyramide aus Köpfen errichtet haben. Niemand kann das aufhalten.«

Licht fiel durchs Fenster und umspielte die Gestalt Laplace'. Er beherrschte La Corneille.

»Mein Schwert kämpft noch immer für dieselbe Sache, aber ich bin weitblickender geworden. Leuten wie Grèche stehe ich nicht mehr zur Verfügung. Geh zu ihm und sage ihm, dass du mich nicht gefunden hast, dass niemand weiß, wo ich bin. Sag ihm, der Minotaurus habe mich verschlungen. Ich werde das Labyrinth im richtigen Augenblick verlassen, dann, wenn unsere Zeit gekommen ist.«

La Corneille holte tief Luft, zögerte, machte Anstalten aufzustehen und fiel dann auf die Knie.

»Mein Herr und Gebieter, wenn die Zeit gekommen ist, vergesst mich nicht. Erlaubt mir, Euch weiterhin zu dienen. Was auch immer ...«

Laplace sah, dass er seine Hand ergriff und sie an seine Lippen führte. Die fleischigen Nasenlöcher berührten seine Finger. Seine Muskeln zuckten wie bei einer Kraftprobe, aber er zog die Hand nicht zurück. Er musterte den entstellten Menschen von oben bis unten und ergötzte sich an seiner Unterwürfigkeit.

»Wenn ich dich holen lasse, musst du bereit sein, alles hinter dir zu lassen, dein Leben zu opfern.«

La Corneille schlug sich auf die Brust.

»Alles! Möge es mir vergönnt sein, einen neuen Morgen über Frankreich aufgehen zu sehen.«

Auszug aus dem

ESSAY ÜBER EINE THEORIE DER VULKANE IN DER AUVERGNE

Von François-Dominique de Reynaud, Graf von Montlosier (1802)

Die naturgeschichtliche Entwicklung der Auvergne ist nichts anderes als die Geschichte ihrer Vulkane. Kein Gebiet der Erde wurde von der Tätigkeit unterirdischer Feuer so aufgewühlt, kein Gebiet der Erde weist erstaunlichere Spuren auf.

Es ist außergewöhnlich, dass die schrecklichen Katastrophen, mit denen die Natur überall aufwartet und deren Merkmale scheinbar aus jüngerer Zeit stammen, keinerlei Spuren an den Bauwerken der Menschen, in ihren Traditionen oder in den Märchen hinterlassen haben.

Von einigen gelehrten Geschichtsforschern wissen wir, dass die Gallier sehr alte schriftliche Überlieferungen besaßen, aber wie ist es möglich, dass die Autoren, die diese Traditionen sehr sorgfältig studiert und eher unwahrscheinliche Geschichten von geringem Interesse darin entdeckt haben, uns nichts über die frühen Brandherde unserer Erde überliefert haben? Es fehlen uns die Quellen der Druiden, die nichts Schriftliches hinterlassen haben, aber sie waren Priester einer kruden, gewalttätigen Religion und mehr damit beschäftigt, ein ignorantes Volk zu täuschen, als es über die großen Umwälzungen in der Natur zu belehren.

Cäsar kommt in die Auvergne, durchquert unsere Krater, schlägt seine Lager auf unserer Lava auf, benutzt für seine Arbeiten, Maschinen und Gebäude große Mengen vulkanischen Materials, aber es sieht so aus, als hätte all das karbonisierte Geröll keinerlei Eindruck auf ihn gemacht.

Später haben Schriftsteller wie Gregor von Tours und Sidonius Apollinaris ein paar Anmerkungen über die Auvergne hinterlassen, aber läse man auch ihre gesamten Schriften, fände man dennoch nicht den geringsten Hinweis auf unsere Vulkane. Sidonius beschreibt unter anderem mit großem Eifer die Schönheit seiner eleganten Villa in Avitac (heute Aydat), ohne auch nur einen Gedanken daran zu verschwenden, dass dieser Ort überall vulkanische Spuren aufweist und dass der See und die Inseln ihre Form den Lavaströmen verdanken.

Bei all diesem Schweigen und einer allgemein vorherrschenden Blindheit darf man sich nicht wundern, dass die Menschen der Auvergne, ein einfaches, arbeitsames Volk, so lange auf diesem Land gewohnt haben, ohne etwas von den historischen Krisen des Gebiets zu ahnen. Das Volk sieht in all diesen Kratern und Lavaströmen, in all den erschreckenden Spuren antiker Naturkonvulsionen nichts als Felder, Siedlungen und Herden; die Römer sahen nichts als Lager und Kriegsmaschinen und Sidonius nur Brunnen, Zeugnisse alter Seeschlachten und all das, was einen außergewöhnlichen Wohnort ausmacht, und auch in heutiger Zeit sieht unser berühmter Pascal nichts anderes als den Luftdruck und sein Barometer. Aber was bedeutet es schon, dass die Menschen stumm bleiben, wenn die Natur spricht und vor allem, wenn sie mit solcher Energie spricht.

FÜNFTE SZENE

Die Besessene

Sommer 1793

1.

Nach zwei Tagen zu Pferd zwischen Saint-Martin und Manorba hatte D'Amblanc kurz vor dem Ziel den Eindruck, im Kreis geritten und wieder am Ausgangspunkt angekommen zu sein. Er führte es auf das Laudanum und seine Schmerzen zurück, aber dann fiel ihm auf, dass die Orte ganz ähnlich aussahen: die gleiche rustikale Bauweise der Häuser, die an einem steilen Hang klebten, der gleiche Glockenturm über schiefergedeckten Dächern und ähnlich steinige, mühsam zu bebauende Felder an den Ufern des Flusses. Die Berge, uralte, aus den Händen eines Riesen gefallene Vulkane, hatten die gleichen Umrisse. Auf dem Kamm stand wie in Saint-Martin die geschwärzte Ruine eines aristokratischen Wohnsitzes, mit dem Unterschied, dass aus der Ruine noch Rauch aufstieg.

Es hatte seit Wochen nicht geregnet, die Hufe der Pferde versanken im Staub. Der Gezeichnete, ohne eigenes Pferd, klammerte sich an die Hüften Feyfeux', der im Sattel auf einem alten Klepper saß, der unter der Last der beiden Reiter fast zusammenbrach.

D'Amblanc war sich sicher, dass das Dorf von ihrer Ankunft bereits wusste. Neuigkeiten verbreiteten sich in Windeseile, und die Nachricht, dass er Untersuchungen durchführte, hatte mit Sicherheit den Ort bereits erreicht. Vielleicht kamen die Angreifer vom Vortag aus diesem Dorf, vielleicht hatten sie hier Verwandte.

Niemand hatte ein Empfangskomitee bereitgestellt. Auf dem Platz, im Schatten einer Ulme, waren nur zerlumpte, barfüßige Kinder zu sehen. Schweigend starrten sie auf die Eskorte. Der Älteste, er mochte vielleicht sieben oder acht sein, hielt ein dürres Mädchen mit langen Haaren und runden glanzlosen Augen an der Hand. Feyfeux blickte die Kinder ausdruckslos an, Poulidor bemühte einen Gruß im okzitanischen Dialekt, der Gezeichnete murmelte irgendetwas, das wie eine Verwünschung klang, und Thuillant blickte misstrauisch auf die Szene. Unteroffizier Radoub sagte zu D'Amblanc, man müsse die Fenster der Häuser im Auge behalten. Hinter den Gittern waren die Umrisse aufgestellter Wachen zu erkennen, und auf den Dächern standen reglos drei Bewaffnete und beobachteten die Szene.

Die Mittagssonne brannte heiß herab. D'Amblanc wollte nicht warten und hielt auf das rußgeschwärzte Portal der Kirche zu. Ein Mann, vielleicht der Küster, schaute durch den Spalt zwischen den Flügeln des Portals.

»Wer seid Ihr?«

D'Amblanc setzte ein Lächeln auf.

»Ich heiße Orphée d'Amblanc. Ich möchte den Priester sprechen.«

»Der ist nicht da.«

»Wo ist er?«

Der Mann antwortete nicht und zog den Kopf zurück.

Eine Stimme im Rücken D'Amblancs sagte:

»Lasst Pascal in Ruhe, stellt ihm keine Fragen, Bürger, er ist etwas langsam im Kopf.«

Ein junger Mann, der wie ein Jäger gekleidet war, kam humpelnd näher. Über seiner Schulter hing ein Gewehr und im Gürtel steckten zwei Pistolen.

D'Amblanc stieg vom Pferd und holte seine Beglaubigungsschreiben hervor. Er hielt den Mann für den Bürgermeister des Ortes.

»Der Bürgermeister hat sich mit dem halben Stadtrat aus dem Staub gemacht.« Der Mann zeigte auf die Villa auf dem Kamm. »Habt Ihr das Haus oben auf dem Kamm gesehen? Sie waren da oben, bevor das Anwesen niedergebrannt wurde. Wir haben einen Stapel Briefe von Anhängern Brissots und auch von Emigrierten gefunden, von fremden Adeligen. Sie wollen eine Armee zusammenstellen und Okzitanien einnehmen, von Lyon bis Bordeaux.«

Der Mann erzählte, das Dorf lebe im Alarmzustand, sie fürchteten die Rückkehr des Bürgermeisters und seiner Anhänger mit bewaffneten Kräften. Sie selbst seien nicht genug Männer, um das Dorf zu verteidigen, und könnten sich beim ersten Anzeichen von Gefahr nur in ihren Häusern verbarrikadieren und die Schusswaffen bereithalten.

Als er geendet hatte, streckte der Jäger die Hand aus und sagte, er heiße Vidal, er sei der Anführer der Montagnards im Stadtrat.

D'Amblanc war überrascht von der langen Rede. Seine Eskorte, der Pariser Akzent und die Papiere mit den Stempeln des Sicherheitsausschusses machten ihn, den einfachen Abgesandten, zum Vertreter der einzigen und unteilbaren Republik, dem man Bericht erstattete und über Kampfhandlungen und Missstände auf dem Laufenden hielt.

Vidal lud D'Amblanc und die Männer seiner Eskorte ein, sich unter dem Schutz eines Daches mit Brot, Wein und Käse zu stärken. D'Amblanc nahm die Einladung an, und die Gruppe setzte sich in Bewegung.

»Wenn Ihr mit dem Priester sprechen wollt, solltet Ihr Euch nicht an Pascal wenden«, sagte Vidal und zeigte auf den Küster, der aus der Tür des Pfarrhauses herüberblickte. »Er dient nur dem Abbé Ledoux, er ist ein Anhänger der alten Ordnung; wir haben einen neuen Priester, Pater Clément.«

Er wolle zu gegebener Zeit beide treffen, sowohl den papsttreuen Priester als auch seinen republiktreuen Nachfolger, antwortete D'Amblanc.

Es war Pater Clément gewesen, der den Bericht über den Fall dämonischer Besessenheit, der Chauvelin interessierte, an die Behörden des Départements geschickt hatte.

Die Dorfbewohner hatten zwar einen neuen Priester gewählt, aber sie hatten sich an die moralische Autorität des alten Priesters gewandt, der das Mädchen aus den Klauen Satans befreien sollte. D'Amblanc war keineswegs empört. Satan war ein Monarch, der sich nicht so leicht vom Thron stoßen ließ wie ein Capet. Darüber wäre er sich sogar mit dem Papst einig gewesen.

Clément hatte nur seine Pflicht getan, als er Ledoux' Exorzismen angezeigt hatte, denn ein Priester, der noch immer der alten Ordnung anhing, durfte weder Messen lesen noch andere Riten durchführen.

Nach dem Essen hatte D'Amblanc nach reiflicher Überlegung entschieden, es sei nicht angebracht, die beiden Gegenspieler mit ihren jeweiligen Versionen der Angelegenheit gleichzeitig anzuhören. Er zog es vor, zunächst das Opfer selbst zu hören, und bat Vidal, ihn zum Haus der Besessenen zu begleiten.

2.

Sie war jung, hatte eine helle Hautfarbe, strohblondes Haar und ein liebliches Gesicht. Als sie D'Amblanc gegenüberstand, hielt sie den Blick gesenkt und die Hände im Schoß. Als sie schließlich aufblickte, sah man, dass ihre Augen von intensivem Blau waren. Erst nach Aufforderung ihrer Eltern antwortete sie auf alle Fragen in einem Gemisch aus rudimentärem Französisch und dem Dialekt der Auvergne. Die hagere, streng blickende Mutter hielt ihre Schultern umschlungen. Was eine schützende Geste sein sollte, nahm D'Amblanc als Bedrohung wahr. Der Vater sagte nichts. Ihr Bruder Gilles, ein kräftiger, aufgeweckter Junge, der die nächtlichen Spaziergänge der Schwester und die vergeblichen Versuche sie aufzuwecken beschrieb, saß neben ihr. Seine Schwester laufe einfach weiter und rede sinnloses Zeug, und am nächsten Morgen könne sie sich an nichts erinnern, berichtete er.

D'Amblanc fragte, wann diese Zustände zum ersten Mal aufgetreten seien. Vor mehr als einem Jahr, antwortete man ihm. Gab es vorher Anzeichen irgendeiner Art von Störung? Sie schwiegen und warfen sich flüchtige Blicke zu.

Schließlich antwortete die Mutter im schwer verständlichen örtlichen Dialekt. Als Kind habe Noëlle Gedächtnislücken gehabt, aber dann sei das Problem verschwunden. D'Amblanc fragte, ob sie auch damals schon einen Exorzisten aufgesucht hätten. Die Frau zuckte lediglich mit den Schultern und sagte, damals sei der Chevalier d'Yvers noch da gewesen, ein Herr aus der Gegend, der Noëlle eine Weile behandelt habe, bevor er nach Paris zu den Generalständen abgereist sei. Nach den Behandlungen durch den Chevalier habe Noëlle sich an alles erinnern können, was sie vergessen hatte.

Was für eine Art Behandlung das gewesen sei, wollte D'Amblanc wissen. Erneutes Schulterzucken. D'Amblanc wandte sich direkt an das Mädchen und fragte sie, wie der Chevalier sie behandelt habe.

Noëlle hob den Kopf und sagte: »Sprechen.«

D'Amblanc ging zunächst darüber hinweg und bat Gilles weiterzuerzählen.

Der Junge wurde häufig von seiner Mutter unterbrochen, die seine Sätze oft eigenmächtig beendete. Schließlich nahm sie die Sache selbst in die Hand und erklärte, das Mädchen habe einmal das Haus verlassen und sei mehr als zwei Meilen weit gelaufen. Der Vater habe sie dann in einem Zustand gefunden, der an Trunkenheit erinnerte. Bei einer anderen Gelegenheit sei sie auf das Dach des Hauses geklettert und über den Sims gelaufen, ohne das Gleichgewicht zu verlieren. Da das Dach recht steil sei, habe Gilles sie nur schwer erreichen und in Sicherheit bringen können. Ähnliche Vorfälle hätten dann zu dem Gerede geführt, Noëlle sei vom Teufel oder einem Dämon besessen, weil niemand sich habe erklären können, wie ein so zierliches, gebrechliches und gefügiges Mädchen mit solcher Leichtigkeit so schwierige Dinge habe vollbringen können.

D'Amblanc befragte sie zu dem Exorzismus, der an dem Mädchen praktiziert worden war. Zu dem Vorwurf, sie hätten sich an einen Priester gewandt, der von der republikanischen Regierung abgesetzt worden war, schwieg sie. Das war eine Straftat, aber es war nicht sein Auftrag, Anklage zu erheben, und er hatte kein Interesse, diese Menschen wegen ihrer Ignoranz zu bestrafen.

Als er sie entließ, zögerte Gilles. Er wartete, bis der Rest der Familie gegangen war, und kehrte dann zu D'Amblanc zurück.

»Monsieur, sie haben Euch etwas verschwiegen. Im letzten Sommer wurde meine Schwester in der Nähe des herrschaftlichen Hauses gefunden, sie hatte ein Taschentuch in der Hand, das nicht ihr gehörte.«

Der Junge machte eine Verlegenheitspause. D'Amblanc forderte ihn auf weiterzuerzählen.

»Das Taschentuch war voller Blut.«

»Glaubst du, dass jemand bei Noëlle gewesen ist, als sie in diesem abwesenden Zustand war?«

Der Bruder nickte.

»Noëlle war verlobt, und es war ihr Verlobter, der sie gefunden hat und ... nach der Sache mit dem Taschentuch hat er geglaubt, jemand hätte sich an ihr vergangen, während sie schlief. Er hat mit niemandem darüber gesprochen, aber er hat die Verlobung gelöst und will eine andere heiraten.«

Der Junge seufzte. Er hatte alles gesagt.

D'Amblanc dankte ihm, dass er den Bericht der Mutter ergänzt hatte.

Als er allein war, notierte er nur ein einziges Wort in sein Notizbuch: »Somnambulismus«.

Der Fall war außergewöhnlich interessant.

Jourdain Ledoux, der Priester der alten Ordnung, war ein hagerer, schroffer Mann mit großer, krummer Nase und dünnem Haarkranz. Er hatte zwar Priestergewand und Kruzifix ablegen müssen, aber was Haltung und Ton betraf, war er Priester geblieben.

Als für den Klerus die bürgerliche Verfassung in Kraft getreten war, die die Kirchenmänner zu Funktionären des Staates machte, waren die Auseinandersetzungen zwischen Ledoux und Clément schärfer geworden. D'Amblanc brachte für beide Verständnis auf. Ledoux hatte zwei Jahrzehnte lang das spirituelle Leben der Gemeinde geleitet. Seine Mitbürger hatten zwar Clément gewählt, aber nicht ohne Murren. Das erklärte den Eifer, mit dem Clément den Behörden des Départements die heimlichen Aktivitäten des ehemaligen Priesters angezeigt hatte. D'Amblanc erinnerte sich, dass im September '92 viele Priester der alten Ordnung vom Volk zum Tode verurteilt worden waren, aber es gab Gegenden in Frankreich, in denen der papistische Klerus sich hatte halten können, weil er vom bewaffneten Volk verteidigt wurde. In Lozère, an der Grenze zur Auvergne, hatten sich Tausende Männer zur Christlichen Armee des Südens gemeldet, und sie hatten es geschafft, die Hauptstadt des Départements zu besetzen.

Bestimmte Exzesse verdammte D'Amblanc ohne zu zögern. Er respektierte die Glaubensergebenheit der Gottesmänner, aber er missbilligte ihre Loyalität gegenüber der säkularen Macht der Kirche. Die Vorstellung eines göttlichen Wesens, das mit den Königen die Idee der Herrschaft teilt und den Menschen erschuf, um ihn mit seiner Allmacht zu unterdrücken, akzeptierte er nicht; noch schlimmer war es, ihn durch die Gestalt eines Priester unterdrücken zu lassen.

Ledoux saß vor D'Amblanc und wartete. Er blickte nicht herausfordernd, aber entschlossen und gelassen, was im Widerspruch zu der Strenge seines Erscheinungsbilds stand.

»Sie haben bei Noëlle Chalaphy einen Exorzismus durchgeführt«, begann D'Amblanc.

Ledoux blieb gelassen.

»Klagt Ihr mich deswegen an?«

»Es steht mir nicht zu, Euch wegen irgendetwas anzuklagen, Bürger. Ich ermittle nur. Ihr glaubt, das Mädchen sei vom Teufel besessen ...«

»Von einer bestimmten Form der Ferne zu Gott. Das ist der Teufel.«

Das gepflegte Französisch Ledoux' war bei Priestern in der Provinz nur selten anzutreffen.

»Ich vermute, dass Euch nicht in den Sinn gekommen ist, es könne sich um eine körperliche oder geistige Krankheit handeln. Die Zustände des Mädchens lassen an Somnambulismus denken.«

Der alte Priester zuckte mit keiner Wimper.

»Ihr könnt es nennen, wie Ihr wollt. Die Hilfe des Herrn ist dabei unerlässlich.«

»Das mögt Ihr so sehen. Einen verbreiteten Aberglauben zu fördern ist aber keine Diagnose einer Krankheit.«

Das schwache Lächeln auf dem Gesicht Ledoux' genügte, ihm die Züge eines alten Raubvogels zu verleihen.

»Meines Wissens gibt es keine Behandlung für das, was Ihr Somnambulismus nennt. Dagegen existiert eine Behandlung der Krankheiten der Seele, die hilft, die Bürde irdischer Verdammnis zu tragen. Das ist der Zweck des Exorzismus. Er will das Gute.«

D'Amblanc schwieg und begriff, dass er einen Mann vor sich hatte, der über die Dinge des Lebens und der Welt weit besser informiert war, als man an diesem abgelegenen Ort hatte erwarten können.

Ledoux redete weiter:

»Die Menschheit besteht nicht nur aus Gelehrten, wie Ihr einer seid oder auch ich, sondern aus Ignoranten, aus einfachen Leuten, wie diesen hier. Das ist die Herde, um die ich mich zu kümmern habe.«

D'Amblanc wollte instinktiv ein »hatte« einfügen, unterließ es aber. Stattdessen sagte er:

»Und deshalb ist es wichtig, diesen Menschen Bildung zu bringen. Dafür wird die Republik sorgen. Eure Exorzismen befördern nur die kollektive Hysterie und verwandeln einen interessanten Fall in eine Farce.«

Der alte Priester hob das Kinn ohne einen Anflug von Lächeln.

»Was ist so interessant an diesem Unglück?«

»Es ist bekannt, dass induzierter Somnambulismus die geistige Leistungsfähigkeit steigert«, antwortete D'Amblanc. »In einem solchen Zustand haben Frauen und Männer eine geschärfte Wahrnehmung. Aber bisher hatte ich noch mit keinem Fall zu tun, bei dem sich größere Kraft und Körperbeherrschung entwickelt hätten, wie es bei Noëlle anscheinend der Fall ist. Auch bei natürlichem Somnambulismus hat sich so etwas noch niemals gezeigt. Es stellt sich also die Frage, ob es jemanden gibt, der das Mädchen mesmerisiert hat.«

»Mesmerisiert!«, platzte der Priester los. »Und das nennt Ihr eine Krankheit diagnostizieren? Mesmer war ein unkeuscher, Unzucht treibender Dämon, seine Behandlungen haben nie jemanden geheilt. Bevor die Welt auf den Kopf gestellt wurde, gab es einen Adligen in dieser Gegend, Gott möge ihm vergeben, der sich von dieser schändlichen Mode verführen ließ. Er war überzeugt, Menschen heilen zu können. Ich kenne die Familie von Noëlle sehr gut und bin mir sicher, dass das Mädchen nicht solchen schäbigen Behandlungen unterzogen wurde.«

D'Amblanc blickte ihn kalt an.

»Aber ihre Mutter hat mir gesagt, dass Noëlle als Kind nicht näher beschriebenen ›Behandlungen‹ durch den Chevalier d'Yvers unterworfen wurde. Anscheinend litt sie an Amnesie. Eine Störung, ähnlich der, die erst kürzlich wieder aufgetreten ist. Erinnert Ihr Euch daran? Ich nehme an, Ihr wart damals bereits Priester in diesem Ort.«

Ledoux war überrascht.

»Mein Gott ... dann haben sie das ohne mein Wissen getan.«

D'Amblanc seufzte.

»Es könnte dieses Mal weitreichende Konsequenzen haben, denn ich habe allen Grund zu der Annahme, dass sich jemand dem Mädchen genähert hat, während es im Zustand des Somnambulismus war. Habt Ihr sie untersucht?«

»Was meint Ihr damit?«

»Ob Ihr das Mädchen untersucht habt, um zu kontrollieren, ob ihre Jungfräulichkeit noch intakt ist!«

Ledoux riss die Augen auf.

»Nein, um Gottes Willen, natürlich nicht.«

»Fragt ihre Mutter. Sie weiß zweifellos Genaueres.«

»Was führt Euch zu dieser Annahme?«

»Mütter wissen stets Bescheid«, sagte D'Amblanc, »und so wie sich die Bürgerin Chalaphy verhalten hat, nehme ich jede Wette an, dass das Mädchen keine Jungfrau mehr ist.«

Die Besorgnis des alten Priesters war echt.

»Heiliger Himmel. Aber wer könnte ...«

»Wer immer mit ihr allein war, ohne Zeugen, sogar Ihr.«

Ledoux richtete sich kerzengrade auf.

»Das ist eine niederträchtige Anschuldigung.«

»Ich habe Euch bereits gesagt, Bürger, dass ich kein Ankläger bin«, erwiderte D'Amblanc. »Es interessiert mich nicht, wer das Mädchen defloriert hat, ich will wissen, ob derjenige, der sich an ihr vergangen hat, sie zu diesem Zweck in den Zustand des Somnambulismus versetzt hat, und ich kann hinzufügen, dass ich es aufgrund meiner Erfahrungen nicht für möglich halte. Aber man hat mich hierhergeschickt, um zu ermitteln, und das werde ich tun.«

»Ihr wollt mir erzählen, dass sich jemand an dem Mädchen vergangen hat, während sie im Zustand des Somnambulismus war, und streitet ab, dass der Teufel seine Hand dabei im Spiel hat? Heilige Jungfrau, hilf ...«

Der Verdacht hatte den Priester verunsichert, ein Schleier schien sich vor seine Augen zu legen.

»Da es darum geht, die irdische Wahrheit zu ermitteln, könnten wir uns vielleicht auf einen gemeinsamen Standpunkt einigen«, sagte D'Amblanc.

Schweigend betrachtete Ledoux das Gesicht des Mannes, der vor ihm saß. Er war offensichtlich nicht darauf vorbereitet gewesen, jemandem wie D'Amblanc gegenüberzustehen.

»Sprecht mit der Mutter, ich nehme an, dass sie es Euch erzählen würde«, schlug der Arzt vor.

Der alte Priester zögerte einen Moment, bevor er antwortete.

»Ich tue es im Interesse von Noëlle.«

»Sehr gut«, schloss D'Amblanc, »und wenn Ihr Erfolg habt, lasst Euch das Taschentuch geben, das das Mädchen behalten hat. Die Chalaphy weiß, welches ich meine, aber ich bezweifle, dass sie es mir geben würde.«

3.

Pater Clément war damit beschäftigt, die Kirche für die Hochzeit am nächsten Tag vorzubereiten, die Hochzeit des ehemaligen Verlobten von Noëlle mit der Gastwirtin aus Manorba.

Er wollte wissen, was bei der Vernehmung von Ledoux herausgekommen war. Er hörte dem knappen Bericht zu und schüttelte ab und zu den Kopf.

D'Amblanc fragte ihn, wo genau sie das Mädchen gefunden hätten, nachdem es nicht nach Hause zurückgekehrt war. Der Priester beschrieb ihm einen See, knapp eine Meile vom Dorf entfernt. Der Arzt wünschte ihm einen guten Tag und machte sich ohne Eskorte auf den Weg. Nach all den Tagen erzwungener Gemeinschaft hatte er das Bedürfnis, allein zu sein.

Er sah das Gewässer schon vom Weg aus, der zu einem natürlichen Becken hinabführte. Der See füllte einen erloschenen Vulkankrater aus und war von einem Buchenwald umgeben. Auf der dunklen, undurchsichtigen und bedrohlich wirkenden Wasserfläche spiegelte sich der klare Himmel. D'Amblanc nahm einen Weg, der zwischen Baumreihen und stachligen Büschen am Ufer entlangführte. Hin und wieder musste er über Äste steigen, die quer über dem Weg lagen. Er hoffte, die Kletterei würde die Schmerzen nicht wieder aufleben lassen, die bisher noch vom Laudanum in Schach gehalten wurden. Er blieb stehen, probierte die späten Kirschen und bekleckerte seine Jacke mit ihrem roten Saft. Der Tag versprach, heiß zu werden, die höher steigende Sonne brannte ihm auf den unbedeckten Kopf. Er bedauerte, keinen Hut mitgenommen zu haben, und ging ans Wasser, um sich zu erfrischen. Erfolglos versuchte er die Flecken auf der Jacke zu beseitigen. Er schaute sich um. Die Einsamkeit tat ihm gut. Er entledigte sich seiner Kleidung und strich über die Narben, die sich über Brust und Bauch zogen, als wollte er sie beruhigen. Dann stieg er bis zur Hüfte ins Wasser und machte ein paar Schwimmzüge. Ein Stich im Rücken hielt ihn davon ab, den Kopf unter Wasser zu tauchen, aber das Bad war angenehm. Plötzlich hörte er hinter einer Biegung Stimmen von Jugendlichen, von Mädchen oder Kindern.

D'Amblanc schwamm näher heran, und geschützt von Sträuchern, die über dem Wasser hingen, sah er hinter den Büschen eine Gruppe Mädchen, die dort badeten. Sie trugen nur Unterwäsche, in der sich ihre jugendlichen Körper abzeichneten; Gesäßbacken, Brustwarzen und der dunkle Fleck in Höhe der Leistengegend. Sie lachten und scherzten, ohne zu wissen, dass sie beobachtet wurden. Die Berge, der See, der klare Himmel, die jungen Frauen, dieses Bild hätte bei jedem den Gedanken an die überwältigende Schönheit der Schöpfung hervorgerufen. Bei D'Amblanc löste es eine plötzliche Eingebung aus.

Er schwamm zurück, kleidete sich an und lief zurück zum Dorf. Der Morgen war fast vorüber, die Gassen in Manorba waren menschenleer. Wer nicht arbeitete, suchte in den häuslichen Mauern Schutz vor der Hitze und bereitete das Mittagessen vor. Dieser gefährliche Ort, an dem sich mehr als ein Feind der Revolution, des Vaterlandes und der Vernunft aufhielt, zeigte sich ausgesprochen idyllisch.

Das Haus von Ledoux lag am Ende des Dorfes. D'Amblanc klopfte zwei Mal, und als sich die Tür öffnete und das gezeichnete Gesicht des Alten erschien, bat er eintreten zu dürfen.

Ledoux bestätigte seinen Verdacht.

»Ihr hattet recht. Noëlle Chalaphy wurde entjungfert, aber sie erinnert sich nicht daran. Sie weiß nicht, wer es war.«

»Ihr wurde Gewalt angetan, als sie im Zustand des Somnambulismus war«, schloss D'Amblanc.

Ledoux überreichte ihm das Taschentuch.

»Glaubt Ihr, dass es dem Aggressor gehört?«, fragte er.

»Das ist sehr wahrscheinlich.«

Er betrachtete das Stück Stoff. Es war weiß, die Ränder bestanden aus einer gehäkelten Bordüre. In der Mitte sah man braune Flecken, die aussahen wie die Reste getrockneten Blutes. D'Amblanc roch daran. Dann stellte er dem Priester eine Frage.

Ledoux hörte zu und verzog das Gesicht, um entschlossene Ablehnung auszudrücken.

»Das darf ich Euch nicht sagen. Das Beichtgeheimnis ist heilig.«

D'Amblanc war sich bewusst, dass er die Verschwiegenheit des Alten überwinden musste, und er war sich sicher, dass dieser katholische Priester, der seine jahrhundertealte Macht verloren hatte, seine Pflicht zur Verschwiegenheit im Namen eines höheren Interesses hartnäckig verteidigen würde.

»Wenn Ihr Noëlle gern habt, müsst Ihr es mir sagen. Ich kann den Verantwortlichen zur Rechenschaft ziehen.«

»Das Mädchen interessiert Euch doch gar nicht«, flüsterte Ledoux. »Ihr habt es selbst gesagt, Ihr seid nicht gekommen, um anzuklagen, Ihr wollt herausfinden, ob der Zustand des Somnambulismus herbeigeführt wurde, um sich an dem Mädchen zu vergehen. Ihr wollt keine Gerechtigkeit, Ihr wollt Eure Hypothese bestätigen.«

D'Amblanc nickte.

»Das macht keinen Unterschied, und das wisst Ihr. Wenn ich den Schuldigen finde, werde ich ihn bei den zuständigen Autoritäten anzeigen.«

»Und was wird aus Noëlle?«, fragte Ledoux herausfordernd. »Wenn die Gewalt, die ihr angetan wurde, öffentlich gemacht wird, ist sie ruiniert. Sie findet keinen Mann mehr.«

»Den hat sie schon verloren. Der heiratet morgen eine andere.«

Der Alte sank auf einen Stuhl.

»Eine vulgäre Frau«, murmelte er, »»keine Tugenden. In dieser Welt triumphieren nicht die Lämmer, Gerechtigkeit gibt es nur bei Gott.«

Er schien nicht mehr so überzeugt zu sein.

»Es gibt auch die Gerechtigkeit der Menschen«, erwiderte D'Amblanc. »Der Wolf, der einmal ein Schaf gerissen hat, wird es wieder tun. Ihr habt gesagt, Ihr wollt Eure Herde beschützen.«

»Dank Eurer Republik ist es nicht mehr meine Herde«, entgegnete der Alte in bitterem Ton.

»Für Euch ist sie es noch. Das habt Ihr selbst gesagt«, sagte D'Amblanc. Er beschloss, seine Frage zu wiederholen. »Ich frage Euch noch einmal. Welche Sünden hat Noëlle gebeichtet? Sie hat immer noch bei Euch gebeichtet. Ich bin mir sicher. Und Ihr wisst, dass ich Euch nicht denunzieren werde. Nicht, wenn Ihr mir helft, den Fall zu lösen.«

Seine Worte schwebten im Halbdunkel des Raumes. Sie ähnelten mehr einem Urteil als einer Frage. Ledoux rang sich schließlich zu einer Antwort durch, aber er blickte D'Amblanc nicht ins Gesicht.

»Sie badete zusammen mit ein paar Freundinnen im See. Wenn sie sich abtrocknete ... berührte sie manchmal ihre Nacktheit.«

D'Amblanc nahm die Bestätigung seiner Vermutung mit einem erleichterten Seufzer auf.

»Danke.«

Er erhob sich und wollte gehen, aber die Stimme des Alten hielt ihn zurück.

»Wer war es?«

»Ich werde es Euch morgen sagen«, antwortete D'Amblanc, bevor er hinausging.

4.

D'Amblanc nahm in der letzten Bank an der Hochzeit teil. Er war nie ein begeisterter Teilnehmer bei solchen Feierlichkeiten gewesen, höchstens als Kind. Das Rituelle, die Gesten und die angestrengten Gesichter berührten ihn peinlich.

Andächtig lauschten die Brautleute den Worten Pater Cléments, aber die Aufmerksamkeit D'Amblancs galt nicht ihnen. Er beschränkte sich darauf, festzustellen, dass die Braut älter als ihr zukünftiger Gatte war und die Züge und die gedrungene Physis einer Bäuerin aufwies. Ansonsten konzentrierte er seine Beobachtungen auf andere Details.

Es war nicht das Essen vom Abend vorher, das ihm schwer im Magen lag, als er die Kirche vor dem Ende der Zeremonie verließ. Vor der Kirche stieß er auf Unteroffizier Radoub. Besorgt um die Unversehrtheit des Vertreters des Sicherheitsausschusses, wollte dieser ihm folgen, aber D'Amblanc ging seines Wegs, ohne ein Wort an ihn zu richten. Latente Wut vernebelte seine Gedanken.

Der Weg zum Haus der Chalaphy war kurz. Sie gehörten zu den wenigen, die nicht an der Hochzeit teilgenommen hatten.

Der Vater von Noëlle öffnete ihm. Sein Gesicht war ein Porträt der Düsternis, und wahrscheinlich waren es nicht nur Arbeit und Mühsal, die ihn älter aussehen ließen, als er war. D'Amblanc bat ihn, mit Noëlle sprechen zu dürfen.

Der Mann hieß ihn eintreten, und dann besprach die Familie sein Ansinnen. Die Mutter baute sich vor ihm auf und fragte, was die Behörden noch von ihrer Tochter wollten.

»Eine einfache Antwort.«

Die Frau entgegnete nichts und begleitete D'Amblanc zu dem Mädchen, das hinter dem Haus Säcke für Mehl nähte. Als sie ihn sah, erstarrte sie mit der Nadel in der Hand.

D'Amblanc begrüßte sie und sagte, er wolle sie etwas fragen. Es gelang ihm, Mutter, Vater und Bruder zu überzeugen, ins Haus zurückzugehen. Die Mutter blieb hinter dem Fenster stehen, was D'Amblanc einen vertretbaren Kompromiss fand.

Er redete leise, sodass nur Noëlle ihn verstehen konnte.

»Ihr müsst ganz aufrichtig zu mir sein. Versprecht Ihr mir das?«

Das Mädchen nickte, ohne ihn anzublicken, und sagte dann: »Ich kann mich nicht erinnern.«

»Was ich Euch fragen will, betrifft Dinge, die sich ereignet haben, als Ihr wach wart. Ich möchte wissen, ob Ihr irgendwann jemanden getroffen habt, wenn Ihr im See gebadet habt.«

Noëlle errötete und machte sich am Leinen zu schaffen. Es dauerte eine Weile, bis sie den Mut zu einer Antwort fand.

»Nein.«

»Und Ihr hattet nie das Gefühl, dass Euch jemand beobachtet?«

»Nur ein Mal.«

»Befand sich derjenige zufällig zwischen den Büschen hinter der kleinen Biegung am See, in der Nähe der Stelle, an der Ihr gewöhnlich ins Wasser geht?«

Noëlle riss die Augen auf, als habe sie soeben den Spruch eines Wahrsagers gehört.

»Da war ein Mann, ja. Ich befand mich mit den anderen unter den Bäumen. Bitte fragt mich nicht nach den Namen.«

»Das werde ich nicht«, beruhigte D'Amblanc sie. »Und seitdem seid Ihr nicht mehr dort hingegangen?«

Das Mädchen schüttelte den Kopf und sagte mit hochrotem Kopf: »Nicht wenn ich wach war ...«

»Ich weiß, dass man Euch dort im Schlafzustand gefunden hat. Seid Ihr sicher, dass Ihr Euch an sonst nichts erinnert?«

Er sah, wie ihre Augen feucht wurden und sie heftiger zu atmen begann. Eine Träne rollte über ihre Wange, weitere folgten. Sie bewegte die Lippen zu einem tonlosen »Nein«.

Wut stieg in ihm hoch, aber D'Amblanc unterdrückte sie. Er blickte sie nicht länger an, dann redete sie weiter.

»Der See ist verflucht. Da steckt der Teufel drin.«

»Hat Pater Ledoux Euch das gesagt?«

»Nein, Pater Clément. Er hat es jeden Sonntag gesagt.«

Die Ankunft der Mutter erlöste D'Amblanc aus seiner Verlegenheit. Er verabschiedete sich hastig, aber kaum hatte er das Haus verlassen, folgte ihm der Bruder Noëlles.

»Bürger! Wartet! Wisst Ihr, wer das verdammte Schwein ist?«

D'Amblanc las Hass in den Augen des Jungen.

»Ich werde Euch das jetzt nicht sagen.«

Der Junge schien enttäuscht.

»Früher oder später werde ich es herausfinden«, sagte er und warf böse Blicke um sich.

D'Amblanc wartete, bis er ins Haus zurückgekehrt war. Dann bereitete er sich auf eine längere Wartezeit vor und hockte sich wie ein Jäger vor die Höhle des Bären.

5.

Das Hochzeitsmahl dauerte den ganzen Nachmittag, und Pater Clément kehrte erst gegen Abend ins Pfarrhaus zurück. D'Amblanc erwartete ihn vor der Haustür. Der Pater führte ihn in den einzigen Wohnraum und bot ihm ein Glas Wein an, das D'Amblanc annahm.

»Habt Ihr genügend Beweise für eine Anklage gegen Ledoux gesammelt?«

»Leider fand der Exorzismus Ledoux' im Schatten eines sehr viel schwerwiegenderen Verbrechens statt. Jemand hat den somnambulen Zustand Noëlle Chalaphys ausgenutzt und sie vergewaltigt.«

Der Priester machte ein erstauntes Gesicht.

»Mein Gott.«

»Gott hat damit nichts zu tun. Das ist eine Angelegenheit der Menschen.«

Der Priester bekreuzigte sich, während D'Amblanc das bei Noëlle gefundene Taschentuch hervorholte und auf dem Tisch ausbreitete.

»Dem Mädchen ist es gelungen, dem Angreifer dieses Tuch zu entwenden.«

Clément beugte sich vor und betrachtete es.

»Sind das Blutflecken?«

»Nein, das ist Kirschsaft.«

Clément runzelte die Stirn, aber bevor er etwas sagen konnte, fuhr D'Amblanc fort.

»An dem Weg, der am See entlangführt, stehen Kirschbäume. Die Früchte sind süß und wohlriechend, man gerät leicht in Versuchung, von ihnen zu kosten. Ich habe es selbst erlebt. Der Saft der Kirschen hinterlässt kaum zu entfernende Flecken.« Er zeigte auf die Flecken auf seiner Jacke. »Einige Mädchen aus dem Dorf gingen häufig heimlich zum See, um dort zu baden, zu ihnen gehörte auch Noëlle Chalaphy. Im letzten Sommer hat sich jemand sehr lange am Seeufer aufgehalten. Er beobachtete die jungen Mädchen und hat sich dabei mit Kirschen vollgestopft.« D'Amblanc zeigte auf das Taschentuch. »Das hat er benutzt, um sich zu säubern. An dem Abend, an dem Noëlle im Zustand des Somnambulismus zum See ging, ist diese Person ihr gefolgt und hat die Tatsache ausgenutzt, dass sie allein und ohne Bewusstsein war. Er hat sie vergewaltigt.«

Der Priester bekreuzigte sich ein weiteres Mal.

»Aber wer könnte ...«

»Jemand, der gesehen hat, dass sie zum See ging. Da um diese Zeit die Waldarbeiter längst zu Hause sind und da das Haus der Chalaphy am Dorfrand liegt, gibt es nur ein Haus, an dem Noëlle an jenem Abend mit Sicherheit vorbeigegangen ist.«

Clément erstarrte und blickte D'Amblanc aus zusammengekniffenen Augen an, der unerschütterlich fortfuhr:

»Die Kirche. Und, natürlich, das Pfarrhaus.«

»Worauf wollt Ihr hinaus?«

D'Amblanc gönnte sich ein bedauerndes Lächeln.

»Dieses Taschentuch gehört Euch, Clément. Den Beweis dafür habe ich heute Morgen in der Kirche gefunden. Die Häkelarbeit am Rand ist die gleiche wie die an Euren liturgischen Gewändern. Es gehört zur Ausstattung.«

Clément atmete schwer, sein Blick irrte umher. Dann blickte er wieder auf das Taschentuch.

»Ihr wusstet von der Störung, an der Noëlle litt«, nahm D'Amblanc den Faden wieder auf. »Ihr seid ihr gefolgt, bis sie weit genug vom Dorf entfernt war, und dann habt Ihr dem Mädchen Gewalt angetan.«

Clément bedeckte sein Gesicht mit den Händen.

»Wie lange schon, Clément?«, fragte D'Amblanc. »Seit wann habt Ihr die teuflischen Kreaturen, wie Ihr sie sonntags in der Kirche nanntet, beobachtet?«

»Und das ist es, was sie sind.« Die Stimme des Priesters kam wie ein Knurren zwischen seinen Fingern hervor. »Seit Evas Zeiten ist die Frau die Versuchung des Teufels.«

D'Amblanc seufzte.

»Und an jenem Abend vor einem Jahr seid Ihr der Versuchung erlegen. Es muss Euch wie ein Glücksfall vorgekommen sein, dass Noëlle allein an Eurem Fenster vorbei in Richtung See ging. Oder gibt es noch etwas anderes?« Der Ton D'Amblancs verschärfte sich. »Wie konntet Ihr sicher sein, dass das Mädchen nicht aufwachen, dass sie sich nicht erinnern würde? Was wisst Ihr über Somnambulismus? Habt Ihr schon einmal Magnetismus praktiziert?«

Clément blickte verwirrt auf.

»Ich habe von all diesen Dingen keine Ahnung, das schwöre ich. Es war der Teufel ... der Teufel hat mich in Versuchung geführt, er hat mir zugeflüstert, es sei dunkel, das Mädchen würde mich nicht erkennen ... Sie hat sich ausgezogen, und ich habe den Verstand verloren.«

»Habt Ihr sie schon vor jenem Abend berührt?«

»Nie. Sie hat sich selbst berührt. Sie trocknete sich die Beine ab, den Bauch, die Brust, die Haare. Sie war lasziv, genau wie alle anderen, sogar noch mehr als die anderen.«

D'Amblanc zuckte zusammen. Ein Gedanke ging ihm durch den Kopf. War es möglich, dass die Bäder und das Trockenreiben das pathologische Verhalten hervorgerufen hatten? Hatten sie die große Unordnung der Körperflüsse hervorgerufen und gleichzeitig versteckte Kräfte freigesetzt? D'Amblanc dachte an den vulkanischen See zwischen den Bergen. Vulkane stehen in Verbindung mit dem Mittelpunkt der Erde, in der Nähe von Vulkanen spielen Magneten verrückt. War der See so etwas wie eine riesige mesmerische Wanne? War das Mädchen das Opfer ihrer eigenen Badeleidenschaft geworden und hatte den Somnambulismus ungewollt bei sich selbst ausgelöst? Er unterbrach den Gedankengang und dachte an die Worte Ledoux': »Ihr sucht nicht nach Gerechtigkeit, sondern nach der Bestätigung für Eure Hypothese.«

Er blickte Clément an, der halb auf dem Tisch lag. Er war der Schuldige, aber er war nicht *sein* Schuldiger. Er hatte bei einer Gelegenheit in Paris den jungen Louis de Saint-Just sagen hören: »Wer einer Frau Gewalt antut, muss mit dem Tode bestraft werden.«

»Man wird Euch den Prozess machen.«

Clément erhob sich mit großer Anstrengung.

»Ihr Vater und der Bruder werden mich vorher töten!«

D'Amblanc ignorierte den verzweifelten Ton des Priesters.

»Ich werde Euch bewachen lassen und Euch für den Prozess nach Aurillac überstellen.«

»Ich werde dort nie ankommen, sie werden mich abstechen wie ein Schwein.«

D'Amblanc hätte den Fall gerne genauer studiert, er hätte gerne Noëlle beobachtet, wenn sie das nächste Mal schlafwandelte. Aber konnte ein guter Revolutionär ein solches Verbrechen ungesühnt lassen?

»Ich werde Euch persönlich nach Aurillac eskortieren. Morgen reisen wir ab. Ihr werdet nur das Allernotwendigste mitnehmen. Die Männer meiner Eskorte werden heute Nacht Euer Haus bewachen.«

6.

Das Schicksal wollte es, dass Orphée d'Amblanc und Pater Clément nicht nach Aurillac aufbrachen.

Im Morgengrauen des folgenden Tages entdeckte ein Schäfer, der seine Herde zum Trinken an den See geführt hatte, die Leiche des Priesters im Wasser. Er war ertrunken. Niemand konnte erklären, wie es ihm gelungen war, die Wachen zu überlisten und nachts sein Haus zu verlassen. Die Wachen schworen, ihn nicht gesehen zu haben. Warum der Priester nicht geflohen war, wurde ebenfalls nicht aufgeklärt. Als die Lösung des Falls sich überall herumgesprochen hatte, vermuteten einige, Clément habe sich aus Scham und Reue das Leben genommen. D'Amblanc vermutete etwas anderes: Vielleicht hatte die Familie Chalaphy alles gewusst und die Sache selbst in die Hand genommen, vielleicht hatten sie Feyfeux oder den Gezeichneten bestochen. Aber hatten die anderen, seine Männer aus Paris, stillschweigend zugeschaut? Als er Radoub gegenüberstand, las er in dessen Blick etwas, das ihn an den Kommentar des Unteroffiziers erinnerte, als man wenige Tage vorher die Kadaver der Räuber ausgezogen und verstümmelt hatte: »Lasst sie, Bürger. Sie halten es für ihr gutes Recht, und das ist es auch.« Daran, wie er es gesagt hatte, konnte man erkennen, dass ihm die Gewohnheiten dieses wilden Menschenschlags nicht fremd waren. »Wir kennen den Hass nicht, der in diesen Landstrichen herrscht.« Es stimmte, dachte D'Amblanc. Er selbst hatte angesichts des Bösen blinden Hass empfunden, aber er war nur ein Durchreisender aus der Hauptstadt, der wieder dorthin zurückkehren würde, der nicht mit den Folgen der Ereignisse leben musste, wie diese Menschen. Er schwieg, weil er den Eindruck hatte, dass Radoub ihn verstand.

Später am Morgen suchte Ledoux D'Amblanc auf. Er war gekommen, um ihm eine gute Reise zu wünschen, und der Doktor war nicht so naiv, dass er die Absicht hinter den Wünschen nicht verstand. Die Angelegenheit Chalaphy war abgeschlossen, und das Dorf leckte jetzt seine Wunden.

»Die Seele Cléments steht jetzt vor ihrem göttlichen Richter. Das Böse muss besänftigt werden, Eure Gegenwart würde das nur hinauszögern«, sagte Ledoux.

»Ich bin hier, um eine wissenschaftliche Untersuchung durchzuführen. Ich werde das Mädchen befragen, es muss versuchen, sich an die Therapie zu erinnern, der sie der Chevalier d'Yvers unterzogen hat.«

Der alte Priester blickte ihn nachsichtig an.

»Sie war noch ein Kind, was glaubt Ihr, an was könnte sie sich erinnern? Lasst es dabei bewenden. Den anderen bedeutet Eure Untersuchung und Eure Wissenschaft nicht das Geringste. Schon gar nicht, wenn sie sich zwischen das Verbrechen und die Rückkehr ins alltägliche Leben stellt.«

»Aber Ihr müsstet doch wissen, dass das Leben, so wie es war, vorbei ist, dass sich alles geändert hat«, entgegnete D'Amblanc gereizt.

Ledoux nickte.

»Es sieht so aus. Dennoch bestimmt nicht Ihr allein den Rhythmus der Veränderung. Die Chalaphy werden es niemals zulassen, dass Ihr Euch Noëlle noch einmal nähert. Macht Euch keine Hoffnungen auf weitere Untersuchungen, Bürger D'Amblanc.«

Unteroffizier Radoub drängte auf eine schnelle Abreise. Der Ort gefiel ihm nicht. Die Hälfte des Dorfes unterstützte die Anhänger Brissots, und die Anwesenheit eines Pariser Abgesandten mit einer bewaffneten Eskorte konnte jederzeit zu unvorhersehbaren, gefährlichen Zwischenfällen führen. Die bleierne Atmosphäre im Dorf machte auch die anderen Männer der Eskorte nervös, die Ungeduldigsten waren die beiden aus der Auvergne.

D'Amblanc zögerte nicht länger und die Gruppe brach auf.

Auszug aus dem
»PÈRE DUCHESNE«
Publiziert in Paris von Jacques Hébert
(Nr. 260, 17. Juli 1793)

Der große Schmerz des Père Duchesne angesichts des Todes von Marat

Ermordet mit einem Messer von einer Magd aus dem Calvados, geschickt von Bischof Fauchet.

Gute Ratschläge für die tapferen Sansculotten, damit sie wachsam bleiben, denn in Paris gibt es mehrere Tausend Verräter aus der Vendée, die sich die Krallen feilen, um die guten Bürger zu erdrosseln.

Verdammt, Marat ist nicht mehr! Die Aristokrätze feiert überschwänglich, während die verzweifelten, tapferen Bürger zum Totenbett ihres wahren Freundes strömen. Auch ich bin zu ihm gegangen, und ich war dabei, als die Hure verhört wurde. Sie hat geschnurrt wie ein Kätzchen, das seine weichen Pfoten einsetzt, um besser kratzen zu können. Sie schien nicht weiter beeindruckt, ganz so, als habe sie eine großartige Tat vollbracht.

Der Kommissar fragt sie nach ihrem Namen. Sie heiße Charlotte Corday, Tochter eines Ehrenmannes. Bereitwillig erzählt sie alles, gibt zu, dass sie nur nach Paris gekommen ist, um Marat zu ermorden, den sie für einen Feind des Vaterlandes hält, und freut sich, ihn abgestochen zu haben. Wenn ich gekonnt hätte, wie ich wollte, hätte ich Frikassee aus ihr gemacht. Was hatte Marat dir getan? Du lügst, wenn du behauptest, ihn für einen Feind des Landes zu halten, denn du hast ihn selbst als guten Bürger und braven Mann kennengelernt, als du versucht hast, sein Mitleid zu erregen, um vorgelassen zu werden. Man durchsucht sie. Ihre Taschen sind reichlich gefüllt mit großen Münzen und falschen Assignaten. Sie antwortet auf alles mit großer Sicherheit und geht seelenruhig ins Gefängnis, als ginge sie zu einem Ball. Es wird nicht der letzte Schlag sein, den unsere Feinde gegen uns führen, den sie allen Patrioten zufügen werden. Dieselben Raffzähne, die die Menschen schon so oft zu Plünderungen aufgehetzt haben, finden kein anderes Mittel, um die ganze Stadt auf den Kopf zu stellen, als ihre besten Bürger einzeln zu massakrieren. Deshalb fordere ich die Sansculotten auf, wachsam zu sein und die wahren Freunde des Volkes zu schützen. Leider sind sie nicht sehr zahlreich. Denkt darüber nach, Sansculotten! Wären nicht Marat und Robespierre, hättet ihr nicht mehr Freiheit, als in meine Hand passt.

Ich hoffe doch sehr, dass diejenigen Brüder in der Provinz, die sich haben reinlegen lassen, ihre Fehler einsehen. Dann werden sie erkennen, auf welcher Seite die Dolche gezückt sind. Zwei Deputierten wurde von den Anhängern Brissots schon die Kehle durchgeschnitten. Die Anhänger Brissots leben noch, ihnen ist noch kein Haar gekrümmt worden. [...] Man soll ein Grabmal für den Freund des Volkes errichten, man soll seine kostbaren sterblichen Überreste dem Volk zur Schau stellen und auf demselben Platz oder in Sichtweite des Grabmals soll das Schafott für Brissot, Fauchet und die anderen aus der Normandie errichtet werden. Die Guillotine genügt nicht, eine neue Hinrichtungsform muss her, schrecklicher, erniedrigender, dem Verbrechen angemessen, wenn das überhaupt möglich ist, zum Henker!

SECHSTE SZENE

Der Märtyrer

17.–20. Juli 1793

1.

Alle heulen. Männer, Frauen, Kinder, Alte. Sie heulen, dass die Seine trotz der Trockenzeit Hochwasser hat. Man besäuft sich auf der Straße, man reißt sich die Haare aus, und ein paar laufen mit einer Knarre in der Hand herum, als wären sie auf der Jagd. Und nicht weil die Österreicher oder die Engländer oder die Scheinheiligen aus der Vendée kommen, auch die Girondisten, die Verräter, reißen das Maul nicht auf.

Der Grund ist eine Frau.

Die verdammte Hure. Die versiffte Nutte. Die normannische Sau. Die Giftschlange, die an die Brust des großen Mannes gekrochen ist.

Wir werden uns ihren Namen bis in alle Ewigkeit merken.

Charlotte Corday.

Das Weib.

Einem Weib kann man nicht vertrauen. So ist das schon seit Eva.

Sie hat irgendein Märchen erzählt und sich in sein Haus geschlichen; dass sie unbedingt den Freund des Volkes sprechen muss, dass sie ihm sagen muss, dass am Arsch der Welt, unten in Caën, wo sie herkommt, sich die Girondisten bewaffnet haben und auf Paris marschieren wollen. Er saß wegen seiner Räude im Badezuber, er kann nur im Wasserbad schreiben und essen, wie ein Frosch. Er hat sie nicht rausgeschmissen, weil seine Tür steht Bürgern, die was fürs Vaterland tun wollen, immer offen. Die verlogene Drecksau, diese verdammte Tochter eines Betbruders und einer Nonne hat ein Küchenmesser gezogen und es ihm in die Brust gestoßen.

So stirbt Marat. Durch den Biss einer dreckigen Hündin; die Pfaffen haben sie abgerichtet, damit sie auf Befehl zubeißt. Die ist besessen, sie sieht Heilige und Madonnen, und die sagen ihr, sie soll ihn abstechen. Hinterher hat sie regungslos dagestanden und blöd geglotzt, als hätte sie ihr Hirn ausgeschissen. Die Leute hätten die Mörderin am liebsten gefressen, diese Mörderin, bis nichts mehr von ihr da gewesen wäre, die hätten das letzte Knöchelchen abgenagt, aber die Wachen haben sie weggebracht, sie muss jetzt aussagen, wer sie geschickt hat, wer sich das ausgedacht hat, dass sie sich opfern und Marat erstechen soll. Hinterher schneiden sie ihr natürlich den Kopf ab und wir pissen drauf.

Aber so lange wird geheult. Sogar die Großmäuler und Ohrfeigengesichter vom anderen Seine-Ufer und die Taschendiebe vom Markt, weil sie alle Marat gern hatten, weil der nie einen Pfennig genommen hat, der hat sich immer für die armen Schweine eingesetzt, und die Sachen, die der geschrieben hat ... nicht mit der Feder, mit dem Bajonett.

Alle wollten die Leiche sehen, aber Robespierre hat gesagt, das geht nicht, weil Sommer ist, ein schönes Begräbnis ist besser. Aber er hat gesagt, dass wir das mit dem Begräbnis nicht übertreiben sollen, wir müssen aufpassen, was wir sagen, man muss höllisch aufpassen, wir müssen ans Vaterland denken. Aber was soll's, ein Begräbnis muss schon sein!

Heute Abend kommt jedenfalls ganz Paris zusammen und ehrt den Freund des Volkes, den Tribun des Pöbels, den gequälten Märtyrer, mit Fackeln und Kokarden und Trauerbändern und traurigen Gesichtern. Niemand fehlt, und wer fehlt, der soll bleiben, wo er ist.

2.

In der Trauerprozession weinten alle. Die Szene hätte auch das verstockteste Herz erweicht, und auch Léo verlor sich im allgemeinen Gefühl der Trauer, selbst wenn er nicht wirklich traurig war, aber er war hingerissen von diesem Schauspiel. Er lief mit der Menge und bestaunte das Großartige der Szene. Der Maler David als Zeremonienmeister hatte sich selbst übertroffen.

Der Sarg stand gut sichtbar für die Menge auf einem prunkvollen Gestell, auf einer erhöhten Bahre, getragen von zwölf Männern – der Zahl der Apostel – und umgeben von weiß gekleideten Kindern. Jedes Kind hielt einen Zweig des Totenbaums, der Zypresse, in der Hand. Dahinter schritten die Deputierten des Konvents, es folgten die der Kommune, dann kamen die Klubs der Patrioten und schließlich die Menschen von Paris, die ganze Stadt, der Strom der Menschen schien endlos. Gesichter, Augen, Nasen, Münder, Ohren, Hände,

Schultern, Kokarden, Bänder, Stimmen, Fahnen, Blumen, Tränen. Viele Tränen.

Überwältigend, fand Léo, großer Sinn für Szene und Pathos, jede Frau und jeder Mann waren zugleich Schauspieler und Zuschauer. Das Neue Theater der Revolution. Wie konnte man nach alten Textbüchern in geschlossenen Sälen rezitieren, wenn das Neue Theater unter dem Himmel Frankreichs Geschichte machte?

Er trauerte auch aus einem anderen Grund nicht und konnte seine leichte Wut nicht verhehlen. Dieses Begräbnis war eines Mannes würdig, wie Marat einer gewesen war, aber Meister Carlo Goldoni hätte ein ebenso imposantes Begräbnis verdient gehabt, aber er hatte nichts bekommen. Nur eine kleine Schauspielertruppe hatte seiner gedacht, und das war der Beginn allen Ärgers für Léo gewesen. Das war ein Skandal, der noch lange auf den Schultern der Franzosen lasten würde.

Der Trauerzug zog durch die Rue de Thionville bis zum Pont Neuf, vom Haus Marats bis in die Nähe des Klubs der Cordeliers. Alle fünf Minuten schoss die Kanone eine Salve ab. Zu Ehren des großen Mannes konnte sie jetzt feuern.

Der Trauerzug überquerte den Fluss, bog in den Quai de la Ferraille ein, lief über den Pont au Change und am Théâtre-Français vorbei und kehrte dann zum Konvent der Cordeliers zurück, während die Menge die Marseillaise sang.

Auch Léo sang mit und umarmte unbekannte Menschen, sprach Mutlosen Mut zu, rief zur Verteidigung des Vaterlandes auf und schaute verlotterten Sansculotten in die Augen, als seien sie seine Brüder. Die Frauen aus dem Volk riefen Marat verzweifelt um Hilfe an. Sie streckten die Hände nach der Bahre aus, als wollten sie den Tod auffordern, ihn wieder zurückzugeben; erhobene Arme, Klagen, Tränen ... Es waren unglaublich viele und ihre Tränen waren die herzzerreißende Klage von Geliebten, auch wenn keine von ihnen je in die Nähe von Marat gekommen war. Léo war sich sicher, dass es nicht Teil der Inszenierung Davids war, es war das Neue Theater, das sich in all seiner Kraft entfaltete. Eine der Maximen des Meisters nahm vor seinen Augen konkrete Gestalt an, seine Gedanken kehrten an diesem Nachmittag zum zweiten Mal zu Goldoni zurück.

Ihr erstes Zusammentreffen in der Villa Albergati war kaum mehr als die unscharfe Erinnerung eines Kindes. Das zweite dagegen hatte erst vor wenigen Jahren stattgefunden.

Leonida Modonesi, der auf den Spuren des Meisters nach Paris gekommen war, hatte die feste Absicht gehabt, Schauspieler zu werden. Er hatte erfahren, dass Goldoni jeden Nachmittag im Park des Palais Égalité, manchmal von einem Diener begleitet, spazieren ging. Also schlich auch er um die Cafés herum, und tatsächlich hatte er ihn eines Tages getroffen.

Goldoni saß im »Café Mécanique«, einem außergewöhnlichen Ort mit Destillierkolben und Automaten. Anstatt dass Kellner ihn brachten, floss der Kaffee aus Schläuchen, die in den Tischbeinen versteckt waren. Léo hatte so etwas noch nie gesehen.

Der alte Mann vor ihm hatte mit den gemalten Porträts im Hause Albergati nur eine entfernte Ähnlichkeit. »Sie erlauben, Meister?«, hatte Léo auf Italienisch gesagt und sich vorgestellt. Er hatte an die Bologneser Zeiten erinnert, ohne bei dem venezianischen Advokaten eine besondere Reaktion hervorzurufen. Dann hatte er von seinem Traum gesprochen, Schauspieler an der Komischen Oper oder sogar an der Comédie-Française zu werden. Ihm war klar, dass er keine Ansprüche stellen konnte, aber er war bereit, sich von ganz unten emporzuarbeiten. Er hatte sich ein Herz genommen und den Meister gebeten, ihm eine Empfehlung zu schreiben, eine Art Bürgschaft, die er bei Theatergesellschaften vorweisen konnte, und die ein gutes Wort für den *fantolin* einlegte, der einst auf seinen Knien gesessen und gelacht hatte, aber in erster Linie für den jungen Mann, der ihn so bewunderte, dass er seinem Beispiel gefolgt und nach Paris gekommen war.

Wässerige Augen in einer runzligen Maske hatten ihn aus ihren Höhlen heraus angeschaut, und dann hatte Goldoni ihm in klagendem Ton von seinen Krankheiten erzählt, von den verpassten Gelegenheiten am Hof in Versailles, weil er sich nicht wie ein Höfling benommen habe, was er habe anstellen müssen, um eine Pension zu erhalten, dass er noch nie ein Geschick für Intrigen besessen habe, sich nie habe durchsetzen können, um sich Privilegien zu sichern ... Er hatte geredet, immer wieder den Faden verloren, hatte Bologna kein einziges

Mal erwähnt und war auf den Wunsch nach einer Empfehlung mit keinem Wort eingegangen, als hätte er es nicht gehört und als wäre der Typ ihm gegenüber irgendein wildfremder Mensch. Seinen letzten Satz hatte er mit einem arthritischen Zeigefinger begleitet, als wollte er ihn besonders hervorheben:

»Einen wichtigen Mann erkennt man an der Schar Weiber, die ihm hinterherlaufen.«

Das war aufschlussreich. Léo hatte im Geiste eine Prozession gesehen, eine regelrechte Mösenparade, die einem großen Mann folgte, und dieser große Mann war er gewesen.

Léo konnte in all den Frauen jeden Alters, die in dieser Prozession mitliefen und hinter der Bahre Marats weinten, nur die Bestätigung jenes Satzes finden. Die Menge seiner Weiber ist das entscheidende Merkmal eines großen Mannes.

Von dem abtretenden alten Meister hatte er keine Bürgschaft und kein Empfehlungsschreiben erhalten, aber die Lektion über das Leben, die in jenem Aphorismus steckte, hatte er im Herzen aufbewahrt.

In eben diesem Augenblick entdeckte er die Schneiderin Marie Nozière. Sie lief neben anderen Frauen bei den Clubs. Auf der Fahne, die sie trugen, stand: »Gesellschaft der revolutionären, republikanischen Bürgerinnen«. Auch sie weinte.

Das Kostüm. Léo hatte ein paar Tage verstreichen lassen, um ihr die nötige Zeit für die Anfertigung zu lassen, und als er es vor Sonnenaufgang abholen wollte, hatte niemand die Tür geöffnet. Er hatte gewartet, bis er sicher war, dass weder Mutter noch Sohn zu Hause waren.

Beim zweiten Mal dagegen war ihm eine andere Frau zuvorgekommen, jene verrückte Monarchistin, die Marat ermordet hatte. Paris war explodiert und alles andere hatte warten müssen. Dieses feierliche Begräbnis war der einzige Weg, die angestaute Wut in nützliche Bahnen zu lenken und den revolutionären Geist zu festigen.

Léo sah, dass sich Marie zusammen mit den anderen vor der Bühne aufstellte, auf der der Präsident des Konvents seine Totenrede halten würde. Es wurde bereits Abend und man entzündete Fackeln; der letzte Akt begann.

Früher oder später würde Marie nach Hause gehen, und er beschloss, dort auf sie zu warten, er wollte sie nicht wieder verpassen. Mit den Armen arbeitete er sich an den Rand des Zuges vor.

3.

»Wer seid Ihr?«, rief Marie, als sie die undeutliche Gestalt vor ihrer Tür auftauchen sah.

Léo blieb stehen, um sie nicht zu erschrecken.

»Ich bin's. Léo Modonnet.«

Einen kurzen Augenblick herrschte Schweigen. Léo wartete.

»Heute habe ich nicht mit Euch gerechnet«, sagte sie.

»Ich habe Euch im Trauerzug gesehen, deshalb ...«

»Der Anzug ist fertig, kommt rein«, sagte sie und blickte sich um.

Léo folgte Marie in die Wohnung, ihr Gesicht war kaum zu erkennen. Er blieb stehen und betrachtete sie, als sie ein Licht anzündete und es auf den Arbeitstisch stellte.

»Man kann es immer noch nicht glauben ...«, sagte Léo leise.

»Was?«

»Dass Marat tot ist. Was sollen wir ohne ihn machen?«

Marie hantierte mit einer Schnur, die ein Paket zusammenhielt.

»Juckt es Euch deshalb in den Händen?«, fragte sie.

»Ja. Auch.«

Sie wickelte das Paket auf.

»Dann solltet Ihr Euch für die Vendée anheuern lassen. Die Mörderin war eine von denen.«

Léo wollte das neue Kostüm sehen, ließ sich aber seine Neugier nicht anmerken und sagte verlegen:

»Ich glaube, dass die Schlacht, die das Volk von Paris schlägt, ebenso wichtig ist ... Deshalb haben sie Marat umgebracht. Aber sie können uns nicht alle töten.«

Die Frau schien eigenen Gedanken nachzuhängen.

Dann schüttelte sie sich.

»Habt Ihr keine Angst zu sterben?«

»Sie wäre größer, wenn ich unter den Brücken und im Dreck leben müsste.«

Marie zeigte keine Reaktion. Sie winkte ihn heran, und endlich konnte Léos Hand über den Stoff streichen. Zu seiner großen Überraschung war die Oberfläche sehr glatt. Es handelte sich um dünnes, weiches und zugleich widerstandsfähiges Leder.

»Eine Freundin von mir, eine ehemalige Schauspielerin, hat einen Haufen Zeug vom Theater mitgebracht und mir etwas davon überlassen«, sagte Marie.

Léos Augen leuchteten. Ein richtiges Theaterkostüm war wie vom Himmel gefallenes Manna.

»Ich habe es passend für Eure Größe gemacht, mit Weste, Handschuhen und ein Paar Überschuhen.«

Die Galoschen reichten bis ans Knie und wurden mit Riemen befestigt, die Handschuhe bedeckten einen Teil der Unterarme und die Weste reichte bis auf den halben Oberschenkel und wurde in der Taille von einem Gürtel eng am Leib gehalten. Auf der Brust waren Blumenmotive eingearbeitet, und die Innenseite war mit einem Schlagschutz ausgepolstert, wie ihn die Fechter trugen. Das Kostüm übertraf all seine Erwartungen.

»Ihr müsst es erst anprobieren«, sagte Marie, zeigte auf die Zimmerecke und drehte sich in die andere Richtung.

Léo verlor keine Zeit. Er zog Jacke und Schuhe aus und zog die neuen Kleidungsstücke über Hemd und Hose.

»Fertig.«

Marie drehte sich um und blickte ihn von oben bis unten an.

»Es fehlt noch was.«

Sie nahm ein zweites Päckchen vom Tisch, wickelte es aus und legte Léo ein weiteres Kleidungsstück über die Schultern.

»Ein Umhang!«, rief er aufgeregt aus.

Marie deutete ihm an, leise zu sprechen.

Léo strich über den leichten, aber widerstandsfähigen Stoff, der von derselben dunklen Farbe war wie die anderen Teile. Darin eingehüllt würde er mit der Nacht verschmelzen. Es fehlte nur ein Hut, aber das machte nichts, diese Frau hatte ihm soeben etwas Wichtiges geschenkt: ein Kostüm, das ihn auf der Bühne wieder zum Hauptdarsteller machte. Er wollte seine Rührung nicht zeigen, aber als habe sie seine Gedanken gelesen, legte Marie ihm ihre Hände auf die Schultern. Sie stand jetzt dicht vor ihm und stülpte ihm eine Kapuze über den Kopf.

»Ein Hut kann wegfliegen, aber die …«

Léo spürte ihren warmen Atem auf seinem Kinn, ihr Gesicht war nur eine Spanne von seinem entfernt. Er blickte ihr in die Augen und konnte sich nicht zurückhalten. Er berührte ihre Lippen mit den seinen. Ein Kuss des Dankes sollte es sein, wie der Kuss eines Kavaliers für seine Dame, dachte er. Ein Kuss der Ergebenheit.

Sie reagierte nicht.

Léo gab ihr noch einen Kuss.

»Danke«, murmelte er.

Dann verscheuchte er alle Gedanken und hob sie auf den Arbeitstisch, seine Nase streifte die ihre. Marie schlang ihre Beine um seine Hüften, Hände schoben sich unter Kleidungsstücke, und ihre Körper vereinigten sich mit der allergrößten Selbstverständlichkeit. Plötzlich spürte Léo eine große Nadel an seiner Kehle.

Er hielt erschreckt inne, und alle möglichen Gedanken fluteten zurück in seinen Kopf und flüsterten ihm ein, er habe einen Fehler gemacht. Aber sie hielt ihn dicht an sich gepresst. Der leichte Stich und die Drohung, die er bedeutete, erregten ihn noch mehr.

»Ich will nicht schwanger werden«, sagte Marie und blickte ihm in die Augen.

»Es wird nicht geschehen«, antwortete Léo und bewegte sich wieder in ihr. Als er merkte, dass sie zum Höhepunkt kam und ihre Knöchel hinter seinem Rücken verschränkte, legte er ihr eine Hand auf den Mund, um ihr Stöhnen zu dämpfen, löste sich dann aus ihrer Umklammerung und zog sich schnell zurück.

Er stand vor ihren gespreizten Beinen und kam sich unendlich lächerlich vor, mit der Lederweste und den heruntergelassenen Hosen, aber sie ließ ihm nicht die Zeit, etwas zu tun oder zu sagen, sie packte sein noch erigiertes Glied, besorgte es ihm mit der Hand und zog ihn an sich. Er überließ sich ganz der Lust, und dann lag er über ihr, roch an ihr und schnupperte mit der Nase in ihren Haaren.

Sich wieder erheben und das Richtige sagen; er wusste nicht, was, und als er den Fleck auf ihrem Unterkleid sah, fiel ihm nichts Besseres ein als:

»Euer Unterrock …«

»Still«, flüsterte Marie und glättete ihre Kleidung. »Du musst gehen, und du darfst nicht wieder hierherkommen, verstanden?«

»Ja. Aber ich ...«

Er fühlte ihre Hand auf seinem Mund.

»Geh jetzt. Tu, was du tun musst.«

Léo zog die Hosen hoch, hing sich den Umhang über und verließ das Haus. Auf der Straße meinte er einen Schatten in einem Hauseingang zu bemerken, maß dem aber keine Bedeutung bei. Normales Verhalten würde kaum Verdacht erregen und er wollte nicht so tun, als wäre er auf der Flucht. Er schwelgte noch in Glücksgefühlen, er hatte Maries Geruch noch in der Nase und war mit seinen Gedanken noch nicht wieder in der Gegenwart angekommen.

Er ging zurück zur Grande Pinte. Férault hielt ihm ein Feldbett in einer kleinen Dachkammer frei, in der Léo seine Habseligkeiten aufbewahrte. Er benutzte den Hintereingang und kletterte die schmale Leiter hinauf, die auf den Dachboden führte. Er zündete eine Öllampe an, kniete sich auf den Boden, hob ein loses Brett an und entnahm dem Versteck das, was noch fehlte. Er hatte tagelang an den Metallplättchen und dem Stück Leder gearbeitet, das er sich bei einem Gerber am Ende der Straße besorgt hatte.

Ein Kenner der Commedia dell'arte hätte sofort auf die Nase gezeigt, die wie der Schnabel eines Raben gebogen war: Es war die Maske des Zanni, nicht des Scaramouche. Aber im Neuen Theater, im lebendigen Theater der Revolution, hatten die Masken nicht nur szenische Bedeutung, sie waren gleichzeitig Waffen, wie der Hinterhalt für »Gänsehaut« gezeigt hatte. Léo war stolz auf die Änderungen, die er an seiner Kreation vorgenommen hatte: Er hatte die Schnabelspitze mit kleinen Metallklingen verstärkt und die Augenschlitze vergrößert, um das Gesichtsfeld zu erweitern.

Die Kirchenuhr schlug zehn. Es war Zeit zu gehen. Er legte eine Hand auf sein Geschlecht und griff einmal kräftig zu, dann nahm er den Knüppel, den Férault ihm geliehen hatte. Der Wirt setzte ihn normalerweise gegen aufsässige Betrunkene ein; ein hartes, glatt geschliffenes Stück Holz mit einem geschnitzten Griff, das für seine Zwecke bestens geeignet war.

Er warf sich den Umhang über, verließ das Haus, blieb einen Moment in der Gasse hinter der Schänke stehen und atmete tief die mit Sommergerüchen geschwängerte Abendluft dieses Tages der Trauer und der Liebe ein, dann zog er sich die Kapuze über die Augen und ging schnell weiter.

Der Plan war schon seit Tagen fertig. Der Name auf der Liste war der von Vaillant.

Scaramouche musste mehrmals klopfen, bis endlich eine gereizte Stimme »Wer ist da?«, rief.

Die Antwort war kurz und wohl überlegt.

»Die Justiz.«

»Die Gendarmerie? Was wollen die?«, hörte er die Stimme einer Frau, die von oben herabrief, vielleicht von der Treppe, und dann die von Vaillant – es konnte nur er selbst sein –, der ihr gebot zu schweigen.

Der Schlüssel drehte sich im Schloss und im Türspalt erschien ein Auge. Scaramouche hielt sich im Halbschatten.

»Wer seid Ihr? Was wirft man mir vor? Ich habe nichts getan!«

»Wir sind zu dem Ergebnis gekommen, dass Ihr ein Monopolierer seid.«

»Immer dasselbe! Wer seid Ihr? Treignac, seid Ihr das? Seit sie mein Lager geplündert haben, besitze ich nicht mal mehr eine Unze Zucker auf Vorrat.« Die Tür öffnete sich etwas weiter. »Wer seid Ihr?«

Direkt vor dem Gesicht Vaillants tauchte ein Knüppel auf. Er versuchte, die Tür wieder zu schließen, aber es war zu spät. Ein Stoß mit der Schulter ließ die Tür auffliegen und warf ihn zu Boden. Seine Frau schrie auf und Vaillant, der am Fuße der Treppe lag, hielt ein Messer in der Hand und fuchtelte damit in der Luft herum.

Die schwarze Gestalt Scaramouches stand mit erhobenem Knüppel über ihm.

Léo sah den entsetzten, fassungslosen und auch ein wenig blöden Ausdruck des Angegriffenen.

»Ich strafe dich im Gedenken an Marat!«

Der Knüppel sauste auf den Kopf Vaillants nieder, nur einmal, aber fest genug, um ihn zu betäuben.

Dann erwischte ihn der erste Teller. Er streifte sein Gesicht, flog durch die Tür und zerbrach auf der Straße. Ein zweiter traf ihn an der Schulter, ein dritter flog gegen die Wand.

Frau Vaillant bewarf ihn von der obersten Treppenstufe mit Geschirr. Sie verfügte anscheinend über große Mengen Munition, und nachdem Scaramouche die Idee, die Treppe hinaufzustürmen und sie niederzuknüppeln, verworfen hatte, trat er den taktischen Rückzug an. Eine letzte fliegende Untertasse erwischte ihn, als er sich bereits außer Wurfweite glaubte. Er lief schneller und verschwand geräuschlos in der Nacht.

4.

»Ihr seid Léo Modonnet.«

Léo saß am Tisch der Grande Pinte und aß weiter, ohne die Augen von seinem Teller Bohnen zu heben. Er wusste genau, wer der Mann war, der sich an seinen Tisch gesetzt hatte, der Bulle des Viertels, der Schuhmacher Treignac. Hinter ihm stand mit engelhaftem Gesichtsausdruck der Junge, der Sohn Marie Nozières, dem sofort jeder alles geglaubt hätte.

»Ich müsste Euch ins Loch stecken«, sagte Treignac.

»Warum?«, fragte Léo in gleichgültigem Ton und goss sich ein Glas Wein ein.

»Überfall. Versuchter Mord.«

Léo verzog keine Miene und trank einen Schluck Wein.

»Habt Ihr Beweise?«

Aber auch der Polizist war nicht so leicht aus der Ruhe zu bringen.

»Das Viertel deckt Euch, solange ihr ihnen damit einen Gefallen tut«, sagte Treignac.

Léo erlaubte sich einen kleinen Seitenhieb.

»Man sollte das Publikum niemals enttäuschen.«

Keine Reaktion. Die anderen Gäste warteten in sicherer Entfernung, während Férault vom Tresen herüberblinzelte und so tat, als trocknete er Biergläser ab.

»Ich spiele kein Theater, ich bin Treignac. Ich fackle nicht lange.«

»Es handelt sich also um etwas Persönliches?«, fragte Léo und schob sich eine neue Ladung in den Mund.

»Auch«, antwortete Treignac lakonisch.

Léo nickte. Er begann zu verstehen.

»Über was oder wen reden wir hier eigentlich?«

»Marie Nozière«, antwortete der Polizist, »wenn ich Euch noch einmal um ihr Haus herumschleichen sehe, nehme ich Euch nicht fest, ich lasse Euch verschwinden. Wenn es jemanden gibt, den diese Frau nicht braucht, dann ist das ein Aufreißer wie Ihr einer seid.«

Léo beschloss, ihm in die Augen zu schauen.

»Ihr haltet mich für einen schlechten Patrioten?«

»Ich halte Euch für einen Profiteur, genau wie die, denen Ihr so übel mitgespielt habt.«

Léo schüttelte den Kopf. Er war enttäuscht über die Beschränktheit des Bullen, dieselbe Beschränktheit, die er schon bei Nogaret festgestellt hatte, dem Kommissar, der ihn schon zwei Mal festgenommen hatte und der nichts von seiner Kunst verstand. Wenn man daran dachte, dass sie glaubten, der Revolution zu dienen ...

»Ihr versteht das nicht«, sagte er resigniert.

»Und ob«, erwiderte Treignac, und bevor er sich erhob, fügte er hinzu: »Ich habe Euch gewarnt.«

Léo bemerkte, dass Férault Bier für alle einschenkte.

»Das geht aufs Haus«, sagte der Wirt und hob den Krug. »Stoßen wir auf den Geist Marats an!«

Die Gäste antworteten im Chor.

Treignac blickte sich um, als wollte er sich die Gesichter einprägen, und wandte sich an den Wirt:

»Du solltest vorsichtiger sein.«

Dann verschwand er, ohne dass sich jemand rührte.

Léo mühte sich ein Lächeln ab, um zu zeigen, dass er nicht beeindruckt war. In Wirklichkeit suchte er Unterstützung, denn was er in den Augen des Bullen gesehen hatte, gefiel ihm nicht. Er war sich sicher, dass Treignac ihm die Eier abschneiden und sie den Ratten der Seine zum Fraß vorwerfen würde, wenn er wüsste, was zwischen ihm und Marie vorgefallen war.

Eine solche Vorstellung konnte niemanden ruhig schlafen lassen. Andererseits, dachte Léo, passte der ruhige Schlaf nur zu den Komparsen, nicht zu den großen Schauspielern, die das ganze Stück auf ihren Schultern tragen. Er hob das Glas zu einem weiteren Trinkspruch.

Brief von Doktor PHILIPPE PINEL an seinen Bruder

Paris, 20 Juli 1793

Mein lieber Bruder,
wenn es so lange gedauert hat, bis du endlich von mir hörst, dann liegt das daran, dass ich sehr beschäftigt bin. Du kennst mich gut genug und wirst an meinen Gefühlen für dich nicht zweifeln und nicht beunruhigt sein, was die Gründe meines Schweigens betrifft.

Wie immer, erfahren wir hier sehr viel Leid, der Streit im Inneren und der Ausgang des Krieges bereiten uns große Sorgen. Aber aufgeklärte Menschen haben vor Letzterem weniger Angst als vor dem Zwist, der aus endlosem Meinungsstreit resultiert.

Du weißt nicht, wie glücklich du dich schätzen kannst, dass du weit weg bist von diesem furchterregenden Strudel, der alles zu verschlingen droht. Könntest du wie ich erleben, mit welch perfider Gerissenheit und scham- und zügelloser Kühnheit das Verbrechen im Augenblick der Revolution und der Unordnung den Kopf erhebt, würdest du ein für alle Mal davon absehen, dich in die Politik einzumischen. Zu Beginn der Revolution hatte auch ich diese Anwandlungen, aber als ich nichts anderes als Gerechtigkeit und Wohlergehen für das Volk forderte, geriet mein Leben so in Gefahr, dass ich einen tiefsitzenden Schrecken gegenüber allen Clubs und Versammlungen entwickelte. Seitdem meide ich jedwedes öffentliche Amt, das nicht mit meinem Beruf als Arzt in Verbindung steht.

Aber auch auf diesem Gebiet erfahre ich leider seit einiger Zeit keine Befriedigung mehr. Die Medizin ist zweifellos sehr nützlich, aber wenn du wüsstest, wie viel Unbehagen die ärztliche Praxis bereiten kann, wenn man gezwungen ist, Geld mit ihr zu verdienen, wärest du nicht traurig darüber, dass du diesen Weg nicht weiterverfolgt hast und Priester geworden bist. Seit einiger Zeit untersuche ich die Patienten des Krankenhauses Belhomme, um mir meinen Lebensunterhalt zu verdienen. Der Besitzer, ein wohlhabender Glaswarenhändler, behält es sich vor, sich in jedes Detail einzumischen und alles zu entscheiden. Das geht so weit, dass er es mir unmöglich macht, die Heilverfahren anzuwenden, die ich für richtig halte. Ich habe mich darauf zu beschränken, ihn zu beraten, und er behält sich vor zu handeln, wie er es für richtig hält.

Daher habe ich beschlossen, mich für den Posten des Chefarztes im Hospital Bicêtre zu bewerben. Die Stelle wird zum Ende des Sommers eingerichtet und mein Freund Cabanis hat mir versprochen, mich für den Posten vorzuschlagen. Der Name dieses Ortes ist dir gewiss als Synonym für Grausamkeiten bekannt, sowohl für die alltäglichen, von Mercier beschriebenen als auch für die außergewöhnlichen im vergangenen September, für die Massaker, die sich innerhalb seiner Mauern abgespielt haben.

Ich selbst war nur einmal in Bicêtre, ich war zugegen, als die Funktionsfähigkeit der Guillotine an Leichen überprüft wurde, hielt damals aber den schrecklichen Ruf der Einrichtung für unverdient. Außerdem hat es in den letzten beiden Jahren sinnvolle Verbesserungen gegeben, so wurde mir jedenfalls berichtet. Ich vermute, dass die Einrichtung einer Arztstelle direkt im Hospital den positiven Einflüssen der Revolution im Rahmen größerer Umgestaltungs- und Verbesserungsmaßnahmen zu verdanken ist. Aber um mich nicht nur auf den Wissensstand von Freunden zu verlassen und um mich persönlich vom Zustand der Einrichtung zu überzeugen, werde ich morgen eine Ortsbesichtigung in Begleitung des Wirtschaftsfachmanns und der Leiter der einzelnen Abteilungen vornehmen. Was ich dort zu sehen bekommen werde und die sich darauf gründende Entscheidung meinerseits werden Inhalt meines nächsten Briefes sein.

Umarme unseren Vater für mich.

Dein Bruder
Philippe Pinel

SIEBTE SZENE

Jesus Marat

20–21. Juli 1793

1.

Auf einer Bank an einer Seite des Hofes und in Begleitung von Malaprez verfolgte Laplace belustigt die Anstrengungen Molières, eines Geisteskranken, der diesen Spitznamen wegen seiner dramaturgischen Ambitionen trug.

Molière war ein ruhiger, überlegter Mensch mit einiger Bildung, und seine Anwesenheit in Bicêtre war darauf zurückzuführen, dass er außerhalb dieser Mauern mehrmals versucht hatte, sich das Leben zu nehmen.

Molière liebte es, kleine Aufführungen zu organisieren. Er bediente sich dazu der anderen Geisteskranken als Schauspieler, und da diese Aufgabe sich positiv auf seinen Gemütszustand auswirkte, hatte der Aufseher Pussin ihm erlaubt, sich dieser Tätigkeit zu widmen, vorausgesetzt, dass er an seine Kompanie keine unzumutbaren Maßstäbe anlegte und nicht blinden Gehorsam erwartete.

Laplace beobachtete das Durcheinander, das um den Dramatiker herrschte, und dachte, dass einem solchen Menschen nicht einmal eine Schafherde Gehorsam leisten würde. Anderen den eigenen Willen aufzuzwingen war alles andere als eine leichte Aufgabe.

Puységur hatte ihm einmal geschrieben, das Wollen funktioniere wie die Elektrizität. Aber während diese durch einfachen Kontakt von einem Körper zum anderen fließe, müsse der Wille stets eine Distanz überwinden, da es nicht möglich sei, die Gehirne zweier Menschen miteinander kurzzuschließen. Der Wille übertrage sich folglich in Form einer Entladung, und zwar von dem Menschen, der ausreichend Willen angesammelt habe, auf denjenigen, der weniger davon habe. Deshalb müsse derjenige, der seinen Willen auf andere übertragen wolle, zwei Operationen durchführen. Zunächst müsse er sich mit Willen aufladen, was alles andere als einfach sei, da der Mensch dazu neige, seinen Willen in unzählige Einzelwillen aufzuspalten. Um ein Stück Kupfer aufzuladen, müsse man es nur von der Erde isolieren und mit einer elektrostatischen Maschine verbinden, aber den Intellekt eines Menschen zu isolieren, sei sehr viel komplizierter, denn er müsse den erforderlichen Willen selbst produzieren, da noch keine Maschine erfunden worden sei, die in der Lage wäre, einen solchen herzustellen. Sei das geschehen, müsse er die Distanz verringern und sich dem Geist des anderen so weit nähern, dass der Funke überspringen könne.

Laplace hatte über diese Worte nachgedacht.

Nachdem er sie gelesen hatte, konfrontierte er Puységur mit dem Problem, wie man den Willen in einem einzigen Augenblick auf mehrere Individuen übertragen könne. Wenn es mithilfe des Mesmerismus möglich war, den Intellekt eines anderen Menschen zu beeinflussen, wie könne der Magnetiseur diese besondere Beziehung dann vervielfachen und gleichzeitig mehrere Personen beeinflussen? Mesmer hatte Menschenketten gebildet und Puységur benutzte dicke Seile, um zwischen seinen Bauern und einer magnetisierten Ulme Kontakt herzustellen. Aber waren einfache physische Verbindungen wirklich ausreichend?

Puységur hatte ausweichend geantwortet, was darauf hindeutete, dass auch er in dieser Angelegenheit keine klaren Vorstellungen hatte.

Laplace erinnerte sich an eine wissenschaftliche Demonstration. Zusammen mit dem Baron war er Gast bei einem großen Fest im Garten von Versailles gewesen. Ein gerade beliebter Philosoph hatte es sich in den Kopf gesetzt, ein berühmtes Experiment zu übertreffen, das Experiment des Abtes Nollet, der 1752 mithilfe einer Leidener Flasche zweihundertvierzig in einer Reihe aufgestellte königliche Wachen unter den Augen Ludwigs XV. mit einem elektrischen Schlag niedergestreckt hatte. Der Scharlatan wollte mit einer runden Zahl beeindrucken und hatte sehr selbstsicher vierhundert Soldaten Aufstellung nehmen lassen und ihnen befohlen, sich an den Händen zu halten. Anstatt viele Flaschen zu einer Batterie zusammenzuschließen, hatte er sich von einem befreundeten Glasbläser eine riesige Ballonflasche als Stromakkumulator herstellen lassen, um eine größere Wirkung zu erzielen.

Der Stromfluss war beim 15. Soldaten versiegt und alle weiteren hatten nichts gespürt.

Der Philosoph hatte sich verteidigt und behauptet, dem Soldat fehle offensichtlich das, was einen erwachsenen Mann ausmache. Der andere hatte den Schwindler zum Duell gefordert, um seine Ehre wiederherzustellen, und nach einer halben Stunde hatte der Philosoph die Residenz von Versailles in der Horizontalen verlassen, getötet von einer Kugel in den Hals.

Die Szene hatte Laplace abgestoßen und sich in einen immer wiederkehrenden Traum verwandelt, in dem anstelle der vierhundert Soldaten ein Heer von Monstern mit riesigen Nasen und Tierrachen auftauchte.

Die Vorstellung, seine Ernüchterung über die französische Monarchie sei auf jenen Tag, auf jene überflüssige, prahlerische und misslungene Veranstaltung für Schaulustige zurückzuführen, passte gut in sein Konzept.

Laplace beobachtete wieder Molière, der sich noch immer mit den störrischen Schauspielern herumschlug.

»Spielst du bei der Aufführung heute Nachmittag nicht mit?«, fragte er Malaprez.

Der Bauer schüttelte energisch den Kopf.

»Ich mag Theater nicht, und Molière verlangt, dass man alles genau so macht, wie er es will«, sagte er.

»Und du würdest es gerne anders machen – so wie du willst?«

»Nicht so, wie ich will. Dabei kommt nichts Gescheites raus. Aber wenn mir einer sagen will, was ich zu tun habe, dann sollte er wenigsten wissen, was er will!«

»Da hast du völlig recht, Malaprez, du bist klüger als du zeigst«, sagte Laplace zufrieden.

Molière hielt einen Stapel Blätter in der Hand und wiederholte die Sätze eines Schauspielers, wobei er nervös im Rhythmus der Wörter mit den Pantinen auf den Boden stampfte.

»Weißt du, um was für eine Aufführung es sich handelt?«, fragte Laplace.

Malaprez strich sich übers Kinn: »Ich glaube, es geht um ein Begräbnis.«

2.

Das Begräbnis betraf drei Personen.

Das heißt, drei der Insassen stritten sich um den Ehrenplatz, den des Toten.

Die drei diskutierten heftig und Molière stand daneben. Sie stritten schon eine halbe Stunde lang, als Laplace sah, dass der Dramatiker sich von der Gruppe entfernte und auf ihn zukam.

»Ich möchte Eure Meinung einholen«, sagte er in verzweifeltem Ton.

»Zu was?«, fragte Laplace.

»Wer Marat sein soll«, erklärte Molière. »Jerôme sagt, Ihr hättet ihn so genannt, und er will wissen, warum.«

»Weil er ihm ähnlich sieht«, erwiderte Laplace kurz angebunden.

»Das stimmt. Aber auch die beiden anderen halten sich für den perfekten Marat, und wenn wir das Problem nicht lösen, schicken uns die Aufseher zurück in die Zellen, bevor wir das Stück aufgeführt haben.«

Laplace brauchte keine weiteren Erklärungen. Er wusste, dass nicht nur Molière, sondern viele der Geistesgestörten in Bicêtre am liebsten die wichtigsten Tagesereignisse nachspielten, um auf diese Weise an den großen Ereignissen, die Frankreich erschütterten, teilzuhaben. Das Begräbnis Marats hatte ganze Zeitungsseiten gefüllt, es war Gegenstand der Gespräche von Bediensteten und der Erzählungen von Besuchern gewesen. Sie wussten so viel über diesen Tag, dass sie ihn in allen Einzelheiten nachspielen konnten.

»Kommt Ihr?«, insistierte der Mann und zeigte auf seine Mitspieler. »Sonst fangen sie wieder an zu streiten.«

Laplace erhob sich. In dieser Komödie als Richter aufzutreten war Teil der Lehrzeit in der Großen Parodie.

»Na also!«, empfing ihn Jerôme und klatschte in die Hände. »Sagt diesen Ignoranten, warum ich es verdiene, den Marat zu spielen.«

»Selber Ignorant«, mischte sich ein anderer ein, wandte sich an Laplace und schlug sich auf die Brust: »Ich kenne alle seine Reden auswendig, ich habe sie im ›Moniteur‹ gelesen, dieser Blödmann kann gar nicht lesen.«

»Wer ist hier ein Blödmann?«

»Ich bin der Meinung, ihr solltet alle drei Marat sein«, urteilte Laplace, ohne laut zu werden.

»Wie meint Ihr das?«, fragte der dritte Anwärter und versuchte, die beiden anderen zu beruhigen.

»Ich finde, man braucht drei Marats für das Begräbnis. Capgras, weil er dem Verstorbenen ähnlich sieht, Euch«, und er zeigte auf den Zweiten, »weil Ihr seine Reden kennt, und auch Euch, weil ...«

»... weil meine Mutter Schweizerin ist, genau wie seine«, ergänzte der Dritte sofort.

»So ist es. Das ist ganz normal. Marat war ein großer Mann, so groß, dass man mindestens drei Schauspieler bracht, um ihn darzustellen«, schloss Laplace seine Rede.

Die Verrückten schwiegen, überrascht von dieser höheren Wahrheit.

»Genau!«, rief endlich auch Molière und riss die Arme hoch, bevor Marat-der-Ähnliche irgendetwas einwenden konnte. »So ist es!«, rief er und stürzte sich mit großem Eifer auf die letzten Vorbereitungen für das Begräbnis.

Kurze Zeit später wurden drei mit Leinentüchern bedeckte Strohsäcke in der Mitte des Platzes niedergelegt. Die Szene war ziemlich schmucklos, aber Molière rechtfertigte das Fehlen jeglicher Dekoration damit, dass es darum gehe, an die noble Bescheidenheit, an den kargen Lebensstil des Freundes des Volkes zu erinnern. Alle stimmten ihm zu.

Die Aufseher an den vier Ecken des Hofes beobachteten, wie sich die drei Verstorbenen auf die Bahren legten. Die Sonne stand hoch über den Dächern.

Ungefähr dreißig Insassen bildeten einen Kreis um sie herum, und eine sehr viel größere Gruppe bildete im Abstand von ein paar Schritten einen zweiten Ring. Man hörte nur ein paar zaghafte Stimmen.

Noch nie hatte Laplace die Geistesgestörten von Bicêtre eine so lange Zeit still und geordnet erlebt. Einer von ihnen ahmte in regelmäßigen Abständen mit dem Mund einen Kanonenschuss nach. *Bumm!*

Auf ein Zeichen Molières stimmte das Volk von Saint-Prix die Marseillaise an. Nach ein paar Strophen erstarb der Gesang.

»Jede Träne, die die Patrioten am Grab dieses illustren Mannes vergießen, wird sich einst in einen der Helden verwandeln, die ihn rächen werden!«

Der Verrückte, der David darstellte, verzog bei den letzten Worten sein Gesicht zu einer Grimasse, die von der Anstrengung des Erinnerns an den vollständigen Satz herrührte. Molière blickte ihn zufrieden an. Es musste ihn nicht wenig Mühe gekostet haben, ihm dieses Zitat einzutrichtern. Der Dramatiker suchte ein Gesicht im Kreis derer, die die Bahren umstanden, und mit einer Kopfbewegung forderte er ihn zum Einsatz auf. Der Mann räusperte sich und deklamierte mit kühler Stimme:

»Wie Jesus Christus liebte Marat das Volk und nur das Volk. Wie Jesus Christus kämpfte Marat gegen die Adeligen, die Priester, die Reichen und die Schlitzohren. Wie Jesus führte er ein armes, genügsames Leben. Wie Jesus Christus wird auch Marat unsterblich sein!«

Applaus brandete auf, und der Redner machte eine unbeholfene Verbeugung. Laplace bemerkte, dass die Selbstbeherrschung der Verrückten langsam an ihre Grenzen stieß, aber Molière war noch nicht fertig. Er ging zu den Verstorbenen und legte auf jeden ein Schild mit der Grabinschrift, die in allen Zeitungen gestanden hatte: »Hier ruht Marat, der Freund des Volkes, getötet von den Feinden des Volkes«. Dann bat er mit erhobenen Armen um Ruhe und atmete tief durch.

Hinter den Aufsehern und Bediensteten, die bereit waren einzugreifen, entdeckte Laplace die Gestalt des Aufsehers Pussin in Begleitung eines ihm unbekannten Mannes und eines anderen, der in Bicêtre wohlbekannt war: des ersten Verwalters Hagnon, des Chefs, der das ganze Hospital leitete.

»Bürger«, rief Molière in majestätischem Ton, »ich bin nicht der Meinung, dass man den Namen Marats neben den von Jesus Christus stellen sollte, denn um an die Wiederauferstehung des Gekreuzigten zu glauben, bedarf es der Anstrengung des Glaubens, aber um jene des Freundes des Volkes wahr werden zu lassen, bedarf es nur der Anstrengung des Willens. Jemand hat gefordert, seine sterblichen Überreste im Pantheon aufzunehmen, aber meiner Ansicht nach ruhen im Pantheon außer Lepelletier keine wirklich verdienstvollen Männer. Wäre es für Marat eine Ehre, neben Mirabeau zu liegen, neben einem Mann, der seinen Ruhm tausend Freveltaten verdankt? Nein, Republikaner! Ich sage euch, wenn Marat nicht im Pantheon aufgenommen wird, dann deshalb, weil er im Herzen aller Revolutionäre weiterlebt. In dem Sarg, vor dem wir uns heute verneigen, ist sein Körper aufbewahrt, aber sein Geist lebt, er ist unter uns, und es liegt an uns, ihn aufzunehmen und seiner männlichen Energie nachzueifern. Marat ist nicht tot, Bürger, denn wer ihn niedergestreckt hat, wollte keinen Menschen töten, er wollte die Republik töten. Und die Republik wird nicht sterben, solange der Geist Marats in uns weiterlebt und wir alle Marat sind.«

Im aufbrandenden Beifall für diese Rede hörte Laplace die Stimme Pussins.

»Gut, gut. Aber jetzt ist genug.«

Der Leiter klatschte in die Hände, was halb Applaus war und halb die Geste eines Bauern, der die Hühner in den Stall scheucht. Die Zeit des Abendessens war gekommen, und die Aufseher dirigierten Volk und Deputierte zurück in ihre Unterkünfte.

Laplace verschränkte die Arme hinter dem Rücken und schloss sich der Herde an, aber bevor er die Schwelle zum Schlafhaus überschritt, hörte er Molière seinen Namen rufen. Er drehte sich um und sah den Verrückten in Begleitung Pussins, des Verwalters und des Unbekannten. Er forderte ihn mit ausholenden Armbewegungen auf herzukommen.

Laplace ging zu ihnen.

»Ich habe dem Aufseher gerade erzählt, dass wir ohne Eure Hilfe die Aufführung niemals hinbekommen hätten«, sagte Molière aufgeregt.

»Hat Euch die Aufführung gefallen?«, fragte Laplace an die Besucher gewandt.

»Ich fand sie in Ordnung, eine der üblichen Aufführungen, aber ich glaube nicht, dass das Begräbnis eines großen Mannes sich für eine Aufführung eignet. Am Ende wird sie zur Posse«, kommentierte der Verwalter das Geschehen.

Molière war im Innersten getroffen, breitete die Arme aus und versuchte sich zu rechtfertigen: »Ich habe mich an die Zusammenfassung der Tageszeitungen gehalten. Wenn von dem, was Ihr gesehen habt, irgendetwas an eine Posse erinnert, dann muss das an den Chronisten liegen«, beschwerte er sich.

»Stand in den Zeitungen etwas von drei Marats?«, fragte der Verwalter im Ton eines Menschen, der mit einem Kind spricht, das das Offensichtliche negiert.

»Das war seine Idee«, verteidigte sich der Verrückte.

Aller Augen folgten dem ausgestreckten Finger Molières und blickten Laplace an.

»Die Schauspieler stritten darüber, wer Marat darstellen soll«, erklärte dieser. »Ich habe sie in ihren Bemühungen unterstützt und einen Weg gefunden, den sie zusammen gehen konnten. Statt eines Streits haben wir eine Theaterszene gesehen.«

Der Verwalter murmelte etwas, äußerte sich aber nicht weiter. Pussin beeilte sich, die beiden Männer einander vorzustellen, die sich bisher noch nicht begegnet waren. Es war das erste Mal, dass er einen Internierten und einen Besucher miteinander bekannt machte, sodass die Szene ziemlich unbeholfen wirkte.

»Doktor Pinel, das ist der Gast, von dem ich Euch erzählt habe, der Bürger Laplace. Bürger, das ist Doktor Pinel, der seinen Beruf schon bald in diesen Mauern ausüben wird.«

Der Doktor schüttelte Laplace die Hand und fragte ihn, wie er es geschafft habe, die drei Anwärter auf die Rolle des Marat miteinander zu versöhnen. Laplace fasste die Situation zusammen, aber anschließend wurde ihm eine weniger einfache Frage gestellt.

»Seid Ihr ganz sicher, dass eine Aufführung besser ist als ein Streit?«

»In Bezug auf die Disziplin ist sie mit Sicherheit vorzuziehen«, antwortete er unbeeindruckt, »aber ich glaube, es ist auch die bessere Art von Behandlung. Aristoteles behauptet, die Tragödie diene der Befreiung von Leidenschaften, und das Wort, das er für diese Befreiung benutzt, Katharsis, wird auch von Hippokrates in den Abhandlungen über die Medizin benutzt, in denen er von der Beseitigung schädlicher Elemente spricht.«

»Gute Antwort«, nickte Pinel. »Aber Ihr sagt, Ihr hättet die Wünsche Eurer Kameraden unterstützt. Wer sagt Euch, dass diesen Wünschen nicht zu widersprechen wäre?«

»Ich habe unseren Leiter Pussin beobachtet. Er zieht Unterstützung der Unterdrückung vor. Die Aufführungen des hier anwesenden Bürgers Benoît, genannt Molière, sind ein Beispiel für seine Herangehensweise.«

»Um die Wahrheit zu sagen ...«, begann Pussin, aber er gab sich keine Mühe, den Satz zu beenden, denn im selben

Augenblick gab Doktor Pinel seiner eigenen Meinung mit sehr viel größerem Selbstbewusstsein Ausdruck:

»Um einen Wunsch zu unterstützen, muss man ihn kennen. Und es ist nicht einfach, die Wünsche anderer zu erforschen. Es gibt Menschen, die fragen sich ein Leben lang, was sie eigentlich wirklich wollen. Wer sagt Ihnen, dass ihre drei Marats diese Szene spielen wollten? Vielleicht wollten sie einfach nur streiten, und Ihr habt es ihnen verboten. Vielleicht wollten sie mit ihrer Streiterei erreichen, nicht an der Aufführung teilnehmen zu müssen, Ihr habt sie dagegen hineingezogen. Wünsche sind keine Beute, die sich leicht erjagen lässt.«

Mit diesen Worten wünschte Doktor Pinel den Internierten einen schönen Tag und entfernte sich zusammen mit dem Verwalter und Pussin und hinterließ bei Laplace einen Eindruck, den seit langer Zeit niemand mehr auf ihn gemacht hatte.

Den Eindruck, einem Intellekt begegnet zu sein, der dem seinen ebenbürtig war.

3.

»Schau mich an, Malaprez.«

Der Verrückte richtete seine somnambulen Augen auf Laplace.

Sie waren nach dem Abendessen in die Unterkunft des Pensionsgastes gegangen. Draußen war es noch hell, man hörte nur das Prasseln eines heftigen Gewitterregens.

»Kannst du lesen, Malaprez?«

»Nein, das hat mir niemand beigebracht.«

Laplace nahm ein Buch von der Konsole und zeigte ihm das Titelblatt.

»Hier steht: ›Physikalisch-medizinische Abhandlung über die offensichtliche Beziehung zwischen Rhabdomantie, Magnetismus und Elektrizität‹. Als Autor ist P. Thouvenel angegeben. Wenn ich es dir nicht gesagt hätte, hättest du es gewusst?«

»Nein, ich kann nicht lesen.«

Laplace stellte das Buch zurück auf die Konsole, nahm die anderen fünf oder sechs und legte sie neben dem Feldbett auf den Fußboden.

»Wenn du wieder aufgewacht bist, werde ich dir befehlen zu lesen, und du wirst lesen. Wach jetzt auf, Malaprez.«

Der Bauer aus dem Département Essonne zuckte zusammen, als habe ihn eine Mücke gestochen. Er blickte sich um, offensichtlich bemerkte er erst jetzt, wo er sich befand und dass es bereits Abend war.

»Erinnerst du dich, was ich dir eben gesagt habe?«

»Wann, eben?«

»Gerade eben, vor einem Augenblick.«

»Nein.«

»Sehr gut. Kannst du lesen, Malaprez?«

»Nein, das hat mir niemand beigebracht.«

»Nimm dir ein Buch«, sagte Laplace und zeigte auf die Konsole. Malaprez stand auf und nahm den Band, den Laplace kurz vorher dorthin zurückgestellt hatte.

»Sehr gut. Und jetzt lies, was da steht.«

»Ich habe euch doch gerade gesagt, dass ...«

»Lies den Titel, Malaprez.«

Der Mann ergriff das Buch mit beiden Händen und hielt es sich vor die Augen, als wolle er es auf Sauberkeit untersuchen.

»Mach schon, lies«, sagte Laplace noch einmal.

»Phy...siiiikaaalisch...-meediziiiniische Aaabhaandluung ühhhber ...«, stammelte Malaprez.

»Lies weiter, die Zeile darunter.«

»über die oooff... offeeensicht...liche Beziehung zwiischen Rhabdomantie, Maaagnetismus und Elektrizität.«

»Gut. Jetzt den Namen des Autors.«

»Peee, Punkt, Thouuuvenel.«

»Sehr gut, Malaprez. Weißt du, warum du lesen konntest?«

»Ich habe nicht wirklich gelesen. Ihr habt durch mich gelesen.«

»Aber hast du verstanden, was du gesagt hast?«

»Ein bisschen. Nicht alles.«

»Gut. Du hast mir heute Morgen gesagt, wenn du tust, was dir in den Kopf kommt, dann kommt nichts Gutes dabei raus.«

»So ist es.«

»Pass auf. Wie wäre es, wenn ich dich anleiten würde, so wie jetzt beim Lesen?«

»Dann würde ich keine Dummheiten mehr machen.«

»Nie mehr.«

»Das wäre gut.«

»Wenn du willst, machen wir das so.«

»Ihr macht es schon jetzt so, oder nicht?»

»Ja, aber du musst meiner Stimme immer gehorchen, auch wenn du wach bist, in jedem Augenblick.«

»Einverstanden.«

»Du musst ihr immer gehorchen, egal, was sie sagt.«

Malaprez zögerte: »Ich würde gerne ja sagen, aber ich kann nicht.«

»Warum nicht?«

»Wenn Ihr mir etwas Unmögliches befehlt, kann ich es nicht tun.«

»Was meinst du mit Unmögliches?«

»Fliegen. Unsichtbar werden. Mich in einen Löwen verwandeln.«

»Na gut, und alles andere?«

»Werde ich tun.«

»Bist du dir sicher?«

»Ja.«

Laplace bückte sich und tastete mit der offenen Hand den Fußboden ab. Er kratzte die Erde um eine Steinplatte weg und hob sie an.

»Nimm das Messer«, sagte er und zog es aus dem Versteck.

Malaprez nahm es und betrachtete neugierig wie ein Kind, das ein neues Spielzeug bestaunt, den Griff aus Knochen.

»Schneide dir jetzt die Haut am Arm auf, von der Schulter bis zum Ellenbogen.«

Malaprez blickte ihn ängstlich an.

»Wird es wehtun?«, fragte er.

»Ob es wehtut, darf dich nicht interessieren. Du hast gesagt, dass du tun wirst, was ich dir befehle, wenn es nicht unmöglich ist. Ist es unmöglich, sich am Arm zu verletzen?«

»Natürlich nicht. Ich wollte nur sicher sein, dass ...«

»Schneide dir in den linken Arm, Malaprez«, wiederholte Laplace.

Der Verrückte nahm das Messer, legte die Schneide auf den Oberarmmuskel und zog die Klinge hinunter bis zum Ellenbogen.

«Hast du Schmerz verspürt?«, fragte Laplace.

»Nein«, antwortete Malaprez erleichtert, während das Blut auf sein Hemd lief.

»Gut. Jetzt die Kehle. Ich will, dass du das Messer nimmst und dir die Kehle durchschneidest.«

»Ich werde sterben«, sagte Malaprez verwirrt und überrascht von seiner eigenen Feststellung.

»Egal«, sagte Laplace kalt.

Malaprez hob den Arm mit dem Messer, ohne einen anderen Muskel zu bewegen.

Laplace ergriff ihn am Handgelenk und zog die Hand vom Hals weg.

»Hör auf. Lass das Messer fallen.«

Malaprez ließ es fallen.

»Sobald ich schweige, gehst du. Nach zehn Schritten wirst du aufwachen und zu einem Bediensteten gehen und sagen, dass du dich nicht erinnerst, wie du dich verletzt hast. Du wirst dich tatsächlich nicht erinnern. Hast du alles verstanden?«

»Ja.«

»Dann geh jetzt«, befahl Laplace und gab das Handgelenk des Somnambulen frei.

Malaprez drehte sich um und ging wortlos zur Tür.

Laplace schaute ihm nach, als er im strömenden Regen über den Hof ging.

Er wusste jetzt, dass Malaprez auch im Wachzustand die Stimme seines Herrn nicht vergessen würde.

VERFASSUNGSGESETZ VOM 24. JUNI 1793

verlesen von Marie-Jean Hérault de Séchelles
Präsident des Nationalkonvents
aus Anlass des Abschlusses der
Feierlichkeiten zum Fest der Einheit

Von der Republik

Art. 1. Die Französische Republik ist einheitlich und unteilbar.

Art. 4. Jedem in Frankreich geborenen und dort lebenden Menschen, der das einundzwanzigste Lebensjahr vollendet hat, jedem Ausländer, der das einundzwanzigste Lebensjahr vollendet hat und der seit mindestens einem Jahr in Frankreich ansässig ist, von seiner eigenen Arbeit lebt oder eine Französin geheiratet oder ein Kind adoptiert hat oder einen Alten ernährt, und jedem Ausländer, der sich nach dem Urteil der gesetzgebenden Versammlung um die Menschheit verdient gemacht hat, wird die Ausübung der Rechte eines französischen Bürgers zugestanden.

Art. 7. Das souveräne Volk ist die Gesamtheit der französischen Bürger.

ACHTE SZENE

Das Fest der Einheit

10. August 1793

1.

Da bitte! Schau's dir an, das französische Volk! Sie wollten es zerkrümeln wie 'ne trockene Semmel, aber sie haben sich die Zähne daran ausgebissen, zu hart. Die haben gedacht, sie können's kleinhacken und stückweise runterschlucken, aber es ist ihnen im Hals stecken geblieben. Sie wollten die Provinzen gegeneinander aufhetzen und die Revolution vom Tisch wischen, und jetzt sind sie selbst die Angeschmierten.

In Paris haben die sich das alles fein ausgedacht, überall kleine Scheißregierungen, von der Gironde bis nach Savoyen, von Flandern bis Marseille, irgendwo hätten sie dann schon regiert. Aber das glaubt doch sowieso keiner, dass die in der Auvergne sich selbst regieren können! Wenn's nach denen gehen würde, wär der König noch da und in jedem Département gäb's einen Extra-Papst. Heute wird der Sturz von Ludwig gefeiert, und das haben wir Pariser gemacht, ohne uns wär der nicht mal gestolpert, dann wär nix mit Republik.

Schaut hin, Anhänger von Brissot und Föderalisten: Der Platz der Bastille ist proppenvoll und auch noch die Rue Saint-Antoine und die Rue Charenton.

Seit heute Morgen um fünf sind wir schon hier und singen und schreien. Ist ja auch 'ne tolle Sache so'n Sonnenaufgang, jedenfalls für die, die ihn nicht sowieso jeden Morgen sehen, wenn sie zur Arbeit gehen, aber jetzt könnte das richtige Fest so langsam mal anfangen, seit drei Stunden stehen wir uns jetzt schon die Beine in den Bauch, langsam reicht's, immer nur Hymnen singen und Marseillaise brüllen.

Aber da ist er ja schon, da wo früher die Bastille stand, am Brunnen der Erneuerung – sie sagen, das wär die Natur, sieht aber aus wie Frau Pharao aus Ägypten, die sitzt auf einem Thron und an jeder Seite vom Thron hockt ein Löwe, und mit den Händen quetscht sie ihre Titten, und da spritzt aus jeder ein Wasserstrahl raus – da steht der Präsident des Konvents, Hérault de Séchelles mit einem Zettel und hält sich eine Flüstertüte vor den Mund und quatscht da rein, damit's alle hören können:

»Herrscherin über die Wilden und alle aufgeklärten Nationen, oh, Natur! Dieses große Volk, das sich bei den ersten Strahlen der Sonne vor deinem Bild versammelt hat, ist deiner würdig! Mögen diese fruchtbaren Wasser, die aus deinen Brüsten quellen, dieser reine Trank, der schon den Durst der ersten Menschen gelöscht hat, im Kelch der Gleichheit und der Brüderlichkeit das Gelöbnis der Einheit besiegeln, das Frankreich dir an diesem Tage macht, an dem schönsten aller Tage, über dem die Sonne je aufging, seit sie in der Unendlichkeit des Raumes ihre Bahnen zieht.«

Er hält 'ne Schüssel hoch und zeigt sie uns wie das heilige Sacramentum in der Kirche, dann hält er sie unter den Wasserstrahl, kippt ein bisschen Wasser auf den Boden, trinkt was und gibt sie dann einem Stutzer, der hinter ihm steht. Die stehen da in einer ewig langen Reihe, das sind die sechsundachtzig Kommissare der sechsundachtzig französischen Départements, ganz vorne steht der Älteste und ganz hinten der Jüngste, das geht nicht nach dem Alphabet, deshalb weiß man bei keinem, aus welchem Département der eigentlich kommt, ein paar von uns haben schon gewettet. Der eine da mit dem dämlichen Gesicht kommt bestimmt aus der Corrèze, und der da, der wie so'n Affe da steht, der kommt garantiert aus dem Jura. Alle sechsundachtzig müssen trinken, und jedes Mal ein Schuss aus der Kanone, bis das Weitergereiche und Geschlucke dann in einer großen Umarmung endet, und Küsschen hier und Küsschen da, und dann wieder Singen zur Melodie der Marseillaise, und dann zieht der feierliche Umzug endlich los. Halleluja!

2.

Die revolutionären Republikanerinnen gönnten sich nach Marats Tod keine Pause. Am Montag zogen sie mit der Badewanne und dem blutigen Hemd des großen Patrioten durch Paris, Dienstag begleiteten sie sein Herz zum Club der Cordeliers, Mittwoch überschwemmten sie die Straßen mit der neuen Ausgabe der Zeitung Marats, dem jetzt von Leclerc herausgegebenem »Freund des Volkes«, und Donnerstag zogen sie zum Konvent und schworen, hundert, tausend neue Marats in die Welt zu setzen. Dann hatte jemand die Idee, im Gedenken an den Volkstribun einen Obelisken zu errichten. Alle

Einzelheiten des Unternehmens bis hin zur Geldbeschaffung wurden genau geplant. Der Obelisk sollte am 10. August, beim Fest der Einheit, eingeweiht werden, aber dann war es zu Verzögerungen gekommen.

Claire und Pauline waren der Meinung, Symbole seien wichtig, mit ihnen könnten auch die Frauen ihren Anteil an der Revolution deutlich machen, und hätten sie sich erst einmal einen Platz auf der Bühne erobert, könne man sie nicht so leicht wieder vertreiben.

Die Begründung gefiel Marie, aber sie zog Taten, konkrete Gesten vor: eine Tracht Prügel für einen Monopolierer zum Beispiel, denn damit wird gleichzeitig hundert anderen seiner Sorte eine Lektion erteilt, oder die Entfernung aller Adeligen aus Heer und Regierung, aber auch das Tragen der Kokarde in den Farben der Trikolore an der Brust, damit alle sehen, dass die Frauen hinter der Republik stehen und sie jeden Tag verteidigen, auf der Straße, zu Hause und auch dann, wenn sie vor den Läden Schlange stehen. Die revolutionären republikanischen Bürgerinnen forderten alle Frauen auf, immer die Kokarde zu tragen. Im April war ein Gesetz verabschiedet worden, das allen Männern vorschrieb, die Kokarde zu tragen. Warum nicht auch den Frauen?

»Ihr gehört zwar zum Volk, aber nicht zum souveränen Volk«, hatte ihr ein Neunmalkluger auf der Sektionsversammlung geantwortet.

Als Marie im Viertel Unterschriften dafür gesammelt hatte, das Gesetz auch auf Frauen anzuwenden, hatten sich viele Frauen von Saint-Antoine zurückgehalten.

»Du spinnst doch! Alle sollen die Kokarde tragen? Auch die Nutten?«, hatte Georgette gewettert.

Die Petition hatte keine Mehrheit erhalten.

Marie lief in der Reihe ihrer Genossinnen, die Kokarde gut sichtbar und die phrygische Mütze auf dem Kopf, zusammen mit den Volksgesellschaften, die den Zug anführten. Die Standarten der einzelnen Gesellschaften zeigten das Auge der Wachsamkeit, das mit seinen Strahlen eine Wolke durchdrang. Ihre Bannerträgerin war Claire Lacombe. Ihr bekanntes Gesicht, das schon an den Theatern von Marseille und Lyon erfolgreich gewesen war, und ihre schlanke Gestalt im Mantelkleid zogen zahlreiche Blicke auf sich. Anstelle der Mütze trug sie die Bürgerkrone, die ihr verliehen worden war, weil sie im Jahr vorher, am 10. August, am Sturm auf die Tuilerien teilgenommen hatte. Auch wenn der Lorbeer inzwischen vertrocknet war, machte die Krone auf ihren braunen Locken noch immer Eindruck.

Es folgten die Mitglieder des Konvents mit einem Strauß Ähren im Arm. In ihrer Mitte, über ihren Köpfen schwebte eine Lade mit Tafeln aus Marmor, in die die Menschenrechte und die Verfassung eingemeißelt waren. Die sechsundachtzig Kommissare der Départements bildeten einen Kordon um die Deputierten. In einer Hand hielten sie einen Weidenzweig und in der anderen ein langes Band in den Farben der Trikolore, das sie alle miteinander verband.

Direkt dahinter lief das Volk. Sie trugen als Unterscheidungsmerkmal das Zeichen, das für den jeweiligen Dienst an der Gesellschaft stand: Die Bürgermeister trugen die blauweißrote Schärpe, die Richter die Toga, die Schmiede Blasebalg und Zange, die Maurer eine Kelle, und die Blinden wurden auf einem einzigen großen Wagen gezogen. Das Ende dieses Zugteils bildete eine Kutsche, die nicht von Pferden, sondern von zwei Männern und zwei Frauen gezogen wurde, den Söhnen und Töchtern eines alten Paares, das auf dem Kutschbock saß. Die Gruppe symbolisierte die Liebe der Kinder zu ihren Eltern und den Respekt vor dem Alter.

Es folgten die Soldaten. Auf einem von acht Pferden gezogenen, offenen Wagen stand eine große Urne mit der Asche der fürs Vaterland gefallenen Helden. Marie lief weit vorne, sie konnte die Urne nicht sehen, aber sie wusste, dass hinter diesem Wagen die Verwandten der Gefallenen liefen. Sie war nicht eingeladen worden, an dieser Stelle im Zug mitzulaufen, weil man Jacques' Leichnam nie gefunden hatte und er als vermisst galt und weil sie nicht verheiratet gewesen waren, auch wenn sie unter demselben Dach gelebt hatten.

Von einer Kavallerie-Einheit begleitet folgten acht zweirädrige mit Teppichen behängte Wagen, auf denen die Lilien des Königshauses prangten. Auf den Wagen stapelten sich Zepter, Wappen, Kronen und Schilder von Baronen und Grafen, und über allem stand auf einem Schild: »Volk! Alles, was du hier siehst, hat die Menschheit schon immer ins Unglück gestürzt«. Als der Zug die Rue des Poissonniers erreicht hatte, überholten die Republikanerinnen die Volksgesellschaften und setzten sich an die Spitze des Zuges.

Marie sah vor sich einen Triumphbogen, unter dem zwei Reihen zu je vier Kanonen standen. Auf ihnen saßen rittlings die Heroinen von 1789, die Frauen, die nach Versailles gezogen waren, um von Capet Brot, Mehl und Rechte zu fordern. Dort saßen Georgette, Madeleine, Sophie und die anderen. Nur sie fehlte.

Die Ordnung des Zuges löste sich auf, und die Menschen bildeten jetzt einen Kreis um die zweite Station der Strecke. Der Präsident des Konvents arbeitete sich nach vorne durch und überreichte den Frauen Lorbeerzweige.

»Was für ein großartiges Schauspiel!«, brüllte er in sein Sprachrohr, aus dem die Stimme schrill und metallisch drang. »Das schwache Geschlecht und sein Heldenmut! Freiheit, deine Wunder! Dir gebührt der Dank dafür, dass zarte Hände diese Bronzen vorwärts trieben, diese Feuerschlünde, die ihr Donnergrollen bis an das Ohr des Königs trugen, die Ankündigung, dass wir unser aller Schicksal in die eignen Hände nehmen würden. Frauen! Die von allen Tyrannen bekämpfte Freiheit braucht zu ihrer Verteidigung ein Volk von Helden, und es ist eure Aufgabe, dieses Volk in die Welt zu setzen. Die Vertreter des souveränen Volkes überreichen euch zum Zeichen des Mutes und des Sieges anstelle von Blumen, die der Lohn der Schönheit sind, den Lorbeer. Gebt ihn an eure Kinder weiter.«

Lorbeer anstelle von Blumen war ein geeignetes Symbol, es gefiel Marie; vielleicht hatte Pauline Recht, vielleicht hatten die vergangenen Wochen, in denen Marats gedacht worden war, doch einen Sinn gehabt. Der Mut der Frauen wurde jetzt anerkannt, und das ganze Volk erinnerte sich ihrer Taten.

»Hau ab, bleib uns vom Leib! Was machst du überhaupt hier? Wieso haben sie dich nicht zusammen mit deinem Freund Brissot eingelocht?«

»Hör auf, Jeanne, lass sie, du siehst ja, was aus der geworden ist!«

Marie schaute in Richtung der Stimmen und erkannte Jeanne und Françoise, zwei Mädchen aus Saint-Honoré, die noch nicht lange im Club waren und die Fraktion der Anhänger Robespierres verstärkten.

Es ging um eine Frau, die wie eine Amazone gekleidet war. Am Gürtel trug sie eine leere Scheide, die kunstvolle Architektur ihrer Frisur war nur noch eine Ruine, und auf ihrem weiß gepuderten Gesicht hatte sie Schönheitsflecken verstreut. Sie war die Karikatur einer aus der Mode gekommenen Art, sich herauszuputzen.

Die Gruppe zog die Aufmerksamkeit anderer Frauen auf sich, und als Marie sich ihnen näherte, erkannte sie Théroigne de Méricourt, die so ganz anders aussah als das Gespenst, das sie in ihren Träumen heimsuchte. Seit ihrem letzten, von Gewalt geprägtem Aufeinandertreffen vor den Tuilerien waren erst drei Monate vergangen, aber das Gesicht der »Hure von Brissot« war um zehn Jahre gealtert.

»Der Lorbeer ist nicht für euch ... der ist nicht für euch ...«, rief sie mit heiserer, belegter Opernsängerinnenstimme, und Marie fielen die Schreie ein, als sie ausgepeitscht worden war.

»Für wen ist er denn, los, sag schon, für dich vielleicht?«, fragte Jeanne herausfordernd.

Théroigne zeigte auf die Frauen bei den Kanonen. Ihr Finger hing in der Luft, aber sie schwieg.

Die Menge um sie herum geriet wieder in Bewegung und vereinigte sich unter den Bäumen der Allee schließlich wieder zum Zug.

»Für die von 89, nicht für die von heute. Nicht für euch. Für sie.« Sie fuchtelte mit dem Finger. »Für sie!«

»Hör zu«, schnauzte Jeanne sie an, »heute ist das Fest der Einheit, kapiert? Wir und sie gibt es nicht, wir gehören zusammen. Sogar du kannst kommen und mitmachen, aber wenn das nicht das Fest der Einheit wäre, müsste man dich mit einem Tritt in den Hintern verjagen.«

»Hör auf, Jeanne, lass sie«, sagte eine andere. »Die wollen uns nur das Fest versauen, aber den Gefallen werden wir ihnen nicht tun.«

»Der ist nicht für euch. Der ist für die Kinder, für die Helden, nicht für euch, verstanden? Nicht für euch!«

Jeanne winkte ab und als sie sich entfernte, wiederholte Théroigne ihren Spruch:

»Nicht für euch ... nicht für euch ...«

Marie stand wie angewurzelt da und starrte sie an. Sie hatte diese Frau mit den anderen festgehalten, während Georgette ihr Striemen über den Hintern gezogen hatte. Sie erinnerte sich an die verzweifelte Kraft, mit der sie sich gegen ihre Hände gewehrt hatte, und wie jedes Mal, wenn sie die Szene im Traum oder in Gedanken neu durchlebte, spürte sie Gewissensbisse. Sie hatte sich immer wieder gesagt, dass sie richtig gehandelt hatten, es hatte eine Privilegierte getroffen, die dank ihrer Beziehungen einen Platz im Konvent ergattert hatte und den Verräter Brissot unterstützte, und wenn jemand endlich das bekam, was er verdiente, dann sollte man darauf anstoßen. Trotzdem war sie nicht stolz darauf, auch wenn sie nicht wusste, warum. Das Eingreifen Marats, dass gerade er es gewesen war, der den Furien ihr Opfer entrissen hatte, war zweifellos Teil dieses unverdauten Brockens. Aber was es genau war und warum es so schmeckte, wie es schmeckte, konnte sie nicht erklären.

Deshalb starrte sie weiter diese Frau an und hoffte, sie würde endlich mit ihren Phantastereien aufhören und ihr eine Antwort geben.

3.

Platz der Revolution. Auf dem Sockel stand vor einem Jahr noch das Reiterstandbild von Ludwig XV. Jetzt steht an der Stelle von Ludwig auf seinem hübschen Gaul mit den prallen Eiern die Statue der Freiheit. Sie sitzt auf einem Thron, hat eine phrygische Mütze auf dem Kopf und eine Pike in der Hand. Sie ist aus Gips und löst sich wahrscheinlich beim nächsten Gewitter auf, aber im Moment macht sie mächtig was her. An jeder Seite steht eine dicht belaubte Eiche in einem riesengroßen Topf. An den Zweigen hängen Geschenke von uns Franzosen: dreifarbige Bänder, Papierstreifen, Votiv-Bildchen und sogar Werkzeuge von Handwerkern. Die hat David wahrscheinlich dahingehängt, ein Handwerker würde seine Werkzeuge für so was nicht hergeben.

Sieht nicht unbedingt hässlich aus! Vor der Statue haben sie einen großen Holzhaufen aufgeschichtet, der ist so riesig, dass man da nur mit einer Leiter raufkommt. Oben auf der Leiter stehen zwei Stutzer, die stapeln die Wappen vom König und den Adeligen auf dem Holzstoß; aus Palästen und Gräbern haben sie die geholt. Zum Schluss stecken die den Haufen an, und dann wird einem fast schlecht von dem schwarzen, ekligen Rauch.

»Freie Menschen«, schreit der Präsident. »Volk der Gleichen, Freunde und Brüder! Schmückt eure Denkmäler in Zukunft nur noch mit den Attributen eurer Arbeit, eurer Talente und eurer Tugenden. Mögen die Pike und die phrygische Mütze, der Pflug und die Getreidegarbe und die Embleme all der Künste, die die Gesellschaft bereichern und schöner machen, die einzigen Dekorationen der Republik sein. Heiliger Boden, lass nur die wahren Güter gedeihen, jene, die zwischen allen Menschen geteilt werden, und lass verdorren, was nur den Freuden des Stolzes dient!«

Dann fliegt hinter der Statue ein Schwarm weißer Tauben auf, unglaublich viele, mit 'ner Zwille könnte man sich fünf oder sechs zum Abendessen besorgen, man müsste gar nicht zielen. Einige, die können vielleicht besser gucken als alle anderen, behaupten, dass die Tauben was am Hals hätten, irgendwelche Botschaften, und ein paar, die lesen können, behaupten, in der »Gazette« hätten sie geschrieben, ein Schwarm Tauben würde die Menschenrechte in den Himmel tragen. Vielleicht hat David denen ja auch noch die Trikolore auf die Federn gemalt.

4.

»Volk von Frankreich! Vor deinen Blicken ein Symbol lehrreicher Unterweisung. Der Gigant vereint in seiner kraftvollen Hand in einem einzigen Bündel alle Départements. Sie sind es, die seine Kraft ausmachen, der Gigant bist du selbst! Das Monster, das mit seinen Krallen das Bündel zerfetzen will, das trennen will, was die Natur vereint hat, das ist der Föderalismus!«

Marie starrte auf die Herkulesstatue, die von der Höhe eines Hügels den Place des Invalides dominierte. Über der rechten Schulter schwang der Riese einen Hammer über einem Drachen mit sieben Köpfen. Sie fand die Skulptur nicht besonders gelungen, und sie war auch nicht in der Stimmung, sie genauer zu betrachten. Das Zusammentreffen mit der Méricourt hatte ihr die Lust auf das Fest geraubt. Nachdenklich lief sie weiter, ihre Beine wurden müde, und als der Zug die Brücke der Revolution überquert hatte und am anderen Seine-Ufer angekommen war, hatte sie in dem Durcheinander die anderen Republikanerinnen aus den Augen verloren. Sie stellte sich abseits unter die Bäume und hielt auf Zehenspitzen Ausschau nach der Standarte Claires. Als sie sie endlich entdeckte, arbeitete sie sich im Gedränge bis zu ihr vor, um festzustellen, dass sie inzwischen von einer anderen getragen wurde.

»Wo ist Claire?«, fragte Marie.

Die Frau zeigte nach vorne.

Sie entdeckte Claire und Pauline, die sich angeregt mit einem Mann unterhielten. Sie erkannte den jungen Leclerc, der sie bereits entdeckt hatte und ihr zulächelte.

»Marie Nozière! Endlich. Leider muss ich schon gehen.«

Marie bemerkte, dass Claire und Pauline ein finsteres Gesicht machten und auffällig still waren, im Gegensatz zu der freundlichen Miene des Mannes.

»Feiert ihr nicht?«, fragte sie.

»Besser nicht, heute ist euer Tag. Ich bin überzeugt, dass ihr Frauen es seid, die über das Schicksal der Republik entscheiden. Schaut euch um: Die Freiheitsstatue ist eine Frau, die Natur ist eine Frau, die Heldinnen von Versailles sind Frauen, und nicht zu vergessen, auch die Revolution ist eine Frau«, antwortete Leclerc.

Bevor sie über das Gesagte nachdenken konnte, fand sie sich in der Umarmung Leclercs wieder, der ihr den doppelten Kuss der Republikaner auf die Backen drückte. Auf dieselbe Art verabschiedete er sich von den beiden anderen Frauen und verschwand in der Menge.

Marie wandte sich mit fragendem Gesicht an ihre Freundinnen.

»Er muss vorsichtig sein, er wird sich für eine Weile nicht blicken lassen«, sagte Pauline.

»Wieso? Er wird jetzt gebraucht, um den ›Freund des Volkes‹ zu drucken!«, stieß Marie ungläubig hervor.

»Sie lassen ihn nicht mehr drucken«, sagte Claire.

»Und warum nicht?«, fragte Marie. Sie hatten die letzten Ausgaben der Zeitung gelesen und verteilt, Leclerc hatte sie alle gedruckt, und sie hatte sie noch überzeugender gefunden als vorher, als Marat persönlich der Direktor war.

»Vorgestern Abend ist Marats Witwe im Konvent erschienen und hat damit gedroht, alle anzuzeigen, die den Namen ihres Mannes in den Dreck ziehen.« Claire hielt Marie die Ausgabe der »Gazette« hin: »Lies selbst.«

Wie gewohnt las Marie laut: »Vor allem zeige ich zwei Männer an, Jacques Roux und einen gewissen Leclerc. Sie erheben den Anspruch, die Zeitung meines Mannes weiterhin zu veröffentlichen und lassen den Verstorbenen zu Wort kommen, um die Erinnerung an ihn zu beleidigen und das Volk zu täuschen. Unter dem Vorwand, seine sensible, vom Leid der Menschheit gepeinigte Seele habe einige Male gerechterweise die Blutsauger und Unterdrücker des Volkes verflucht, rufen sie in seinem Namen dazu auf, den 10. August mit Blut zu besudeln.«

»Verdammt!«, murmelte sie. »Wenn sie was gegen den ›Freund des Volkes‹ hat, dann hat sie auch was gegen uns, wir verteilen ihn schließlich.«

»Uns erwähnt sie nicht, wir können immer noch selbst entscheiden«, sagte Claire und faltete die Zeitung zusammen.

»Was können wir entscheiden?«

»Ob wir auf der Seite der Montagnards stehen oder auf der Seite derer, die sagen, dass die Revolution erst halb gemacht wurde.«

Marie war verwirrt. Sie schüttelte den Kopf.

»Aber dann spalten wir die Republikanerinnen, die eine Hälfte hält es mit den ›Enragés‹, den Wütenden, die andere mit Robespierre. Warum gehen wir nicht einfach unseren eigenen Weg?«

Niemand antwortete, und das Schweigen machte sie noch unsicherer.

»Robespierre könnte sich gegen Roux und Leclerc wenden, aber er würde sich nie gegen das Volk stellen!«, sagte sie, und während sie das sagte, merkte sie, dass sie sich selbst zu überzeugen versuchte.

Pauline sprach als Erste:

»Die Frage ist vielmehr, auf welcher Seite steht das Volk?«

»Das Volk sind wir. Das hat auch Théo gesagt, erst vor einer Minute, bevor er abgehauen ist. Es hängt von uns ab!«, erwiderte Marie.

Sie klammerte sich an ihre Wut, um nicht in Niedergeschlagenheit zu versinken.

Claire nickte und wollte antworten, aber ganz in der Nähe war plötzlich eine heisere, schrille Stimme zu hören.

Marie erkannte sie sofort, es war die Stimme Théroigne de Méricourts. Sie hatte sich auf den Karren eines ambulanten

Händlers geschwungen und weigerte sich, wieder abzusteigen.

»Vor zwei Tagen haben sie Olympe de Gouges inhaftiert!«, ereiferte sie sich. »Sie verfault in einer Zelle. Die besten Geister Frankreichs ...«

»Die de Gouges ist genauso eine Brissot Anhängerin wie du, du blöde Kuh«, schrie jemand von unten.

Die Méricourt zeigte mit dem Finger auf den Sprecher.

»Sie hat mehr getan als wir alle zusammen! Sie hat geschrieben, dass die Frauen als Bürgerinnen anerkannt werden müssen!«

»Frauen sind Frauen, keine Männer!«

»Das ist der Tod der Republik!«, schrie die Méricourt mit weit aufgerissenen Augen.

Ein gezielter Wurf erwischte sie mitten im Gesicht. Ein Pferdeapfel. Die Frau stürzte vom Karren.

Erst im zweiten Moment wurde Marie bewusst, dass sie ihr zu Hilfe geeilt war. Sie reichte ihr die Hand, zog sie hoch und bot ihr ein Taschentuch an, damit sie sich das Gesicht abwischen konnte. Die Méricourt starrte sie an, und Marie hatte den Eindruck, dass sie sie wiedererkannte. Aber ihre Augen waren ausdruckslos.

»Geh nach Hause«, sagte Marie kurz angebunden zu ihr. »Das hier ist nichts für dich. Und auch nicht für solche wie die de Gouges. Geh, sonst nimmt das hier für dich kein gutes Ende.«

»Wir werden alle so enden«, entgegnete die Méricourt kraftlos.

Claire und Pauline hielten Abstand und machten ihr ein Zeichen zu verschwinden. Wenn man sie zusammen mit der Verrückten von der Gironde sah, konnte das schnell ihren Ruf ruinieren.

»Verzieh dich«, sagte Marie noch einmal und schob die verwirrte und unangenehm riechende Frau von sich weg, und als die andere sich langsam entfernte, fügte sie mit leiser Stimme hinzu: »Und rette dich, wenn du kannst.«

Auszug

PLAN FÜR DIE KONTERREVOLUTION DER SOMNAMBULISTEN

Verlesen am 29. Juli 1790 vor den Untersuchungsausschüssen der Nationalversammlung und der Stadtregierung von Paris von dem Mitglied des Ausschusses, Jacques-Pierre Brissot

Wenn öffentliche Aktionen von Menschen, die sich mit extravaganten Lehrmeinungen brüsten, es wert sind, die Aufmerksamkeit derer auf sich zu ziehen, die für die öffentliche Ordnung verantwortlich sind, dann geschieht das vor allem in unruhigen Zeiten, in denen Narreteien und Visionen dazu dienen, verfassungsfeindliche Pläne zu verbergen.

Die Angelegenheit der Herren Dhosier und Petit-Jean betrifft einerseits den bekannten animalischen Magnetismus und andererseits den Glauben an Weissagungen, die die Heilige Jungfrau denen macht, die man in den Zustand des Somnambulismus versetzt hat. Man mag es kaum glauben, dass in einem Jahrhundert, in dem die Philosophie uns die Aufklärung gebracht hat und in dem die Menschen gelernt haben, ihre Ideen auf die feste Basis der Vernunft zu stellen, noch Wesen zu finden sind, die so minderbemittelt sind, dass sie sich noch die unglaublichsten Vorstellungen zu eigen machen, von bedeutungslosen Dingen bis hin zu Aussagen, die im Delirium gemacht werden.

Und doch existiert dieses Phänomen. Die Sekten der Illuminaten werden zahlreicher und nicht etwa weniger, und vielleicht sind es die politischen Verhältnisse des Landes, die mit der neuen Ordnung unzufriedene Menschen mysteriösen Doktrinen in die Arme treiben, weil sie hoffen, dadurch Mittel in die Hände zu bekommen, mit denen sie diese neue Ordnung zerstören können.

NEUNTE SZENE

Die Weiße Frau

Sommer 1793

1.

Seit Tagen hockten sie schweigend auf ihren Pferden. Zermürbt von den Anstrengungen der Reise, wechselten sie nur die notwendigsten Worte. Sogar Feyfeux hatte das Reden eingestellt. Nur noch Thuillant ließ hin und wieder ein leises Knurren hören, wie ein Hund, der kurz davor ist, eine Gefahr zu verbellen. Der Gezeichnete saß auf einem neuen Reittier, einem kleinen Pferd aus den Bergen, das sein Gewicht kaum tragen konnte. Er hatte die Muskete quer über den Sattel gelegt, um sie jederzeit griffbereit zu haben. Poulidor ritt voraus, stieg häufig vom Pferd und untersuchte Spuren auf dem Boden.

Unteroffizier Radoub hatte eine Hand am Griff der Pistole, als müsse er sich immer aufs Neue vergewissern, dass sie noch da war.

D'Amblanc versuchte seine Unruhe in den Griff zu bekommen und konzentrierte sich auf seine Schmerzen, die sich von den Rippen über die Schulter ausgebreitet hatten und jetzt den Hals hinaufkrochen. Seit Jahren hatten sie sich nicht so weit vorgewagt. Er hatte einen Verdacht, was die Ursache betraf, aber er zögerte noch, ihn zu akzeptieren. Die Landschaft war schroff und abweisend. Nachdem sie durch ein Gebiet mit vulkanischem Untergrund, gesäumt von Schluchten und Kratern, geritten waren, stiegen sie jetzt den Hang auf der anderen Seite des Hochplateaus hinunter und drangen in einen Wald ein, der so dicht war, wie D'Amblanc es noch nicht erlebt hatte. Obwohl, das stimmte nicht ganz, in Amerika hatte er ebenso dichte und noch größere Wälder durchquert. War das der Grund für seine Schmerzen? War er wieder in Amerika und durchlitt noch einmal die Mühen der Märsche, die Last eines ungewissen Schicksals, das sich hinter jedem Gebüsch verbergen konnte? Die Erinnerung an die in der Neuen Welt erduldeten Leiden wurde wieder lebendig. An seiner rechten Seite tauchte der Kopf des Pferdes von Unteroffizier Radoub auf. Als er fast aus dem Sattel zu rutschen drohte, stützte ihn der Veteran.

D'Amblanc biss die Zähne zusammen und ritt weiter, wie damals als junger Arzt im Regiment des Königs, als er aus eigener Kraft nach Hause zurückgefunden hatte.

Sie kamen jetzt in ein Gebiet, über das sie nur ungenaue und widersprüchliche Informationen besaßen. Es hieß, es sei eine Enklave der Girondisten, andere behaupteten, in den Wäldern versteckten sich Versprengte der Christlichen Armee des Südens.

Am Tag zuvor waren sie auf eine Militärkontrolle gestoßen. Die Soldaten der Republik hatten den Karren einer Bauernfamilie nach Waren durchsucht, die diese im Wald versteckt hatten.

D'Amblanc hatte die einfältigen Gesichter der Dörfler beobachtet, vom Familienoberhaupt bis zu den Kindern, die in einer Reihe am Wegesrand warteten. Er hätte nicht sagen können, was sich hinter den ausdruckslosen Blicken verbarg, allem Anschein nach dachten sie gar nichts.

Während die Soldaten seine Beglaubigungsschreiben prüften, hatte D'Amblanc sie gefragt, welchem Regiment sie angehörten, und es hatte sich herausgestellt, dass es sich um ein Bataillon handelte, das aus den neu Rekrutierten zusammengestellt worden war und unter dem Befehl von General Nanterre stand.

»Nie gehört«, hatte Radoub gesagt.

»Er ist erst seit einem Monat General.«

»Wie alt ist er?«

»Vierundzwanzig. Der frühere Kommandeur ist zu den Girondisten übergelaufen.«

Der Soldat hatte gefragt, wohin sie wollten.

»Wir wollen in ein kleines Dorf namens Louchrétien.«

Der Soldat hatte den Namen schon gehört, erinnerte sich aber nicht, wo es lag. Macht nichts, hatte D'Amblanc gesagt, wir besitzen eine Karte.

»Es liegt auf der anderen Seite des Waldes.«

»Das ist gefährliches Gebiet, dort halten sich Monarchisten auf«, und er hatte noch hinzugefügt: »Seid vorsichtig. Das Bataillon zieht bald weiter.«

D'Amblanc war nicht klar, was der Soldat damit sagen wollte. Er hatte gegrüßt und die kleine Gruppe war an der Bauernfamilie vorbeigeritten, die noch immer am Straßenrand saß.

Sie waren tiefer in den Wald eingedrungen. Die wuchernde Vegetation an den Rändern des Weges drohte ihn zu verschlingen. Die Menschen in diesen Breiten waren wahrscheinlich mehr damit beschäftigt, sich gegen die Natur zu wehren, als darüber zu nachzudenken, wer sie regieren sollte, ein Tyrann oder sie selbst, mutmaßte D'Amblanc.

Am Weg lagen zwei aufgedunsene, von Nachttieren zerfetzte Kadaver. Poulidor hatte sie als Erster bemerkt, aber der Gestank war so intensiv, dass er die Gruppe nicht warnen musste. Sie hielten sich Taschentücher vor Mund und Nase. Die Leichen lagen nebeneinander am Wegesrand, als hätte sie jemand als Warnung dorthin gelegt. Thuillant übergab sich, ohne abzusteigen.

Das Bild der Leichen mit den unkenntlichen Gesichtszügen, ohne Schuhe, ohne Taschen, ohne Hemden, prägte sich D'Amblanc ein. Außer Tieren hatte sich noch jemand an den Kadavern zu schaffen gemacht, aber niemand hatte sie begraben, und auch sie taten es nicht. Sie ritten weiter bis zum Sonnenuntergang und kampierten ein weiteres Mal unter freiem Himmel im Wald in der Nähe eines Baches.

Die Männer badeten, wuschen sich den Schmutz der Reise ab und bereiteten ein bescheidenes Mahl vor, während D'Amblanc sich ausstreckte und vor Schmerz den Atem anhielt.

Radoub bereitete seine Schlafstatt an seiner Seite vor.

»Was glaubt Ihr, wie lange Ihr noch weiterreiten könnt?«

»Was wollt Ihr damit sagen?«, fragte D'Amblanc.

»Das Laudanum ist aufgebraucht.«

»Ich werde es schon schaffen, ich werde die Zähne zusammenbeißen.«

Radoubs Augen glänzten im Mondlicht.

»Sind das die alten Verletzungen oder habt Ihr Euch irgendetwas verrenkt?«

In den Erinnerungen D'Amblancs tauchte eine Stimme auf.

Aus meinen Händen ...

»Es sind nur Erinnerungen.«

»Erinnerungen?«

Der Fluss aus meinen Händen ... der Fluss stößt auf ein Hindernis und spült es hinweg.

»Ein Mann hat mir einmal gesagt, dass unangenehme Erinnerungen alte Wunden wieder aufreißen. Er war in der Lage, sie auch ohne Laudanum zu vertreiben.«

»Schlechte Erinnerungen schaden nur dem Herzen«, erwiderte Radoub. »Habt Ihr Herzschmerzen?«

D'Amblanc dachte einen kurzen Augenblick darüber nach, er musste an ein bestimmtes Parfum und ein Paar grüne Augen denken.

»Ja, vielleicht.«

Der Unteroffizier seufzte. Die Erschöpfung hatte unbarmherzig ihre Zeichen auch in sein Gesicht eingegraben.

»Was habt Ihr in Amerika erlebt?«

»Bei einer Truppenverlegung wurden wir von Indianern angegriffen, ich wurde gefangen genommen«, antwortete der Arzt.

Radoub stöhnte auf.

»Ich erinnere mich gut an die Indianer. Ich zweifelte bisweilen daran, dass sie der menschlichen Spezies angehören. Sie sind zu unsäglichen Dingen fähig ...«

»Sie sind nicht anders als wir«, antwortete D'Amblanc. »Sie sind im Guten wie im Schlechten dem Menschen ähnlich, wie er zu Beginn der Welt gewesen sein muss, ähnlich unseren ärmsten Schäfern und Bauern. Was sie mir angetan haben, ist nichts anderes als das, was euch die Bauern der Vendée oder die Bewohner dieser Gegend antun könnten.«

Ein Stechen raubte ihm den Atem und ließ ihn verstummen.

Radoub blickte ihn ernst an.

»Ich glaube, es wäre besser umzukehren.«

»Nicht jetzt«, D'Amblanc hatte seine Stimme wiedergefunden, »noch nicht.«

»Zum Teufel, D'Amblanc ...«, begann Raboub, wurde aber unterbrochen.

»Ich bin der Leiter der Mission, ich entscheide.«

»Aber ich würde Euch gerne unversehrt nach Paris zurückbringen.«

D'Amblanc atmete tief ein und aus.

»Sollte mich die Krise überwältigen, sagt den Männern, dass sie mir Schläfen und Füße kräftig massieren sollen.«

Der Unteroffizier murmelte etwas vor sich hin, drehte sich auf die Seite und versuchte zu schlafen.

2.

Aus dem Grün der Bäume ragte weiß der Kirchturm auf. Es war das erste menschliche Bauwerk, das sie seit Tagen erblickten.

Louchrétien bestand aus einer Handvoll Häuser, umgeben von Wald, wie Pilze standen sie auf einer kleinen Lichtung.

Das ganze Dorf erwartete sie am Haupttor. Schweigend standen sie dort wie lebende Statuen eines heiligen Bildes; abgemagerte Frauen, Kinder und alte Männer mit von Armut gezeichneten Gesichtern.

Wer hatte sie über ihr Kommen informiert? In den letzten zwei Tagen war ihnen keine Menschenseele begegnet, und der Wald war zu dicht, um aus der Ferne bemerkt zu werden.

Das Geheimnis sollte bald gelüftet werden. Eine Frau unbestimmten Alters mit hellen Augen in einem vom Leben gezeichneten Gesicht, das aber dennoch eine gewisse Anmut ausstrahlte, redete als Erste, und sie sagte es in einem Ton, der keine Zweifel zuließ:

»Margot hat gesagt, dass Ihr kommen würdet.«

D'Amblanc war erstaunt über das ausgezeichnete Französisch der Frau, er tat so, als habe er nichts gehört, blickte sich um und fragte nach dem Bürgermeister.

Es antwortete dieselbe Frau:

»Unser Bürgermeister ist nicht mehr da.«

»Ist er abgehauen?«

»Nein, er ist tot. Auch das hat Margot vorhergesagt.«

D'Amblanc spürte einen stechenden Schmerz im Rücken und unterdrückte eine Grimasse.

»Hat sie Euch auch gesagt, wer wir sind und warum wir gekommen sind?«

Die Frau blickte ihn an und schwieg.

»Ihr seid Eurer Leiden wegen gekommen, Eure Krankheit hat euch hergeführt«, sagte sie schließlich.

D'Amblanc wechselte einen Blick mit Radoub. Ihm schwanden die Kräfte. Der Unteroffizier packte seinen Arm und half ihm abzusteigen. D'Amblanc hielt zu Fuß Einzug ins Dorf und hielt sich an seinem Pferd fest. Sie fanden ein Bett für ihn im jetzt leer stehenden Pfarrhaus, denn auch der Pfarrer war gestorben. D'Amblanc legte seine Pistolen griffbereit neben das Bett.

Er schlief mehrere Stunden, aber es war kein Erholungsschlaf, Alpträume plagten ihn. Er hörte die laute, eindringliche Stimme Mesmers mit dem unverwechselbaren deutschen Akzent. Er verstand die Worte nicht, die Entfernung war zu groß. Er wollte zu ihm und durchquerte einen dichten Wald. Seine Kleidung verhakte sich in den Zweigen, Holz kratzte über seine Haut und riss Wunden. In der Mitte einer Lichtung stand Mesmer. Es war die bekannte Gestalt im langen Umhang und mit wallendem Haar. Er trug eine schwarze Maske. D'Amblanc sagte ihm, die Bäder und Massagen genügten nicht, und flehte ihn an, den Grafen Puységur zu holen, er müsse dringend somnambulisiert und von seinen Schmerzen befreit werden. Statt einer Antwort nahm der Mann die Maske ab und dahinter tauchte das Gesicht der Frau auf, die sie am Eingang des Dorfes empfangen hatte.

»Es gibt hier keinen Grafen, nur einen Ritter«, sagte sie.

Er wachte auf. Das Erste, was er sah, waren seine Pistolen, die auf einem Stuhl neben dem Bett lagen. Dann sah er das Kruzifix über seinem Kopf, einen bewegungsunfähigen, leidenden Mann mit einer auffälligen Wunde an der Seite.

Nein, das bin nicht ich, sagte er sich und setzte sich auf. Der kahle Raum wurde von dem Licht, das durch das halb geöffnete Fenster hereindrang, nur schwach erleuchtet.

Er schob eine Hand unter sein Hemd, zog sie wieder hervor und schaute sie an, um sicherzugehen, dass er nicht blutete. Wie töricht diese Geste war. Er stand auf, zog Jacke und Stiefel an, öffnete die Tür und stand Poulidor gegenüber.

»Zum Glück seid Ihr endlich aufgewacht. Ihr habt die ganze Zeit geredet ...«

D'Amblanc blickte ihm über die Schulter. Der große Raum sah aus wie ein Refektorium mit einem großen rußgeschwärzten Kamin, einem langen roh gezimmerten Tisch und Bänken zu beiden Seiten. Die Begleitmannschaft war vollständig anwesend.

Unteroffizier Radoub goss warme Flüssigkeit in eine Tasse.

»Trinkt! Das wird Euch stärken.«

D'Amblanc setzte sich neben ihn auf die Bank.

»Was ist los? Warum seid ihr alle hier?«

»Weil es uns draußen nicht gefällt«, antwortete Radoub und zeigte aufs Fenster.

D'Amblanc warf einen Blick durch das Gitter. Die Dorfbewohner standen auf dem Platz vor dem Pfarrhaus und starrten regungslos in ihre Richtung. Der Nachmittag ging bereits in den Abend über, die Häuser waren in gelbrotes Licht getaucht.

»Waren sie die ganze Zeit dort?«, fragte er.

Radoub nickte.

»Und was machen sie?«

Radoub hob die Schultern: »Nichts, sie glotzen zu uns herüber.«

»Ich kriege Gänsehaut«, sagte Thuillant. »Der Bürgermeister und der Pfarrer sind tot. Hier bestimmt niemand, hier gibt es keinen König, keinen Gott und keine Republik. Lasst uns tun, was zu tun ist, und dann nichts wie weg.«

D'Amblanc ging ins Zimmer zurück und holte die Pistolen. Er schob sie in den Gürtel und verbarg sie unter der Jacke. Wortlos nahmen die Männer ihre Waffen an sich, folgten ihm nach draußen und stellten sich neben ihm auf. D'Amblanc suchte unter den undurchdringlichen Gesichtern der Dörfler nach der Frau, mit der er bei ihrer Ankunft gesprochen hatte, aber sie war nicht zu sehen.

»Mein Name ist Orphée d'Amblanc. Ich komme aus Paris im Auftrag des Sicherheitsausschusses«, sagte er mit lauter Stimme. »Ich möchte ein Kind sehen, das in diesem Dorf wohnt. Es heißt Margot Tourlan.«

Ein paar Sekunden geschah nichts, dann drehten sich die Bewohner von Louchrétien um und liefen alle in dieselbe Richtung.

D'Amblanc wechselte einen Blick mit seinen Leuten und entschied, den Menschen zu folgen, dabei aber einen bestimmten Abstand einzuhalten. Sie kamen zu einem Haus am Rand des Dorfes, das an einer leichten Steigung lag. Die Bewohner stellten sich zu beiden Seiten auf und ließen die Fremden durch. D'Amblanc befahl seinen Leuten, den Eingang zu besetzen. Zusammen mit Radoub stieg er eine ausgetretene, lange Treppe hinauf, die bei jedem Schritt knarrte. Oben angekommen war er etwas außer Atem. Radoub blickte ihn forschend an. Die Tür führte in den einzigen Raum, aus dem man alle Möbel entfernt hatte. Die Dachschräge reichte fast bis auf den Boden. Auf einem Stuhl im Zentrum saß ein Kind. Margot.

Das Kind, das mit den Engeln, mit der Heiligen Jungfrau und vielleicht mit Christus persönlich sprach. Große, weit aufgerissene Augen starrten unter schwarzen Haaren in die kleine, enge Welt. Wie alt mochte es sein? Sieben? Acht?

Die Frau, die vor ihm kniete und ihm über die Stirn strich, war dieselbe, mit der D'Amblanc schon geredet hatte und die ihm im Traum erschienen war.

»Seid Ihr die Mutter von Margot Tourlan?«, fragte er.

Die Frau erhob sich und nickte.

»Juliette Tourlan.«

»Wo ist ihr Vater?«

»Bei Gott.«

D'Amblanc näherte sich dem Kind, ohne die Augen von ihm zu wenden.

»Margot, ich bin Arzt, ich bin hier, um dich zu untersuchen.«

»Stimmt das?«, fragte die Mutter.

»Aber gewiss, hat Margot Euch das nicht vorhergesagt?«, bemerkte D'Amblanc.

Die Frau schwieg, an ihrer Stelle sprach das Kind.

»Und wer untersucht Euch?«

Die Stimme klang sehr erwachsen.

»Mich?«

»Ja, wegen Eurer Verletzung«, sagte Margot.

Sie zeigte auf D'Amblanc, und ein Schmerz fuhr ihm in die Seite. Er schluckte und hustete, hielt sich aber aufrecht.

»Der Herr hat ihr diese Gabe verliehen. Margot sieht Dinge, die keiner sehen kann. Sie ist die Tochter der Engel«, sagte die Mutter.

D'Amblanc schaute sie an, wie man einen Verrückten im Delirium anschaut, aber sie war anscheinend völlig klar. Nur die Augen ... D'Amblanc sah sie vor sich wie in seinem Alptraum.

»Verlasst bitte den Raum«, sagte er.

Die Mutter blickte ihn verständnislos an.

D'Amblanc zeigte auf die Tür.

»Radoub!«, rief er.

Der Unteroffizier kam näher.

»Begleitet die Bürgerin Tourlan nach unten.«

Erst als er die Treppe nicht mehr knarren hörte, kniete er sich vor Margot hin. Er berührte ihren Knöchel und ihre Stirn, um eine magnetische Verbindung herzustellen. Das Mädchen ließ ihn gewähren.

»Schließe die Augen und entspanne dich.«

Margot schloss die Lider.

»Entspanne dich ...«, murmelte D'Amblanc.

»Das tue ich schon.«

»Schläfst du?«

»Es ist, als ob ich schliefe.«

D'Amblanc fand seine Vorahnungen bestätigt.

»Antworte mir jetzt: Stimmt es, dass du mit Gott sprichst?«

»Nein.«

»Mit wem dann?«

»Mit der Weißen Frau.«

»Und wer ist diese Weiße Frau?«

»Das wisst Ihr doch!«

»Woher soll ich das wissen, Margot?«

»Ihr tragt ihren Namen.«

D'Amblanc musste über die kindliche Naivität lächeln. *Dame Blanche, D'Amblanc.* Ein Wortspiel, an das er nicht gedacht hatte.

»Das ist nur ein Name. Sag mir, wer sie ist.«

»Das weiß ich nicht.«

»Ist sie schön?«

»Ja, sehr schön. Fast wie meine Mutter.«

»Kniet sie vor dir nieder?«

»Ja, sie wäscht mir die Füße und dann das Gesicht.«

»Redet sie auch mit dir?«

»Ja, sie erzählt mir von Unserem Herrn, und ich höre zu.«

»Gut. Wenn du willst, kannst du die Augen wieder aufmachen.«

Das Mädchen hob die Lider und starrte ihn an.

Instinktiv wollte er sie streicheln, aber der befremdliche Blick des Mädchens ließ ihn die Hand wieder zurückziehen. Er rief die Frau zurück und verließ den Raum.

Radoub sagte leise zu ihm:

»Habt Ihr sie somnambulisiert?«

»Das war nicht nötig«, antwortete er im Flüsterton. »Das hat schon vorher jemand getan.«

»Wer?«

»Die Mutter. Als ich eintrat.«

»Was bedeutet das?«

»Das bedeutet, dass das Kind nur scheinbar wach ist. Die Mutter flüstert ihm ein, was es sagen soll, während es im somnambulischen Zustand ist. Anschließend erinnert sich das Kind an nichts, nur dass eine schöne Frau ihre Füße und ihr Gesicht berührt hat. Es gibt weder Engel noch Heilige.«

Radoub kratzte sich am Kopf.

»Woher zum Teufel kennt eine Bäuerin in diesem gottverlassenen Nest solche Tricks?«

D'Amblanc legte eine Hand in seine Seite.

»Das versuche ich gerade herauszufinden«, presste er zwischen den Zähnen hervor.

»Es geht Euch nicht gut ...«

»Das ist jetzt egal. Ich muss mit der Frau sprechen.«

D'Amblanc ging wieder hinauf in die große Dachkammer.

3.

»Von wem habt Ihr gelernt, wie man somnambulisiert?«, fragte D'Amblanc.

Juliette Tourlan wartete einen Augenblick, bevor sie antwortete.

»Ich verstehe nicht, wovon Ihr redet.«

Sie hatte eine Hand auf die Schulter ihrer Tochter gelegt und strich ihr ab und zu mit den Fingern über die Haare.

»Das, was Ihr mit dem Mädchen macht, wer hat es Euch gelehrt?«, wiederholte D'Amblanc seine Frage.

»Niemand.«

»Ihr lügt.«

»Der Herr will nicht, dass ich lüge. Niemand hat es mich gelehrt.«

»Ihr habt gesehen, wie man es macht?«

Jetzt nickte die Frau.

»Seid Ihr selbst schon einmal somnambulisiert worden?«

Wieder nickte sie.

»Von wem?«

»Vom Chevalier d'Yvers.«

Genau wie Noëlle Chalaphy, dachte D'Amblanc. Yvers erprobte seine Fähigkeiten als Magnetiseur an Bauern. Die Worte Mesmers fielen ihm ein. »Heute habt Ihr einen Adligen gesehen, der einen Bauern magnetisiert hat. Aber habt

Ihr schon jemals einen Bauern einen Adligen magnetisieren sehen?«

»Yvers hat Euch in einen Schlafzustand versetzt. Hat er mit Euch gesprochen?«

»Es war die Stimme eines Engels ...«, Juliette Tourlan blickte entrückt. »Ich hätte ihm ewig zuhören können. Er sprach zu mir von Gott. Auch ich habe mit ihm geredet. Er hat mir beigebracht, mich besser auszudrücken, und ich habe das an Margot weitergegeben. Er hat meiner Familie geholfen und mein Herz mit Freude erfüllt.«

D'Amblanc dachte über ihre Worte nach. Er bemerkte die Gegenwart Radoubs, der ohne das geringste Geräusch zu machen, nur wenige Schritte hinter ihm stand.

Mutter und Tochter fixierten ihn, die Augen der einen waren die genaue Kopie der Augen der anderen. Ein Stechen fuhr D'Amblanc in die Seite und dann in den Halsansatz. Er zuckte zusammen, stand aber sofort wieder aufrecht.

Hexen. In den finsteren Zeiten hätte man sie auf dem Scheiterhaufen verbrannt. Heute musste man entscheiden, ob man sie unter die Guillotine oder in ein Sanatorium für Geisteskranke schickte. Ihm kam ein Gedanke.

»Wie ist Margots Vater gestorben?«, fragte er leise.

»Ich habe nicht gesagt, dass er tot ist«, antwortete die Frau.

»Ihr habt gesagt, er sei bei Gott.«

»Der Engel ist zu Gott zurückgekehrt.«

Sie strich der Tochter wieder über die Haare.

D'Amblanc stand starr vor Erstaunen. Er hörte, wie Radoub schluckte.

»Wollt Ihr damit sagen, dass Margot die Tochter ...«

»... des Engels, ja, deshalb hat sie diese Gabe.«

Radoub entfuhr ein halblauter Fluch.

»Die der Weissagung?«

»Die Jungfrau spricht durch den Mund von Margot zu uns. So wissen wir, wem wir vertrauen können und wem nicht.«

»Was hat sie über uns gesagt?«, fragte D'Amblanc.

»Dass Eure Krankheit Euch verzehren wird.«

D'Amblanc erhob sich und ging zum Dachfenster. Es dämmerte bereits. Die Gestalten draußen warfen lange Schatten. Sie glichen hageren, riesigen Figuren, die sich über die Dorfstraße beugten.

»Warum gibt es hier keinen Pfarrer?«

Die Frau antwortete nicht.

D'Amblanc wandte sich zu ihr um.

»Wo ist der Pfarrer?«

»Er ist tot.«

»Wie der Bürgermeister. Woran starb er?«

Schweigen.

Radoub hustete nervös, D'Amblanc überhörte es.

»Bürgerin Tourlan, ich frage Euch noch einmal: Wie sind der Bürgermeister und der Pfarrer ums Leben gekommen?«

Die Frau antwortete nicht.

Ein Zeichen Radoubs, der sich an ein Fenster gestellt hatte, zog die Aufmerksamkeit D'Amblancs auf sich.

»Es wird dunkel, sie haben Fackeln angezündet, das gefällt mir nicht.«

D'Amblanc blickte hinaus. Die Dorfbewohner hatten sich anscheinend dem Eingang genähert; undeutliches Gemurmel, eine Litanei, die wie ein Gebet klang. Die Treppe knarrte, Thuillant steckte den Kopf zur Tür herein.

»Unteroffizier, es ist besser, Ihr kommt nach unten.«

Radoub blickte D'Amblanc an.

»Zum letzten Mal ...«, sagte dieser zu der Frau. »Wie sind der Bürgermeister und der Pfarrer gestorben?«

»Er war ein falscher Priester«, flüsterte das Mädchen.

»Er wurde von der Republik geschickt, der Bürgermeister hat sogar behauptet, er sei die Republik«, fügte die Mutter hinzu.

Die Geräusche auf der Straße wurden lauter.

D'Amblanc stand wie gebannt vor den Gestalten vor ihm. Ein Stich, heftiger als die vorangegangenen, raubte ihm den Atem. Er krümmte sich und setzte sich auf den Boden.

»Sie haben sie umgebracht«, knurrte Radoub.

Im Fenster war gelber Lichtschein zu sehen.

»D'Amblanc, wir müssen verschwinden.«

Die Litanei, die von der Straße heraufdrang, wirkte bedrohlich.

Radoub half ihm aufzustehen und wollte ihn wegziehen, aber D'Amblanc sträubte sich. Er schleppte sich zu der Frau und dem Kind. Juliette streckte eine Hand aus und streichelte ihm übers Gesicht.

»Die Jungfrau hat uns gesagt, dass wir es tun sollen.«

»Du musst auch ihn befreien, Mama«, murmelte Margot.

Die Litanei war zu einem dröhnenden Brummen angewachsen. Thuillant ging zur Tür und forderte sie auf, sofort zu gehen. Radoub zog D'Amblanc mit sich, der sich kaum auf den Beinen halten konnte.

»Mama, du musst es tun«, wiederholte das Kind, dessen Augen schwarz glänzten. »Befreie sie alle.«

Juliette ging zum Fenster und riss es auf.

»Margot hat gesagt, ihr müsst sie befreien!«, schrie sie.

Fackeln umtanzten die Männer der Begleitmannschaft, die den Eingang verteidigten. Radoub kam mit D'Amblanc die Treppe herunter, und unten angekommen lud er ihn dem mit der Narbe auf den Rücken, während die anderen mit gezogenen Waffen die Leute auf Abstand hielten. Feyfeux traf mit dem Kolben seiner Muskete eine Frau, die zu Boden stürzte. Es gelang den Männern eine Bresche zu schlagen und zu fliehen.

Juliette Touran stand noch immer am Fenster und schrie.

D'Amblanc hing mit dem Kopf nach unten über dem Rücken des Mannes mit der Narbe und sah eine im Fensterrahmen hängende, schreiende Fledermaus.

Sie verbarrikadierten sich im Pfarrhaus. Die Männer standen mit den Waffen in der Hand an den Fenstern, D'Amblanc lag auf einer Bank. Radoub befahl dem Gezeichneten, D'Amblanc die Füße zu massieren, während er selbst ihm die Schläfen massierte.

Kurze Zeit später erschienen die Dorfbewohner auf dem Platz vor dem Haus. Sie trugen Fackeln, Mistgabeln, Sensen und Beile und warfen Steine und brennende Holzsscheite gegen die Fenster.

Als Poulidor und Feyfeux Schüsse abfeuerten, wich das Rudel zurück. D'Amblanc entzog sich den Händen der beiden Männer und kroch zum Fenster. In der Menge entdeckte er Juliette. Obwohl er keine Einzelheiten erkennen konnte, hatte er den Eindruck, dass sie ihn anblickte.

»Der Engel wird Euch von allem Bösen befreien, gebt Euren Widerstand auf«, schrie sie.

D'Amblanc hatte geglaubt, der Schmerz lasse nach, aber er setzte stärker als vorher wieder ein, er krümmte sich.

»Komm. Der Engel wird dich heilen. Er hat uns alle geheilt.«

Der Schmerz wurde unerträglich. D'Amblanc nahm eine seiner Pistolen und wollte sie unter sein Kinn schieben, aber Radoub packte seine Hand und entwand sie ihm.

Sie begannen erneut seine Extremitäten zu massieren, bis die Krise ihren Höhepunkt erreichte und D'Amblanc mit aller ihm zur Verfügung stehenden Kraft sich die Seele aus dem Leib schrie.

Ein gewaltiger Donnerschlag ließ alle zusammenfahren.

Das Geschrei der Dorfbewohner ging im Zerbersten des Kirchturms unter, der auf den Platz stürzte und nicht wenige unter sich begrub. D'Amblanc sah die Gestalt Juliettes in einer Wolke aus Staub und Geröll verschwinden. Die unverletzt Gebliebenen stoben in alle Richtungen auseinander, einige fielen auf die Knie und begannen zu beten.

Der zweite Schuss riss ein Loch ins Kirchendach.

Der dritte krachte mitten auf den Platz und zerfetzte zahlreiche Menschen.

Radoub befahl den Männern, das Gebäude zu verlassen, und dann packten er und der mit der Narbe D'Amblanc und entfernten sich mit ihm im Laufschritt vom Pfarrhaus, gerade rechtzeitig bevor eine vierte und fünfte Kanonade alles zerstörte, was von diesem Teil des Dorfes noch übrig geblieben war.

An einen Baum gelehnt, kam D'Amblanc wieder zu Atem. Feyfeux und Thuillant schlossen mit den Maultieren und Pferden zu ihnen auf, und im Licht des Mondes beobachteten sie die Zerstörung des Dorfes Louchrétien. Die Lichtblitze auf dem Hügelkamm zeigten die Position der Batterie an. Radoub befahl, sich weiter zurückzuziehen, aber das Eindringen in den dichten Wald mit den Tieren war für D'Amblanc ein Alptraum. Zweige zerkratzten Körper und Gesicht, und über den Hals des Tieres gebeugt, klammerte er sich an den Sattel. Die anderen kämpften sich zu Fuß durchs Unterholz. Getrieben von Angst und Verzweiflung orientierten sie sich an dem schwachen Mondlicht, das durch die Zweige bis zu ihnen drang.

Poulidor, den sie vorgeschickt hatten, kehrte nach einer halben Stunde zurück und sagte, es handle sich um ein Kontingent Blaujacken der Republik. Sie beschlossen das Ende der Beschießung im Wald abzuwarten. D'Amblanc konnte das Geschützfeuer sehen, und als die ersten Soldaten ins Dorf stürmten, hörte man längere Zeit Befehle, Schreie, splitterndes Holz, Schüsse und das Prasseln der Flammen.

D'Amblanc und seine Begleitung blieben stumm, ganz so als warteten sie ergeben auf ein ähnliches Schicksal. Als der Mond hoch am Himmel stand, beschlossen sie, sich zu zeigen, und um Missverständnissen vorzubeugen, stimmten sie die Marseillaise an, während sie sich aus dem Gewirr der Zweige herausarbeiteten.

Sofort wurden sie von Artilleristen und Fußtruppen umringt und zu einem kleinen Feuer bei den Trümmern des Kirchturms begleitet, an dem eine Gruppe unrasierter, abgezehrter Gesichter saß.

D'Amblanc reichte dem kommandierenden Offizier den Brief des Sicherheitsausschusses. Der junge Mann, der ihn entgegennahm, war General Nanterre persönlich.

»Woher kommt Ihr?«, fragte er.

»Von hier, von wo sonst!«, antwortete Radoub. »Als der Beschuss einsetzte, haben wir uns im Wald in Sicherheit gebracht. Es hat nicht viel gefehlt, dann hättet ihr auch uns erwischt.«

»Louchrétien ist ein Nest monarchistischer Partisanen«, sagte der Offizier. »Das war es jedenfalls«, fügte er hinzu. »Uns wurde mitgeteilt, im Dorf verstecke sich eine Gruppe Überlebender der Christlichen Armee des Südens.«

»Seid Ihr sicher?«, fragte D'Amblanc mit schwacher Stimme.

Der junge Mann lächelte mitleidig angesichts solcher Naivität.

»Dies ist nicht der Ort und die Zeit, sich allzu lang anhaltende Zweifel zu erlauben.«

Beim Licht einer Feldlaterne betrachtete D'Amblanc das Gesicht des Generals eingehender. Er blickte in ein früh gealtertes Gesicht.

NATIONALKONVENT

Auszug aus der Sitzung vom 5. September 1793
(Jahr II der einen und unteilbaren Französischen Republik)

BARÈRE, IM NAMEN DES WOHLFAHRTSAUSSCHUSSES

Seit Tagen schon gibt es Anzeichen für eine Erhebung in Paris. An Empfänger im Ausland oder an in Frankreich lebende Aristokraten gerichtete abgefangene Briefe zeugen von anhaltenden Bestrebungen ihrer Agenten, einen Aufstand in der, wie sie sie nennen, »Großen Stadt« anzuzetteln. Sie sollen ihn haben, ihren Aufstand ... [*lebhafter Applaus brandet auf*], aber er wird von einer Armee organisiert und kontrolliert, die das großartige Motto verwirklichen wird, das wir der Stadtregierung von Paris verdanken: »Wir setzen den Schrecken auf die Tagesordnung.« Dann werden Monarchisten, Moderate und der ganze konterrevolutionäre Haufen, der die Stadt aufhetzt, in einem einzigen Augenblick verschwinden. Die Monarchisten wollen Blut? Gut, sie sollen es haben, und zwar das der Verschwörer, der Anhänger Brissots und das von Marie-Antoinette. Morgen wird euch der Ausschuss einen Vorschlag vorlegen, der eine revolutionäre, mit zweihundert Kanonen ausgerüstete Armee von sechstausend Mann in Paris vorsieht. [*Applaus*]

JEANBON SAINT-ANDRÉ

Es ist noch eine andere Maßnahme zu ergreifen. Es gibt in Paris eine Klasse von Individuen, die trotz der Schwäche ihres Geschlechts der Republik großen Schaden zufügt. Sie korrumpiert die jungen Männer, und anstatt sie nach dem Vorbild der antiken Spartaner zu kräftigen, machen sie Sybariten, dem Luxus ergebene Weichlinge aus ihnen, die unfähig sind, der Freiheit zu dienen. Ich rede von jenen schamlosen Frauen, die mit ihren Reizen beschämende Geschäfte machen. Sie sind ein Schandfleck der Gesellschaft, die jede gute Regierung aus ihrem Umkreis verbannen sollte. Ich beantrage, dass der Wohlfahrtsausschuss prüft, ob es nicht nützlich wäre, diesen Keim der Konterrevolution auszurotten und Frauen, die einem solchen Lebenswandel frönen, nach Übersee zu deportieren. [*Applaus*]

Eine DELEGATION DER DREI SEKTIONEN VON SAINT-ANTOINE fordert das Einschreiten der Justiz gegen diejenigen, die das Volk von Paris über die Versorgungslage in der Stadt getäuscht haben. Sie hätten keine Diener, so ihr Sprecher, die sie auf die Suche nach Brot schicken könnten, das müssten ihre Frauen machen, und viele hätten bereits an den Türen der Bäckereien ihr Leben verloren. Sie bitten die Versammlung, sie möge beschließen, dass man aus jeder Sektion hundert Männer aufs Land schicke. Die sollen dafür sorgen, dass das Gesetz, das den Export von Getreide aus den einzelnen Regionen der Republik regelt, eingehalten wird.

ZEHNTE SZENE

Fische ins Gesicht

26. August – 13. September 1793

1.

Die Warterei machte die Brigade der Frauen vor den Türen des Konvents nervös. Aus dem Innern, wo über das Schicksal aller entschieden wurde, drangen Stimmen in unterschiedlicher Lautstärke. Einige der Frauen schaukelten mit den Oberkörpern hin und her, hielten die Hände hinter dem Rücken verschränkt und starrten auf ihre Füße, andere redeten leise miteinander. Das Thema über das im Saal diskutiert wurde, stand seit Monaten auf der Tagesordnung: Das Brot. Wovon sollte man leben? Wie viel Brot gab es und wie sollte man dafür sorgen, dass es für alle reichte? Die Diskussion war lebhaft. Marie, die in der Nähe der Tür stand, gab alles, was sie aufschnappte, an die anderen weiter.

Umringt von Amazonen mit phrygischer Mütze, las Claire Lacombe noch einmal den Text der Petition und lernte ihn auswendig. Als Schauspielerin wollte sie die Rede im Angesicht einer so bedeutenden Versammlung nicht ablesen.

Claire strahlte, ihr Kleid saß perfekt, der Stoff stammte von einem eleganten Bühnenkostüm für Männer, er war von guter Qualität. Man nannte das den englischen Stil, er galt als revolutionär. Der grüne Samt der Jacke glänzte, die vergoldeten Knöpfe stachen wie Edelsteine heraus.

Dazu kam etwas, das bis vor kurzem noch undenkbar gewesen wäre, Claire Lacombe trug einen Stoßdegen am Gürtel, und sowohl die Situation als auch die Tatsache, dass es sich um eine wie ein Mann gekleidete Frau handelte, die eine solche Klinge trug, nahm der Waffe den Anschein eines einfachen Schmuckgegenstandes.

Marie dachte an das erste Mal, als sie eine Amazone, die Méricourt, gesehen hatte, und an den Hass, den sie damals empfunden hatte. Seitdem war nicht viel Zeit vergangen, aber die Ereignisse hatten in Kopf und Herz Maries ihre Spuren hinterlassen. Jetzt stand sie hier zusammen mit anderen Amazonen, mit Frauen in Männerkleidern, die in diesem Augenblick auf der richtigen Seite standen. Die Bestätigung dafür hatte sie auf dem Weg zum Konvent erfahren. Beim Anblick dieses Frauenhaufens in Männerkleidung mit phrygischen Mützen und Kokarden hatten einige mit dem Kopf geschüttelt, andere hatten Beleidigungen gerufen, aber viele hatten auch zustimmend applaudiert. Claire Lacombes Gesicht hatte bei Applaus gestrahlt. Ihr Aufzug nach englischer Mode machte sie stolz. Unter dem Ancien Régime hatten sich Frauen in der Regel nur auf dem Markt oder bei Prozessionen und kirchlichen Feiern getroffen. Dennoch glaubte Marie, angesichts der Bedeutung der Situation sei es besser, auf provozierendes Verhalten zu verzichten. Sie selbst hatte eine Männerjacke aus der Garderobe Claires angezogen, aber darunter trug sie wie immer einen Rock. Hosen anzuziehen wäre für sie allzu ungewohnt gewesen.

»Marie, was sagen sie? Hier versteht man nichts.«

Die dünne, fast kindliche Stimme gehörte einer der Jüngsten. Marie legte ihr Ohr an den Schlitz der Türflügel, während die Frauen schweigend lauschten.

»Die Delegation aus Vincennes sagt, die Nationalgarde hindere die Menschen von außerhalb mit Waffengewalt daran, in die Stadt zu kommen und Brot zu kaufen.«

Die junge Frau blickte ernst.

»Wir dürfen nicht vergessen, weshalb wir hier sind. Wenn das Volk ein für alle Mal mit denen abrechnet, die es hungern lassen, dann wird es Brot geben, dann wird für alle genug da sein«, schloss sie mit Nachdruck.

Marie blickte sie an. Zarte Gesichtszüge umrahmt von Locken, die unter der Mütze hervorschauten. Ihre zierlichen, fast männlichen Formen wurden von der Kleidung kaum verdeckt. Würden die im Konvent sie verstehen? Passte eine Amazone, die Gerechtigkeit verlangte, an die Seite einer Mutter, die um Brot bat? Oder würde das zu viel sein für jene erleuchteten Köpfe?

Marie grübelte noch, als sie hörte, wie sich von der anderen Seite Schritte näherten.

Ganz langsam öffneten sich die Türflügel.

2.

Aus einem Meer von Gesichtern starrten Augenpaare die Frauen an. Sie waren vor allem auf Claire gerichtet, aber das war zu erwarten gewesen, denn Claire Lacombe war eine eindrucksvolle Erscheinung. Marie begriff, dass hier etwas geschah, das für das Leben all dieser Frauen von großer Bedeutung war, etwas das im Körper und der Stimme ihrer neuen Freundin seinen konzentrierten Ausdruck fand.

Riesige Kandelaber und eine große Trikolore schwebten über ihren Köpfen. Nicht einmal an dem Tag, als sie gedroht hatten, Muzine zu verhaften, war sie so aufgeregt gewesen.

Als sie Aufstellung nahmen, wurde das Gemurmel auf den Zuschauertribünen lauter. Marie wusste, dass sich dort ihre Gefährtinnen aus dem Faubourg befanden, und sie musste nicht lange suchen, bis sie Georgette erblickte, die ohne ein Zeichen der Begrüßung weiterstrickte. Marie warf einen Blick auf die anderen, Madeleine, Amandine und Sophie. Die eine wandte den Blick ab, ein paar kicherten und flüsterten mit der Nachbarin. Dass sie keine Hosen trug, unterschied sie in ihren Augen nicht wirklich von den anderen Amazonen. Marie war zutiefst besorgt, aber als Claire das Wort ergriff, wurde sie ruhiger. Sie waren hier, um auf sich aufmerksam zu machen, und das würden sie tun.

»Bürger, die ihr Gesetze verabschiedet! Bestürzt über die zahlreichen Pflichtverletzungen in allen Verwaltungsbereichen und vor allem im Innenministerium fordern wir von euch Entschlossenheit und verlangen, dass die Bestimmungen der Verfassung eingehalten werden. Wir haben nicht lauthals nach einer Verfassung gerufen, damit man sie anschließend ungestraft verletzen kann. Zeigt uns, dass ihr das Vaterland retten wollt, entfernt alle Adligen aus den Ämtern der Regierung und der Armee.«

Auf den Bänken wurden Kommentare laut, deren Bedeutung Marie nicht verstand. Claire musste sie besser verstanden haben, denn nach einer kurzen Pause lächelte sie und fuhr dann fort:

»Es genügt nicht, dem Volk Gesetze zu geben, die Auswirkungen müssen auch konkret erfahrbar sein. Wie ist es möglich, dass das Volk bestürzt feststellen muss, dass andere ihm das Blut aussaugen und fett werden, während es elendig verreckt? Wir glauben nicht länger an die Tugenden dieser Männer, die sich unter dem Mantel des Patriotismus ungestraft ihren Ungerechtigkeiten und Räubereien widmen.«

Protest, Gelächter, mitleidige Blicke. Claire redete weiter:

»Wollt ihr uns davon überzeugen, dass der Adel unter euch keine Verteidiger hat? Dann entfernt ihn von allen Posten, die er besetzt hält, und behauptet nicht, es bedeute die Auflösung der Armee, wenn man sie erfahrener Heerführer beraube. Je größer ihr Talent, desto gefährlicher sind sie! Ersetzt sie durch jene tüchtigen Soldaten, die man bisher durch Intrigen an den Rand drängt hat. Wurde unter der Despotie das Verbrechen begünstigt, so sind unter der Herrschaft der Freiheit nur die Verdienste zu belohnen. Ihr habt dekretiert, die Verdächtigen seien zu verhaften, aber wenn die Beschuldigten selbst es sind, die für die Einhaltung der Gesetze zu sorgen haben, dann sind es wertlose, lächerliche Gesetze.«

Von den Bänken auf der rechten Seite rief jemand laut:

»Das ist inakzeptabel! Sie zieht die Glaubwürdigkeit des Konvents in Zweifel! Die Rede stammt von Leclerc!«

Gemurmel und Kommentare wogten durch den Saal. Marie bemerkte, dass von den Tribünen, wo Georgette und die anderen saßen, Beleidigungen gerufen wurden. Madeleine machte eine obszöne Geste in Richtung der Petitionäre. Nach dem Eingreifen Robespierres, der die Sitzung leitete, wurde es wieder ruhiger.

Claire runzelte die Stirn, ihre Augen blitzten. Sie fuhr mit lauter Stimme fort:

»Spielt man so mit dem Volk? Ist das die Belohnung für die Leiden, die es auf sich genommen hat, um frei zu sein? Möge nicht eintreten, dass sich das Volk gezwungen sieht, sich selbst Gerechtigkeit zu verschaffen. Verfügt die Ersetzung all jener Verwaltungsbeamten, die ihre Pflichten verletzt haben, verfügt die Ersetzung aller ehemaligen Adligen, verfügt die Massenaushebung der Männer und rettet das Vaterland.«

Schweigen. Keine Kommentare. Robespierre erhob sich und setzte zum Sprechen an. Marie bemerkte die gezierte Eleganz des Mannes. Sie hoffte, das Gewicht seiner Worte werde den Ausschlag zu ihren Gunsten bewirken.

»Ich danke den Bürgerinnen für die leidenschaftliche, patriotische Petition, aber ich muss hinzufügen, dass es ein nur schwer zu ertragender Fehler ist, den guten Willen derjenigen in Zweifel zu ziehen, die diesem Konvent angehören. Uns alle treibt nur ein einziges Interesse, und das ist das Wohl der

Franzosen. Alle Maßnahmen, die wir auf den Weg bringen, haben einzig das Glück des Volkes zum Ziel. Heute, Bürgerinnen, hat das Volk Hunger, und wir wären schrecklich egoistisch, würden wir den Blick abwenden. Das Volk wartet auf konkrete Maßnahmen, und von flüchtigen Hoffnungen oder davon, dass man es mit unerreichbaren Zielen abspeist, wird es nicht satt. Deshalb wollen wir die Bürgerinnen mit dem Vorschlag verabschieden, unverzüglich zum zentralen Thema, zum Brot, zurückzukehren.«

Es erhob sich vorhersehbarer Applaus. Georgette und die anderen klatschten wie wild. Marie bemerkte, dass sie sie anblickten, während sie miteinander tuschelten und kicherten.

Die Petitionäre machten sich auf den Rückweg.

»Was ist los? Vor zwei Wochen hätte der Applaus noch uns gegolten!«, fragte Pauline.

»Er hat gesagt, die Verfassung wird nicht angewandt, weil sie unanwendbar ist.«

Claire war enttäuscht und verbittert, aber immer noch kämpferisch. Marie war traurig und durcheinander. Ihre Vorahnungen hatten sich bestätigt. Der Unbestechliche hatte ihnen aus Höflichkeit zugehört, aber dann hatte er sie erniedrigt und vor den Augen der Versammlung herabgesetzt. Aber das Problem, um das es ging, war immer noch das Brot. Die revolutionären Bürgerinnen mussten sich um Brot und Rechte kümmern, sie mussten sich mit den Gründen für den Hunger beschäftigen und damit, was ein kämpferisches Herz bewegt.

Die Türen des Konvents schlossen sich hinter ihnen, wütend und verwirrt standen sie vor den Tuilerien. Claire starrte ins Leere.

»Sie wissen, dass sie das, was sie in die Verfassung geschrieben haben, nicht machen können, und deshalb haben sie Angst«, sagte sie mit leiser Stimme.

»Angst?«, fragte Marie.

»Vor dem Volk. So wie es den König entthront hat, kann es auch sie entthronen. Heute haben wir es ihnen ins Gesicht gesagt, wir haben ihnen einen Spiegel vorgehalten.«

Marie wusste nichts zu antworten.

Aus der Gruppe ertönte die Stimme einer der Jüngsten.

»Ich nehme das nicht hin!«

Die anderen verstummten.

»Ich nehme das nicht hin!«, wiederholte sie noch lauter. Sie hieß Darcelle. Blonde Locken lugten unter ihrer Mütze hervor, die Hände lagen zu Fäusten geballt an den Hüften. »Die haben sich über uns lustig gemacht!«

Es war, als hätte sie für all die verwirrten, verunsicherten Seelen ein Licht angezündet, um das sie sich scharen konnten. Stimmen griffen das Gesagte auf, die Jüngeren blickten wild entschlossen und setzten sich sicheren Schrittes in Bewegung.

Claire und Marie hielten sich am Ende der Gruppe.

3.

Das war vielleicht eine Schlägerei! So was hat man zuletzt an jenem Mittwoch im Spätsommer erlebt, als sich die Glaser und Maurer geprügelt hatten, aber das war nicht in Saint-Antoine gewesen. Kein Mensch versteht das, warum die sich immer am Ende des Sommers so prügeln müssen, dass die Leute sich noch jahrelang daran erinnern. Damals waren alle dabei gewesen: Ménétra, der hat überall in Frankreich nach Arbeit gesucht, der konnte was wegstecken, aber auch ganz schön austeilen. Und dann der Opa vom armen Jacques, der hatte eine Kraft, der hatte riesige Hände. Und dann Lecour, der Holzschuhmacher, der war auch dabei, der hat dir einfach mal seinen Holzschuh in die Zähne gehauen. Und die Diebe haben die Maurer unterstützt, aber sonst waren die zu nix zu gebrauchen, außer wenn es Taschen zu klauen gab.

Aber ab sofort spricht man nur noch von den Frauen. Die Amazonen und die Fischweiber haben eine Prügelei angefangen, die wollten gar nicht mehr aufhören, die haben brutal zugelangt, bis die Bullenmeute aufgetaucht ist, dann war endlich Schluss, aber vorher, da ging's rund mit Knüppeln und Stöcken, dagegen hatten die Maurer und Glaser sich richtig lieb.

Die Amazonen hatten natürlich Männerklamotten an, als sie auf den Markt gekommen sind, ganz schick mit Kokarden. Viele hatten Stöcke dabei, dass denen das in den Fingern juckte, konnte man gleich sehen. Die sind von den Tuilerien gekommen, die waren ganz schön enttäuscht. Sie hatten da verlangt, dass endlich das gemacht wird, was in der neuen Verfassung steht, aber es war nichts zu machen. Robespierre hat gesagt, dass zuerst das Vaterland gerettet werden muss und dass Brot für alle her muss. Und dann sind die auf den Markt, sie *begaben sich zum* Markt, wie die Bullen das dann in ihren Berichten schreiben, die sind zu den Fischhändlerinnen, weil die wussten natürlich, dass die mit Kokarden und phrygischen Mützen nix am Hut haben. Die sind aufgetaucht wie 'ne Sturmtruppe, und die von uns aus dem Faubourg, Marie Nozière, die war auch dabei.

Auf dem Markt sind auch diese aufgeputzten Gecken rumgelaufen, die stinken nach Moschus oder wie das Zeug heißt, die laufen seit einiger Zeit ständig in kleinen Gruppen rum und heißen nur die Muscadins, die Parfümierten. Als die gesehen haben, dass die Amazonen kommen, haben sie die Fischhändlerinnen aufgestachelt. Die haben denen erzählt, dass die sie zwingen wollten, auch in Männerklamotten rumzulaufen, und dass die sie dann an die Front schicken würden und dass das blöde Kühe sind, die den ganzen Tag nix tun. Die Fischhändlerinnen haben sich wie Kampfhähne aufgeplustert und sich mit Kabeljau bewaffnet, und die Muscadins sind rumgeschlichen und haben gegrinst und weitergehetzt. Peitschenhiebe auf den nackten Hintern, so Sachen hingen in der Luft, das wär's gewesen, aber es war nicht klar, wer eigentlich wen bestrafen wollte.

Zuerst gab's die üblichen Komplimente: Wer-seid-ihr-eigentlich und Was-sind-eure-Mütter-denn-für-welche und dann Wo-zum-Teufel-sind-eure-Kokarden, und plötzlich rennen die Amazonen mit erhobenen Stöcken auf die Fischstände zu.

Und ab geht die Post: Tritte, Fäuste, Stöcke und jede Menge Ohrfeigen, und dann die Fischhändlerinnen mit ihren Fischen, Fische ins Gesicht, die Stände kippen um, ein paar rutschen auf Austern aus und landen auf dem Arsch und die parfümierten Stutzer lachen sich tot und rufen: Herrlich, ich hab's euch ja gesagt!

Stell dir vor: Die Lacombe verprügelt eine mit dem Stock. Die Léon hat ihren verloren und zieht eine Fischhändlerin an den Haaren nach unten, und eine von den Amazonen, so 'ne ganz junge, zarte, die sieht noch aus wie'n Kind, die rennt los und fällt hin und dann treten sie die mit ihren Holzschuhen und die hält die Arme über ihren Kopf und liegt da zusammengekrümmt, aber die treten immer weiter. Und dann wirft sich Marie, das ist die aus unserem Faubourg, die wirft sich mitten ins Getümmel und hilft der Frau beim Aufstehen, und die ist verwundet, der ganze Kopf ist blutig und die blutet aus der Nase und der Lippe und hat überall Blut auf den Klamotten, als hätte ihr jemand 'nen halben Liter Roten übergekippt. Jemand hat behauptet, die Marie hätte auch noch eine Fischhändlerin gerettet, die hätten sie zu viert festgehalten und die fünfte wollte der einen Kabeljau ins Maul schieben, na ja, so ist das eben, vielleicht darf man das nicht so eng sehen, jedenfalls hat Marie sich eingemischt und gesagt, dass das nicht geht, dass das zu schlimm ist, und gerade als sie das gesagt hat, hat ihr eine andere Fischhändlerin eine mit 'nem Stockfisch übergezogen, und jetzt hat'se selbst 'ne fette Beule.

Szenen wie im Rolandslied, nur dass es hier keine Paladine gibt, aber dafür die Parfümierten, und dann ertönt das Horn und einer schreit: »Die Bullen kommen!«, und die Frauen hauen in alle Richtungen ab, und die Bullen prügeln wild auf alles los und wen's erwischt, den erwischt's: Fischverkäuferinnen, Amazonen, Frauen, Männer und der ganze Rest. Einer hat erzählt, die hätten sogar einen Hund verprügelt, weil der gebellt hat.

Jetzt kannst du natürlich sagen: ja und, was soll's, ist doch Alltag der Terror, Sanson, der schuftet wie verrückt, die Klinge ist kaum oben, da fällt sie auch schon wieder runter, und wir reden von einer Prügelei unter Frauen. Toulon hat sich an die Engländer verkauft, mit allen Einwohnern der Stadt, die schlagen sich für Ludwig XVII., Capet wird von der Vendée bis zum Mittelmeer als König von Frankreich ausgerufen, und wir quatschen über Amazonen, die Fischhändlerinnen auf denen ihrem eigenen Markt verprügeln, und verloren haben sie auch nicht. Genau wie damals die Glaser und die Maurer, aber das war nicht in Saint-Antoine. Könntest du sagen, aber ich sag dir was, verrückt oder nicht, es gibt Frauen, denen liegt das Vaterland wirklich am Herzen, auch wenn sie wie Männer aussehen.

4.

Marie fragte sich, wo Bastien steckte. Es war bereits dunkel, und es gefiel ihr nicht, dass der Junge sich herumtrieb, auch wenn er wahrscheinlich mit Treignac unterwegs war. Sie überlegte noch, ob sie ihn suchen sollte, als es an der Tür klopfte.

Sie öffnete und auf der Schwelle stand Darcelle mit einer stark geschwollenen Backe von der Prügelei auf dem Markt. Sie rang mit aufgerissenen Augen nach Atem und stützte sich am Türrahmen ab.

»Was ist los?«, fragte Marie.

Als die Frau wieder zu Atem gekommen war, stieß sie hervor:

»Sie haben Claire verhaftet!«

»Verhaftet? Wann?«

»Vor einer Stunde im Jakobinerclub. Als Claire und ich ankamen, hatten sie schon angefangen. Und weil sie über uns sprachen, wollten wir intervenieren, aber der Portier sagte, wir sollten dem Präsidenten ein Billett schreiben, damit wir Redeerlaubnis bekämen.«

Marie packte ihren Stock, der neben der Tür lehnte, setzte hastig die phrygische Mütze auf die schmerzende Beule. Sie biss die Zähne zusammen und verließ die Wohnung, und ohne nach dem Ziel zu fragen, begleitete sie die Gefährtin, die eilig dem Zentrum zustrebte.

»Die haben uns keine Erlaubnis gegeben«, sagte Darcelle, »und mit der Ausrede, es sei zu voll, haben sie mich nicht einmal auf die Tribüne gelassen. Ich bin draußen geblieben und kaum war Claire eingetreten, hat sich die Meute schon auf sie gestürzt: ›Das ist die neue Corday‹, ›Hau ab‹, ›Wir machen Hackfleisch aus dir‹ und ›Dirne‹.«

Marie versuchte, Schritt zu halten und gleichzeitig die Zusammenfassung der Geschehnisse zu verstehen.

»Sie hat ums Wort gebeten, aber sie haben sie zum Schweigen gebracht, und dann haben sie weiter Lügen erzählt, und dann haben sie sie verhaftet und ins Hôtel de Brionne bringen lassen.«

Marie stieß heftig die Luft aus. Die Beschuldigungen mussten schwerwiegend sein, wenn Claire direkt vor den Sicherheitsausschuss gebracht worden war. Sie wollte gerade nach weiteren Einzelheiten fragen, als sie hinter sich das Geräusch einer Kutsche hörte. Abrupt drehte sie sich um. Mit einem Ausweichmanöver vermied der Kutscher einen Unfall. Er schrie Verwünschungen und knallte mit der Peitsche. Das Hufgetrappel mischte sich mit den Schlägen einer Turmuhr. Elf Schläge.

Wie auf ein geheimes Zeichen hin fingen Marie und Darcelle an zu laufen, ein gelangweilter Bettler feuerte sie an.

Ohne anzuhalten liefen sie durch die Rue des Lombards, ließen die Fontaine des Innocents hinter sich, und erst als sie in der Rue du Carrousel waren, verlangsamten sie ihre Schritte.

Am Tor des Hôtel de Brionne fragte die Wache, was sie wollten.

»Wir suchen Claire Lacombe, sie wurde aus dem Jakobinerclub hierhergebracht.«

»Stimmt«, bestätigte der Mann, »sie wurde von einem Haufen Leute gebracht. Die haben lange hier draußen gewartet, die wollten sie sofort zur Guillotine schaffen, aber dann hat es ihnen zu lange gedauert, und sie sind wieder weg.«

»Ist sie noch drin?«, fragte Darcelle.

Der Mann zuckte mit den Schultern.

»Wartet hier.«

Er zeigte auf eine Steinbank an der Mauer, drehte sich um und verschwand im Palast.

Das Verhalten war eine Folge der Revolution; vor fünf Jahren hätte der Portier eines Ministers sie unter Beschimpfungen davongejagt.

Marie wollte genau wissen, was geschehen war.

»Erzähl mir alles noch mal von Anfang an«, forderte sie Darcelle auf.

»Wie gesagt, als wir ankamen, hatte die Sitzung schon angefangen, deshalb habe ich nicht alles verstanden. Claire ist auf die Tribüne und wollte von dort reden, aber als sie gerade anfangen wollte, brach die Hölle los, der Pförtner kam angerannt, und ich konnte sehen, was passiert ist. Sie haben sie umringt und wollten sie mit Fußtritten verjagen, aber sie hat sie angeschrien, sie sollten nur kommen, wenn sie wissen wollten, zu was eine freie Frau fähig sei.«

»Das hat sie gesagt?«

»Genau das. Die haben sich fast in die Hosen gemacht und gesagt: Vorsicht, die ist bewaffnet. Sie haben dann darauf verzichtet, sie rauszuschmeißen, haben ihr aber zwei Wachen an die Seite gestellt, die sollten verhindern, dass sie was sagte. Am Schluss haben sie über drei Vorschläge abgestimmt: Der erste war, an unsere Gesellschaft zu schreiben und uns aufzufordern, alle verdächtigen Frauen auszuschließen, an den zweiten kann ich mich nicht mehr erinnern, und der dritte war, Claire vor den Ausschuss zu bringen. Und das haben sie dann gemacht.«

Zwei gut gekleidete junge Männer blieben auf der anderen Straßenseite stehen und begafften die beiden Frauen wie Ochsen auf dem Viehmarkt. Sie gehörten zum üblichen Abschaum, der jeden Abend aus dem Palais Royal kam. Der Größere der beiden zog einen Beutel aus der Tasche, schlug sich damit auf die Hand und brachte die Münzen zum Klingen. Marie packte ihren Knüppel fester und wollte schon aufstehen, aber das Erscheinen der Wache hielt sie zurück. Die beiden Halbstarken verschwanden lachend.

Der Mann in der dreifarbigen Uniform erklärte, eine Wache habe die Bürgerin Lacombe nach Hause begleitet. Zum Glück war die Rue Croix-des-Petits-Champs nur etwa fünfhundert Meter entfernt. Claire stand auf der Straße vor ihrem Haus und blickte zu den Fenstern hinauf. Unter den verlegenen Augen der Wache umarmten die Frauen sich.

»Sie haben die Tür versiegelt. Ich habe zwar die Erlaubnis, die Nacht zu Hause zu verbringen, aber ich kann nicht in die Wohnung«, sagte Claire.

»Wir gehen zur Sektion und fragen den Delegierten. Du kannst doch die Nacht nicht auf der Straße verbringen«, schlug Marie vor.

Die Wache stimmte zu, und die Gruppe setzte sich in Bewegung.

Bis zur Rue Coquillières, zum Sitz der Sektion Les Halles, waren es nur noch wenige Schritte. In den Eingängen einiger Häuser lockten die Schönen der Nacht Kunden an, aus einem Fenster drangen Töne eines Violoncellos.

Der Delegierte sagte, er könne nichts machen, er habe in der Sache keine Anweisungen und jetzt sei es zu spät.

Claire schlug ihm vor, die Siegel auf ihren schriftlichen Unterlagen anzubringen und sie von der Tür zu entfernen:

»Ihr klagt mich der Verschwörung gegen die Republik an, was Euch interessiert, sind meine schriftlichen Unterlagen, meine Briefe und meine Bücher«, drängte sie.

Der Mann war nicht zu überzeugen und befahl ihr, am nächsten Morgen wiederzukommen. Marie stützte sich mit den Händen auf den Schreibtisch und beugte sich zu ihm vor, als wollte sie ihm einen Kopfstoß verpassen.

»Zeigt uns den schriftlichen Befehl für die Anbringung der Siegel. Das ist unser Recht.«

Der Delegierte schnaufte, aber die Gegenwart der Wache überzeugte ihn davon, sich an die Vorschriften zu halten. Er zog ein paar Blätter aus einer Schublade und gab sie Claire.

Claire las sie aufmerksam durch, gab sie zurück und dankte übertrieben freundlich.

Kaum waren sie wieder auf der Straße, wandte sich die Wache an Claire und bot ihr seine Gastfreundschaft an.

»Ich bedaure diese Unannehmlichkeiten«, fügte er hinzu, »man sollte eine schöne Frau wie Euch nicht so behandeln.«

Marie warf ihm einen misstrauischen Blick zu. Zweifellos war er überzeugt, dass Frauen *wie sie* keine Skrupel haben würden, sich im Zimmer eines Mannes aufzuhalten. Sie wollte schon etwas sagen, schwieg dann aber doch, die Situation verlangte Vorsicht.

»Du kannst die Nacht bei mir bleiben«, sagte sie schließlich.

Claire blickte sie an. Sie war wütend, aber sie war auch müde.

»Das nehme ich gerne an, Marie Nozière.«

»Einen Augenblick, Bürgerinnen«, die Wache hob die rechte Hand mit einer Geste, die feierlich wirken sollte, »ich habe den Auftrag festzustellen, an welchem Ort die Bürgerin Lacombe die Nacht verbringt.«

Marie nannte ihre Anschrift und hielt ihm ihre Bürgerkarte hin. Die Wache war anscheinend zufrieden und verabschiedete sich mit ernstem Blick. In Marie stieg die alte, nie eingeschlafene Wut wieder hoch, und wieder unterdrückte sie sie. Die beiden küssten Darcelle zum Abschied und machten sich auf den Weg nach Saint-Antoine.

Wieder tauchten sie in den Pariser Abend ein, und im Licht der Laternen wurden ihre Schatten länger. Gruppen von Sansculotten patrouillierten in den Straßen auf der Suche nach Feinden der Republik.

Claire begann von den Anschuldigungen zu reden, die sie in der Sektion gehört und im Beschlagnahmebefehl gelesen hatte.

Der Vorwand war die Sache mit Odette Godin. Die Jakobiner beschuldigten Claire, sie aus Rache aus der Gesellschaft ausgeschlossen zu haben, weil Odette angeblich den Einfluss

Leclercs auf die revolutionären republikanischen Bürgerinnen denunziert hatte.

»Aber das stimmt nicht«, rief Marie, »wir haben sie nicht rausgeworfen. Wir haben sie aufgefordert, Beweise für ihre Behauptungen vorzulegen.«

Claire schüttelte nur den Kopf.

»Chabot behauptet, ich hätte ihn bedroht, damit er einen bestimmten Adligen freilasse. Renaudin sagt, Leclerc habe einem seiner Freunde zwei Pistolen gestohlen, also hätte ich einen Dieb in meiner Wohnung aufgenommen. Orland beschuldigt mich, die verfassungsmäßige Autorität in Frage zu stellen. Téchereau behauptet einfach nur, alles was ich sage, sei gefährlich. Bertrand sagt, ich wolle die exekutive Gewalt unter die Kontrolle des Volkes stellen. Bazire schwört, ich hätte ihn gebeten, einen Konterrevolutionär aus Marseille freizulassen. Und dann ...«, Claire unterdrückte ein nervöses Lachen, »... behauptet ein anonymer Bürger, unsere Gesellschaft sei verantwortlich für die Tumulte und Plünderungen wegen des Zuckers.«

»Die vom Februar? Ich war dabei«, Marie schlug sich auf die Brust, »aber was hat die Gesellschaft damit zu tun, die gibt es doch erst seit Mai!«

Claire nickte.

»Er hat uns das weibliche Pendant der Muscadins genannt. Er verlangte Säuberungen und dass man uns alle verhafte. Als er das sagte, war ich schon auf der Tribüne. Ich habe auf mich aufmerksam gemacht und wollte intervenieren. Es ist kaum zu glauben, aber diejenigen, die am lautesten schrieen, man solle mich rausschmeißen oder mir den Kopf abschneiden, waren vor allem Frauen. Frauen wie wir.«

»Nein, nicht wie wir«, antwortete Marie verbittert.

Claire dachte über die Worte der Gefährtin nach.

»Doch, Marie«, sagte sie bedeutungsvoll, »Frauen wie wir. Der Konvent, die Jakobiner glauben, sie könnten den Hunger nach Gerechtigkeit mit gezinkten Karten stillen. Ich bin eine Schauspielerin, und ich sage dir, diese Politiker erheben sich von ihren Bänken und halten ihre Reden wie ein Schauspieler, der auf der Bühne rezitiert. Das Volk ist für sie Publikum, sonst nichts. Sie glorifizieren Marat, damit sie seinen Namen gegen Leclerc benutzen können. Sie wollen uns vernichten.«

Marie lief niedergeschlagen weiter. Der *Herr* Robespierre – Bürger wollte sie ihn nicht mehr nennen –, derselbe Mann, der einst großen Eindruck auf sie gemacht hatte, sah der Vernichtung der Revolutionärinnen gleichgültig zu, vielleicht hatte er selbst die Jagd eröffnet, mit der kalten Antwort, mit der er ihre Petition bedacht hatte. Verwirrt geriet sie ins Stolpern, und Claire fing sie auf. Sie waren jetzt an der Bastille und kurz darauf standen sie vor Maries Wohnungstür. Mit einem trockenen Geräusch gab das Schloss nach. Die beiden Gefährtinnen glitten ins Halbdunkel.

Bastien war zurück und schlief eingewickelt in eine Decke.

Der Junge hörte die Schritte, drehte sich um und setzte sich auf die Bettkante.

»Sie heißt Claire«, sagte Marie sofort, »sie ist unser Gast und wird bei uns übernachten, dreh dich um und schlaf jetzt.«

Bastien gehorchte und murmelte etwas Unverständliches.

Ausgestreckt auf dem Bett lagen Marie und Claire eng nebeneinander und lauschten schweigend dem Lärm der Straße. Bevor sie in Halbschlaf fiel, murmelte Claire:

»Sie können uns nicht alle zum Schweigen bringen, Marie. Was immer sie tun werden, wir werden kämpfen. Wir werden ein Beispiel für die sein, die nach uns kommen.«

Sie umarmten sich. Trotz der großen Anspannung schliefen sie schließlich von Müdigkeit überwältigt ein. Marie hörte noch, wie die Atmung Claires regelmäßiger wurde, sie wälzte den Satz noch ein paar Mal im Kopf herum, und dann schlief auch sie.

»Sie können uns nicht alle zum Schweigen bringen.«

5.

Schläge gegen die Tür rissen sie aus ihren Träumen. Klopfen und Schreie. Marie fuhr hoch und setzte sich auf den Bettrand. Die Wohnung war leer, Bastien war weg. Claire hatte sich ein paar Stunden vorher verabschiedet. Sie hatte aufstehen wollen und sie begleiten, aber sie war müde und niedergeschlagen gewesen und außerdem hatte Claire allein gehen wollen.

Sie erhob sich und ging zum Fenster; draußen standen ihre Freundinnen, ihre Mitstreiterinnen aus dem Faubourg, nannten sie Ketzerin und riefen, sie suchten die Hure von Leclerc.

Amandine rief: »Wo ist die Amazone? Wir wollen mit ihr reden.«

Im Hintergrund ertönten andere Stimmen: »Wir werden uns sehr nett mit ihr unterhalten.«

Hinter dem dicken, grünlich schimmernden Glas sah Marie aufgeregte Gesichter und Gestalten, die wie Fische in einem Aquarium das Maul auf- und zuklappten. Sie öffnete einen Fensterflügel und rief:

»Sie ist nicht da, sie ist nach Hause gegangen.«

»Nimm sie nicht in Schutz, das würde dir nicht gut bekommen! Du kriegst was auf den Arsch, du gehörst ja inzwischen zu denen!«

Es war die Stimme Georgettes. Um ihren Worten Nachdruck zu verleihen, begannen sie, gegen die Tür zu treten.

»Genau, im Herbst holt man sich mit nacktem Hintern schnell mal einen Schnupfen!«

Die Stimme Madeleines. Wütendes Gelächter.

Die Tür war stabil und doppelt verschlossen. Marie nahm einen Stuhl und holte den Knüppel. Sie setzte sich, den Knüppel im Schoß, drei Schritte von der Tür entfernt hin. Was sollte sie tun? Irgendjemand musste sie gesehen haben, als sie mit Claire nach Hause gekommen war. Einer hatte sie mit Sicherheit gesehen, jemand der jetzt zu Hause hätte sein müssen, der aber nicht da war. Sie legte die Hände auf die Ohren, und dann gab sie sich einen Ruck. Sie musste sich ihnen stellen. Sie stand auf, der Knüppel krachte auf den Boden. Draußen lärmten sie weiter.

»Willst du dir deinen Arsch ruinieren? Dein neues Arbeitsgerät? Gestreift verkauft der sich nicht so gut!«

»Komm schon, Marie, lass Nadel und Faden sausen, du hast keine Zukunft als Näherin. Sag uns einfach, wo sie ist. Sie ist hier, die Sau, stimmt's? Gib's zu, dann verschonen wir dich vielleicht, auch wenn du's nicht verdient hast.«

Marie sah sich am Bein von Théroigne de Méricourt hängen, die sich gewehrt und versucht hatte, um sich zu treten. Sie hatte ihre Verzweiflung unter den Fingern verspürt, während die anderen sie auszogen und ihren nackten Hintern dem Gelächter der Passanten preisgegeben hatten. Sie erinnerte sich an ihre Schreie und dann an die Schmerzensschreie bei jedem Peitschenhieb.

Sie öffnete. Es entstand ein kurzes Schweigen. Marie blickte entschlossen, und die anderen zögerten.

»Sie ist nicht da. Schaut selbst.«

Georgette schnaufte und schob sie zur Seite. Die Frauen stürmten in die Wohnung, guckten unters Bett und durchsuchten jeden Winkel.

»Zufrieden?«, fragte Marie.

»Überhaupt nicht, *Frau* Nozière. Ob sie da ist oder nicht, der Punkt ist, dass die Sau hier gewesen ist. Du hast eine Konterrevolutionärin bei dir versteckt, du hast die Hure von Leclerc vor uns und dem ganzen Faubourg versteckt.

»Bringt sie raus!«

Madeleine packte sie plötzlich von der Seite, umfasste ihre Taille und versuchte, sie zu Boden zu ziehen. Marie hielt dagegen, und die beiden begannen zu ringen. Die anderen griffen ein, fluchten und feuerten sich an, bis Georgette ihr in die Haare griff und mit beiden Händen heftig zog. Marie stöhnte und fiel zu Boden. Unter Geschrei und triumphierenden Rufen zogen sie sie nach draußen.

Angezogen von dem Geschrei, hatte sich eine kleine Menschenmenge gebildet, die die Szene neugierig betrachtete. Plötzlich stand Treignac vor ihnen.

»Hau ab, Treignac«, Georgette blickte ihn wütend an.

Treignac verpasste ihr einen Tritt. Er verpasste auch den anderen ein paar Tritte und schubste sie weg. Vom Boden aus sah Marie Bastien. Die Menge hetzte, einige applaudierten, der Junge verfolgte die Szene mit düsterem Blick.

»Du solltest dich schämen, Georgette«, sagte Treignac. »Du kennst die Bürgerin Nozière seit eurer Lehrzeit.«

»*Frau* Nozière beherbergt Konterrevolutionäre bei sich«, knurrte Georgette so laut, dass die Umstehenden es hören konnten.

Treignac stellte sich breitbeinig mitten auf die Gasse und stemmte die Arme in die Hüften.

»Es gibt Autoritäten, aber euer Laternentribunal gehört nicht dazu. Das Volk mit seinen Vertretern klagt an, richtet und straft. Es gibt keine Anzeige gegen Marie. Also, Bürgerinnen, nach Hause, an die Arbeit, da wo eine brave Revolutionärin hingehört, sonst verhafte ich euch, und das ist kein Witz!«

»Wir wissen, warum du sie verteidigst«, sagte eine der Frauen.

Treignac reagierte nicht, und langsam verrauchte die Wut der Frauen. Jemand bemerkte, Saint-Just sehe es nicht gern, wenn man Frauen verprügele. Georgette und die anderen gingen auseinander.

Marie hielt sich den Kopf mit beiden Händen und ging zurück in die Wohnung, gefolgt von Treignac und Bastien, der die Tür hinter sich schloss und stumm auf und ab ging und hin und wieder einen Blick auf seine Mutter warf, während der Polizist zu reden begann:

»Es ist gefährlich, sich den Faubourg zum Feind zu machen. Sie wollten dich verprügeln. Ist dir klar, dass du ein böses Ende nehmen wirst, wenn du dich weiterhin mit den Amazonen blicken lässt?«

»Und warum? Weil sie die Aristokraten aus der Regierung jagen wollen oder weil sie Wert darauf legen, dass die Republikanerinnen die Kokarde tragen?«, fragte Marie.

Treignac ignorierte den sarkastischen Ton und schüttelte den Kopf.

»Ihr Frauen solltet dafür sorgen, dass eure Kinder Brot haben«, antwortete Treignac. »Früher hast du das getan. Jetzt gibt es endlich das Gesetz gegen die Schieber und Hamsterer und sogar ein Preismaximum für Getreide, und das ist auch euer Verdienst. Aber die da, die laufen bewaffnet herum und patrouillieren und reden im Konvent, und das sind Männerangelegenheiten.«

Marie antwortete mit ernstem Gesicht.

»Die Frauen machen die Revolution genauso wie die Männer.«

»Aber nicht auf die gleiche Art und Weise, verdammt noch mal!«, brauste Treignac auf. Er machte einen Schritt auf sie zu, ergriff einen Stuhl und setzte sich vor sie. »Marie, hör mir zu. Bleib hier im Faubourg. Ich werde dich vor Georgette und den anderen beschützen, sie werden dich nicht anrühren. Du hast einen Sohn. Du musst an ihn denken!«

Marie drehte sich um, blickte Bastien an. Wut stieg in ihr auf.

»An den Spion!«, sagte sie.

Der Junge rührte sich nicht.

»Ich habe Treignac gerufen, ich hab dir deinen Arsch gerettet«, sagte er schließlich.

Marie stand auf und hob die Hand, um ihm eine Ohrfeige zu geben. Die Hand verharrte einen Moment über seinem zerzausten Kopf, dann sank sie herab und verharrte reglos in der Luft.

Marie setzte sich zurück auf den Stuhl und versuchte, ihre Tränen zurückzuhalten; in Gegenwart der beiden wollte sie nicht weinen.

Treignac bedeutete dem Jungen rauszugehen. Er gehorchte.

Marie hielt den Kopf immer noch gesenkt. Der Polizist redete jetzt mit einschmeichelnder Stimme zu ihr.

»Du warst die Gefährtin eines Patrioten, der bei Valmy gefallen ist. Du hast einen Sohn. Du hast einen Beruf. Warum zum Teufel musst du dich mit bestimmten Leuten abgeben? Schauspieler und Hitzköpfe. Wie diese Lacombe. Wie dieser Hanswurst, der dir schöne Augen macht, der sich für einen Gerechten hält, weil er nachts Ladenbesitzer erschreckt. Sind das die wahren Revolutionäre? Was glaubst du, würde Marat von dir denken, wenn er dich mit ihnen zusammen sehen könnte?«

Sie antwortete nicht und starrte auf ihre Knie.

»Die Dinge ändern sich rasend schnell«, redete Treignac weiter, »die Amazonen rennen in eine Sackgasse, das steht fest, genau wie Scaramouche. Renn nicht im falschen Augenblick hinter ihnen her.« Er seufzte und fügte dann hinzu: »Ich bitte dich, Marie.«

Es dauerte eine Weile, bis er eine Antwort erhielt. Maries Augen leuchteten vor Wut und Verzweiflung. Sie lehnte sich auf dem Stuhl zurück, hob ihren Rock, entblößte die Beine und spreizte sie.

»Ist es deshalb? Glaubst du, du bist so ganz anders als er?«

Treignac stand kurz vor einem Wutausbruch, aber es gelang ihm, sich zu beherrschen. Er berührte ihre Hand, ließ sie den Rock runterziehen und stand auf.

»Ich bin nicht gekommen, um zu vögeln. Ich bin wegen dir hier.«

Er blickte ihr lange in die Augen, als wünschte er, dass sie seine ernsten Absichten erkenne. Dann ging er ohne ein weiteres Wort zur Tür und verließ die Wohnung.

Marie bemerkte, dass sie weinte, und als sie die Tränen sah, die in ihren Schoß tropften, überfiel sie zum ersten Mal seit vielen Jahren ein Gefühl der Einsamkeit, sie fühlte sich allein, so wie nach der Flucht aus dem Kloster mit Bastien. Aber im Unterschied zu damals fühlte sie sich nicht frei.

DIE FEHLENDE STROPHE DER »MARSEILLAISE«
Von Sylvain Maréchal

Himmlische Guillotine,
Du kürzt den Adel.
Dein göttliches Tun
gab uns die Freiheit zurück.
Es gab uns die Freiheit zurück!
Schütze die Gesetze der Nation,
und möge dein stolzes Arsenal
sich immer triumphierend erheben
und die Reaktion vernichten.
Schärfe deine Klingen
für Pitt und sein Gefolge!
Vergieße, vergieße
das blaue Blut
der Aristokratie!

ELFTE SZENE

Ex machina

Ende September 1793

1.

Die Besucher der Grande Pinte hatten ihm einen Spiegel geschenkt. Ein unverzichtbares Utensil für einen einsamen Schauspieler, umso mehr für den neuen Scaramouche, der niemanden bitten konnte, ihn zu schminken, bevor er die Bühne betrat.

Es war ein prunkvoller Spiegel. Er hatte die Form einer Figur, und der Rahmen war aus Mahagoni. Zweifellos stammte er aus dem geplünderten Palast eines emigrierten Adligen, ein mehr als passendes Geschenk für den Henker der Hamsterer.

Sein Kostüm musste makellos sein, damit es den größtmöglichen Eindruck auf das auserwählte Opfer, den einzig zugelassenen Zuschauer der Vorstellung, machte. Nur die Sorgfalt, mit der er alle Details bedachte, machten es möglich, dass das Spektakel am nächsten Tag in Erzählungen wieder lebendig würde und das Publikum erreichte, dem es zugedacht war.

Er schlüpfte in das Lederkostüm, schnallte den Gürtel enger, streifte Handschuhe und Gamaschen über und kontrollierte, ob die Schleifen über den Knoten perfekt gebunden waren.

Der Mann, den es einzuschüchtern galt, war der Seifengroßhändler Derobigny. Eine Gruppe Wäscherinnen hatte ihm den Namen genannt. Die Beschuldigungen wogen schwer. Der Typ hielt nicht nur die Waren zurück, um höheren Gewinn zu erzielen, er gewährte auch Nachlässe bei zusätzlichen Zahlungen in Naturalien. Die Frauen hatten ihn gebeten, ihn auch dafür büßen zu lassen, und Léo hatte sich sofort ans Werk gemacht.

Nachforschungen über die wirklichen Vergehen Derobignys hatte er persönlich nicht angestellt. Polizeiarbeit gehörte nicht zu seinem Aufgabenbereich.

»Ich repräsentiere das Volk«, sagte er an seinen Spiegel gewandt.

Die Vorbereitungen hatten länger als gewöhnlich gedauert. Der Polizist Treignac hatte ihn gewarnt. Das bedeutete, dass die Zeit der Improvisationen vorbei war. Wollte er Karriere im Neuen Theater machen, musste er lernen, nur im Herzen der Zuschauer Spuren zu hinterlassen.

Zuerst musste er den Gegner studieren. Derobigny war ein reicher, arroganter Händler, der meistens mit Stutzern seines Ranges herumspazierte, aber er trug vor allem immer eine große Pistole bei sich. Léo hatte beschlossen, die Attacke in der Nacht durchzuführen, während der Mann den Schlaf des Gerechten schlief. Dann hatte er das Terrain der Auseinandersetzung sondiert. Die Wohnung befand sich im zweiten Stock eines bürgerlichen Wohnhauses. Die Haustür lag an der Rue Saint-Paul, und die kleinen Fenster an der Rückseite gingen auf eine kurze, schmale Sackgasse. Unter dem überstehenden Dach ragte ein Balken aus der Mauer, an dem die Überrolle für einen Flaschenzug befestigt war.

Mithilfe dieser Einrichtung wollte Léo *ex machina* auf der Bühne erscheinen.

Im Hof der Grande Pinte gab es einen Lastenaufzug derselben Art. Er verbrachte einen ganzen Nachmittag damit, den Wurf mit dem Seil und einem daran befestigten Fleischerhaken zu üben. Am nächsten Morgen übte er das Klettern am Seil. War er erst oben, würde es nicht so schwer sein, das kleine Fenster aufzubrechen; der Rahmen war verwittert, und es diente nur der Luftzufuhr. Um ganz sicher zu gehen, hatte Léo sich ein Eisen von Patrique dem Küfer geliehen, von dem es hieß, dass er mit gewissen Werkzeugen nur selten Fässer öffne, sie aber umso häufiger benutze, wenn es galt, fremde Anwesen zu »öffnen«.

»Ich repräsentiere das Volk«, sagte Léo noch einmal und hob das Brecheisen über den Kopf.

Ihm fiel auf, dass der Satz zwei Interpretationen zuließ. »Ich repräsentiere das Volk« konnte heißen, in seinem Namen zu handeln, aber auch, »das Volk auf die Bühne zu bringen«. Scaramouche vollzog das, was das Volk mit den *Monopolierern* gemacht hätte, wenn es hätte zuschlagen können, rasch und ungestraft, wie ein maskierter Mensch, der die Dunkelheit nutzt. Das sei, so sagte er sich, unverfälschte Repräsentanz, anders als jene, die durch Wahlen, Mandatsträger und lange Sitzungen in geschlossenen Räumen ausgeübt wurde. Es konnte kein Zufall sein, dass die Revolution den Schauspielern das heilige Recht zugestanden hatte, sich zur Wahl zu stellen. Viele seiner Kollegen waren nach dem Sturm auf die Bastille in die Nationalgarde eingetreten und hatten damit die Verachtung der anderen auf sich gezogen, die sie die »kämpfenden Komödianten« nannten; Überreste des alten Regimes, als man Schauspielern noch das Recht verwehrt hatte, in geheiligter Erde begraben zu werden. Heute dagegen saß ein Gaukler wie Collot d'Herbois im Konvent, und der Konvent tagte im Theater der Tuilerien mit sechstausend Plätzen.

»Ich repräsentiere das Volk«, wiederholte er in zufriedenem Ton.

Er zog seinen Mantel an, zog sich die Kapuze über den Kopf, steckte die Werkzeuge in einen Sack und schlich in die Nacht hinaus.

Als er die Gasse erreicht hatte, die den Bühnenhintergrund abgab, musste er feststellen, dass die Übungen der vergangenen Tage einen Fehler gehabt hatten: Sie hatten bei Tageslicht stattgefunden. Ohne es würde die Aufgabe, das Seil über den Balken zu werfen, eine ganz andere sein. Außerdem war die Gasse sehr schmal, während er auf einem geräumigen Hof geübt hatte, auf dem man weit ausholen konnte. Beim ersten Versuch prallte der Haken gegen die Mauer in seinem Rücken und fast hätte er ihn wie ein Angelhaken an der Kapuze erwischt; eine Handbreit tiefer, und der Haken hätte sich in seinen Nacken gebohrt. Léo stellte sich seine in der Morgendämmerung im Abwasser entdeckte Leiche vor, eine große, mit der Angel gefischte Meeräsche, verkleidet als Scaramouche. Er verkürzte das Seil, ließ es statt über dem Kopf an der Seite rotieren, und beim vielleicht zehnten Versuch hatte er Erfolg.

Er prüfte den Halt des Hanfseils, indem er ein paar Mal heftig daran riss. Es hielt. Er spuckte in die Handschuhe, um die Griffigkeit zu erhöhen, und begann hinaufzuklettern, wobei er sich mit den Füßen teils an der Hauswand teils an den Knoten, die er ins Seil gemacht hatte, abstützte.

Wegen der vielen Versuche schmerzte seine Schulter, und auch der Aufstieg war mühsamer als bei den Proben. Zum Glück war das kleine Fenster tatsächlich ziemlich verrottet, und das Werkzeug Patriques erwies sich als geeignet.

Scaramouche stülpte sich die Maske aufs Gesicht, stieß den Fensterflügel auf und landete in der Wohnung des Verräters Derobigny. Die Dunkelheit erlaubte kaum Orientierung, aber es war klar, dass er sich in einem kleinen Raum befand, dessen Geruch nach Harz und Kohle an ein Holzlager denken ließ. Alles war still, das Haus schlief.

Er tastete sich vor und berührte an der gegenüberliegenden Wand die Klinke einer Tür. Er drückte sie herunter und öffnete die Tür einen Spalt weit. Durch den Spalt drang schwaches Licht. Er erkannte einen Schreibtisch, einen Stuhl, einen Kandelaber mit drei Kerzenstummeln und zwei Flammen. Er schob die Tür weiter auf, spähte um die Ecke und sah, dass der Raum leer war. Der reiche Profiteur konnte es sich erlauben, zu Bett zu gehen und zwei Kerzen brennen zu lassen.

Er schlüpfte ins Halbdunkel und strich an der Wand entlang, das Brecheisen neben dem rechten Fuß. Als er das Ende der Wand erreicht hatte, atmete er tief durch und ließ den Kopf ein paar Mal kreisen, um die Muskeln zu entspannen.

Er blickte gerade in die andere Richtung, als eine Hand ihn an der Schulter packte und zu Boden warf. Tritte trafen seine Rippen und sein Becken, und als er versuchte zu reagieren, entriss ihm jemand die Waffe.

»Keine Bewegung oder ich schieße!«

Léo blickte nach oben und erkannte drei aufrecht stehende Gestalten.

Im Flur hinter ihnen öffnete sich eine Tür, aus der ein Mann mit einer Lampe trat. Das Licht wurde weitergereicht und beleuchtete ein Gesicht und einen Arm mit einer Pistole.

»Treignac?«, sagte Léo mit lauter Stimme, aber er hatte die Frage mehr an sich selbst gerichtet.

»Roland, die Eisen!«, befahl der Polizist einem seiner Gehilfen.

Der Ton war kalt und bestimmt, nichts deutete auf Müdigkeit um drei Uhr nachts hin. Léo begriff, dass keine Entschuldigung seine Verhaftung würde verhindern können. Trotzdem versuchte er sich zu rechtfertigen.

»Derobigny hortete ...«

»Derobigny ist seit gestern Nachmittag im Gefängnis«, antwortete Treignac.

Léo nahm die Nachricht mit einem Fluch auf. Sie legten ihm Handschellen an.

»Was wird mir vorgeworfen?«, fragte er. »Ich habe nichts gestohlen.«

Der Polizist stürzte sich wie wild geworden auf ihn, riss ihm die Maske vom Gesicht und den Mantel vom Körper und setzte ihm die Pistole zwischen die Augen.

»Ob Derobigny ein Hamsterer ist, entscheidet das Tribunal, aber du, du wirst ohne Prozess zur Guillotine geschickt«, sagte Treignac.

»Guillotine?«, schrie Léo. »Seid ihr verrückt geworden? Ich bin ein anständiger Bürger, ein Revolutionär.«

»Du bist ein Hanswurst«, sagte Treignac kalt, »ein Possenreißer, der sich das Recht anmaßt, Gericht zu halten, also bist du ein Betrüger, und als solcher wirst du verurteilt.«

»Niemals!«, schäumte der Schauspieler wie ein bissiger Hund. Die Vorstellung der Guillotine ließ ihm das Blut zu Kopf steigen. Er wusste, dass der Polizist das nicht ernst meinen konnte, dass Eifersucht und persönliche Dinge mitspielten, trotzdem war in diesen Zeiten, in denen alles drunter und drüber ging, die Möglichkeit des Schafotts nie ganz auszuschließen. Er fluchte verzweifelt weiter, wobei ihm seine schauspielerischen Fähigkeiten zugutekamen.

Treignac gab den anderen ein Zeichen, den Gefangenen auf die Füße zu stellen und ihn wegzubringen. Dann nahm er die Maske des Scaramouche und band sie sich wie eine Jagdtrophäe an den Gürtel.

2.

Wieder in einer Zelle, wieder stürmten Erinnerungen auf ihn ein.

»Du bist ein Possenreißer«, hatte Treignac zu ihm gesagt.

»T'î prôpi un paiâz!«, hatte Mingozzi vor sieben Jahren zu ihm gesagt, mit besonders lang gezogenem »ô«, und hatte den Kopf geschüttelt, an dem Abend, als sie sich zum letzten Mal gesehen hatten. Der letzte Abend in Bologna.

Ironie des Schicksals. Es war auch einer der letzten Abende des Karnevals gewesen, genau wie in der Komödie Goldonis, die der Meister zum Abschied für Venedig geschrieben hatte, bevor er nach Frankreich aufgebrochen war.

Nachdem er gelernt hatte, sich zu verteidigen, zu lesen, zu schreiben und zu rechnen, genau in dieser Reihenfolge, war Leonida der Gehilfe seines Fast-Vaters geworden. Mingozzi war zwischen sechzig und siebzig, was ein beachtliches Alter war. Sein Körper bewegte sich langsam, die Augen waren schwach, und der Junge unterstützte ihn, er half ihm bei besonders schwierigen Aufgaben und erledigte Aufträge für ihn in der Stadt. »*Mè a fâg ad tòtt!* Macht Platz für das *fâgtotum*!«, scherzte Leonida und mischte den Bologneser Dialekt mit dem Lateinischen, in der Art der Figur des Doktor Grazian aus einer Komödie, die ein großer Erfolg gewesen war.

Seine Leidenschaft für das Theater brannte weiter. Der Jüngling, fast schon ein Mann, hatte den Grafen Albergati überzeugt, ihn als Schauspieler einzustellen. In der Regel gab man ihm Nebenrollen. Er spielte zum Beispiel einen Diener, der nur ein einziges Mal die Bühne betrat und sie kurz darauf wieder verließ, oder einen Verkäufer an einem Marktstand, der eine Gevatterin bediente, oder auch nur eine anonyme Person aus dem Volk auf einem Platz im Szenenhintergrund.

Bei seinen Aufträgen, die er in der Stadt zu erledigen hatte, beobachtete Leonida die Schausteller auf der Straße, und immer wenn er konnte, besuchte er die Proben verschiedener Theatergruppen. Nur die Proben, nie die Aufführungen, denn abends musste er zurück nach Hause. Eine Stunde vor Sonnenuntergang verließ er die Stadt durch die Porta Saragozza und machte sich auf den Weg nach Zola, und mit den Jahren kehrte er immer schwereren Herzens heim. Bologna zog ihn an, mit seinem Überfluss, seinen Palästen, den dicht bevölkerten Bogengängen, den bunten Plätzen und den Märkten mit pittoresken Gestalten, den unverschämten Jugendlichen und den schönen Mädchen aus dem Volk.

Auch in Villa Albergati und der Umgebung gab es attraktive, offenherzige Frauen, und Leonida war nicht schüchtern. Er hatte schon reichlich galante Treffen gehabt, mit Kellnerinnen, Wäscherinnen, Bauerntöchtern, im Wald und in Heuschobern und sogar ein paar sehr kurze in den barocken Zimmern der Villa, in die er sich einschlich, während eine Dienerin aufräumte. Aufgewachsen wie der Sohn von allen, waren sie alle für ihn Schwestern und Schwesterchen, und Liebemachen war nur ein Spiel.

Die Frauen in Bologna waren etwas anderes, etwas sehr viel Ernsteres. Für einen Jungen vom Land waren sie eine Herausforderung, jeder Blick war ein Versprechen, eine Andeutung ... So schien es Leonida jedenfalls, mehr als einmal missverstand er ein Augenzwinkern, eine Geste oder ein geflüstertes Wort und benahm sich wie ein *Zanni*, ein Diener aus der Commedia dell'Arte, wenn er zu voreilig war mit der Hand und anschließend einem Bruder, einem Vater oder dem wütenden Versprochenen gegenüberstand. Gott zu Gefallen und dank der Lektionen über das Leben des Mingozzi behauptete sich der Junge bei Raufereien recht gut, konnte es aber selten vermeiden, wenigstens ein Zeichen des Tages mit nach Hause zu tragen; Hautabschürfungen, ein zerrissenes Hemd oder ein blaues Auge.

Mingozzi gefiel das lange Ausbleiben, das Herumstreifen in der Stadt überhaupt nicht, vor allem nicht, dass er ständig ohne Not Händel vom Zaun brach, und er empfing Leonida mit harschen Vorwürfen: »Hast du dich wieder mit irgendeinem Nichtsnutz geprügelt? Du bist das Unglück meines Alters! Und dein Lohn? Hast du den wieder für Wein und Huren verprasst? Du bist schon über zwanzig, aber immer noch nicht erwachsen! Wann suchst du dir endlich eine anständige Frau?«

Leonida war ein unruhiger junger Mann, und er nahm es nicht länger hin, »seinen Platz einnehmen« zu müssen, auch wenn er das noch nie akzeptiert hatte. Eines Abends hatte er dem Alten vorgeworfen, er sei *cme al fatåur ed Montagó ch'l ignèva d'arsparmièr par spanndri ló*, was bedeutete, es sei schon ein tolles Kunststück, wenn ausgerechnet derjenige, der nie geheiratet, aber von Santarcangelo bis Castelfranco überall Kinder hinterlassen hatte, anderen Enthaltsamkeit predigte.

Die Jahre gingen vorbei, und um der Wahrheit die Ehre zu geben, zu Huren ging Leonida nur äußerst selten. Er brauchte sie nicht. Seine Fleischeslüste befriedigte er bei den »Schwestern«, und ansonsten spielte er den Galan auf der Suche nach einer Liebe, in deren Namen er, ein Waise, die Welt herausfordern konnte; eine Liebe, wie sie von den Troubadours besungen wurde. Und er träumte weiterhin davon, Schauspieler zu werden, und das wurde er auch wirklich, denn Graf Albergati ließ ihn jetzt wichtigere Rollen übernehmen.

Was ihm im unsteten Leben zwischen Zola und Bologna fehlte, war neben der Liebe, die sich auf gelegentliche, zügellose Liebschaften beschränkte, der Ruhm.

Nach zehn Tagen Gefängnis öffneten sich für Léo die Gittertüren. Zehn Tage waren die Höchststrafe für Einbruchdiebstahl und sie war lang genug, um Hunger zu leiden, sich eine hässliche Erkältung und die Krätze zu holen.

Die Wache warf ihm ein schweres Bündel zu. Das Kostüm des Scaramouche.

Léo protestierte, es fehlte die Maske.

»Welche Maske?«

»Eine Maske aus Leder mit einer großen Nase.«

»Ich habe keine Maske gesehen, komm jetzt«, die Wache lächelte entgegenkommend.

Der Gefängniswärter führte ihn durch den Korridor, sie passierten einige Gittertüren und betraten den Eingangssaal. Dort wartete Treignac mit zwei Polizisten auf ihn.

»Fesselt ihm die Hände«, befahl er den beiden.

»Was fällt Euch ein?«, schnappte Léo. »Ich bin jetzt wieder ein freier Bürger.«

»Noch nicht«, hielt Treignac ihn mit erhobener Hand auf, während seine Untergebenen sich mit einer dicken Schnur an die Arbeit machten.

Léo ließ sie gewähren, er wollte ihnen keine Vorwände für neue Anschuldigungen liefern, aber er rief, es sei sein Recht, zu erfahren, was ihn erwarte und wo man ihn hinbringe.

»Zum Platz der Revolution. Dort gibt es etwas, was du unbedingt sehen solltest«, lautete die Antwort.

3.

Im Hof wartete ein offener Wagen auf sie, mit dem normalerweise Heu transportiert wurde. Auf ihm befanden sich zwischen weiteren Wachen zwei rot gekleidete Männer. Léo kannte sie beide. Einer war Jean Derobigny, der Seifenhändler, und der andere war Henri-Charles Sanson, der Scharfrichter von Paris.

Léos Magen krampfte sich zusammen, aber dann sagte er sich, man könne ihn nicht mir nichts dir nichts aufs Schafott führen, auch hatte er kein rotes Hemd anziehen müssen und man hatte ihm nicht, wie es üblich war, die Haare abrasiert.

»Seid ihr verrückt geworden? Was soll das, ich bin gerade entlassen worden!«, rief er, aber die Polizisten schubsten ihn wortlos auf den Wagen, und der Kutscher trieb die Pferde durch das große Eingangstor.

Auf der Straße wartete keine Menge wie bei Exekutionen bekannter Menschen, nur eine kleine Gruppe Wäscherinnen begrüßte Derobigny mit Beleidigungen und sarkastischen Bemerkungen. Léo entdeckte die Frauen, die ihm den Namen des Hamsterers genannt hatten, und damit man ihn nicht erkannte, beugte er seinen Kopf. Ihm gegenüber weinte Derobigny.

Der Wagen fuhr schnell durch wenig belebte Straßenzüge. Der perfide Treignac hatte sich genau die richtige Vergeltungsmaßnahme für ihn ausgedacht; ein Schauspieler, der sich vor seinem Publikum beschämt verstecken musste. Auf dem Platz der Revolution befanden sich wahrscheinlich zahlreiche Menschen aus Saint-Antoine, er würde darauf wetten, dass auch Stammgäste der Grande Pinte darunter waren, vielleicht sogar Marie Nozière.

Aus den Augenwinkeln und ohne den Kopf zu heben sah er das Schafott auftauchen. Auch hier hatte sich keine große Menschenmenge versammelt; es waren weniger als hundert, nur ein paar bekannte Gesichter waren darunter. In der ersten Reihe saßen ein paar strickende Frauen.

Der Wagen hielt hinter der Plattform mit der Guillotine. Halb verdeckt von der Maschine tauchte Léo aus seiner gebückten Position auf.

Sanson befahl dem Verurteilten hinaufzusteigen. Derobigny bemühte sich vergeblich, Haltung zu bewahren. Mit seinem schmutzigen Gesicht und den zerzausten Haaren sah er aus, als hätte man ihn schon vor ein paar Tagen getötet und wieder aus dem Grab geholt, um ihm den Kopf abzuhacken.

Oben auf der Plattform verlor er vollends die Fassung, brach in Tränen aus und schrie: »Erbarmen!«

Die Menge pfiff ihn aus wie einen Schauspieler, der seinen einzigen Einsatz versaut hat. Witze und Schmähungen hielten an, bis Sanson am Seil zog und die Klinge im Rahmen nach oben glitt. Dann wurde es still auf dem Platz, Atem und Eisen wurden angehalten. Die Gehilfen des Henkers legten den jetzt willenlosen Verurteilten aufs Brett, er war nur noch eine Puppe aus Fleisch und Blut. Sie gaben ihrem Chef ein Zeichen, dass alles in Ordnung war, und Sanson ließ das Seil los.

Die Klinge sauste *ex machina* herab wie der antike Gott in einer griechischen Tragödie. Das Volk beglaubigte die Vorstellung mit überzeugtem Applaus. Es war eine trockene, präzise, umstandslose Interpretation.

Das Publikum zerstreute sich mit zufriedenen Gesichtern und Schulterklopfen. Léo war wie betäubt und unfähig sich zu bewegen. Er merkte, dass man seine Handgelenke ergriff und mit einem Messer die Kordel durchtrennte.

»Such dir eine ehrliche Arbeit, oder lass dich als Freiwilliger anwerben.«

Treignac hatte gewonnen, in seinen Worten schwang kein Groll mehr mit. Nach der Demütigung zeigte er sich großzügig. Er warf ihm die Maske zu. Léo griff daneben und musste sie aus dem Schmutz der Straße aufklauben.

Er lief zum Rand des Platzes, und als er an der Straßeneinmündung stand, blieb er stehen, als halte ihn eine magnetische Kraft zurück. Er drehte sich um und betrachtete noch einmal die Guillotine im Zentrum des Platzes.

Man musste sich vor dieser großartigen Schauspielerin verbeugen. Sie war so großartig, dass sie sich einen Partner allererster Güte gestatten konnte: den Scharfrichter Sanson. Léo begriff, dass es ein Fehler gewesen war, allein rezitieren zu wollen. Große Schauspieler erkennt man am Gefolge, das ihren Einsatz vorbereitet. Mit der Unterstützung ihres jeweiligen Gefolges repräsentierte Madame Guillotine das Volk sehr viel besser als sein armseliger Scaramouche. Das Volk hatte sich Scaramouche nur anvertraut, solange die Guillotine gefehlt, solange wahre Gerechtigkeit die Schuldigen nicht ereilt hatte, so wie eine Theatergesellschaft sich einem Ersatz anvertraut, wenn der eigentliche Matador mit Fieber im Bett liegt. Nachdem die Todesstrafe für Hamsterer verfügt worden war, musste der Ersatzmann von der Bühne abtreten. Sogar der Polizist hatte das begriffen und es ihm mit der Pedanterie eines Polizisten zu verstehen gegeben.

Auszug aus dem

BRIEF AN DESFONTAINES

von Philippe Pinel

Paris, den 27. November 1784

Es ist unerlässlich, dass ich noch ein paar Worte über den Magnetismus an Euch richte, auch wenn er, glaubt man dem Bericht der Kommissare der Akademie und der Fakultät, bei besonnenen Menschen inzwischen an Attraktivität eingebüßt hat. Es gab Erwiderungen und Stellungnahmen, und die Druckschriften wurden immer zahlreicher, aber die Autoren können sich glücklich schätzen, dass die meisten dieser Bücher nicht gelesen werden. Die Regierung wünscht seit Langem, dass das Publikum über diese Art von Manie aufgeklärt wird, die nur dank des Ansehens ihrer Anhänger in Mode gekommen ist. Schlussendlich glaube ich, dass die Tatsache, dass die Öffentlichkeit über sie in Kenntnis gesetzt wird, ihr den Gnadenstoß versetzen wird. Den Italienern wird ein Stück mit dem Titel »Die modernen Doktoren« geboten, in dem Mesmer, der Chef der Sekte, mit Leichtigkeit und viel Witz interpretiert wird. Während der Aufführung bricht das Publikum immer wieder in schallendes Gelächter aus, und wäret Ihr hier, würdet Ihr darin ein sicheres Heilmittel gegen die Melancholie finden. Nichts scheint die Mesmerianer mehr zu treffen als dieser Schlag. Bei den Damen hält die außerordentliche Begeisterung für diese neue Medizin dennoch an, und sie finden gewisse Berührungen und bestimmte Bemühungen des magnetisierenden Arztes offenbar angenehm. Ich wollte dem Geheimnis selbst auf die Spur kommen, um zu verstehen, um was es sich handelt. Ich habe die Bottiche aufgesucht und habe sogar im Labor des Herrn Deslon ungefähr zwei Monate lang selbst magnetisiert. Das hat zu ein paar kurzen galanten Abenteuern geführt, und so bin ich geneigt, wenn der Verstand sich schlafen legt, den Damen das faszinierende Abenteuer des Magnetismus zu verschreiben. Männer weise ich dagegen mit aller Entschiedenheit zurück und schicke sie in ein Apothekenlager. Über den Rest lachen wir gemeinsam, wenn Ihr hier seid.

ZWÖLFTE SZENE

Der Zuchtmeister

Ende September 1793

1.

Die Schreie breiteten sich nach und nach im ganzen Pavillon aus, sie wurden aufgegriffen, verstärkt und an die Nachbarn weitergegeben. Als sie bei Laplace ankamen, sprang er von der Liege und betrat von einer düsteren Vorahnung getrieben den Korridor. Seit er wieder mit dem Magnetisieren angefangen hatte, war seine Wahrnehmung sensibler geworden, und jetzt wuchs in ihm die Überzeugung, dass sich etwas Irreparables ereignet hatte.

Er suchte den Ausgangspunkt der Schreie und schritt an den Türen der lärmenden Patienten vorbei, und je näher er dem Epizentrum kam, desto größer wurden seine Befürchtungen; er begann zu laufen. Auf der Schwelle zum Schlafsaal blieb er vor der großen, gedrungenen Gestalt eines Wärters stehen, der seinen Kopf gesenkt hielt und ihn am Weitergehen hinderte.

»Was ist passiert? Lasst mich vorbei!«, forderte Laplace ihn auf, aber der tumbe Gesichtsausdruck des Mannes blieb unverändert.

Laplace blickte ihm in die Augen, legte ihm die Finger einer Hand auf die Stirn und die der anderen auf den Ellenbogen.

»Lass mich durch«, sagte er in festem Ton.

Der Mann machte einen Schritt zur Seite.

Die Szene, die sich seinem Anblick bot, machte ihn fassungslos.

Zuerst sah er die blonden Locken Malaprez', die wie eine Mähne zwischen drei kräftigen Wärtern hin und her geworfen wurden. Die Schreie drangen aus dem schwarzen, offenen Schlund im hochroten Gesicht. Als sei Malaprez nicht mehr in Lage, den Mund zu schließen, quollen die Laute ununterbrochen aus ihm heraus, bis er ohne Atem war und anhalten musste, um dann sofort wieder loszuschreien. Einer der Wärter drückte ihn mit einem Halbkreis aus Metall an einer langen Holzstange an die Wand. Die beiden anderen hatten ihm eine Zwangsjacke übergestreift und waren dabei, die Ärmel hinter dem Rücken zusammenzubinden. Laplace wollte instinktiv eingreifen, aber er hielt sich zurück, er wollte es nicht riskieren, dass man auch ihn überwältigte.

Dann sah er den Mann auf dem Boden. Er lag auf dem Rücken, das Gesicht ihm zugewandt, die Augen waren geschlossen. Er erkannte ihn. Es war Cabot, der Verrückte, den Malaprez vor einiger Zeit im Hof mit einem Schaufelschlag auf die Schulter niedergestreckt hatte. Er, Laplace, hatte es ihm befohlen.

Der Aufseher Pussin beugte sich über Cabot, und Laplace ging zu ihm.

»Ist er tot?«, fragte er.

Pussin antwortete, ohne ihn anzublicken.

»Nein.«

Laplace machte ein paar Schritte auf Malaprez zu, der unter dem Gewicht der beiden Wärter auf dem Boden lag.

»Lasst ihn!«, sagte er und versuchte die verzweifelten Schreie Malaprez' zu übertönen. »Überlasst ihn mir!«

Er suchte Blickkontakt zu Malaprez, der immer noch wie besessen schrie und Schaum vor dem Mund hatte; aus einem Ohr tropfte Blut. Eine Magnetisierung war unmöglich, aber er wollte es trotzdem versuchen. Ein kräftiger Griff an seiner Schulter zog ihn zurück.

Er drehte sich wütend um und stand dicht vor Pussin.

»Es ist Euch nicht erlaubt, Euch hier aufzuhalten, geht sofort zurück in Eure Unterkunft«, forderte er ihn auf.

»Ich kann ihn beruhigen«, protestierte Laplace, aber der Griff Pussins wurde stärker und drängte ihn weiter zurück, sodass sich seine Wut steigerte und ihn schließlich übermannte: »Ich kann ihn beruhigen«, schrie er.

Sein Schrei mischte sich mit dem Malaprez' und als er sah, dass sich der Wärter vom Eingang her näherte, leistete er keinen Widerstand mehr und ließ sich von einer großen Hand auf seiner Brust gegen die Wand drücken.

Malaprez wurde weggeschleift. Dann war die Reihe an Cabot, der noch immer besinnungslos war.

Laplace versuchte, die Aufmerksamkeit Pussins auf sich zu ziehen.

»Wollt Ihr mir um Himmels Willen sagen, was geschehen ist?«

Der Direktor stieß einen Seufzer aus, der ihn nur wenig zu erleichtern schien.

»Cabot hat Malaprez angegriffen. Wahrscheinlich wollte er sich rächen. Er hat ihn mit einem Ziegelstein am Kopf getroffen. Er hat ihn wahrscheinlich aus der Mauer seiner Zelle gebrochen. Malaprez hat sich gewehrt und ihn fast umgebracht.«

»Er hat sich verteidigt«, sagte Laplace.

Pussin blickte zur Tür, hinter der die beiden Geisteskranken verschwunden waren.

»Die Verantwortung liegt allein bei mir.« Dann wandte er sich an den Wärter: »Begleite ihn in seine Unterkunft.«

Bevor man ihn zurückbrachte, sagte Laplace:

»Ich möchte mit dem neuen Doktor sprechen.«

Er erhielt keine Antwort. Pussin blickte ihm ausdruckslos und mit gebeugten Schultern hinterher.

Der Pavillon schien sich wieder beruhigt zu haben. Als sie an der Zelle von Malaprez vorbeikamen, blickte Laplace durch das kleine Fenster. Sie hatten ihn festgebunden und geknebelt, und Malaprez gab ein kaum hörbares Brummen von sich, versuchte sich zu bewegen und trat mit den Füßen gegen die Wand. Die Arbeit von Monaten war umsonst, dachte Laplace. Als der Wärter ihn weiterschob, wollte Laplace sich instinktiv umdrehen und zuschlagen, aber dann hielt er sich zurück und lag kurz darauf auf seiner Pritsche. Bevor die Tür sich schloss, sagte er:

»Meldet, dass ich ein Gespräch mit Doktor Pinel wünsche.«

Er erhielt keine Antwort.

Er verbrachte eine unruhige Nacht. Aus der Nachbarzelle drang das anhaltende leise Geheul Malaprez'. Erst kurz vor Morgengrauen schlief er ein, und als er wieder erwachte, überraschte ihn absolute Stille. Eilig verließ er die Zelle. Der Spion in der Tür von Malaprez war geöffnet, die Zelle war leer.

2.

»Guten Morgen, Bürger Laplace. Setzt Euch bitte.«

Philippe Pinel schrieb mit einer langen Gänsefeder in ein Notizheft, das bereits voller Eintragungen war. Auf seiner nicht besonders wohlgeformten Nase trug er eine kleine Federbrille, die er vorsichtig auf den Tisch legte, als er das Schreiben einstellte.

»Ihr wolltet mich sprechen?«

Laplace redete nicht sofort, er gönnte sich einige Augenblicke und studierte die Physiognomie des Arztes. Bei ihrem ersten zufälligen Aufeinandertreffen, zusammen mit vielen anderen, hatte er ihn nicht genau betrachten können, aber jetzt, in der Ruhe und Einsamkeit dieses Raumes nahm er jede Schwankung der Stimme wahr, sah jede Falte des Gesichts und registrierte seinen Ausdruck. Die hohe Stirn, die runden Augen und das angedeutete Lächeln verliehen ihm ein freundliches Aussehen. Dennoch verbarg sich hinter dem Augenschein etwas, das für Laplace aussah wie der harte Stein in einer reifen Frucht, etwas, an dem man sich mit einem allzu unbedachten Biss die Zähne ausbeißen konnte.

»Es betrifft Malaprez«, sagte er.

Pinel zeigte keine Reaktion.

»Ihr habt ihn in einen anderen Flügel des Krankenhauses bringen lassen«, ergänzte Laplace.

»So ist es.«

»Darf ich fragen, warum?«

»Um ihn von Euch fernzuhalten.«

Die Antwort traf Laplace wie ein Messerstich, und jetzt wusste er, dass sein Eindruck richtig gewesen war. Er stand einem Gegner gegenüber. »Endlich einer«, flüsterte ihm eine innere Stimme zu; er beschloss, vorsichtig zu sein.

»Ich verstehe«, sagte er mit gespielter Gelassenheit, »aber vielleicht hat man sie nicht darüber informiert, dass ich es war, der Malaprez wieder auf den Weg zivilen Verhaltens gebracht hat. Ich habe ihn wieder zur Vernunft gebracht.«

Er schwieg und wartete auf eine Antwort, die nicht auf sich warten ließ.

»Direktor Pussin hat mich über den Fall aufgeklärt, ja. Und auch über Euch.« Der Ton war nicht drohend, das hatte er nicht nötig. »Es stimmt, dass ihr Malaprez gezähmt habt«, fuhr der Doktor fort, »aber ihr habt ihn weder behandelt noch habt ihr ihn geheilt.«

»Ist nicht das praktische Ergebnis, was zählt?«, fragte Laplace. »Er drückte sich früher durch Grunzlaute aus, jetzt spricht er.«

»Um die Wahrheit zu sagen, nach der Aggression ist er zum Grunzen zurückgekehrt.« Der Ton Pinels war leicht paternalistisch. »Ihr habt ihn auf einen anderen Patienten gehetzt, das hat diesen Patienten eine schlimme Ausrenkung gekostet. Als er sich rächen wollte und versucht hat, ihm mit einem Ziegelstein den Schädel zu zertrümmern, fiel Malaprez in den Zustand vor Eurem Eingriff zurück ... Wie soll ich das nennen? Eingriff? Behandlung?«

Laplace unterdrückte seine Wut, Pinel wollte ihn provozieren, weil er es wusste. Es war deutlich, er wusste Bescheid.

»Gestattet, dass ich ihn treffe. Ich werde ihn in kurzer Zeit in die Normalität zurückbringen. Ihr werdet es selbst feststellen.«

Pinel setzte ein gutmütiges Lächeln auf, was noch irritierender wirkte.

»Ich kann Euren Wunsch leider nicht erfüllen. Malaprez ist ein Patient dieses Hospitals, und als solcher untersteht er meiner Verantwortung. Ich glaube nicht, dass Ihr ihm Gutes getan habt, genauso wenig wie den drei Marats.«

»Ihr leugnet das Offensichtliche«, sagte Laplace leise und lächelte nervös.

»Und Ihr seid ein Heuchler, Bürger Laplace«, entgegnete Pinel ohne Groll. »Die magnetischen Behandlungen, die Ihr diesen einfachen Geistern zuteilwerden lasst, dienen dazu, sie zu beeinflussen, vielleicht auch um sie einer starken Persönlichkeit wie der Ihren zu unterwerfen. Meine Aufgabe dagegen besteht darin, sie zu heilen. Der Mensch kann nur frei sein, wenn er vom Übel geheilt wird.«

Also doch, dachte Laplace, die Karten liegen auf dem Tisch, es wird offen gespielt. Es gibt nichts mehr zu verheimlichen, er stand einem Willen gegenüber, der ebenso stark war wie sein eigener. Der Feind stand vor ihm und verdiente eine letzte Bemerkung:

»Nicht alle können geheilt werden. Das Böse ist eine ewig währende Realität«, sagte er.

»Aber es ist meine Pflicht, es mit allen nötigen Mitteln zu bekämpfen«, entgegnete Pinel mit der gleichen Gelassenheit. »Meine, nicht Ihre«, fügte er hinzu. »Ich bin der Arzt, Ihr seid ein Patient. Darüber hinaus seid Ihr auf eigenen Wunsch hier und könnt auf eigenen Wunsch wieder gehen, wenn Ihr meine therapeutischen Maßnahmen oder meine Ansichten nicht teilt.«

Laplace presste die Zähne aufeinander, erhob sich, deutete eine Verbeugung an und verließ den Raum.

3.

Er hatte nicht die Absicht, das Feld zu räumen, jedenfalls nicht jetzt. Zu gegebener Zeit würde er diesen Ort verlassen, aber jetzt war er Pinel begegnet, und diese Herausforderung würde er sich nicht entgehen lassen. Er musste dem Schicksal danken, dass es ihm einen Gegner geschickt hatte, mit dem er sich messen konnte, der ihm die Gelegenheit gab, sich auf die Probe zu stellen, bevor er in die Außenwelt zurückkehrte. Hatte er sich in diesen langen Monaten nicht selbst immer wieder gesagt, Bicêtre sei ein Spiegel Frankreichs? Er würde sich unter den väterlichen Blicken dieses Prometheus weiter verbessern und seine Vorbereitungen unter seiner hässlichen Nase abschließen.

Er verfolgte einen Plan, der genau wie die neue republikanische Verfassung nur schwer zu verwirklichen war; die Herausforderung war groß. Er würde die Arbeit sofort aufnehmen, er musste die Kontakte zu den anderen Insassen auf ein Minimum reduzieren und sich ganz seinen meditativen und spirituellen Übungen widmen. Und da auch der Körper trainiert werden musste, würde er drei Meilen am Tag marschieren, was ungefähr dreißig Rundgängen auf dem Hof entsprach. Die gymnastischen Übungen würde er eine Stunde vor Sonnenaufgang in seiner Unterkunft machen.

Bei einem dieser Märsche, drei Tage nach der Unterredung mit Pinel, entdeckte er unter den Besuchern den schwarzen Hut La Corneilles, den er mit einem verschlüsselten Billett über einen Zulieferer aus Paris herbestellt hatte. Der Eifer seines Dieners freute ihn, aber er ließ sich nichts anmerken.

»Gnädiger Herr ...«, katzbuckelte La Corneille, und in den Augen des Totenschädels flackerte Erregung, er wirkte noch gespenstischer als gewöhnlich.

»Begleite mich«, befahl Laplace, ohne seinen schnellen Schritt zu unterbrechen.

La Corneille huschte an seine Seite.

»Ihr hattet recht, gnädiger Herr. Sie fangen an, sich gegenseitig zu zerfleischen. Nach den Girondisten hat es jetzt die Enragés und die Vertreter der Sektionen der Stadt Paris getroffen. Robespierre duldet keine Konkurrenz.«

Er erhielt einen Schlag auf die Schulter, zuckte zusammen und wurde noch buckliger.

»Du verstehst es nicht!«, rief Laplace. »Robespierre strebt nach keinem Primat für sich persönlich, für ihn zählt nur das der Republik, er will nichts für sich, aber alles für Frankreich. Das ist es, worauf wir warten. Danton wird der nächste sein. Er ist intrigant und korrupt, aber auch der Held des 10. August. Er ist das perfekte Opfer für eine kollektive Katharsis.«

»Die ... *Katharsis*, gnädiger Herr?«, fragte La Corneille.

»Vergiss es. Das einzig Wichtige ist, dass die Dinge ihrem notwendigen Ausgang zustreben und dass wir bereit sind.« Laplace machte keine Anstalten, langsamer zu werden. »Hör mir genau zu. Du musst entschlossene, einsatzbereite Leute finden, die an ein neues, monarchistisches Frankreich glauben. Leute ohne Skrupel, die das tun, was getan werden muss. Für den Augenblick genügen wenige.«

La Corneille war außer Atem, die grauen Wangen waren gelb geworden.

»Jawohl, gnädiger Herr.«

»Blick ihnen in die Augen und erkenne darin deine eigene Verzweiflung. Sie wird unsere beste Alliierte sein. Biete ihnen neue Hoffnung, besser noch: eine Idee.«

»Nur eine, gnädiger Herr?«

»Eine ist mehr als genug, wenn es die richtige ist.«

La Corneille keuchte und hustete und versuchte verzweifelt mit ihm Schritt zu halten.

»Welche Idee?«

Endlich wurde Laplace langsamer.

»Rache.«

Das entstellte Gesicht La Corneilles verzog sich zu einem müden, aber zufriedenen Grinsen.

»Sie werden wissen wollen, wer Ihr seid ... und was sie tun sollen.«

»Alles zu seiner Zeit. Fürs Erste müssen sie sich darauf beschränken zu beobachten. Jede Einzelheit, auch die unwichtigste, kann von Nutzen sein. Sie sollen ihren Blick schärfen und sich in Geduld üben; das ist wahre Hingabe. Von den Eiligen halte dich fern.« Er packte La Corneille am Kragen des Mantels. »Triff eine gute Wahl, ich brauche Soldaten, keine Philosophen.«

»Ihr könnt mir vertrauen, gnädiger Herr.«

Laplace ließ ihn los.

»Geh jetzt.«

Wieder allein, beschleunigte er seine Schritte und zählte die Runden auf dem Hof, während er seinen Blick auf den zweiten Stock des Gebäudes auf der Nordseite richtete, wo das Arbeitszimmer Pinels lag. Er stellte sich vor, der Direktor beobachte ihn und könne die Herausforderung in seinem Blick sehen.

Auszug aus

MEMORANDUM ZUR GESCHICHTE UND ZUGUNSTEN DER ETABLIERUNG DES ANIMALISCHEN MAGNETISMUS

von Armand-Marie-Jacques de Chastenet de Puységur (1784)

Im letzten Frühling führte ich eine Behandlung um *einen Baum* herum durch: Pflanzliche Fluktuation fügte damals der *animalischen Elektrizität* zusätzliche Kraft hinzu, und diese Kombination übte angenehme, zufriedenstellende Wirkungen auf denjenigen aus, der sich dieser Behandlung unterzog. Es gab *keine Konvulsionen*, und wenn einige Kranke bei einer solchen ersten Erfahrung zu zittern begannen, genügte eine leichte Berührung durch mich, um sie ein für alle Mal zu befreien.

Wenn ich über meine *magnetisch-vegetabilischen* Behandlungen rede, muss ich unbedingt Herrn Bertholon von der Akademie Montpellier erwähnen, der sich zur vegetabilischen Elektrizität schriftlich geäußert und uns einfallsreiche Instruktionen an die Hand gegeben hat, wie zum Beispiel der Transpiration frischer, der Sonne ausgesetzter Blätter *dephlogistische Luft* zu entnehmen ist. Wäre er einen Schritt weitergegangen, hätte er erkannt, dass diese *dephlogistische* Luft genau jener Teil des *universellen Flusses* ist, der von der Vegetation modifiziert wird, damit der eigene Organismus geformt und ernährt wird, und dass dies die einzige Ursache für die vom Organismus gespürte heilende Wirkung ist, und zwar als Resultat ihrer Kommunikation mit den Tieren.

Hat man erkannt, dass diese dephlogistische Luft das Prinzip der atembaren Luft ist, dass das darin enthaltene Wasser das gesündeste aller Wasser ist, dass es ohne diese Luft keine *Verbrennung,* keine *Wärme,* keine *Vegetation*, ja nicht einmal *Leben* in der Natur geben würde, wie ist es dann möglich, dass die Forscher nicht zu dem Schluss gekommen sind, dass ein universelles Fluidum existiert? Bei etwas weniger Eigenliebe hätten die mit solchem Genius ausgestatteten Männer nicht umhin können, anzuerkennen, dass Herr Mesmer ihnen die einzige Ursache der Wirkungen vor Augen gestellt hatte, die von ihnen richtigerweise erkannt wurden.

DREIZEHNTE SZENE

Jean aus dem Wald

Ende des Sommers 1793

1.

»Wir kehren zurück nach Paris«, hatte Radoub gesagt, und D'Amblanc hatte keine Einwände erhoben.

Wäre es nur der ihn peinigende Schmerz gewesen, hätte er die Zähne zusammengebissen und die Untersuchung zu Ende gebracht, aber die Gemeinsamkeiten, die seine Beschwerden mit denen der Auvergne aufwiesen, gefährdeten jeden weiteren Aufenthalt. Bleiben hätte bedeutet, das Leben von sechs Personen aufs Spiel zu setzen. Feyfeux und der Mann mit der Narbe mussten überdies bis Ende der Woche zurück in Saint-Martin sein. »Rechtzeitig zur Kastanienernte«, hatten sie erklärt, aber betrachtete man die giftgrüne Farbe der Stachelfrüchte an den Bäumen, mussten es noch andere Sorgen sein, die sie nach Hause trieben.

Seit zwei Reisetagen regnete es ohne Unterlass. Nur zum Schlafen und Essen suchten sie Schutz. Bei diesen Gelegenheiten holte D'Amblanc sein Notizheft aus dem Quersack, las in seinen Aufzeichnungen und entwarf mit einem Bleistiftstummel einen Bericht für Chauvelin.

> **Noëlle Chalaphy,** neunzehn Jahre, wohnhaft in Manorba, wurde in jungen Jahren vom Chevalier d'Yvers einer magnetischen Behandlung unterzogen. Anlass war ein Unwohlsein, das ihre Mutter mit »Erinnerungslücken« beschreibt. Mit zunehmendem Alter wird sie zur Schlafwandlerin, und ein konstitutioneller Priester vergeht sich an ihr.

Überschwemmte Gebiete zwangen die Gruppe zu großen Umwegen. Wege, Weinberge und Teile des Waldes standen unter Wasser, an den Berghängen lauerten Schlammlawinen. Als sie den Fluss Allier erreichten, mussten sie dem Fährmann eine beträchtliche Summe zahlen, um ihn dazu zu bewegen, sie über den Hochwasser führenden Fluss zu setzen.

D'Amblancs Körper erstarrte immer mehr in der nassen Kleidung, seine Haut war straff gespannt, obwohl der Schmerz nachgelassen hatte. Das Wasser der Gewitter hatte ihn weggewaschen, vielleicht weil es Elektrizität aus den Blitzen enthielt.

> **Juliette Tourlan,** achtundzwanzig Jahre, wohnhaft in Louchrétien, wurde aus ungeklärten Gründen von Yvers somnambulistischen Experimenten unterzogen. Sie reden von Gott. Die Frau wird schwanger von einem »Engel«, der vielleicht Yvers selbst ist. Die Tochter, Margot Tourlan, sieben Jahre, wird ihrerseits von der Mutter in den Zustand des Schlafes versetzt, sie flüstert ihr Visionen und Prophezeiungen ein. Das Kind behauptet, mit einer »Weißen Dame« zu reden, und die Dorfbewohner sind überzeugt, sie sehe die Heilige Jungfrau. Auf Aufforderung der Jungfrau ermorden die Bewohner des Dorfes den Bürgermeister und den von der Republik eingesetzten Pfarrer. Bei der Beschießung des Dorfes Louchrétien durch das Bataillon des Generals Nanterre sind Mutter und Tochter wahrscheinlich ums Leben gekommen.

Ob diese dürren Angaben den Appetit Chauvelins befriedigen würden? Eine dreimonatige Reise, eine Eskorte von drei Männern, hundertfünfzig Meilen weg von Paris. Ein Ordner mit drei Akten, drei verdächtige Fälle, die Vermutung eines Missbrauchs volkstümlichen Aberglaubens zu reaktionären Zwecken. Und das einzige Ergebnis, zwei wenig hilfreiche Nachweise. Tatsächlich zeigte sich in zwei von drei Fällen das Eingreifen eines Magnetiseurs, des Chevalier d'Yvers. Und in einem dieser drei Fälle hatte der Magnetismus dazu beigetragen, die Bevölkerung von ihrer Treue zur Republik abzubringen, aber diese winzig kleine Konterrevolution war in den Trümmern von Louchrétien untergegangen, und ein dichter Wald hatte den Ort vom Rest der Region isoliert.

War es denn wirklich die Schuld des Magnetismus, auch wenn er schlecht gemacht und fehlgeleitet war? Die Konterrevolution benötigte für ihre Ausbreitung sicher keine Hexen und Prophetinnen. D'Amblanc schrieb weiter.

> Die politische Situation in der Region ist hochexplosiv, sodass ein Agent ausländischer Mächte oder des Adels es nicht nötig hätte, auf Magnetismus zurückzugreifen, wollte er extravagante Überzeugungen und Aberglauben verbreiten, die geeignet wären, das Volk gegen die Republik aufzuhetzen. Allein die Reden eines

Anwalts aus der Provinz haben Tausende Menschen der Christlichen Armee des Südens zugetrieben. Jede Predigt eines aufsässigen Priesters kann in diesen Landen zu besorgniserregenden Ergebnissen und zu reaktionären Erhebungen führen. Ich frage mich also: Warum okkulte Methoden anwenden, wenn dieselben Ergebnisse sehr viel müheloser auf andere Art und Weise erreicht werden können? Ich habe den Eindruck, dass die Praktiken des Magnetismus seitens der Konterrevolutionäre in der Auvergne wirklich das geringste Problem darstellen.

Er strich den kurzen Text wieder durch. Es stand ihm nicht zu, Schlussfolgerungen im Hinblick auf den Sinn der Mission zu ziehen, auf die Bedeutung, die sie für Frankreich oder den Sicherheitsausschuss haben könnte. Er konnte sich allenfalls bemühen, zu verstehen, welche Bedeutung sie für seine Studien haben könnte.

Pater Clément, Juliette Tourlan und ihre Tochter Margot waren tot. Der Chevalier d'Yvers hatte die Auvergne 1789 verlassen, und kein Gericht würde ihm das, was sich vier Jahre später ereignet hatte, vorwerfen können. D'Amblanc hätte zu gerne ein Gespräch mit dem Urheber jener unverantwortlichen Experimente geführt. Was hatte er getan – oder nicht getan –, das zu diesen Folgen geführt hatte?

In Übereinstimmung mit dem Marquis de Puységur hatte D'Amblanc es immer für unmöglich gehalten, ein Individuum gegen seinen erklärten Willen und ohne seine Zusammenarbeit zu magnetisieren. Aber die Dinge lagen anders, wenn es sich um kleine Kinder handelte, wie Noëlle und Juliette es gewesen waren; ein Kind ist leicht zu beeinflussen, man muss nicht unbedingt auf Magnetismus zurückgreifen. Wird dieser zusätzlich eingesetzt, wird es zu Ton in den Händen des Töpfers. Hatte der Chevalier d'Yvers, indem er Kinder magnetisierte, nur schlechte Praxis geübt, prinzipienlos gehandelt, oder hatte er *mit bösen Absichten* gehandelt?

In jedem Fall wäre ein solcher Mensch im Gefängnis besser aufgehoben. In Freiheit konnte er das Leben vieler Menschen ruinieren.

Dennoch waren die Befürchtungen D'Amblancs andere als die des Allgemeinen Sicherheitsausschusses. Chauvelin würde seinen Vorgesetzten weder Aufwiegler noch gefährliche Intrigen als glänzendes Ergebnis seiner Ermittlungen in der Auvergne präsentieren können.

2.

Am Nachmittag des dritten Tages hörte der Regen auf. Die Sonne ließ die Feuchtigkeit verdampfen und das Stechen machte sich wieder bemerkbar, als müsse sein Rücken die angestaute Spannung wieder abbauen. Zittern und Fieberschauer quälten den Körper D'Amblancs. Radoub blickte zum Himmel und fragte den mit der Narbe, wie weit es noch bis zum Dorf Clignat sei.

»Noch mindestens fünf Stunden«, lautete die Antwort, und daraufhin suchte der Unteroffizier die Gegend nach einer Lichtung ab, wo man die Nacht verbringen konnte.

Er fand sie im Schatten einer jahrhundertealten, wulstigen, mit Moos bewachsenen Buche, eines Dickhäuters mit tausend Augen und einem grünen Fell. Nach dem Alptraum von Louchrétien beschwerte sich niemand über die Übernachtung unter freiem Himmel, die Aussicht, unter einem Dach zu schlafen, war nicht mehr so verlockend.

Poulidor machte D'Amblanc ein bequemes Lager und half ihm sich hinzulegen. Thuillant zündete ein Feuer an, und der mit der Narbe schichtete trockenes Holz auf.

Bevor sie den Kranken massierten, wärmten Radoub und Feyfeux ihre Hände über den Flammen. Die Behandlung, auch wenn sie ungeschickt ausgeführt wurde, brachte ihm eine gewisse Erleichterung, und durch regelmäßige Anwendung verbesserte sich der Zustand des Patienten von Tag zu Tag.

D'Amblanc blickte in den Himmel über den Ästen der Buche und entdeckte das Sternbild der Kassiopeia. Es gab aber sehr viel mehr Lichter als die, die er zu Sternbildern zusammenfügen konnte; Sterne dritter und vierter Größe, die im feuchten Klima von Paris niemand sehen konnte. Die Luft war rein und klar, und der Wind schob Wolken über die Bergkämme. Er sah die Berggipfel, die in Form eines Hufeisens vor ihm lagen. Die ganze Landschaft wirkte wie das Bühnenbild für eine göttliche Erscheinung, mit der kolossalen Buche als zentralem Blickfang. Es gab in Frankreich zahlreiche Bäume dieser Art, die jedes Jahr neue Heilige, Madonnen, Dämonen und Feen hervorbrachten.

»Seid Ihr bereit für die Massage?«, die Stimme Radoubs riss D'Amblanc aus seinen Betrachtungen, aber er antwortete nicht. Eine seltsame Gedankenverbindung beschäftigte ihn: magnetische Therapie und Baum des Lebens.

In Wahrheit war das weder seltsam noch neu, und D'Amblanc wusste sofort, dass ihm diese Verbindung in den wissenschaftlichen Abhandlungen Puységurs begegnet war. Der Marquis hatte berichtet, er habe die große Ulme auf dem Hauptplatz von Buzancy benutzt, um eine Gruppe von einhundertzwanzig Personen zu magnetisieren. Er hatte lange Hanfseile an den Ästen befestigt, die Patienten hatten sie ergriffen und Menschenketten gebildet. Dann hatte Puységur den Baumstamm mit Fluidum aufgeladen, indem er ihn wie einen Menschen aus Fleisch und Blut behandelte. Die Teilnehmer des Experiments hatten großes Wohlbehagen bezeugt, und der Baum war eine ganze Woche lang aktiv geblieben. In dieser Zeit stellte sich bei jedem, der sich für ungefähr zehn Minuten an den Stamm lehnte, längerfristiges Wohlbehagen ein.

»Ich würde heute gern eine neue Methode ausprobieren«, sagte D'Amblanc schließlich und erläuterte den Männern, wie sie die Szene vorbereiten sollten. Er versuchte, sich der genauen Worte Puységurs zu erinnern. Die Praxis des vegetabilischen Magnetismus war ihm in der Tat nur indirekt aus den Schriften und Erläuterungen des Meisters bekannt. In Paris, wo der Marquis seine Anhänger traf, fehlten die für diese Art von Experiment geeigneten Bäume. Außerdem hätte das Gelächter der Neugierigen sich auf den Übergang des Fluidums ausgewirkt. Puységur hatte D'Amblanc versprochen, ihm bei einem Besuch in Buzancy den »Baum des Lebens« zu zeigen, doch leider hatte sich diese Gelegenheit aus verschiedenen Gründen nie ergeben. Die Revolution hatte die Ulme Puységurs in einen »Baum der Freiheit« verwandelt, und seitdem hatte man unter seinen Ästen Volksversammlungen abgehalten und keine Kollektivtherapien durchgeführt.

D'Amblanc stand auf und kontrollierte, ab sie die Buche richtig vorbereitet hatten. Poulidor stand auf den Schultern von Thuillant und befestigte ein letztes Seilende an einem Ast. Keiner der Männer zeigte sich überrascht von den Vorbereitungen. Die monatelange Reise mit einem Arzt, der Mesmerismus praktizierte, hatte sie an derartige Merkwürdigkeiten gewöhnt. Die Tatsache, dass der Arzt litt und vor allem sich selbst dieser Art von Behandlung unterzog, ließ ihre Achtung ihm gegenüber noch steigen. Wie Nachfahren des heiligen Christophorus begleiteten sie ihren weltlichen Christus, Heiler und Märtyrer auf seiner Mission.

D'Amblanc holte zwei Kupferstangen aus seinem Quersack und befahl Feyfeux, sie in den Stamm des Baumes, in Astlöcher oder Risse in der Rinde zu schlagen. Anschließend zeigte er ihm, wie er die beiden Enden zu ergreifen hatte und forderte ihn auf, sich zu konzentrieren und sich einen heilsamen Energiefluss vorzustellen, der sich von seinen Händen auf die Buche übertrage. Während der Zeit ihres Zusammenlebens hatte D'Amblanc entdeckt, dass der Mann aus der Auvergne für die Magnettherapie besonders empfänglich war. Er war nicht nur bei bester Gesundheit und besaß ein Fluidum in perfektem Gleichgewicht, er führte auch mit großer Natürlichkeit noch die merkwürdigsten Befehle aus, wenn er bei einer Behandlung hinzugezogen wurde, ganz so, als sei ihm eine gewisse Vertrautheit mit medizinischen Praktiken angeboren.

Als Feyfeux seine Position eingenommen hatte, nahm D'Amblanc ein Seilende, schlang es sich fest um die Taille und sicherte es mit einem Knoten. Dann bat er die anderen vier paarweise zwei Seile zu ergreifen und sich dem Baum zugewandt aufzustellen.

»Schließt jetzt die Augen«, sagte er. »Stellt euch vor, ihr heilt mich nur mit der Kraft eures Willens. Ihr müsst das Gute für mich wollen und glauben, dass das alles hier mir helfen wird.«

Nachdem er das gesagt hatte, schloss auch D'Amblanc die Augen und zeichnete im Geiste ein Bild des Baumes, der sich mit einem grünen, warmen und wohltuenden Fluidum auflud und ihm dieses über das Seil in den Rücken injizierte. Er spürte, wie sich die Wirkung des künstlich herbeigeführten Somnambulismus in seinen Gliedern ausbreitete und unterstützte den Drang. Eine Welle überschäumender Lebensenergie riss ihn mit sich fort.

Die Stimme Feyfeux' weckte ihn aus seinem Schlaf.

»Entschuldigt, dass ich unterbreche, Doktor, aber Ihr müsst aufwachen.«

D’Amblanc öffnete die Augen. Er wusste nicht, wie viel Zeit vergangen war, aber der Mond war aufgegangen und stand schon hoch am Himmel. Ihm gegenüber, in zehn Schritt Entfernung standen sechs Männer unterschiedlichen Alters und starrten ihn schweigend an. Sie hielten Fackeln in den Händen und Flinten über der Schulter.

»Die anderen sind noch nicht aufgewacht«, flüsterte Feyfeux und zeigte auf Radoub und Poulidor, die sich an den Händen hielten und schliefen.

D’Amblanc befahl ihm, die Seile zu lösen, und stand auf. Einer der Neuankömmlinge löste sich aus der Gruppe und kam auf ihn zu.

Er suchte nach passenden Worten, mit denen er diesen Leuten erklären konnte, dass das, was sie gesehen hatten, nichts mit Hexerei zu tun hatte.

Aber der Mann streckte ihm die Hand entgegen und in einem Gemisch aus Französisch und der Sprache der Auvergne stellte er sich als Michel Eglizot vor.

»Wir haben das Feuer gesehen und sind gekommen, um nachzusehen«, sagte er, und so war es jetzt an D’Amblanc, sich vorzustellen und die Beglaubigungsschreiben des Sicherheitsausschusses vorzulegen.

Michel Eglizot war sichtlich beeindruckt, als er das Dokument mit dem Siegel der Republik sah. Er fuhr mit dem Finger darüber und studierte es ehrfürchtig beim Schein des Feuers.

»Wir wohnen zweihundert Schritt von hier«, sagte er schließlich. »Wir können Euch in der Scheune unterbringen. Es gibt einen Brunnen und einen Stall für die Tiere. Dieser Ort eignet sich nicht zum Übernachten.«

Bevor er den Vorschlag annahm, fragte D’Amblanc, welche Gefahren es gebe.

»Gefahren nicht, aber vielleicht Ärger. Vielleicht kommt Jean aus dem Wald und bestiehlt euch und stört die Pferde und hält Euch wach. Er ist zwar nicht bösartig, aber wild, versteht Ihr?«

D’Amblanc antwortete nein, er verstehe das nicht, und der Mann erklärte noch einmal, dass dieser Jean hier im Wald zu Hause sei, es handle sich um einen wilden Jungen, der jeden Eindringling belästige.

Im Schein der Fackeln tauchten die Gesichter Radoubs und Poulidors auf. Sie strahlten, als hätten sie im Schlaf das Schlaraffenland gesehen. D'Amblanc erklärte ihnen kurz die Situation, und der Unteroffizier sagte, dass nach dem Regen der vergangenen Tage ein warmer Stall, Heu und neue Eisen für die Tiere wie Manna vom Himmel seien, die Garantie für die erfolgreiche Bewältigung der kommenden Etappen. D'Amblanc bedankte sich für die Gastfreundschaft und suchte sein Gepäck zusammen.

Als er sich bückte, um die Decke aufzuheben, spürte er, dass sich der Rücken der Bewegung anpasste wie schon seit Wochen nicht mehr, und er beschloss, sich die Einzelheiten der soeben erprobten Therapie so schnell wie möglich zu notieren. Sobald er wieder in Paris war, würde er Puységur von den Umständen und Ergebnissen seiner ersten vegetabilischen Magnetisierung berichten.

3.

Am folgenden Morgen schrieb D'Amblanc nach einem ausgiebigen Frühstück eifrig in seinem Notizheft, während die Männer der Eskorte die Pferde vorbereiteten. Er saß auf einer Bank an der Stallmauer, als Michel Eglizot mit einem ungefähr fünfzehnjährigen Jungen an der Hand aus dem Haupthaus kam und über den Hof auf ihn zukam.

»Ihr müsst mich entschuldigen«, sagte Eglizot und nahm seinen Hut ab, »aber bevor Ihr uns verlasst, möchte ich Euch um einen Gefallen bitten.«

D'Amblanc hob die Augen vom Notizbuch und schloss es.

»Um was handelt es sich?«

Der andere zeigte auf den Jungen: »Das ist mein Sohn, er leidet an einer schrecklichen Krankheit in der Brust. Wir sind bis nach Riom zu einem Arzt gefahren, aber der konnte ihm nicht helfen. Ich möchte Euch bitten, ihn zu behandeln, so wie gestern Abend.«

D'Amblanc wollte ihn eben nach den Symptomen der Krankheit fragen, hielt aber plötzlich inne, kniff die Augen zusammen und stellte eine andere Frage:

»Woher wisst Ihr, dass das, was Ihr gestern gesehen habt, eine therapeutische Praxis war?«

»Eine was?«

»Eine Behandlungsart, eine Methode, mit der man Menschen heilt.«

Michel Eglizot war überrascht von der Überraschung D'Amblancs.

»Der gnädige Herr hat mich wegen meiner Magenbeschwerden ganz ähnlich behandelt. Ich hatte sie schon über ein Jahr. Der gnädige Herr hat mich in kurzer Zeit geheilt.«

»Der gnädige Herr? Welcher Herr?«, fragte D'Amblanc, der die Antwort bereits ahnte.

»Heute muss man ihn ›Bürger‹ nennen, aber damals war er der Herr von Yvers. Meine Familie hat als Waldarbeiter und Jagdaufseher für ihn gearbeitet. Neben all dem Guten, das die Revolution uns gebracht hat, ist es das Einzige, das uns Sorgen bereitet. Als der König die Generalstände einberufen hat, ist der Chevalier gegangen, und dadurch haben wir den verloren, der unsere Krankheiten geheilt hat.«

D'Amblanc hatte sein Notizheft wieder geöffnet und schrieb eifrig mit. Die Erinnerung an den Chevalier hatte Eglizot offensichtlich gesprächig gemacht.

»Der Bürger Yvers war ein guter Mensch. Wir hier sind für die Republik und wir sind natürlich froh, dass der Wald jetzt uns allen gehört und nicht dem Chevalier, aber auch wenn er ein schlechter Adliger war, als Mensch war er gut, er hat uns nicht nur geheilt, er hat auch andere gute Dinge getan, er hat uns Lesen und Schreiben beigebracht und hat sich um die Waisenkinder gekümmert. Seitdem er weg ist, kümmert sich niemand mehr um sie. Ein paar sind gestorben, andere verschwunden und ein paar leben auf den Feldern und im Wald, wie der arme Jean.«

»Jean aus dem Wald«, fragte D'Amblanc. »Ist das derjenige, der den Eindringlingen Streiche spielt?«

»Ja, genau der, Ihr hättet ihn sehen müssen. Er war so etwas wie ein Adoptivkind und wohnte im Schloss. Er hat ihm alles beigebracht, gute Manieren, das Französisch der Bücher, und nach nur wenigen Monaten konnte er sogar Spinett spielen. Er war immer elegant gekleidet und ritt zu Pferd aus.«

D'Amblanc fragte, warum ein Kind, das wie ein Adliger erzogen worden sei, sich in einen jungen Wilden verwandelt habe.

Mit zerknirschtem Gesicht erzählte Michel Eglizot, dass der Chevalier nach Paris zu den Generalständen gegangen sei und den Jungen dem Aufseher des Schlosses anvertraut habe. Aber am Tag nach der Abreise von Yvers habe der Junge verrückt gespielt, er habe Möbel und Einrichtungsgegenstände zertrümmert und sich im Wald versteckt. Der Aufseher habe wochenlang nach ihm gesucht, bis ihn die Garde festgenommen, ins Gefängnis gesteckt und ihn angeklagt habe, ein Spion zu sein. Jean habe weiter im Wald gelebt, sei vollkommen verwildert und wäre sicher schon tot, wenn die Familie Eglizot ihm nicht regelmäßig Lebensmittel in einer Schüssel hinstellen würde.

»Er kommt zum Essen zu Euch?«

»Jeden Abend«, antwortete Eglizot, und sofort drehte D'Amblanc sich zu den Seinen um und befahl ihnen, die Vorbereitungen für die Abreise abzubrechen und auf den nächsten Tag zu verschieben.

4.

Kurz vor Sonnenuntergang kam Michel Eglizot mit einer Holzschüssel aus dem Haus, in der zwei Scheiben Brot, ein Stück Käse und eine gekochte Kartoffel lagen. Er ging um die Scheune herum und stellte die Schüssel an der Rückseite ab, in der Nähe der Stecken für die Weinstöcke, die an einer Kastanie lehnten. Dann kam er zurück, stieg die Treppe hinauf und gesellte sich zu D'Amblanc im oberen Stock des Gebäudes.

Der Doktor stand an dem Fenster, aus dem die Getreidesäcke nach unten gelassen wurden. Von hier konnte er die Stelle einsehen, an der Jean aus dem Wald sich jeden Abend stärkte.

»Er wird nicht lange auf sich warten lassen«, sagte der Waldarbeiter und kniete sich neben den Doktor.

Kurz darauf trat im schwachen Licht der Dämmerung eine geduckte Gestalt aus den Büschen und schlüpfte unter dem Zaun hindurch, der den Hof Elizots begrenzte. Er lief vornübergebeugt und stützte sich manchmal mit den Armen ab, um sich schneller vorwärtszubewegen. Der Oberkörper war nackt, er trug Hosen, die dunklen Haare waren zerzaust und struppig. Wie ein Spürhund näherte er sich der Schüssel und begann dann mit beiden Händen zu essen.

Eglizot gab D'Amblanc ein Zeichen, und dann stiegen sie vorsichtig die Treppe hinunter, darauf achtend, dass die Stufen nicht knarrten.

Der Waldarbeiter ging nach draußen, während D'Amblanc sich hinter einer Ziegelsteinsäule, die das Dach der Scheune stützte, versteckte und das Geschehen beobachtete.

»Guten Abend, Jean«, sagte Eglizot, nachdem er drei Schritte auf ihn zugegangen war.

Der Junge hob den Kopf und hockte sich wie ein wilder Hund sprungbereit hin.

»Ich habe Honig mitgebracht, willst du? Honig mit Nüssen, hier ist er.« Eglizot tat einen weiteren Schritt und zeigte ihm einen Tontopf: »Alles für dich!«

Noch zwei Schritte. Der Junge bewegte sich nicht, aber seine Muskeln waren entspannt, und er hatte sich auf seine Fersen gehockt.

»Pass auf, wir machen es so. Du bekommst den Honig, aber vorher stelle ich dir einen Freund von mir vor, in Ordnung?«

Der Junge schüttelte heftig den Kopf.

»Er ist mein Freund, er ist ein guter Mensch. Er hat meinen Sohn Roland geheilt, erinnerst du dich an Roland?«

Eglizot öffnete den Honigtopf, steckte einen Finger hinein und hielt ihn dem Jungen hin.

»Probier mal, der ist gut!«

Jean aus dem Wald näherte sich auf allen Vieren dem Waldarbeiter und begann misstrauisch den Honig abzulecken.

»Kommt, Doktor D'Amblanc«, sagte Eglizot, aber der Junge verschwand blitzschnell ins Halbdunkel hinter einer Schubkarre; im Westen waren die ersten Sterne zu sehen.

Der Waldarbeiter zeigte auf den Stumpf einer Eiche und forderte D'Amblanc auf, sich zu setzen. Er tauchte erneut einen Finger in den Honig und lockte den jungen Wilden, davon zu naschen. Aber als der nicht kam, steckte er sich den Zeigefinger in den Mund, lutschte daran und pries lautlos die Qualität des Honigs.

»Na gut, Doktor«, sagte er schließlich, »tut mir leid, aber wie es aussieht, müssen wir den Honig allein essen.«

Er drehte sich sehr langsam um und wie erhofft tauchte hinter der Schubkarre zuerst der Kopf des Jungen auf, dann Schultern und Oberkörper und schließlich kam er auf allen Vieren näher. Als er bei Eglizot und D'Amblanc angekommen war, kauerte er sich nieder und wartete auf die Belohnung.

»Den Honig gibt es hinterher, zuerst musst du zuhören, was mein Freund dir zu sagen hat«, entschied er und schloss den Topf.

Sehr vorsichtig und freundlich schob D'Amblanc seine rechte Hand über den Kopf des Jungen, der sich sofort zusammenkauerte und nach oben blickte. Als er sah, dass die Hand leer und geöffnet war und so weit entfernt, dass sie ihn nicht berührte, nahm er wieder eine entspannte Haltung ein.

D'Amblanc begann die Worte, die er immer benutzte, wenn er mit der Behandlung anfing, wie ein Klagelied auszusprechen.

Schließ die Augen, entspanne dich, lass dich gehen, ich will dein Bestes, ich bin gekommen, um dich zu heilen, überlasse dich mir, schließ die Augen, entspanne dich, lass dich gehen ...

Nach zehn Minuten, als er merkte, dass die Atmung des Jungen tief und gleichmäßig wurde, stand D'Amblanc auf und begann mit der Befragung.

»Nun, Jean, merkst du, dass es dir guttut?«

»Ja, gnädiger Herr«, antwortete der Junge, und der Doktor musste Eglizot nicht anschauen, um zu wissen, dass der Mann mit offenem Mund dastand. Am Nachmittag, nachdem D'Amblanc seinen Sohn behandelt hatte, hatte Eglizot gesagt, Jean aus dem Wald habe seit mindestens drei Jahren nicht mehr gesprochen.

»Spürst du irgendeinen Schmerz, von dem du geheilt werden möchtest?«

»Nein, gnädiger Herr, Ihr seid es, der an irgendetwas leidet.«

»Du hast recht, aber das ist nicht der Grund für unsere Unterhaltung. Ich würde viel lieber erfahren, was geschehen ist und warum du im Wald lebst.«

Der Junge schwieg. Als D'Amblanc gerade seine Frage wiederholen wollte, redete er weiter.

»Im Wald sagt Ihr? Davon weiß ich nichts.«

»Was weißt du nicht?«

»Ich weiß nicht, wie es gekommen ist, aber Ihr solltet wissen, dass ich nicht im Wald lebe, ich lebe im Haus des Chevalier d'Yvers.«

D'Amblanc war es gewohnt, von seinen Patienten die merkwürdigsten Antworten zu hören, aber mit dieser Antwort und dem genannten Namen hatte er nicht gerechnet. Er verlor den magnetischen Kontakt zu dem Jungen und versuchte ihn wieder herzustellen, aber der Junge hatte die Augen bereits geöffnet, machte einen Satz, riss Eglizot den Honigtopf aus den Händen, und bevor die beiden etwas unternehmen konnten, war er unter dem Zaun durchgeschlüpft und im Gebüsch verschwunden.

5.

In dieser Nacht tat Orphée d'Amblanc kein Auge zu. Die an dem ereignisreichen Tag gesammelten Nachrichten kreisten in seinem Kopf herum, und vor seinen Augen tanzten verrückte Bilder.

Er warf sich auf seinem Strohsack von einer Seite auf die andere, roch an Staub und Holz und versuchte zum wiederholten Mal seine Gedankengänge zu ordnen.

Erstens: Jean aus dem Wald wusste im somnambulen Zustand nichts von seiner aktuellen Situation.

Zweitens: Jean aus dem Wald glaubte im somnambulen Zustand, im Haus des Chevalier d'Yvers zu leben.

Normalerweise trat bei denen, die in magnetischen Schlaf versetzt worden waren, beim Erwachen die Amnesie ein, nicht umgekehrt. Kurz gesagt, Jean erinnerte sich als Somnambuler nicht an eine lange Phase seines Lebens im Wachzustand, während Somnambule im Wachzustand sich nicht an das erinnern, was sie im Zustand des Somnambulismus getan haben.

Konnte man daraus schließen, dass der Zustand Jeans als Wilder eine Art induzierter Somnambulismus war?

»Nehmen wir an, es sei so«, murmelte D'Amblanc und drehte sich zur Wand.

Aber warum erinnerte sich Jean dann im Zustand des Somnambulismus nicht an eben diesen Lebensabschnitt in der Wildnis?

Das war die Klippe und alles Nachdenken D'Amblancs konnte sie nicht umschiffen. Vielleicht wurde das Kind von zwei verschiedenen magnetischen Konditionierungen geleitet? Die erste hatte ihn in den perfekten Nachkommen eines Adeligen verwandelt.

»Sie haben ihm alles beigebracht, gute Manieren, das Französisch der Literatur ... in nur wenigen Monaten«, hatte Eglizot gesagt.

Die zweite hatte ihn zum Wilden gemacht.

Die Magnetisierung am Nachmittag hatte den Jungen also auf die Ebene der ersten Magnetisierung gebracht. Deshalb erinnerte er sich an sie und nicht an die zweite. Aber das war lediglich eine Hypothese, und ohne weitere Beweise würde sie das auch bleiben. Außerdem warf sie, wie jede gute Hypothese, weitere Fragen auf.

Erste Frage: Warum? Warum hatte Yvers Jean in zwei unterschiedliche Individuen aufgespalten? Zu welchem Zweck?

Zweite Frage: War die erste Magnetisierung darauf gerichtet, dem Jungen Gutes zu tun, dann war die zweite, die ihn zu einem Wilden gemacht hatte, darauf gerichtet, *ihm Böses zuzufügen.* Wie war es denkbar, dass es funktioniert hatte?

Puységur behauptete, man könne den magnetischen Fluss nur beeinflussen, wenn man den Willen des Patienten akzeptiere, und nur zu einem Zweck, der keinen Schaden anrichte. Ein Magnetisierter konnte nicht gegen sich selbst gerichtet werden; er merkte sofort, ob die Absicht des Therapeuten gutwillig oder böswillig war. Selbst der Wildschweinmensch Jaranton musste das in irgendeinem entfernten Winkel seines Gehirns und trotz seiner Konvulsionen gemerkt haben.

Aber wenn ein gebildeter und wohlerzogener Junge zu einem Tier gemacht werden konnte, dann ließ ein solches Prinzip eine schwerwiegende Ausnahme zu. Und wenn das so war, musste die Theorie des Somnambulismus überprüft und die therapeutische Praxis erneuert werden.

D'Amblanc konnte nichts anderes tun, als Jean aus dem Wald ein zweites Mal zu magnetisieren, aber er war sich nicht sicher, ob er der Sache gewachsen sein würde. Nicht nur wegen der Schmerzen, die sein eigenes magnetisches Gleichgewicht gestört hatten, sondern auch weil es ihm an Erfahrung fehlte.

Ein solcher Fall war es wert, Puységur persönlich unterbreitet zu werden.

6.

Bei Sonnenuntergang stand Eglizot wieder mit der Schüssel in der Hand bereit. Brot, Zwiebeln und Rührei. D'Amblanc beobachtete die Szene aus dem Fenster der Scheune und fragte sich, ob die schlaflose Nacht ihn auf den richtigen Weg geführt hatte.

Die Schüssel stand neben den Stecken, die an der Kastanie lehnten.

Er hatte mit Eglizot darüber geredet, und der einfache Mann hatte anscheinend genau verstanden, worum es ihm ging.

»Sie sind der Arzt«, hatte er geantwortet, und er hatte natürlich recht, er allein war verantwortlich.

Radoub hatte keine Einwände gehabt, wenn man seine Bedingung akzeptierte:

»Wir reisen danach auf dem kürzesten Wege zurück nach Paris.«

Es dauerte länger als am Vortag.

Es war schon fast dunkel. Jean musste lange überlegt haben, ob er dem Hunger nachgeben sollte oder nicht. Als er ins Freie kam, hielt D'Amblanc den Atem an. Der Junge nahm eine Scheibe Brot und führte sie zum Mund.

Von oben aus der Kastanie warf Feyfeux ihm ein Netz für den Vogelfang über. Dann sprangen er und der mit der Narbe vom Baum herunter und hinderten Jean aus dem Wald an der Flucht. D'Amblanc stürzte die Treppe hinunter und rief, man solle vorsichtig sein und dem Jungen nicht wehtun.

Jean knurrte, trat und tobte wie ein gefangenes Wildtier. Sein Verhalten erinnerte an den Wildschweinmann, den ersten Fall auf ihrer langen, erstaunlichen Reise durch die Auvergne.

Poulidor und Radoub kamen als Verstärkung, und auch die Familie Eglizot hatte sich vollständig auf dem Platz versammelt und beobachtete das Geschehen.

»Beruhige dich, es reicht jetzt«, forderte D'Amblanc den Jungen auf und legte seine Hände über dem Vogelnetz auf den Körper des Jungen. »Ich bin es, der Doktor von gestern Abend, erinnerst du dich? Du wohnst im Haus des Herrn von Yvers, du kannst Spinett spielen, du bist kein Tier. Entspanne dich, ich will nur dein Bestes.«

Aber der wilde Junge beruhigte sich nicht, und die Netzmaschen zerkratzten an mehreren Stellen seine Haut.

D'Amblanc ließ sich die Kupferstangen bringen und beschloss, wie bei Jaranton vorzugehen. Im Grunde hatte er auch in jenem Fall gegen den Willen des Patienten gehandelt, der es vorgezogen hätte, wie ein Besessener zu masturbieren.

Aber er war sich sicher gewesen, dass die Behandlung gut für den Patienten war. Aber in diesem Fall wusste er nicht genau, was das Gute war, und es waren andere Gründe, die ihn antrieben.

»Nicht nach Gerechtigkeit trachtet Ihr, Ihr wollt eine Hypothese bestätigen«, hatte Pater Ledoux gesagt.

Er verscheuchte die Erinnerung und gab den Erwachsenen der Familie Eglizot Anweisungen, sich an der Hand zu halten und eine Kette zu bilden. Dem Ersten in der Reihe gab er die Kupferstange und hieß ihn, die Stange auf den Bauch des Jungen zu halten, während er ihm weiterhin Füße und Kopf rieb.

»Beruhige dich, Jean. Erinnere dich daran, wer du bist. Der Chevalier d' Yvers will dich sehen, wir müssen nach Paris gehen. Entspanne dich. Schließ die Augen. Genau so, gut so. Morgen werden wir fahren. Morgen fahren wir nach Paris.«

7.

»Seid Ihr sicher, dass Ihr heute Morgen abreisen wollt, gnädiger Herr? Ihr seht nicht gut aus, bleibt noch ein paar Tage hier.«

D'Amblanc war sich überhaupt nicht sicher, abreisen zu wollen, und er hatte sich in seinem ganzen Leben noch nie so müde gefühlt. Er hatte die ganze Nacht damit verbracht, Jean aus dem Wald zu magnetisieren, um ihn wieder zu Jean aus dem Schloss zu machen. Es war ihm gelungen, der Wechsel war anscheinend stabil, und er hatte ihm sogar versprochen, er werde in Paris seinen Mentor treffen, was eine Täuschung war, und deshalb redete er sich ein, es sei für Jean das Beste. Wenn andererseits die magnetische Konditionierung gelungen war ... Nein, er musste nicht länger so tun, als glaubte er noch an das Dogma Puységurs, nicht nach der Reise in die Auvergne. Inzwischen war er überzeugt, dass der Magnetismus auch für schlechte Zwecke eingesetzt werden konnte.

Der Junge war erschöpft. Im Sattel des frisch gestriegelten Pferdes hatte er den Kopf an Radoubs Rücken gelegt und schlief. D'Amblanc hätte viel dafür gegeben, wenn er es ebenso hätte tun können.

Die Sonne war eben erst hinter den Bergen aufgegangen und die Luft war kühl, kühler als sonst, das Ende des Sommers kündigte sich an. Noch hundertfünfzig Meilen zu Pferd durch das Landesinnere trennten sie vom grauen, ungemütlichen Herbst der Hauptstadt.

D'Amblanc starrte auf die Straße vor ihnen und versuchte aus ihren Windungen Zeichen der Hoffnung herauszulesen. Aber das wäre an diesem klaren Morgen zu einfach und trügerisch gewesen, sie würden sich auf die Suche machen müssen, wenn sie angekommen waren.

»Danke, Bürger«, sagte er und streckte die Hand aus. »Danke für Wein, Vorräte und die Pferde. Ihr seid ein außergewöhnlicher Gastgeber, und ich würde gern noch bleiben, aber es geht wirklich nicht. Innerhalb der nächsten vierzehn Tage müssen wir in Paris sein, und wir haben uns bereits verspätet. Ich werde Euch über Jean auf dem Laufenden halten, ich verspreche es. Auf Wiedersehen, Eglizot, und es lebe die Republik.«

DRITTER AKT

Terror

Auszug aus dem Bericht
des Bürgers SAINT-JUST
erstellt im Namen des Wohlfahrtsausschusses
über die Notwendigkeit, bis zum Frieden eine revolutionäre Regierung in Frankreich zu proklamieren

10. Oktober 1793

Die Zeit ist gekommen, eine Wahrheit auszusprechen, die diejenigen, die regieren, stets vor Augen haben müssen: Die Republik wird erst gegründet sein, wenn der Wille des souveränen Volkes die monarchistische Minderheit niedergerungen haben wird und auf der Grundlage des eroberten Rechts über sie herrschen wird.

Nichts wird gedeihen können, solange der letzte Feind der Freiheit atmet. Ihr sollt nicht nur die Verräter, sondern auch die Gleichgültigen bestrafen. Seit das französische Volk seinen Willen bekundet hat, steht jeder, der sich gegen es auflehnt, außerhalb der Souveränität, und alles, was außerhalb der Souveränität steht, ist sein Feind, und zwischen dem Volk und seinen Feinden gibt es keine Gemeinsamkeiten, nur das Schwert.

Das Volk hat nur einen wirklich gefährlichen Feind: seine Regierung. All euer Bemühen hier an diesem Ort ist vergeblich; ihr erlasst Gesetze, während alle anderen gegen euch konspirieren. Ihr habt Gesetze gegen die Hamsterer erlassen, aber diejenigen, die dafür sorgen sollten, dass sie respektiert werden, hamstern.

Die Republik befindet sich in einer Situation, in der die Verfassung nicht angewandt werden kann, sie selbst wäre der Grund ihres eigenen Untergangs. In ihrem Namen würden Attentate gegen die Freiheit verübt, denn ihr fehlt die notwendige Gewaltbefugnis, sie zu unterdrücken. Es ist unmöglich, revolutionäre Gesetze anzuwenden, wenn die Regierung nicht auf revolutionäre Weise gebildet wird.

ERSTE SZENE

Neue Zwietracht

Anfang Oktober 1793

1.

»Bürger hier und Bürger da«, aber dann kassierte der Patron selbst das Trinkgeld, die Hälfte oder alles, je nachdem mit welchem Fuß er am Morgen aufgestanden war.

Wenn man sich so behandeln lassen musste, dachte Léo, konnte man auch nach Italien zurückgehen, nach Bologna oder Neapel oder wer weiß wohin, nach Guastalla. Hatte er die große revolutionäre Bühne Frankreichs betreten, um sich dann vom Patron ums Trinkgeld betrügen zu lassen? Leider arbeitete er auch nicht immer als Kellner und servierte an den Tischen im Restaurant L'Aurora oder im Palais Égalité; häufig musste er Teller waschen und Besteck abkratzen, mit den Händen stundenlang im Wasser.

Léo murmelte ein paar Verwünschungen, während er mit einem Ohr dem Spott und den Beleidigungen einer Gruppe Besucher zuhörte.

»Meine 'ede. Unglaublich! Guck di' den Kellner an, kaum g'ößer als mein Schwanz! Mise'ables Individuum, habe ich nicht 'echt?«

»Du hast meh' als 'echt, mein Lieber. Unse' eigene' Abschaum 'eicht nicht, jetzt kommen auch noch die Italiene'.«

Ganz ruhig bleiben, dachte Léo. Selbstmitleid ist Balsam für Versager. Ein intelligenter Mensch spielt sich auch in der Niederlage niemals als Opfer auf. Zu banal. Der wahre Künstler blickt über die erbärmliche Erscheinung hinweg. Auch wenn er den Küchenjungen macht, weiß er, dass er kein Knecht ist, jedenfalls solange ihn die Folter des Abwaschens nicht vom Gegenteil überzeugt. Und wenn sie ihn »Italiener« nennen, dann lacht er. Italiener gibt es nur außerhalb Italiens, für die, die nicht dort leben.

»Heh, F'emde'! Italiene'!«

Léo fühlte sich angesprochen, stellte die schmutzigen Teller, die er gerade in die Küche bringen wollte, auf einem Tisch ab und blickte verächtlich zu der Gruppe hinüber.

»Du bist doch Italiene', ode'?«

»Nicht mehr, als ich Küchenjunge bin«, antwortete er.

Der Typ zögerte kurz und sagte dann in einem Ton, als rede er mit einem Diener oder einem Hund:

»Deine e'bä'mliche E'scheinung stö't meine Verdauung«, er wedelte mit seinem Stock, »so'ge dafü', dass du uns gegenübe' so auft'ittst, wie es sich gehö't. Deine wide'liche E'scheinung ist eine Beleidigung fü' das ganze Égalité.«

Léo hatte Mühe, sich zu beherrschen. Er hasste es, wenn er von diesen Lüstlingen aufs Korn genommen wurde, die wenn sie redeten kein »R« aussprachen. Er schluckte seine Wut runter, stellte den Tellerturm kunstvoll auf seinen rechten Arm und entfernte sich Richtung Küche, verfolgt von Gelächter und einem Apfelbutzen, der ihn nur knapp verfehlte.

»Das sind die sogenannten *Muscadins*«, erklärte ihm Andria, der mehr als zwanzig Jahre ältere, schnauzbärtige Kellner aus Korsika. »Sie benutzen nur Moschusparfüm. Man nennt sie auch die Unglaublichen, abe' ganz eh'lich«, fügte er sie nachahmend hinzu, »warum sie so reden, weiß ich nicht.«

Léo fragte ihn, warum die Schnüffler sich nicht um sie kümmerten und zu ihrer Kleidung schwiegen, mit der sie den Adel des Ancien Régime imitierten.

»Das Égalité mit seinen Geschäften, Juwelieren und Stutzer-Restaurants ist ihr Terrain, draußen sind sie vorsichtiger, da halten sie sich zurück ... Solange Saint-Just nicht mit ihnen aufräumt, bleibt das hier ihr Pissoir.«

Als Léo in den Gartenbereich zurückkam, standen die Muscadins um den Pförtner des Palastes herum, der sich stets ein Taschentuch vor Mund und Nase hielt. Léo sah ihn nicht zum ersten Mal, aber er hatte noch nicht herausgefunden, was ihn mit dem verschroben gekleideten Abschaum verband. Sie behandelten ihn respektvoll, und häufig kamen sie anscheinend nur seinetwegen, und auch heute beachteten sie Léo für den Rest des Tages nicht mehr.

Nach Schließung des Restaurants legte er die schmutzigen Tischdecken in einen Korb, fegte die Küche aus und wickelte drei trockene Stücke Brot, die er am nächsten Tag in ein wenig Brühe einweichen wollte, in einen alten Lappen. Dann schob er den Tisch an die Wand, legte drei Säcke Reis zu je fünfzig Kilo nebeneinander auf den Fußboden, legte zwei Decken darüber und streckte sich darauf aus, eine dritte Decke zog er sich bis unter die Nase und schlief sofort ein.

Auch in den folgenden Tagen provozierten sie ihn, schnitten Grimassen und bewarfen ihn mit Brotkrusten. Von allen Lokalen im Palais Égalité hatten sich die Muscadins ausgerechnet dieses Restaurant als Treffpunkt ausgesucht. Woher sie das Geld hatten, um jeden Abend hier essen zu können, wusste Léo nicht. Sie spielten sich zwar als Reiche auf, aber ihr Heißhunger verriet sie: Sie stürzten sich jedes Mal aufs Essen, als hätten sie aufs Mittagessen verzichten müssen, und heimlich steckten sie Reste und Hühnerknochen ein. Léo fragte sich immer wieder, warum er das alles ertrug, nicht nur die Quälereien der »Unglaublichen«, sondern vor allem die Tatsache, dass man ihn hier der Revolution, Madame Guillotine, der Brüderlichkeit und allem anderen zum Trotz wie einen Diener behandelte.

Es ist der Hunger, sagte er sich, der Hunger ist es, der mich antreibt.

Der Typ mit dem Taschentuch vor dem Gesicht kam ziemlich oft und hielt heimliche Zusammenkünfte ab. Léo bemerkte, dass er ihnen Geld zusteckte. Sie gingen mit Sicherheit dunklen Geschäften nach, und das erklärte auch ihre Kleidung und alles andere.

Eines Abends hatte das Taschentuch für einen kurzen Augenblick ein entstelltes Gesicht freigegeben, aber die Muscadins waren völlig unbeeindruckt geblieben, offensichtlich kannten sie es. Das abstoßend wirkende Gesicht löste einen Schreck aus, wenn man es zum ersten Mal sah.

Wenn der Laden schloss, schob der Besitzer die Tische zusammen, um in der Mitte des Raumes genügend Platz für ungefähr zwanzig Personen zu schaffen. Er schickte Léo zum Spülen und Putzen in die Küche, während die Muscadins mit dem Stock Fechtübungen machten. Die Waffenkammern waren als Einrichtungen des alten Regimes geschlossen worden, und viele Fechtmeister waren brotlos, aber es gab immer noch Menschen, die lernen wollten, wie man sich verteidigte. Léo beobachtete die Veranstaltung durch den Türspalt.

Das französische Fechten mit dem Stock war technisch weniger ausgeklügelt als das italienische, man kam direkt zur

Sache. Die Franzosen kämpften nur selten mit der Faust, sie zogen die offene Hand vor. Auch Mingozzi hatte immer wieder gesagt, die Hand sei nicht fürs Schlagen geschaffen, am allerwenigsten die Knöchel.

Die Franzosen, besser gesagt die Pariser, bevorzugten eine Art Straßenkampf mit Ohrfeigen und Kopfstößen, aber man versuchte sich vor allem mit hinterhältigen Tritten, wie beim Kampffechten, aus dem Gleichgewicht zu bringen. Faustschläge und Klammergriffe gehörten nicht zu ihren Stärken. *Savate* nannten sie diese Art von Kampf, Pantoffel, *zavata*. Offiziell verachteten die Lehrer diese Art des Kampfes, weil er aus den Vorstädten kam, aber wenn man sie anständig bezahlte, unterrichteten auch sie diese Art des Kampfes.

Jeden Abend, während er in Gesellschaft einer tauben Alten Berge von Tellern abwusch, trainierte Léo die erspähten neuen Bewegungsabläufe und Schrittfolgen, und später, auch wenn er todmüde war, wiederholte er sie zusammen mit denen, die er in Bologna gelernt hatte. Er verglich und kombinierte sie und stellte sich dabei die verhassten Gesichter seiner Peiniger vor.

2.

Die einsetzende Dämmerung und zwei Schläge gegen die Tür kündigten das Abendessen an.

Die *Gefährlichen* erhielten ihr Essen durch eine Luke, dabei kippte der Teller häufig um, man verbrannte sich die Finger und fluchte. Auf die *Friedlichen* wartete nach den zwei Schlägen der Ordonnanz das Essen hinter der Tür.

Laplace erkannte die Bediensteten an ihrem Klopfen.

Er zog die Tür auf, und wie erwartet, sah er die Kartoffelnase des guten Maurel vor sich.

Seit Doktor Pinel Malaprez in einen anderen Pavillon verlegt hatte, mied Laplace jeden Kontakt mit anderen Geisteskranken, und von allen Gesunden, die nach Saint-Prix kamen, richtete er das Wort nur an Maurel. Es war keine großartige Konversation, aber er hatte festgestellt, dass er weniger grob als seine Kollegen und der Einzige war, der wirklich an die Methoden Pussins glaubte. Außerdem sah man seinem Gang an, dass seine Muskeln und Knochen schmerzten.

Laplace nahm die Suppenschüssel und stellte sie achtlos auf den Tisch. Das Menu von Bicêtre wiederholte sich im Wochenrhythmus. Wer wissen wollte, welcher Tag war, musste nur einen Blick auf den Fraß werfen: Montag Erbsen, Dienstag Kohl, Mittwoch Kürbis ... Aber Laplace hatte in den neun Monaten seines Aufenthalts nie die Zeitorientierung verloren und wusste immer im Voraus, was sich in der Schüssel befand.

»Gibt's Neuigkeiten von Malaprez?«, fragte er, bevor der Bedienstete sich wieder entfernte.

»Es geht ihm gut. Er isst, und wenn er nicht isst, schreit er, bis seine Stimme versagt.«

Laplace ballte die Fäuste.

»Ihr solltet Euch einen anderen Freund suchen und nicht die ganze Zeit in der Zelle hocken und nachdenken«, sagte Maurel.

Laplace schüttelte den Kopf.

»Dr. Pinel versteht nicht, dass es mir guttat, Malaprez zu behandeln. Es war der einzige Weg, mich selbst zu heilen.«

»Es wird behauptet, Ihr hättet ihn gar nicht geheilt«, bemerkte der Bedienstete.

»Sie reden nur so, weil sie neidisch sind und Vorurteile haben. Wahrscheinlich macht sich das ganze Hospital über mich lustig«, sagte Laplace verbittert.

»Stimmt es, dass Ihr mit der Methode Mesmer vertraut seid?«

»Nicht ganz. Ich ...«

Maurel wedelte mit der Hand, als wolle er eine Fliege verscheuchen.

»Sie sagen, auch die heile nicht wirklich. Ein Neffe hat mir vor ein paar Jahren wegen meines Rückenleidens den Doktor D'Amblanc empfohlen, das ist der einzige Mesmerist, der auch arme Leute behandelt. Aber dann hat sich rausgestellt, dass alles nur Hokuspokus war, und ich war froh, dass ich kein Geld dafür ausgegeben habe.«

»Und die Rückenschmerzen habt Ihr behalten?«, forschte Laplace.

»Schlimmer als vorher. An manchen Tagen kann ich mich kaum bücken.«

Laplace streckte die Hände aus und nahm die Hand des Bediensteten in seine.

»Ich kann Eure Schmerzen besiegen«, sagte er und versuchte seine Freude nicht zu sehr zu zeigen; gerade so viel, um ihn neugierig zu machen, ohne ihn zu erschrecken. »Lasst es mich versuchen, Ihr werdet es nicht bereuen.«

Maurel entzog ihm seine Hand und trat einen Schritt zurück.

»Ganz ruhig!«, Laplace redete mit honigsüßer Stimme. »Ihr müsst euch einfach setzen, mir die Hand geben, und in zehn Minuten werde ich Euch von allen Leiden befreit haben. Ich habe Malaprez zum Sprechen gebracht, also werde ich auch Euch von Euren Rückenschmerzen befreien können.«

»Zehn Minuten? Und wenn es nicht funktioniert?«

»Ihr geht kein Risiko ein, es ist wie ein Glas Wasser trinken. Aber mir würde es guttun, schon die Tatsache, dass Ihr mir vertraut ...«

»Ich habe es eilig, Laplace«, schnitt der andere ihm das Wort ab. »Ich muss das Abendessen austeilen. Aber ich werde darüber nachdenken, einverstanden? Gute Nacht.«

»Gute Nacht, Maurel.«

Es vergingen zwei Tage. Dann, eines Nachmittags, Laplace dachte gerade über die Auferstehung Christi nach ...

Tock, tock, tock, tock.

Viermaliges Klopfen mit den Knöcheln, leicht, in schneller Folge, wie kleine Hammerschläge auf einen Nagelkopf.

Maurel.

Laplace öffnete sofort und zügelte seine Begeisterung, als er sah, dass der Mann eine Hand auf den Rücken drückte und die Zähne vor Schmerzen zusammenbiss.

»Genügen fünf Minuten? Ich habe zu tun, und die anderen verbreiten schon, ich würde zu viel Zeit mit Euch verbringen.«

»Fünf Minuten reichen«, lächelte Laplace und zeigte auf den Stuhl. »Entspannt Euch, schließt die Augen und versucht, an nichts zu denken. Spürt Ihr die Wärme meiner Hand auf Eurer Stirn? Ich will Euch heilen.«

Später, mitten in der Nacht, klopfte es zwei Mal an die Tür, wie für das Abendessen.

Das Klopfen klang unsicher. In der Ferne erklangen wie ein Echo die Glocken von Saint-Saturnin.

Dong, dong.

Laplace glitt von der Liege und zog die Schlappen an.

Auch sein Zimmer wurde von neun Uhr abends bis zum Morgen verriegelt.

Maurel drehte den Schlüssel im Schloss und öffnete die Tür. Er hielt eine Laterne, und im Licht der Flamme sah man seine starren, erloschenen Augen.

»Kommt, gnädiger Herr«, sagte er mit einer halben Verbeugung, drehte sich um und schritt voran.

Laplace folgte ihm, legte ihm eine Hand auf den Kopf und konzentrierte sich, um den magnetischen Befehl zu verstärken, den er ihm am Nachmittag erteilt hatte.

Heute Nacht um zwei wirst du mich in meinem Zimmer abholen.

Sie durchquerten den Pavillon, vorbei an den Zellen der Eingeschlossenen. Hinter den Türen hörte man Schnarchen, Gebete und Gerede über die Revolution.

Du wirst mich zum Gemeinschaftsschlafsaal führen. Sollte uns jemand begegnen, wirst du sagen, dass du mich an die frische Luft bringst, weil ich einen Anfall hatte und keine Luft bekam.

Im zentralen Hof lief ihnen eine Mäusefamilie über den Weg.

Dichter Nebel drang in die Kleidung und machte die Kälte noch kälter. Niemand konnte sie sehen, auch wenn jemand jetzt aus dem Fenster schaute. Er hatte sich genau die richtige Nacht ausgesucht. Unsichtbar plätscherte der Brunnen, durch die Platanen ging ein Rauschen.

Wenn wir angekommen sind, wirst du mir die Tür zum Schlafsaal öffnen und mich dort lassen, bis ich dir befehle, mich zurück in mein Zimmer zu bringen.

Maurel betrachtete den Schlüsselbund. Beim dritten Versuch hatte er den richtigen Schlüssel gefunden und schloss auf. Vor Laplace lag der Gemeinschaftsschlafsaal.

»Warte hier auf mich, du kommst erst, wenn ich dich rufe.«

»Wie Ihr wünscht, gnädiger Herr«, antwortete Maurel und reichte ihm die Laterne.

Laplace trat ein. Es stank fürchterlich, und er musste einen Brechreiz unterdrücken. Die Geisteskranken waren alle in ihren Betten, bis auf einen, der seiner Haltung nach zu urteilen, gerade in eine Ecke des großen Raums pinkelte. Die anderen wälzten sich fast alle schlaflos in ihren Betten, nur wenige schliefen. Einige saßen mit angezogenen Knien auf dem Bett, ein paar masturbierten oder stierten auf die Wand. Niemand beachtete ihn.

Laplace ballte die Fäuste und nahm alle seine Kräfte zusammen. Er befreite sich von allen Gedanken und schärfte seinen Willen.

3.

Marie kehrte mit leeren Händen nach Hause zurück und bemühte sich gar nicht erst, leise zu sein. Sie behielt die Holzschuhe an und schob die Tür nicht zu. Bastien war schon wach und setzte sich im Bett auf. Er beobachtete sie, als sie durchs Zimmer ging und das Frühstück mit trockenem Brot vom Vortag zubereitete. Er sah ihr wirres Haar und das zerschlagene Gesicht.

»Woher hast du das blaue Auge?«, fragte er.

»Eine Rangelei in der Schlange beim Bäcker ...«

Amandine hatte sie um vier Uhr morgens vor der Bäckerei mit dem Satz provoziert. »Wie machst du das bloß, dass du noch stehen kann, wo du doch schon die ganze Nacht unterwegs bist ...« Sophie hatte mitgemacht und am Ende waren sie aufeinander losgegangen. Marie hatte sich einen Schlag über dem Wangenknochen eingefangen, und jetzt war sie niedergeschlagen und deprimiert.

Sie goss die restliche Milch auf das trockene Brot in den Tassen, dann setzten sie sich an den Tisch und aßen schweigend. Marie hielt plötzlich inne, hob den Kopf und schaute Bastien an:

»Wenn du fertig bist, nimm deine Kleidung und steck sie in einen Beutel.«

Der Junge legte den Löffel ab und starrte sie befremdet an.

»Warum? Gehen wir weg?«

Marie schwieg. Sie stand auf, nahm eine alte Ledertasche, die an der Eingangstür hing, und stopfte Schuhe und ein paar Kleidungsstücke zum Wechseln für sich hinein.

»Ich bleibe hier nicht länger, und du kannst nicht allein hier bleiben. Einen Vater hast du nie gehabt, aber da du dir ja jetzt selbst einen ausgesucht hast, geh zu ihm. Du verbringst deine ganze Zeit mit Treignac, dann kann er dich auch bei sich zu Hause aufnehmen.«

»Und du?«, fragte Bastien mit schwacher Stimme.

»Ich gehe zu einer Freundin.«

Der Blick des Jungen irrte durchs Zimmer, als suche er nach etwas Ungewöhlichem.

»Zu der anderen?«

»Das geht dich nichts an«, sagte Marie, schloss die Tasche und setzte sich auf den Bettrand, der noch im Halbdunkel lag. »Du bist jetzt fast elf«, begann sie. »Es wird Zeit, dass du erfährst, wer dein Vater ist. Er war mein Herr. Ein Adliger, unten aus dem Dorf. Ich war Dienerin in seinem Haus, und eines Tages hat er mich vergewaltigt. Ich wurde schwanger, und er hat mich weggejagt. Jetzt weißt du, wessen Sohn du bist. So machen das die Aristokraten. Sie nehmen sich das, was sie wollen, aber sie bezahlen nicht. Das genau ist die Revolution. Alle müssen bezahlen, es gibt keine Privilegien; dasselbe Recht für den Reichen und für den Bettler.«

Es dauerte eine Weile, bis Bastien den Mut zu einer Frage fand.

»Wie hieß er?«

Marie zuckte mit den Schultern und sagte mit müder Stimme:

»Das sage ich dir nicht, ich will kein Drama, und den Rest habe ich vergessen.«

Aus ihren Worten klang immer noch die alte Wut.

»Hat er dich wirklich weggeschickt?«, fragte Bastien.

Marie blickte ihn prüfend an, als wolle sie erst seine Reife beurteilen. Würde er verstehen? Sie beschloss, ihm alles zu sagen, bevor sie ihn seinem Schicksal überließ.

»Bevor mein Bauch größer wurde, hat mich mein Herr hier nach Paris geschickt, in ein Nonnenkloster. Dort wurde ich eingeschlossen und dort habe ich alle Tränen vergossen, die ich hatte. Ich habe den, der mich zu dem gemacht hatte, gehasst und den verflucht, der in mir wuchs. Jedes Mal, wenn ich meinen Bauch sah, musste ich daran denken, was der Herr mir angetan hatte. Ich habe darüber nachgedacht, wie es sein würde, einen Jungen großzuziehen, der vielleicht aussehen würde wie er. Ich war so verzweifelt, dass ich eines Tages einer Nonne gebeichtet habe, dass ich daran dächte, dich in meinem Bauch zu töten. Sie hieß Schwester Buonaventure, und sie lief direkt zur Oberin und hat ihr alles erzählt. Sie haben mich für meine Gedanken bestraft. Ich durfte einen Monat lang meine Zelle nicht verlassen, danach habe sie mich rund um die Uhr kontrolliert. Die anderen Nonnen durften nicht mit mir reden. Ich dachte, ich werde verrückt.« Marie seufzte und machte eine Handbewegung, als müsste sie eine unsichtbare Fliege verscheuchen. Dann redete sie weiter: »Als du geboren wurdest, wollte ich dich dort lassen. Aber im letzten Moment habe ich es mir anders überlegt. Was wissen diese Frauen schon vom Leben? Vom wirklichen Leben, von echten Menschen? Sie kennen nur Lüge und Neid. Man nennt sie Bräute Christi. Armer Christus! Ich konnte dich nicht bei ihnen lassen, du hattest keine Schuld. Ich bin mit dir geflohen, und wenn ich in meinem Leben je etwas Gutes getan habe, dann war es das.« Sie erhob sich und nahm die Tasche. »Jetzt weißt du, wie es war. Such deine Sachen zusammen und schließ die Tür, wenn du gehst. Viel Glück, Bastien. Wir werden uns wiedersehen.«

Sie ging zur Tür, aber die Stimme ihres Sohnes hielt sie auf.

»Mama, ich habe nicht verraten, dass die Frau hier geschlafen hat. Ich habe Treignac gerufen, weil ich dachte, dass Georgette und die anderen dich verprügeln wollten ...«

Er schwieg, unsicher, ob er noch etwas hinzufügen sollte.

Marie setzte ein Lächeln auf.

»Ist schon in Ordnung.«

Sie verließ das Haus, ließ die Vorstadt hinter sich und lief Richtung Zentrum. Sie zitterte am ganzen Körper und war gleichzeitig erleichtert. Ein paar Menschen drehten sich nach ihr um. Vielleicht wegen ihres Gesichtsausdrucks oder ihrer Art zu gehen. Als sie am Stadttor, am Platz der Bastille ankam, hörte sie eine Stimme, die nach ihr rief.

Sie drehte sich um und sah Georgette, die ihr ein Zeichen gab zu warten. Sie zögerte kurz, aber dann ließ sie sich von ihr einholen. Sie wirkte nicht feindlich, jedenfalls nicht mehr als gewöhnlich.

»Verflucht, ich bin ganz außer Atem! Ich war auf dem Weg zu dir, aber dein Sohn hat gesagt, dass du gerade weggegangen bist. Du lässt ihn einfach zurück?«

»Er bleibt bei Treignac. Das ist besser für alle.«

Die beiden Frauen standen sich schweigend gegenüber. Marie vermutete, dass Georgette wegen des Streits in der Brotschlange gekommen war. Es hatte ihr nicht gefallen, und sie wollte die Sache klären.

Marie sah sie an, während Georgette die Arme in die Seiten stemmte und tief Luft holte.

»Ich habe mit den anderen gesprochen. Niemand wird dich mehr anfassen. Du kriegst dein Brot und deinen Anteil an der Arbeit, wie alle.«

Marie räusperte sich.

»Zu viel des Guten, Georgette. Ich brauche einen Tapetenwechsel.«

Georgette blickte sie stirnrunzelnd an und zog pfeifend die Luft ein.

»Hast du Scheiße im Kopf, Marie? Du ziehst wirklich zu den Nutten von Leclerc? Reicht es dir nicht, dass du mit ihnen gemeinsame Sache machst? Die sind nicht wie du und ich ...«

Marie wurde wütend:

»Aber sie kämpfen für das Richtige, genau wie wir. Und die Sesselfurzer verbreiten nur Märchen über sie. Ich weiß selbst am besten, mit wem ich gemeinsame Sache machen will, mit einer republikanischen Revolutionärin oder mit den Taugenichtsen in den Tuilerien.«

Mit gesenktem Kopf wartete sie darauf, dass Georgette auf sie losging und sie mit Schimpfwörtern überschüttete, wie bei ihrer letzten Begegnung, als die anderen sie verprügeln wollten wie die Méricourt. Aber Georgette nickte nur.

»Das ist wahr. Mit den Sesselfurzern im Konvent haben wir nichts zu tun, verdammt, aber wir haben keine anderen. Die sind, wie sie sind, und wir sind wir. Deine republikanischen Revolutionärinnen wollen das nicht verstehen, aber so ist es!«

Marie winkte ab:

»Ohne Frauen hätte die Revolution gar nicht erst angefangen«, sagte sie.

»Ach Gott, auch ich war beim Marsch auf Versailles dabei, mit dir zusammen!«, platzte Georgette heraus. »Und auch auf dem Marsfeld, damit sie auf mich schießen konnten! Aber man soll den Bogen nicht überspannen, sonst stehst du am Ende vor einem Trümmerhaufen.«

Marie sah, dass der Hass im Blick Georgettes aufrichtiger Besorgnis gewichen war.

Sie ging einen Schritt auf sie zu und blickte ihr fest ins Gesicht, damit sie ihre Worte in die Vorstadt tragen konnte.

»Wenn wir jetzt nachgeben, wenn wir nicht alles von Grund auf ändern ... Danach ist es zu spät, eine zweite Chance werden wir nicht bekommen.«

Georgette seufzte und schüttelte den Kopf.

»Das kann nicht dein Weg sein, das wirst du schon noch merken.«

»Vielleicht«, gab Marie zu, »aber ich werde nicht aufgeben, Georgette.«

Sie sah das enttäuschte Gesicht Georgettes. Sie würde es nicht verstehen, damit musste sie sich abfinden.

»Adieu«, sagte sie und setzte ihren Weg fort.

4.

An den Mauern hingen Verordnungen, Zeitungsverkäuferinnen schrien, Straßenhändler priesen ihre Waren an, Handwerker, Wäscherinnen und Boten eilten durch die Stadt. Paris war wie immer. Am metallblauen Himmel des zu Ende gehenden Sommers zogen tiefhängende Wolken schnell vorüber. Die Gebäude schienen sich auf Höhe der Dächer zu berühren, als wollten sie sich stützen. Die Luft war gesättigt mit magnetischem Fluidum. Die Körper, die sich in den Straßen streiften, hätten Funken sprühen können, durchdrungen von neuem Bewusstsein und erfüllt von einem Gefühl der Verwirrung, das auf paradoxe Weise jede Distanz verschwinden ließ und alle menschlichen Wesen einander ähnlicher machte, wie steuerlos im Sturm Dahintreibende. Alle waren sie Teil einer gemeinsamen Anstrengung, jeder hatte eine Aufgabe zu übernehmen – an den Rudern, an den Segeln, am Steuerruder – und noch nie zuvor hatte D'Amblanc sich der Erkenntnis der eigenen Bestimmung so nahe gefühlt. Er war nicht länger am falschen Ort, sondern genau dort, wo er sein musste.

Trotzdem konnte er sich niemanden vorstellen, der sich verlorener fühlte als er selbst. Höchstens noch der Junge, der dicht hinter ihm lief und aus Angst, verloren zu gehen, ihm fast in die Hacken trat. Jean hatte noch nie eine Stadt gesehen und die Hälfte seines Lebens in den Wäldern verbracht. Den Mund fest geschlossen und die Augen aufgerissen, blickte er sich ungläubig um. Nachdem man ihm die Haare geschnitten, ihn gebadet und neu eingekleidet hatte, war er wieder zu der Person geworden, die er gewesen war: der kleine Schützling eines Aristokraten, auch wenn es keine Aristokraten mehr gab, und der Einzige, der ihm Schutz bot, ein republikanischer Arzt war, der ihn mit einem Trick nach Paris gelockt hatte. Die Entdeckung D'Amblancs in der Auvergne stellte die Prinzipien in Frage, die sein Handeln in den letzten zehn Jahren bestimmt hatten. Alle Zweifel und Befürchtungen, die ihn auf seinem Weg begleiteten, hatten sich als begründet herausgestellt. Er stand an der Schwelle zu einer fremden Welt, deren Grenzen unsichtbar waren. Er musste eine Entscheidung treffen, und das machte ihm Angst.

Am Abend zuvor hatte Unteroffizier Radoub zum Abschied mit der ihm eigenen Ernsthaftigkeit gesagt:

»Ich bin mir nicht sicher, ob es gut für Euch sein wird, das zu finden, wonach Ihr sucht, Doktor. Deshalb wünsche ich Euch nicht viel Erfolg, aber gute Gesundheit, und möge Gott Euch schützen.«

Da war sie, die Gesundheit. D'Amblanc hatte ihr sein Leben gewidmet, überzeugt, dass zwischen der des Einzelnen und der der Gesellschaft eine enge Verbindung bestand. Die Republik ist nichts ohne die Gleichheit, und die Gleichheit ist nichts ohne ein universelles Mittel gegen die Krankheit; eine Therapie, die es ermöglicht, alle in gleicher Weise zu heilen, ohne zwischen einem Adligen und einem Bettler zu unterscheiden. Eine Therapie, die es ermöglicht, jeden Menschen in einen Arzt seiner selbst und eines jeden anderen zu verwandeln. Die Intuitionen Puységurs hatten den Weg zu einer solchen Behandlung gewiesen, aber jetzt war der Weg verstellt, der Wille des Therapeuten erhob sich wie eine neue unbekannte Macht über alles.

Auf der Place de Grève kam ihnen eine Gruppe Milizionäre mit phrygischer Mütze und dreifarbigen Kokarden entgegen. Sie eskortierten einen gefesselten Mann, der ein bis zu den Waden reichendes weißes Nachthemd trug. An den Füßen trug er orientalische Pantoffeln, und er lief mit großer Vorsicht, um sie nicht zu beschmutzen. Als er den Blick D'Amblancs kreuzte, erschien ein breites Lächeln auf seinem Gesicht.

Der Doktor überlegte, ob er ihn schon irgendwo gesehen hatte, aber er konnte sich nicht erinnern.

»Guten Tag, Bürger«, rief der andere mit lauter Stimme, »und Euch noch einen guten Abend, ich werde das Ende dieses Tages nicht mehr erleben. Grüßt mir den Morgen!«

Er sah das Lächeln des Mannes noch vor sich, als er mit Jean vor dem Hôtel de Brionne stand, dem imposanten Monument einer untergegangenen Zeit. Die Wache prüfte die Beglaubigungsschreiben und begleitete sie die große Treppe hinauf.

An der Zimmertür angekommen, bedeutete D'Amblanc dem Jungen, auf der Bank auf ihn zu warten. Nachdem die Wache ihn angekündigt hatte, trat er ein.

Chauvelin empfing ihn mit einem Lächeln und einem Händedruck, der Besorgnis ausdrückte. War es möglich, dass er sich wirklich Sorgen um ihn gemacht hatte, dachte D'Amblanc.

»Bitte setzt Euch, Doktor. Wann seid Ihr angekommen?«

»Erst gestern Abend.«

D'Amblanc lehnte das Obst ab, das in einer Schale am Rand des Tisches stand, und setzte sich auf den Stuhl vor dem Schreibtisch des Beamten des Sicherheitsausschusses. Hinter dem großen Schreibtisch mit den Löwenfüßen, die hohe Lehne im Rücken und die Hände vor dem Bauch gefaltet, sah Chauvelin aus wie ein Recht sprechender, antiker Priester. Vor ihm, auf der weiten glatten Oberfläche, lagen die zu verhandelnden Fälle: Leben und Schicksal der Menschen in Form von Papier.

»Ihr habt recht und ich unrecht«, begann D'Amblanc ohne Umschweife.

Und eigentlich gab es nicht viel hinzuzufügen, dachte er. Und wenn die Auvergne im Feuerregen ihrer Vulkane untergehen würde, diese Wahrheit war unumstößlich. Der Beweis? Er hatte ihn mitgebracht, vor der Tür wartete ein Junge namens Jean. Jean aus dem Wald.

Nachdem er dem Bericht D'Amblancs schweigend zugehört hatte, wollte Chauvelin den Jungen sehen. Sie hießen ihn eintreten und Chauvelin stellte ihm ein paar Fragen. Jean antwortete in gutem Französisch und berichtete von seinem Leben in Gesellschaft des Chevalier d'Yvers. Dann schickten sie ihn wieder hinaus.

»Sehr gut, Doktor«, sagte Chauvelin, »Eure Entdeckung ist erschreckend und zugleich beruhigend. Denn wenn es wahr ist, dass der Chevalier d'Yvers die Gehirne einiger Bauern nach seinem Willen geformt hat, dann ist es ebenso wahr, dass er dabei einer Laune gefolgt ist und sich sein Handeln nicht gegen die Republik richten konnte, denn als er seine Experimente durchführte, lagen die Republik und die Revolution noch in der Zukunft. Außerdem ist er isoliert und ohne Komplizen, wie Ihr mir berichtet.«

»Beruhigt Euch das?«, fragte D'Amblanc.

Chauvelin blickte ihn mit unschuldigem Blick an.

»Sollte es das nicht? Ein einzelner Mann, dessen Namen, Titel und Herkunft wir kennen. Ich ziehe eine so klare, fest umrissene Gefahr all den Konspirationen vor, mit denen wir es hier in Paris zu tun haben. Die Monarchisten organisieren Fluchtversuche für Marie-Antoinette, wie sie einst Bankette in ihren Palästen organisierten. Anscheinend hat Baron von Grèche demjenigen eine Million geboten, dem es gelingt, sie zu befreien. Vor wenigen Wochen hat ein Gendarm der Wachabteilung die Gefangene am letzten Tor vor der Straße aufgehalten. Er war bestochen worden, aber um der Guillotine zu entgehen, hat er Namen genannt.«

»Ihr habt mich nicht verstanden«, unterbrach ihn D'Amblanc.

Der Ton Chauvelins wurde ungeduldiger.

»Ich verstehe, dass der Magnetismus eine gefährliche Doktrin ist, genau wie es viele vermutet haben, und ich bin froh, dass ihr mit mir darin übereinstimmt.«

»Nein, Ihr versteht mich nicht!«, erwiderte D'Amblanc. »Ich habe ihnen einmal gesagt, dass es keine Magnetiseure gibt, nur das magnetische Fluidum, und dank des Fluidums kann jeder, der es will, Therapeut werden. In der Auvergne habe ich gesehen, dass es Menschen gibt, die in der Lage sind dank des Fluidums die Freiheit des Einzelnen einzuschränken, seinen Willen zu vergewaltigen und seine natürlichen Abwehrkräfte zu überwinden. Wir wissen nur nicht, wie weit das reicht.«

Erst jetzt merkte er, dass er laut geworden und aufgesprungen war. Er ordnete seine Jacke und setzte sich wieder. Chauvelin hob beschwichtigend die Hand.

»Einverstanden. Aber ich bin als Beamter für die allgemeine Sicherheit zuständig, und was die allgemeine Sicherheit angeht, gibt es im Moment andere Prioritäten. Ich kann nicht

Männer, Zeit und Geld der Republik einsetzen, um eine Art Hexenmeister wegen *nicht politischer*, vor vielen Jahren begangener Delikte zu verfolgen. Der Rest der Geschichte handelt von verkommenen Pfaffen und Kindern, die Quälereien erlitten haben, so wie Tausende andere französische Kinder unter dem alten Regime.«

D'Amblanc wurde bewusst, dass der Beamte Chauvelin an die Nachforschungen in der Auvergne keine großen Erwartungen geknüpft hatte. Es war eine Ausrede gewesen, um ihn im Augenblick großer Gefahr aus Paris zu entfernen, vielleicht um ihn zu schützen, vielleicht aus anderen Gründen.

»Ihr steht also dem Ausschuss weiterhin zur Verfügung?«, fuhr Chauvelin fort.

D'Amblanc hob den Kopf.

»Meine Patienten ...«

»Frankreich ist Euer Patient, wie für uns alle. Ihr seid ein Mann von hoher Intelligenz und werdet verstehen, wie wichtig es ist, dass jeder seinen Teil beiträgt.«

D'Amblanc verstand, war aber nicht davon überzeugt, dass sein Teil der war, den Chauvelin sich vorstellte.

»Was werdet Ihr mit dem Jungen machen?«, fragte Chauvelin. »Ich würde ihn an Eurer Stelle den staatlichen Behörden übergeben, damit sie eine Familie für ihn finden.«

»Er ist völlig verwirrt«, warf D'Amblanc ein. »Ich werde ihn niemandem übergeben, das Schicksal hat ihn mir in die Hände gespielt, ich werde mich um ihn kümmern. Außerdem ist er der lebende Beweis des *Delikts*, für den Fall, dass irgendjemand vorhaben sollte, denjenigen zu belangen, der es begangen hat.«

Chauvelin seufzte, ohne auf die Provokation zu reagieren.

»Wie Ihr meint. Aber er sollte Euch nicht an der Arbeit hindern.« Er machte eine Pause, um die Wirkung dessen zu bedenken, was er jetzt zu sagen hatte. »Ich habe einen neuen Auftrag für Euch.« Er registrierte das aufmerksame Schweigen des Arztes und fuhr fort: »Marie-Antoinette ist krank, und wie ich schon sagte, die Pläne für ihre Befreiung rauben uns wertvolle Energien. Daher wurde beschlossen, ihr so schnell wie möglich den Prozess zu machen. Die Anklage umfasst mehrere Punkte, und es ist erforderlich, Louis-Charles Capet zu untersuchen. Es muss geklärt werden, ob die Österreicherin ihren mütterlichen Pflichten in irgendeiner Weise nicht nachgekommen ist ...«

Niedergedrückt vom Gewicht der eigenen Worte schwieg er.

»Ich soll den Thronerben Frankreichs somnambulisieren?«, fragte D'Amblanc ungläubig. »Soll ich ihm Informationen abpressen?«

Chauvelin erstarrte und blickte ihn kalt an.

»Wieso abpressen? Wer hat von abpressen gesprochen? Uns interessiert nur die Wahrheit. Hört zu: Der Dauphin hat seine Mutter seit vergangenem Juli nicht mehr gesehen. Er ist bei dem Stadtrat Simon und seiner Frau in Pflege, sie sollen ihn zu einem guten Republikaner erziehen. Sie haben bei dem Kind deutliche Anzeichen bemerkt, dass es ihm nicht gutgeht: Katatonie, Indolenz, nächtlicher Fieberwahn. Es geht darum, herauszufinden, was sich hinter diesen Symptomen verbirgt. Es steht zu befürchten, dass er im häuslichen Umfeld oder am Hof Gewalt erlitten hat. Ihr beherrscht die Methode des Magnetismus. Also bittet man Euch, das Kind so zu untersuchen, wie Ihr das sonst auch tut, sodass er im Zustand des Somnambulismus eine Selbstdiagnose äußert. Das ist alles.«

D'Amblanc wusste keine Antwort. Die Entdeckungen in der Auvergne verfolgten ihn, der Magnetismus war für ihn keine unschuldige Methode mehr. Vor dem Sommer hätten ihn die Erklärungen Chauvelins nicht weiter beunruhigt, es hätte sich einfach um die Behandlung eines Kindes gehandelt, aber jetzt konnte er den Gedanken nicht verdrängen, dass sich ein anderer Zweck dahinter verbarg. Der Wille von Erwachsenen gegen die Freiheit eines schwachen Individuums. Er fragte sich, ob man ihn mit der Hoffnung auf Bestätigung in die Auvergne geschickt haben könnte, und nicht um die Befürchtungen zu zerstreuen, die den Ausschuss heimgesucht hatten. Auch die beunruhigenden Aspekte des magnetischen Fluidums konnten in den Dienst der Republik gestellt werden.

Er wusste nicht, warum, aber er musste wieder an den Gefangenen im Nachthemd denken, der ihn angelacht und ihm am frühen Morgen einen guten Abend gewünscht hatte.

Er stand auf, aber Chauvelin zeigte auf den Stuhl:

»Bleibt sitzen, ich bitte Euch, Doktor.«

D'Amblanc tat wie ihm geheißen und setzte sich aufrecht hin, ohne sich anzulehnen.

»Wir stehen am Abgrund«, nahm Chauvelin den Faden wieder auf, »wir müssen eine Brücke bauen, die stark genug ist, um ihn zu überqueren. Gelingt uns das nicht, stürzt Frankreich in den Abgrund. Es ist klar, dass Marie-Antoinette schuldig ist, nicht weniger als Ludwig es war. Eventuelle an ihrem Sohn begangene Missetaten wären für eine Verurteilung nicht entscheidend. Aber wenn es Beweise gäbe, hätte das Volk das Recht, sie zu erfahren. Es könnte sich dann eine bessere Vorstellung davon machen, was die Monarchie wirklich war.«

Chauvelin schwieg und wartete auf eine Antwort. Nach langem Schweigen erreichte ihn stattdessen von der anderen Seite des Tisches eine Frage.

»Habt Ihr Nachrichten von Frau Girard?«, fragte D'Amblanc.

Chauvelin blickte finster und bohrend, als forsche er nach der Absicht, die sich hinter der Frage verbarg.

»Sie hat Paris verlassen, das ist alles, was ich weiß. Sie war in den Ruin ihres Mannes nicht verwickelt, und das muss genügen. Das Schicksal der Anhänger Brissots ist besiegelt, wie warten nur noch auf das Urteil.«

D'Amblanc nickte und fragte sich, ob Chauvelin etwas damit zu tun hatte, dass die Frau die Stadt verlassen hatte. Wieder erinnerte er sich an die Worte des Mannes im Nachthemd.

»Grüß mir den morgigen Tag!«

»Eure Migräne?«, fragte er, um das Thema zu wechseln.

Chauvelin zeigte ein Lächeln.

»Sie stellt meine Opferbereitschaft auf eine harte Probe.«

D'Amblanc erhob sich, um sich zu verabschieden. Als er Chauvelin die Hand über dem Schreibtisch entgegenstreckte, hielt er plötzlich ein Blatt Papier in der Hand.

»Ich habe Euch Zeitpunkt und Ort der Verabredung notiert, am 12. Oktober um fünf Uhr vor dem Temple-Gefängnis. Ich werde zusammen mit Staatsanwalt Hébert da sein.«

Als Chauvelin die Tür hinter sich schloss, dauerte es ein paar Sekunden, bis er die Gegenwart des Jungen wahrnahm.

»Wann treffen wir den Chevalier, gnädiger Herr?«, fragte der Junge verwirrt.

D'Amblanc legte ihm die Hand auf die Schulter, um ihn zu beruhigen.

»Schon bald, Jean. Aber komm jetzt, wir gehen nach Hause.«

NATIONALKONVENT

Auszug aus dem Protokoll vom 15. Brumaire
Jahr II der einen und unteilbaren Französischen Republik
(Donnerstag, 6. November 1793, alter Kalender)

Vorsitz Moïse Bayle

Vor den Schranken des Konvents wird eine Abordnung von vier Bürgerinnen zugelassen, die sich als Überbringerinnen einer sehr wichtigen und eiligen Petition bezeichnen und mehrere Sektionen vertreten.

EINE VON IHNEN: Bürger, die Gesellschaft der revolutionären Republikanerinnen, eine Gesellschaft, die in der Mehrzahl von Müttern aus Familien und Ehefrauen von Verteidigern des Vaterlandes gebildet wurde, gibt es nicht mehr. Ein Gesetz, das man euch mit einem gefälschten Bericht abgepresst hat, verbietet es uns, uns zu versammeln ...

STIMMENGEWIRR: Genug! Werft sie raus! Zur Tagesordnung!

[*Schreie und Gelächter*]

Der Konvent entscheidet einstimmig, zur Tagesordnung zurückzukehren.

Die Frauen verlassen eilig den Saal, ohne die Antwort des Präsidenten abzuwarten. Applaus braust auf.

ZWEITE SZENE

Flut

Oktober–November 1793

1.

Die blonden Haare des Kindes waren kurz geschoren wie das Fell eines Spürhundes, der Mund war von der Kälte gerötet, es starrte ihn gleichgültig an. Sie saßen sich gegenüber.

Die Kleidung war zu klein, die Arme schauten eine halbe Spanne aus den Ärmeln, die Hosen spannten an den Beinen.

Der Wärter Simon sagte, das Geld, das er erhalte, reiche nicht, um neue Kleidung anzuschaffen.

»Das meiste geht fürs Essen drauf.«

Das stimmte, dachte D'Amblanc, man konnte über den Gefangenen alles Mögliche sagen, aber nicht, dass er schlecht genährt aussehe. Simon, seine Frau und der Dauphin aßen an demselben Tisch, und der Bewacher ließ die Mahlzeiten sehr gerne vom Koch des Temple, dem berühmten Gagnié, zubereiten, der einst im Schloss von Versailles gedient hatte. Das Leben Louis-Charles' war darüber hinaus sehr bewegungsarm. Die Berichte über sein Leben als Gefangener sprachen von einem täglichen Spaziergang über den Wehrgang und von seltenen Ausflügen in den von hohen Mauern umgebenen Garten des Großen Turms.

Wenn er redete, stellte Simon sich neben den Arzt und fixierte das Kind, als wollte er die Angelegenheit aus der Sicht des Therapeuten betrachten.

»Wir mussten erst die Patina des kleinen Prinzen entfernen, aber Ihr werdet sehen, wir werden ihn zu einem guten Republikaner machen, zu einem aus dem Volk. Er trinkt Wein und redet locker und gelöst, und er hat die katzbuckelnde Art schon fast abgelegt. Lesen kann er schon, und damit er besser wird, lässt meine Frau ihn mit dem ›Père Duchesne‹ üben.«

Der Mann war anscheinend zufrieden mit seiner Arbeit.

»Die Symptome, Bürger Simon!«

Die Stimme Chauvelins kam aus dem Halbdunkel im Hintergrund. Der Beamte stützte sich stehend auf den Schreibtisch des letzten französischen Königs.

»Natürlich«, murmelte Simon. »In der Regel wacht er einmal in der Nacht auf, schreit und zittert wie Espenlaub und manchmal pinkelt und kackt er in die Hose, ich bitte um Entschuldigung ...« Er kratzte sich am Kopf, auf der Suche nach etwas, dass er ausgelassen zu haben glaubte, bis es ihm wieder einfiel: »Und er schweigt.«

»Wollt Ihr damit sagen, dass er nichts sagt, oder wollt Ihr sagen, dass er nicht richtig antwortet?«, fragte D'Amblanc.

Der andere zuckte mit den Schultern, als verstehe er den Unterschied nicht.

»Er spricht manchmal den ganzen Tag kein Wort«, sagte er brüsk.

»Und seit wann zeigt er dieses Verhalten?«

»Er war immer so«, antwortete Simon, »seit sie ihn vom unteren Stockwerk von seiner Mutter zu uns in die Wohnung Capets gebracht haben. Das Zimmer hier erinnert ihn an seinen Vater ...«

»Danke, Bürger«, unterbrach ihn D'Amblanc. »Geht jetzt bitte hinaus.«

Simon war verblüfft und blickte hilfesuchend Chauvelin und den Mann neben ihm an, einen Mann mit scharf geschnittenem Gesicht, langen bis auf die Schultern reichenden Haaren und einem stolzen Lächeln, das nur selten seine Lippen verließ.

Chauvelin war für den Ausschuss zugegen, aber Jacques-René Hébert war stellvertretender Staatsanwalt der Stadt Paris und hatte den Auftrag, den Prozess gegen Marie-Antoinette vorzubereiten. Der Herausgeber des »Père Duchesne«, der Jesus den ersten Sansculotten genannt hatte, war in den Mauern des Temple eine echte Autorität.

Der Portier hatte ihn am Haupteingang wie einen alten Bekannten begrüßt, und D'Amblanc hatte nicht einmal seinen von der Stadt ausgestellten Passierschein vorzeigen müssen. Als sie den Hof betreten hatten, war eilig ein Kommissar herbeigelaufen und hatte sie durch den Palast des Großpriors des Templerordens eskortiert, der jetzt der Nationalgarde als Kaserne diente. Hébert hatte mit einem Offizier in Uniform geredet und sich erkundigt, ob es Eingaben oder Beobachtungen zu den Schichten der Wachhabenden gebe. In diesem Teil der Stadt trat er auf wie der Bürgermeister, nicht wie der Stellvertreter des Staatsanwalts. Dann waren sie dem Kommissar in den zweiten vom Großen Turm überragten Hof gefolgt, und als sie die Begrenzungsmauer passiert hatten, waren keinerlei Formalitäten nötig gewesen.

Beim Anblick Héberts hatte der Wärter im Wachhäuschen auf dieser Seite am Glockenseil gezogen, um seine Gefährten auf der anderen Seite zu benachrichtigen. Das Tor für Fußgänger ließ sich nur öffnen, wenn beide ihre Schlüssel gleichzeitig auf der jeweiligen Seite ins Schloss steckten. Mit der gleichen Eilfertigkeit und begleitet von Zitaten aus den letzten Schlagzeilen des »Père Duchesne« waren sie von den Wachen am Tor des Großen Turms, den Kommissaren im Beratungssaal und schließlich von Antoine Simon empfangen worden, der im zweiten Stock im Vorzimmer zwischen dem Ofen und der gerahmten Erklärung der Menschen- und Bürgerrechte auf sie gewartet hatte.

D'Amblanc wäre gerne mit dem Kind allein geblieben, aber da das nicht möglich war, hatte er verlangt, dass wenigstens Simon hinausgehen solle, der Gefangene könne durch die Gegenwart seines Wärters beeinflusst werden. Nachdem Hébert Simon mit einem Kopfnicken bestätigt hatte, er könne gehen, begann D'Amblanc mit der Magnetisierung.

»Schließt die Augen«, befahl er in ruhigem Ton. »Wie ist Euer Name?«

»Louis-Charles Capet.«

Leichtes Hüsteln im Rücken D'Amblancs.

»Ihr solltet das Du benutzen.«

D'Amblanc drehte sich langsam um und blickte Hébert an, der gesprochen hatte, aber Chauvelin griff ein, bevor er etwas erwidern konnte.

»Er ist noch ein Kind. Es schafft mehr Vertrauen, meint Ihr nicht?«

D'Amblanc beschloss zu schweigen. Die Neuheit jener Tage war die Abschaffung jeder unterwürfigen Formalität als Überbleibsel des alten Regimes, und um die Gleichheit der Bürger hervorzuheben, sollten sich alle duzen. Er wandte sich wieder seinem Patienten zu, und entschloss sich, denjenigen zu duzen, der für viele Ludwig XVII., König von Frankreich und Navarra war, mit Gesandten an allen europäischen Höfen.

»Wie alt bist du?«

»Ich bin am 27. März acht geworden.«

D'Amblanc legte dem Kind die Finger auf die Stirn. Für alle, die noch an ihn glaubten, legte er jetzt einem Heiler-König die Hand auf den Körper, aber für ihn war er nur ein kleiner Patient, der geheilt werden musste.

Er nahm die Hände des Kindes in seine und drehte die Handflächen bei leichtem Kontakt nach oben. Es konnte nicht lange dauern, ein so verletzliches, von den Ereignissen erschüttertes Kind zu somnambulisieren.

»Schlaf, du brauchst Ruhe ...«, murmelte er. »Schlaf.«

Er wartete, bis die Atmung langsam und regelmäßig wurde, und spürte, wie das magnetische Fluidum zwischen ihnen zu fließen begann.

»Was erschreckt dich in der Nacht?«

Es dauerte einen Augenblick, bevor das Kind antwortete.

»Schlechte Träume.«

»Und was träumst du?«

Schweigen. D'Amblanc wollte schon eine andere Frage stellen, als das Kind plötzlich zu reden begann.

»Die Scheiße.«

D'Amblanc bemerkte, wie sie hinter seinem Rücken zusammenzuckten. Das Wort passte nicht zum Aussehen dieses erbarmungswürdigen Engels.

»Wer hat dir dieses Wort beigebracht?«, fragte er.

»Simon sagt, man soll so reden, die Scheiße kommt aus dem Abort. Sie sieht aus wie ein kleiner Mensch, und hinter ihm sind Kakerlaken und Mäuse. Er läuft durchs Zimmer.«

»Hast du Angst?«

»Ja. Er kommt, wenn es dunkel wird, von da hinten, vom Eckturm. Er sagt, dass ich sterben muss.«

D'Amblanc dachte an die Worte Simons: »Er kackt in die Hose.«

»Und deshalb defäkierst du nicht auf dem Abort?«

»Ich habe Angst, dass er mich packt und runterzieht.«

Der Arzt hörte ein Scharren in seinem Rücken und dann flüsterte die Stimme Héberts:

»Seine körperlichen Bedürfnisse interessieren uns nicht. Wir müssen ihn nach seiner Mutter fragen. Frag ihn nach der Beziehung zu seiner Mutter, Bürger D'Amblanc.«

Chauvelin versuchte Hébert zu beruhigen. D'Amblanc schüttelte den Kopf.

»Weißt du, wo deine Mutter ist?«

»Nein.«

»Was habt ihr gemacht, als sie noch da war?«

»Da hatte ich noch lange Haare, sie hat mich gekämmt, oder wir haben Dame gespielt. Manchmal ließ sie mich in alten Geschichtsbüchern lesen.«

D'Amblancs Blick glitt über die schmutzigen Haare, der Junge sah aus wie alle Kinder in den Gassen von Paris.

»Was für Geschichten?«

»Von Rittern und Prinzessinnen.«

Man hörte das unzufriedene Flüstern Héberts. Chauvelin wies ihn leise zurecht. Der Arzt drückte die Handgelenke des Kindes ein wenig stärker.

»Fragt ihn, wie er von seiner Mutter angesprochen wurde«, schlug Hébert vor.

Der Arzt stellte dem Kind die Frage, das ohne zu zögern antwortete:

»Louis-Charles ...«, er zögerte einen Augenblick, als müsse er sich erinnern, dann fügte er hinzu: »Königliche Hoheit.«

»Hat sie dir irgendwann einmal gesagt, dass du den Temple verlassen wirst?«, fragte D'Amblanc.

Alle lauschten gespannt, kein Flüstern, keine Vorschläge, Schweigen und angespannte Erwartung.

»Nein.«

Die Antwort bedrückte D'Amblanc. Nicht dass er auf eine andere Antwort gehofft hätte, wie wahrscheinlich der öffentliche Ankläger. Was ihn bedrückte, war die völlige Resignation, die er der Antwort entnahm. Er hatte Mitleid mit dem Kind, das einsam, verlassen und schmutzig vor ihm stand. Und doch waren er und seine Schwester, die im oberen Stockwerk eingesperrt war, die Einzigen der Familie, die sich würden retten können. Die Einzigen, die eine Zukunft hatten.

»Was hat deine Mutter als Letztes gesagt, bevor sie ging?«

Er wusste nicht, ob die Frage noch Teil des ihm aufgetragenen Verhörs war oder ob er nicht vielmehr auf der Suche nach einer Hoffnung für dieses Kind war.

»Sie hat gesagt, ich solle Vertrauen in Unseren Herrn haben, wenn wir uns nicht mehr wiedersehen.«

»Frag ihn, ob sie ihn gestreichelt hat, während sie ihn kämmte«, flüsterte Hébert.

D'Amblanc musste sich zusammenreißen, um ihn nicht zu beleidigen, aber er wollte nicht das Risiko eingehen, die Somnambulisierung abrupt zu unterbrechen. Er tat so, als hätte er nichts gehört, aber bevor er eine neue Frage stellen konnte, sprach das Kind mit geschlossenen Augen und der regelmäßigen Atmung eines Schlafenden:

»Sie strich mir über die Haare.«

Es hob eine Hand, strich sich über den Kopf und ordnete unsichtbare Locken.

Wieder klang D'Amblanc Héberts lästiges Flüstern in den Ohren.

»Frag ihn, ob seine Mutter ihn berührt hat ...«

D'Amblanc verdoppelte die Anstrengung, nicht zu explodieren. Er presste die Kiefer aufeinander und atmete tief ein, entschlossen, nichts mehr zu sagen.

Aber das Kind redete weiter.

»Ich habe Angst ...«

»Vor was?«, beeilte sich D'Amblanc zu fragen. »Vor dem Abort?«

Das Kind schüttelte den Kopf.

»Vor Euch ....« Es hob eine Hand und zeigte auf die Brust D'Amblancs. Der Arzt erinnerte sich sofort an die Geste der kleinen Margot und erschauerte. »Vor dem Bösen in Euch«, fügte das Kind hinzu. Dann zeigte es mit dem Finger über die Schulter D'Amblancs: »Vor dem Bösen in seinem Kopf.«

D'Amblanc wusste, dass Chauvelin sie aus dem Hintergrund des Zimmers beobachtete.

»Und ich?«, sagte Hébert sarkastisch und kam einen Schritt näher. »Habe ich keine Kopfschmerzen?«

Das Kind öffnete ganz plötzlich die Augen, und der Staatsanwalt zuckte zusammen, als habe der Blick aus den blauen Augen ihm den Weg verstellt.

»Ihr werdet Euren Kopf verlieren.«

»Aha!«, stieß Hébert aus. »Ich will verflucht sein, wenn die verdammte Hure nicht vor mir dran ist!«

»Es reicht!«, ließ Chauvelin sich vernehmen.

D'Amblanc stand auf, schob Hébert mit der Schulter zur Seite und ging zur Tür. Im Vorraum warf er Simon einen Abschiedsgruß zu und verschwand in dem Flur, der zur Wendeltreppe des Turms führte. Die Holztür und auch die Eisentür standen noch offen. Er lief eilig die Stufen hinunter, durchquerte den Saal im Erdgeschoss und ging schnellen Schrittes hinaus.

Erleichtert atmete er die herbstlich frische Luft unter den Bäumen ein.

»D'Amblanc, wartet!«

Chauvelin kam eilig näher.

»Schert Euch zum Teufel«, sagte D'Amblanc und näherte sich dem Tor in der Mauer.

Der Polizist lief um eine Platane herum und baute sich vor dem Arzt auf, um ihn am Weitergehen zu hindern.

»Ich warte auf eure fachmännische Meinung.«

»Meine ...«, D'Amblanc schüttelte fassungslos den Kopf. »Dieses Kind ist schmutzig, es kann nicht schlafen und ist völlig durcheinander. Was soll ich Euch anderes sagen?«

Er atmete tief die trockene, kalte Luft ein. Ihm war schwindelig. Er stützte sich mit der Hand am Baumstamm ab, unter den Fingerkuppen spürte er die Rinde. Es war etwas Festes, Konkretes, er verspürte Lust mit den Fingern darüberzustreichen, an der Rinde zu kratzen und große, graue Stücke abzureißen.

»Das Kind hat seit seiner Geburt im Olymp gelebt, es muss sich nur daran gewöhnen, auf der Erde zu leben, wie alle Sterblichen«, entgegnete Chauvelin.

»Glaubt Ihr, dass es das ist?«, fragte D'Amblanc noch immer skeptisch. »Vor wenigen Monaten hat es den Vater verloren, man hat es von seiner Mutter und von jeder ihm bekannten Person getrennt, es ist verängstigt und traurig.«

Zwischen den Augenbrauen Chauvelins erschien eine tiefe Zornesfalte, die seine ganze Stirn zu verschlingen schien.

»Glaubt Ihr wirklich, es könne eine unserer Prioritäten sein, den Sprössling Capets glücklich zu machen? Habt Ihr eine Ahnung, wie viele französische Kinder es gibt, die leiden?«

D'Amblanc schüttelte den Kopf.

»Darum geht es nicht. Wir haben geschrieben, Ziel der Gesellschaft sei das Glück aller.«

»Das Glück aller impliziert das Unglück der Feinde des Volkes«, fuhr Chauvelin fort. »Wegelagerer, Hamsterer, Tyrannen. Louis-Charles Capet war dazu bestimmt, der nächste Tyrann Frankreichs zu werden, aber jetzt wird er ein freier Bürger der Republik sein. Glaubt Ihr, dass sei nichts?«

»Ich glaube, dass er im Moment alles andere als frei ist.«

»Im Augenblick nicht. Ließen wir ihn jetzt frei, würde er zum Sklaven seiner Bestimmung als König werden. Er muss zuerst zur wahren Freiheit erzogen werden.«

»In jedem Fall wird er Waise sein«, entgegnete D'Amblanc, der nicht mehr streiten wollte, der endlich gehen und in Frieden gelassen werden wollte.

»Ihr wisst, dass wir keine andere Möglichkeit haben«, entgegnete Chauvelin. »Frankreich ist voller Waisen. Waisen von Gegnern der Tyrannei, Waisen von Gegnern der Revolution, Kriegswaisen. Die Republik wird sich um alle kümmern.«

»Ja, die Republik ...«, sagte D'Amblanc. »Es gibt nichts, was ich für das Kind tun könnte, und es gibt nichts, was ich für Euch und Euren Prozess tun könnte. Ich habe geglaubt, Paris sei der richtige Ort für mich, aber ich bin mir jetzt nicht mehr so sicher.«

Die Falte Chauvelins bewegte sich, als habe sie ein Eigenleben.

»Wollt Ihr den Griff lockern, Doktor? Glaubt Ihr, Euch vor der Geschichte verstecken zu können?«

D'Amblanc machte einen Schritt zur Seite, als wollte er gehen.

»Man kann sich verstecken, auch wenn man auf der Bühne bleibt.«

Chauvelin blickte ihn unsicher forschend an.

»Sagt klar und deutlich, was Ihr meint, Doktor«, forderte er ihn heraus.

»Warum fangt Ihr nicht an? Was ist mit Frau Girard?«, fragte D'Amblanc plötzlich.

»Ich habe es bereits gesagt. Sie hat Paris verlassen.«

»Und wo ist sie?«

Chauvelin schwieg. Das Schweigen war beredter als jede Antwort.

»Ich kehre zu meinen Patienten zurück«, sagte D'Amblanc.

Als er sich entfernte, hörte er die Stimme Chauvelins in seinem Rücken.

»Ihr seid zu etwas Höherem berufen, als nur Eurem wilden Jungen zu helfen. Das wisst Ihr, D'Amblanc.«

Der Arzt setzte ohne sich umzuschauen seinen Weg fort.

2.

Am Anfang jenes Monats wurde sogar der Kalender geändert. Der Tag vorher war der 5. Oktober 1793 gewesen und der Tag danach war der 15. Vendémiaire des Jahres II. Das hat uns Sansculotten ja auch gefallen, dass die Jahre nicht mehr ab der Geburt von Christus gezählt werden, man weiß ja sowieso nicht so genau, wann der überhaupt geboren ist. Da hatte sich doch zu unseren Lebzeiten tatsächlich was ereignet, was noch wichtiger war als Jesusmaria, Frankreich ist nämlich eine Republik geworden. Was uns nicht gefallen hat, war, dass es statt Wochen Dekaden gab, und die Tage hießen nicht mehr Montagdienstagmittwoch, die hießen jetzt Eintag, Zweitag und so weiter. Man könnte meinen, dass das doch nicht so wichtig ist, wie die Tage heißen, für arme Schweine ist sowieso immer Scheißtag. Stimmt aber nicht, weil nach dem alten System gab es sechs Scheißtage, und dann war Sonntag, und am Sonntag haben wir uns von der Maloche ausgeruht. Aber weil sie mit Gott und der Schöpfung nichts mehr zu tun haben wollten, der hatte sich ja auch am Sonntag von der Schöpfungsmaloche ausgeruht, kommt jetzt der Tag zum Ausruhen, und wie der heißt ist ja egal, erst nach neun Arbeitstagen, drei Mal im Monat anstatt vier Mal. Deswegen ist die Geschichte mit dem Kalender Beschiss, erst halten sie dir ein leckeres Stück Kuchen unter die Nase, und plötzlich kaust du auf Sägemehl rum.

Na ja, im Oktober oder von mir aus auch *Vendémiaire* haben wir uns dann mit anderen Sachen getröstet. Zum Beispiel damit, dass unsere Armee Lyon zurückgeholt hat, sechzig Tage hat der Beschuss gedauert, und auch mit der südlichen Vendée haben sie endlich abgerechnet. Und dann hing an den Mauern von Paris die Bekanntmachung, dass sie das Preismaximum eingeführt haben; feste Preise für alle Lebensmittel, und wer betrügt, muss zahlen, aus der eigenen Tasche oder mit dem Kopf.

Ganz besonders gefreut haben uns die ganzen abgeschnittenen Köpfe, und oben drauf lag der wichtigste. Die ganzen Schweinereien, die Marie-Antoinette gemacht hat, das ist die Witwe von Capet, die hat jeder gesehen, und deshalb hat der Prozess auch nur zwei Tage gedauert. Mit dem Geld vom Staat hat sie ihre Günstlinge geschmiert, Österreicherin und Hure, ich weiß gar nicht, was schlimmer ist. Ihren Mann hat sie dazu gebracht, das französische Volk zu verraten. Und als wir dann Capet dahin geschickt haben, wo er hingehört, hat die königliche Hure so getan, als wär ihr Sohn jetzt Ludwig XVII., und hat ihn gegen die Republik aufgehetzt und ihm die alte Scheiße eingetrichtert, schlimmer als vorher, der arme Kerl, sie mussten die beiden dann trennen.

Hébert hat sie vor dem Revolutionstribunal beschuldigt, sie hätte sich ins Bett von ihrem Sohn geschlichen, sie hätte ihn »monarchisiert«, sie hätte zu ihm gesagt, dass sie jetzt nicht mehr seine Mama ist, weil er jetzt der König ist, und als König habe er das Recht, mit einer Königin zu vögeln. Das muss man sich mal vorstellen! Als die Frauen aus dem Faubourg gehört haben, was die für Schweinereien gemacht haben soll ... Die schlimmste Hure würde so was nie machen, höchstens die Väter rennen hinter dem Hintern ihrer Töchter her und nehmen sie mit ins Bett. Die Frauen haben sich als Mütter von Hébert beleidigt gefühlt, und dann musste der gute Hébert endlich seine Klappe halten. Für seine Feinde war das natürlich ein gefundenes Fressen, Robespierre hat ihm die Ohren langgezogen und hat schon mal seine Halsmaße genommen.

Aber bei einer Sache waren Freund und Feind total einer Meinung, dass die Meinungsfreiheit zwar eine wunderbare Sache ist, aber dass die Frauen das sofort ausnutzen und ihre Nase in Sachen stecken, die sie nichts angehen; dass sie zum Beispiel zu Prozessen gehen und rumkrakeelen oder auf dem Markt Prügeleien anfangen. Und deshalb hat nach der was weiß ich wievielten Schlägerei zwischen Amazonen und Fischverkäuferinnen der ganze Konvent dafür gestimmt, dass die Frauenclubs geschlossen werden. Von Frauen, die sich schlagen, hatten alle endgültig die Nase voll. Die hätten dann ja keine Zeit mehr für ihre Arbeit, wenn sie ihre Zeit mit so was verbringen.

Dann war schon Brumaire, der Nebelmonat, viele haben ja immer noch November gesagt. Da sind dann noch achtundzwanzig gekrönte Häupter zu Boden gekracht, nicht unter der Guillotine, die wurden mit einem Seil geköpft. Der Henker zieht sie mit einem Seil aus ihrer steinernen Welt und dann knallen sie aufs Pflaster vor Notre-Dame. Wir haben das gemacht, weil wir nicht wollten, dass Menschen wie du, also die zukünftigen Bürger, auf die Kathedrale starren und sagen: »Guckt euch die alten Könige an, wie majestätisch, wie königlich, ich glaube, dass es Frankreich besser ging, als es die noch gab ...«

Am 10. Brumaire hat dann endlich die letzte Stunde Brissots und der anderen Girondisten geschlagen, von denen, die Ludwig retten wollten. Die hatten für den Krieg gestimmt, weil sie gehofft hatten, dass es die Österreicher bis nach Paris schaffen. Die haben auch gesagt, dass das Maximum ein Anschlag auf den freien Handel und das Privateigentum sei, und mit dem Föderalismus wollten sie Frankreich spalten.

Auf dem Schafott haben sie unter einem Wolkenbruch aus Spucke und Rotz die Marseillaise gesungen. Sie waren nur zwanzig, Valazé wollte dem Henker die Arbeit ersparen und hat sich im Gerichtssaal erdolcht. Wir erinnern uns noch gut an ein paar Sachen, die sie geschrien haben, bevor der Kopf ab war. Zum Beispiel Girard, der versucht hatte, als Frau verkleidet zu fliehen, der hatte gerade angefangen laut zu schreien und musste plötzlich niesen, aber dann war es zu spät, der Kopf war schon ins Loch gefallen, wir hatten nicht mal mehr Zeit, ihm Gesundheit zu wünschen, aber davon hätte er ja sowieso nichts mehr gehabt.

Oder Carra, der war in seinem ganzen Leben nur ein mittelmäßiger Journalist gewesen, aber da oben, da hat er ohne mit der Wimper zu zucken noch ein wunderschönes Motto zum Besten gegeben: »Schade, ich hätte so gerne gesehen, wie das alles einmal endet.«

Drei Tage später war dann Olympe de Gouges dran, die mit den Frauenrechten und den Rechten der Bürgerinnen, dicke Freundin von Brissot und seiner ehrenwerten Gesellschaft. Der Staatsanwalt der Stadt Paris, Pierre-Gaspard Chaumette, er lässt sich Anaxagoras nennen und ist ein Kumpel von Hébert, hat ihr eine schöne Grabrede geschrieben. Er hat geschrieben, dass wir uns endlich von dieser Mannfrau befreien müssen, die die erste Frauengesellschaft gegründet hat und sich in die Angelegenheiten der Republik eingemischt hat, anstatt sich um ihre Kinder zu kümmern. »Wollt ihr der nacheifern? Niemals! Ihr wisst, dass ihr nur dann Aufmerksamkeit und Wertschätzung verdient, wenn ihr das tut, zu was die Natur euch bestimmt hat«, hat er geschrieben. Sonst, bitte sehr ..., weg mit euch, ab ins Grab. Amen. Die Hure von Brissot hat von oben geplärrt: »Kinder des Vaterlands, ihr werdet meinen Tod rächen!«

So viel Wind. Die kamen sich alle unheimlich wichtig vor und haben die Brust rausgestreckt, als würden sie auf 'ner Theaterbühne stehen. Wenn von uns einer verreckt, weil er hohes Fieber hat oder völlig am Arsch ist, dann stirbt er einfach, höchstens noch ein Gebet und ein Fluch, und Spaß macht das bestimmt nicht, und Massengräber füllen wir jeden Tag. Wenn es aber eine Dame oder einen Sesselfurzer aus dem Konvent trifft, dann spitzen alle die Ohren, damit sie ja die wichtigen letzten Worte nicht verpassen.

Jedenfalls sind noch ziemlich viele auf den Karren gestiegen. Am 16. Brumaire haben sie Philippe Égalité hingerichtet, der war früher Herzog von Orléans, und am 18. Frau Roland, die in ihrem Salon die Anhänger Brissots zum Tee eingeladen hat, am 21. dann Bailly, der als er Bürgermeister war auf dem Marsfeld auf uns hat schießen lassen, und am 25. Louis-Pierre Manuel, der den König verteidigt hat, und am 27. ...

3.

Eine sich immer höher auftürmende Welle überrollte alles und riss alles hinfort, als sie sich wieder zurückzog. Marie fühlte sich beraubt, als hätte man ihr das genommen, was ihr am wichtigsten war. Pauline, eine der drei, die zum Treffpunkt gekommen war, versuchte sie davon zu überzeugen, dass nichts so schlecht sei, dass es nicht auch für irgendetwas gut sei, dass die Köpfe rollten, die rollen mussten: die verdammte Österreicherin, die Girondisten, die Volksverräter, all die niederträchtigen Kerle. Natürlich sah Marie ein, dass auch die de Gouges ihrem brissotinischen Dickkopf hatte Lebewohl sagen müssen, aber ... aber! Gedanken verknoteten sich in ihrem Kopf. Olympe war eine Salonhure, aber sie hatte auch die Erklärung der Frauenrechte und der Bürgerinnen verfasst. Marie hatte die Erklärung erst vor einer Woche in der Wohnung Claires gelesen und hatte festgestellt, dass das, was die de Gouges geschrieben hatte, wenn man es wohl bedachte, gar nicht so falsch klang.

»Du hast immer gesagt, dass die Rechte dich nicht interessieren, solange du nichts zu beißen hast«, hatte Claire bemerkt. Dann hatte sie den Ton geändert und geguckt, als müsste sie ihre Wut zurückhalten.

»Vielleicht hat die de Gouges richtige Dinge geschrieben, aber wie wollte sie die in die Praxis umsetzen? Hat sie vielleicht gehofft, ihr Freund Brissot werde das tun, indem er sich für die Privilegien der Reichen einsetzt? Man kann nicht Rechte einfordern und gleichzeitig Privilegien aufrechterhalten wollen.«

Sie schwieg, weil sie wusste, was ihre Argumente letztendlich bedeuteten. Auch Robespierre und Danton unterschieden sich nicht von den anderen. Die Verfassung, die sie ausgearbeitet hatten, war ein Schmuckstück, aber sie würden die Gesetze, mit denen sie in die Praxis umgesetzt werden müsste, nicht erlassen; jedenfalls nicht solange der Krieg dauerte.

Sie wussten es beide, gerade jetzt, da sie auf das blickten, was vom Klub der revolutionären republikanischen Bürgerinnen geblieben war. Es war kein Zufall, dass man per Dekret alle Frauenklubs verboten und drei Tage später die de Gouges um einen Kopf kürzer gemacht hatte.

Die Welle zog sich zurück.

Vor Maries Augen tauchte wieder das Bild einer Frau auf, die ihren nackten Hintern der Peitsche darbot. Die Peitsche befand sich in der Hand einer anderen Frau.

»Und was machen wir jetzt?«, fragte Darcelle, die junge Unterstützerin des Klubs, die eines Abends Marie aufgesucht hatte, um Claire vor dem Gefängnis zu schützen. »Wir sind nicht genug für eine Delegation, warum ist sonst niemand gekommen?«

Jede suchte schweigend nach einer eigenen Antwort.

Claire atmete tief ein. Sie war als Amazone gekleidet und Marie fand sie schön wie nie.

»Ich werde nicht schweigen«, sagte sie, »ich werde hingehen und protestieren. Wenn es das Ende ist, dann werden wir bestimmen, wie es sein wird.«

Die anderen drei betrachteten das große Gebäude auf der anderen Seite des Platzes. Der Konvent, der höchste Berg, der Tempel der Republik.

»Sie werden uns bespucken, das weißt du«, sagte Pauline, »sie warten nur darauf.«

»Ja, das werden sie«, sagte Claire und fügte hinzu: »Ihr müsst nicht mit mir kommen.«

Für Marie war sie in diesem Augenblick eine Amazone aus der Antike, eine jener antiken Statuen, die in den Zeitungen abgebildet waren. Ihre verzweifelte Entschlossenheit machte sie gleichzeitig wunderschön und schrecklich. Ein leichtes Lächeln umspielte ihren Mund. Überwältigt von Gefühlen, stellte Marie sich an ihre Seite. Claire lächelte immer noch. Sie warteten auf die Entscheidung der beiden anderen. Pauline zuckte mit den Schultern und trat zu ihnen.

»Was soll's, bringen wir es zu Ende ...«

Darcelle versuchte krampfhaft die Tränen zurückzuhalten, sie wirkte jünger, als sie tatsächlich war. Man würde sie zerfleischen, dachte Marie. Darcelle zog die Nase hoch.

»Gehen wir.«

Eng nebeneinander überquerten sie den Platz vor den Tuilerien. Ein paar Passanten blieben stehen und starrten den vier Fußgängerinnen neugierig hinterher. Eine Horde Jugendlicher folgte ihnen und lachte, aber da die Frauen auf die Provokation nicht reagierten, ließen sie wieder von ihnen ab.

Am Eingang angekommen, blieben sie stehen. Sie waren sich der Einzigartigkeit ihres Unternehmens bewusst, und dass es wohl das letzte Mal sein würde, dass sie hier eintraten.

»Ich muss euch was erzählen«, sagte Claire in keckem Ton. »Als ich das erste Mal in einer Komödie aufgetreten bin, musste ich für die erkrankte erste Schauspielerin einspringen. Als das Publikum mich an ihrer Stelle erblickte, fing es an, mich zu beleidigen, und warf alles Mögliche auf die Bühne. Ich habe trotzdem weitergemacht, bis zum Ende des ersten Akts. Als ich zum zweiten Akt auf die Bühne kam, haben sie nichts mehr nach mir geworfen.«

Pauline ließ ein erleichtertes Lachen hören, und auch Darcelle an ihrer Seite fasste neuen Mut.

»Meinst du, es wird gar nicht so schlimm, wie wir glauben?«

Marie berührte sie an der Schulter.

»Sie will sagen, dass man durchhalten muss, um es bis zum zweiten Akt zu schaffen.«

»Vorausgesetzt, es gibt einen zweiten Akt «, sagte Pauline, ohne ihre Skepsis zu verbergen.

Claire schaute eine nach der anderen an.

»Seid ihr bereit?«

Alle nickten.

Gemeinsam betraten sie die Höhle des Löwen.

4.

Kalter Wind trieb den Geruch von Gebratenem durch die Straße. Er schwebte auf Kopfhöhe an den Fensterbänken vorbei, und Bastien folgte ihm wie ein Jagdhund mit erhobener Nase. Das Frühstück, eine halbe Zwiebel, hatte seinen Appetit angeregt. Es dauerte nicht lange, bis er wusste, woher der Geruch kam: aus der Metzgerei der Gebrüder Napie.

Am Eingang stand eine Schlange von ungefähr dreißig Personen, die sich bis zur Hausecke zog. Bastien stellte sich hinter zwei Hausfrauen an, die im »Père Duchesne« lasen, und blickte sich um. Er stellte fest, dass sehr viel mehr Leute das Geschäft betraten, als mit einem Päckchen unter dem Arm wieder herauskamen. Die anderen mussten einen zweiten Ausgang benutzten. Sie hatten etwas zu verbergen.

Er wartete, bis er an der Reihe war, und sog den Geruch von Gebratenem mit offenem Mund ein, als könne man satt werden, wenn man nur die Zunge ausstreckte. Die Matrone vor ihm hatte einen Hintern so groß wie ein Kissen, und Bastien stellte sich vor, sein Gesicht hineinzustecken und in eine Backe zu beißen. Die Frau wechselte ein paar unverständliche Worte mit dem Metzger, und der forderte sie auf, im hinteren Teil des Geschäfts zu warten.

»Gibt es Fleisch?«, fragte Bastien. Das Gesicht des Metzgers zeigte schlecht verhüllte Unruhe, die die Händler immer dann befiel, wenn der Gehilfe Treignacs vor ihnen auftauchte.

»Alles aus, das letzte Stück mit Knochen ist eben weggegangen. Es gibt nur noch Knochen ohne Fleisch«, antwortete Napie.

Der Ladenbesitzer zeigte mit der Hand auf einen Holztisch, auf dem ein Haufen Knochen, Sehnen und Fettstücke lagen. Bastien beugte sich vor, um besser zu sehen.

»Und warum lässt du uns anstehen, wenn es nichts mehr gibt?«

»Pass auf«, seufzte der Metzger im geduldigen Ton des Jetzt-werde-ich-dir-mal-erklären-wie-das-funktioniert, »viele Leute kaufen Knochen für eine Suppe.«

Der Junge tat so, als akzeptiere er die Erklärung, drehte sich um und verließ grußlos den Laden. Er kannte den Trick mit dem gebratenen Fleisch nur zu gut. Da es einen Höchstpreis für rohes Fleisch gab, verkauften sie es gebraten, zum doppelten Preis, und behaupteten dann, die Differenz sei für Holz und Salz.

Er lief zum Laden Treignacs, der gerade dabei war, ein Paar Stiefel zu besohlen.

»Der Metzger Napie verkauft gebratenes Fleisch und lässt die Kunden zum Hinterausgang raus«, berichtete er atemlos.

Treignac nickte, ohne von der Arbeit aufzublicken.

»Ich weiß.«

»Wenn du sofort hingehst, erwischst du ihn auf frischer Tat«, insistierte der Junge.

»Heute Abend gehe ich hin«, antwortete Treignac und nähte konzentriert das Oberleder.

»Warum?«, fragte Bastien. »Er betrügt jetzt, in diesem Moment!«

Treignac legte den Stiefel auf den Arbeitstisch und wischte sich die Hände an der schmutzigen Schürze ab.

»Hör zu, genauso gut könnte man Fliegen auf einem Scheißhaufen jagen. Wenn wir alle Händler verhaften, die die Regeln nicht einhalten, wer verkauft dann die Sachen, du?«

Bastien runzelte die Stirn. Er zeigte mit dem Finger auf ein Plakat, das an der Wand hing.

»Warum hängt dann die Preistabelle da?«

Treignac seufzte.

Du bist genauso stur wie deine Mutter. Das Maximum ist eine gerechte Sache, es verhindert, dass die Preise unkontrolliert steigen. Aber man braucht Geduld, wir befinden uns mit der ganzen Welt im Krieg, und deshalb gibt es wenig Brot und das wenige kostet mehr, und wenn du unbedingt willst, dass es billiger wird, wird es völlig verschwinden. Wir müssen die Preise unter Kontrolle halten, aber wir müssen auch dafür sorgen, dass die Händler ihren Verdienst haben. Robespierre macht ein Gesetz nach dem anderen, damit mehr Mehl da ist, damit nicht gehamstert wird, damit mehr Getreide angebaut und mehr geerntet wird. Aber all diese Dinge brauchen Zeit. Vielleicht haben wir im Sommer schon Brot, Fleisch, niedrige Preise und Frieden, aber vorher müssen wir dafür sorgen, dass wir nicht verhungern.

Der Magen Bastiens ließ ein lautes Knurren hören, und das sagte mehr als jede Antwort. Die Zwiebel vom Frühstück war inzwischen eine vage Erinnerung. Treignac nahm ein Stück

Maispfannkuchen aus einem Stück Papier und warf es dem Jungen zu.

»Lutschen, nicht beißen, der ist so hart, dass du dir die Zähne abbrichst.«

Bastien führte vorsichtig ein Stück zum Mund.

Treignac blickte ihn schief an.

»Bist du nur wegen Napie gekommen?«

Der Junge schwieg zunächst und knabberte an dem Stück Maisbrot.

»Hast du deine Freunde gefragt?«, murmelte er dann.

»Ja«, nickte Treignac, der die Frage erwartet hatte.

»Sieht so aus, als würde sie bei dieser Schauspielerin wohnen. Jedenfalls geht es ihr gut. Sie haben die Weibergesellschaften jetzt aufgelöst, da kann sie sich nicht mehr so leicht in Schwierigkeiten bringen.«

Er ergriff wieder den Stiefel, aber bevor er mit der Arbeit fortfuhr, wandte er sich erneut an Bastien.

»Sie ist stark. Sie wird es schaffen.«

Der Junge sagte nichts. Er machte mit der Hand ein Zeichen des Abschieds und verschwand mit dem Maisbrot im Mund auf der Straße.

»L'AUDITEUR NATIONALE«
Nr. 436, Seite 2
Auszug aus dem Protokoll der Konventssitzung
11. Frimaire, Jahr II (1. Dezember 1793)

BOURDON (aus dem Département Oise) stellt im Namen des Landwirtschaftsausschusses ein Dekret zur Trockenlegung künstlicher Seen zur Diskussion. Er gibt zu bedenken, dass diese Gewässer mehrheitlich von Mönchen und kirchlichen Pfründeninhabern angelegt wurden, die diese fruchtbaren Teile unserer Landes geopfert haben, um Fische für ihren eigenen Bedarf zu züchten. Er berichtet außerdem, dass die Getreideernte überall dort, wo es diese Gewässer gibt, fast immer durch eine giftige Pflanzenart, die Kornrade, geschädigt ist und dass in den dort gelegenen Dörfern häufig Epidemien ausbrechen. Die Trockenlegung brächte also zwei Vorteile mit sich: Die Luft wäre sauberer und der Landwirtschaft würden hundertfünfzigtausend Morgen Land zurückgegeben.

VERSCHIEDENE MITGLIEDER fragen, ob nur die Trockenlegung der für die Ernten und die Gesundheit schädlichen Gewässer angeordnet werden soll.

DANTON meldet sich zu Wort: »Wir alle unterstützen die Verschwörung gegen die Karpfen, und wir lieben das Königreich der Hammel. Ich beantrage, über das Projekt abstimmen zu lassen.«

Nach weiterer Diskussion, werden die folgenden beiden Artikel beschlossen:

Art. 1. Alle Teiche und Seen der Republik, die normalerweise nur geleert werden, um die Fische einzusammeln, und diejenigen, die mithilfe von Deichen oder Schleusen gebildet wurden, sind bis zum kommenden 15. Pluviôse trockenzulegen.

Art. 2. Auf den Böden der trockengelegten Gewässer ist Märzgetreide oder Gemüse für den menschlichen Verzehr anzubauen.

Auf Vorschlag eines Mitglieds beauftragt der Nationalkonvent seinen Landwirtschaftsausschuss außerdem, einen Plan vorzulegen, der die landwirtschaftliche Nutzung solcher Parks und Gärten vorsieht, die bisher nur dem Luxus dienten.

DRITTE SZENE

Hunger so viel man will

Herbst–Winter 1793–94

1.

Schlimmer als die beißende Kälte ist nur der entsetzliche Hunger, man beißt lieber in Tischbeine, damit man nicht in die Beine der anderen beißt, die mit am Tisch sitzen.

Das Maximum haben wir gekriegt, aber überall haben sie getrickst. Einer verkauft dir gepanschten Wein, in Wirklichkeit ist das rotgefärbter Cidre, und das Brot ist mit Gipsmehl vermischt. Für den Wein haben sie »Probierkommissare« ernannt, als wenn wir zu blöd wären, Pisse von Traubensaft zu unterscheiden. Die Bäcker mussten Gleichheitsbrot mit Garantiestempel backen. Für Transporte haben sie Soldaten als Begleitmannschaften aufs Land geschickt, und weil die schon einmal da waren, mussten die Eingezogenen und der Abschaum aus den Knästen auch noch auf dem Land mitarbeiten.

Der Rattenfänger Danton hat die Idee gehabt, dass alle Seen und Teiche trockengelegt werden, da sollte das Fleischvieh weiden. »Wir beteiligen uns an der Verschwörung gegen die Karpfen und unterstützen das Königreich der Hammel«, hatte er gesagt. So haben die im Konvent geredet, die haben das Maul ganz schön weit aufgerissen. War ja auch egal, Königreiche wollte sowieso keiner mehr, der Adel auf vier Beinen sollte uns satt machen, und der eine oder andere hat sogar laut darüber nachgedacht, ob man nicht auch die Zweibeiner in den Gefängnissen ... Da wird einem ja schon schlecht, wenn man sich das nur vorstellt.

Der Wohlfahrtsausschuss hat verfügt, dass auf jedem freien Stück Land Kartoffeln angebaut werden sollen; in den Blumenbeeten der Tuilerien, im Jardin du Luxembourg, sogar in den Höfen, und die Dummköpfe, damit waren natürlich wir gemeint, sollten aufhören, sie den Schweinen zu geben. Wir sollten die selbst essen, weil die satt machen und weil die im Gegensatz zu Schweinefüßen wieder nachwachsen. Plötzlich war dann da ein Kartoffelacker, wo am Tag vorher noch ein Park gewesen war. Auf jedem Stück Erde wurden Kartoffeln gepflanzt, und wenn man da seinen Nachttopf ausgeleert hat oder sich sonst von irgendwas befreit hat, dann gab's Riesenärger. Die Kartoffeln sind uns schon aus den Ohren rausgekommen; aus einem Kartoffeln und aus dem anderen getrocknete Heringe, die gab's statt Fleisch, von Fleisch hat man nachts geträumt und wenn du deinen Arsch nicht zum Sitzen gebraucht hättest, hättest du dir ein Stück davon abgeschnitten, zum Probieren.

In dem Winter sind alle dauernd von einem Ende der Stadt zum anderen gerannt, auf der Suche nach ein paar Krümeln, wie die Ameisen. Alles war rationiert: Zucker, Seife, Öl, Salz gab's fast überhaupt keins. Und wenn man andauernd Hunger hat, keine Ahnung, ob du das überhaupt verstehen kannst, so wie du lebst, dann arbeitet der Kopf nicht richtig, da ist immer alles blockiert, sogar dass du ihn überhaupt noch oben hast, ist kein Trost, wenn du nichts mehr damit machen kannst.

2.

Der Winter war äußerst hart und wollte nicht weichen. Kaum etwas zu essen, kein Geld und die Bühne fest in der Hand der ersten Schauspielerin, Madame Guillotine.

Léo hatte das Gefühl, weniger als ein Komparse zu sein, und mitten in einer Revolution gab es nichts Schlimmeres. Sicher, er hatte ein Dach über dem Kopf, hinter der Gaststätte, und er verdiente sogar ein bisschen Geld, zwar wenig, aber genug, um nicht zu verhungern. In den einsamen Nächten auf dem Feldbett, wenn der Nachtfrost das Holz knarren ließ, dachte er an die Näherin Marie. Der kurze Liebesakt mit ihr war eine seiner angenehmsten Erinnerungen. Danach war er mit keiner Frau mehr zusammen gewesen. Er hatte es genossen, für einige Zeit der Held des Faubourg Saint-Antoine zu sein.

»Einen bedeutenden Mann erkennt man an dem Schwarm Weiber, der ihm hinterherläuft«, hatte Meister Goldoni behauptet. War die Einsamkeit Léos also nichts weiter als das Zeichen seiner Mittelmäßigkeit? Vielleicht. Vielleicht musste er akzeptieren, dass er kein Schauspieler mehr war, sondern nur noch ein Tellerwäscher. Und er war arm, aber das störte ihn nicht weiter, anderen ging es noch viel schlechter. Die Muscadins, die nach Moschus stinkenden Stutzer, die kein »R« sprachen und sich wie bessere Leute aufführten, hatten jetzt

Andria, den alten korsischen Kellner, aufs Korn genommen, weil Léo nicht auf ihre Provokationen und Pöbeleien reagierte. Es gehörte zu ihrem Zeitvertreib, auf den Fischmarkt zu gehen und dort die Frauen gegeneinander aufzuhetzen, immer darauf bedacht, sich von den Greifern nicht erwischen zu lassen. Offensichtlich hassten sie Frauen. Sie hetzten sie aufeinander wie Hunde in der Arena und schlossen Wetten auf sie ab.

»Hallo mein Liebe', geste'n haben wi' einen g'oßa'tigen Kampf gesehen. Eine Wäsche'in vom linken Ufe' gegen eine Fischhändle'in vom Ma'kt. Wi' haben uns totgelacht.«

Sie machten sich über Andria lustig, stellten ihm ein Bein oder hefteten ihm Essensreste auf die Kleidung, wenn er zwischen den Tischen hindurchging, oder sie riefen unentwegt nach ihm, um ihn hin- und herrennen zu sehen.

Léo verstand nicht, warum bei all den Köpfen, die über die öffentlichen Plätze rollten, diese Typen ihren Kopf ungestört oben behalten durften. Vielleicht gab es wichtigere Köpfe, die gefährlicher waren fürs Vaterland als die Köpfe dieser Bande von Nichtsnutzen. Oder sie waren zu gerissen, und niemand bemerkte sie, schließlich verbrachten sie fast ihre gesamte Zeit im Palais Égalité. Bei ihren Auftritten auf dem Markt achteten sie stets darauf, sich von den Greifern nicht erwischen zu lassen.

Jede Lappalie löste bei ihnen große Heiterkeit aus, und ihre einzige Beschäftigung bestand darin, sich auf Kosten anderer zu vergnügen. Über den Gang der Dinge in der Stadt verloren sie kein Wort. Einige trugen sogar die Kokarde, manchmal drei oder vier am Jackenaufschlag, als handle es sich um lächerliche Objekte. Sie waren bei allen Enthauptungen dabei und wetteten darauf, wer als Nächster seinen Kopf durchs Loch stecken musste. Was sie mit dem Hausmeister des Palais Égalité, dem Mann ohne Nase, zu bereden hatten, wusste Léo nicht – der Totenkopf und die grinsenden Muscadins.

Es war in einer dieser schlaflosen Nächte gegen Ende dieses beschissenen Winters, in denen es Léo nicht gelang, die Gedanken abzuschalten, in der er mit einer Hand zwischen den Beinen spielte, unentschlossen, ob er sich weiter den Erinnerungen an die Näherin oder an die Jugendzeit in der Villa Albergati überlassen sollte, als plötzlich ein Gedanke in seinem Hirn aufblitzte und ihn erstarren ließ.

Die Muscadins sprachen tatsächlich über nichts. Sie würdigten die Arbeit Madame Guillotines, um zu tratschen und Wetten abzuschließen. Léo hörte sie nie die Ereignisse kommentieren, sie machten höchstens Witze über sie. Diese Typen schienen gar nicht zu existieren. Sie lebten scheinbar an einem anderen Ort. Alles, was um sie herum geschah, schien sie nichts anzugehen. Sie lebten die Revolution nicht. Ihre Gesten waren das Ergebnis einstudierter Rhetorik, darauf ausgerichtet, die sie umgebende Welt zu ignorieren. Sie waren Schauspieler ohne Publikum.

Léo setzte sich auf den Rand seiner Liege. Ein trauriger Gedanke war ihm gekommen: Die Muscadins hassten die Revolution, sie hassten die Republik. Sie hassten sie so, dass sie – Léo bekam einen Schluckauf – den Anfangsbuchstaben, das »R« nicht aussprachen!

Den Rest der Nacht verbrachte er in unruhigem Halbschlaf und als der Morgen anbrach, sprang er aus dem Bett, bereit, seinen Plan in die Tat umzusetzen.

Es war bereits Mittag, als die parfümierte Bande sich in der Kneipe versammelte. Es waren sechs oder sieben, die mit einem halben Laib Käse und einem Krug Wein speisten. Auch der Widerlichste der Bande war anwesend, ein Geck mit Monokel, der Jean-Dominic hieß und von allen Jean-Do genannt wurde. Léo hatte ihn als ihren Anführer ausgemacht. Er wartete, bis sie Andria belästigten.

Als Jean-Do dem alten Kellner ein Bein stellte und dieser unter splitterndem Porzellan und lautem Gelächter zu Boden ging, tat Léo das, was er sich zu tun vorgenommen hatte. Er sprang auf einen Tisch.

Alle Aufmerksamkeit richtete sich auf ihn. Gelächter und Gespräche verstummten. Der Besitzer stand hinter dem Tresen, als Léo zu reden anfing:

»NuR Mut, ihR HasenheRzen, die ihR Euch feige veRbeRgt und den ARmen zusetzt und die Unglücklichen in Angst veRsetzt, damit ihR euch staRk und mutig fühlen könnt! NuR Mut! Verrottete BRut, die ihR anstatt FRankReich zu veRteidigen, die Tage im Gasthaus veRbRingt und euch die Ranzige Rübe kRatzt und über das Unglück andeReR spottet! NuR Mut, ihR veRtRockneten Scheißhaufen, die ihR glaubt, den GeRuch von DReck und VeRwesung mit dem GeRuch toteR Blumen veRdecken zu können! NuR Mut, ihR, die ihR wie AusländeR im eignen Land spRecht und jeden DReck unglaublich findet, so wie ich es absuRd finde, dass ihR noch nicht veRReckt seid, durchbohRt von den StRahlen der Revolution! Auf geht's, empfangt den StRahl, deR euch gebühRt!«

Dann knöpfte Léo sich die Hosen auf, holte sein Glied heraus und richtete den Strahl auf die Muscadins, die sich immer noch sprachlos und starr vor Staunen angewidert zurückzogen. Es dauerte ein paar Augenblicke, bis Léo die letzten Tropfen abgeschüttelt hatte.

Wie die Gäste war auch der Wirt verstummt.

Der Erste, der einen Schritt nach vorne machte und sich dabei über die nasse Jacke strich, war Jean-Do. Blonde Haare, schadhaftes Gebiss, Monokel im Gesicht eines nicht erwachsen gewordenen Kindes.

Jean-Do applaudierte, langsam, schwerfällig und finster blickend.

»Bravo! Der Italiener. Nicht jeder unterschreibt freiwillig seinen eigenen Untergang.« Pose und Affektiertheit waren wie weggeblasen. »Auf dem Duellplatz. Übermorgen in aller Frühe. Wenn du den Mut hast zu kommen.«

Nach diesen Worten verließ er das Gasthaus mit kurzen, wohlgesetzten Schritten, als ginge er auf einer Allee spazieren, gefolgt von seiner Bande, die unsichere Blicke um sich warf.

Als sie weg waren, stieg Léo vom Tisch und sah sich dem Besitzer gegenüber.

»Verschwinde. Pack deine Sachen und hau ab.«

Léo hatte keine Einwände, er schwieg. Er wusste, dass es ein einmaliges Schauspiel gewesen war.

3.

Es klopfte, Doktor Pinel unterbrach seine Lektüre.

»Herein.«

Es erschien das Gesicht Pussins, das um Jahre gealtert schien.

»Bürger, im Hof ... es ist etwas passiert ...«

Dem Ton nach zu urteilen, hatte er gerade einem außergewöhnlichen und unerklärlichen Ereignis beigewohnt, vergleichbar einer Sonnenfinsternis für Menschen ferner Zeiten oder einer Fata Morgana für einen Seemann.

Das bleiche Gesicht des Aufsehers hielt Pinel davon ab, sich die Sache erklären zu lassen. Er legte seine Klemmbrille vor sich auf das Blatt, erhob sich und folgte Pussin durch den Flur und die Treppe hinunter bis in den Hof. Die Szene, die sich vor seinen Augen abspielte, ließ ihn erstarren.

Die Wärter hatten mit Stöcken in der Hand den Hof umringt. Dort standen mindestens fünfzig Insassen hintereinander in Reihen im Abstand von einer halben Armlänge. Alle blickten vor sich auf den Boden.

Doktor Pinels Gesichtsausdruck glich jetzt dem von Pussin. Dieser kriegerische Aufmarsch von Körpern, die unbeweglich wie ein Granitblock wirkten, hob sich deutlich von den übrigen Geisteskranken ab, die selbstversunken allein oder in Dreier- und Vierergruppen herumstanden.

»Was hat das zu bedeuten?«

Pussin breitete die Arme aus.

»Sie sind nach draußen gegangen und haben sich so aufgestellt. Ich weiß nicht, warum, niemand hat etwas gesagt, anscheinend haben sie nicht einmal miteinander gesprochen.«

Sein Ton verriet Besorgnis, ein Anflug echter Angst war herauszuhören.

Pinel befragte die Oberaufseher, die das Gesagte bestätigten.

»Habt Ihr ihnen befohlen, wieder ins Haus zu gehen?«, fragte der Doktor.

Der Oberaufseher nickte.

»Schickt alle anderen hinein.«

Innerhalb weniger Minuten waren nur noch die in parallelen Reihen aufgestellten Männer auf dem Hof. Pinel schritt furchtlos die Stufen hinunter und ging an den Geisteskranken vorbei. Es waren die immer gleichen Gesichter menschlichen Elends und Leids, ausdruckslos und erloschen. Die Augen starrten ins Nichts.

Er blieb vor einem besonders Ausgemergelten stehen.

»Ich befehle Euch, sofort ins Haus zurückzugehen.«

Er rührte sich nicht. Pinel berührte ihn an der Schulter und spürte unerwarteten physischen Widerstand, das Beharrungsvermögen eines Körpers, der sich weigert, auch nur einen Schritt zu tun.

Diese Männer opponierten mit ihrer geordneten Gegenwart gegen die Vorschriften des Hospitals. Der Gedanke erschreckte Pinel. Eine geordnete Aufstellung impliziert einen Befehl. Und diesen Befehl musste jemand gegeben haben. Ein anderer musste ihnen seinen Willen aufgezwungen haben. Er hob den Kopf und blickte zu einem bestimmten Fenster hinauf. Er war sich sicher, dass sich dahinter ein zufriedenes Lächeln verbarg. Er würde der Sache auf den Grund gehen, aber jetzt musste er dafür sorgen, dass er aus dieser Situation herauskam.

Ein Schachmatt.

Die Bediensteten warteten auf den Befehl, die Unglücklichen mit ihren Stöcken zu bearbeiten und sie mit Gewalt ins Haus zu treiben. Sein Gegenspieler würde eine solche Lösung befriedigt registrieren, sie wäre für ihn die größte Bestätigung. Er würde Zeuge einer Situation sein, in der er, Pinel, gegen die Macht des Geistes auf nackte Gewalt zurückgriff. Denn darum handelte es sich, Pinel war sich sicher. Aber er konnte sie auch nicht dort stehen lassen und Wind und Wetter aussetzen; auch damit hätte er seinem Gegner in die Hände gespielt.

Was tun?

»Was machen wir jetzt?«, fragte Pussin, als hätte er die Gedanken Pinels erraten.

Der Arzt biss die Zähne zusammen. Sollte er verlieren, würde auch sein Gegenspieler nicht wirklich gewinnen.

»Bringt sie ins Haus«, befahl er.

Er machte auf dem Absatz kehrt und ging zum Hauptgebäude, während die trockenen Schläge der Stöcke an sein Ohr drangen.

»Bürger Pussin!«, rief er. Eilig kam der Abteilungsleiter herbei.

Pinel führte ihn in sein Büro, setzte sich an den Schreibtisch und schrieb ein paar Zeilen, an deren Ende er seinen Stempel setzte. Dann reichte er Pussin das Blatt.

»Der Patient Auguste Laplace ist ab sofort kein Gast mehr, er ist ein Kranker wie alle anderen. Er ist einzuschließen und ihm ist jeglicher Kontakt zu untersagen, auch mit den Bediensteten.«

Pussin nickte und verließ eilig den Raum.

Pinel stand auf, ging zum Fenster und blickte nach unten. Die Wärter waren noch immer mit den Rebellierenden beschäftigt. Sie schienen auf Stockschläge nicht zu reagieren. Einige hatten blutige Köpfe, leisteten aber weiter Widerstand, andere lagen bewusstlos am Boden, während diejenigen, die wieder aufgestanden waren, sich umstandslos in die alte Position begaben. Eine Sisyphusarbeit. Sie würden jeden einzeln und mit Gewalt ins Haus bringen müssen.

Pinel schauderte.

4.

Kurz vor Mittag stiegen die beiden Reisenden unter einer matten Sonne am Anfang einer langen, von Zypressen gesäumten Allee aus der Kutsche. Der Kutscher trieb die Pferde wieder an, und das Gefährt fuhr in einer gelben Staubwolke davon.

Während D'Amblanc sich noch die Jackenärmel abklopfte, näherte sich der Junge einer der Ziegelsteinsäulen, von der ein Wappenschild entfernt worden war.

»Muss ich hier bleiben?«, fragte der Junge.

D'Amblanc wusste nicht, was er antworten sollte.

»Das ist kein schlechter Ort«, murmelte er und machte ein paar Schritte.

Die Reise in Begleitung eines Beamten des Wohlfahrtsausschusses, der mit einem Auftrag nach Soissons unterwegs war, und eines regierungstreuen, klapperdürren, vertrockneten Priesters, der die Nase kein einziges Mal aus seinem Brevier erhoben hatte, war unbequem und langweilig gewesen; eintönige Landschaften, Dörfer, die von ausgemergelten Bauern und von Kindern bewohnt wurden, die in Banden umherstreiften und der Kutsche bis zum letzten Haus schreiend nachliefen.

D'Amblanc fühlte sich verpflichtet, dem Jungen die Situation zu erklären.

»Hier wohnt jemand, der dir helfen und dich heilen kann.«

»Bin ich krank, gnädiger Herr?«

D'Amblanc blickte Jean teilnahmsvoll an.

»Nenn mich nicht immer gnädiger Herr. Es gibt keine gnädigen Herren mehr. Du bist nicht krank, aber du brauchst trotzdem Hilfe, und deshalb sind wir hier.«

D'Amblanc war natürlich auch aus Eigeninteresse gekommen, er suchte das Gespräch mit jemandem, der seine Sprache sprach. Seit viel zu langer Zeit, seit die Anhänger Mesmers Paris verlassen hatten, betrieb er all seine Aktivitäten in großer Einsamkeit. Nun, da ihm der Beweis der Ungenauigkeit der Axiome Puységurs vorlag, wollte er mit diesem sprechen. Er hatte das Problem in einem Brief, den er wenige Tage vor der Abfahrt abgeschickt und in dem er seinem alten Mentor seine bevorstehende Ankunft angekündigt hatte, nur angedeutet. Von Angesicht zu Angesicht würde er ihm von den zwei Jeans berichten, die in demselben Körper wohnten; der abgerichtete Jean, der wie ein Stutzer aus vorrevolutionären Zeiten redete, und der wilde Jean, der auf Schränke kletterte und wie ein Wolf knurrte, sodass man beim letzten Mal einen großen Aufwand hatte betreiben müssen, um ihn wieder herunterzubekommen, ihn zu somnambulisieren und ins zivile Leben zurückzuholen.

Beunruhigend war die Tatsache, dass beide das Produkt eines äußeren Eingriffs waren, sowohl die Erziehung wie auch ihr Gegenteil; ein armes Waisekind war unter somnambulischem Einfluss wie ein Adeliger erzogen worden, und durch dieselbe Behandlung hatte man seine Regression zum wilden Tier bewirkt. D'Amblanc schämte sich fast, einen solchen Gedanken zu formulieren. Der Magnetiseur hatte gehandelt, als sei es ein Experiment, ein Spiel, mit dem er sich seine absolute Macht über einen Wehrlosen beweisen wollte. Die Vorstellung war schrecklich, und D'Amblanc hatte sie in die hinterste Ecke seines Bewusstseins geschoben, damit sie nicht übermächtig wurde und noch größeres Unbehagen auslöste.

Er dachte an die Indianer, die ihn in Amerika gefoltert hatten, und aus alter Gewohnheit betastete er seine Rippen. Für sie hatte es etwas anderes bedeutet. Einen Gefangenen zu foltern war eine Art Ehrerbietung an dessen Mut; sie gaben ihm die Möglichkeit, dem Schmerz zu widerstehen und als Mann zu sterben.

In seiner Tasche raschelte Papier. Es war der Passierschein, den Chauvelin ihm für die Auvergne ausgestellt hatte. Er hätte ihn zurückgeben müssen, aber er trug ihn als Vorsichtsmaßnahme immer bei sich. Zunächst hatte er wegen dieser kleinen Gesetzesübertretung Schuldgefühle gehabt, aber nachdem der Vertreter des Sicherheitsausschusses ihn gebeten hatte, den Thronfolger zu untersuchen und den verrückten Hébert zu ertragen, hielt er das Stück Papier für eine angemessene Entschädigung.

D'Amblanc fragte sich, was aus dem Jungen werden würde. Zweifellos war die Hauptstadt für Jean aus dem Wald ungeeignet, aber vielleicht war sie das auch für Orphée d'Amblanc.

Sie nahmen das Gepäck auf und gingen auf das große Haus am Ende der Allee zu, das von einem kleinen Buchenhain eingerahmt wurde und aussah wie ein in seiner Höhle schlafendes Tier.

D'Amblanc wunderte sich, dass sie keiner Wache oder einem Jagdaufseher begegneten. Erst als sie bei den ersten Bäumen angekommen waren, sahen sie ungefähr ein Dutzend Menschen, Männer und Frauen, die sich an den Händen hielten und einen Kreis um eine alte, knorrige Buche bildeten. Zwischen ihnen und dem Baum befand sich nur eine einzige Person, die D'Amblanc sofort erkannte. Sie trug einen vorne offenen Überzieher aus Seide und hohe Reitstiefel. Die kurzen Haare ließen die breite, flache Nase stärker hervortreten, die Augen waren hell und lebhaft.

»Lasst das Fluidum fließen«, sagte der Magnetiseur gerade, »lasst es durch euch hindurchfließen und unterbrecht die Kette nicht.«

Er näherte sich dem Baumstamm und legte die offene Handfläche einer Hand auf den Stamm. Mit der anderen ergriff er die ineinandergelegten Hände der beiden, die ihm am nächsten standen. Als hätte er ihnen eine elektrische Ladung übertragen, begann der Kreis zu oszillieren, wie von einer Welle bewegt. Jemand warf den Kopf nach hinten, ein anderer begann schwer zu atmen. Der Magnetiseur verstärkte den Griff, die Augen in höchster Konzentration geschlossen. Es herrschte wieder Schweigen, die Körper beruhigten sich, alle sahen jetzt aus wie eingeschlafen.

»Michel, willst du uns etwas sagen?«

Ein kleiner hagerer Bauer redete mit belegter Stimme.

»Meine Bauchschmerzen sind weg. Wenn ich hier bei euch bin, geht's mir gut und hinten kommt keine Luft mehr.«

Der Magnetiseur nickte.

»Jeanette ...«

Ein Mädchen mit heller Haut, dessen zartes Gesicht fast unter ihrer Haube verschwand, sagte:

»Ich spüre die Kraft des Baumes. Sie ist in mir, in meinem Bauch. Es tut mir gut, ich blute nicht mehr.«

Der Magnetiseur änderte kaum merklich seine Position und wandte sich an einen Alten, der kaum aufrecht stehen konnte.

»Maurice, sag etwas.«

Der zahnlose Alte brachte nur ein Murmeln ohne Dentallaute zustande.

»Gott schütze eure Herrschaft und bewahre euch *inseculinculorumamen*. Der Rücken tut nicht mehr weh. Morgen wird es regnen. Ich werde zwei Mal kacken. Und er wird mir wieder hart werden. Die Kuh von Antoine wird kalben.«

»Gut«, sagte der Magnetiseur, »sehr gut.«

Er fuhr fort, die Teilnehmer einen nach dem anderen zu befragen. Einige erwähnten keine Krankheiten, sie sprachen über Entscheidungen, die sie treffen mussten, über Verhandlungen und Streitigkeiten, die beizulegen waren.

»Ich war wütend auf die Renauds wegen der Waldarbeiten, aber jetzt habe ich verstanden, dass wir das machen können und dafür zwei Drittel des Holzes bekommen.«

»Ich muss das Schwein an Meunier für den Preis verkaufen, den er zahlen will, so wie Ihr es mir vorgeschlagen habt.«

»Meine Frau und Cortot sind seit ihrer Kindheit befreundet, ich muss mir keine Sorgen machen.«

Erst als alle etwas gesagt und zugestimmt hatten, weckte der Magnetiseur sie wieder auf. Er verabschiedete sie und gab jedem von ihnen ein Trostwort mit auf den Weg. Einige machten sich auf den Weg über die Allee, offensichtlich kehrten sie in das Dorf Buzancy zurück. Andere gingen ins Haus und wurden von den Bediensteten empfangen, als handele es sich um die Patienten eines Hospitals.

Der Magnetiseur blickte sich zufrieden um, erst jetzt sah er die Neuankömmlinge. Er lächelte erfreut.

»Herzlich willkommen«, sagte er und ging ihnen entgegen. »Herzlich Willkommen, Doktor. Es ist mir ein großes Vergnügen, einen alten Gefährten empfangen zu dürfen.«

D'Amblanc geriet kurz in Verlegenheit, denn schließlich hatte er sich vor der Revolution vor dem Chevalier de Puységur verbeugen müssen, aber dann ergriff er sofort die Gelegenheit, dem Bürger Chastenet die Hand zu schütteln.

»Ich freue mich, einen Lehrer wiederzutreffen«, sagte D'Amblanc. Er zeigte auf die Menschen in der Nähe des Baumes und die sich auflösenden Gruppen: »Eure vegetabilische Methode hat mich vor ein paar Monaten vor einer meiner Attacken bewahrt. Ich hatte es nie ausprobiert, mich aber an Eure Schriften erinnert.«

Chastenet nickte zufrieden.

»Ich selbst habe es erst kürzlich wiederentdeckt. Ich hatte mich jahrelang ausschließlich mit Einzeltherapie befasst, aber auch kollektive Somnambulisierungen sind äußerst interessant.« Seine Augen strahlten. »Sie heilen nicht nur den Körper des Einzelnen, sie wirken auch auf die Gesundheit der Gruppe ein.« Er blickte auf Jean: »Ist das der Junge, von dem Ihr in Eurem Brief berichtet?«

»Ja, das ist er«, erwiderte D'Amblanc.

Jean verbeugte sich.

»Gut, dann kommt«, sagte der Hausherr, »Euer Gepäck werden wir später holen lassen.« Er hakte sich bei D'Amblanc ein, der Junge ging dicht hinter ihnen.

»Lieber Doktor, ich freue mich wirklich, Euch wiederzusehen. Ich hoffe, Ihr werdet eine Weile unser Gast sein können.«

»Das hoffe ich auch«, entgegnete D'Amblanc.

»Was gibt es Neues in Paris? Wie steht es mit der Revolution?«, fragte Chastenet.

Die Frage kam für D'Amblanc überraschend.

»Schwer zu sagen«, erwiderte er.

Chastenet nickte, als habe er auch ohne Worte verstanden.

»Wer weiß, ob es mir gelingt, Euch für meine zu begeistern!«

»Eure Revolution?«

Chastenet lächelte, zeigte auf den umliegenden Park und dann auf den großen Baum.

»Eine Revolution ohne Guillotine.«

Auszug aus
»LE PÈRE DUCHESNE«
Nr. 355, letzte Ausgabe
wahrscheinliches Datum: 21. Venteuse, Jahr II (11. März 1794)

Große Wut des Père Duchesne auf die Abwiegler, die alles in Bewegung setzen, um die Durchführung der revolutionären Dekrete zu verhindern und die Aristokrätze und die Verschwörer zu retten. Sein guter Rat an alle wahren Republikaner: Sie sollen sich zusammentun und einmütig dafür sorgen, dass das Gesetz über das Maximum und die Konfiszierung der Güter aller Verdächtigen eingehalten wird.

Sie ist verdammt schwer tot zu kriegen, die Aristokratie. Hat man sie sich zurechtgelegt für den Gnadenstoß, stellt sie sich tot, und wenn sie endlich erledigt scheint, wird sie plötzlich wieder lebendig und verspritzt mehr Gift als je zuvor. Tag für Tag gebiert sie neue, das Volk quälende Ungeheuer. Warum zum Teufel machen die Patrioten immer nur halbe Sachen? Alles wäre vorbei, wären die verdammten Abwiegler am 10. August dem rächenden Volk nicht in den Arm gefallen. Das Ungeheuer Capet und seine abscheuliche Sippschaft hätten die Lust am Brotkrieg verloren, und mit einem einzigen Schlag hätte man alle *Feuillants*, alle Royalisten, alle Aristokraten beseitigen können, aber die Sansculotten haben sich von den verdammten Heuchlern über den Tisch ziehen lassen und der Moderantismus behielt die Oberhand. Mit welchem Ergebnis? Der alte Roland schmierte mit dem Geld, das der Konvent ihm für den Kauf von Lebensmittelvorräten anvertraut hatte, die Konterrevolution. Fast alle Journalisten hatten sich an diese Verräterbande verkauft, die öffentliche Meinung vergiftet und die besten Bürger in den Dreck gezogen. Marat haben sie zum Werwolf gemacht, zum wilden Tier, und in vielen Départements wurde nur darüber geredet, wie viele Kinder er zum Mittagessen verspeist und wie viele Gläser Blut er am Tag trinkt, dabei gab es in der ganzen Republik keinen humaneren Menschen als ihn.

Der 31. Mai war der zweite Akt der Tragödie vom 10. August: Er hat die Republik gerettet, er hat die wichtigsten Führer der Verschwörung aufs Schafott gebracht, aber er hat sie verdammt noch mal nicht endgültig vernichtet. Carra und Brissot sind wiederauferstanden; dieselben infamen Lügen, die sie verbreitet haben, werden jetzt von anderen Arschkriechern ihrer Sorte verbreitet.

Die neuen *Brissotins* verbreiten das Gift des Moderantismus und wagen es, die revolutionären Maßnahmen zu verdammen, die die Freiheit gerettet haben. Hinter den Kulissen betreiben sie den Sturz der Regierung, um sie dann selbst zu übernehmen, und während unsere tapferen Krieger ungeduldig darauf warten, die Sklaven der Despoten zu beseitigen, legt man ihnen dauernd Steine in den Weg.

Tapfere Sansculotten, gebt nicht auf! Eure größten Feinde sind diejenigen, die den Moderantismus predigen. Wir können nicht weiter zurückweichen, verdammt, die Revolution muss endlich vollendet werden. Der Konvent hat ein neues Dekret zum Maximum erlassen, es wird die Hamsterer ausrotten und endlich für genügend Lebensmittel sorgen. Das Gesetz, das die Konfiszierung der Güter der Verdächtigen verfügt und ihre Deportation anordnet, wird den Feinden des Volkes die Mittel nehmen, mit denen sie den Frieden stören, und es wird die Republik von den Ungeheuern befreien, die ihr Gift gegen sie verspritzen. Alle wahren Republikaner müssen bedingungslos den Konvent unterstützen, der Tag und Nacht für das Glück des Volkes arbeitet. Versammelt euch, Sansculotten, säubert ihn von den Verrätern, die gegen die Freiheit konspirieren; sie sind noch immer sehr zahlreich.

Ich kann es nicht oft genug wiederholen: Der Grund für die Unruhe und die Unordnung, die über uns gekommen sind, ist die große Nachsicht, die den Verrätern entgegengebracht wird. Ein einziger Schritt zurück setzt die Republik aufs Spiel. Schwören wir also den Abwieglern, den Royalisten und der Aristokrätze den Tod. Wenn wir einig, mutig und ohne innezuhalten handeln, werden alle unsere Feinde das Maul für immer halten.

VIERTE SZENE

Frühling

April 1794 (Germinal, Jahr II)

1.

Im Laufe weniger Tage war auf den Ländereien um den Landsitz, der einst dem Marquis de Puységur gehört hatte, der Frühling eingezogen. Die Bäume blühten, das Grün der Wiesen wurde intensiver und auch die Vögel zwitscherten lauter zu Ehren der jahreszeitlichen Wiedergeburt.

Hier nahm man die Erschütterungen in Paris nicht wahr, die Revolution war weit weg und noch weiter weg schien die schroffe Wildnis der Auvergne, aber auch dieser Ort lag in einem Land, das mit allen Mächten Europas Krieg führte. Hier konnte D'Amblanc seinen Mentor bei der Arbeit beobachten, selbst dessen Patienten magnetisieren und mit ihm diskutieren. Chastenet widmete sich seinen Patienten wie ein Vater. Er hatte für jeden ein Wort und begegnete allen mit uneingeschränkter Zuneigung. Fast niemand sprach seinen Namen aus, vielleicht weil es Bedienstete und Dorfbewohner in Verlegenheit brachte, ihn nicht mehr mit »Marquis« anzusprechen, nicht mehr »Gnädiger Herr« zu sagen; die einfache Anrede »Bürger« hielten sie für unbotmäßig. Chastenet war einfach »Er«, und ganz zweifellos war er der Leuchtturm für die gepeinigten, von magnetischer Dekompensation geschüttelten Seelen, die sich an seinem kleinen Hof versammelten. Frankreich blieb draußen vor dem Tor.

»Erinnert Ihr Euch, was Ihr mir vor ein paar Jahren gesagt habt, als wir uns in Paris getroffen haben? Ihr sagtet, das Gute mache den Unterschied. Niemand könne einen anderen ohne dessen ausdrückliche Einwilligung somnambulisieren oder magnetisieren, wenn er ihm Schaden zufügen wolle. Ihr habt es demonstriert, erinnert Ihr Euch? Der Anwalt Bergasse forderte eine Dame, die sich im magnetischen Schlaf befand, auf, sich ihrer Kleider zu entledigen, und sie lehnte das entschieden ab.«

»Ja, ich erinnere mich«, entgegnete Chastenet etwas unsicher blickend, er musste erst in den Tiefen der Erinnerung graben. »Was ist aus Bergasse geworden?«

D'Amblanc hatte diese Frage nicht erwartet, aber er antwortete, ohne zu zögern:

»Er ist auf der Flucht.«

Chastenet nickte schweigend, dann kehrte er in die Gegenwart zurück und wandte sich wieder mit einem leichten Lächeln an den Doktor.

»Und Ihr behauptet, dieser Junge sei der Beweis, dass ich mich irrte?«

Beide blickten sie den somnambulisierten Jean an, der mit halb geöffneten Augen auf dem Sofa im Arbeitszimmer des Therapeuten saß. Es war Nachmittag, durch das Glas in der Tür fiel Licht und beleuchtete die Gegenstände auf dem Schreibtisch, deren Umrisse deutlich zu erkennen waren: Briefbeschwerer, Tintenfass, Bücher. Der an der Wand hängende Säbel ließ nicht an das Chaos des Krieges denken, und man konnte sicher sein, dass die Klinge seit langem stumpf war.

Während er Jean betrachtete, sah D'Amblanc für einen Moment den Dauphin wieder vor sich, in derselben Position, die Hände auf den Knien, ebenso wohlerzogen wie erbärmlich und gedemütigt. Wieder kam die Wut hoch, er dachte an das unwürdige Benehmen Héberts. Er verscheuchte das Bild und hätte fast eine unwirsche Handbewegung gemacht, aber er beherrschte sich und starrte wieder auf Jean, der aus gegebenem Anlass eine Jacke trug. Vor den Augen Chastenets magnetisiert zu werden, geschah nicht alle Tage. D'Amblanc hatte Jean vor wenigen Minuten in magnetischen Schlaf versetzt, und er konnte es nicht verhehlen, er war aufgeregt. Er musste den entscheidenden Beweis führen.

»Wie wollt Ihr weiter vorgehen?«, fragte Chastenet.

D'Amblanc räusperte sich.

»Immer wenn wir Jean aus dem Wald gelockt hatten, ist es mir gelungen, ihn zu somnambulisieren und zu kontrollieren; ich habe mich dann an Jean aus dem Schloss gewandt, an den sanften Jungen, den Ihr hier vor Euch habt.«

»Ihr redet so, als handle es sich um zwei streng voneinander getrennte Personen«, bemerkte Chastenet.

»Das sind sie tatsächlich«, sagte D'Amblanc, »die eine vertreibt die andere. Ich werde jetzt versuchen, den kleinen Wilden hervorzulocken.« D'Amblanc neigte leicht den Kopf in

Richtung des Hausherrn und stellte sich vor den Jungen. »Jean, sag mir, was deine Wutattacken auslöst«, sagte er.

Es dauerte ein paar Sekunden.

»Die Stimme im Kopf.«

»Du hörst eine Stimme? Wessen Stimme?«

Schweigen.

»Die Stimme des Chevalier d'Yvers?«

Als er den Namen ausgesprochen hatte, schauderte ihn. Er sah den besessenen Blick Margots, der Kindprophetin, der Tochter des Engels, der ihre Mutter geschwängert hatte. Er musste tief durchatmen, damit die Erinnerungen ihn nicht zu stark beeinflussten.

»Ja«, antwortete Jean.

»Was sagt die Stimme zu dir?«

Jeans Gesicht verzerrte sich.

»Es sind Laute wie ... wie ... von einem Hund.«

Er hob die Hände, als müsse er sich vor unsichtbaren Schlägen schützen.

D'Amblanc und Chastenet blickten sich flüchtig an. Jean sackte zusammen und nahm den Kopf in die Hände. Stockschläge, es gab keinen Zweifel, und anscheinend spürte er sie wirklich. Er begann zu wimmern, und nach und nach verwandelte sich das Wimmern in das Knurren eines verletzten Tieres, eine Mischung aus Hass und Angst. Dann breitete der Junge plötzlich die Arme aus und brüllte seinen Furor heraus.

Jean aus dem Wald war zurück.

D'Amblanc verlor die magnetische Kontrolle über den Jungen. Der sprang auf einen Stuhl und von dort auf den Schreibtisch. Das Tintenfass kippte um, und schwarze Tinte ergoss sich auf die Schreibtischoberfläche.

»Glaubt Ihr mir jetzt?«, sagte D'Amblanc.

Chastenet wirkte angespannt, der seraphische Ausdruck war verschwunden.

D'Amblanc näherte sich dem Jungen mit nach vorne ausgestreckten Armen, um den magnetischen Kontakt wiederherzustellen, aber der Junge sprang auf das Möbel an der Wand.

»Er könnte sich verletzen«, sagte Chastenet.

D'Amblanc nickte.

»Man muss ihn bewegungsunfähig machen und die magnetische Verbindung wiederherstellen, um Jean aus dem

Schloss wieder hervorzulocken. So habe ich es schon ein paar Mal gemacht.«

In diesem Moment geschah etwas, das D'Amblanc nicht vorhergesehen hatte. Jean streckte die Hand aus und ergriff den Säbel an der Wand. Er schwang die Waffe und fletschte die Zähne in Richtung der beiden Männer.

Der Doktor trat einen weiteren Schritt vor. Die Waffe sauste dicht an seinem Ohr vorbei durch die Luft.

»Wir sollten Hilfe holen, wir müssen ihn bändigen«, D'Amblanc erkannte seine eigene Stimme nicht wieder.

Chastenet schwieg, drehte sich um, schritt durch den Raum, öffnete halb die Tür und rief einen Namen; es erschien ein Diener, der einen Befehl erhielt.

Der Diener kehrte kurz darauf mit einem Holzkasten ohne Deckel zurück, in dem sich sechs merkwürdige Flaschen befanden, und händigte ihn dem Hausherrn aus. An einer Seite an zwei Haken hing ein Stab aus Ebenholz mit Ledergriff und einem Abzug wie bei einem Gewehr. Zwei Kabel verbanden ihn mit dem Inhalt des Kastens, am anderen Ende waren zwei nagelartige Spitzen aus Metall zu sehen. Chastenet ergriff ihn.

»Ein Elektroschocker?«, fragte D'Amblanc ungläubig.

Chastenet antwortete nicht und näherte sich Jean. Säbel gegen Stock. Der Junge aus dem Wald gegen den großen Magnetiseur.

»Was habt Ihr vor?«, fragte D'Amblanc.

»Verhindern, dass er uns einen Kopf kürzer macht«, war die trockene Antwort.

Chastenet schob den Stock vor, bis die Spitze die Klinge des Säbels berührte. Jean wurde nach hinten geschleudert, prallte gegen die Wand und fiel zu Boden. D'Amblanc eilte zu ihm. Jean war bei Bewusstsein und hatte die Augen weit aufgerissen. D'Amblanc ergriff sein Handgelenk, um den Pulsschlag zu fühlen. Dann hob er ihn hoch und legte ihn auf den Diwan.

»Jean?«, fragte er besorgt.

Der Junge kniff die Augen zusammen.

»Ja, gnädiger Herr ...«

D'Amblanc atmete erleichtert auf.

»Fühlst du dich gut?«

»Mir ist schwindlig ...«

D’Amblanc strich ihm über die Stirn und drehte sich dann zu Chastenet um, der damit beschäftigt war, die Apparatur wieder einzupacken.

»Ihr habt ihm einen Stromschlag verpasst!«

»Extreme Gefahren müssen mit extremen Mitteln bekämpft werden. Ein plötzlicher elektrischer Fluss unterbricht den magnetischen. Bisher hatte ich das nur an Hühnern ausprobiert ...«

Der Arzt erhob sich und stellte sich vor Chastenet. Er war verwirrt.

»Und wenn das zum Herzstillstand geführt hätte?«

Chastenet war bemüht, wieder ein seraphisches Gesicht aufzusetzen.

»Dazu hätte die Ladung der Flaschen nicht ausgereicht«, entgegnete er. »Außerdem *wollte* ich ihm nichts antun.«

»Das heißt? Wollt Ihr damit sagen, dass auch der elektrische Fluss sich nach dem Willen richtet?«

»Ich will sagen, dass der Wille, Gutes zu tun, die größte Kraft im Universum ist.«

D’Amblanc schüttelte den Kopf, während sein Meister den Säbel aufhob und ihn wieder an die Wand hängte. Dann rief Chastenet nach dem Bediensteten und befahl ihm, sich um Jean zu kümmern. Der nahm ihn auf den Arm und trug ihn hinaus.

Als sie allein waren, schwiegen beide ein paar Minuten, als müssten sie nach dem, was sich vor ihren Augen abgespielt hatte, erst ihre Gedanken ordnen. D’Amblanc massierte ausgiebig seine Rippen.

»Eure alte Verletzung?«, fragte Chastenet.

»Ob Ihr es glaubt oder nicht, aber in der Auvergne hat es ein kleines Mädchen geschafft, dass ich mich vor Schmerzen krümmte.«

Chastenet seufzte, machte ziellos ein paar Schritte durchs Zimmer und setzte sich dann an den Schreibtisch, auf dem sich die Tinte verteilt hatte.

»Ihr haltet viele Dinge für selbstverständlich, Doktor.«

D’Amblanc versteifte sich.

»Der Chevalier d’Yvers hat Jean magnetisiert. Er hat aus ihm einen Aristokraten gemacht, seine Persönlichkeit geformt, und dann hat er ihm befohlen, sie zu unterdrücken, um Raum für bestialische Instinkte zu lassen. Das ist abscheulich.«

Der Hausherr versuchte, so gut es ging, die Tinte aufzusaugen, aber dann gab er auf und lehnte sich mit resigniertem Gesichtsausdruck auf dem Stuhl zurück.

»Das ist nur eine Hypothese, *Eure* Hypothese, mein Freund.«

In seinem Ton schwang Skepsis mit, was D'Amblanc irritierte.

»Ich habe mit eigenen Augen gesehen, was Yvers in der Auvergne gemacht hat!«

Chastenet hob eine Hand, um ihn zu beruhigen.

»Wir haben Zeit genug, um all diese Dinge zu verstehen. Jean ist hier in Sicherheit, genau wie Ihr.«

»Ich? Ich bin gekommen, um Euch den Fall vorzulegen«, entgegnete D'Amblanc.

»Gewiss. Aber auch Ihr seid müde und erschöpft. Das könnt Ihr nicht abstreiten, ich bitte Euch«, Chastenet erhob sich und machte ihm ein Zeichen vorauszugehen. »Gehen wir und schauen nach, wie es dem Jungen geht, was meint Ihr?«

D'Amblanc zögerte, er war sich nicht recht sicher, wie ihm geschah und was er sagen sollte. Schließlich nickte er resigniert und schritt zur Tür.

2.

Halb ausgestreckt auf dem durchgesessenen Diwan betrachtete Marie das Gemälde, das am Boden unter der Dachschräge stand. Es hatte Leclerc gehört, aber weil es zu sperrig war, hatte er es nicht mitgenommen. Frankreich oder die Freiheit stand im Mittelpunkt der Szene, es war ein beeindruckendes Bild. Die Freiheit trug die Kleidung einer Frau aus dem Volk und natürlich die phrygische Mütze, eine Idee, die alle repräsentierte, dachte Marie. Und dann dachte sie an die Zeit, als Jacques noch bei ihr war. Ihr fiel der Nachmittag eines lange vergangenen Sonntags vor drei Jahren ein, als sie und Jacques, den Blick nach oben gerichtet, dem Aufsteigen eines Ballons zugesehen hatten. Am Korb hatte man eine Trikolore befestigt. Die einfache Tatsache, den Blick nach oben in den Himmel zu richten, hatte sie glücklich gemacht. Sie konnte sich gut an das Gefühl erinnern, das so anders gewesen war als alles, was sie bis dahin empfunden hatte: nicht mehr allein zu sein, sich als Teil von etwas Großem zu fühlen, zusammen mit dem Mann, den sie liebte. An dem Tag waren sie nach Hause zurückgekehrt, hatten sich geliebt und hatten dann ausgestreckt nebeneinander gelegen, ohne zu reden, sie hatten nur dem eigenen Atem gelauscht. Von dort wanderten ihre Gedanken zu dem letzten Mal, als sie den Körper eines Mannes an dem ihren gespürt hatte, den des Italieners Léo Modonnet, des Scaramouche von Saint-Antoine. Was wohl aus ihm geworden war? Hatte der Sog der Ereignisse ihn mitgerissen? Lag er schon reglos auf dem Grund oder strampelte er noch mit verzweifelter Kraft, um an der Oberfläche zu bleiben?

Marie schüttelte sich und blickte Claire an, die am Schreibtisch saß. Claire drehte ihr den Kopf zu und lächelte. Trotz des eingefallenen Gesichts war sie schön.

»Glaubst du, wir werden zu unserem alten Leben zurückkehren?«

Claire erhob sich vom Schreibtisch. Der abgenutzte Morgenmantel reichte bis auf die Knöchel. Marie sah, dass sie die kleinen Füße eines Mädchens hatte.

»Ich erinnere mich an etwas, das vor vielen Jahren geschehen ist. Es muss 1775 gewesen sein, im Frühling. Eine aufgebrachte Menge stürmte die Bäckereien von Lyon, Agitatoren wurden sie damals genannt, sie protestierten wegen der Brotpreise. Man schleppte zwei von ihnen zum Galgen, und das Volk ließ es zu, dass man sie aufhängte. Sie sagten nichts und sie taten nichts. Ich erinnere mich, dass die beiden, als sie zum Schafott gebracht wurden, riefen: ›Feiglinge! Wir sterben für euch!‹«

Claire machte eine Pause, und Marie erkannte die Schauspielerin in ihr.

»Lange Zeit habe ich den Sinn ihrer Worte nicht verstanden. Wollten sie sagen, dass es die Schuld der Menge war, dass man sie verurteilt hatte, oder dass es die Schuld der Menge war, dass das Urteil vollstreckt wurde, dass sie es zuließ?«

Claire setzte sich neben Marie.

»Heute weiß ich, dass sie sich nicht darüber beklagten, dass sie für alle bezahlen mussten, sondern weil sie die Menschen nach kurzem Aufbegehren mit gesenkten Köpfen dastehen sahen. Das Brot war nur ein Vorwand.«

Marie schüttelte den Kopf.

»Brot ist niemals nur ein Vorwand.«

»Ja, zugegeben, damals wusste ich noch nicht wirklich, was Hunger ist … Ich will dir was vorlesen.«

Sie erhob sich vom Diwan und nahm eines der Bücher aus der Reihe auf der Anrichte.

»Hör zu«, sie räusperte sich. »›Das Volk ist träge, klein, ein Zwerg; man sieht sofort, dass es keine Republikaner sind.‹«

Marie schaute düster, dann verstand sie.

»Wann wurde das Buch geschrieben?«

»1783. Pass auf, was hier steht: ›In Paris rennt der Pöbel beim Anblick eines Gewehrlaufs auseinander.‹ Oder das hier: ›Die Pariser, niemals wirklich versklavt, niemals wirklich frei.‹«

Marie dachte nach.

»Das stimmt überhaupt nicht.«

Claire las weiter.

»Der Pöbel, von den Fesseln befreit, an die er sich gewöhnt hat, würde sich grausamen, nicht vorhersehbaren Handlungen hingeben.«

»Das stimmt, würde ich sagen«, ergänzte Marie. »Man weiß nie, wie weit das Volk gehen wird.«

Claire schloss das Buch und blickte aus dem Fenster.

»Ich erinnere mich genau an jene Jahre. Alle beschwerten sich, dass nichts geschah, und man dachte, es sei unmöglich, dass etwas geschehe. Wir waren blind. Und die Augen vieler sind noch immer mit Blindheit geschlagen. Die, die das Volk führen, die es vertreten sollten, lenken es ab. Ich weiß nicht, wie lange es dauern wird, Marie, bis wir wirklich frei sein werden. Ich weiß nur, dass der Augenblick kommen wird, früher oder später.«

Marie nickte.

»Besser früher als später. Was sollen wir tun, Claire?«

»Ich weiß es nicht. Sie werden alles versuchen, uns dafür büßen zu lassen. Auf alle mögliche Art und Weise. Wenn man mittendrin steckt, sieht man nicht sehr weit. Sie haben sich beschwert, dass in Frankreich nichts geschieht, und jetzt steht die Welt Kopf. Trotz unserer Misserfolge könnte es eher früher als später geschehen.«

Marie hob den Blick zur Decke.

»Es gefällt mir hier«, sagte sie.

Claire lächelte.

»Ich finde es schön, dass du hier bist, Marie.«

Sie umarmten sich. Marie spürte unter dem Morgenrock den mageren Körper der Freundin, sie nahm ihren Geruch wahr.

»Was sollen wir tun?«, fragte sie noch einmal.

»Wir gehen weg«, sagte Claire, »weit weg, ans andere Ende der Welt.«

Marie wurde nachdenklich. Das Lächeln Claires erlosch nach und nach, es folgte beredtes Schweigen, das plötzlich von dumpfen Schritten und heftigen Schlägen gegen die Tür unterbrochen wurde.

Marie sprang auf. Auch Claire stand auf, setzte sich aber sofort wieder hin, als könnten ihre Beine sie nicht tragen. Marie blickte sie stumm an, während man draußen den Namen Claire Lacombe rief und sie aufforderte zu öffnen. Sie seufzte, dann stand sie auf, glättete mit den Händen den Stoff über dem Bauch, ging zur Tür und öffnete.

Die Greifer waren zahlreich erschienen. Ihre Gesichter blickten angespannt, erregt. Ein Funktionär, verschiedene Beamte, ein kompletter Trupp der Nationalgarde. Der Beamte blickte sich im Zimmer um und las in einem nichtpariserischen Dialekt mit lauter Stimme den Haftbefehl vor, ausgestellt auf die Bürgerin Lacombe.

Claire bat blass, aber gefasst um Zeit, damit sie sich ankleiden konnte. Der Beamte erwiderte, dass sie verhaftet sei und dass sie bis zur Überstellung an die zuständigen Behörden unter Aufsicht stehe. Sie könne sich ankleiden, dürfe sich aber nicht entfernen und sich den Blicken entziehen, auch nicht für einen kurzen Augenblick. Einige der Polizisten lachten. Marie wurde von blinder Wut gepackt. Der Beamte bemerkte es und forderte sie auf, ihren Namen zu sagen und ihren Bürgerausweis zu zeigen.

»Ich heiße Marie Nozière.«

Mit einer brüsken, unfreundlichen Geste gab sie dem Polizisten ihren Ausweis.

»Marie Nozière also! Dein Name steht nicht auf der Liste, Bürgerin, im Unterschied zu deinen Freundinnen Pauline Léon und dem Intriganten Leclerc. Geh nach Hause, bevor es zu spät ist, du kannst von Glück sagen.«

Das Gesagte ließ Marie erröten.

»Ihr verhaftet eine Patriotin, deren ausschließliche Schuld darin besteht, dass sie für alle französischen Bürgerinnen das Beste will!«

Claire intervenierte.

»Es nützt niemandem, wenn du auch noch verhaftet wirst.«

Der Beamte ging auf Claire zu und packte sie am Arm.

»Genau, vorwärts! Zieh dich an!«

Claire versuchte, sich dem Griff zu entziehen, aber der Gardist zog sie zu sich heran, während ein anderer die Handschellen bereithielt. Die Eisen erzeugten einen metallischen, hellen Klang. Marie stürzte sich auf den Beamten, der Claire noch immer am Arm festhielt, aber ein anderer der für die öffentliche Ordnung zuständigen Männer verpasste ihr einen Tritt in den Hintern.

Marie stürzte unter dem Gelächter seiner Gefährten zu Boden. Wut und Verzweiflung trieben ihr Tränen ins Gesicht. Der Beamte wurde lauter.

»Bürger, wir sind hier im Auftrag des Volkes, um dem Vaterland einen Dienst zu erweisen. Es reicht, es gibt nichts zu lachen, wenn es um die Verhaftung von Feinden der Republik geht.« Er zeigte auf Claire. »Diese Frau ist gefährlich, es gibt keinen Grund zur Fröhlichkeit.« Dann wandte er sich an Marie, die weinend auf dem Boden saß. »Gib acht, in welcher Gesellschaft du dich bewegst!«

Claire verlangte, dass zumindest die Nationalgardisten ihren Blick zur Wand richteten, und ihre Bitte wurde erfüllt. Nur der Polizeibeamte befolgte getreulich seinen Auftrag und ließ Claire nicht aus den Augen.

Marie stand auf und half Claire, sich anzuziehen. Die Zeit verging sehr langsam. Von der Straße drangen Stimmen herauf, unten stand eine Gruppe Neugieriger.

»Hör auf zu weinen, und denk daran: früher oder später«, flüsterte Claire.

»Ruhe! Beeilt euch!«, rief der Polizeibeamte.

Marie war traurig wie selten zuvor. Man entriss ihr die Freundin und Gefährtin. Sie war sich sicher, sie würde sie nicht wiedersehen, sie würde enden wie die de Gouges. Es war ungeheuer schwer, die Tränen zu unterdrücken. Sie legte ein Halstuch um Claires schönen Hals, wie sie es bei einer Tochter getan hätte. Claire hatte wieder Farbe im Gesicht und wirkte entschlossener, abgeklärt und still.

»Ich bin bereit, Bürger«, sagte sie zu dem Polizisten. »Es handelt sich um Machtmissbrauch und eine Ungerechtigkeit, und ihr alle wisst das. So zu tun, als sei es nicht so, ist ein Schaden, den ihr euch vor allem selbst zufügt.«

Der Beamte machte eine Geste, als wollte er klatschen.

»Da ist sie. Die Schauspielerin Claire Lacombe. Ich bin gespannt, wie sie sich auf der nächsten Bühne verhalten wird.«

Umringt von den Wachen, verließ Claire das Zimmer. Die Menschen, die der Verhaftung beiwohnten, verfolgten schweigend das Geschehen und flüsterten ihren Nebenleuten Kommentare ins Ohr.

Die Gruppe mit der Gefangenen machte sich auf den Weg. Marie folgte ihnen im Abstand von wenigen Schritten. Claire drehte sich um und sagte mit lauter Stimme:

»Früher oder später, Marie Nozière. Früher oder später.«

Marie blieb stehen und nahm ihren Kopf in beide Hände.

3.

Nicht dass die Herausforderung des Moschusstinkers all seine Gedanken beherrschte. In seinem Kopf kreisten und brummten unscharfe, triviale und großartige Gedanken, eine Kakophonie schriller und engelsgleicher Melodien, sublimer Notengebilde mit Abstürzen ins Dissonante, Hintergrundbrausen, Bildfetzen und Fragmente. Das Gesicht Jean-Dos, seines Gegners, entlockte ihm Rachegedanken, Hohn, Spott und kalte Schlachtpläne.

Léo hatte sich informiert. Die bloßen Hände waren sein bevorzugtes Werkzeug. Der parfümierte Dreck hatte Unterricht bei Bernard Macchia genommen, bei einem der Fechtmeister, der, als die offiziellen Säle geschlossen worden waren, auf der Straße eine bunt gemischte Gruppe von Schlägertypen auf sich aufmerksam gemacht hatte. Macchia war aus Marseille. Er hatte den Kampfstil der Seeleute aus dem Süden, der im Wesentlichen aus Fußtritten bis zum Kopf bestand, auch im Norden bekannt gemacht. Bernard der Frosch, so wurde er genannt, war ein gefährlicher, alter Kampfhund. Er wurde zum Kampf erwartet, seine Leidenschaft waren Wetten.

Du weißt, was mit dem geschieht, der sich seiner selbst allzu sicher ist? Im günstigsten Fall geht er mit zerschlagenem Gesicht nach Hause. Du wirst ja hoffentlich nicht zu den Wüstlingen gehören, denen es ernsthaft Spaß macht, sich zu prügeln?

Hätte Léo Geld besessen, hätte er nicht gezögert, auf sich selbst zu setzen, aber er besaß nur Assignaten. Ein wenig Geld hätte genügt, denn die Erfolgsaussichten hingen von der Anzahl der Wetter ab, nicht von der eingesetzten Summe, und Léo verstand es, das Publikum zu unterhalten.

Hör zu, du musst begreifen, dass man die Hand nur hebt, um sich zu verteidigen oder um zu arbeiten, wie ich, als ich Soldat war.

In Wirklichkeit scherte er sich nicht um Geld. Die Ehre war der springende Punkt. Und tief im Herzen war es der Hass auf die merkwürdige Lebensart, die nach dem falschen Parfüm der Reichen roch.

Wieder musste er an Mingozzi denken, an diesen knotigen Menschen mit den kurzen weißen Haaren, grauen Hundeaugen und übergroßen Händen. Mingozzi aß und trank für sein Leben gern, aber nur in Gesellschaft. Sonst war er sehr genügsam. Er liebte Süßwasserfisch, die Forellen aus den Bergen hinter Bologna. Am offenen Feuer gebratene Forellen. Trotz der großen Entfernung, die ihn von zu Hause trennte, nahm er ihren Geruch wahr.

Er musste sich beeilen. Mit seinen Assignaten wollte er sich Schnaps und Wein besorgen. In den Pausen, vor allem, wenn sich der Kampf hinzog, war es gut, einen guten Schluck Wein zu trinken, dazu einen kleinen Schluck vom Destillierten; den Wein gegen den Durst und den Schnaps, damit man die Schläge weniger spürte.

Nachdem er die Arbeit im Restaurant verloren hatte, war Léo unter den Pont Neuf zurückgekehrt; zum Glück wurde es Frühling. Die wenigen Nächte im Freien hatten ihm bereits mächtig zugesetzt, er war schlechter Laune. Die Schrift »Vive la Trance« war verschwunden. Jemand musste sie weggewischt haben, oder sie war nur die Ausgeburt seiner Phantasie gewesen, ausgelöst vom Hunger.

»Ausgelöst vom Hunger«, kein schlechter Satz. Sogar noch besser als »Vive la Trance«.

Bevor er die Treppen, die auf die Brücke führten, hinaufstieg, zog Léo ein halbes dunkles, klebriges Brot hervor. Das Brot der Gleichheit war ekelerregend. Es bestand aus wenig Weizen, etwas mehr Hafer, Gips, Mörtelstaub und reichlich Sägemehl, und viele behaupteten, wenn man es gegen eine Mauer werfe, bleibe es hängen. Aber es war nicht klug, das Brot gegen die Mauer zu werfen, denn es gab kein anderes.

Man hatte ihm gesagt, er müsse zu dem Treffen eine zweite Person, einen Sekundanten, mitbringen, aber Léo hatte niemanden mehr.

»*S't vû èser bän sarvé cmanda e pò fà té [Wenn du gut bedient sein willst, entscheide und mach es selbst]*«, murmelte er und stieg endlich die Treppe hinauf.

Auf der Brücke traf er den Bergamasken Rota, der noch immer den kleinen Wagen mit Büchern hinter sich her zog, auch wenn es lange her war, dass er zum letzten Mal ein Buch verkauft hatte. Er war der letzte ambulante Händler.

Léo hatte einen Einfall.

»Also gut«, erwiderte der Buchhändler, »ich komme mit und schaue zu, wie du dich schlägst. Aber bei allem Respekt, in den letzten zwei Tagen habe ich nur eine Scheibe Brot gegessen, mit einer vertrockneten, einsamen, um Erbarmen bettelnden Sardine darauf. Ich komme mit, aber ich muss etwas essen. Leere Säcke fallen um. Außerdem muss ich was trinken, damit ich fröhlich werde und die Prügelei genießen kann.«

Léo erwiderte, ihm gehe es noch schlechter, aber er habe noch ein paar Assignaten in der Tasche, am Eingang zum Kampfplatz würden sie sicher etwas zu essen finden.

»Aber zuerst muss ich den Wagen ins Lager bringen, zehn Minuten von hier.«

Léo stimmte zu, und dann zogen sie langsam von dannen, der ehemalige Schauspieler und der Hinkende mit dem fahrenden Buchladen.

Der Mann auf der Bahre schimpfte und verfluchte sein Unglück, als sie ihn wegtrugen. Léo wunderte sich über sein Ungestüm, denn er sah übel zugerichtet aus ... als hätte man ihn durchs Mühlrad gedreht. Die ungeschützte Haut auf Gesicht, Armen und einem halben Bein war abgeschürft. Er verließ den Kampfplatz, auf dem er für kurze Zeit einer der Hauptdarsteller gewesen war, am zehnten Tag des Monats Floréal.

»Der hat seinen Einsatz verloren«, sagte Rota.

Das Geld ist ein wahrer Dämon, dachte Léo. Warum hatte dieser Unglücksrabe sich nicht anderen Dingen zugewandt? So wie sie ihn zugerichtet hatten, würde er noch tagelang Blut spucken.

Die Träger mit der Bahre bahnten sich einen Weg durch die kleine Menschenmenge. Dahinter standen auf Wiesen an Mauern gelehnt Männer und Frauen unterschiedlicher Herkunft in kleinen Gruppen zusammen, Wesen aus einer anderen Welt standen Schulter an Schulter mit Furcht einflößenden Finsterlingen. Die Kampfstätte war der Ort, an dem man die Not des von Hunger und Unsicherheit geprägten Lebens für eine Weile vergessen konnte.

Die Nahrungsmittel waren knapp. Der Pöbel hatte einander widersprechende Vorstellungen von den Gründen für den Hunger. Die typische Antwort: »Sie monopolisieren, horten und verstecken, machen Gewinn und werden satt!«, stellte nur wenige zufrieden. Das Volk hatte die gegen die Hamsterer gerichteten Gesetze durchgesetzt, aber die Situation hatte sich nicht gebessert. Die Gerüche, die Léo umwehten, hatten mit gutem Essen nichts zu tun, es roch nach Kohl. Traurige Gesichter umstanden einen Weinhändler, der Käsestand roch nach Eselsarsch; nicht nur der Käse, auch der Verkäufer.

All das hinderte Rota nicht daran, einen Bissen zu sich zu nehmen, der der Sardine vom Vortag Gesellschaft leistete.

Der *Bouquiniste* blieb stehen, warf einen Blick über die Menge, die auf einen Kampf wartete, und versuchte, seine letzte Assignaten zu setzen. Der Mann, der die Wetten entgegennahm, gab ihm mit Gesten zu verstehen, dass man nur echtes Geld oder Sachen wie Schmuck, Uhren oder Ketten setzen konnte. Der Alte schwenkte in einer umständlichen Bewegung sein hinkendes Bein durch die Luft wie eine Tür, die sich in den Angeln dreht, und zog sich zurück.

Léo beobachtete und hörte zu. Die Menschen standen in nach Stadtteil getrennten Gruppen herum, also nach sozialer Lage und damit nach politischen Fraktionen. Es gab Rangeleien. Die Stutzer bemühten sich, auf der Bühne des

Kampfplatzes erstklassig ausstaffiert aufzutreten. Wer nichts vorzuweisen hatte, wer schlecht oder in Lumpen gekleidet war, verriet seine zweifelhafte Herkunft; er war arm geboren worden, oder die Revolution hatte ihn arm gemacht. An wen würde man sich verkaufen? Mit Ausnahme der Bettler am Eingang sah man keine Menschen in Lumpen.

Der Geruch von Moschus unterbrach Léos Gedanken. Der Geruch wurde intensiver und auf dem Platz erschienen in all ihrer geschmacklosen, arroganten Pracht die Muscadins des Palais Égalité und zogen die Aufmerksamkeit auf sich.

Die eng geschnürten Jacken waren mit Knöpfen und Glitzerzeug überladen, sie liefen vornübergebeugt und auf den Fußspitzen, auf dem Kopf trugen sie seltsame Dreispitze, die altertümliche Formen imitierten, und in der Hand hielten sie Spazierstöcke oder Knüppel. Sie bewegten sich als kompakte Gruppe, blickten sich spöttisch und herausfordernd nach allen Seiten um und stellten sich lärmend und lispelnd in einem Halbkreis auf. Léo hörte, wie sie die Namen bekannter und berüchtigter Muscadins murmelten. Dann entdeckte Léo seinen Gegner: Jean-Dominic stand mit nacktem Oberkörper und Monokel da, eine Kombination, die Léo noch nie gesehen hatte.

Der Muscadin trat einen Schritt vor, und der Halbkreis seiner Leute verstummte.

Léo empfing ihn mit großer Liebenswürdigkeit.

»Du stinkst wie eine Sau.«

Der Muscadin lächelte, und auch seine Anhänger brachen in Gelächter aus. Dann formulierte Jean-Do sorgfältig eine Antwort.

»Willst du wissen wa'um? Ge'ade wa' ich bei di' zu Hause. Ich soll di' von deine' Mama und deine' Schweste' aus'ichten, du sollst di' nicht wehtun.«

Léo errötete, nicht weil seine Mutter hineingezogen wurde, sondern weil sein eigener Spruch dem Gegner erst die Gelegenheit gegeben hatte, einen noch besseren anzubringen. Léo fluchte und schwor sich, das Arschloch auf der Bahre nach Haus zu schicken.

Er zog die Jacke aus, übergab sie Rota und blickte sich um. Das Charisma eines guten Schauspielers bringt auch die lauteste Menge zum Schweigen; es wurde mucksmäuschenstill.

Die Zuschauer merkten sofort, dass es sich um eine ernsthafte Auseinandersetzung handelte. Léo atmete tief durch, endlich stand er wieder auf der Bühne.

Mithilfe bestimmter Gesten, die Léo kaum verstand, schlossen die Leute bereits Wetten ab. Einer beschimpfte die Muscadins und bat um eine gerechte Strafe für ihre Untaten.

Auf einem Hocker zwischen den Muscadins saß ein älterer Mann, der nachlässig wie ein in die Jahre gekommener Laufbursche gekleidet war, eine Zwiebel aß und ein Bier trank. Das musste Bernard der Frosch sein. Léo fühlte sich geehrt. Er griff zur Schnapsflasche, nahm ein paar kleine Schlucke und behielt dabei seinen Gegner im Auge. Nach kurzem Zögern rief der Muscadin nach seinem Sekundanten und trank ebenfalls.

Léo lächelte. Jean-Do nahm die Linse aus dem Auge, übergab sie seinem Sekundanten, ging in die Knie, erhob sich wieder, nahm Kopf und Oberkörper zurück, streckte die Fäuste vor und bildete mit den Armen eine Deckung. Mingozzi nannte sie die »englische«, auch wenn er nie in England gewesen war und es in den schmutzigen Vierteln Bolognas kaum Engländer gab.

Der Kampf wurde freigegeben.

Léo näherte sich langsam in Dreiviertel-Deckung, die Arme unten. Er studierte das Gesicht seines Gegners, das von dunkelblondem, lang und dünn herabhängendem Haar eingerahmt wurde. Regelmäßige Züge und zusammengepresste fleischige Lippen verströmten ein unbestimmtes Unwohlsein und wirkten wie eine kindliche Drohung. Feuchte, blaue, hervorstehende Augen blickten ihn an, vielleicht litt Jean-Do an Wassersucht.

Unglücklicherweise blickten nicht beide Augen in dieselbe Richtung.

Jean-Do schielte. Léo hatte das wegen des Monokels bisher nicht bemerkt. Er fluchte schweigend.

E se on l à i ûc'stôrt, brisa guardèrel! [Wenn einer schielt, muss man aufpassen!]

Wenn das rechte Auge nach außen blickt, will er dir eine rechte Gerade verpassen.

Wenn es nach innen schaut, auf Schwinger und auf Schläge von rechts nach links aufpassen.

Wenn sie jeweils auf eine Seite schauen, aufs Zentrum achten.

Wenn sie auf die Nasenspitze schauen, auf die Seiten aufpassen. Èt capé, marunèr? [Kapiert, du Schlaumeier?]

Léo täuschte einen Tritt an. Jean-Do hob das Bein und zog es wieder zurück. Er lächelte und verbreitete den Geruch von verschwitztem Moschus. Mit demselben Bein versuchte er jetzt einen halbhohen Tritt, einen *chassé*, wie er genannt wurde. Er war nicht ungeschickt, seine Bewegungen waren präzise. Dann kam er näher und teilte mit beiden Händen Schwinger und Schläge aus, denen Léo zum größten Teil ausweichen konnte. Zum größten Teil. Nicht allen. Ein Schlag erwischte ihn am linken Backenknochen. Schmerz. Er brauchte neuen Schnaps. Die beiden hielten inne und blickten sich an. Die Menschen um sie herum machten ihre Wetteinsätze.

Aus der Menge kamen Anfeuerungsrufe. Sie wollte Blut sehen. Seit Madame Guillotine ununterbrochen im Einsatz war, wurden Kämpfe mit dem Florett wenig geschätzt. Angesteckt von der Stimmung des Pöbels, feuerte Rota Léo an:

»Mach ihn fertig!«

Der Kampf ging weiter. Der Muscadin hielt jetzt mehr Distanz. Er stieß plötzlich einen Arm vor und versuchte Léo mit den Fingerspitzen in die Augen zu stechen. Léo wich einen Fußbreit zurück, der Stich ging ins Leere, aber der nächste nicht. Léo hatte die rechte Schuhspitze nicht kommen sehen, sie erwischte ihn am Brustkorb und traf seine Rippen in der Nähe des Brustbeins. Der Muscadin ließ einen Schlag mit der flachen Hand folgen, der Léo traf, während er nach hinten auswich und nach Luft schnappte. Er geriet ins Wanken, konnte sich aber außerhalb der Reichweite der Schläge auf den Beinen halten. Es läuft nicht gut, dachte er.

Wieder standen sie sich gegenüber. Die Umstehenden schwiegen. Man hörte nur ein leichtes Brausen. Sie flüsterten sich ihre Einschätzungen ins Ohr, und dann wetteten sie. Beleidigungen gegen den einen oder anderen Kontrahenten wurden gerufen: »Scheißitaliener!«, »Lutsch mir den Schwanz, du Schwuchtel!«, und sofort begann die Menge zu schreien, als habe ein Weckruf sie aufgeweckt.

Jean-Do war im Vorteil, aber er war ungeduldig. Mit einem Sprung startete er einen Angriff und erwischte Léo mit einer Maulschelle im Gesicht. Englische Deckung, aber keine Fäuste. Fäuste bargen ein großes Risiko. Setzte man die Fäuste ein, platzten die Hände über den Knochen auf, in der Regel ist der Schädel härter als die Knöchel.

Ciapla te, coi pògn, la zoca d'un mudnais. [Die Faust mit dem Schädel blocken!]

Leck mich am Arsch, dachte Léo und packte Jean-Do mit beiden Armen unter den Achseln, hob ihn hoch und warf ihn zu Boden. Die Menge schrie. Léo kniete sich auf den Bauch des Muscadins und deckte ihn mit Schlägen ein. Einigen konnte der Muscadin ausweichen oder ihnen mit den Händen die Wucht nehmen, aber viele trafen ihn. Léo spürte die Knochen des Gesichts unter den Fäusten.

Ciapla te, la zoca d'un mudnais. [Block die Faust mit dem Schädel ab.]

Die Menge feuerte den italienischen Schauspieler an.

Léo blickte auf und genoss die Zustimmung mit einem Lächeln. Jean-Do nutzte das aus; im Gewirr der Arme löste sich ein perfekter vertikaler Schlag, der genau auf Léos Kinn landete und ihn fast die Zunge gekostet hätte. Er spuckte Blut, und die Menge stieß einen Schrei aus. Mit einem Hüftschwung warf der Muscadin seinen Gegner ab und war jetzt über ihm. Jetzt musste Léo sich der Schläge erwehren, die auf sein Gesicht einprasselten.

Bravo, Leonida, bravo!

T'î prôpi un paiâz. [Du bist einfach zu blöd.]

Die Zunge schmerzte, der Atem raste, die Arme wurden schwer, das Gesicht würde immer öfter von Knöcheln und Handkante des Muscadin getroffen; eine Hand so hart wie Marmor oder Travertin.

Ciapla te, coi pògn, la zoca d'un mudnais.

Léo sammelte all seine Kräfte und hob plötzlich den Kopf. Wo eben noch das Gesicht gewesen war, befand sich jetzt die Schädeldecke des Italieners. Zu spät, der Muscadin konnte die Rechte, die er soeben mit aller Kraft losgelassen hatte, nicht aufhalten. Der Schlag traf über der Stirn. Mit zusammengebissenen Zähnen ertrug Léo Schlag und Schmerz, während gleichzeitig ein trockenes und doch weiches Geräusch zu hören war, wie von einer zerbrechenden Eierschale. Jean-Do wimmerte laut auf.

Die Hand aus Travertin war auf dem Schädel Leonidas des Schauspielers und Komödianten zerbrochen.

Wieder änderte sich die Situation. Léo oben, Jean-Do unten. Die Aktionen wurden langsamer. Die eine Hand des Muscadins war nicht mehr zu gebrauchen, und beide Kämpfer waren erschöpft.

Aus den Augenwinkeln sah Léo, wie Bernard der Frosch den Kopf schüttelte und lachte. Warum? Die Muscadins waren erbost, sie schimpften und hoben ihre Spazierstöcke.

Léo sammelte seine letzten Kräfte und ließ links-rechts zwei schreckliche Schläge auf das Gesicht des Parfümierten niedersausen, die Anwesenden zuckten zusammen.

Jean-Do war ohnmächtig geworden. Der Kampf war vorbei.

In der plötzlich einsetzenden Stille war nur das Lachen von Bernard dem Frosch zu hören.

Dann der Schrei Rotas: »Jaaa!«

Erst da erinnerte sich Léo, dass er auch noch da war.

Halb benommen und ausgepumpt stand er auf. Die Muscadins knurrten, die Menge drängte sie zurück, Stockhiebe wurden verteilt. Bernard der Frosch schrie irgendetwas, zwei Männer packten Jean-Do und brachten ihn fort.

Bernard der Frosch zählte sein Geld, dann stand er auf und packte den Schemel an einem Bein. Er hat auf mich gewettet, dachte Léo. Unglaublich.

Er bemerkte, dass viele unter den Umstehenden ihn erkannt hatten. Menschen aus Saint-Antoine blickten zustimmend und zufrieden. Aber jetzt, da er langsam wieder zu Atem kam, wurde der Schmerz in den Rippen heftiger. Er beugte sich vornüber, legte die Hände auf die Knie, zog den Kopf ein und holte tief Luft.

Eine Hand legte sich auf seine Schulter.

»Alles in Ordnung, Italiener?«, fragte eine Stimme mit Marseiller Akzent.

»Dem anderen geht es schlechter«, antwortete Léo, ohne den Kopf zu heben.

Der Frosch quakte mit Baritonstimme. Er war guter Laune.

»Du bist ein ausgezeichneter Boxer, wie heißt du?«

»Léo Modonnet.«

»Wir beide müssen miteinander reden.«

»Warum nicht?«, sagte Léo und stellte sich wieder aufrecht.

»Sehr gut. Komm mit, lass uns was trinken, was nicht nach Scheiße schmeckt.«

Léo blickte Rota an, als wolle er die Einladung ausweiten, aber der Buchhändler schüttelte den Kopf.

»Ich muss meinen Karren holen. Es war mir ein Vergnügen, aber mein Magen knurrt noch immer. Ich muss dringend ein paar Bücher verkaufen!« Er lachte über den Witz. Er hatte nur drei oder vier Zähne im Mund. »Viel Glück, Bolognese!«

»Danke Bergamasco, ich hoffe, wir sehen uns wieder!«

»Hoffentlich nicht. Wenn wir uns wiedersehen, heißt das, dass du zurück am Pont Neuf bist.«

Léo blickte dem Alten hinterher, der sich hinkend entfernte.

»Also, was ist?«, fragte Bernard.

»Gehen wir«, sagte Léo und langsam überquerten sie den lärmenden Platz. Die traurigen Rufe von Händlern, Gelächter, Beleidigungen, Geschrei von Wettanbietern, jemand kommentierte die Nachrichten einer Zeitung, Fetzen politscher Lieder, schweinische Lieder ... und Lieder, die beides waren.

Léo blickte nach oben. In der von vielerlei Geräuschen unterbrochenen Stille sah er ein Wirrwarr aus flockigen weißen Wolkenfetzen.

4.

Das Ende des Winters bedeutete nicht das Ende des Hungers.

Wenn das Brot der Gleichheit Brot ist, dann sind Kuhfladen Schokoladenpudding. Aber man hatte was im Bauch, es brachte einen ja nicht um, und am nächsten Morgen rannte man mit seiner Karte zum Bäcker, weil man Anspruch auf eine neue Ration hatte. Es gab Frauen, die haben sich einen Topf unters Kleid geschoben und behauptet, dass sie schwanger seien, damit sie mehr kriegen, und andere haben das gemacht, damit sie keine Prügel kriegen, weil die Schlangen vor den Bäckereien die gefährlichsten Orte in der ganzen Stadt waren.

Und dann gab es plötzlich auch kein Fleisch mehr, alles weg. In ganz Paris gab es keins mehr, nicht mal im Palais Égalité. Und die Kutscher, die Träger und die Arbeiter, alle, die sich weit weg von zu Hause dumm und dämlich schuften, haben gesagt, dass sie ohne Fleisch zum Mittagessen nicht mehr weiterarbeiten könnten, keine Kraft mehr.

Auf dem Cours de Vincennes haben Leute aus dem Vorort manchmal die Bauern angehalten, die mussten ihre Eier dann an Ort und Stelle verkaufen, und zwar zum festgelegten

Höchstpreis. Die Bauern haben immer dieselbe Geschichte aufgetischt, dass sie letzte Woche hundert Eier verkauft hätten und von dem Geld hätten sie dann dreißig Kerzen gekauft, und jetzt gibt's für das gleiche Geld nur zwanzig Kerzen, und dass man deshalb für alles einen Höchstpreis einführen müsse, für Klamotten und Schuhe und für Kohle und Bier, sonst kämen sie überhaupt nicht mehr in die Stadt.

Wir sagen dann immer, genau, er habe ja recht, aber jetzt wo er hier sei, müsse er uns die Eier zum festgesetzten Preis verkaufen, und zwar ein bisschen dalli.

Jetzt fragst du vielleicht, warum wir das erst jetzt machen, wo wir doch schon so lange Kohldampf schieben, warum wir uns nicht sofort gewehrt haben, schließlich macht uns das Jammern von heute damals auch nicht mehr satt.

Aber manchmal zwingt der Bauch einen einfach, dann will man sofort einen Aufstand machen, und in anderen Situationen eben nicht, denn eins lernt man ganz schnell, du kannst schreien so viel du willst, es bringt nichts. Sie haben das Maximum und das Gesetz gegen die Monopolierer und Wucherer gemacht, das nationale Hackebeil ist in Betrieb und schreckt die Trickser ab wie die Vogelscheuchen die Spatzen, aus dem Jardin du Luxembourg haben sie einen Garten gemacht, was soll man denn alles noch machen, um ein Abendessen zusammenzukriegen? Es ist die Schlange beim Metzger, nicht die vor den Tuilerien, die bestimmte Leute verjagt, und dann kommen andere, die angeblich besser sind.

Keiner hat auf Hébert gehört, als der gesagt und geschrieben hat, dass wir einen Aufstand gegen den Konvent machen müssen, weil wir einen Diktator brauchen, der dafür sorgt, dass es wieder alles im Überfluss gibt.

Aber ehrlich gesagt, vom »Père Duchesne« hatten wir auch ein bisschen die Schnauze voll, und oft, wenn man dann die Zeitung seines großen Feindes, den »Vieux Cordelier« von Camille Desmoulins, gelesen hat, dann konnte man nur feststellen, so ist es, weil der hat nämlich geschrieben, dass die wahre Revolution für einen Sansculotten ja nicht bedeutet, dass er »Sansculotte« bleibt, schließlich heißt das ohne Hosen, oder dass er Holzschuhe trägt, damit man Leder spart, aus dem dann Stiefel für das Heer gemacht werden. Die wahre Revolution müsste dem Volk sagen: Ihr habt keine Hosen, ich geb euch welche. Aber Hébert hat uns im »Père Duchesne« mindestens zwei Monate lang erzählt, dass ihm der Sansculotte Jesus gefällt, der wär der erste Jakobiner der Geschichte gewesen, der hätte die Armen geliebt.

Und als Hébert dann endlich aufgewacht ist und zum Aufstand geblasen hat, da war er allein, da hat er nur noch ein paar Freunde gehabt, und die wurden dann verhaftet und angeklagt und auf die letzte Reise geschickt und keiner hat einen Finger gerührt, alle haben nur gefragt, wie der Prozess war, damit sie was zum Erzählen hatten.

Dann haben sie uns erzählt, der Baron von Grèche würde den Bauern Geld geben, damit sie kein Fleisch nach Paris schicken, und dass der Baron gemeinsame Sache mit dem »Père Duchesne« gemacht hätte: Ich sorge dafür, dass das Volk hungert, und du forderst es auf, den Konvent zu beseitigen und die Republik zum Teufel zu jagen.

Sie wollten das Komplott aufdecken und haben sogar eine große Untersuchung gemacht, aber das Einzige, was sie entdeckt haben, war, dass es nicht nur ein Komplott gegeben hat, es gab Tausende kleine Tricksereien von kleinen Bauern und Ladenbesitzern und Sansculotten, die das Gesetz über das Maximum nicht eingehalten haben, und natürlich auch Profiteure, die auf dem Schwarzmarkt Geld gemacht haben.

Dann haben sie uns erzählt, der Baron hätte noch ein anderes Komplott angezettelt, der wollte die Indische Kompanie liquidieren oder so ähnlich, das war ein wahnsinniges Durcheinander, das kann man hier gar nicht alles erklären, er hat jedenfalls ein paar Deputierte bestochen und wollte den ganzen Konvent in den Dreck zu ziehen, damit Hébert das Volk auffordern konnte, den Laden dichtzumachen und die Republik zum Teufel zu jagen. Aber richtige Beweise haben sie dafür auch keine gefunden. Sie haben dann Hébert angeklagt, dass er das Volk aufgestachelt hat, damit es den Konvent beseitigt, es sollte das ganze Orchester zum Teufel schicken.

Als Hébert weg war, hat es so ausgesehen, als ob der Heilige Danton, der Schutzheilige der Ladenbesitzer, und sein dicker Freund Camille Desmoulins gewonnen hätten.

Aber zehn Tage später haben sie Danton den Prozess gemacht, Saint-Just hat ihn angeklagt und Robespierre hat sich gefragt, ob Frankreich wohl so mutig sei, ein solches Idol zu beseitigen, weil das innen völlig verfault und voller Würmer ist.

Sie haben ihn dann auch noch in eine Geldgeschichte hineingezogen und haben behauptet, er hätte sich die Gelder der Indienkompanie in die Tasche gesteckt und auch noch die von Ludwig und von denen von Orléans. Aber Danton hat's ihnen mit seinem Anwaltsgerede heimgezahlt, wie ein Ringer auf dem Kampfplatz.

Und auch wenn man die Würmer schon sehen und das Verfaulte schon von Weitem riechen konnte und auch wenn Danton sich mit den Aristokraten einigen wollte, für uns war er damals immer noch der Held des 10. August. Die sagen zwar jetzt, er sei gar nicht dabei gewesen, auf der Straße, am 10. August, aber auf den Tag kommt es ja gar nicht an. Das Problem ist, Danton hat sich für die Republik eingesetzt, und ihn so enden zu sehen war kein schöner Anblick.

Aber niemand hat sich gerührt. Am nächsten Tag haben wir uns wieder beim Metzger angestellt, da hätte schon was Größeres passieren müssen, irgendwas Außergewöhnliches, damit wir uns gewundert hätten, an das Rollen der Köpfe hatten wir uns längst gewöhnt, da hätte zum Beispiel jemand auf das Grab von Marat pissen müssen oder wenn sie Robespierre den Kopf abgeschnitten hätten.

5.

Besorgt schaute Philippe Pinel in den Innenhof. Wie schnell sich die Dinge innerhalb kurzer Zeit ändern konnten. Das war schon vor 1789 so gewesen, und besonders traf es auf jenen zweiten Tag des Jahres III zu; dennoch hätte er niemals geglaubt, dass er einige Eckpfeiler seines Wissens wegen einer Therapie wie der von Mesmer würde überprüfen müssen.

Mehr als zwei lange Wochen hatte er auf der Suche nach analogen Fällen und plausiblen Hypothesen die neuesten Texte konsultiert, noch einmal hatte er die berühmte Abhandlung gegen das magnetische Fluidum gelesen, geschrieben von illustren Akademikern zu einer Zeit, als Frankreich noch keine Republik war. Suggestion, hatten damals Lavoisier, Franklin und andere dekretiert; die Überzeugung, geheilt zu sein, werde verwechselt mit wirklicher Heilung. Aber einfache Suggestion war keine ausreichende Erklärung dafür, dass ein Mann zwanzig Geisteskranke hatte überzeugen können, seinem Willen zu gehorchen; nicht einmal Schläge hatten sie davon abhalten können, wie von einer Feder aufgezogene und nahezu unzerstörbare Automaten zu funktionieren.

Er musste es akzeptieren, in den Mauern von Bicêtre hatte sich etwas ereignet, das man nur mit einer Theorie erklären konnte, die schon lange in Ungnade gefallen war; vorausgesetzt der Mesmerismus hatte jenseits aller Moden in den Salons jemals jemanden überzeugt.

Diese Beobachtung war ungenau. Pinel korrigierte sich. In den Jahren vor der Revolution hatte der Mesmerismus nicht nur gelangweilte oder hysterische Damen verführt. Die Blüte der Intellektuellen war ihm verfallen, das musste man zugestehen; Männer wie Bergasse, wie der Conte d'Artois, wie Lafayette. Nicht einmal als die Ansichten jener wissenschaftlichen Kommission publik geworden waren und auch nicht, nachdem Mesmer in sein Heimatland zurückgekehrt war und den Gewinn aus fünf Jahren kollektiver Irreführung in klingender Münze mitgenommen hatte, nicht einmal da war der Mesmerismus völlig verschwunden. Diese erst vor Kurzem zu Ende gegangene Epoche hatte etwas hinterlassen, auch das musste man zugeben. Dass die Pariser Ärzte mit der therapeutischen Anwendung von Elektrizität experimentierten, war eher Mesmer als Luigi Galvani zu verdanken.

Und deshalb saß er an seinem Schreibtisch vor einem weißen Blatt Papier. Der Brief, den er zu schreiben gedachte, war eine Bitte um Rat, es war ein Bittgesuch.

Der Mann, an den er sich wandte, war ein bekannter, den Lehren Mesmers ergebener Arzt namens Orphée d'Amblanc. Sie hatten vor Jahren brieflich miteinander verkehrt, Thema war der animalische Magnetismus gewesen. Dem Mann war es gelungen, seiner Skepsis ein paar interessante Argumente vorzuhalten. Er hoffte, er würde noch unter derselben Adresse wohnen, und tauchte die Feder ins Tintenfass.

Verehrter Dr. D'Amblanc,
ich hoffe, dieser Brief erreicht Euch bei guter Gesundheit und in guter geistiger Verfassung. Entschuldigt, wenn ich mich nicht mit Höflichkeitsfloskeln aufhalte und sofort zum Anlass meines Schreibens komme.

Zweifellos erinnert Ihr Euch an den Meinungsaustausch, den wir über den animalischen Magnetismus hatten, und auch an meine Skepsis werdet Ihr Euch erinnern.

Seit einigen Monaten übe ich das Amt eines Arztes der Krankenstation von Bicêtre aus. Nun haben mich ein paar Dinge, die sich in diesen Mauern zugetragen haben, dazu gebracht, meine damalige Haltung zu überdenken.

Ein Zögling dieses Hospitals war in der Lage, Geisteskranke zu beeinflussen, und zwar mehr als einen zur gleichen Zeit, und sie seinem Willen zu unterwerfen und ihnen sogar aus größerer Entfernung Befehle zu erteilen.

Die Einzelheiten möchte ich Euch persönlich unterbreiten, und ich lade Euch daher zu mir ein, um den Fall zu untersuchen und sich mit mir auszutauschen.

Eure Kenntnisse auf diesem Gebiet sind weitaus größer als die meinigen und als die von Personen, die ich kenne.

Ich hoffe, auf Eure Kompetenz und Hilfe bauen zu können.

Pinel sah alles noch einmal aufmerksam durch, wobei er einige Passagen laut las. Die Botschaft war knapp und direkt. Zwischen den Zeilen war die Besorgnis zu erkennen, die ihn seit Tagen umtrieb. Er kannte D'Amblanc nicht gut, aber nach dem, was man von ihm berichtete, und nach seinen Erinnerungen an den alten Meinungsaustausch zwischen ihnen, war er nicht der Mann, der sich einem Hilferuf und einer Gelegenheit zu wissenschaftlicher Forschung entziehen würde.

Pinel schloss den Brief, brachte sein Siegel an, stand vom Schreibtisch auf und blickte wieder aus dem Fenster.

Der Wind fegte über den Hof und wirbelte Staubwolken auf.

Beobachtungen, *die der Abteilung für Öffentliche Arbeiten von den Bürgern* GILLET, *Polizeikommissar der Sektion Montreuil,* ALMAIN, *von der Sektion Indivisibilité,* PASSOUNAUD, *von der Sektion Quinze-Vingts im Faubourg Saint-Antoine, mitgeteilt wurden; auf der Place du Trône-Renversé werden seit dem 26. Prairial die Exekutionen und Bestattungen der vom Revolutionstribunal Verurteilten durchgeführt.*

1. Auf dem Platz der Exekutionen wurde eine Grube von ungefähr einem Quadratklafter ausgehoben, die das Blut der Hingerichteten und das Wasser, mit dem der Ort gereinigt wird, aufnimmt. Die Grube ist fast voll und verströmt einen pestilenzialischen Gestank, über den sich alle bitter beklagen, denen der Wind den Gestank zuträgt. Diese Grube muss geschlossen und daneben muss eine neue ausgehoben werden; es muss so lange gegraben werden, bis man auf Erdreich stößt, das in der Lage ist, das Blut zu absorbieren.

2. Der einzige Weg vom Exekutionsplatz zum Friedhof von Picpus führt an der Einfriedungsmauer entlang. Er ist nicht gepflastert und deshalb für die neue Art von Wagen des Leichentransports nicht befahrbar. Die kleinen Räder sinken in den Sand ein und werden von der aufgeworfenen Erde blockiert, egal wie viele Pferde man vorspannt. Es wird empfohlen, auf einer Länge von ungefähr zweihundert Klaftern einen schmalen Weg an der Mauer entlang zu pflastern.

3. Nachts im Freien ist es auf dem Friedhof meistens unmöglich, ein Protokoll zu führen, vor allem bei Regen oder wenn der Wind es verunmöglicht, ein Licht anzuzünden. Es gibt auf diesem Friedhof eine Grotte, in die man einen Rahmen mit einer Tür einbauen könnte. Dann könnte in einem geschlossenen Raum eine genaue Liste der persönlichen Wertsachen des Hingerichteten erstellt werden, das Register könnte dort auf dem Tisch bleiben, man könnte dort Tinte, Feder und ein Licht aufbewahren. Die Gesamtausgaben für einen Türeinbau würden unter fünfzig Livre liegen, während ein einziger vergessener Gehrock für die Nation einen Verlust von fünfzig Livre bedeuten kann, und wenn es regnet oder stürmisch ist, gehen viele davon verloren.

Paris, am 21. Messidor, im Jahr II der einen, unteilbaren und unvergänglichen Französischen Republik.

UNTERZEICHNET
Gillet
Almain
Passounaud genannt Treignac

FÜNFTE SZENE

Die Welt steht Kopf

Juli 1794 (Thermidor, Jahr II)

1.

Dekade 1, Tag 9, Tag der Maulbeere, Thermidor des Jahres II der Republik.

Das wäre dann der 27. Juli. Neun Scheißtage voller Arbeit, bevor dann endlich der freie Tag kommt, aber an dem Abend kam man nicht mal dazu, einen Seufzer der Erleichterung auszustoßen, sie haben die Nachricht sofort gebracht:

»Robespierre verhaftet!«

»Robespierre, wer?«, fragt einer, und blöder kann man gar nicht fragen, der will nur Zeit gewinnen, weil es gibt Nachrichten, die sind wie ein Schlag in die Fresse und da fällt dir nicht sofort was ein, und dann versucht man, ein bisschen Zeit zu schinden, ein paar Sekunden, man sagt schnell irgendwas Blödes, was einem gerade so einfällt, zum Beispiel: »Wie bitte?«, und alle glotzen dumm und stehen blöd da. Aber so eine Nachricht ist viel schlimmer als ein Schlag in die Fresse, und blöde Fragen sind nur ärgerlich.

»Was soll das heißen, ›Robespierre, wer‹? Robespierre, Robespierre. Er!«

»Der Unbestechliche?«

»Bist du taub? Völlig verblödet? Ja, genau der, Maximilien Robespierre. Und sein Bruder Augustin, genannt Bonbon. Und Saint-Just auch.«

»Saint-Just?«

»Ja, Saint-Just. Helft mir, sagt ihr es ihm, los macht schon!«

»Es stimmt, sie wurden verhaftet. Und auch noch Couthon ... Le Bas und Hanriot vom Allgemeinen Sicherheitsausschuss ... Dumas ...«

»Dumas, der Präsident des Revolutionstribunals?«

»Genau der. Sie haben sie in den Luxembourg gebracht, gerade eben. Auf Befehl des Konvents.«

Für einen Augenblick sagt keiner mehr was, alle fragen sich, was jetzt aus der Revolution und aus unseren armen Bäuchen werden soll.

Robespierre im Gefängnis. Es kommt einem vor wie gestern, als wir ihn bei der Prozession für das Höchste Wesen gefeiert haben, als er im dunkelblauen Frack und mit herausgestreckter Brust an der Spitze der Deputiertendelegation marschiert ist, zwanzig Schritte vor allen anderen, fast wie ein Feldherr oder wie ein Papst. Die Revolution, hat Machand mal gesagt ...

»Wer ist das denn?«

»Ein Scherenschleifer aus dem Marais. Die Revolution, hat der gesagt, ist wie die Kartenspiele, bei denen die Könige, die Damen und die Buben in zwei Hälften unterteilt sind, die einen sind oben, die anderen unten, ein Kopf oben und ein Kopf unten, du kannst die Karten drehen, wie du willst, es ändert sich nichts, der eine ist immer an den anderen gekettet. Der unten grinst dem oben zu, als ob er ihm sagen wollte: ›Ich bin du, du wirst ein böses Ende nehmen! Freu dich, solange du kannst, denn die Welt wird auf dem Kopf stehen!‹ An dem Tag auf dem Marsfeld sah es so aus, als ob Robespierre das alles genießen würde. Wir haben erst später erfahren, dass hinter ihm Deputierte liefen, die ihm böse Blicke zugeworfen und geflüstert und gemurrt haben, und zwar so, dass er es hören konnte. Als sie auf unserer Höhe waren, haben ein paar was gehört und es uns später erzählt. Thirion, Montaut, Ruamps ... die haben Sachen gesagt wie: ›Verdammter Diktator, früher oder später fliegst du auf die Fresse‹, ›Glaub bloß nicht, dass es so weitergeht, Schlaumeier‹, ›Denk an das Ende von Capet‹.«

Sie haben ihm praktisch das Fest versaut. Der Unbestechliche hat sich nichts anmerken lassen, aber es war klar, dass ihn das gefuchst hat, denn am Tag danach haben sie gesagt, er hätte sich erkältet, und dann hat er sich zwei Dekaden lang nicht mehr blicken lassen.

»Zwei oder sogar drei.«

Vielleicht hat er überlegt, was er tun kann. Aber als er wieder zurückgekommen ist, hat er sich nicht besonders geschickt verhalten, er hat an zu vielen Fäden gezogen, er hat sich dann darin verheddert. Jeden Tag eine Rede, in der er mindestens zehn Komplotte denunziert hat, außer ihm und Saint-Just waren alle Konterrevolutionäre. Das fanden die anderen überhaupt nicht witzig, denn wenn man für einen Konterrevolutionär gehalten wird, dann war morgen der Kopf weg. Zur gleichen Zeit hat uns Bürger der Hunger gequält, einige von uns waren nur noch Haut und Knochen, und ein paar haben gesagt, dass die Nation zuerst an den Hunger denken muss und nicht an die ganzen Spionagegeschichten.

Am Ende hatte ein Großteil des Konvents von all den Drohungen nach rechts und nach links die Schnauze voll.

»Nur nach rechts. Links von ihnen war keiner mehr.«

»Genau, und niemand konnte sie mehr vor den Rechten schützen.«

»Ein paar haben es versucht. Die Kommune hat sich gewehrt.«

Stimmt. Am Abend des neunten Tages, man hatte nicht mal Zeit, die Nachricht von den Verhaftungen zu verdauen, da kam auch schon die Wende: Die Kommune von Paris hat Robespierre und die anderen befreit und sie ins Rathaus gebracht, und es sah so aus, als wenn jetzt Robespierre das Hackebeil wieder in der Hand gehabt hätte.

»Ich weiß noch, dass Hanriot tausend Kanonen auf die Tuilerien gerichtet hat.«

»Bumm!«

»*Quatsch,* geschossen haben die natürlich nicht.«

»›Bumm‹, weil *du* maßlos übertrieben hast. Wo zum Teufel sollten tausend Kanonen herkommen? Es gab gerade mal hundert *Kanoniere.«*

Sei still, sonst verlier ich den Faden ... Robespierre und Saint-Just zögern jedenfalls die Sache raus und quatschen und palavern, die Stunden vergehen und ihre Unterstützer auf der Place de Grève werden nervös, auch weil die Bäuche leer waren. Die gucken sich an und fragen sich, was sie da eigentlich tun und fluchen, weil kein vernünftiger Befehl kommt. Nach Mitternacht heißt es: Robespierre ist zum Gesetzlosen erklärt. Das heißt, wenn sie ihn erwischen, wird er ohne Prozess abgemurkst, er, Saint-Just und die ganze Bande, und dann werden sie auch schon Verräter genannt. Die Revolution, hat Trabant gesagt ...

»War der auch Scherenschleifer?«

»Hufschmied. Aus dem Faubourg Saint-Germain. Die Revolution, hat er gesagt, ist ein Karneval der länger als normal dauert, er geht weit über die Fastenzeit und die Auferstehung und alles andere hinaus.«

»Sind ja richtige Philosophen, die Hufschmiede von Saint-Germain!«

Nach der Nachricht laufen die Getreuen auseinander, die Erhebung ist zu Ende, und die Ordnungsmacht dringt ins Rathaus ein. Le Bas schießt sich in den Kopf und färbt die ganze Wand rot. Robespierre will das auch machen, aber er zerschmettert sich nur den Kiefer. Als sie ihn finden, heult er vor Schmerz. Ein Gendarm namens Merda schleift ihn weg.

»›Merde‹ wie ›Scheiße‹?«

»Nein, Merda.«

Bonbon Robespierre stürzt sich aus dem Fenster, bricht sich aber nur ein Bein. Couthon stellt sich tot, aber die fallen nicht drauf rein. Hanriot ist verletzt, aber keiner weiß, warum. Saint-Just leistet keinen Widerstand, er lässt sich einfach festnehmen, schön wie ein Gott, mit Hut.

Am nächsten Tag werden sie alle einen Kopf kürzer gemacht, am zehnten Tag der ersten Dekade des Thermidor, um fünf Uhr nachmittags. Eine Dekade lang rollen weitere Köpfe. Achtzig Mitglieder der Kommune werden zu Madame Guillotine gebracht.

»Hässliche Geschichte. Und dann?«

Ja, dann. Dann begann die große Fastenzeit.

»Hat es sich denn gelohnt?«

Es gibt immer Leute, die nein sagen, die einen, die hinterher immer alles besser wissen, die anderen, die es nie aufgegeben haben, in der Art von Dienern zu denken. Würde es nach denen gehen, würde man nie irgendwas machen. Wir haben versucht, einen Turm zu bauen, erinnerst du dich? Einen Turm, der es gestattete, auf die ganze Welt zu schauen und auf die Tyrannen der Welt, wie sie fielen. Deshalb haben wir sie geliebt, Robespierre und Saint-Just, auch als sie am Arsch waren. Sogar als sie vor Wut kochten und uns gedroht haben, uns die Rübe abzuschneiden, sogar noch als sie gesagt haben, wir wären Fremde von außerhalb, die sich selbst aufgehetzt haben, sogar als sie ein paar Falsche ins Gefängnis gesteckt haben, man kann sagen, wir, das Volk der Sansculotten, haben sie geliebt. Manchmal liebt man auf komische Art und Weise. Auf dem Marsfeld haben wir den Unbestechlichen gefeiert, und kurz darauf haben sie ihn ganz anders gefeiert.

Dann veränderte sich alles. Immer mit der Ruhe, ich werde es schon noch erzählen. Kein Grund zur Eile.

2.

Léo hatte festgestellt, dass Bernard der Frosch überall bekannt war. Auch wenn er ein eigenwilliger und spröder Typ war, kannte Bernard alle und alle kannten ihn. Er verbrachte seine Tage mit der Organisation von Zusammenkünften, der Annahme von Wetten und der unvermeidlichen Teilnahme an jeder Art öffentlicher Veranstaltung. Bernard verpasste auch nicht die kleinste Gedenkfeier, kein patriotisches Begräbnis und auch nicht die Niederlegung eines Lorbeerkranzes. Die Gründe dafür sind schnell erzählt. Weil er wusste, dass er wegen der geheimen Wetten verhaftet werden konnte, bewies er auf diese Weise nicht nur seinen unbestreitbaren Bürgersinn, sondern machte es jedem leicht, ihn zu treffen. Es genügte, zu wissen, welches das Ereignis des Tages war, um den Patrioten zu finden, der inbrünstiger sang als alle anderen und der die größte Kokarde auf der Brust zur Schau stellte.

Er lebte bescheiden im Erdgeschoss eines alten Mietshauses in einer Dreizimmerwohnung, zusammen mit seiner Tochter Adèle, einem taubstummen Mädchen von etwas über zwanzig Jahren. Die junge Frau hielt die Wohnung in Ordnung und behandelte in seltenen Fällen auch Léos Kratzer und Prellungen nach Kämpfen. Normalerweise war das die Aufgabe Bernards, der auf die Blutergüsse eine übelriechende Pomade auftrug, die wahre Wunder wirkte. »Besser als die gesalbten Händchen des Königs«, sagte er jedes Mal, wenn er seine dicken Finger in das Glas tauchte.

Léo wohnte unter der Treppe, in einem Raum, der früher eine Abstellkammer gewesen sein musste und der ihm nach dem Pont Neuf wie eine Residenz vorkam. Es gab nur wenige Möbel, aber das Ambiente war gemütlich. Adèle war eine gute Köchin, und so weit es ihm möglich war, sorgte Bernard dafür, dass Léo mit gutem Essen versorgt wurde.

Da die Sommertage lang waren und es auch nach Sonnenuntergang noch warm war, fanden die Kämpfe abends an verschiedenen, vorher festgelegten Schauplätzen statt: in Tanzsälen, Kellerräumen, Lagern und Getreidespeichern, die aufgrund des Krieges und des Hungers kaum benutzt wurden. Die Muscadins erschienen voller Begeisterung zu jedem Kampf. Jean-Do war nicht mehr dabei, es ging das Gerücht, die Schläge hätten in seinem Kopf Unheil angerichtet. Die Parfümierten wetteten wenig, dafür schrien sie umso lauter, und ihr Geschrei richtete sich vor allem gegen Léo. Der Italiener war das Objekt all ihrer Späße und Beleidigungen, die in die Arena flogen. Was sie maßlos ärgerte, war nicht so sehr, dass er Jean-Do aus dem Verkehr gezogen hatte, sondern die Tatsache, dass Bernard der Frosch ausgerechnet den Italiener unter seine Fittiche genommen hatte. Bernard nahm Léo auch dann zu den Kämpfen mit, wenn dieser gar nicht kämpfte. Er solle Taktiken studieren, sagte er, mögliche Gegner kennenlernen und neue Schläge entdecken. Léo beobachtete die prügelnden Männer und die Zuschauer. Es war eine Gelegenheit, auf der Bühne zu stehen und die Szene zu beherrschen; nur dass die Schläge echt waren.

Eines Abends geriet er in Versuchung, selbst zu wetten. Ein kräftiger Typ vom linken Seineufer stellte sich Soncourt, dem Champion der Muscadins, die sich alle hinter seiner Ecke versammelt hatten. Der Typ aus den Elendsvierteln war größer als Soncourt und schien besser ausgebildet zu sein, aber nach dem ersten Schlagabtausch merkte Léo, dass es rausgeworfenes Geld gewesen wäre, wenn er gewettet hätte. Soncourt war technisch besser und seine Schläge waren wirkungsvoller, genau wie die Tritte. Er war einer der besten Ringer und Boxer, die Léo bisher gesehen hatte.

»Der Stutzer hat's drauf«, flüsterte er Bernard ins Ohr.

Der nickte nur.

»Deshalb sind wir hier, wir müssen ihn studieren, er ist dein nächster Gegner.«

Kurz darauf, als der Riese vom linken Seineufer zusammenbrach, übertönte das Triumphgeschrei der Muscadins alles andere. Soncourt hob den Arm zum Zeichen des Sieges, kehrte in seine Ecke zurück und wischte sich den Schweiß ab, als habe er eine alltägliche Angelegenheit erledigt.

»Warum hast du den Kampf angenommen?«, fragte Léo besorgt.

Bernard machte ihm ein Zeichen, ihm nach draußen zu folgen, und als sie auf der Straße waren, sagte er:

»Die Ohne-R haben uns herausgefordert. Ich habe einen Ruf zu verlieren.«

»Und der Preis für deinen Ruf bin ich«, beklagte sich Léo.

Bernard warf ihm einen nicht zu entschlüsselnden Blick zu und lief schweigend nach Hause. Der Abend war herrlich, der Himmel über Paris war klar und mit Sternen übersät, die aussahen, als könnten sie gleich auf die Stadt herunterfallen. Vielleicht war es so, dachte Léo, vielleicht würde der Himmel herabstürzen. Der Frosch war nicht der Typ, der Skrupel hatte, auf dem Kampfplatz hatte er gesehen, wie er auf ihn gezeigt und ohne mit der Wimper zu zucken das Geld der Muscadins kassiert hatte.

»Hast du vor, gegen mich zu wetten?«, fragte er, als sie die Haustür erreicht hatten.

»Sag du mir, auf wen ich setzen soll, schließlich bist du es, der kämpfen wird«, erwiderte Bernard.

Léo schwieg und stieg nach unten, heimgesucht von bösen Ahnungen.

Am nächsten Tag blieb er bis in den Nachmittag hinein im Bett und dachte über den Kampf nach, den er gesehen, und über den, den er in der kommenden Woche zu bestehen hatte. Es erwartete ihn eine große Prüfung als Schauspieler, es ging gegen einen stärkeren Rivalen. Es konnte auch das Ende seiner dritten Bühnenkarriere sein.

Gegen Mittag klopfte es an seiner Tür. Es war Adèle, die ihm das Mittagessen brachte. Léo fragte sie mit Gesten, wo ihr Vater sei, sie antwortete, er sei ausgegangen. Er würde erst abends zurückkehren, jedenfalls hatte Léo es so verstanden, das Mädchen schien den Sonnenuntergang dargestellt zu haben. Sie war ziemlich hässlich und mager, aber als sie plötzlich anfing sich auszuziehen, bis sie ganz nackt war, konnte Léo nicht umhin festzustellen, dass sie trotz allem eine Frau war. Und er fragte sich nicht nach dem Wie und Warum, und sie hätte er ja nicht fragen können.

Der nachmittägliche Lärm erreichte ihn auf der Liege, der Körper der Frau lag auf ihm. Durch die Fenster zur Straße drangen laute Schreie. Léo erhob sich und ging zum Fenster. In ein paar Metern Entfernung rief jemand:

»Sie haben Robespierre verhaftet! Sie haben Robespierre verhaftet!«

Léo drehte sich bestürzt um, um Adèle zu informieren, aber als sie ihm gegenüberstand, bereits angekleidet und mit dem gewohnten Ausdruck eines geprügelten Hundes, wurde ihm klar, dass er nicht wusste, wie er das darstellen sollte. Robespierre ... Saint-Just ... Wie erklärt man das einer Taubstummen? Er verzichtete und streichelte sie stattdessen, als handle es sich um ein Tier; Scham und Verlegenheit überfielen ihn.

Er zog sich an, lief auf die Straße und folgte den Stimmen von Paris, die ihn zum Rathaus führten. Dort hatten sich bereits viele Menschen versammelt, die heftig diskutierten und die neuesten Nachrichten austauschten. Léo hörte eine Näherin sagen, Robespierre, Saint-Just, Couthon und Le Bas hätten sich mit Anhängern der Kommune im Rathaus verbarrikadiert. Er schlenderte über den Platz, betrachtete das Gebäude, schnappte bei einzelnen Gruppen Neuigkeiten auf und hockte sich dann vor eines der Feuer, die man bei einbrechender Dunkelheit angezündet hatte.

Als er sich im Morgengrauen mit eingeschlafenen Gliedern erhob, stellte er fest, dass es nicht wenige der Anwesenden im Laufe der Nacht vorgezogen hatten, nach Hause zurückzukehren. Die Pariser würden den Unbestechlichen nicht verteidigen. Jemand hatte mit Kreide auf den Boden geschrieben: »Tod dem Tyrannen!« Ein anderer hatte einen Satz Saint-Justs geschrieben: »Wer die Revolution nur zur Hälfte macht, gräbt sich sein eigenes Grab.«

Das stimmt, dachte Léo. An diesem frischen Morgen, auf dem das Schicksal der Republik lastete, sah dieser Palast, der das Symbol des Stolzes der Pariser gewesen war, aus wie ein finsteres Grab. Als im Laufe des Vormittags die Nationalgarde auf den Platz vorrückte, flüchtete Léo vor dem Angriff, konnte aber ein paar Stockhieben auf die Schulter nicht rechtzeitig ausweichen. Die Garde umstellte den Palast und holte die Jakobiner heraus, aber zu diesem Zeitpunkt war Léo schon weit weg, auf dem Weg nach Hause, wo er müde und mit schmerzenden Gliedern eintraf, nachdem er durch eine Stadt gelaufen war, die sich im Zustand eines merkwürdigen Durcheinanders befand. Irgendein armer Kerl pries die Abschaffung des Lohnmaximums, während etwas weiter vorne ein Händler mal wieder die Abschaffung des Preismaximums forderte. Léo fragte sich, ob der Rückschlag der Revolution ihm neuen Ärger oder neue Möglichkeiten bescheren würde. Wahrscheinlich beides.

Bernard erwartete ihn Kartoffeln schälend am Eingang. Er nickte ihm zu, ohne seine Tätigkeit zu unterbrechen. Léo spürte Missbilligung, setzte sich aber trotzdem neben ihn auf die Stufen und massierte sich die schmerzende Schulter, in Erwartung einer Kopfwäsche, die nicht kam. Es war, als wüsste Bernard bereits alles, wo er gewesen war, was er gemacht hatte – vielleicht sogar das, was zwischen ihm und seiner Tochter Adèle vorgefallen war.

Léo entschied sich, ihm die einzige Frage zu stellen, die in diesem Augenblick für ihr beider Leben von Bedeutung war.

»Wie kann ich Soncourt schlagen?«

»Das kannst du nicht, nicht wenn du technisch sauber kämpfst«, sagte der Frosch.

Léo dachte über das nicht Ausgesprochene nach.

»Ich soll also unsauber kämpfen, und ich dachte, du machst dir Sorgen um deinen Ruf.«

Bernard hob das Messer und für einen kurzen Moment dachte Léo, er wolle es ihm in den Bauch rammen. Aber er klappte es ein und steckte es in die Tasche.

»Ab heute ist alles möglich«, sagte Bernard mit unbestimmter Geste, die die Stadt um sie herum einzuschließen schien. Er stand auf, um ins Haus zu gehen, aber bevor er die Schwelle überschritt, fügte er hinzu: »Sieh zu, dass du ihn schnell erwischst, wenn du eine Minute zu lange wartest, macht er dich fertig.«

3.

Marie legte Nadel und Faden zur Seite, um sich die überanstrengten Augen zu reiben.

Die Reihe der Frauen, die an dem langen Tisch saßen und nähten, reichte von einem Ende des Saales bis zum anderen. Jede hatte ein Häufchen Knöpfe und einen Stapel Uniformen vor sich liegen. Die Köpfe bewegten sich im Rhythmus der Hände. Hin und wieder stand eine auf und ging zu den Regalen, wo die fertigen Stücke abgelegt wurden, um verpackt und in die Garnisonen geschickt zu werden. Es waren vor allem sehr junge und sehr alte Frauen. Weil der Besitzer es nicht zuließ, dass Kinder mitgebracht wurden, die, wie er sagte, die Arbeit unterbrachen und die Arbeitsstille störten, gab es kaum Frauen im Alter von Marie.

Der Geruch nach billigem Stoff schuf zusammen mit der Schwüle ein unangenehmes Klima, und nach zehn Tagen hatte Marie zum ersten Mal das Gefühl, sich erbrechen zu müssen. Zum Glück hatte sie einen Platz in der Nähe des Fensters ergattert, und ab und zu blickte sie hinaus und schnappte frische Luft. Draußen gab es nichts zu sehen, das Fenster ging auf eine Gasse mit einer Ziegelmauer auf der gegenüberliegenden Seite. Marie atmete die frische Luft ein und ihr war, als hörte sie das Gewirr ferner Stimmen von der Straße am Ende der Gasse.

»Stimmt was nicht, Bürgerin Nozière?«

Marie drehte sich um und sah den Besitzer, der sie von der Schwelle zum Nebenraum des Saales mit zorniger Miene ansah. Sie zuckte mit den Schultern und machte sich wieder an die Arbeit, aber für kurze Zeit spürte sie den Blick des Mannes auf sich ruhen. Es war derselbe laszive Blick, mit dem er sie von Kopf bis Fuß gemustert hatte, als sie sich bei der Suche nach Arbeit in der Knopffabrik vorgestellt hatte. Er hieß Duval und war ein großer, hagerer Typ, der auch im Haus stets einen Hut trug. Marie verspürte Widerwillen gegen ihn, seine Art weckte alte Gefühle, die sie mühsam in einem Winkel ihrer Erinnerungen versteckt hielt. Aber wenigstens hatte sie Arbeit, und um das Eingesperrtsein im Sommer besser ertragen zu können, dachte sie an den Winter, wenn sie bei der Arbeit vor Kälte geschützt sein würde. Sie ergriff die Nadel und stieß sie schnell durch die Löcher der Knöpfe, um sie am Stoff zu befestigen.

Plötzlich bemerkte sie in der Gasse vor dem Fenster die Gegenwart eines Menschen, drehte sich um und sah ein entsetzt blickendes Gesicht, dessen Mund offen stand, ohne dass etwas zu hören war. Sie zuckte zusammen. Dann redete der Mund.

»Sie haben Robespierre und Saint-Just verhaftet und zur Guillotine gebracht.«

Bevor Marie den Sinn der Worte richtig begriffen hatte, wurde es laut. Verwundertes Rufen, Stühle wurden gerückt, die Frauen waren aufgestanden, redeten durcheinander, einige fluchten, andere umarmten sich, schwer zu sagen, ob aus Erleichterung oder Angst. Alle liefen zum Ausgang. Duval erschien wieder auf der Schwelle, um für Ruhe und Ordnung zu sorgen, aber er war machtlos und konnte nur zusehen, wie die Arbeiterinnen in aller Eile ihren Arbeitsplatz verließen.

Marie folgte den anderen und fand sich bald in einem Strom von Menschen wieder, die ohne konkretes Ziel durch die Straßen liefen. Von einer unsichtbaren Strömung getragen, über der der Name des Unbestechlichen schwebte, folgten sie denen, die vor ihnen liefen. Die Gesichter blickten erleichtert und verwirrt zugleich, als sähen sie die Stadt zum ersten Mal, als warteten sie darauf, dass irgendjemand oder irgendetwas sie aus dem Schlaf riss.

Wo waren all die Menschen bis gestern gewesen, die jetzt mit wiedererlangter Leichtigkeit durch die Straßen von Paris liefen und lärmten, wie man es lange nicht mehr erlebt hatte? War es nicht, wenigstens zum Teil, dasselbe Volk, das Robespierre Briefe der Bewunderung geschrieben hatte? Marie erinnerte sich an einige irgendwo aufgeschnappte und vielleicht erfundene Sätze der Volksstimme, die bis in die Vorstädte vorgedrungen waren:

»Beschützer der Patrioten, weitsichtiges Genie, das sie alle demaskiert ...«

»Bannerträger der Revolution ...«

»Auge und Herz sättigen sich an deiner Rechtschaffenheit ...«

Jetzt war er tot. Der Unbestechliche war jetzt Tyrann, Verräter, Terrorist. Sicher, nicht alle dachten so, unmöglich, aber wer nicht so dachte, hielt sich von den Straßen fern. Und wenn er sie überqueren musste, passte er sich der Stimmung an, in der er seinen Nächsten wähnte. Der Terror war zu Ende, es lebe der Terror gegen den Terror!

Marie schaute sich um. Diese Menge fremder Menschen war so ganz anders als die Sansculotten der Vorstadt. Das waren andere Menschen als die, die 1789 und in den Folgejahren die Straßen bevölkert hatten. Eine undefinierbare Menge – nicht wiederzuerkennen. Nur wenige riefen etwas. Es war kein Fest. Mitten im Gewoge blieb Marie plötzlich stehen. Die anderen liefen schnell an ihr vorbei, während die Dämmerung sich über die Stadt legte. Körper und Wörter. Der Tyrann ... Jetzt ... Du wirst sehen, der Konvent ... Wir nennen ihn wieder »August«, wie Gott es befiehlt ... Wir nennen ihn wieder »Gott«, wie ...

Der Kopf Robespierres war vor zwei Stunden in den Korb gefallen.

Marat war nicht mehr da. Robespierre war nicht mehr da. Saint-Just war nicht mehr da. Und vorher Hébert, Danton, de Gouges, Brissot, und noch früher die Königin, der König ... Jacques.

Sie dachte an Claire, und eine große Leere überkam sie. Aber Claire war nicht tot, sie war noch im Gefängnis, sie konnte es schaffen. Aber in Wirklichkeit glaubte sie nicht daran. Irgendetwas sagte ihr, dass sie es beide nicht schaffen würden.

Der Himmel wurde dunkler, die Stadt fremder als je zuvor, um sie herum wogten Stimmen. Tränen traten ihr in die Augen. Sie weinte über das, was gewesen war, und über das, was hätte gewesen sein können. Sie weinte über Claire und sich selbst. Über Bastien und über Paris. Für sie alle und für Frankreich.

4.

Der Mann, der nicht mehr Laplace ist, vergießt heiße Tränen.

Die Jahre von Bicêtre gehen zu Ende.

Der Moment zu gehen ist gekommen.

Der Tod Robespierres ist mehr als ein Zeichen, er ist ein klares Signal, das sagt: »Der Weg ist frei.«

Aber einfach verschwinden genügt nicht. Der Abgang muss durchdacht sein. Rechnungen müssen beglichen werden, bevor er geht. Er will ein Zeichen setzen, eines, an das man sich erinnert.

Ein Klopfen an der Tür, leise und diskret, als wäre die Zelle eine Privatwohnung, unterbricht seinen Gedankengang. Eine Idee blitzt auf. Eine Idee ist etwas, das plötzlich wie aus dem Jenseits auftaucht, ganz anders als die grobe Materie, die normalerweise den Kopf bevölkert. Klar und deutlich steht sie vor seinen Augen, wie ein fest umrissener Plan, der bereits alles enthält, was für die Aktion erforderlich ist.

Die Tür geht auf. Es ist der Bedienstete Maurel, der hofft, der sonderbare Häftling werde noch einmal die ihn plagenden Rückenschmerzen behandeln. Der Mann, der Laplace war, fordert ihn auf, sich zu setzen. Sein Gesicht kommt näher, als der Anstand es normalerweise gebietet, er murmelt etwas, dann steht Maurel auf und verlässt schweigend die Zelle.

Er kehrt mit Malaprez zurück. Der Blonde, halb unvernünftiges Tier, halb Mensch, hat einen Sack mitgebracht. Er muss nicht mesmerisiert werden. Der Mann weiß, dass Malaprez ihm gehört. Als er ihn traf, war sein Schicksal besiegelt.

Zwei Stunden später, es dämmert bereits, überquert Philippe Pinel mit seinen Aufzeichnungen unter dem Arm den großen Hof von Bicêtre. Er kommt zum Tor, weist sich bei den Wachen aus und geht schnellen Schrittes die Straße entlang, vielleicht hält er Ausschau nach einer Kutsche.

Es vergeht eine halbe Stunde. Wieder sehen die Wachen am Tor, wie Doktor Pinel den großen Hof überquert und sich in Gedanken versunken dem Wachhäuschen nähert.

»Guten Abend ... Bürger ... etwas ... vergessen?«

Pinel bemerkt die verzögerte Sprechweise der Wache, die redet wie ein soeben aufgewachter Mensch.

»Nein, Bürger Héraclite. Warum fragst du?«

»Weil du ... vor einer halben Stunde ... gegangen bist, Bürger Pinel. Zusammen mit ... einem Bediensteten. Erinnerst du dich nicht, Bürger? Wir haben ... bestimmt fünf Minuten ... geredet.«

»Fünf Minuten? Und über was haben wir geredet?«

Die Wache schweigt. Dann sagt sie mit schwacher Stimme:

»Ich erinnere mich nicht ...«

Philippe Pinel blickt Héraclite und seinem Gefährten in die Augen.

In ihren Augen sieht er etwas Unheilvolles.

Er denkt an den Brief, den er an D'Amblanc geschickt hat.

5.

D'Amblanc hätte nicht sagen können, wann er jedes Zeitgefühl verloren hatte. In Buzancy wurden die Tage zu Wochen und die Wochen zu Monaten, in einem Rhythmus, der einzig von Studien und der Beschäftigung mit den Patienten bestimmt wurde.

D'Amblanc war begeistert. Tagsüber magnetisierte er zusammen mit Chastenet, füllte Hefte mit Notizen, somnambulisierte Jean. Keine Polizisten, keine Politikaster, keine Henker; in aller Ruhe konnte er sich um das jugendliche Opfer kümmern.

Es dauerte ein paar Wochen, bis D'Amblanc sich eingestand, dass er sich befreit fühlte. Die Schmerzen der alten Verletzungen waren vollständig verschwunden, der abgeklärte Blick Chastenets spiegelte sich in seinem eigenen und zeigte die Befriedigung über die weitreichende Übereinstimmung ihrer Ansichten.

Nur wenige Minuten vor Tagesanbruch, wenn er aufwachte, verspürte D'Amblanc eine unbestimmte Unruhe, die wie ein leichtes Magendrücken war, von dem er nicht wusste, woher es rührte. Sie verschwand, sobald er seine tägliche Arbeit mit den Patienten aufnahm. Abends war alles nur noch eine ferne Erinnerung, und an jedem Morgen erschien er pünktlich. Er bat Chastenet, ihn zu somnambulisieren, was ihn entspannte. Trotzdem verschwand die Unruhe nicht gänzlich.

Inzwischen war es Sommer geworden. Überall blühte es, die Früchte reiften, er nahm Bäder in der großen Wanne vor dem Haus, und es folgten lange Sitzungen kollektiver Magnetisierung um den großen Baum im Park herum.

»Die Menschen zu behandeln ist besser als sie zu enthaupten«, lautete einer der Maximen, die Chastenet oft wiederholte und die er sogar an der Fassade seines Hauses hätte anbringen lassen, wenn das in den Augen republikanischer Behörden nicht verdächtig geklungen hätte. D'Amblanc beobachtete den jungen Jean, und ihm schmeichelte die Vorstellung, dass er ihn an diesen friedlichen Ort gebracht hatte, an dem er in Sicherheit war. Dennoch wurde er den Verdacht nicht los, dass das Unwohlsein beim Erwachen etwas mit dem Jungen zu tun hatte, mit seinem Schicksal und dem, was es bedeutete.

Eines Nachts, Ende Juli, kurz vor dem Morgengrauen, hatte D'Amblanc einen Traum, an den er sich nicht genau erinnern konnte, nur an die Worte, an die unverwechselbare Stimme ...

Am Ende der Reise habt Ihr Euren Platz also gefunden, mein Freund. An der rechten Seite eines guten, eines wundertätigen Königs, der seine treuen Untertanen heilt. Ihr suchtet einen Weg und fandet einen Führer. Keine Wunde, kein Krieg, keine Krankheit. Ist das Eure Revolution? Es wäre nicht nötig gewesen, mich zu verlassen, um das zu finden. Es wäre nicht nötig gewesen, den Kopf des Königs von Frankreich abzuschneiden.

Der Hahn krähte. Es war ein hohes, unheimliches Krähen, das sogleich wieder abbrach. D'Amblanc erwachte ganz plötzlich, sein Magen krampfte sich stärker als gewöhnlich zusammen, das Echo der Stimme Mesmers hallte noch in seinem Kopf. Er stand auf, wusch sich das Gesicht über der Schüssel, zog sich eilig an und ging nach unten. Auf der Suche nach dem Hausherrn schenkte er den Bediensteten, die sich unterhielten, keine Beachtung. Es musste etwas geschehen sein. Chastenet stand in einen langen orientalischen Morgenmantel gehüllt am Fenster seines Arbeitszimmers, dessen Tür offen stand, und las einen Brief.

»Robespierre und Saint-Just sind hingerichtet worden«, sagte er ernst.

D'Amblanc benötigte etwas Zeit, um das Gesagte zu verstehen und seinen Sinn zu begreifen. Zwei Männer, der eine noch sehr jung, neben der Guillotine. Dann ihre Köpfe im Loch. Die Klinge, die hinabsaust. Die Köpfe fallen in den Korb.

»Robespierre ...«, stammelte er ungläubig.

»Ist das Eure Revolution?«, wiederholte Mesmer in seinem Kopf.

Er musste sich setzen. Die Nachricht hatte soeben all seine Absichten und Ziele ins Wanken gebracht; alles musste neu geordnet werden.

»Wie ist das möglich?«, murmelte er.

Chastenet blickte aus dem Fenster.

»Es war zu erwarten. Sie haben die Sache zu weit getrieben. Ich glaube, dass sie im Grunde auf ein solches Ende hingearbeitet haben, es ist das einzige, das ihren Idealen angemessen ist.«

D'Amblanc musste sich anstrengen, um dem Gedankengang zu folgen.

»Was wollt Ihr damit sagen?«

»Jetzt sind sie Märtyrer der Revolution, wie Marat, Danton, Hébert ...«, fuhr Chastenet fort.

D'Amblanc verscheuchte das Gesagte und schüttelte den Kopf.

»Ich muss zurück«, sagte er.

Chastenet wandte sich ihm zu.

»Warum? In Paris gibt es nichts mehr für Euch zu tun.«

In diesem Moment begriff D'Amblanc, dass er Jean benutzt hatte, um zu flüchten, um sich zurückzuziehen. Er war mit dem Jungen hergekommen, um zu beweisen, dass die Theorien Chastenets auf einem falschen Axiom aufbauten, aber er hatte keine Konsequenzen daraus gezogen, und auch Chastenet hatte anscheinend kein Interesse daran. Nach dem gewalttätigen Auftreten von Jean aus dem Wald hatten sie sich ausschließlich darauf beschränkt, das Gleichgewicht des Jungen durch die Stabilisierung seiner Persönlichkeit wiederherzustellen.

Ein wundertätiger König, der seine treuen Untertanen heilt.

»Jean und wofür er steht, bedeuten Euch nichts«, sagte D'Amblanc.

Chastenet machte eine unbestimmte Geste mit der Hand.

»Ich will ihn heilen, genau wie Ihr.«

D'Amblanc hatte ihn anscheinend gar nicht gehört.

»Sein Fall hat bei Euch von Anfang an keine Neugierde geweckt. Weil Ihr ihn schon kanntet. Ihr wusstet, dass man den Magnetismus auch für schlechte Ziele einsetzen kann. Stimmt das?«

Chastenet lehnte sich im Licht des Morgens an den Fensterrahmen. In seinem weinroten orientalischen Morgenmantel, mit den unscharfen Gesichtszügen, hätte er Mesmer persönlich sein können.

Um das zu finden, wäre es nicht nötig gewesen, den Kopf des Königs von Frankreich abzuschneiden.

Und Robespierre? Wie alt war Saint-Just? Siebenundzwanzig? Große Männer sterben nicht in ihren Betten. Das hatte er geschrieben.

Die Stimme Chastenets verscheuchte die Gespenster.

»Der Chevalier d'Yvers schrieb mir. Wir unterhielten eine bescheidene Korrespondenz vor der Revolution. Er berichtete mir von seinen Experimenten und beschrieb einige von ihnen.«

Er ließ sich in den Sessel fallen und versank darin, als wolle er darin verschwinden.

»Zeigt mir die Briefe«, forderte D'Amblanc ihn auf.

»Ich habe sie längst verbrannt«, war die Antwort. »Ich glaubte ihm nicht, außerdem interessierte es mich nicht, seine Behauptungen zu überprüfen. Die Ethik des Forschers, des Therapeuten muss eine Ethik im Dienste des Menschen sein. Er muss anderen helfen. Er muss den Körper der Nation heilen und die universelle Harmonie wiederherstellen.«

D'Amblanc spürte einen Stich in der Rippengegend, aber er biss die Zähne zusammen und ließ sich nichts anmerken.

»Yvers benutzte Bauern wie Galvani Frösche«, sagte er. »Und wenn so etwas möglich ist, dürfen wir es nicht verheimlichen. Wir können nicht einfach weiter sagen, dass unser Handeln ohne Risiko sei, die Ethik gebietet es uns.«

»Wir tun Gutes, und das muss genügen«, sagte Chastenet halsstarrig. Seine Stimme war schärfer geworden, aber sein Blick wich dem D'Amblancs aus.

»Wir?«, insistierte D'Amblanc. »Wer sind wir, Ihr und ich? Früher sagtet Ihr mir, es gebe keine Magnetiseure, es gebe nur den Magnetismus, jeder könne Therapeut sein. Aber was ich hier am Werk sehe, spricht eine andere Sprache. Sind eure Patienten geheilt? Ist jemals einer von ihnen fortgegangen und hat besser gelebt? Oder hatte er nicht vielmehr ein immer größeres Bedürfnis nach Euren Magnetisierungen, also nach Euch?«

D'Amblancs Anklage schien Chastenet zu schmerzen.

»Ist das, was Ihr seht, so schrecklich?«, fragte er.

Er hatte anscheinend nicht die Absicht, sich zu verteidigen, er versuchte vielmehr der Auseinandersetzung aus dem Weg zu gehen.

»Nein, überhaupt nicht«, antwortete D'Amblanc, »aber trotzdem betrachte ich es mit Misstrauen.«

Er hatte den anfänglichen Schwung verloren und saß vornübergebeugt mit verschränkten Armen da, als habe er Angst, in mehrere Teile auseinanderzubrechen.

»Wenn Ihr jetzt zurückkehrt, werdet Ihr früher oder später auch auf dem Schafott landen. Bleibt hier. Nur wir beide sind übrig geblieben«, sagte Chastenet mit trauriger Stimme.

D'Amblanc erhob sich, die Arme lagen noch immer verschränkt auf seinem Bauch.

»Nein, es gibt noch einen.« D'Amblanc machte eine halbe Verbeugung in seine Richtung. »Kümmert Euch um Jean.«

Chastenet nickte ohne ein weiteres Wort.

Chastenet stellte seine Kalesche zur Verfügung, damit D'Amblanc am nächsten Tag die erste Überlandkutsche im Dorf erreichen konnte. Beim Abschied bemühte er sich, so entspannt wie möglich zu wirken. Er brachte einen in ein Tuch eingewickelten Kasten mit.

»Erlaubt mir, Eurem Gepäck ein Abschiedsgeschenk hinzuzufügen.«

Chastenet öffnete das Tuch und zeigte ihm den Inhalt.

»Das Gerät für die Elektrizitätsübertragung?«, fragte D'Amblanc überrascht.

»Ich werde ihn nicht mehr benutzen«, sagte Chastenet und zeigte auf eine Aktenmappe, die als Deckel auf dem Holzkasten lag. »Sie enthält alle Aufzeichnungen, die ich über meine Experimente mit Elektrizität gemacht habe. Wenn Ihr wollt, könnt Ihr sie fortsetzen und mir von Euren Entdeckungen berichten. Ich ziehe es vor, mich um das Wohlergehen meiner Patienten zu kümmern.«

»Danke«, sagte D'Amblanc und verstaute den Kasten zusammen mit seinem Gepäck. »Ich möchte mich jetzt von Jean verabschieden.«

Er suchte im Park nach ihm und sah ihn zusammen mit dem Gärtner Unkraut auf der Wiese jäten. Für die Patienten Chastenets galt die Arbeit an der frischen Luft als gesundheitsfördernd.

»Adieu, Jean. Ich komme, um mich von dir zu verabschieden. Ich muss zurück nach Paris. Dir geht es hier gut. Ich werde dir schreiben und mich nach dir erkundigen.«

Er lächelte ihm aufmunternd zu, aber der Junge reagierte nicht. D'Amblanc drehte sich abrupt um und schritt seine Verlegenheit verbergend über die Allee davon. Nach wenigen Schritten wurde an seinem Ärmel gezogen.

»Nehmt mich mit«, sagte Jean.

Er war ihm nachgelaufen und hielt sich wie ein Ertrinkender an einem Tau an seiner Jacke fest.

D'Amblancs Verlegenheit steigerte sich, er wurde über und über rot.

»Das geht nicht. Paris ist kein sicherer Ort mehr, verstehst du?«

Die Augen des Jungen blickten klar, keine Träne rann herab. Der Blick schien mehr Wut als Bitternis auszudrücken.

»Lasst mich nicht hier«, flehte er.

D'Amblanc strich ihm über eine Wange.

»Hier wird man dich heilen. Es wird dir gutgehen.«

Die Antwort Jeans klang wie ein Urteil.

»Ich werde allein sein.«

»Das stimmt nicht, es wird sich jemand um dich kümmern.«

»Ich werde allein sein«, wiederholte Jean.

D'Amblanc befreite seinen Arm mit einer freundschaftlichen Geste und zwang sich zum Weitergehen. Nach ein paar Schritten blieb er wieder stehen.

Und ich?, dachte er. Bin ich nicht auch allein?

Er wandte sich wieder Jean zu.

Der Junge stand unbeweglich auf der Wiese, den Kopf leicht geneigt, die Arme hingen schlaff am Körper herab.

Der Kutscher ließ die Peitsche knallen und der Rappe trabte in die grün und golden leuchtende Landschaft der Picardie hinaus. D'Amblanc warf einen Blick zurück auf das große Gut der Chastenet. Er verließ das Leben, das er sich erträumt hatte, aber er war sich sicher, dass die Entscheidung richtig war. Er wusste nicht, was ihn in Paris erwartete, aber wie Carra gesagt hatte, bevor er den Hals in die Aussparung legte, er wollte sehen, wie es enden würde. Um keinen Preis der Welt wollte er sich das entgehen lassen.

Er lächelte Jean zu, der zwischen ihm und dem Kutscher saß, und dieses Mal wurde das Lächeln erwidert.

VIERTER AKT

Thermidor

RAT AN DIE SANSCULOTTEN

Worte von Jean-Étienne Despréaux

Leg die Kleider wieder an, Volk von Frankreich,
gib dich nicht länger den Ausschweifungen hin,
die falsche Patrioten dir bieten.
Glaube nicht länger, es sei ein Zeichen von Tugend,
nackt herumzulaufen.
Steh auf, zieh die Hosen wieder an.

Unterscheide den rechtschaffenen Menschen
vom Müßiggänger mit tausend Lastern
und vom falschen Patrioten.
Aufrichtiges, unabhängiges Volk
kleide dich nicht länger wie ein Bettler.
Steh auf, zieh die Hosen wieder an.

Beurteile ihn nicht nach der Kleidung,
nicht den Dummen, nicht den Gebildeten
und nicht den guten Patrioten.
Bourgeois, Besitzende, Wohlhabende und Händler,
es würde den Tod von tausend Arbeitern bedeuten,
würden sie ohne Hosen herumlaufen.

Imitiere nicht länger populäre Scharlatane
und schlechte Vorbilder dieser Zeit,
sie rauben die wahren Patrioten aus.
Gott schuf Gewerbe und Hände,
damit die Menschheit lebe und
sich ihre schönen Hosen leiste.

Kämpft für die Rechte der Menschen,
aber ohne die Gesetze zu verletzen,
seid gute Patrioten.
Mitbürger, lasst euch nicht länger bitten,
bedeckt, was zu bedecken ist,
steht auf und zieht die Hosen wieder an.

ERSTE SZENE

Alles ist erlaubt

August–September 1794 (Fructidor, Jahr II)

1.

»Wild und grausam sollen sie sich verteidigen.«

Léo las den Satz, packte eine schlecht geklebte Ecke des Plakats und riss den Streifen mit dem Satz, der die Ankündigung von Kämpfen jedes Mal beschloss, von der Mauer.

»Wild und grausam sollen sie sich verteidigen.«

Es handelte sich um Kämpfe zwischen Tieren, nicht zwischen Menschen. Doggen gegen Wölfe oder gegen Wildschweine.

Gefeierter Champion war ein alter Bär namens Clodoveo, von dem behauptet wurde, er habe sogar einen Tiger besiegt. Seine Kämpfe waren so gut besucht, dass sie in der hölzernen Arena stattfanden, die nur den wichtigsten Ereignissen offenstand, jenen zu offiziellen Feierlichkeiten oder Stierkämpfen nach spanischer Art.

Wütend knüllte Léo das Papier zusammen, warf es auf den Boden und beförderte es mit einem Tritt in eine Pfütze. Dann spuckte er aus, um das Unglück abzuwehren, das von solch ruchlosen Worten ausging.

»Wild und grausam sollen sie sich verteidigen.«

Deputierte und Stadträte predigten wöchentlich und abwechselnd gegen den Zirkus vor der Barrière de Pantin, die von allen nur »das Tor der Kämpfe« genannt wurde. Einer regte sich über einen zerfetzten Hund auf, ein anderer brüstete sich, es gehöre zu seinen Aufgaben, das Volk zu erziehen. Léo waren beide egal, aber ganz sicher hoffte er an diesem Nachmittag nicht, auf einen besonders wilden und gefährlichen Gegner zu treffen.

Der Hof gehörte zur Hausnummer 9 in der Rue Grenier und lag neben dem Bauernhof, dem die Straße ihren Namen verdankte und der seit geraumer Zeit statt Getreide Huren beherbergte.

Es war ein Ort großer Ereignisse, auch wenn Kämpfe zwischen Zweibeinern nicht so populär waren wie die zwischen Vierbeinern.

Die Zuschauer warteten schon. Die ersten beiden Reihen waren Stehplätze um ein mit einem Stock auf den Boden gezeichnetes Quadrat herum, das an den Ecken von vier Säcken mit Sägemehl begrenzt wurde. Dahinter drängelten sich auf Karren und Leiterwagen Kinderbanden, Vagabunden und all jene, die kein Geld für Wetten hatten. An den Fenstern standen die Megären des Hauses, die Arme auf die Fensterbänke gestützt, und auf dem Dachfirst hockten andere, gefiederte Zweibeiner.

Als Léo erschien wurde es lauter. Das Stammpublikum kannte ihn inzwischen. Seine Auftritte versprachen jedes Mal ein großartiges Schauspiel mit ausgezeichneter Technik, Kämpfe mit ungewissem Ausgang, die länger als gewöhnlich dauerten und bei denen man von Minute zu Minute seine Einsätze korrigieren konnte. Bernard der Frosch forderte ihn auf, sich warm zu machen.

Die Aufmerksamkeit Léos galt dem Dutzend Gestalten der *Jeunesse dorée* auf der ihm gegenüberliegenden Seite. Der Geruch, den sie verbreiteten, verpestete die Luft, aber die Stutzer hatten sich nicht wie üblich herausgeputzt. Sie trugen bequeme, weniger auffällige Kleidung, auch wenn ihr Champion nicht auf kleine Schleifen in den Farben der Trikolore unter dem Knie und am Saum der monarchisch-weißen halblangen Hosen verzichtet hatte. Einige trugen um 180 Grad gedrehte Bildnisse Robespierres am Jackenaufschlag.

»Wild, tapfer und grausam werden sie kämpfen«, murmelte Léo, während Bernard der Frosch seinen Gegner auf Klingen und andere Gegenstände untersuchte und dessen Sekundanten ihn der gleichen Prozedur unterzogen.

Die Zuschauer forderten sie mit Rufen und rhythmischem Klatschen auf, endlich anzufangen.

Léo stand vor Bernard und lockerte Arm- und Beinmuskeln.

»Du weißt, was du zu tun hast«, flüsterte der Frosch ihm zu.

Léo hob die Hand zum Zeichen seiner Bereitschaft. Soncourt tat dasselbe und plötzlich wurde es still.

»Los!«, rief eine Stimme.

Die beiden Kämpfer gingen in die Knie und bewegten sich auf die Mitte des Quadrats zu, auf der Suche nach einer günstigen Ausgangsposition.

Als sein Gegner in Reichweite war, begann Léo mit einem Tritt gegen das Schienbein, beugte den Oberkörper aber dabei mit Bedacht nicht nach hinten. Soncourt, der große Meister, parierte den Tritt mit der Schuhsohle, und mit dem anderen Bein visierte er sofort das Ziel an, das sein Gegner ihm bot, den Kopf; ein gut ausgeführter Tritt mit gestrecktem Bein. Léo konnte ihn mit dem Arm abwehren und für einen kurzen Augenblick hielt er das Bein an der Ferse fest und verpasste ihm einen kräftigen Fußtritt in die Eier.

Das Publikum schrie verblüfft auf. Die kanonisch korrekte Antwort in dieser Situation wäre gewesen, dem Gegner das Standbein wegzuschlagen, um ihn lächerlich zu machen und den Kampf anzuheizen. Aber Léo hatte nicht die Absicht, irgendetwas anzuheizen. Er packte den Kopf Soncourts, der sich nach vorne gebeugt hatte und seine Lenden schützte, und rammte ihm sein Knie auf die Nase.

Soncourt fiel mit seinem ganzen Gewicht auf ihn, und beide rollten über den Boden. Léo stand wieder auf, während Soncourt stark blutend und mit zertrümmerter Nase liegen blieb, die Hände auf dem Skrotum.

Seine Helfer eilten zu ihm hin und versuchten ihn wieder aufzurichten, aber ein Schwindelanfall zwang ihn in die Knie. Die Sekundanten mussten ihn aus dem Quadrat ziehen.

Die Überraschung des Publikums hätte nicht größer sein können und schlug augenblicklich in brodelnde Enttäuschung um.

Coitus interruptus. Viele hatten noch gar nicht gewettet, andere hatten sich gerade erst ein Bier gekauft.

Zum Glück war bei den Kämpfen im Hof im Unterschied zu denen in der Arena der Eintritt frei, sonst hätten einige ihr Geld zurückverlangt.

Die Muscadins drängelten sich um ihren Champion und schrien wie die Marktweiber. Sie verfluchten den Scheißitaliener und seine Betrügertruppe und drohten Vergeltung an.

Léo wandte den Schmähungen den Rücken zu und nahm einen Schluck Schnaps.

»De' Kampf muss annullie't we'den!«, schrie einer von ihnen im Ton eines Rechtsverdrehers.

Die anderen stimmten lauthals zu.

»Genau!«

»So ist es!«

»Der muss wiederholt werden!«

»Ich hab einen Batzen auf ihn gesetzt, verdammt!«

»So geht das nicht!«, riefen andere, und um Bernard den Frosch drängelte sich bereits eine Gruppe von Protestierenden, die mit den Armen fuchtelten, schubsten und sich wichtigmachten. Bernard saß regungslos an seinem Schreibpult und zählte die Einnahmen, während Léo, geschützt von denen, die auf ihn gesetzt hatten, auf die Gesundheit des großen Geschlagenen trank.

Die Muscadins, die sich inzwischen von der ersten Überraschung erholt hatten, stellten das Schreien ein und schritten geschlossen auf den Organisator des Kampfes zu. Als die Menge sie daran hinderte, bis zu ihm vorzudringen, versuchten sie, sich mit ihren Stöcken Platz zu verschaffen.

Bernard der Frosch stand auf, es wurde ruhiger, die Gruppen trennten sich und ließen ihn passieren. Er ging bis in die Mitte des Hofs, wo das Blut Soncourts noch auf der Erde sichtbar war.

»Wi' ve'langen, dass de' Kampf annullie't wi'd«, sagte der am stärksten Parfümierte der Gruppe und baute sich vor ihm auf.

»Wi' ve'langen unse' Geld zu'ück«, rief sein Gefährte, der eine Spanne kleiner war.

»Mein Mann hat gewonnen und eurer hat verloren«, brachte Bernard ihn zum Schweigen. »Was passt euch nicht?«

»Ein Mann gewinnt nicht du'ch einen T'itt in die Klöten, das machen Kinde'«, protestierte der andere.

»Was glaubt ihr, wo ihr hier seid? In London? Bei uns gibt es keine verbotenen Schläge.«

Der Muscadin drehte sich zu seinen Kumpanen um.

»Habt Ih' gehö't, Männe'? Keine ve'botenen Schläge.«

»Gut zu wissen«, kommentierte einer aus der Gruppe mit einem Grinsen und hob seinen Stock. Die anderen ahmten die drohende Geste nach.

Vom Alkohol munter gemacht, beobachtete Léo die Szene. Die Muscadins meinten es ernst, aber als ihr Anführer sich wieder zu Bernard umwandte, zeigte eine Pistolenmündung auf seinen Mund.

Der Stinkende schluckte. Ermutigt durch ihre zahlenmäßige Überlegenheit sagte er:

»Du hast nur eine Kugel im Lauf.«

»Und die gehört ganz allein dir«, sagte Bernard, ohne mit der Wimper zu zucken.

Es wurde still und der Muscadin dachte nach.

»Wild und gRausam sollen sie sich veRteidigen!«, rief Léo grinsend, prostete sich zu und hob die Flasche zum Himmel.

Es war kein günstiger Nachmittag für Liebhaber spektakulärer Duelle, und die Muscadins beschlossen den Rückzug, ohne Bernard den Frosch zu zwingen, auf den Abzug zu drücken.

2.

Die Kutsche fuhr langsam durch die Rue Saint-Jacques. Zu beiden Seiten der Straße boten ambulante Händler auf ausgebreiteten Decken ihre Ware an, sodass der Platz für Kutschen sehr begrenzt war.

D'Amblanc betrachtete überrascht die Haufen unterschiedlicher Gegenstände. Einzelne Gewerbe waren nicht zu erkennen. Jemand, der auf den ersten Blick wie ein Weinhändler aussah, bot neben wenigen Flaschen auch Leder, Brennholz und einen Sack Mehl an. Ein Gemüsebauer ordnete Stoffballen, ein Holzkohlehändler lobte seine Zuckerbrote, während seine Frau Rost von einem Schreinerwerkzeug abkratzte.

Nach drei Monaten Abwesenheit bestaunte D'Amblanc die improvisierten Märkte. Als sie über Soissons in die Stadt gekommen waren, hatte er sich noch täuschen lassen; es hatte so ausgesehen, als hätte der Tod Robespierres auf einen Schlag alle Nachschubprobleme der Stadt gelöst. Erst nach ein paar Tagen, bei einem Spaziergang durch sein Viertel, hatte er den Trick durchschaut. Das Wunder bestand darin, dass der Schwarzmarkt zu einem weißen geworden war. Die Hamsterer streckten jetzt ihre Köpfe aus den Verstecken, weil das Schwert des Gesetzes, das sie hätte abtrennen können, verschwunden war.

Tatsächlich waren die Bäuche der Pariser nicht besser gefüllt als vorher. Die Schlangen vor den Metzgereien waren noch genauso lang und streitlustig, Brot gab es nur auf Bezugsscheine und Salz war rationiert. D'Amblanc hatte bei seinen Spaziergängen schon zwei Mal Mitbürgern auf der Straße helfen müssen, weil der Hunger sie so stark geschwächt hatte, dass sie ohnmächtig geworden waren.

Eines Nachmittags, während er einem alten Mann wieder auf die Beine half, hatten sich ihm fünf Halbstarke genähert und gesagt, er solle das bleiben lassen, der Alte sei ein bekannter Trunkenbold, der sich mit dem besten Wein betrinke, nachdem er Frikassee, Rouladen und Ananas gegessen habe. Die aufgedonnerten Typen trugen ihr Haar gelockt, waren gepudert, trugen Seidenhalstücher, Aufschläge und Hemden in leuchtenden Farben, Schleifen an den Knien, Schuhe mit Absätzen, Lederhandschuhe und hielten knotige Spazierstöcke in den Händen. Einer von ihnen trug eine auffällige Perücke. Sie sprachen das »R« nicht aus.

»Unglaublich, schon wiede' ein Bet'unkene'«, wiederholten sie kichernd und lachten hämisch über die Ironie, die einem Halbverhungerten Schlemmereien unterstellte.

D'Amblanc erinnerte sich, so gekleidete Menschen unter den Kolonnaden des Palais Égalité gesehen zu haben, aber jetzt liefen sie überall auf den Boulevards herum, als wären sie auf ein abgesprochenes Signal hin aus ihren Verstecken gekommen.

Der Arzt sah eine Gruppe vor dem Haupttor der Kirche Saint-Dimas. Einer stand auf einer Leiter, die anderen hielten sie fest. Der Typ schlug mit einem Hammer auf die Inschrift über dem Stützbalken ein: »Das französische Volk erkennt ein Höheres Wesen und die Unsterblichkeit der Seele an.« Und dieses französische Volk lief unten herum, hob kurz den Blick, senkte ihn dann wieder gleichgültig und widmete sich dem beliebten Spiel, Plakatfetzen von den Mauern zu reißen, die von Personen unterzeichnet worden waren, die man inzwischen geköpft hatte. Einen Brissot tauschte man gegen drei Saint-Just, einen Danton für vier Hébert.

Eine zweite, ähnlich gekleidete Gruppe arbeitete mit einem Meißel, um von der Wand eines Gebäudes die Worte »oder Tod« wegzukratzen und danach die Triade »Liberté, Égalité, Fraternité«. Ein paar Schritte weiter war eine neuere Schrift zu sehen, in roter Farbe verkündete sie:

ES KOMMT DIE ARMEE DER SCHLAFWANDLER!

D'Amblanc dachte über die Bedeutung der Ankündigung nach. War es eine Kritik am neuen Kurs der Revolution?

Plötzlich bremste die Kutsche scharf ab und wich zur Seite aus, um zwei entgegenkommenden Droschken Platz zu machen. Auch die vielen Fahrzeuge waren ein ungewohnter Anblick im neuen Paris. Um sich den Pöbel vom Leib zu halten, benutzten die Reichen sie jetzt auch für kurze Strecken.

D'Amblanc hatte seine dagegen für einen Besuch am Stadtrand gemietet, zu weit, um zu Fuß zu gehen. Er war auf dem Weg zur Irrenanstalt von Bicêtre.

Vor wenigen Tagen, kurz nach seiner Rückkehr nach Paris, hatte ihn ein Brief Doktor Pinels erreicht, der nach dem alten Kalender datiert war, abgeschickt am 9. April 1794. Der Kollege, ein aufmerksamer, geschätzter Mediziner, bat ihn um Rat bezüglich eines Geistesgestörten, der anscheinend in der Lage war, den Willen der anderen Insassen auch über größere Distanz zu beeinflussen. Den Worten des Absenders war nicht zu entnehmen, ob es sich um *Distanz* im räumlichen – aus einiger Entfernung – oder im zeitlichen Sinne – mit späterer Wirkung – oder um beides handelte. Wie auch immer, D'Amblanc hatte sich sofort auf den Weg gemacht. Er hatte Jean in der benachbarten Taverne zurückgelassen, wo er zusammen mit der Köchin Gemüse putzte, und er hoffte inständig, der wilde Junge würde sich nicht gerade diesen Nachmittag für einen seiner Ausfälle aussuchen.

»Leider befindet sich die Person, von der ich Euch schrieb, nicht mehr hier.«

Philippe Pinel machte es sich auf einem Stuhl bequem, nahm einen Stapel Papiere und stauchte ihn zwei Mal auf dem Schreibtisch zusammen, dann reichte er ihn seinem Kollegen.

D'Amblanc las die Überschrift.

AUGUSTE LAPLACE

Geboren in Aurillac am 18. März 1752, von Beruf Künstler
Pensionsaufenthalt seit dem 26. Januar 1793
Gilt wegen seiner Flucht am 10. Thermidor
des Jahres II als entlassen

»Wie Ihr seht, ist er geflohen. Und zwar auf einzigartige Art und Weise. Die Aufseher haben ihn gehen lassen, weil sie überzeugt waren, mir gegenüberzustehen.«

»Euch?«

»Ja, mir! Und ich kann Euch versichern, dass keine Verkleidung die Männer getäuscht haben kann, es handelt sich um Personen, die mich häufiger sehen als meine Frau.«

»Glaubt Ihr, dass Magnetismus im Spiel war?«

»Das ist es, was ich Euch fragen wollte. Ihr wisst, dass ich kein Bewunderer der Lehren Mesmers bin. Ich bin durch einen seiner Anhänger mit ihnen in Berührung gekommen, das Ergebnis waren lediglich ein paar galante Begegnungen.«

Das Klischee vom Magnetiseur als Verführer – D'Amblanc verzog den Mund und musste an Nacken und Schultern Madame Girards denken und an seine Bemühungen, es nicht zu bestätigen.

»Wie auch immer«, fuhr Pinel fort, »ganz offensichtlich verfügt Auguste Laplace über außergewöhnliche suggestive Kräfte, ob man sie nun dem universellen Fluidum zurechnet oder nicht.«

D'Amblanc ergriff Notizheft und Bleistift, notierte sich zwei Zeilen und bat um Aufklärung hinsichtlich der Kontrolle über die Entfernung hinweg. Pinel erklärte ihm, die Geisteskranken hätten augenscheinlich unter dem Einfluss von Laplace gehandelt, auch wenn dieser nicht anwesend gewesen sei. Er verglich dessen Befehle mit Sprengkörpern, die eingepflanzt in die Seelen anderer, Tage später wie von einem unsichtbaren Funken gezündet, explodieren konnten. Er gab einen Überblick über die wichtigsten Fakten, die er selbst beobachtet hatte oder von denen ihm andere berichtet hatten, und am Ende seines Vortrags forderte er den Kollegen auf, die Akte des Geisteskranken zu lesen, in der er gewiss weitere interessante Details finden werde.

D'Amblanc starrte erneut auf die Überschrift

AUGUSTE LAPLACE

Geboren in Aurillac am 18. März 1752, Beruf ...

Aurillac.

D'Amblanc legte den Zeigefinger auf den Namen. Aurillac. Im Zentralmassiv. In der Auvergne.

»Was ist los, Bürger? Stimmt etwas nicht?«, fragte Pinel.

Besser gesagt, dort, wo vor der Revolution die Provinz Auvergne gewesen war, die jetzt in die Départements Puy de Dôme und Cantal unterteilt worden war.

Département Cantal. Hauptstadt Aurillac.

Dorthin hatten D'Amblanc und seine Begleitung den Priester Clément bringen wollen, um ihn der Justiz zu übergeben.

»Bürger ...«

Clément, der sich an einem Mädchen im Zustand des Somnambulismus vergangen hatte. Ein Somnambulismus, der sich immer wieder eingestellt hatte, Jahre nach den ... erhaltenen magnetischen Behandlungen.

Aus der zeitlichen *Distanz.*

Aurillac, Geburtsort von Auguste Laplace.

Ein Verrückter. Aus der Auvergne. Experte für Fernkontrolle.

D'Amblanc dachte an Jean aus dem Wald. Zunächst Waise, dann Adliger. Sein Wohltäter war nach Paris gegangen, und wenige Tage später hatte Jean sich in einen Wilden verwandelt.

Wenige Tage später.

Bei zeitlicher und räumlicher Entfernung.

Eine Anordnung, die wie ein Sprengsatz im Kopf explodiert.

Sein Mund wurde trocken. Er schluckte mühsam.

»Besaß dieser Auguste Laplace eine Bürgerkarte, mit der er sich ausgewiesen hat?«, fragte er.

»In seiner Akte habe ich nie so etwas gesehen«, erklärte Pinel mit fragendem Blick, »aber Pensionsgäste wie er werden mit einem einfachen, von einem Arzt unterzeichneten Antrag auf Einlieferung aufgenommen.«

D'Amblanc fragte, ob es möglich sei, den Antrag auf Aufnahme des Bürgers Laplace einzusehen, und fügte hinzu: »Der Fall, den Ihr mir geschildert habt, erinnert mich an den eines Mannes aus der Auvergne, den Chevalier d'Yvers. Ein Mann, der in der Lage ist, Individuen gegen ihren Willen zu konditionieren, vielleicht sogar aus der Entfernung. Von ihm weiß ich nur, dass er 1789 nach Paris kam, als die Generalstände einberufen wurden. Kein Verrückter, aber einer, der Zuflucht in einem Hospital für Geisteskranke gesucht haben könnte.«

»Wir wissen, dass er kein Geistesgestörter wie die anderen war«, bestätigte Pinel und erhob sich. »Ich werde Aufseher Pussin rufen«, sagte er und öffnete die Tür.

Eilige Schritte hallten durch den Korridor.

Orphée d'Amblanc stürzte sich sofort auf die Akte Auguste Laplace.

3.

Der dunkle Innenraum des alten Lagers erinnerte an den Laderaum eines Schiffes. Der Mann in Schwarz, der sich nicht mehr Laplace nannte, folgte mit den Augen La Corneille, der an der Wand entlanglief und mit einem brennenden Kerzenstummel die Kandelaber anzündete. Das Licht war wichtig. Sein Sitz war die einzige beleuchtete Stelle im Raum. Auf einem gepolsterten Stuhl, weiter unten zwischen dem Publikum und ihm, saß Malaprez. Die blonde Bestie war entspannt, die Arme lagen auf den Schenkeln, der Rücken war durchgedrückt, er blickte ins Nichts und atmete geräuschvoll.

Das Licht der Kerzen warf lange Schatten auf die Mauer; die Eintretenden würden den Eindruck haben, die Krypta einer antiken Kirche zu betreten. Die Wirkung, das Mysterium, das Sakrament, das hier gefeiert und hier empfangen wurde, hatte etwas mit der neuen Ordnung der Welt zu tun.

Und weil es die Zeit der Großen Parodie war, konnten die ersten Krieger, die gegen die Barbarei der Gleichheit antraten, nur aus dem gleichen Schaum geboren werden, aus dem Abschaum der Jakobiner selbst.

Der Abschaum hielt Einzug. La Corneille musste sie unterwiesen haben, denn Muscadins und andere aus der Bourgeoisie Ausgestoßene bewegten sich aufmerksam und vorsichtig, als hätten sie ihre Arroganz am Eingang zur Höhle der Initiationsriten abgelegt. Diese Exemplare trugen nur noch ihre lächerliche, pompöse Kleidung zur Schau. Sie grüßten, setzten sich, blickten sich um, und nur ein konstantes, aber nicht aufdringliches oder flegelhaftes Flüstergeräusch war zu hören. Jeder Gläubige auf dem Land hätte sich vor Beginn der Messe ebenso verhalten.

Das Bühnenbild imponierte durch Schlichtheit. Jede Macht bedient sich einer Art Heiligenschein, benutzt einen Theaterapparat mit Trompeten, Gold und Stuck. Als der Mesmerismus en vogue war, waren es Wannen, Glasharmonikas und konvulsivische Anfälle. Halbschatten, Beleuchtung und Perspektive, eine geheimnisvolle, finstere Aura waren in diesen aufgewühlten Zeiten die geeigneten Elemente für eine solche Inszenierung.

Yvers hatte in der Kathedrale von Chartres einmal ein Gespräch mit einem alten Priester geführt. Er war dem

Labyrinth auf dem Boden des Mittelschiffs gefolgt und hatte Gemälde und Fenster betrachtet. Der Priester hatte sich ihm genähert und ihn aufgefordert, etwas zu betrachten, das nur selten Aufmerksamkeit erregte. Er hatte mit dem Finger auf einen dunklen Bereich gedeutet. Eine Gruppe antiker Figuren auf einem im Vergleich zu anderen Darstellungen unbedeutenden romanischen Basrelief; Heilige in Ekstase, die Leiden des Erlösers ... Aber der Priester wies ihn auf die Figur eines Akrobaten, eines Gauklers hin. Dieser machte einen Handstand und schaute den Betrachter an. Der Körper bildete einen Bogen, die Beine waren eingeknickt, die Füße berührten den Kopf. Ein menschlicher Ouroboros, ein Schwanzverzehrer.

Der alte Priester forderte ihn auf, über den Sinn dessen, was er sah, nachzudenken und sich vor Augen zu führen, dass der Gaukler für Perfektion stehe, dass er den Zustand der Gnade symbolisiere, desjenigen, der im himmlischen Jerusalem lebt.

Yvers verstand, dass der Gaukler eine Lehre versinnbildlichte. Körper, die nicht von einem klaren, unbedingten Willen geführt werden, sind in einem nicht wirklich menschlichen Zustand. Als das Ebenbild Gottes strebte der wahre Mensch nach Vollkommenheit, und wo er dies nicht freiwillig tat, war er nur Werkzeug, ähnlich dem Tier, ob wild oder gezähmt. Vor allem die körperliche Perfektion des Akrobaten wies auf eine versteckte Prophezeiung hin. Die Pose deutete einen Kreislauf an, sie bedeutete Revolution und Vollendung. Das Ruhende, die Schwerkraft des Steins offenbarte die Ausgeglichenheit und wies gleichzeitig auf Bewegung hin.

Die Füße befanden sich über dem Kopf, jetzt musste man mit den Werkzeugen verhandeln, die das Schicksal ihm an die Hand gab, und das waren diese abstoßenden, vielversprechenden Exemplare der Muscadins, die La Corneille versammelt hatte.

Von all dem monströsen, von der Revolution ausgekotzten Gesindel waren diese enttäuschten Kinder das Interessanteste. Wer weiß, was sie ihren Vätern vorwarfen. Dass sie geglaubt hatten, ohne Souverän leben zu können, und dass sie deshalb verarmt waren. Es waren die Kinder von Handwerkern und Händlern, und vielleicht auch von ein paar Beamten.

Du bist Tapezierer oder Kunsttischler oder handelst mit Wein und Käse und fühlst dich von einem Bettler bedroht oder überflügelt, der glaubt, das Maul aufreißen zu können, weil man mit Parolen um sich wirft, aber davon war nicht die Rede gewesen, als von republikanischen Tugenden geschwätzt wurde.

Und wenn du Beamter bist, soll sich niemand an deiner Uniform vergreifen. Du reihst dich eine Zeit lang ein, aber dann wollen sie dieselben Vergnügungen, denselben Wein, denselben Käse und mehr als nur hin und wieder kopulieren, und du stellst fest, dass *du du bist, weil du anders bist als sie.* Gleichheit der Vergnügungen? Niemand soll das je behaupten.

Oder vielleicht ist einer der Deinen, ein Bruder, bei der Verteidigung eures, *ihres* sogenannten Vaterlandes an der Front verreckt. Jede Macht braucht Ruhm, umso mehr, wenn es sich um illegitime Macht handelt. Das menschliche Opfer ist der Gipfel. Du hörst die Sirenen, ihre Gesänge und lässt dich von ihrem zweideutigen Gesang umgarnen, und weil sie von Vernunft reden, benimmst du dich wie ein vernünftiger Affe, und weil du hoffst, dass es das Geschäft belebt. Aber in einem solchen Klima, mein lieber Muscadin, gedeihen nur Verbrecher, die echten, die aus Berufung. Und neben der Berufung müssen sie noch über andere Fähigkeiten verfügen, und dann merkst du, dass die Revolution nur für die Geschäfte einiger weniger von Vorteil war. Alle sind enttäuscht, alle sind bereit zur Reaktion.

Yvers beobachtete den Auffälligsten der Geladenen, während La Corneille eine einleitende Predigt hielt.

Die Kleidung dieses Muscadins erzählte von Enttäuschung und Ranküne, von gescheiterter Utopie. Der Gestank war der einer Dirne, ein Geruch von Unbehagen, der einer Wunde entströmte, einer eiternden Wunde. Frankreich strebte verzweifelt nach Hygiene. Haufenweise Köpfe, grinsende Masken und hier die Muscadins, zeitgemäße Helden, goldene Jugend, Ruhmesknaben, die Unvergleichlichen, die Wundervollen, grelles Pack. Wuselnde Würmer in den eigenen Wunden. Das war die bei diesen enttäuschten Kindern vorherrschende Idee von Nobilität. Eine Parodie. Die Verliererfraktion, die Sansculotten, die Demokraten, mussten sich jetzt, nachdem sie ihre führenden Köpfe geopfert hatten, der Parodie eines gestürzten, abgehalfterten Adels erwehren, von dem man sagte, er verkörpere die Reaktion.

Yvers musste, oder besser wollte, weil die Aufführung das erforderte, den Anführern der Muscadins Zwecke und Ziele aufzeigen. Es galt, eine Strategie zu verschleiern, so als würde sie nicht über das Experiment hinausweisen, über die Probe, der sie sich bald würden stellen müssen.

Vor aller Strategie brauchte es jedoch Manövriermasse. Die Vielen dazu zu bringen, auf den eigenen Willen freiwillig zu verzichten, schafft man nur mit angemessener Rhetorik, aber vor allem dann, wenn die Idee, die dich antreibt, echt ist. Den Muscadins war die Idee von Ordnung fremd, die das alte Regime auch noch in seinen schändlichsten Zeiten verkörpert hatte. Sie waren Teil der Revolution, Bodensatz von Unbesonnenheit, Torheit und Wahnsinn. Aggressivität und Opferrolle machten sie zu einer Truppe der Vorsehung. Die sinnlosen Aktionen dieses unvollkommenen Geschlechts würden ihre Kraft erst im Rahmen einer Vision gewinnen. Was anderes ist Erlösung, wenn nicht das?

Und dies war die Strategie, die er ausgearbeitet hatte: Angriff auf den Nährboden des Pöbels, auf den Uterus, der so viele Sansculotten und ähnliches Gesindel hervorgebracht hatte, auf den Ursprung des Skandals der Gleichheit, die niemandem von Nutzen ist, wie jeder Muscadin weiß und zu erkennen gibt. Aber nicht die Sektionen oder die Orte politscher Zusammenkünfte würden das Ziel sein. Der Angriff würde dort erfolgen, wo das Gesindel wohnt.

Das Wort Gesindel hatte die Herren Muscadins belustigt. »'ichtig, das ve'dammte Gesindel, meine Wo'te!«

»Und so werden wir vorgehen.«

Yvers erhebt sich und die kleine Menge verstummt, benebelt vom Wein. Er macht ein paar einstudierte Schritte auf Malaprez zu, macht eine Handbewegung vor dessem Gesicht und murmelt ein paar unhörbare Worte.

Malaprez nickt mit dem Kopf und steht auf.

La Corneille tritt tänzelnden Schrittes hinzu und schwingt einen Stock, in seinen Augen schimmert kalter, infantiler Glanz.

Er schlägt Malaprez auf die Nieren, hart und präzise, dann auf die Rippen. Er schlägt auf die Beine, bis der Mann in Schwarz ihm Einhalt gebietet.

Malaprez bleibt undurchdringlich.

Der Mann in Schwarz blickt in die Menge. Abschaum. Großartiges Pack. Sie haben verstanden. Die Unbesiegbarkeit, wenn auch nicht perfekt, wenn auch nur dem Schein nach, pure Schmerzunempfindlichkeit, zieht sie an, fesselt sie.

La Corneille schüttelt Hände, eine Flasche wird entkorkt. Die Bandenführer, diese Herren Randalierer, sind bereit, sich genau den Mantel des Ruhms umzuhängen, den sie sich leisten können.

4.

Die Schläge der Wanduhr waren noch nicht verklungen, als die Arbeiterinnen bereits unter lautem Reden und Rufen der Erleichterung dem Ausgang zustrebten. Als sie von der Schwelle des kleinen Nebenraumes, in dem der Besitzer tagsüber die Buchhaltung führte, ihren Namen rufen hörte, beschlich Marie eine düstere Vorahnung. Sie ergriff ihren Beutel und ging ins Zimmer zu Duval.

Er saß auf dem einzigen Stuhl hinter einem wurmzerfressenen Schreibpult in abgestandener Luft. Die kleinen Augen in dem vertrockneten, alterslosen Gesicht musterten Marie von Kopf bis Fuß. Er wackelte mit dem Kopf, als stimme er einem Gedanken zu, den er für sich behielt.

»Die schönen Zeiten sind für dich vorbei«, sagte er in traurigem Ton.

Marie blickte ihn verständnislos an.

Der Kopf wackelte immer noch.

»Ich habe Informationen über dich eingeholt, Marie Nozière. Ich habe Freunde im Sicherheitsausschuss. Du bist ein Hitzkopf, eine Freundin von Konterrevolutionärinnen. Du wohnst in der Wohnung einer Frau, die im Gefängnis verfault.« Er trommelte mit den Fingern auf die Holzplatte. »Du warst eine von denen, die Hosen tragen und wie Männer kämpfen wollten.«

Er erhob sich, Marie in all seiner Größe überragend, strich sich mit der Hand über den Bauch und machte zwei Schritte auf das winzig kleine Fenster zu. Marie roch den ranzigen Schweiß unter dem Hut, den sein Besitzer niemals abnahm. Ihr Blick wanderte misstrauisch über ein Tintenfass mit einer zerfledderten Gänsefeder, einen Stapel Papier mit Fettflecken, einen Löscher und ein Kontenbuch, bis zu einer Kakerlake an der Mauerkante.

»Sollte es dir einfallen, die Frauen gegen mich aufzuhetzen«, sagte Duval, »würde dir das nicht gut bekommen. Ich will keinen Ärger mit euch.«

Der Glanz in seinen Augen gefiel Marie nicht, und sie wusste, dass sie verschwinden musste, aber irgendetwas hielt sie zurück, blockierte sie, die Last einer Erinnerung, die aus dem Versteck, in dem sie seit Jahren ruhte, ans Licht drängte.

»Sieh her«, sagte Duval und zeigte auf das schmutzige Fenster.

Marie blickte nach draußen.

Auf der Gasse standen drei Galgengesichter mit langen Pfeifen im Mund, die sich unterhielten.

»Das sind meine Gehilfen«, sagte Duval mit einem Grinsen. Marie verstand nicht, was er damit sagen wollte, schwieg aber weiter. »Schau sie dir gut an. Wenn du Ärger machst, sage ich ihnen, dass sie sich um dich kümmern sollen, und du solltest wissen, dass sie nicht zimperlich sind.«

Maries Magen krampfte sich zusammen. Mit Mühe unterdrückte sie einen Brechreiz. Sie brachte noch immer kein Wort hervor, Erinnerungen breiteten sich ungehindert in ihrem Kopf aus.

»Oder würdest du es vorziehen, dich mit mir anzulegen?«, fügte Duval hinzu und trat hinter sie. »Ich wäre freundlicher als sie.«

Sie war jung, sehr jung gewesen, und allein, genau wie jetzt. Auch damals war es ein kleiner Raum gewesen. Eine Abstellkammer. Wenig Licht, starke Gerüche, das Gefühl zu ersticken. Oft erwartete der Patron sie schon in der Kammer oder befahl ihr einzutreten. Es konnte zu jeder Zeit geschehen, immer wenn er Lust hatte. Die anderen Bediensteten wussten Bescheid oder vermuteten es, aber sie taten ahnungslos, ohnmächtiger noch als sie. Keine Dienerin hatte je rebelliert. Auch sie nicht. Aber sie hatte den höchsten Preis bezahlt. Unerwünschtes Leben wuchs in ihr heran, und deshalb hatte man sie fortgeschickt, in die Abgeschiedenheit eines Klosters in einer riesigen Stadt.

Duval lehnte sich an sie und drückte mit den Händen ihre Brust.

Die Hände des Patrons, sie nahmen ihr Luft und Raum, die Lust zu leben. Duval ging ein wenig in die Knie und schob mit den Hüften.

Marie schüttelte sich, rammte ihm einen Ellenbogen in den Bauch und drehte sich blitzschnell um. Er war größer als sie, stand direkt vor ihr, fluchte und hielt ihre Arme fest. Er drückte sie mit seinem ganzen Gewicht gegen das Fenster und versuchte, ihren Rock anzuheben. Marie biss ihn wie ein wütender Hund mit aller Kraft in die Schulter; Hemdstoff und Fleisch gaben unter den Zähnen nach. Duval knurrte und lockerte den Griff, sodass Marie nach unten glitt. Er hielt sie an den Haaren und warf sie gegen das Schreibpult. Marie ergriff das Tintenfass und zerschlug es auf seinem Kopf. Tinte floss über das verzerrte Gesicht Duvals und machte ihn auf einem Auge blind, aber seine massige Gestalt blockierte noch immer die Tür.

Marie verpasste ihm mit den Holzschuhen einen Tritt zwischen die Beine.

Duval ging in die Knie und schrie Verwünschungen. Maries Blick fiel auf ihren Beutel, der auf dem Boden lag. Sie hob ihn auf und zog die Stricknadeln heraus. Sie hielt sie so in der Faust, dass die beiden Spitzen zwischen ihren Fingern herausschauten. Duval sah sie nur wenige Zentimeter von seinem gesunden Auge entfernt. Marie keuchte, die Nadeln zitterten und hinterließen leichte Kratzer auf dem Wangenknochen des Patrons. Er rührte sich nicht. Sie stieg über ihn und erreichte die Tür. Er spuckte Speichel, Blut und Tinte auf den Fußboden.

»Ich lasse dich umbringen, verdammte Hure«, stieß er zwischen den Zähnen hervor und presste eine Hand zwischen die Beine.

Marie hörte seine Worte und stellte fest, dass sie ihr keine Angst machten. Die Tage als Dienerin waren für immer vorbei, selbst wenn es keine weiteren geben sollte. Das gab ihr eine Kraft, die niemand ihr rauben konnte, und sie wusste, dass Duval es ihrem Gesicht ansah. Sie nahm den Beutel und wich zurück, die Nadeln noch immer in der Faust. Dann verließ sie die Knopffabrik, um nie mehr zurückzukehren.

Sie ging an den drei Galgengesichtern vorbei, mit denen Duval ihr gedroht hatte, lief schnellen Schrittes bis zur Kreuzung, und erst nachdem sie um die Ecke gebogen war, übergab sie sich. Sie stützte sich an der Mauer ab, um nicht zu hinzufallen. Die Beine wollten ihr kaum noch gehorchen, aber sie zwang sich stehen zu bleiben.

Sie hatte kein Wort gesagt, kein Schrei war über ihre Lippen gekommen, genau wie in der Abstellkammer vor vielen Jahren. Aber der Patron war ein anderer gewesen, und auch sie war nicht mehr dieselbe.

5.

Über der Glut brutzelte Schweinefleisch, Fettspritzer ließen kleine Flammen emporzüngeln.

Die Uhr von Saint-Sulpice schlug vier Uhr, und Bernard der Frosch hockte vor dem Feuer, drehte den Spieß und dachte an das letzte Mal, als er einen solchen Braten zubereitet hatte. Damals hatte seine Frau noch gelebt. Adèle schlief im Zimmer nebenan. Er hatte sie zu so später Stunde nicht wecken wollen und sich selbst um das Feuer gekümmert.

Es war ein Glücksfall mitten in der Nacht gewesen. Die Reihe der Menschen, die für Kohle anstanden, war kurz gewesen, nur Bernard, vier Huren und ein infantiler Alter. In der Gasse war plötzlich ein Stutzer aufgetaucht, der sich streitlustig umschaute. Er trug ein totes Tier über der Schulter. Zu anderen Zeiten hätte man ihn für jemanden gehalten, der einen Ort suchte, an dem er die Leiche seines Opfers verschwinden lassen konnte. Aber die Entwicklung der letzten Monate ließen keine Zweifel, es handelte sich um einen Metzger, der mit irgendeinem Betrüger eine Abmachung getroffen hatte und ihm ein ganzes Schwein nach Hause brachte, anstatt es zum festgesetzten Preis auf dem Markt zu verkaufen.

Ihm folgen und ihn in eine Ecke drängen war einfach gewesen, aber dann hatte der Stutzer das Schwein abgelegt und einen Rohrstock hervorgeholt. Der hatte ihm nicht geholfen, die Tritte Bernards abzuwehren, und schon gar nicht die berühmt-berüchtigte Froschattacke, die ihm seinen Spitznamen eingebracht hatte, bei der er sich mit beiden Armen auf dem Boden abstützte und dem Gegner mit den Beinen kräftig ins Gesicht und vor die Brust trat. Die Taktik war eher einem Esel als einem Frosch abgeschaut, aber das Ansehen des Kämpfers erlaubte es niemandem, ihn mit einem Esel zu vergleichen.

Der Stutzer war mit dem Kinn auf dem Pflaster gelandet, neben der Schwarte seines geschätzten Schweins. Bernard hatte sich ein Schlachtermesser bringen lassen und den Kadaver auf der Stelle zerteilt. Den Löwenanteil hatte er sich selbst zugestanden, und weder der Alte noch die Frauen hatten protestiert.

Zu Hause angekommen, hatte er beschlossen, den Schlaf aufzuschieben, Brot und Zwiebeln zu vergessen und sich einen wohlverdienten Happen zuzubereiten.

Der Braten war fast fertig, Bernard stach prüfend mit einer großen Gabel ins Fleisch, und als er das Messer suchte, um sich einen ersten Bissen abzuschneiden, hörte er schwere Schritte auf der Außentreppe. Wie immer nahm er den Kerzenhalter und ging die Tür öffnen, um nachzusehen, was los war.

Eine völlig durchnässte Gestalt, die Haare klebten an der Stirn und die Schuhe waren voller Schlamm, kam die Treppe ins Souterrain herunter. Als sie sich zum Licht drehte, erkannte ihn Bernard.

»Was hast du denn angestellt?«, fragte er.

»Ein Bad in der Seine«, antwortete Léo schlotternd vor Kälte.

»Wolltest du einen Rausch abschütteln?«

»Ich wollte nicht umgebracht werden.«

Bernard hob den Kerzenständer über den Kopf und betrachtete den Italiener genauer. Er zitterte wie Espenlaub.

»Komm rein und zieh die Klamotten aus, ich habe Feuer gemacht«, sagte er.

Während Léo sich auszog und die Kleidung vor der Tür auswrang, um den Zimmerfußboden nicht nass zu machen, warf Bernard ihm eine Decke zu. Er nahm den Braten vom Feuer und fachte mit den letzten Zweigen vom Boden der Kiste die Flammen wieder an.

Léo schob den Stuhl an den Kamin und hockte sich wie eine nasse Taube vors Feuer, die Decke hatte er bis zu den Schläfen hochgezogen. Er hustete und spuckte auf den Boden, um die schwache Flamme nicht zu erschrecken, die immerhin einen Eindruck von Wärme vermittelte. Bernard hielt ihm eine Gabel mit einem großen Stück Fleisch vor die Nase.

»Die Freunde von Soncourt«, erklärte Léo kauend, »an der Porte Saint-Martin haben sie auf mich gewartet.«

»Die ganze Bande?«, fragte Bernard.

»Ungefähr zehn. Mit Keulen und Klingen. Ich habe versucht, in den Gassen des Viertels zu entwischen, aber jedes Mal, wenn ich um eine Ecke bog, standen wieder zwei vor mir. Schließlich bin ich zur Brücke von Notre-Dame. Die eine Hälfte rannte hinter mir her, die anderen haben den Pont au Change genommen und auf der anderen Seite auf mich gewartet. Ich bin ihnen nur entwischt, weil ich ins Wasser gesprungen bin. Könnte ich schwimmen, wäre es die perfekte Flucht gewesen. Stattdessen wäre ich fast abgesoffen.«

Die Erinnerung an den Fluss ließ Léo erzittern. »Hättest du vielleicht einen Schluck Wein?«, fragte er den Hausherrn.

Bernard öffnete die Anrichte und goss ihm ein halbes Glas Rotwein ein. Dann setzte er sich an den Kamin, als müsse er über ein dunkles Geheimnis nachdenken.

»Es war wegen Soncourt«, sagte Léo bitter, bevor er den Wein hinunterstürzte.

Bernard blickte finster, der Eindruck wurde von den Schatten, die das Feuer auf sein Gesicht warf, noch verstärkt.

»Die Situation ist jetzt eine andere. Aber auch wenn du Soncourt nicht verprügelt hättest, wäre es so. Die Katze ist tot und jetzt kriechen die Mäuse aus den Löchern und tanzen auf dem Tisch herum. Diese Leute wollen sich die Straße nehmen, und auf der Straße bist du.«

Léo unterdrückte eine aufsteigende Wut.

»Und was soll ich jetzt tun? Mich verstecken? Abhauen?«, fragte er erschöpft.

»Viele Möglichkeiten hast du nicht«, antwortete Bernard und stocherte in der Glut herum, »genau wie beim Kampf gegen Soncourt. Entweder du gibst auf und verschwindest, oder du machst sie fertig, bevor sie dich fertigmachen.«

»Der Krieg eines Einzelnen gegen hundert? Das ist verrückt«, erwiderte Léo.

»Ich kann es dir nicht raten. An deiner Stelle würde ich mein Bündel schnüren und nach Italien zurückgehen.«

Die Worte trafen Léo. Im Geiste sah er sich vor Mingozzi stehen, auf dem Landsitz der Albergati. Sein alter Mentor reichte ihm den Proviant für die Reise nach Paris, auf den

Spuren Goldonis, in Wirklichkeit auf der Flucht vor dem Unglück.

Bernard ging zum Kerzenständer und löschte drei der vier Flammen. Die von der Sektion verteilten Kerzen brannten schnell nieder, und waren sie erst einmal abgebrannt, gab es so schnell keinen Nachschub.

»Ich gehe ins Bett, das Essen hat mich müde gemacht. Wenn du dich genügend aufgewärmt hast, mach alles aus und schließ die Tür«, sagte er.

Léo nickte und stierte in die Glut, als könne er daraus die Zukunft lesen.

Fünf Minuten später war er völlig erschöpft auf dem Stuhl eingeschlafen.

Auszug aus dem
»COURRIER RÉPUBLICAIN«
Tag 10, 20. Brumaire, Jahr III der Republik
(Montag, 10. November 1794)

Gestern Abend wurden im Palais Égalité Stimmen laut, die behaupteten, in der Jakobinergesellschaft habe man mehrere aufrührerische Anträge gegen die Repräsentanten der Nation eingebracht, und man habe über Möglichkeiten diskutiert, wie man Jean-Baptiste Carrier, den blutrünstigsten aller Terroristen, der für die Massaker in Nantes und der Vendée verantwortlich ist, der Justiz entreißen könne.

Die Stimmung heizte sich auf und als die Empörung auf ihrem Höhepunkt war, bildete sich umgehend ein langer Zug von Bürgern, der auf dem Weg zum Versammlungsort der Gesellschaft immer größer wurde und in dem Rufe wie: »Es lebe der Konvent!« und »Nieder mit den Jakobinern!« zu hören waren.

Die Menschen drangen in den Saal ein und sofort wurden ein paar von den Frauen, die Robespierre noch immer ergeben sind, kräftig geohrfeigt und sogar ausgepeitscht; die anderen flüchteten unter lautem Geschrei.

Die Bürgerin Crassous wurde im Saal ohnmächtig, der Vorsitzende versteckte sich, der Tumult wurde immer größer, es splitterten Scheiben und Steine flogen in den Saal.

Die Gesellschaft hielt dagegen, und an der Tür wurde mit ungewissem Ausgang gekämpft. Die Jakobiner machten sogar Gefangene, stellten sie unter ihren Schutz und reihten sie neben dem Präsidenten mit phrygischer Mütze auf. Ein paar Mitglieder der Gesellschaft wollten zusammen mit den Frauen fliehen, wurden aber mit lautem Geschrei von der Menge empfangen und gezwungen, mitten durch sie hindurchzulaufen, durch ein Gewimmel von drei- oder viertausend Menschen, die Schmähungen riefen. Um Peitschenhieben zu entgehen, schworen die Frauen, nicht zur Gesellschaft zu gehören, während die Jakobiner sich auf dem Weg Ohrfeigen und Tritte in den Hintern einfingen.

Die tragikomische Szene fand ein Ende dank des Eingreifens der Repräsentanten des Volkes, die in großem Pomp eintrafen und mit Respektsbezeugungen für den Nationalkonvent empfangen wurden.

Die Deputierten hielten eine Rede und wiesen das Volk darauf hin, dass die Verfassung die Versammlungen der Volksgesellschaften erlaube. Man antwortete, dass niemand diese Gesellschaften brauche, nur die blutrünstigen Jakobiner, die sich ständig gegen den Konvent auflehnten, auch wenn sie so taten, als respektierten und gehorchten sie ihm.

Überall waren Rufe »Es lebe der Konvent!« zu hören.

Die Repräsentanten waren zufrieden und forderten die Bürger auf, nach Hause zu gehen, und kurze Zeit später war alles ruhig.

ZWEITE SZENE

Der beschissene Teil

Herbst 1794 (Jahr III der Republik)

1.

Jetzt ist es an der Zeit, dir auch den beschissenen Teil zu erzählen. Das muss sein. Der andere war auch nicht viel besser, aber wir hatten wenigstens was zu sagen. Eigentlich haben sie das ganze Theater, den Krieg, den Terror ja wegen uns veranstaltet ... Weil sie Angst vor uns hatten, vor dem souveränen Volk der Sansculotten, sie haben alles Mögliche entschieden und sich gegenseitig aufs Schafott geschickt und wer zuerst drankam, hatte verloren.

»Als Letzter drankommen ist aber auch kein großer Sieg ...«

»Aber der Letzte hat mehr erlebt und konnte das länger genießen.«

»Der Letzte macht die Tür zu. Robespierre hat sie uns vor der Nase zugeschlagen, und wir sind die Gelackmeierten, wie immer.«

»Jetzt mach mal halblang! ›Wie immer‹ ist Quatsch! Auch wenn's nicht lange gedauert hat, aber es gab eine Zeit, da haben sie vor uns gebibbert, die blasierten adeligen Großmäuler ...«

»Na gut, aber was ist jetzt, wie stehen wir jetzt da!«

»Man darf nicht alles glauben, die haben noch immer Schiss vor uns ... Angst haben die, weil wir's schon einmal versucht haben, könnten wir's ja noch mal versuchen.«

»Vielleicht ...«

»Willst du wetten?«

»Und um was? Um die Löcher in meinem Hemd?«

Sicher, am Anfang war's ein ziemlicher Schlamassel, wir haben gehungert und alles was dazu gehört, aber mit offenem Ausgang, später ... erst später ist es richtig schlimm geworden, und dann immer schlimmer. Da war die Vernunft endgültig am Arsch, und pass auf, jetzt kommt die Geschichte vom Großen Beschiss, als keiner mehr auf uns gehört hat, weil wir nichts mehr zu sagen hatten, da hatten plötzlich die das Sagen, die wir noch keinen Kopf kürzer gemacht hatten. Ich könnte verrückt werden, wenn ich daran denke ... Wie man's auch dreht und wendet und schon gedreht hat und noch wenden wird, und das ist die Wahrheit, der größte Fehler, den wir gemacht haben, wir haben einfach zu wenig Köpfe abgeschnitten.

Plötzlich sind die ganzen Stutzer aus ihren Löchern gekrochen. Sehen konnte man die auch vorher schon, zum Beispiel im Palais Égalité, oder da, wo sie Kämpfe für Geld veranstaltet haben, aber dann wurden es immer mehr, immer mehr, und was das für welche waren, das konnte man riechen: Abschaum, dreckiger Schaum auf der Welle, auf der Welle, die uns so lange getragen hat. Wir waren oben, sie waren unten, aber dann waren wir unten, und ...

»Und wer war das?«

Angeber und Großmäuler waren das, während der Revolution haben sie sich weggeduckt, damit ihnen die Rübe nicht abgesäbelt wird, *zack*!

Großkotzige Miststücke waren das, die haben sich geweigert, Soldat zu werden, von einer Stadt zur nächsten sind sie gereist, damit sie nicht eingezogen werden, *Bumm, Bumm*!

Das waren Laufburschen aus Papas Geschäft, die haben nur darauf gewartet, endlich das Gehortete zu erben, *Diebesgesindel*!

Das waren Nichtstuer, die haben keinen Finger krumm gemacht, die haben sich gelangweilt, *Langweiler* waren das!

»Ich hab's ja schon immer gesagt, Langeweile ist konterrevolutionär.«

»Nicht Langeweile, Gelangweilte. Wer sich über Langeweile beschwert, dem kann man nicht trauen, und wenn einer behauptet, dass er sich langweilt, ist der ein Arschloch, in jedem Fall will er dich für dumm verkaufen.«

Das waren jedenfalls die Todfeinde von Sansculotten und Jakobinern und von allen, die irgendwie weiter links standen als sie. Die haben nur auf den Augenblick gewartet, wo sie es uns heimzahlen konnten. Wir hatten uns auf die Bühne getraut und haben die Vorstellung gestört, aber die haben es sich im Foyer bequem gemacht, und vom Schwarzmarkt haben die gelebt.

Und stell dir vor, die haben kein »R« ausgesprochen, weil das der erste Buchstabe von Revolution ist. Die 'edeten so, die haben Sachen gesagt wie: »Une'hö't« oder »Meine Wo'te. Heute ist wi'klich 'eizendes Wette'.«

Im The'mido' haben sie denen f'eie Hand gelassen und sie auf uns gehetzt. Die 'eaktion hat die angeheue't, um uns ve'p'ügeln zu lassen.

»Verdammt, hör auf damit! Lass mich mit denen in Ruhe ...«

Wenn du die gesehen hättest, wie sie durch die Straßen von Paris marschiert sind, aufgedonnert, mit grinsenden Gesichtern und mit Knüppeln ... in bunten Gehröcken, vollgehängt mit Broschen und Kinkerlitzchen, Ohrringe, und die Haare, die haben sie mit Eiweiß pomadisiert, weil sie zeigen wollten, dass sie genug frische Eier hatten, während das Volk in den Vorstädten hungern musste.

»Und wer hat die unterstützt?«

Ein paar haben in Büros gearbeitet, andere haben Papis Geld ausgegeben und wieder andere haben sich auf dem Schwarzmarkt bereichert. Den Rest haben die aufgeblasenen Thermidorianer finanziert, gekaufte Schergen, die sollten der Revolution, die sowieso in den letzten Zügen lag, den letzten Rest geben. Schade, dass du sie nicht gesehen hast, die haben grüne Kragen getragen, die Hosenröcke von gestern, glänzende Stiefeletten und absurde Brillengläser in Rot, Violett oder Blau ... Schon vom Hingucken haben einem die Augen wehgetan. Deshalb hießen die auch die *Jeunesse dorée*. Die wurden von Leuten kommandiert, die kurz vorher noch »Terroristen« gewesen sind. Da kam dieses Wort auf, man hat Jagd auf »Terroristen« gemacht. »Terrorist« waren alle, die daran erinnert haben, dass auch Reiche kacken müssen.

Das war die *Jeunesse ... thermidorée*, eine Art »Sansculotterie der Reichen«, das Straßenvolk der Reaktion. Andere wollten ihren Capet zurück, aber das war nicht wichtig, wichtig war nur, dass man die Armen hasste, und die fanden das nicht schlecht, dass es die Armen gab, da hatten sie dann jemand, den sie misshandeln konnten.

»Wenn es keine Armen gibt, wem soll sich denn dann der Reiche oder der, der einer werden will, überlegen fühlen?«

»Aber der Arme muss da bleiben, wo er hingehört, da wo er ist, und außerdem muss er das Maul halten, oder fast. Er muss nur sagen ›Jawohl mein Herr‹, Punkt.«

Der größte Unterschied zwischen uns und ihnen war, dass die Sansculotten sich nicht einfach unterbuttern ließen, auch nicht von Robespierre, während die *Jeunesse dorée* ihre

Befehle von schwanzlosen Spießern wie Fréron erhalten hat, von dem wurde behauptet, der hätte nur ein Ei, der war kurz vorher noch selber »Terrorist« gewesen, und dann hat er uns bekämpft, soll ihn doch der Esel in Guyana ficken ...

»Ex-Terroristen, die es auf Terroristen abgesehen haben. Das waren die Schlimmsten.«

Genau so war's, die haben sofort angefangen, auf uns einzuschlagen, unter dem Schutz der Garde, wie einfach, du kannst machen, was du willst: Hetzjagd auf Menschen, hundert gegen einen, Frauen und Alte verprügeln, Bettler totschlagen, Feuer legen in den letzten noch geöffneten Jakobinerclubs ...

Schließlich waren wir alle Te''o'isten.

2.

Eine bestimmte Ration an Vandalismus trägt den Keim der Größe in sich. Es handelt sich um einen der Fälle, in denen die Stärke nicht von der Kraft abhängt und die Großartigkeit sich nicht an der Statur der Darsteller, oder besser der Exekutoren, abmessen lässt.

Stärke, Größe und Schönheit liegen auf einer höheren, ursprünglichen Ebene. Es ist die Vision von etwas Großem, die Aura verleiht und die eigentlich grotesken Körper in eine effiziente Ordnung bringt, die den nicht in vollem Umfang menschlich zu nennenden Lebensformen eine Mission überträgt.

Der Chevalier d'Yvers nahm den Geruch der Straße auf und beobachtete die Gruppe, den sich entwickelnden Embryo seiner Armee der Schlafwandler. Er fühlte sich gut. Körper und Geist hatten tatsächlich eine Art Heilung erfahren. Er hörte die Schritte, die die Zeit bis zum Tod mit präzisem Gleichmaß kadenzierten. Die Lungen bestimmten mit der Kraft eines Blasebalgs den Rhythmus der Atmung, und die vorauslaufenden Muscadins waren nichts als chinesische Schatten mit dem Auftrag, in diesen Straßen in Gang zu setzen, was die Lösung, die kollektive Heilung bringen würde. Ein Organismus ist gesund, wenn die Organe, die ihn bilden, Funktionen und Hierarchien respektieren: wenn der Verdauungsapparat verdaut, die Beine laufen, die Arme arbeiten und der Kopf befiehlt.

Malaprez ging an seiner Seite. Vor ihm, tänzelnden Schrittes, der Mann ohne Nase, La Corneille, der sich umdrehte und sagte:

»Wir sollten etwas langsamer gehen, gnädiger Herr. Wir sollten der Armee einen etwas größeren Vorsprung lassen. Wir müssen wie Passanten wirken.«

Der Chevalier war prächtiger Laune. Er lächelte, als er den Diener die Konzepte und Anweisungen wiederholen hörte, die er vor ein paar Stunden von seinem Herrn erhalten hatte. Er fühlte sich wie bei einem Spaziergang auf dem väterlichen Landsitz, mit Hunden, dummen, treuen Mastiffs und berechenbaren, geifernden Spürhunden. Er wurde langsamer und sah, wie sich die zur Aktion bereiten Schlafwandler entfernten und um die Ecke bogen. Malaprez schnaubte, und La Corneille machte eine Geste der Ehrerbietung. Er bildete jetzt das Schlusslicht, als wollte er sich hinter dem Rücken seines Herrn verstecken.

Als sie um die Ecke bogen, hatten sich ungefähr fünfzig Schritt vor ihnen die Schlafwandler der Schänke gegenüber aufgestellt und forderten mit ungehörigem Geschrei die Gäste auf herauszukommen. Und aus der Tür dieser Stätte der Trunkenheit und der falschen Ideen traten überrascht und sprachlos die ersten Gäste. Sie antworteten mit Beleidigungen, einige gingen entschlossen auf die Gruppe zu, und schon begann ein erstes Handgemenge. Die Muscadins grölten mit lauter Stimme die neue Antijakobiner-Hymne »Le Réveil du Peuple« – das Erwachen des Volkes.

Das Volk. Absurde Abstraktion und doch reale Macht, Urkraft. Yvers lächelte noch immer. Schlafende stimmten Lieder des Erwachens und der Revanche an und standen jenen gegenüber, die das Volk zum Idol verklärt, es vergöttert hatten. Um ein System im Einklang mit der Weltordnung wiederherzustellen, könnte ein Subjekt auf der Bühne erscheinen, das sich als typischer Vertreter der Mehrheit präsentierte, besser gesagt als Inkarnation absurden Aberglaubens und abwegiger Vorstellungen der Mehrheit. Um die Ordnung wiederherzustellen, würde es sich als Musterbeispiel der Mitte, als Durchschnittsmensch präsentieren. Ein Anführer, der gleichzeitig einfaches Mitglied der Truppe sein konnte, ein Demarchos.

Es handelte sich um ein neues Konzept, über das nachgedacht werden musste, aber inzwischen hatte vor ihren Augen die Schlacht begonnen. Die schmerzunempfindlichen Muscadins ließen Arme und Stöcke kreisen, prügelten, traten und verteilten Kopfstöße. Ihre Gegner, kampferprobte Jakobiner, stürzten sich wütend auf sie, konnten aber nur wenig ausrichten. Die Mesmerisierung machte nicht nur unempfindlich, sie schien auch die Fähigkeit zu verleihen, Schläge und Aktionen des Gegners zu antizipieren. Die halbe Vorstadt befand sich bereits auf der Straße. Das Ganze wirkte wie eine merkwürdige Rauferei von Marionetten, aber es erinnerte auch an die Kämpfe aus Erzählungen der unteren Schichten, in denen man sich für erlittenes Unrecht rächte, in denen ausgeteilt und eingesteckt wurde, in denen Ehrennamen mit dem Respekt und der Verehrung ausgesprochen wurden, die andere Völker einst einem Hektor und Achill oder vielleicht noch einem Athleten oder Gladiator erwiesen hatten.

Die Gegner der Armee waren inzwischen deutlich in der Überzahl. Die Truppe schlug sich hervorragend, aber die zahlenmäßige Übermacht wurde immer größer. Ein paar Personen, die auf dem Weg ins Getümmel waren, fragten Yvers und seine Leute, warum sie sich fernhielten.

»Ich bin krank, ich kann mich kaum auf den Beinen halten, und meine Gefährten«, Yvers zeigte auf Malaprez und La Corneille, »die sind leider nicht ganz richtig im Kopf.«

Die Blicke richteten sich auf Malaprez und La Corneille, und ohne ein weiteres Wort eilte die Gruppe der Sansculotten der Schänke zu.

Auf der anderen Straßenseite entdeckte Yvers eine kleine Gruppe Gendarmen, die redeten, gestikulierten, sich unentschlossen umblickten und dann verschwanden.

Yvers kannte die Anweisungen für den Fall, dass die *Jeunesse dorée* auftauchte – oder wer auch immer an ihrer Stelle – und Jakobiner und Pöbel schikanierte. Die Gendarmen waren angewiesen, wegzusehen und nicht einzugreifen. Sichtbare Unordnung trug zur Bildung der neuen Ordnung bei, und es gab keinen Verteidiger der Ordnung, der das nicht wusste, aber es gab auch keinen, der nicht wusste, dass es die neuen Anführer der Thermidorianer waren, die die *Jeunesse dorée* anwarben und kommandierten, an vorderster Front Louis-Marie Stanislas Fréron, der als glühender Anhänger der Montagne zum grausamsten Verfolger der Anhänger Robespierres geworden war.

Die Armee der Schlafwandler agierte unter idealen Bedingungen.

»Jetzt«, sagte Yvers.

Das Terzett ging denselben Weg zurück und bog um die Ecke, um nicht gesehen zu werden. La Corneille zog eine Matrosenpfeife aus der Tasche und blies kräftig hinein.

Die Armee zog sich unter Beleidigungen, Steinwürfen und letzten Raufereien zurück. Die Verteidiger verzichteten auf die Verfolgung, auch weil einige der Schlafwandler Pistolen in den Händen hielten, einer sogar ein Jagdgewehr.

»Warum dieser Rückzug, gnädiger Herr?« La Corneille hatte den Hut abgenommen und drehte ihn in Händen, er stand da wie ein Bauer vor einem Priester.

Der Chevalier d'Yvers grinste.

»Großartig, großartiger Sieg. Ganz Paris wird morgen über den Tumult reden. Man wird sagen, ein Aufgebot entschlossener, mutiger Menschen sei in eines der Nester des Abschaums vorgedrungen und habe einer Überzahl von Gegnern standgehalten. Man wird berichten, die Schlafwandler seien auf eigenen Beinen und erhobenen Hauptes wieder gegangen und hätten dabei Hymnen gesungen. Sorge dafür, dass die Verletzten behandelt werden, und verteile das Geld. Auf der Straße muss sich jetzt unsere Art von Terror verbreiten.«

La Corneille blickte beflissen und nickte mit dem Kopf. Malaprez schnaubte aus unerklärlichen Gründen wie ein Zugpferd. Es galt jetzt aus dem Viertel zu verschwinden, sie hatten alles erreicht. Der Angriff der Schlafwandler in Saint-Marcel war Geschichte geworden.

3.

Der Häuserblock mit der Nummer 4 in der Rue du Bac hatte eine nobel anmutende Fassade, aber als D'Amblanc den ersten Hof betrat, bemerkte er, dass die Gebäude schon bessere Zeiten gesehen hatten. An den Mauern wuchs Moos und über allem hing ein Geruch von verschimmeltem Putz.

Ein Mann hackte Holz. Er hieb die Axt in den Hauklotz, spuckte auf den Boden, und ohne Fragen abzuwarten, informierte er den Eindringling, Doktor Gallonnaire wohne im vierten Stock, rechter Treppenaufgang.

Die Stufen schienen bei jedem Tritt nachzugeben. Der Platz reichte gerade, um nicht mit den Schultern anzustoßen.

D'Amblanc klopfte und stand jetzt vor einem großen, übergewichtigen Menschen mit monumentalem Bauch und der Nase eines Alkoholikers. Wie ein kompakter Helm klebten fettige, gelbliche Haare an seinem Kopf. Das rechte Auge war vom Lid verdeckt, das linke starrte den Fremden an. Der Mund forderte ihn auf, sich vorzustellen.

»Mein Name ist Orphée d'Amblanc, ich bin Arzt und möchte mit Euch über einen Eurer alten Patienten reden.«

Der Mann streckte die rechte Hand mit der Handfläche nach oben aus.

»Das macht dreißig Franken«, sagte er. Als D'Amblanc zögerte, grunzte er: »Vorauszahlung ist in diesen Zeiten die einzige Sicherheit, oder etwa nicht, Herr Kollege?«

Nachdem D'Amblanc ihm die verlangte Summe gegeben hatte, forderte der Mann ihn auf, sich an einen Holztisch zu setzen, auf dem noch die Reste des Mittagessens standen.

Er rieb sich die Hände und fragte: »Um wen geht es?«

»Auguste Laplace, aufgenommen in Bicêtre am 26. Januar 1793.«

Doktor Gallonnaire murmelte den Namen vor sich hin, schüttelte den Kopf, verschwand in einem anderen Zimmer und kam wenige Minuten später zurück:

»Nie von ihm gehört.«

D'Amblanc zog einen Stapel Blätter aus der Tasche und legte sie mit dem Ausdruck eines Menschen auf den Tisch, der nichts anderes erwartet hatte.

»Der Antrag auf Einweisung wurde von Euch unterzeichnet, seht hier!«

Der andere zog den Stapel zu sich heran, nahm die Papiere und hielt sie wie einen aufgeklappten Fächer vors Gesicht.

»Der Bürger Auguste Laplace«, las er mit lauter Stimme, »geboren in Aurillac, usw. usw. leidet seit einiger Zeit an einer schweren Form von Melancholie. Bisher trat keine Besserung ein. Ich bitte darum, ihn für die Dauer von mindestens drei Monaten und bis zu seiner endgültigen Heilung als Pensionsgast aufzunehmen. Unterzeichnet ...« Er hob das gesunde Auge vom Blatt, rieb sich das andere und erklärte, die Unterschrift sei gefälscht. »Das ist nicht das erste Mal«, merkte er an, und goss sich ein Glas Rotwein ein, das er sofort zur Hälfte leerte. »Und immer sind es Melancholiker, so ist es doch, Herr Kollege. Sie sind davon überzeugt, dass die Einlieferung ihnen guttut, und um zum Ziel zu kommen, sind sie bereit, Papiere zu fälschen.«

D'Amblanc blieb ruhig, zeigte auf den Stapel und sagte:

»Die anderen Blätter sind der Brief, den der Wirtschafter von Bicêtre an Euch geschickt hat und in dem er Euch darüber informiert, dass man dem Antrag von Auguste Laplace stattgeben werde, sowie Eure eigenhändig verfasste Antwort mit ein paar zusätzlichen Informationen über Euren Patienten.«

Der Mann las schweigend die Briefe und nippte dabei am Wein, ohne seinem Kollegen etwas angeboten zu haben. Er sah sämtliche Papiere durch und las auch die Anmerkungen von Pussin und Doktor Pinel.

Dann fragte er, als habe die Unterhaltung gerade erst begonnen: »Was wollt Ihr also wissen, werter Kollege?«

Dass er ihn ständig »Kollege« nannte, ärgerte D'Amblanc. Dennoch bemühte er sich weiter um den unaufgeregten Gesichtsausdruck, den er sich auferlegt hatte.

»Ich würde gerne wissen, ob Ihr den Bürger Laplace und seine Krankheit wirklich schon längere Zeit kanntet.«

»Ganz offensichtlich nicht, Herr Kollege«, sagte Gallonnaire und ordnete die Blätter. »Ich kann Euch leider nicht weiterhelfen.«

Er schob den Stapel in die Mitte des Tisches und erhob sich, um zu zeigen, dass das Gespräch für ihn beendet war.

D'Amblanc wusste, dass ihm seine Empörung jetzt anzusehen war. Er dachte an Magnetisierung gegen den Willen der Betroffenen und wie sehr es ihm gefallen würde, sie anzuwenden, um diesen Schlaumeier zum Sprechen zu bringen, und zum ersten Mal beneidete er den Chevalier d'Yvers.

»Warum habt Ihr dann gelogen, als Ihr schriebt, sein Krankheitsbild seit Langem zu kennen?«

»Ich habe das nicht geschrieben, werter Kollege.«

»Aber Ihr habt darum gebeten, ihn aufzunehmen, als handle es sich bei ihm um einen Geistesgestörten.«

»Und war er das nicht? Korrigiert mich, wenn ich mich irre, Kollege, aber ich meine in den Schreiben gelesen zu haben, dass der hochverehrte Doktor Pinel zu einem bestimmten

Zeitpunkt beschloss, Laplace wie einen Internierten und nicht wie einen Pensionsgast zu behandeln. Schließlich ist Laplace dann aus dem Hospital Bicêtre *geflohen*. Das bestätigt meine Diagnose.«

»Ihr meint also, alles sei korrekt verlaufen, und was ist Euer Tarif für eine derart brillante Analyse?«, platzte D'Amblanc heraus. »Wenn eine Anfrage wie meine dreißig Franken kostet, dann muss ein gefälschtes Dokument mindestens das Dreifache wert sein.«

»Hört zu, D'Amblanc, seid Ihr Arzt oder Polizist?« Doktor Gallonnaire ließ sich vom Zorn seines Gegenübers nicht beeindrucken. »Ich will nur verstehen, ob Ihr mich beleidigen oder anklagen wollt. Im ersten Fall fordere ich Euch auf, das soeben Gesagte zu wiederholen, im zweiten, zu beweisen, dass Auguste Laplace, entgegen meiner Meinung und der von Doktor Pinel, kein Geistesgestörter war und dass ich eine unwahre Erklärung abgegeben habe, um ihn internieren zu lassen. Aus welchem Grund überhaupt?«

»Ihr habt einem gefährlichen Konterrevolutionär geholfen, sich unter Geistesgestörten zu verstecken, um sich der Justiz zu entziehen.«

»Aha, das ist es, was Ihr mir vorwerft!«, sagte Gallonnaire und kicherte selbstgefällig. »Dann kann ich ja beruhigt schlafen. Ich weiß nicht, ob Ihr es schon bemerkt habt, D'Amblanc, aber die Jagd auf untergetauchte Konterrevolutionäre ist aus der Mode gekommen. Jetzt werden im Gegenteil die gelobt, die unschuldige Aristokraten gerettet haben, Anhänger Brissots ohne Fehl und Tadel, Priester, die dem Papst treu ergeben sind ... Ich habe den Eindruck, dass auch auf mich ein schöner Verdienstorden wartet. Was sagt Ihr dazu, Kollege? Wollen wir auf meine Gesundheit anstoßen?«

Und während Gallonnaire zum ersten Mal zwei Gläser füllte, ergriff Orphée d'Amblanc die Papiere über Auguste Laplace und verließ das Haus des Doktors Gallonnaire, ohne sich zu verabschieden, und mit dreißig Franken weniger im Beutel.

4.

»Er hieß Carlo Coralli und war der Sekretär des Grafen Albergati. In seiner Freizeit versuchte er sich am Theater, er spielte nicht schlecht, aber auch nicht überragend. Er hat auch in Paris gespielt, am Théâtre-Italien ... Der Arme ist jetzt tot. Er war sechs, sieben Jahre älter als ich. Ich war vierzehn und er ungefähr zwanzig. Dieser Coralli hatte sich in die Enkelin Antonio Saccos, eines großen Schauspielers, verliebt. Und weil er in ihrer Nähe sein wollte, hatte er den Grafen überredet, ihm Empfehlungsschreiben aufzusetzen. Er wurde daraufhin von der Theaterkompanie Saccos in Venedig aufgenommen. Ich hatte ihn ungefähr so gerne wie die Krätze. Neid? Sicher. Aber wegen des Tritts in den Hintern, nicht wegen seines Talents.

Wie auch immer. Coralli will also nach Venedig reisen, und bevor er sich in der Villa verabschiedet, bittet er den Grafen, eine letzte Probe seines schauspielerischen Könnens geben zu dürfen, er will eine Komödie von Goldoni aufführen: *La burla retrocessa nel contraccambio* [Der verspottete Spötter]. ›Warum ausgerechnet die?‹, fragt ihn Albergati. ›Das ist ein schlechter Goldoni. Der Meister hat sie sogar überarbeitet, er hat sie ins Venezianische übertragen und mit einem neuen Titel versehen, aber das Publikum im San Luca hat ihn trotzdem lautstark ausgepfiffen.‹ Coralli erwidert, das Werk sei außergewöhnlich raffiniert und es komme darauf an, es auf die richtige Art und Weise zu rezitieren. Dies habe er nach monatelangem Studium herausgefunden. Der Graf willigt ein, sie machen Proben, und ich muss zugeben, ich habe mich vor Lachen gekrümmt, und als sie es dann für Albergatis Busenfreunde auf die Bühne brachten, endete das Ganze mit Schultergeklopfe und Glückwünschen für Coralli, und alle waren sich einig, dass er eine große Karriere vor sich habe. Seit dem Tag ist die *Burla* meine fixe Idee. Ich habe sie immer wieder gelesen, und jedes Mal habe ich Neues ausprobiert, neue Mimik, neue Betonung. Ich wollte besser sein als Coralli und das Komische da herauskitzeln, wo es ihm nicht gelungen war. Ich habe den Text auf Venezianisch gelesen, *I chiassetti del carneval,* eine Wahnsinnsarbeit. Ich habe an einigen Stellen herumgewerkelt, ich habe ein paar Sprüche ausgetauscht und habe das jahrelang jeden Abend geprobt, und als der Graf anfing, mir kleinere Rollen zu geben, als Diener oder Komparse, träumte ich davon, dass ich es früher oder später schaffen würde, *La burla* zu rezitieren und allen zu zeigen, dass ich besser war als Coralli. Aber ich konnte natürlich nicht einfach zum Grafen gehen und ihn fragen, ob er nicht Lust hätte, mich mit diesem Text auf die Probe zu stellen, es war schon viel, wenn ich ab und zu überhaupt auf die Bühne durfte. Die Jahre vergingen und eines Tages erfuhr ich, dass in Bologna eine venezianische Komödie von Carlo Goldoni aufgeführt werden sollte: *Chi la fa l'aspetta, o sia, La burla vendicata nel contraccambio fra i chiassetti del carneval* [*Wie du mir, so ich dir, oder: Der im Trubel des Karnevals heimgezahlte Schabernack*]. Teufel auch, habe ich mir gesagt, die darf ich auf keinen Fall verpassen, und ich habe zwei Monate lang kein Geld ausgegeben. Normalerweise ging ich nur zu den Proben, nicht zu den Aufführungen, aber dieses Mal nicht, dieses Mal will ich die Premiere sehen, auch um den Preis, unter den Arkaden schlafen zu müssen und erst morgens nach Zola zurückkehren zu können. Also gehe ich ins Theater und setze mich ins Publikum, ganz nach oben. Der Vorhang öffnet sich, der Hauptdarsteller ist Norberto Rizzi, nie von ihm gehört. Überwältigt von Gefühlen sitze ich da, bereit, jeden Satz mit dem Herzen zu rezitieren und auf die Unterschiede zwischen der Interpretation Rizzis und meiner eigenen zu achten; ich hatte schließlich als Einziger auf der ganzen Welt die tausend Geheimnisse dieses misshandelten Textes entdeckt. Ich bin da, Norberto Rizzi steht auf der Bühne, er spricht die ersten Sätze, und ich merke sofort, dass Stil, Mimik, Gestik und Stimmlage dieselben sind, die ich in all den Jahren, in denen ich nur für mich rezitiert habe, immer wieder im Spiegel gesehen habe! Aber es gibt Unterschiede: Norberto Rizzi ist Venezianer, er weiß den Dialekt perfekt einzusetzen, er mischt das Italienisch der *Burla* mit der Mundart der *Chiassetti,* seine Aussprache ist ein Sirenengesang. Zweiter Unterschied: Rizzi hat anstelle meines Spiegels ein Riesenpublikum vor sich, das brüllend lacht, sich vergnügt, applaudiert, mitten in der Szene Wiederholungen fordert, und bei jedem neuen Unglück wird die Freude größer. Es ist, als hätte Rizzi mir meine Geheimnisse geklaut! Ich bewundere ihn, ich bin wie im Fieberwahn, verblüfft und gepeinigt von der Entdeckung, dass ich der Typ auf der Bühne bin, aber ich kann nicht der Typ auf der Bühne sein. Im letzten Akt zeigt er sogar, dass er tanzen und singen kann, dort wo ich als mein eigener Regisseur Tänze und Gesänge ausgelassen hatte, weil ich nicht gut genug war. Ein Triumph. Eine Viertelstunde lang

Applaus. Die Damen des adligen Bologna, die Ficknasen aus den Scheißsenatorenfamilien, alle fragen sich, wie es geschehen konnte, dass ein so phänomenales Stück zwanzig Jahre lang verschollen geblieben war. Ich zittere, mein Mund ist ausgetrocknet, mir ist, als hätte mich die Strömung des Reno zehn Meilen weit fortgeschwemmt. In einer leidenschaftlichen Aufwallung beschließe ich, Norberto Rizzi aufzusuchen, ich muss mit ihm reden, ihn umarmen, ihm sagen, dass er mein Zwillingsbruder ist. Vor dem Theater herrscht Gedränge. Man wartet natürlich auf die Schauspielerinnen, die in den verschiedenen Rollen von Damen und Dienerinnen hervorragend gespielt haben. Ich entdecke Rizzi und will zu ihm. Ich dränge mich durch Menschentrauben, ich bin wie ein Eisenspan, der von einem Magneten angezogen wird. Als ich in Hörweite bin, rufe ich: ›Herr Rizzi, Herr Rizzi!‹ Ich versuche, auf mich aufmerksam zu machen, aber es gelingt mir nur, die Aufmerksamkeit eines herausgeputzten Herrn zu wecken, der mich auffordert, nicht lästig zu werden. Aber ich gebe nicht nach, ich habe das Gefühl, ohnmächtig zu werden, wenn ich mit diesem Mann nicht sprechen kann, ich schiebe und drücke weiter, setze die Ellenbogen ein, und alles was ich erreiche, ist ein Schlag ins Gesicht von einem anderen Herrn, größer als der Erste, der mich fragt, ob er noch deutlicher werden muss. Ich will reagieren, aber die Gruppe um Rizzi trennt sich jetzt vom Rest und bewegt sich in Richtung Arkaden, und ich kann gerade noch hören, dass sie zum Palazzo Ranuzzi wollen, um den Erfolg des ersten Schauspielers zu feiern. Ich beschließe, ihnen zu folgen, laufe zu der Gruppe und wende mich noch einmal an mein Idol, ich rufe seinen Namen, er dreht sich um, aber ein dritter Herr gibt mir einen Stoß, ich falle zu Boden, er gibt mir noch einen Tritt in den Hintern und sagt, ich solle sie in Ruhe lassen, zurück aufs Land gehen und Mist schaufeln. Das konnte ich nicht auf mir sitzen lassen! Ich stehe wieder auf und beschließe, vor ihnen am Eingang zum Palazzo Ranucci zu sein, und als ich sie auf der Straße auftauchen sehe, fange ich wieder an: ›Herr Rizzi, Herr Rizzi!‹ Der große Schauspieler sieht mich, und dieses Mal höre ich genau, wie er ausruft: ›*Oh, cancar! Ancora queo!*‹ [Schon wieder dieser Typ!] Aber einer der Herren, die ich bereits kennengelernt hatte, gibt ihm ein Zeichen, er solle ganz ruhig bleiben, er kümmere sich darum, und dann kommt er mit finsterem Gesicht auf mich zu, während die anderen die Treppe unter Scherzen und Gelächter hinaufsteigen. Jetzt sind wir allein, der Herr und ich. Er beleidigt mich, nennt mich einen Flegel und befiehlt mir zu verschwinden. Ich antworte, dass ich auf der Straße auf Rizzi warten werde und dass mir das niemand verbieten könne. Als Antwort stößt er mir seinen Stock in die Rippen. Ich reagiere, und es zeigt sich, dass der Herr ein ziemliches Leichtgewicht ist, er muss ganz schön einstecken. Zwei feine Geraden aufs Kinn und dann einen Schwinger auf die Leber, wie mein Vater es mich gelehrt hat, der eigentlich gar nicht mein Vater war, egal, den Schlag hat er mir jedenfalls beigebracht, außerdem hatte ich den schon wer weiß wie oft benutzt, bei Schlägereien auf der Straße, aber noch nie ist das passiert, was dann passiert ist, der Herr fiel nämlich um wie ein leerer Sack. Vielleicht ist er mit dem Kopf aufs Pflaster geschlagen, denn als ich mich bücke, um ihm noch zwei Ohrfeigen zu verpassen, sehe ich, dass hinter seinem Ohr Blut herausquillt. Mausetot. Also nichts wie weg, die Beine in die Hand genommen, ich laufe ich bis zur Porta Saragozza und dann geht's zu Fuß bis Zola, immer abwechselnd im Laufschritt und im Gehen, auch das hat mir Mingozzi beigebracht, fünfzig Schritt laufen und fünfzig gehen, stundenlang. Ich komme an, gehe ins Haus, wecke Mingozzi und erzähle ihm alles. Ich habe ihn umgebracht, sage ich. Er reibt sich die Augen und sagt: ›Du bist eben ein Narr.‹ Sonst sagt er nichts, er wirft mir nicht die üblichen Flüche an den Kopf und jammert nicht, was für ein Unglücksrabe ich sei, nein. Seinen ganzen Ärger hat er in den letzten Vokal des Satzes gelegt: *Naaarr*, mit ganz langem *A*, traurig und erbost. Er fragt nach Einzelheiten, er will wissen, ob mich jemand bei der Prügelei beobachtet habe. Ich sage, nein, ich glaube nicht. Er steht auf, legt ein Tuch auf den Tisch, legt ein Brot darauf, eine getrocknete Wurst, drei, vier Münzen. ›Nimm deine Sachen und verschwinde‹, sagt er zu mir. ›Dem Padrone werde ich sagen, du seist mit einer Gruppe von Komikern, die dir ja schon immer so gut gefallen haben, losgezogen, um dein Glück woanders zu suchen.‹ Das ist alles. Er legt sich wieder ins Bett, zieht sich die Decke unters Kinn und dreht sich zur Wand. Ich packe meine Sachen, warte bis zur Dämmerung und gehe. Wohin, weiß ich nicht, aber ich gehe, und den Rest kennst du mehr oder weniger; wie ich schließlich hier gelandet bin, wie ich Goldoni getroffen habe, wie ich Schauspieler geworden bin und warum ich dann nicht zurück bin nach Bologna, als sich die Aufregung gelegt hatte und niemand mich mehr verdächtigte. Der Punkt ist, dass ich jetzt hier bin und wieder meine Sachen packen müsste, weil jetzt wieder eine Bande von Herrensöhnchen mit Schminke beschlossen hat, mich fertigzumachen. Meine Antwort lautet: Einmal ist genug, es reicht. Keine Flucht mehr. Nicht noch einmal alles schlucken. Das Stichwort geben nicht noch einmal die anderen, wie bei einem x-beliebigen Komparsen. Ich bin als erster Schauspieler zur Welt gekommen. Erster Schauspieler im alten Theater, wo im geschlossenen Saal rezitiert wird; erster Schauspieler im neuen, in dem der Revolution; erster Schauspieler auf dem Kampfplatz und auch jetzt noch erster Schauspieler, in diesem Theater, das sich wieder verändert hat, aber es ist immer die gleiche Leier: Die Herrensöhnchen stellen mir den Fuß auf den Kopf. Aber dieses Mal werde ich den Absatzhelden zeigen, aus welchem Holz ich geschnitzt bin. Du hast mir gesagt, es gebe keine Alternative, entweder ich besiege sie oder ich verschwinde. Ich höre auf zu kämpfen oder ich kämpfe allein gegen hundert. Meine Antwort lautet, die beiden Dinge schließen sich nicht aus. Es sind nicht zwei Wege an einer Gabelung. Es ist dein Wurf mit zwei Würfeln. Ich verschwinde und unterwerfe sie. Ich verabschiede mich von den Boxkämpfen und mache sie nieder, weil sie nicht wissen, mit wem sie sich eingelassen haben!«

Bernard erriet, dass Léo geendet hatte.

»Wenn ich dich richtig verstanden habe, willst du sie fertigmachen, bevor sie dich fertigmachen.«

»Genau so!«

»Und du willst mit den Kämpfen aufhören, damit du nicht dort bist, wo sie dich erwarten.«

»Ganz genau.«

Bernard stand von seinem Schemel auf, auf dem er die letzten zwanzig Minuten gesessen hatte. Er fixierte Léo, schüttelte den Kopf langsam und schwergewichtig, sodass der Schauspieler den üblichen Spruch erwartete, das alte Verdikt, das Urteil, dass er immer gefürchtet hatte: *Du bist ein Narr.*

Aber Bernard sagte:
»Wenn du nicht kämpfst, musst du Miete bezahlen.«
Der Mann aus Marseille grüßte und ging ohne ein weiteres Wort zur Tür, als habe er dem Wortschwall des anderen nur eine kleine Handvoll Worte entgegensetzen wollen.
Léo zählte das Geld, das ihm noch geblieben war, zog seine Stiefel an, nähte einen Knopf an seine Jacke und dann ging auch er, im letzten Abendlicht der Stadt.

In der Abenddämmerung hatte der Pont Neuf etwas Unheimliches. Die Laternen warfen lange Schatten aufs Pflaster, und der Weg am Fluss entlang führte in ein finsteres Jenseits. Genau die richtige Atmosphäre, dachte Léo. Die Zeiten der Komödie waren längst vorbei, und auch der gleichmäßige, saubere Terror der Guillotine langweilte das Publikum nur noch. Das neue Neue Theater würde eine Mischung aus Drama und ...
»Heh! Bolognese, ja, dich meine ich!«
Léo drehte sich um und sah Rota, den Mann mit der Bücherkarre. Wo hatte er ihn das letzte Mal gesehen? Am Kampfplatz, als er Jean-Do besiegt und Bernard kennengelernt hatte.
»Um diese Zeit noch auf der Brücke, Bergamasco?«
»Ich wollte gerade gehen«, antwortete der *Bouquiniste* und zeigte auf seinen fahrbaren Bücherladen. »Ich habe schon alles eingepackt. Erzähl mir nicht, dass du schon wieder hier gelandet bist!«
»Nein, nein«, sagte Léo, »ich muss was holen, was ich hier vergessen habe. Wie geht's dir?«
»Na ja«, Rota machte eine Handbewegung, als wollte er Mücken verscheuchen, »ich halte mich gerade so über Wasser. Und du? Bist du immer noch Boxer?«
»Wie man's nimmt«, antwortete Léo und blickte über den dunklen Fluss. Was vorbei ist, ist vorbei. Er dachte an seine ersten Tage in Paris, an Träume und Illusionen ... »Sag mal Rota ... ich habe dich noch nie danach gefragt, aber was hat dich nach Frankreich verschlagen?«
Rota stieß ein schnaubendes Lachen aus.
»Du wirst es nicht glauben, aber ich bin gekommen, um Gondoliere zu werden.«
Léo runzelte die Stirn.

»Willst du mich verarschen? Ein Gondoliere aus Bergamo in Paris?«

»Nicht in Paris, in Versailles.«

Léo blickte das lächelnde Männchen an und verstand.

»Du warst wirklich einer der Gondoliere von Klein-Venedig in Versailles?«

»Einer von zehn, wenn du's genau wissen willst.« Er machte eine scherzhafte Verbeugung.

»Ich dachte, das wären alles Venezianer gewesen, aus der Lagune meine ich ...«

»Die ersten vier waren Venezianer, dann kaufte der Hof weitere sechs Gondeln und wandte sich an die Botschaft, um Gondolieri anzuheuern. Die fuhren in Venedig ab, aber bei Bergamo geriet einer in eine Schlägerei und wurde erstochen, genau in dem Gasthaus, in dem ich als Kellner arbeitete. Ich hatte sowieso schon die Schnauze voll und wollte weg, auf gut Glück, und die konnten nicht zu fünft in Versailles auftauchen und eine Geschichte von einer Leiche erzählen, zurück konnten sie aber auch nicht. Da habe ich mich angeboten. Ich war schließlich auch ein Bürger der Serenissima! Wenn sie den Mund hielten, konnte ich in Paris ganz gut als Venezianer durchgehen.« Das Gesicht des Bergamasken verfinsterte sich. »In Versailles gibt es jetzt nichts mehr. Man hat mir erzählt, dass der Canal Grande und der Apollo-Brunnen nur noch schlammige Pfützen sind ...«

Léo hatte der Erzählung des Freundes atemlos zugehört, ein Gedanke fuhr ihm durch den Kopf.

»Du hast nicht etwa Carlo Goldoni kennengelernt?«

»Natürlich nicht. Ich bin 1780 nach Versailles gekommen, da war er schon eine ganze Weile weg.«

Und dann, am Ende jenes Tages voller Erinnerungen, erzählte Léo von seinem Treffen mit dem Meister im Café Mécanique im Palais Égalité und von der unsterblichen Lektion über das Leben, die er erhalten hatte: »Einen bedeutenden Mann erkennt man an dem Schwarm Weiber, der ihm hinterherläuft.«

Rota schwieg und machte ein ernstes Gesicht. Es schien ihm peinlich zu sein.

»Was hast du?«, fragte Léo.

»Ich glaube, du hast das falsch verstanden.«

Wie Fliegen schwirrten Fragen durch Léos Kopf.

»Wie meinst du das?«

»Ich meine damit, das Goldoni auf Venezianisch gesagt hat, dass ein bedeutender Mann immer einen Schwanz von Idioten hinter sich herzieht. Was glaubst du, wie viele Menschen ihn jeden Tag belästigt, ihn um etwas gebeten haben, um einen Gefallen, eine Empfehlung, und vielleicht haben sie ihm auch noch ihre Geschichte erzählt. Vor allem Italiener wie wir. Ich habe selbst ein paar kennengelernt. Du warst einer von vielen ... Aber du hast ja Glück gehabt, wenigsten hat er dir ein geistreiches Motto vermacht!«

Mit klirrendem Geräusch fielen alle Fragen zu Boden.

So ist das also, dachte Léo.

So endet dieser Tag.

Auch der letzte Traum wird mir genommen.

Sei's drum.

Ich fange wieder bei null an.

Das neue Neue Theater wird aus dem Nichts entstehen.

Er zählte die Ziegelsteine des Stapels, fand die, die er suchte, und begann mit einer Ahle den Putz herauszukratzen. Sie ließen sich leicht herausnehmen, und vorsichtig zog er das Päckchen heraus, das er hier vor einiger Zeit versteckt hatte. Es roch feucht. Er entfernte das Jutetuch und betrachtete die Maske, als handle es sich um das Gesicht einer wiedergefundenen Geliebten.

Während er den Schnabel abtastete, der noch immer hart und spitz war, tauchte eine Ratte aus der Dunkelheit auf. Sie hatte die gleiche Gestalt und bewegte sich genau wie der alte Capitan Fracassa. Aufgerichtet auf den Hinterbeinen, die Nase in die Luft gereckt, schien sie auf ihr Schicksal zu warten.

»Befreiung, Erlösung«, wandte Léo sich an sie. »Genau das werden wir in den nächsten Tagen in Paris auf die Bühne bringen, und wenn Ihr mir geduldig Euer Ohr leihen wollt, werden wir uns mit den Mitteln unseres Metiers der Unzulänglichkeit und Beschränktheit unserer Zeit zuwenden.«

Eine Verbeugung vor dem Publikum des Pont Neuf, auf dem Gesicht ein breites Grinsen.

Kein Scheideweg, ein Wurf mit zwei Würfeln. Léo der Kämpfer konnte von der Straße verschwinden und sie den

Muscadins überlassen. Er würde sich tagsüber ihren Gewaltakten entziehen. Nachts würde Léo der Schauspieler, der Mann mit der Maske, Rache fordern und seine Feinde überwältigen.

Wieder auf der Bühne. Ein letztes Mal.

Vor dem Ende, bevor die Welt sich weiterdrehte, bevor sie zum Teufel ging oder in Glanz und Gloria erstrahlte.

Der letzte Auftritt von Scaramouche.

Die Vorstellung entlockte ihm ein Lachen, mehr ein Knurren, das tief unter den Bögen der Brücke erklang und über den dunklen Wassern der Seine verebbte.

Capitan Fracassa zog sich verängstigt zurück, vielleicht hatte er genug von der Vorstellung dieses Schauspielers.

Léo versteckte die Maske unter der Jacke und stieg wieder zur Straße hinauf.

5.

Ausrutschen, zu Boden fallen und dann feststellen, dass man nicht mehr in der Lage ist, sich wieder zu erheben. Man weiß, was man tun müsste, Knie anziehen, Ellenbogen aufstützen, sich mit der Fußspitze abdrücken, die Muskulatur betätigen ... aber es geht nicht. Vielleicht weil man gar nicht will, weil kein Licht am Ende des Tunnels zu erkennen ist, weil es keinen überzeugenden Grund gibt, sich wieder aufzurichten.

Marie schlief fast die ganze Zeit angekleidet auf dem durchgesessenen Sofa Claires. Hin und wieder ging sie zur Garderobe, streifte sich eines der Bühnenkleider über und betrachtete sich im Spiegel, als wäre sie eine andere. Für ihr letztes Geld kaufte sie Wein. Schlechten Wein, der im Hals brannte, aber betäubte. So schaffte sie es, nicht von ihrem alten Patron zu träumen, mit dem Mardergesicht Duvals, oder schlimmer noch ... mit dem Gesicht Bastiens. Bastien als erwachsener Mann. Manchmal wurde sie von Brechreiz geweckt, sie meinte dann, ersticken zu müssen.

Die Tage vergingen und wurden Wochen, und die Rundgänge auf der Suche nach einer x-beliebigen Arbeit wurden kürzer und sporadischer. Dann stellte sie sie ganz ein. Sie begann bei Wirtsleuten um den Bodensatz aus den Fässern zu betteln, um das Spülwasser der Mostflaschen, um alles, was ihr helfen konnte, die Erinnerungen so schnell wie möglich auszulöschen. Gewundene, nicht enden wollende Gedankengänge marterten ihren Kopf und trugen sie weit fort, in Welten, in denen auch der Gedanke an Claire verblasste und in denen Jacques nur noch ein Gespenst mit undeutlichen Zügen war. Eines Nachts, vielleicht war es auch Tag, träumte sie von Scaramouche, der mit riesiger Nase und in einem Mantel, den er wie die Flügel eines Raubvogels ausgebreitet hatte, Männer mit Perücken angriff, sie mit dem Schnabel traktierte und ihnen die Augen ausstach. Die Männer sahen aus wie die Stutzer, die sich ständig im Palais Égalité aufhielten. Marie traf auf sie, wenn sie ihre Runde durch die Schenken machte. Einmal hatten sie ihr Kleingeld zugeworfen und sie mit Spott überschüttet. Einer hatte sie gefragt, wie viel sie für eine schnelle Nummer im Torbogen nebenan verlange. Marie hatte ihn angeknurrt. Ihr Spiegelbild in einer Pfütze hatte ausgesehen wie das Gesicht von Théroigne de Méricourt, mit zerzausten Haaren, wirrem Gesichtsausdruck, zitterndem Kinn und mit dem gleichen verlorenen Blick.

Jeden Abend kehrte sie in die Mansarde Claires zurück und aß das wenige, das sie ergattert hatte. Manchmal weinte sie, und wenn sie an sich selbst dachte, versiegten die Tränen, und im Dunkel verfiel sie in Schweigen und fragte sich, warum Unsere Liebe Frau Guillotine sie nicht zu sich rief, sondern sie hartnäckig verschonte.

6.

Pluviôse stand für die kälteste Jahreszeit. *Frimaire* für die regenreichste. Die Revolutionäre hatten einen Fehler gemacht, dachte Léo.

Linden und Blumenrabatten ersoffen im Regen. Hinter einer Säule des Palais Égalité beobachtete Léo die Besucher, die sich unter den Arkaden drängten, während sich die Gassen in schlammige Bäche verwandelten.

Natürlich handelte es sich um keinen Fehler. Die Revolutionäre hatten sich nicht darauf beschränkt, Dinge und Fakten früherer Zeiten anders zu benennen, sie hatten das Hohe niedrig genannt und das Gleiche verschieden. Was für eine Revolution wäre das sonst gewesen?

Ja, es war kein Fehler. Es mussten noch viel mehr Namen geändert werden, einschließlich der eigenen. Wenn man eine Sache anfängt, muss man sie auch zu Ende bringen. So wie

Dschingis Khan, so wie Tamerlan, die niemanden übrig gelassen hatten, der hätte Vergeltung üben können. Sie hatten die Kühnheit besessen, Berge von Totenschädeln aufzuhäufen, kein Feind war am Leben geblieben.

Und dort unter den Arkaden standen die Muscadins, ihre Kleidung wurde immer schreiender und arroganter, sie trugen Haaraufbauten wie Hundeohren, Krawatten, die das Kinn bis unter den Mund bedeckten und riesige Zweispitze; ihre Spazierstöcke waren Knüppel. Ihre Stimmen klangen schrill und der gekünstelte Akzent durchlöcherte die eisige Atmosphäre und verletzte die Ohren. Sie tranken auf die Gesundheit ihrer Hurenmütter, und dann verabschiedeten sich endlich zwei der Stutzer vom Rest der Bande.

Léo wartete das Abschiedsritual ab. Die Halunken liebten es, sich auf merkwürdige Art zu verbeugen, der Kopf ruckte nach unten, das Kinn auf die Brust, als habe die Guillotine sie soeben geköpft. Geniale Ironie, fettes Lachen. Die beiden strebten dem hinteren Ausgang zu.

Im Dunkel der Schatten kam ihnen Léo zuvor. Er rannte ein Stück, sprang im dichten Regen auf die Straße, rechts alles ruhig, links ebenfalls. An der Ecke des Palastes packte er den Stiel der Schaufel fester. Der Maurer fiel ihm ein, dem er sie entwendet hatte. Hätte er ihm erklärt, was er mit der Schaufel vorhatte, er hätte sie ihm gern überlassen und hätte ihm noch gute Arbeit und gutes Gelingen gewünscht. Aber weil er es nicht wusste, hatte er ihm Verwünschungen und Beleidigungen hinterhergeschickt.

Er zog die Maske übers Gesicht und prüfte, ob der Schnabel fest auf der Nase saß.

Nicht für Publikum tat er es, das nicht mehr.

Die letzte Saison des Neuen Theaters war vorüber, eine Zeit, auf der bereits Staub lag, über die sich Gespenster hermachten, Gespenster gescheiterter Schauspieler, die sich in unterirdischen Gängen hinter Falltüren verkrochen hatten, Gespenster im Wartestand, auf der Lauer hinter alten Bühnenbildern. Schattenmänner wie Scaramouche.

Klatschnass und den Regen nicht beachtend, sah Léo die beiden Muscadins näherkommen. Nur einer war mit einem Knüppel bewaffnet, den er wie einen Spazierstock benutzte;

immer nach zwei, drei Schritten unterstützte er damit affektiert seinen künstlich gravitätischen Gang. Der andere hielt einen englischen Regenschirm. Versteckt hinter einer Ecke, ließ Léo sie vorbeigehen, dann versetzte er dem hinteren einen fürchterlichen Schlag auf die Beine. Der Zweite drehte sich mit einem Fluch auf den Lippen um, aber ein Fausthieb erwischte ihn mitten im Gesicht, zwischen Nase und Mund. Er hob die Hände vors Gesicht, der Schirm fiel zu Boden und drehte sich auf der Stockspitze mit der Unterseite nach oben.

Der Erste, dem er die Beine weggeschlagen hatte, versuchte aufzustehen. Sein Stock lag ein paar Schritte entfernt. Léo trat ihm mit der Stiefelspitze gegen das Kinn. Er hörte, wie knirschend Zähne aufeinanderschlugen. Der mit dem Regenschirm zog eine Pistole unter der Jacke hervor, an deren Lauf eine Messerklinge befestigt war. Der Schaufelstiel erwischte ihn mit einem dumpfen Geräusch im Nacken, zwischen Kopfansatz und Hals. Betäubt schlug er der Länge nach hin, die Pistole entglitt ihm, und obwohl der Hahn gespannt war, löste sich kein Schuss. Das Pulver war nass. Léo dankte der Sintflut, zog eine Schnur aus seinem Brotsack und wandte sich wieder dem anderen zu, der auf Knien die Hand nach seinem Knüppel ausstreckte, der außerhalb seiner Reichweite lag. Léo packte ein kurzes Stück der Schnur, legte es um den Hals des Muscadin und zog zu. Jetzt erst fiel der Zweispitz zu Boden und schaukelte auf dem Rand wie ein Boot auf aufgewühlten Gewässern. Das Gesicht war blaurot angelaufen, der Blick flehend. Mit verächtlichem Grinsen lockerte Léo den Griff. Der *Incroyable* fasste sich an den Hals und hustete. Dann fiel er von einem trockenen Stockhieb getroffen ohnmächtig um.

Léo blickte auf seine Feinde. Er atmete heftig und blähte die Nüstern wie ein Hengst. Kein Publikum, das nicht, aber mit Sicherheit ein großer Erfolg.

Er band die Körper sitzend mit dem Rücken gegeneinander zusammen, die Beine lang ausgestreckt auf dem nassen Pflaster. Er überlegte, ob er sie entkleiden sollte, entschied aber dann, es nicht zu übertreiben. Bisher hatte alles hervorragend geklappt. Sein Auge fiel auf den Knüppel, dann auf die Pistole, was ihm gefiel, war der Stock. Die Form des Kopfes erinnerte an ein menschliches Gesicht. Das andere Ende war anscheinend aus einem Knochen gemacht, aus einem Schienbein. Dieses Ding wollte er haben. Der Knüppel war wirkungsvoller als der Stiel einer Schaufel, das Holz war mit Harz behandelt worden, damit keine Feuchtigkeit eindrang und ihn verformte. Er nahm ihn auf und drehte ihn in den Händen. Konsistenz und Gewicht beeindruckten ihn, trotzdem handelte es sich um ein leicht und gut zu handhabendes Gerät. Scaramouche hatte eine geeignete Waffe gefunden. Die Ironie des Schicksals wollte es, dass seine Gegenspieler sie ausgesucht hatten. Kriegsbeute.

VON EINEM VERTRETER DER ARMEE DER OSTPYRENÄEN AN DEN WOHLFAHRTSAUSSCHUSS

Montpellier, 24. Brumaire, Jahr III (14. November 1794)

Vorgestern erhielt ich einen Brief, der zwei Umschläge enthielt, der erste war an mich adressiert und der zweite an die Volksvertreter bei der Armee der Ostpyrenäen. Ich öffnete ihn und sah, dass der Brief von Simonin stammte, dem Befreier der französischen Kriegsgefangenen in Spanien.

Ihr, meine Mitbürger, werdet die drei folgenden Artikel, die Teil des Briefes von Simonin sind und die ich als Kopie beifüge, nicht ohne große Empörung lesen.

»Spanien«, heißt es da, »wird das System und die Form der Regierung, die Frankreich sich gegeben hat oder sich geben will, anerkennen.« Wie überaus gütig!

»Frankreich wird die beiden Kinder des ehemaligen Ludwigs XVI. an Spanien überstellen.« Es ist erstaunlich, dass ein geschlagener Feind eine solche Sprache benutzt. Nur das französische Volk entscheidet über das Schicksal der Kinder Capets. Und da es sich in der Position befindet, seinen Feinden seine Gesetze aufzuzwingen, nimmt es von niemandem Befehle entgegen, und schon gar nicht von einer arroganten, feigen und perfiden Nation.

»Frankreich«, so heißt es weiter, »wird dem Sohn Ludwigs XVI. die Provinzen an der Grenze zu Spanien zurückgeben, über die er als einziger König herrschen und regieren wird.« Man muss gelassen bleiben und kaltes Blut bewahren, wenn man einen solchen Artikel liest. Wie kann das sein? Nachdem das französische Volk sich für immer aus der Sklaverei befreit und die Republik ausgerufen hat, schlägt man ihm vor, die Provinzen an der Grenze zu Spanien an den Sohn Capets zurückzugeben? Glauben sie wirklich, dass die Bewohner dieser Provinzen, eifersüchtige Liebhaber der Freiheit, die geschworen haben, frei zu sein oder zu sterben, ihren Kopf wieder unter das Joch eines Despoten beugen werden?

Kann man glauben, dass das siegreiche Frankreich, dessen Armeen die feindlichen Territorien besetzt halten, es jemals zulassen wird, dass auch nur der kleinste Teil des Landes durch die Gegenwart eines Tyrannen befleckt wird?

Ihr werdet eine weise Entscheidung zu treffen wissen und den richtigen Entschluss fassen, aber ich bin weiterhin der Meinung, dass jede Korrespondenz zwischen freien Menschen und Sklaven einzustellen ist, wenn diese es wagen, Gesetze vorzuschlagen, anstatt sich ihnen zu unterwerfen.

Die einzige Korrespondenz, die es zwischen ihnen geben kann, ist die der Kanonen und Bajonette.

Grüße und Brüderlichkeit,
Vidal

DRITTE SZENE

Der Unglaublichentöter

November – Dezember 1794 (Frimaire, Jahr III)

1.

Die Waffe Scaramouches war der Geist Marats. Einige sagen, es sei eine Eisenstange, andere haben angeblich gesehen, dass es ein mit Silber beschlagener menschlicher Oberschenkelknochen ist, und noch andere haben ihn sogar im Laden eines Trödlers gesehen.

»Wen? Scaramouche?«

Quatsch! Den Oberschenkelknochen. Er behauptet, der Vetter von einem Bekannten wäre Möbelpacker gewesen, aber die hätten auch andere Sachen transportiert. Der hat den Knochen in einem Glaskasten gesehen und den Besitzer gefragt, was das sei. Und der Typ hat gesagt, Finger weg, das ist wertvoll, das ist die Waffe von Scaramouche, das ist der Unglaublichentöter.

»Das glaubst du doch wohl selber nicht, dass der den Geist Marats unter Glas hatte! Der hat den vielleicht einem Hund geklaut und mit Eisen beschlagen und ein bisschen Silber drauf, und dann dem erstbesten Einfaltspinsel angedreht ...«

Um die Wahrheit zu sagen, es hat schon '93 einen Scaramouche gegeben, in Saint-Antoine, damals hat er zwei oder drei Aufkäufern das Fell gegerbt, aber dann war er wieder weg, keiner weiß, wohin. Es ging das Gerücht um, dass das ein italienischer Gaukler ist.

»Ich erinnere mich. Der Gaukler war aus dem Faubourg verschwunden.«

»Aber man muss dazu sagen, dass so'n maskierter Held auch gar nicht nötig war, weil Madame Guillotine fleißig gearbeitet hat.«

»Aber dann ist er wieder aufgetaucht.«

Ja, aber man weiß nicht, ob das auch wieder der Italiener war, wenn es überhaupt einer war. Wer soll das denn gewesen sein, der Italiener? Vielleicht hat den jemand erfunden, vielleicht gab's den gar nicht.

Egal, jedenfalls liefen überall auf den Straßen die bewaffneten Hofschranzen von Fréron rum ... Erinnerst du dich an Fréron?

»Klar, es hieß, der wär kastriert, der hätte drei Ersatzeier ...«

»Quatsch, der hatte höchstens drei Eier im Kopf ...«

Fréron hatte diese Schleimscheißer eingestellt, die waren schlimmer als die Greifer ... die, die kein »R« ausgesprochen haben, die in dem Winter, als es so kalt war, mit Schuhen wie Julius Cäsar rumgelaufen sind, die hatten siebzehn Knöpfe an ihren Gehröcken zu Ehren von Ludwig XVII., dem Kronprinzen ...

»Und den Schal bis an die Lippen, damit wollten sie sagen: Hier, bitte, mir habt ihr ihn nicht abgeschnitten!«

»Und den Nacken ausrasiert, hier, bitte, alles noch da!«

»Und das stimmte ja auch, die hätten wir alle einen Kopf kürzer machen sollen.«

Es gab sogar noch Schlimmere. Wenn du denen einen Tritt in die Eier gegeben hast, haben die keinen Mucks von sich gegeben, die haben nicht mal nach unten geguckt. Dann haben sie den großen Krawall veranstaltet.

»Krawall nennst du das?«

»Aber die kamen erst später.«

Wie auch immer, wir waren damals ganz schön fertig. Schon seit dem Thermidor. Unsere Behausungen waren eiskalt, die Bäuche waren leer, die Regierung war zum Weglaufen, die *Incroyables* haben unsere Gefährten verprügelt und abgemurkst, jeden Tag. Sie haben uns überall verfolgt, und während sie auf uns eingeprügelt haben, haben sie uns ins Gesicht gegrinst. Diese Widerlinge waren echt zum Kotzen, es war erniedrigend, von solchen aufgeblasenen, aufgedonnerten, nach Essenzen stinkenden Arschlöchern verprügelt zu werden.

»Frauen waren auch dabei.«

»Die liefen im Februar halbnackt rum, in Kleidern aus Gaze, dass man die Titten sehen konnte ...«

»Deshalb sind ja auch eine ganze Menge erfroren.«

»Geschieht ihnen recht, verdammte Huren.«

Wie gesagt, wir waren restlos fertig, und daran hat sich auch nichts geändert, aber ab und zu gab's auch was Positives, gute Nachrichten, über die haben wir sogar gelacht. Scaramouche ist nämlich wieder aufgetaucht, und ob das nun der von früher war oder ein anderer oder mehr als einer, war uns scheißegal. Er trug eine Ledermaske mit einer langen spitzen

Nase, einem Schnabel wie ein Dolch. Den stieß er den Arschlöchern in die Augen.

Scaramouche war eine Killermaschine. Als erstes hat er einen erwischt, der hieß Grisaille, der wurde auch »der Zauberer« genannt. Der trieb sich immer beim Palais Thellusson herum.

»Der war aber nicht der Erste, Scaramouche hatte schon vorher ein paar zur Strecke gebracht.«

»Grisaille lief mit einem Löwenschwanz rum, einem *echten* Löwenschwanz, den hatte er hinten an der Hose hängen. Auf seinem Hohlkopf hatte er einen gelben Hut mit breitem Rand, der war einen halben Arm hoch, den hatte er unter dem Kinn mit einer Schnur aus Atlas festgemacht, an den Enden hingen zwei Glöckchen, die aussahen wie Totenköpfe. Im Hut, an der Decke, hing der Knüppel, die ›exekutive Gewalt‹ hat er den genannt. Wenn der unterm Kinn rumgefummelt hat, dann bedeutete das, jetzt will er prügeln. Scaramouche hat ihn eines Abends auf dem Boulevard des Italiens erwischt, der hieß dann später Boulevard Cerutti, es waren noch mehr Muscadins dabei, aber für die ging das alles viel zu schnell. Plötzlich taucht Scaramouche auf, stellt sich vor ihn hin und sagt:

›SehR angenehmeR Abend, odeR nicht, du ScheißkeRl?‹

Dem Zauberer steht der Mund offen und, zack, fährt ihm der Geist Marats übers Maul, rechts-links, der Hut fliegt weg und ein paar Zähne spritzen unterm Schal hervor, und Scaramouche hält ihm erst mal einen kleinen Vortrag:

»HöR zu, Du ekeleRRegendes noch immeR fRei Rumlaufendes ARschloch! Du bRauchst dich nicht mehR anstRengen, kein eRRe zu spRechen. GRüßt du odeR gRüßt du ihn nicht, den Geist MaRats?«

»Aber der Zauberer war schon halb weggetreten ...«

»Nur weggetreten? Ich wär schon hinüber gewesen ...«

Der Zauberer hat nicht mal geschrien, der war völlig daneben, der Tod hat ihn schon angegrinst. In Nullkommanix war sein halbes Gesicht demoliert, das Blut ist ihm schon in die Unterhosen gelaufen ... Er hat dann noch vergeblich versucht, den Knüppel aus seinem Hut rauszuholen, aber Scaramouche hat ihm einen Tritt in die Eier verpasst, der Typ hat wie angestochen geschrien und Blut gespuckt und noch ein paar Zähne, und dann ist er zusammengesackt, aus und vorbei, der war praktisch schon tot. Dann hat Scaramouche die Kumpanen des Zauberers angeguckt, alles Schwätzer, Weicheier, Angeber, die haben sich vor Angst fast in die Hose geschissen. Sie haben irgendwas gekreischt, aber Scaramouche hat ihnen mit seinem Knüppel gedroht, mit dem blutverschmierten Geist Marats, der sieht nachts noch gefährlicher aus, weil er dann schwarz ist, und dazu noch der Mann mit dem Schnabel, der knurrt und Dampf ausstößt wie ein Tier, und das verrückte Gesicht, sogar im Dunkeln sieht man die roten Augen durch die Löcher der Maske und das Grinsen, das bedeutet: Ich-reiß-dir-die-Eingeweide-raus-und-häng-sie-dir-um-den-Hals. Die sind ganz still geworden. Scaramouche hat den Zauberer an seinem Löwenschwanz gepackt und ihn weggeschleift, das Gesicht ist über den Boden geschrappt. Und bevor er gegangen ist, hat er zu den dumm Rumstehenden gesagt:

»Ich Rate und befehle euch, beRichtet euRen GefähRten, euRen HeRRen und euRen veRRatzten HuRen, dass es Sca-Ramouche waR, deR euRen FReund so zugeRichtet hat, der UnglaublichentöteR! ScaRamouche ist zuRück, und füR euch BastaRde bRechen bitteRe Zeiten an!«

So hat er sich verabschiedet, dann war er weg, alles hat nur eine Minute gedauert. Die Muscadins konnten nicht mal sagen, was er angehabt hat. Sie erinnern sich nur an die Maske, an den Schnabel ... und an den Geist Marats. Ein Haufen Leute behaupten, dass Scaramouche ein Monster war, groß wie ein Schrank. Aber andere sagen genau das Gegenteil, dass er klein war, untersetzt und muskelbepackt. Grisaille haben sie am nächsten Morgen in der Nähe gefunden, der hing stocksteif mit dem Kopf nach unten an einem Baum, und Scaramouche hatte ihm beide Ohren abgeschnitten.

Ein paar Tage später hat er sich einen Muscadin in der Nähe vom Palais Égalité geschnappt. Als man den gefunden hat, konnte man ihn nur noch an der Kleidung erkennen, weil er überhaupt kein Gesicht mehr hatte. Dem hat er auch die Ohren abgeschnitten und dann noch ein Schild umgehängt:

**ZITTERT, SCHERGEN DES THERMIDOR!
DER GEIST MARATS WIRD EUCH EINEN
NACH DEM ANDEREN TREFFEN**

Dann wieder ein Muscadin in der Nähe des Palais Égalité. Sie haben ihn nackt wie eine Larve gefunden, ohne Kleider, ohne Ohren und wieder mit einem Schild:

ZITTERE AUCH DU, FRÉRON!
ICH WERDE DIR DEINEN TERROR
EIN WENIG ZURÜCKZAHLEN

Und eine Unmenge »R«, auch wenn es den meisten Muscadins inzwischen ziemlich egal war, ob sie mit oder ohne »R« sprachen. Die waren vor allem damit beschäftigt herauszukriegen, wer Scaramouche ist.

2.

Die drei hatten einen Eimer mit schwarzer Farbe und einen großen Pinsel. Einer trug die Sachen, blieb ab und zu stehen, um etwas zu schreiben, die beiden anderen waren Begleitschutz. Sie trafen nur selten jemanden, und wenn, dann blickten sie ihn nur scharf an, und dann machte der einen großen Bogen. Greifer waren weit und breit keine zu sehen. Sie drehten ungestört ihre Runden und befolgten die Anweisungen Frérons.

Eingehüllt in seinen Mantel, der ihn im Dunkel der Nacht fast unsichtbar machte, folgte Scaramouche ihnen seit mindestens einer halben Stunde in größerem Abstand. Hin und wieder nahm er eine Abkürzung durch enge, finstere mit Abfällen, Exkrementen und verwesenden Katzenkadavern gepflasterte Gassen, um sie dann an einer Ecke zu erwarten, an der sie vorbeikommen mussten.

Léo hatte die Inschriften schon vor einiger Zeit entdeckt: »Es kommt die Armee der Schlafwandler«, »Es lebe die Armee der Schlafwandler«. Er hatte sich gefragt, was es zu bedeuten hatte und wer das schrieb. An die Muscadins hatte er dabei nicht gedacht. Was hatten die vor?

Die drei blieben stehen und fingen an zu schreiben: »Es lebe die Ar...«.

Das kann nichts Gutes bedeuten, dachte Léo. Er hatte genug gesehen, er musste aktiv werden.

»WiRd es nicht langsam Zeit, ins Bettchen zu gehen, ihR SchmieRfinken?«

Die drei drehten sich ruckartig um, aber merkwürdigerweise wirkten sie nicht überrascht. Ihre Blicke waren undurchdringlich. Davon unbeeindruckt ging Léo zur Attacke über.

Zuerst rammte Scaramouche einem der drei seinen Schnabel ins Auge. Er hörte, wie der Apfel explodierte, *Popp!* Der Getroffene zögerte einen kurzen Moment, trat einen Schritt zurück und fuchtelte dann mit den Fäusten vor seinem Gesicht herum. Scaramouche trat zurück und bearbeitete die Beine seines Gegners mit dem Geist Marats. Der Schlag auf den Oberschenkel hätte ein Maultier gelähmt, aber der Stutzer steckte ihn einfach weg, schnaufte ein bisschen stärker, und dann fielen sie über ihn her. Fast hätten sie Léo unter sich begraben, aber er schlug einem von unten den Knüppel unters Kinn. Es machte *klack* im Kiefer, der Kopf fiel nach hinten, und es gelang Scaramouche, sich unter dem Körperhaufen hervorzuarbeiten, aber der Muscadin, den er eben erwischt hatte, kam schon wieder schwankenden Schrittes auf ihn zu. Scaramouche wich weiter zurück und ging in Verteidigungsstellung. Er verspürte so etwas wie Angst, ganz unten im Steißbein, aber wenn sie da blieb, konnte sie zum Antrieb werden, und in der Tat war Léo im Kopf so klar wie ein Spiegel. Erst wenn die Angst in die Eingeweide kriecht, machst du dir in die Hose.

Während er noch die Angst zu unterdrücken suchte, ging ihm ein Gedanke durch den Kopf.

Roboter. Mit einer Feder aufgezogene Wesen.

Um die Bewegungen eines Menschen in perfekter Weise zu imitieren, brauchte es nur einen guten Uhrmacher. Die Haut machte man aus einer gut gegerbten Haut, die Augen aus Edelsteinen oder Glasstücken, je nachdem, wer man war und welche Stellung man in der Welt einnahm.

Die Augen sahen tatsächlich aus wie aus Glas gemacht.

Léo bekam eine Gänsehaut. Schläge, Bewegungen, Atmung, Körper, noch die kleinsten Verrichtungen der Gliedmaßen schienen einer Choreographie zu folgen. Vielleicht gab es eine Droge oder eine Medizin, die die Muscadins befähigte, die Schläge vorherzusehen und den Schmerz zu ignorieren.

Sie hatten sich im Dreieck aufgestellt. Der in der Mitte kam näher. Scaramouche verpasste ihm einen *coup de pied bas*. Den Tritt hatte Bernard ihm beigebracht, er führte ihn geschmeidig und langgestreckt aus, sodass die Innenseite des

Schuhs die Weichteile des Beins traf, im nachgiebigen Bereich des Gelenks.

Der Muscadin fiel vornüber. Er zog sich mit den Armen über den Boden, das Gelenk bildete einen unnatürlichen Winkel. Léo verfluchte sich, dass er vor ein paar Nächten die Pistole, einen legitimen Teil seiner Kriegsbeute, hatte liegen lassen. Heute hätte er sie benutzt, Krieg ist Krieg, und wenn man ihn anfängt oder mittendrin ist, muss man alles tun, um ihn zu gewinnen, egal wie die Kräfte verteilt sind und welche Grausamkeiten der Feind bereithält.

Léo fluchte, er musste Sieger bleiben. Die einzige Alternative war sein eigener Tod.

Zack! Der Geist Marats knallte auf die Schläfe des Gegners auf der rechten Seite, der ohnmächtig zu Boden stürzte. Trifft man genau die richtige Stelle, implodieren auch Maschinen. Er trat dem anderen wuchtig in den Unterleib, aber der krümmte sich nicht einmal, er zögerte kurz und machte einen Schritt, geriet aber sofort in einen Hagel aus Hieben. Er blieb einfach stehen und ließ die Arme sinken, die er schützend vors Gesicht gehalten hatte; sein Gesicht war nach kurzer Zeit nicht mehr zu erkennen.

Léo atmete heftig. Die Gegner waren geschlagen. Mit Knüppelhieben erledigte er auch den mit dem gebrochenen Bein, und dann starrte er sie wie verhängnisvolle Wunderwaffen an, während sich überall Schmerzen bemerkbar machten, an Hals, Rippen und Armen. Einer der Muscadins murmelte etwas, Schaumbläschen quollen aus seinem Mund, und Léo näherte sein Ohr, um besser zu verstehen. Es hörte sich an wie eine Zahlenreihe, eine rhythmische Scharade unverständlicher Silben. Zerstörte, kaputte Maschinen. Nur das Wissen darum, wie ein Mensch äußerlich beschaffen ist, nur der Geruch, die Ausdünstungen der Körper wiesen auf Menschliches hin.

Als er wieder zu Atem kam, sah er, dass einer der Körper sich bewegte, aber es waren nicht die Zuckungen eines Sterbenden, er versuchte sich zu erheben, mit gespaltener Stirn drückte er die Hände auf den Boden und erhob sich ganz langsam.

Léo merkte wie die Angst nach ihm griff und sich in seinen Eingeweiden breitmachte. Er hätte ihn endgültig erledigen können, aber er war ausgepumpt und niedergeschlagen, was er gesehen hatte, ekelte ihn an.

Léo wollte gerade den Schlüssel herumdrehen, als sich die Tür öffnete und Bernard im Dämmerlicht des Morgens erschien. Er verließ um diese Zeit die Wohnung, um einzukaufen. Sie blickten sich an, und zum ersten Mal, seit Léo ihn kennengelernt hatte, schrak der Mann aus Marseille überrascht zusammen. Er bot wahrscheinlich keinen schönen Anblick: bleich wie Milchsuppe, gekrümmt und schmerzverzerrt, in der Hand ein schmutziges Bündel. Er würde das Kostüm gründlich waschen müssen, bevor er wieder aktiv wurde.

Er hatte Zeit. Sein Körper brauchte Ruhe und der Geist Zeit zum Nachdenken.

»Also, ich weiß nicht, was du nachts treibst, verstanden?«, sagte Bernard.

»Versteht sich«, antwortete Léo, schob den Hausherrn zur Seite und schleppte sich über die Schwelle.

3.

Am Fenster stehend beobachtete der Mann die laut summende Wespe. Das Insekt flog immer wieder hartnäckig gegen die Scheibe, unfähig, zu akzeptieren, dass die Außenwelt unerreichbar blieb, auch wenn sie deutlich zu sehen war. Vielleicht spürte sie den schwächer werdenden magnetischen Fluss, das nahende Herbstende und die sinkenden Temperaturen; sie würde den Herbst nicht überleben, ihr Brummen hörte sich wie Wut an.

Yvers bemerkte wenige Schritte von sich entfernt den Mann ohne Nase. Er war diskret wie gewisse Vögel, verstohlene Blicke um sich werfend stolzierte er geräuschlos umher und stand plötzlich neben dir.

»Gnädiger Herr ...«, krächzte La Corneille.

Der Chevalier d'Yvers blickte ihn abwesend an. Seltsame Krähe ohne Schnabel, so schauerlich wie treu. Zu viel Nähe. Er trat einen halben Schritt zurück.

»Ich höre zu.«

La Corneille räusperte sich, um seinen Worten mehr Gewicht zu verleihen.

»Drei unserer Männer sind in der Nacht angegriffen worden. Zwei sind tot, der andere wurde übel zugerichtet. Es ist ungewiss, ob er überlebt.«

Yvers nahm die Nachricht auf, ohne mit der Wimper zu zucken. Er wandte seinen Blick wieder der Wespe zu, die jetzt am Rand der Scheibe entlanglief.

»Scaramouche?«

La Corneille nickte. Er roch stark, und Yvers rückte ein weiteres Stück von ihm ab.

»Ein geschickter Hinterhalt.«

Ein Schatten legte sich über das undurchdringliche Gesicht.

Seit Tagen schon griff der maskierte Mann die Muscadins aus dem Palais Égalité an. Es war nur eine Frage der Zeit, bis es zu einem Zusammenstoß mit der Armee der Schlafwandler kam.

Als man ihm zum ersten Mal von einer Aktion Scaramouches berichtet hatte, war Yvers sofort der Gedanke an den Helden der Sansculotten gekommen, aber seit den Zeiten von Bicêtre hatte er den Namen nicht mehr gehört.

Seit den Zeiten des »Bürgers Laplace«.

Seit den Zeiten Robespierres.

Scaramouche, der Rächer des Pöbels.

Er hatte schon viele Geschichten über ihn gehört, von Verrückten, Bediensteten und Besuchern.

Dann war es von einem Tag auf den anderen still um ihn geworden. Der Lumpenheld war verschwunden.

Eine Schwalbe macht noch keinen Sommer, sagte sich Yvers, aber eine Eule, die zurückkehrt, macht schlechtes Wetter.

Warum tauchte er ausgerechnet jetzt wieder auf? Für wen arbeitete er, jetzt, da seine Welt in Trümmern lag? Welche Verzweiflung trieb ihn an?

Die Wespe lief an der Seite des Fensters entlang. Yvers packte sie blitzschnell mit Daumen und Zeigefinger und beobachtete, wie sie bei dem Versuch, ihn zu stechen, ihren Hinterleib krümmte. Der Stachel rotierte wie ein Schwert und streifte seine Haut. Es war bewundernswert, wie diese niedere Lebensform mit allerletzter Kraft gegen das eigene Schicksal kämpfte.

»Der Weg zum Ziel ist mit Hindernissen gepflastert«, sagte er. »Und das ist gut so, anders wäre er eine stinkende Weide für Herdentiere.«

La Corneille hing an seinen Lippen und kam näher. Wieder drang dem Chevalier der unangenehme Geruch in die Nase.

»Der Augenblick ist nicht mehr fern. Halte dich bereit.«

»Wann, gnädiger Herr?«, fragte La Corneille atemlos.

»Am zweiten Jahrestag Capets.«

Die Augen La Corneilles blitzten aufgeregt.

»Befiehl inzwischen unseren Leuten, mit exekutiver Gewalt gegen die Sansculotten vorzugehen«, fügte Yvers hinzu.

La Corneille rieb sich die Hände und nickte eifrig.

»Was das betrifft, gnädiger Herr ... Heute Morgen sind die Leute Frérons zu mir gekommen.«

Yvers hielt die Wespe gegen das Licht.

»Was will unser Abgeordneter?«, fragte er geringschätzig.

»Er bittet darum, in Saint-Antoine zuschlagen zu dürfen. Der Faubourg ist die letzte Bastion der Sansculotten. Dort versammelt sich noch immer die extreme Linke ...«

Der Chevalier hob die Hand und gebot La Corneille, zu schweigen. Er drückte die Finger zusammen, bis der Stachel mit einem Teil der Eingeweide aus dem Unterleib der Wespe herausquoll, dann setzte er das Insekt, das sich immer noch bewegte, auf das Glas.

»Berichte mir von der Schänke, La Corneille.«

Der Mann ohne Nase nickte.

»Die Grande Pinte ist einer ihrer Treffpunkte. Informanten berichten außerdem, dass vergangenes Jahr, als Scaramouche in diesem Faubourg sein Unwesen trieb, diese Schänke sein Hauptquartier war; er ist dort ein Held.«

Genau, dachte Yvers, der letzte Held der Bettler.

»Lass Fréron ausrichten, dass wir uns darum kümmern werden.«

La Corneille verabschiedete sich mit mehreren Verbeugungen.

Wie ein Insektenforscher beobachtete Yvers den noch andauernden Todeskampf der Wespe, oder vielmehr wie ein Demiurg, der die Folgen seines Handelns studiert. Aus irgendeinem Grund fiel ihm Jean ein. Er fragte sich, was wohl aus ihm geworden sei. Nicht aus Interesse an seiner Person, aber er war neugierig, ob er das Experiment überlebt hatte, auch wenn das damals – verglichen mit dem, was er hier Wirklichkeit werden ließ – nur eine Probe gewesen war, ein unscheinbarer Versuch, sich der Perfektion anzunähern, den absoluten Sieg des Willens zu erreichen. Er stand jetzt kurz vor dem Ziel, und dieser Gedanke erfüllte ihn mit Stolz. Er würde den Menschen die Wahrheit vor Augen halten. Er würde einen unbestreitbaren Sieg erringen und angesichts seines Erfolgs würde sich heiliges Schweigen einstellen.

Die Wespe bewegte sich nicht mehr. Yvers öffnete das Fenster und schnippte sie mit dem Finger ins Freie.

4.

Der Beamte Chauvelin schien um Jahre gealtert. Als D'Amblanc den großen Raum betrat, stand er mit einem zusammengerollten Stapel Papier in der Hand schwitzend hinter dem Schreibtisch und blickte ihn angespannt an. Langsam löste sich seine Verkrampfung, er legte die Blätter auf den Tisch und glättete sie.

»Die Fliegen machen mich fertig«, sagte der Funktionär. »Seit heute Morgen summen sie durch diesen Raum, während mich meine Migräne quält. Das Gebrumm raubt mir den letzten Nerv. Bitte, setzt Euch.«

D'Amblanc setzte sich und blickte seinem Gegenüber in die tief und müde in ihren Höhlen liegenden Augen.

»Ihr seid also zurückgekehrt. Habt Ihr schließlich doch entdeckt, dass Ihr hier nach Paris gehört«, sagte Chauvelin.

»Ich bin zurückgekommen, weil meine Arbeit noch nicht beendet ist.«

»Wenn Ihr mich damit meint, ich glaube, ich bin ein hoffnungsloser Fall«, sagte Chauvelin und legte eine Hand auf die Stirn.

D'Amblanc schüttelte den Kopf.

»Um ehrlich zu sein, ich war mir nicht einmal sicher, ob ich Euch noch hier vorfinden würde.«

Chauvelin nickte.

»Einige hat man entfernt«, gab er zu.

»Euch nicht.«

»Mich nicht, nein. Ich werde Frankreich und der Republik dienen, solange ich dazu in der Lage bin. Ich bin der Meinung, dass das die Pflicht eines jeden guten Revolutionärs ist.«

D'Amblanc hätte es vorgezogen, in diesem Büro eine andere Person anzutreffen, jemanden, der aus dem Putsch des Thermidor hervorgegangen wäre, aber ebenso hatte er gehofft, Chauvelin, den Jakobiner der ersten Stunde, hier vorzufinden.

»Die Revolutionäre sind fast alle tot«, sagte er.

Chauvelin warf ihm einen traurigen Blick zu.

»Der Stolz wird am Ende Euer Verderben sein, Doktor. Ihr glaubt immer noch, die Revolution müsse sich nach Euren Erwartungen richten. Was glaubt Ihr, wer Ihr seid? Ihr geht weg, verschwindet monatelang, dann kommt Ihr zurück ... Ihr verhaltet Euch wie ein saisonaler Liebhaber. Der Revolution treu bleiben, auch wenn sie nicht das ist, was wir von ihr erwartet haben, das ist das Entscheidende.« Das Reden schien ihn zu erschöpfen. Er kniff die Augen zusammen und wischte sich mit dem Taschentuch über das Gesicht. »Was habt Ihr mir zu sagen?«, fragte er und fügte sofort hinzu: »Vorausgesetzt, Ihr wollt es mir überhaupt sagen ...«

D'Amblanc zögerte kurz, bevor er zu sprechen begann.

»Ich habe gute Gründe für die Annahme, dass sich der Magnetiseur, dessen Spuren ich in der Auvergne verfolgt habe, der Chevalier d'Yvers, sich in diesem Augenblick in Paris aufhält.«

»Das überrascht mich nicht«, bemerkte Chauvelin, »zahlreiche Parteigänger der Monarchie verstecken sich in Paris.«

D'Amblanc schüttelte wieder den Kopf.

»Lasst mich ausreden. Seit Ende Januar 1793 bis zum Thermidor dieses Jahres hielt er sich unter falschem Namen im Hospital von Bicêtre auf, dort setzte er seine somnambulistischen Experimente fort. Doktor Pinel glaubt, dass er in der Lage ist, den Willen anderer zu kontrollieren, auch aus größerer Entfernung.«

Der Beamte zuckte zusammen, vielleicht eines plötzlichen Schmerzes oder der Enthüllungen D'Amblancs wegen. Seit Kommissar Chauvelin das Komplott aufgedeckt hatte, mit dem Ludwig XVI. der Guillotine entrissen werden sollte, schienen Jahrzehnte vergangen zu sein. Er hatte damals den Kopf der Verschwörung entkommen lassen.

»Es gelang ihm, sich am 26. Januar 1793 dank falscher Angaben eines gewissen Doktors Gallonnaire als Pensionsgast einweisen zu lassen. Fünf Tage nach dem gescheiterten Versuch, Capet zu befreien. Er könnte einer der Männer sein, die euch damals entkommen sind«, fügte D'Amblanc hinzu.

Chauvelin schien nachzudenken. D'Amblanc sah ganz weit hinten in seinem Blick ein Leuchten, eine kleine Flamme, die den Umwälzungen und der Migräne getrotzt hatte.

Er wartete einen Augenblick und fragte dann:

»Habt Ihr von der Armee der Schlafwandler gehört?«

Chauvelin nickte ernst und wedelte automatisch mit der Hand vor seinem Gesicht herum, D'Amblanc hatte keinerlei Summen gehört.

»Und ich vermute«, fuhr er fort, »Ihr wisst, dass man von einer unnatürlichen Schmerzunempfindlichkeit bei ihnen berichtet, von einem abwesenden, weggetretenen Gesichtsausdruck. Auf den Mauern der Stadt tauchen Inschriften auf, die Lobeshymnen auf diese Bande anstimmen.«

»Würde Brissot noch unter uns weilen, könnte er zufrieden sein. Wie es aussieht, hat die Konterrevolution der Schlafwandler begonnen«, presste Chauvelin hervor.

D'Amblanc nahm die Worte mit regungsloser Miene auf. Es klang sarkastisch, auch wenn Chauvelin tiefgründig und vielsagend blickte. Er schaute nach unten auf die Schreibtischplatte, als suche er etwas. Vielleicht den Faden seines Gedankengangs.

»Hinter den Aktionen dieser Schlafwandler stecken die Muscadins vom Palais Égalité«, fuhr der Polizist fort. »Wir haben Namen, Familiennamen und Spitznamen. Es handelt sich um keine geheimnisvolle Armee, nur um eine von all den Banden, die sich in diesen wirren Zeiten in der Stadt herumtreiben. Ihr Anführer ist einer der Wärter im Palais, ein gewisser La Corneille. Wir wissen nicht, ob die Idee der Schriftzüge auf den Mauern von ihm stammt. Mit Sicherheit haben sie dem Profil der Bande ein gewisses Etwas hinzugefügt ...«

Er zog die Mundwinkel nach oben und bemühte sich krampfhaft, ein Grinsen zustande zu bringen.

D'Amblanc nahm die neue Information auf und schluckte seinen Stolz hinunter, bevor er antwortete.

»Warum verhaftet Ihr diesen La Corneille nicht? Er könnte Euch zu dem Mann führen, den ich meine, demselben, mit dem Ihr seit dem 21. Januar noch eine Rechnung offen habt. Oder Ihr könntet den Arzt festsetzen, der den Einweisungsantrag unterschrieben hat. Vor einiger Zeit sagtet Ihr mir, ein einzelner Mensch stelle, im Vergleich zu den Verschwörungen, die Paris erschüttern, keine direkte Gefahr dar. Heute könnte jener Mann sich mit anderen verbündet haben, die seinen Lehren folgend, unbehelligt auf der Straße ihre Taten vollbringen.«

Chauvelin entschied sich, ihm ins Gesicht zu sehen.

»Es gibt Befehle von höherer Stelle, gegen diese sogenannte *Jeunesse dorée* nicht vorzugehen. Jemand hat die Zügel in der Hand«, sagte er.

D'Amblanc hielt sich nicht länger zurück.

»Wer? Fréron? Thuriot? Die, die früher mit Danton gemauschelt und dann Robespierre verraten haben, die, die jetzt die Dinge wieder auf den *Status quo ante* zurückdrehen wollen? Nennt Ihr das ›der Revolution treu bleiben‹? Befehle von denen entgegennehmen, die ihre Fahne nach dem Wind hängen?«

Chauvelin rieb sich mit den Fingern die Schläfen und atmete tief ein. Dann stand er auf und schritt zum Fenster, unabwendbar legte sich der Herbst über Paris.

»Die Revolution hat uns gelehrt, dass der Unterschied zwischen einem Patrioten und einem Kriminellen so subtil sein kann wie der zwischen einem aufgeklärten Staatsmann und einem Tyrannen. Auf der einen Seite Fréron, auf der anderen die extremistischen Sansculotten ... Wer verteidigt die Republik, wer bedroht sie? Die Terroristen, die sich nicht ergeben, weil sie den Terror mehr lieben als die Republik? Sie sind eine Gefahr. Und dieser ...«, Chauvelin suchte nach Worten, »Scharfrichter der Commedia dell'Arte, der sich an die Stelle des Staates setzt ... Der Schmierenkomödiant, der behauptet, die Feinde der Republik zu bekämpfen, und aus der republikanischen Idee eine Farce macht ... Ist er ein Patriot oder vielmehr ein Delinquent?«

D'Amblanc konnte nur mit Mühe seine Wut unterdrücken.

»Dann sind also die Sansculotten und Scaramouche die wahren Feinde und die *Jeunesse dorée* verfügt über einen Freibrief für ihre Bekämpfung. Setzen sie sich nicht an die Stelle des Staates? Heißt das nicht, die Republik den Narren in die Hände zu geben?«

»Ich habe Euch gesagt, wie ich darüber denke. Jeder ist seines Glückes Schmied.«

Vor Monaten noch hätte D'Amblanc Mitgefühl mit dem Mann vor ihm gehabt. Andere hätten vielleicht gesagt, er sei nur ein von der Last der Zeit erdrückter Bürokrat, der vergeblich versuche auf der Höhe der Ereignisse zu bleiben. Wie alle. Chauvelin hatte sich mit seinem Schicksal abgefunden. Er hatte eine Wahl getroffen. Oder besser, er hatte die Wahl anderen überlassen, er verwechselte Mut mit Resignation, aber Resignation ist niemals revolutionär.

Etwas auf dem Schreibtisch zog die Aufmerksamkeit D'Amblancs auf sich. Unter dem Rand einer Akte schaute ein Zettel hervor. Er sah nach einer Einladung aus. In der ersten Zeile war deutlich zu lesen: »Euer Gnaden ist zum Ball der Opfer eingeladen.«

»Euer Gnaden.« Wirklich, es hatte sich alles geändert.

Darüber standen Datum und Adresse: Palais Thellusson, Rue de Provence. D'Amblanc prägte es sich ein.

»Ihr solltet euch unbedingt einer Magnetisierung unterziehen«, sagte D'Amblanc, als Chauvelin sich ihm wieder zuwandte.

Der andere erlaubte sich ein gezwungenes Lächeln.

»Ich weiß. Ich versichere Euch, die Versuchung ist groß. Aber ich habe inzwischen gelernt, ohne Euch auszukommen und es stoisch zu ertragen. Sonst wäre ich nicht mehr auf meinem Posten. Es ist besser, es dabei zu belassen.«

D'Amblanc verstand die Andeutung und erhob sich.

»Ihr habt recht. Jedem das Seine.«

Er sagte nicht auf Wiedersehen. Er verließ den Raum mit der Last böser Vorahnungen.

GESETZ VOM 4. NIVÔSE, JAHR III

(24. Dezember 1794)

Art. 1. Alle Gesetze, die die Festlegung eines Maximums für Lebensmittel und andere Waren betreffen, verlieren mit der Veröffentlichung dieses Gesetzes ihre Gültigkeit.

Art. 2. Alle für die Versorgung der Truppen zu Lande und zu Wasser und für die Stadt Paris bis zu diesem Tag angeordneten Beschlagnahmungen sind auszuführen.

Art. 4. Für die beschlagnahmten Lebensmittel werden die Preise entrichtet, die in der jeweiligen Hauptstadt des Distrikts üblich sind.

Art. 9. Der Handel von Getreide in der Republik wird durch dieses Dekret vollständig freigegeben.

Art. 14. Alle Verfahren, die aufgrund der Verletzung des Gesetzes über das Maximum eingeleitet wurden, werden annulliert; die aufgrund solcher Urteile einsitzenden Bürger sind unverzüglich in Freiheit zu setzen.

Art. 15. Die ab Veröffentlichung dieses Dekrets vorgenommene Beschlagnahme von Lebensmitteln und anderen Waren, mit Ausnahme der oben genannten, ist rückgängig zu machen.

VIERTE SZENE

Der Ball der Opfer

Dezember 1794 – Januar 1795 (Nivôse)

1.

Ein einziger eleganter Anzug war ihm geblieben, eine Rarität aus vorrevolutionären Zeiten. Er hatte ihn seither nicht mehr getragen, in diesen Zeiten der Not wäre er sich darin lächerlich vorgekommen, und außerdem hatte er ihn nicht ruinieren wollen, für den Fall, dass er ihn verkaufen oder beleihen musste. Er hätte nie geglaubt, dass er ihn noch einmal würde gebrauchen können.

Jean beobachtete ihn, als er die Jacke überstreifte. Sie war ein wenig zu weit, wie die meisten hatte er in den letzten Monaten abgenommen.

»Ihr seht sehr elegant aus, gnädiger Herr.«

»Danke, Jean.«

D'Amblanc stellte sich vor den kleinen Spiegel an der Wand und band sich die Krawatte.

»Wohin geht Ihr?«

»Auf ein Fest, zu dem man mich nicht eingeladen hat.«

Der Junge machte ein nachdenkliches Gesicht.

»Das ist nicht korrekt, habe ich recht?«

»Nein, das ist es sicher nicht«, antwortete D'Amblanc, schob das Kinn hoch und bearbeitete den Krawattenknoten.

»Glaubt Ihr, dass man Euch wegen des Anzugs trotzdem einlassen wird?«

»Nein, das glaube ich nicht. Ich werde mir etwas einfallen lassen müssen.«

D'Amblanc lächelte und machte ein paar Schritte durchs Zimmer, um sich mit dieser Art Kleidung wieder vertraut zu machen, und simulierte eine Verbeugung. Jean lachte.

»Warum nehmt Ihr mich nicht mit, gnädiger Herr?«

D'Amblanc fuhr ihm mit der Hand durch die Haare.

»Ich glaube nicht, dass Jugendliche zugelassen sind … Und höre bitte auf, mich dauernd mit ›gnädiger Herr‹ anzureden.«

Jean entschuldigte sich und D'Amblanc holte seinen Hut.

Er setzte ihn auf und blickte Jean von oben bis unten an.

»Öffne niemandem die Tür. Ich werde bald zurück sein.«

Das Palais Thellusson war das unverwechselbare Anwesen einer schweizerischen Bankiersfamilie. Gegenüber der Einmündung der Rue d'Artois gelangte man durch einen riesigen Torbogen in den englischen Garten der Villa. Die Kutschen fuhren bis zum Säuleneingang und ließen ihre Gäste dort aussteigen.

D'Amblanc kam zu Fuß und blieb lange stehen. Er studierte die aus den Kutschen steigende Fauna, die sich eingehüllt in elegante Gehröcke, vor der beißenden, herbstlichen Kälte zu schützen suchte; Händler, Börsenspekulanten und – darauf hätte er gewettet – Adelige, die wieder integriert und denen ihre von der Republik konfiszierten Güter zurückgegeben worden waren.

D'Amblanc hatte sich auf der Straße umgehört und erfahren, dass man mindestens einen mit der Guillotine hingerichteten Verwandten haben musste, um zu dem Ball eingeladen zu werden. Man gedachte der Toten und feierte, dass man der Gefahr entkommen war.

Die Angelegenheit hatte etwas Obszönes an sich, aber die Frage, die D'Amblanc nicht losließ, lautete: Warum hatte Chauvelin eine solche Einladung erhalten? Er war sich sicher, dass keiner seiner Verwandten guillotiniert worden war. Und vor allem war er ein Beamter des Sicherheitsausschusses. Was hatte er mit diesen Leuten zu tun? Er war den Säuberungen nach dem Sturz Robespierres entgangen und hatte sich umgehend mit der siegreichen Partei arrangiert. Die Revolution geht weiter, es ist nichts geschehen.

Der Verdacht D'Amblancs hatte sich verdichtet und sich in das Verlangen verwandelt, Antworten auf seine Fragen zu erhalten.

Von seiner Mission in die Auvergne zurückgekehrt, war ihm aufgefallen, dass Chauvelin sich ihm gegenüber sehr zurückhaltend verhielt, es kam ihm vor wie ein Schuldeingeständnis.

Er näherte sich ohne Eile dem Eingang, hielt sich abseits und wartete darauf, sich anderen anschließen zu können. Sobald die Gäste die Schwelle überschritten hatten, zeigten sie dem Butler ihre Einladungen und übergaben den Bediensteten Gehröcke und Mäntel.

Die Männer trugen schwarze Binden am Arm oder waren

von Kopf bis Fuß in Schwarz gekleidet, als gingen sie zu einer Beerdigung und nicht zu einem Ball. Von den Damen trugen einige blutrote Bänder um den Hals, andere hatten Gesicht und Brust vollständig weiß gepudert, was ihnen das Aussehen von wandelnden Leichen gab. Die Schultern lagen frei und die Haare waren hoch über dem Nacken aufgetürmt. Die Männer hatten die Kragen ihrer Hemden und den Zopf abgeschnitten und trugen Brutusfrisuren, die man jetzt Titusfrisuren nannte.

Das Thema des Abends war nicht schwer zu entschlüsseln.

Die Enthauptung.

Auf der Zufahrt sah D'Amblanc, dass die Gäste sich begrüßten, indem sie den Kopf ruckartig vorbeugten. Eine weitere makabre Anspielung auf die Guillotine.

Aus einer der Kutschen kletterte ein korpulenter Mann mit Hut, an dem eine üppige dreifarbige Kokarde prangte. D'Amblanc erkannte ihn und nutzte die einmalige Gelegenheit sofort aus. Mit einer leichten Verbeugung ging er auf ihn zu.

»Der Chevalier de Sauvigny ...«

Der Mann kniff die Augen zusammen, kam näher und lächelte breit.

»Großer Gott, Orphée d'Amblanc ... Seid Ihr es wirklich?«

»Höchstpersönlich«, antwortete D'Amblanc freundlich.

»Wann haben wir uns das letzte Mal gesehen, dass muss vor ...«

Er brach ab, weil er sich nicht genau erinnern konnte oder vielleicht weil er nicht wusste, wie sein Gegenüber die vergangenen Jahre verbracht hatte.

»Bevor Mesmer Paris verließ«, beendete D'Amblanc den Satz und half dem anderen aus seiner Verlegenheit.

»Großer Gott, ja«, entgegnete der Chevalier erleichtert, »vor mindestens sieben Jahren. Seitdem habe ich kein magnetisches Bad mehr genommen. Wer hätte gedacht, dass wir uns hier wieder begegnen würden! Habt auch Ihr einen Verlust zu beklagen?«

D'Amblanc hoffte, kein allzu schlechter Schauspieler zu sein.

»Mein Bruder Homère.«

Der Chevalier machte ein tief bewegtes Gesicht.

»Das schmerzt mich sehr. Ich verstehe Euren Seelenzustand. Ich habe meinen Schwager erst voriges Jahr verloren.«

D'Amblanc schwieg und nickte ernst.

»Kommt, gehen wir gemeinsam hinein«, sagte der Chevalier de Sauvigny.

Jetzt muss der Fisch an Land gezogen werden, dachte D'Amblanc.

»Leider habe ich meine Einladung verloren, ich fürchte, ich werde verzichten müssen.«

Der Mann hakte sich bei ihm ein.

»Ach was, Ihr kommt mit mir hinein. Ich kenne die Familie Thellusson persönlich. Ich bin ein ihnen ergebener Schuldner. Kommt.«

D'Amblanc ließ sich hineinführen, ohne dem guten Stern Franz Anton Mesmers und dem Opfer eines Bruders zu danken, den er nie gehabt hatte.

Zusammen mit den anderen Gästen gingen sie weiter, unterhielten sich freundschaftlich und begrüßten die Hausherren.

All diese Friedhofsaspiranten in Trauerkleidung wirkten beunruhigend. Auf ihren blassen oder violetten Lippen wurde Lachen zu Kichern, Röhren oder Knurren, als wollten sie sagen: »Wir sind noch hier, schaut auf unsere unbefleckten Hälse, seht unsere Köpfe, die noch fest oben sitzen, wir leben, wir haben den Terror überlebt und jetzt sind wir der Terror.«

Die Musik klang schräg, es war, als folgten die Tänzer einem Rhythmus, den nur sie in den Ohren hatten. Sie tanzten eine Carmagnole und imitierten die armen Teufel, die unter der Guillotine getanzt hatten.

D'Amblanc wartete, bis der Chevalier de Sauvigny von anderen Gästen abgelenkt wurde und entfernte sich von ihm. Er schlenderte zwischen leichenblassen Possen und makabrem Grinsen umher und blieb neben einer Säule stehen.

Er roch das Parfüm.

Er hatte es nicht vergessen, auch wenn viel Zeit vergangen war, seit er es das letzte Mal gerochen hatte.

Jasmin.

Unverwechselbar.

Er konnte dieses Haus immer noch verlassen, ohne sich umzuwenden. Er musste nur geradewegs zum Ausgang gehen, niemand würde etwas bemerken. Aber er drehte sich um, weil er nach der Bestätigung für die Vorahnung suchte, die ihn an diesen Ort geführt hatte. Die kastanienbraune Frisur reflektierte das Licht. Am Arm ihres Kavaliers sah sie ihn an. Sprachlos.

D'Amblanc ging auf sie zu.

Cécile Girard trug ein nüchternes, elegantes graues Kleid. Die Gesichtszüge waren unmerklich härter geworden. Es waren die Zeiten, nicht das Alter, vermutete D'Amblanc. Der Ausschnitt ließ den oberen Teil der Brust frei, um den blendend weißen Hals lag ein Schal aus rotem Atlas.

Im Gegensatz zu dem Mann, der sie begleitete, hatte sie das Recht, hier zu sein. Er hatte die Einladung offensichtlich in seiner Eigenschaft als ihr Kavalier erhalten. D'Amblanc bohrte seinen Blick in das Gesicht Chauvelins, der auch ohne Puder bleich aussah. Er beschloss, ihn zu ignorieren, und schaute wieder Madame Girard an.

Sie sagte in entschiedenem Ton:

»Mein lieber Chauvelin, wärt Ihr so freundlich, uns einen Augenblick allein zu lassen?«

Der Kommissar suchte gar nicht erst nach einem Grund für Protest. Er entfernte sich und beschränkte sich darauf, sie nicht aus den Augen zu verlieren.

D'Amblanc kehrte ihm den Rücken zu, um ihn aus seinem Blickfeld zu verbannen.

»Ihr seid also immer in Paris geblieben«, begann er.

»Nein, ich lebe in einem Haus wenige Meilen vor der Stadt, in der Nähe des Waldes von Fontainebleau. Mein Mann hatte es gekauft, bevor er verhaftet wurde«, antwortete sie.

D'Amblanc nahm die Information ungerührt zur Kenntnis.

»Empfangt Ihr dort die Besuche Eures Kavaliers?«

Die Frau schwieg, sie dachte über die Kälte der Frage nach.

»Ihr seid mit einem Urteil schnell zur Hand.«

»Die Zeiten verlangen danach«, erwiderte D'Amblanc.

»Sie machen es auch erforderlich, dass eine Frau jemanden hat, der sie beschützt«, verteidigte sie sich.

D'Amblanc war nicht bereit, auch nur einen Schritt zurückzuweichen, nicht nachdem er es bis hierher geschafft hatte, um die Machenschaft aufzudecken.

»Jemanden wie den Verfolger des eigenen Gatten?«

Madame Girard steckte den Hieb ein, ohne Mitleid mit sich selbst oder mit dem Mann zu zeigen, der vor ihr stand.

Um sie herum rauschte das Fest, aber es war, als fände es an einem anderen Ort statt, als wären seine Ohren taub für das übertriebene Gelächter der anderen Gäste.

»Wen sonst?«, entgegnete Madame Girard. »Sagt mir, wer. Ihr habt mich verlassen, Ihr habt mich nicht gebeten, mit Euch zu kommen oder auf Euch zu warten. Anstatt mir die Wahrheit zu sagen, habt Ihr mir Adieu gesagt.«

»Welche Wahrheit?«, fragte D'Amblanc.

»Dass Ihr mich liebtet«, antwortete sie. »War es nicht so? Und jetzt verdammt Ihr mich wie ein beliebiger enttäuschter Verehrer. Der Lauf der Dinge hat Euch enttäuscht, mein Freund. Schiebt die Schuld nicht auf mich, ich habe meine eigene Bürde zu tragen.«

D'Amblanc biss die Zähne zusammen. Das konstante Jucken der Narben war lästig.

»Ihr wisst nicht einmal, was es bedeutet, eine Bürde zu tragen«, flüsterte er. »Bleibt bei Eurem Beschützer. Feiert, dass Ihr überlebt habt. Aber die, die guillotiniert wurden, ob zu Recht oder zu Unrecht, sind aus gutem Grund gestorben, nicht dafür haben sie gelebt, für nichts.« Er zeigte auf die sie umgebende Szene.

»Vielleicht sollte ich es bedauern, nicht mit meinem Mann auf dem Schafott gestorben zu sein«, antwortete die Witwe Girard. »Nur Gott weiß, wie gerne ich Olympe de Gouges gewesen wäre, aber ich habe es nur zur Witwe Girard gebracht. Und Ihr? Habt Ihr Euren guten Grund gefunden?«

D'Amblanc antwortete nicht. Er hielt es hier nicht länger aus. Er wollte sich nur ihr Gesicht einprägen, damit er sich an sie erinnern konnte. Würdevoll, traurig, wunderbar.

»Ich wünsche Euch alles Gute«, sagte er trocken, verabschiedete sich und durchquerte den mit Musik und Stimmen gefüllten Saal in Richtung Ausgang und nahm seinen Gehrock entgegen.

Auf der Zufahrt wurde er von Chauvelin eingeholt.

Der Blick, den D'Amblanc ihm zuwarf, hielt den Kommissar auf Abstand, aber D'Amblanc gestand ihm einen gewissen Mut zu.

»Jetzt kenne ich den Grund für Eure Zurückhaltung«, sagte er.

Der Kommissar trat einen halben Schritt näher.

»Ihr batet mich, das zu tun, was in meinen Möglichkeiten stehe, sie zu retten«, sagte er.

Wut stieg in D'Amblanc hoch und die Lust, ihm ins Gesicht zu schlagen. Er ballte die Fäuste. Seine Narben brannten jetzt.

»Wollt Ihr so Euer Gewissen beruhigen?«, sagte er. »Die Wahrheit ist, dass Ihr mich über ihr Schicksal im Unklaren gelassen habt. Jeder wähle sein eigenes.«

Chauvelin schüttelte den Kopf.

»Hört zu, D'Amblanc. Auch wenn Ihr mich verachtet, ich gebe Euch einen ernst gemeinten Rat. Lasst Euch nicht zu unüberlegten Handlungen hinreißen. Ein Talent wie das Eure ist auf dem Weg, den Ihr einzuschlagen gedenkt, verschwendet. Ihr schadet einzig Euch selbst und helft niemandem.«

Er meinte es anscheinend ernst. D'Amblanc war fast bereit, seinen Absichten Glauben zu schenken, auch wenn sie nur seinem schlechten Gewissen entsprangen.

»Ihr irrt«, sagte er. »Es bleiben nur noch jener Mann und ich. Wenn es ihn gibt, dann deshalb, weil Menschen wie ich und Ihr die Augen verschlossen haben. Ich werde denselben Fehler nicht zwei Mal machen.«

Das ist ein guter Grund, dachte er, als er sich umdrehte und das Palais Thellusson verließ, ohne sich noch einmal umzudrehen.

2.

Man hatte ihn aus alter Gewohnheit gerufen: Wenn es Ärger gibt, rufe Treignac. Auch wenn er, Treignac, nicht mehr derselbe war wie früher. Zusammen mit dem Kopf des Unbestechlichen war das Schicksal vieler in den Korb gefallen. In Paris hatte man alle Polizisten, die Freunde der Jakobiner gewesen waren, von ihren Posten entfernt, dasselbe geschah in allen Départements Frankreichs. Es waren schwere Zeiten für die, die auf der Seite der Brüder Robespierre und Saint-Justs gestanden hatten. Man könnte auch sagen, man solle sich nicht beklagen, man solle vielmehr zufrieden sein, dass man nicht außer der Stelle auch noch den Kopf verloren hatte. Denn die Köpfe hatten nicht etwa aufgehört zu rollen, nur rollten sie jetzt in die andere Richtung. Treignac war nur der Laden geblieben.

Er hatte Bastien Leder, Schere und Nadel in die Hand gedrückt. Ein Handwerk zu erlernen war keine schlechte Alternative, verglichen mit den Tagen, an denen man herumgelaufen war, um Denunziationen entgegenzunehmen. Aber der Junge hatte sein Laster nicht abgelegt. Wenn er eine Arbeitspause einlegte, rannte er zur Schänke von Férault.

Deshalb machte Treignac sich Sorgen und eilte in Richtung der Grande Pinte. Er wusste, dass Bastien dort war. Und dort passierte irgendetwas. Man hatte ihn gerufen und ihm gesagt, bei Férault hätten sich Menschen versammelt, schlechte Menschen.

Was er sah, als er vor der Schänke auftauchte, gefiel ihm gar nicht.

Ein Kordon mit Knüppeln bewaffneter Typen stand vor der Grande Pinte.

Finstere Gesichter, starre Blicke. Treignac durchfuhr ein Schauer.

Er hatte schon viel gesehen, er war schließlich bei den Tumulten am 10. August dabei gewesen, er hatte nach allen Seiten ausgeteilt, und während seiner Zeit als Polizist hatte er mit schlimmeren Scherereien und Händeln zu tun gehabt. Warum bekam er dann beim Anblick dieser Gesichter eine Gänsehaut?

Er kam näher und stand jetzt neben der Strickerin Georgette. Sie war mit Freundinnen gekommen, die Nadeln ihres Handwerks hielten sie noch in den Händen.

»Was ist hier los?«, fragte Treignac.

Georgette reckte ihr Kinn in Richtung Schänke.

»Die Miststücke sind reingegangen, warum, weiß ich nicht. Die hier draußen sollen uns in Schach halten.«

»Ich rufe ein paar Leute, und dann holen wir sie raus.«

Georgette pfiff leise durch die Zähne und zeigte ihre Stricknadeln.

»Gar nicht so einfach. Madeleine hat einem von denen eine Nadel in den Oberschenkel gerammt«, sie zeigte auf einen Typen in der Reihe vor der Schänke, »aber der hat nicht mal Aua gesagt. Der stand da wie ein Baum. Sie hätte auf die Augen zielen müssen.«

Treignac schwieg und dachte nach. Er hatte schon von diesen hässlichen, schmerzunempfindlichen Stutzern gehört, zum ersten Mal nach den Kämpfen im Faubourg Saint-Marcel. Die Muscadins hatten vor einer Gruppe Sansculotten »Le Réveil du Peuple« gesungen, was eine große Straßenschlacht ausgelöst hatte. Am nächsten Tag behaupteten alle, die *Incroyables* seien nicht normal gewesen. Selbst wenn man ihnen die Lippe spaltete, ließen sie nicht mal ein Winseln hören, sie gingen sofort wieder auf einen los. Sie waren am Ende besiegt worden, aber man hatte ihnen regelrecht die Knochen zermalmen oder das Gehirn wie eine Kerze auspusten müssen, und es konnte sein, dass sie dir deins zuerst ausbliesen.

Die hier waren nicht wie Muscadins angezogen. Es waren Stutzer, aber sie trugen nichts besonders Auffälliges.

Nach Saint-Marcel und anderen Auftritten hatte jemand gemeint, das habe was mit den Inschriften auf den Mauern zu tun, die außer in Saint-Antoine auch in anderen Vorstädten aufgetaucht waren: »Es kommt die Armee der Schlafwandler«.

Wer immer das sein mochte, die Sache stank zum Himmel, und weit und breit war keine Wache zu sehen. Die neuen Greifer hielten sich fern.

Treignac blickte sich um auf der Suche nach bekannten Gesichtern. Er entdeckte ein paar Gefährten, die inzwischen wie er auf eigene Rechnung arbeiteten. Mit einem Pfiff rief er sie zu sich und schickte sie los, um Verstärkung zu holen.

»Habt ihr Bastien gesehen?«, fragte er die Strickerinnen.

Grimassen und Achselzucken waren die Antwort.

Treignac fluchte leise. Wahrscheinlich war er in der Schänke.

Aus dem Inneren drang das Geräusch zerberstenden Holzes. Jemand schrie, es hörte sich an wie die Stimme Féraults.

Er konnte nicht länger auf Verstärkung warten. Treignac stürzte sich auf das nächste Ohrfeigengesicht und warf ihn um. Er schlug blindlings um sich, musste einen Schlag aufs Auge einstecken, und sein Kopf knallte aufs Pflaster. Er verpasste dem Typ über ihm einen weiteren Faustschlag, aber der blieb unbeeindruckt, obwohl seine Backe heftig blutete. Treignac wollte ihn abschütteln, aber ein weiterer Schlag erwischte ihn im Gesicht, und dann nahm der Typ seinen Knüppel und holte zum tödlichen Schlag aus.

Aus, ging es Treignac durch den Kopf, aber plötzlich stach jemand dem Bastard eine große Nadel ins Auge. Er schrie nicht, sprang aber auf die Füße und wandte den Kopf um auf der Suche nach dem neuen Gegner; die Nadel ragte aus der Augenhöhle heraus. Georgette stellte sich neben Treignac:

»Auf die Augen zielen!«, rief sie.

Sophie, Madeleine und Armandine rissen den Mann zu Boden und verpassten ihm Tritte mit ihren Holzschuhen. Die anderen Angreifer umringten die Gruppe. Sogar der Geblendete erhob sich wieder, blutend und zerschlagen. Treignac erschauerte. Woher kamen Menschen wie diese?

Er würde den Tod eines Schlappschwanzes sterben, unter Weibern, er hatte nicht einmal eine Nadel, mit der er sich verteidigen konnte.

»Wer hätte gedacht, dass ich meine Haut für einen Greifer riskiere!«, knurrte ihm Georgette ins Ohr.

»Beruhige dich, ich bin keiner mehr«, antwortete er mit schiefem Grinsen.

Aus der Schänke drang plötzlich ein lauter Knall, Flammen züngelten aus Fenster und Kamin, Brandgeruch breitete sich aus, und ein weiteres halbes Dutzend Ohrfeigengesichter kam mit Knüppeln bewaffnet aus der Grande Pinte gerannt. Treignac erkannte, dass der Blonde ihr Anführer sein musste.

»Bastien!«, schrie Treignac und stürmte mit gesenktem Kopf auf die Gegner zu. Der Blonde schlug ihm seinen Knüppel ins Genick, der Schlag streckte ihn zu Boden. Treignac kriegte eine Ferse mit den Zähnen zu fassen, er biss mit aller Kraft zu, hatte plötzlich Blut im Mund und merkte, wie eine Sehne riss. Ein weiterer Schlag zwang ihn, die Beute loszulassen. Vergeblich versuchte er den Kopf zu heben, in Kopf und Nacken tobte der Schmerz. Mit größter Anstrengung rollte er sich auf den Rücken. Er lag da wie eine auf dem Rücken liegende Schildkröte. Vor dem Himmel zeichnete sich ein Gesicht ab. Das Gesicht eines Schwarzen, der aus weiter Ferne seinen Namen rief.

Woher kannte der Schwarze seinen Namen?

Dann sah er von Tränen geschaffene Furchen, deren Haut weiß war, und er erkannte Bastien. Sein Gesicht war mit Ruß bedeckt war, und er hustete schrecklich. Der Junge war gerettet. Jetzt konnte er in Frieden sterben.

3.

Er musste keine Fragen stellen.

Es musste nur die Hauptstraße entlanggehen, an den Ecken der Nebenstraßen stehen bleiben, in die Läden der Schreiner und der Weber eintreten oder sich für eine Portion gekochter Möhren anstellen.

Die Einzelheiten über das Feuer in der Grande Pinte schwirrten in der Luft umher wie Konfetti im Wind. Jean ging an der Seite D'Amblancs mitten hindurch, er hielt die Nase in die Luft, aber er wusste nicht, welcher Grund sie hierhergeführt hatte.

»Halt einfach die Augen auf«, hatte der Arzt zu ihm gesagt, »und solltest du den Chevalier d'Yvers wiedererkennen, werden wir ihm eine schöne Überraschung bereiten.«

Jean hatte sich inzwischen an diese Art von Versteckspiel gewöhnt. D'Amblanc schlug es ihm jedes Mal vor, wenn sie gemeinsam ausgingen. Er sagte, der Chevalier habe noch keine Verabredung mit ihm getroffen, aber er sei mit Sicherheit in Paris und es sei möglich, dass sie ihm auf der Straße begegneten. Aber an diesem Morgen war Jean weniger aufmerksam als gewöhnlich, als wären die Stimmen in Saint-Antoine wirklich Papierschnipsel oder Schmetterlinge.

Die Flammen. Merkwürdige Menschen. Wie in Saint-Marcel. Schlimmer als in Saint-Marcel, dort waren es nur Schlägereien gewesen, es hatte kein Feuer gegeben. Sie waren verprügelt worden, hatten aber kaum reagiert. Férault ist verbrannt. Bastien hat sich retten können, weil er in den Brunnen gesprungen ist. Es waren viele, mindestens vierzig. Ach was, mindestens hundert! Die Armee der Schlafwandler. Die Inschriften. Wer sind sie? Zum Glück hat sich das Feuer nicht ausgebreitet. Wer zum Teufel sind diese verdammten Stutzer? Treignac hat's übel erwischt. Jeunesse dorée. Die Stinktiere aus dem Palais Égalité. Syran muss ein Arm amputiert werden. Erinnerst du dich an Syran? Man muss es ihnen heimzahlen. Das wäre eine Sache für Scaramouche. Scaramouche würde Rache nehmen. Ich glaube, sie haben ihn gesucht. Wo war Scaramouche? Sie wollten ihn herausfordern.

An diesem Morgen hatte D'Amblanc gehört, wie jemand in einem Café die Nachricht vom Feuer in Saint-Antoine vorlas. In den Zeitungen stand noch nichts, aber es gab handgeschriebene Zettel, die die Nachricht in wenigen Stunden von einem Viertel ins andere trugen. Alle redeten von der Armee der Schlafwandler.

Vor der Revolution hatte ein Anhänger Mesmers, ein Arzt namens Malin, verschiedene Experimente mit magnetischer Betäubung durchgeführt. Er hatte einen vierzigjährigen Mann somnambulisiert und seinen grauen Star operiert, ohne dass der etwas gespürt hatte. Seine Schriften hatten großes Interesse geweckt. Allerdings war es keinem anderen gelungen, ähnliche Resultate zu erzielen. Schlafwandler hatten ein geringeres Schmerzempfinden, das war bekannt, aber was man über die Armee der Schlafwandler sagte, ging weit darüber hinaus. Sie steckten Knüppelschläge ungerührt ein, sie waren Marionetten aus Fleisch und Blut, sie kämpften weiter, auch wenn ihnen ein Auge mit einer Stricknadel ausgestochen worden war.

»Nicht einmal ein Schrei.«

»Du schlägst drauf, aber die laufen einfach weiter, als ob das, was sie wollen, stärker ist als die Schläge, die du ihnen verpasst.«

»Die sind erst hingefallen, wenn du ihnen die Beine gebrochen hast.«

»Die Armee der Schlafwandler.«

»Verdammt, ja! Ihr habt die Inschrift ja auch gesehen, oder?«

»›Die Armee der Schlafwandler kommt‹, glaubst du, dass die das sind?«

»Wer sonst? Das sind dieselben wie in Saint-Marcel.«

»Die hier waren aber nicht so aufgeputzt wie die Arschlöcher ...«

»Die haben sich unauffällig angezogen, damit auf dem Weg zur Schänke keiner was merkt.«

Papierschnipsel oder Schmetterlinge, Jean und D'Amblanc folgten dem Stimmengeschwirr, bis sie vor dem schwarzen Gerippe der Grande Pinte standen. Das Holzdach war eingebrochen, nur die beiden Schornsteine aus Stein standen noch, aufrecht und unversehrt wie Wächter des Unglücks. Die angrenzenden Häuser waren unversehrt geblieben, nur auf den Wänden lagen dunkle Schatten. Auf der Straße herrschte ein ständiges Kommen und Gehen von Männern und Frauen, als wollte man einem Verstorbenen die letzte Ehre erweisen. Ein paar wollten die Hausleiche berühren und zogen mit geschwärzten Fingern wieder ab, andere zogen respektvoll den Hut; jemand hatte seinen auf den Eingangsstufen abgelegt. Eine paar Alte starrte auf die Schänke, als wollten sie sie mit Blicken wieder aufrichten. Vielleicht planten sie in ihren Köpfen schon den Wiederaufbau, dachte D'Amblanc. Wie zur Bestätigung nahmen sie große Schlucke Wein aus einer Flasche, die von Hand zu Hand ging, während sie in Gedanken Balken richteten und Nägel einschlugen. Ein Mann erzählte, wie er sich gerettet hatte, und dann beschrieb er den Tod des Wirtes Férault, der im Feuer erstickt war. Eine Stimme fragte, ob man schon wisse, wann die Beerdigung sei, ein andere fragte, wie lange man hier noch bleiben wolle.

»Ist dir kalt, Jean? Sollen wir nach Hause gehen?«

»Dieser Ort gefällt mir nicht«, sagte der Junge, »und außerdem hattet Ihr versprochen, mir zu zeigen, wie man die elektrische Maschine benutzt.«

»Ich habe es dir nicht versprochen, Jean, ich habe nur gesagt, dass ich es irgendwann tun würde, das ist etwas anderes.«

Der Junge aus der Auvergne schwieg. D'Amblanc hätte sich mehr Zeit gewünscht, um sich um seine Erziehung zu kümmern, aber neben den Pflichten seinen Patienten gegenüber, der Jagd auf die Schlafwandler, dem Zerwürfnis mit Chauvelin und dem Wiederauftauchen von Madame Girard war es ihm nicht gelungen, allzu viel Energie für seinen Gast aufzubringen. Er ließ ihn häufig allein oder vertraute ihn der Köchin in der Kneipe unten im Haus an. Manchmal ließ er ihn an interessanten Experimenten teilhaben, aber dann musste er sie unterbrechen, und wenn er die Arbeit wieder aufnehmen wollte, war der Enthusiasmus Jeans verflogen. Er hatte ihm gezeigt, wie die Stromschleuder funktionierte, er hatte Funken gemacht oder die Haare auf dem Kopf durch leichtes Aufladen aufgerichtet, und Jean hatte sich amüsiert und den Wunsch geäußert, alles über Elektrizität zu lernen. Wenn der Wunsch zu lernen vom Schüler kommt, sagte sich D'Amblanc, ist es ein Erfolg für den Lehrer, und er darf sich die Gelegenheit nicht entgehen lassen.

Die Unterhaltung zweier Männer, die in die Reste der Schänke starrten, riss ihn aus seinen pädagogischen Überlegungen.

»Die haben sich bewegt, ohne zu gucken«, sagte einer mit verbundenem Arm, »wie Blinde, aber sie haben immer die richtige Stelle getroffen.«

»Welche denn?«

»Keine bestimmte, es war, als ob sie vorher wüssten, was du gleich machst. Kurz vorher.«

»Dann waren sie auch nicht blind.«

»Quatsch! Natürlich konnten die sehen, und wie! Aber sie hatten die Augen immer halb geschlossen, als ob sie zu viel gesoffen hätten, wie weggetreten.«

»Vielleicht waren die tatsächlich besoffen?«

»Quatsch, natürlich nicht, wenn die besoffen gewesen wären, hätten wir die mit Arschtritten in die Seine gejagt. Die waren wach, auch wenn sie todmüde aus der Wäsche geguckt haben.«

»Ich versteh das alles nicht.«

»Weil du ein Trottel bist. Ich erklär's dir noch mal.«

D'Amblanc hatte genug gehört, er brauchte keine weiteren Bestätigungen.

Alle Einzelheiten bestärkten ihn in seinem Eindruck, dass die Armee der Schlafwandler aus echten Somnambulen bestand, unempfindlich für Schmerz, und wie Somnambule in der Lage, die Handlungen anderer vorherzusehen; gelenkt von einem einzigen Willen wie die Glieder eines einzigen Gehirns. Ein Gehirn, das fähig war, sie in diesen Zustand zu versetzen und den Kontakt über Zeit und Entfernung aufrechtzuerhalten. Er hatte noch nicht verstanden, wie das möglich war. Aber es stand fest, dass der Chevalier d'Yvers – oder der »Bürger Laplace«, wie er sich in Bicêtre genannt hatte – Gruppenmagnetisierungen praktizierte. Dutzende Männer einzeln zu magnetisieren, würde einen ganzen Tag dauern.

D'Amblanc dachte daran, was Doktor Pinel ihm erzählt hatte: fünfzig Geistesgestörte, die sich im Hof von Bicêtre aufgestellt hatten und fest entschlossen waren, die Stellung in jedem Fall zu halten. »Die Bediensteten mussten ihre Stöcke einsetzen und sie mit Gewalt wegbringen.«

»Komm, Jean. Wir gehen.«

»Wirklich? Und Ihr zeigt mir jetzt ...«

»Ja, Jean. Ich zeige dir, wie man einen Blitz produziert, zufrieden?«

»Hurra!« Der Junge klatschte vor Freude in die Hände.

Es war ja klar, überlegte D'Amblanc erneut, gerade darin bestand der Vorteil einer Armee der Schlafwandler: um eine solche Armee aufzustellen, genügte eine kollektive Magnetisierung, aber wollte man sie zerschlagen, musste jeder Soldat einzeln bekämpft werden. Um sie zu Fall zu bringen, musste man ihre Beine treffen – oder sie entmagnetisieren. Normalerweise war es nicht schwer, einen Schlafwandler zurückzuholen, man musste sich an den Magnetiseur halten, der sie kontrollierte. Aber wenn der Magnetiseur weit entfernt war, wenn er seine Herrschaft über große Distanz ausübte, war es unmöglich, seine Macht zu brechen.

»Stimmt es, dass man mit der Stromschleuder eine Maus töten kann? Das würde ich gerne versuchen. Wir könnten an der Seine eine fangen und dann ein Experiment machen.«

»Nein, Jean«, antwortete D'Amblanc, noch immer in Gedanken versunken. »Es macht keinen Spaß, ein Tier sterben zu sehen.«

Er erinnerte sich an den Scharlatan, der einen Spatz mit Elektrizität gequält hatte. Er dachte an Chastenet, der Jean aus dem Wald mit Strom behandelt hatte, um die Krise zu beenden. Im Unterschied zu den Ärzten, die in Stromstößen eine Therapie sahen, war D'Amblanc überzeugt, dass der Einsatz von Elektrizität gegen Lebewesen sehr risikoreich war. Wieder sah er Chastenet mit der Stromschleuder in der Hand ...

»Aber wenn Ihr mir gezeigt habt, wie man das Gerät benutzt, darf ich es dann auch selbst benutzen?«

Die Stromschleuder war benutzt worden, um Jean den Waldmenschen von den Wirkungen einer Magnetisierung aus der Distanz zu befreien.

»Ich meine, auch dann, wenn Ihr nicht da seid?«

»Im äußersten Fall«, hatte Chastenet gesagt, und die Stromschleuder war in der Lage gewesen, die lang andauernde Macht des Chevalier d'Yvers über den kleinen Jean zu brechen.

Es war gelungen, die Bombe zu entschärfen.

»Ihr könnt mir vertrauen. Wenn ich etwas lerne, vergesse ich es nicht mehr. Wenn Ihr ein Spinett hättet, könnte ich Euch zeigen, dass ich es noch immer so spielen kann, wie ich es bei dem Chevalier gelernt habe.«

Kollektive Magnetisierungen sind gleichzeitig stark und fragil. Die Stimme Mesmers sagte ihm: »Es genügt, dass einer ausscheidet, damit der Kontakt zu allen abbricht. Deshalb ist es nicht gut, kollektive Magnetisierungen mit allzu ungeübten oder zerstreuten Personen durchzuführen.«

Das heißt, dachte D'Amblanc, wenn die Stromschleuder Jean den Waldmenschen befreit hatte, konnte er auch einen Soldaten der Armee befreien. Und wenn die Armee durch eine kollektive Magnetisierung entstanden war, bedeutete die Befreiung eines Einzelnen die Befreiung aller. Also die Zerstörung der ganzen Armee.

»Doktor D'Amblanc, müssen wir nicht rechts abbiegen? Wir wollen doch nach Hause. Ich habe nach der Stromschleuder gefragt ...«

4.

Treignac schlief fast die ganze Zeit. Hätte man nicht das leichte Heben und Senken des Brustkorbs unter dem Hemd gesehen, hätte man glauben können, er sei tot. Mit dem bandagierten Kopf, den veilchenblauen Augen und dem Arm in der Schlinge um den Hals sah er aus wie ein Fremder. Bastien hatte geweint, als er ihn in diesem Zustand gesehen hatte, und dann hatte er sich für seine Wut und Enttäuschung geschämt. Treignac war für ihn immer unbesiegbar gewesen, kein Gegner konnte ihn bezwingen. Auch wenn die Gegner nicht so wie alle anderen gewesen waren. Bastien hatte die toten Gesichter durch das auf den Hof gehende Fenster der Grande Pinte gesehen. Sie hatten nicht bemerkt, dass er sie beobachtete, aber er hatte alles gesehen. Sie hatten die Menschen nach draußen gejagt, und Férault hatte sich dazwischen geworfen. Sie hatten ihn verprügelt und an einen Balken gebunden, bevor sie Feuer gelegt hatten. Als die Fensterscheiben platzten und die Flammen nach draußen züngelten und die Atemluft verzehrten, hatte Bastien gedacht, er müsse sterben. Das Feuer hatte seine Haare versengt und den Ärmel der Jacke angefressen. Auf der Suche nach Wasser hatte er sich instinktiv in den Brunnen gestürzt. Zum Glück hatte er die Kette zu fassen gekriegt und war Stück für Stück wieder nach oben geklettert, nass von Kopf bis Fuß, sodass die Flammen ihm nichts anhaben konnten. Er hatte sich hinausgeschlichen und Treignac gesehen, der wie ein Löwe kämpfte, bevor der blonde Riese ihn überwältigt hatte.

Und jetzt lag er regungslos ihm Bett. Bastien half ihm beim Essen und leerte den Nachttopf in der Latrine. Zum Glück halfen ihm Georgette und die anderen Strickerinnen aus dem

Faubourg, sie kochten und putzten, sodass er hin und wieder Zeit für die Arbeit im Laden fand.

Auch sein Arm war verbunden, er musste jeden Abend Salbe auf die verbrannte Haut auftragen. Die tote Haut war kein schöner Anblick, wer weiß, vielleicht würde sie so bleiben. Die Haare dagegen würden wieder nachwachsen, sie waren nur auf einer Seite etwas kürzer, aber das war nicht weiter schlimm.

An jenem Morgen hatte er einen Entschluss gefasst und die Aufzeichnungen Treignacs durchgesehen und das alte Heft durchblättert, in das dieser seine Eintragungen gemacht hatte, als er noch Polizist gewesen war, und das er ihm niemals freiwillig gegeben hätte. Er hatte darin die Adresse Maries gefunden und die Leute draußen nur nach der Straße fragen müssen. Er hatte den Faubourg nicht oft verlassen, und der lange Fußweg war wie die Reise in eine fremde Welt. Als er die Straße endlich gefunden und das Gebäude ausfindig gemacht hatte, war er zögerlich die Treppen bis unters Dach hinaufgestiegen, und plötzlich stand er vor der Tür Maries.

Er klopfte lange, ohne eine Antwort zu erhalten, und er wollte sich schon resigniert auf den Rückweg machen, als er hörte, wie ein Schlüssel herumgedreht wurde und die Tür sich öffnete.

Es dauerte einen Moment, bis er sie erkannte. Seine Mutter war in einem schrecklichen Zustand, die Haare aufgelöst, die Augen gerötet, sie roch nach Wein und Ruß. Die Frau, die mit hochgezogenen Augenbrauen vor ihm stand, schien eine andere zu sein.

»Was machst du denn hier?«, fragte Marie schließlich.

»Hast du gehört, was im Faubourg passiert ist?«

»Nein, was?«

»Sie haben die Grande Pinte niedergebrannt und Férault ermordet. Treignac wurde verletzt und ich ...«

»Wer? Wer hat das getan?« Sie hob eine Hand, die ihm bedeutete, zu schweigen. »Komm erst mal rein.«

Bastien folgte ihr ins Zimmer. Er tat ein paar Schritte und blieb dann wie angewurzelt mitten im Raum stehen. Er sah die Decke auf dem Diwan, auf dem Boden war Asche aus dem Kamin verstreut, überall lagen Theaterkostüme herum.

Marie tauchte mit einem Glas Wasser wieder auf.

»Wer hat Férault ermordet?«

»Die Schlafwandler«, antwortete der Junge, »so werden sie genannt. Die hassen uns. Ich war dabei, als sie die Schänke niedergebrannt haben. Ich habe alles gesehen ...«

Er wollte der Mutter seinen bandagierten Arm unter dem Hemd zeigen, aber als er ihren entrückten Gesichtsausdruck sah, ließ er es bleiben.

»Treignac geht es dreckig, er kann nicht sprechen. Die Scheißkerle haben ihn übel zugerichtet.«

Instinktiv wartete er auf eine Kopfnuss, die aber nicht kam.

Marie setzte sich auf einen wackligen Stuhl und blickte auf ihre Schuhspitzen.

»Es tut mir leid, Treignac ist ein guter Kerl«, sagte sie mit rauer Stimme. Sie hob die Augen und blickte ihn an: »Ich kann dir nicht helfen.«

Bastien zuckte mit den Schultern. Er war nicht gekommen, um sie um Hilfe zu bitten.

»Bist du krank?«

Marie schüttelte den Kopf und starrte weiterhin auf den Fußboden.

»Warum bist du gegangen?«, fragte er beharrlich weiter.

Sie seufzte und hustete, dann trank sie wieder etwas Wasser.

»Ich habe es dort nicht mehr ausgehalten«, sagte sie, als sie wieder Luft bekam. »Vielleicht verstehst du das, wenn du älter bist. Vielleicht gehst du dann auch. Du würdest nicht viel verlieren. Ich bin keine gute Mutter. Tut mir leid. Es ist besser, du gehst jetzt.«

Der Junge rührte sich nicht von der Stelle.

»Warum willst du mich nicht mehr?«

Sie überlegte, bevor sie antwortete:

»Wenn ich dich sehe, ist es immer wie ein Blick in die Vergangenheit, als ich noch Dienstmädchen war. Aber das ist nicht deine Schuld. Vergiss mich.«

Bastien spürte wieder die Wut, wie vor dem Bett mit dem bewegungslosen Treignac.

»Dann bin ich jetzt also allein.«

Marie verschränkte die Arme vor dem Bauch und beugte sich vor.

»Das geht allen so. Die Leute gehen, sie sterben, sie landen im Gefängnis. Am Ende ist man allein. Besser für dich, wenn du es frühzeitig lernst.«

Bastien wollte nur noch weg, aber er hielt sich zurück, bis er unten an der Treppe angelangt war, erst dann ließ er seinen Beinen freien Lauf und rannte zu seinem alten Faubourg, zu dem zurück, bei dem er sich immer sicher gefühlt hatte und dem jetzt Gewalt angetan worden war, der tödlich verletzt war, reduziert auf ein Bündel auf einem Feldbett.

5.

Louis-Marie Stanislas Fréron, ehemaliger Terrorist und Kopf des nach Moschus stinkenden Gesindels, zeigte Ansätze eines Doppelkinns. Sein ganzes Profil tendierte nach unten: der Doppelbogen der Augenbrauen, die schweren Lider, der lange Nasenrücken und die Lippen, die von nie gesagten Wortmengen nach unten gezogen wurden.

Der Chevalier d'Yvers sah ihn in den Beichtstuhl klettern, und eine Minute später erhob er sich vom Betpult, wo er auf seine Weise gebetet hatte, und setzte sich im Beichtstuhl auf die Bank des Sünders.

»Von Brandstiftung war keine Rede gewesen.«

Die Stimme Frérons war ein Flüstern. Diesseits des Vorhangs hätte man glauben können, ein Priester verhänge Bußen. Yvers nahm durch das Trenngitter das schwache Aufleuchten eines Knopfes wahr. Durch einen Spalt drang Kerzenlicht, das von vergoldetem Metall reflektiert wurde.

»Die Anweisung lautete: In Saint-Antoine zuschlagen, und das haben wir getan«, antwortete Yvers.

»Ihr habt die Aufmerksamkeit der ganzen Stadt auf euch gezogen!« Der flüsternde Ton Frérons war plötzlich lauter geworden. »Eine Sache ist es, Sansculotten zu verprügeln, aber das Risiko einzugehen, ein ganzes Viertel abzufackeln, ist etwas völlig anderes.«

Yvers antwortete unbeeindruckt: »Wir haben den Willen des Pöbels gebrochen, wir haben ihn vernichtet, wir haben ihn da geschlagen, wo er sich gewöhnlich versammelt. Und außerdem«, er näherte sich dem Gitter, bis er es fast mit der Nasenspitze berührte, »wird behauptet, dort verstecke sich ihr Held, ein gewisser Scaramouche.«

Aus dem Beichtstuhl drangen Zungenschnalzen und ein leiser, zwischen den Zähnen hervorgepresster Pfiff. Yvers stellte sich zusammengebissene Zähne vor. Drei Sekunden Schweigen, dann atmete der Abgeordnete hörbar aus:

»Nicht nur das unmittelbare Ergebnis einer Aktion ist uns wichtig«, sagte er. »Handlungen dieser Art lassen sich nicht als spontane Aktionen gewalttätiger Jugendlicher verkaufen, auch wenn lobenswerte Absichten und zu unterstützende Forderungen dahinter stehen. Euer Organisationsgrad lässt zweifellos vermuten, dass dort, wo es eine Armee gibt, es auch Befehlshaber geben muss.«

»Auf den Straßen von Paris werdet Ihr schon lange als Beschützer, wenn nicht als Auftraggeber der Aktionen des Mobs gesehen«, entgegnete Yvers. »Man kann nicht behaupten, dass Ihr viel tätet, um das zu dementieren.«

»Die Strategie ist meine Sache. Ich biete Geld und Schutz, ich gebe Ziele und Vorgehensweise vor.«

»Ich bin nicht Euer Untergebener. Unsere Beziehung beruht auf Abmachungen. Eure Zweideutigkeit gefällt mir nicht. Ihr verkauft die Reaktion als Fortsetzung der Revolution. Ihr wisst, dass Ihr lügt, Ihr seid nur ein Händler, der auf Gewinn aus ist.«

»Ihr haltet Euch entweder an die Anweisungen oder Ihr erhaltet keinerlei Unterstützung mehr!«

Ein Zuhörer außerhalb des Beichtstuhls hätte eine merkwürdige Erregung in der Stimme des Priesters bemerkt, während das Geflüster des Gläubigen unverändert ruhig blieb.

»Dann werden wir die Gelder anderswo eintreiben. Ich kann die Straßen in Schutt und Asche legen. Ich kämpfe für den Geist Frankreichs, *Bürger*, wie Roland und Jeanne d'Arc.«

»Beide nahmen ein trauriges Ende, und ihre Heere waren echt. Wenn Ihr glaubt, ohne mich weitermachen zu können, werdet Ihr in einer Sackgasse enden. Ihr habt die Wahl«, sagte Fréron.

Der Chevalier d'Yvers hörte, dass sich die Tür öffnete. Der Schatten hinter dem Gitter verschwand, durch die leere Kirche hallten Schritte.

Allein gelassen, verharrte er auf den Knien und faltete die Hände zum Gebet.

»*Sancte Michaël Archangele, defende nos in proelio; contra nequitiam et insidias diaboli esto praesidium. Imperet illi Deus, supplices deprecamur: tuque, Princeps militiae caelestis ...*«

6.

Das Sirren des in die Luft geschleuderten Hakens drang durch die nächtlich Stille. Die ausholende Kreisbewegung des Arms, der Wurf in Richtung Mauerkrone, das trockene Geräusch, wenn der Haken an den Ziegeln festsaß. Der maskierte Mann prüfte den Halt des Seils und begann hinaufzuklettern. Er stemmte die Füße gegen die Mauer und arbeitete sich mit den Armen hinauf. Oben angekommen, verschaffte er sich sicheren Stand, holte das Seil ein und ließ dann den Haken wieder kreisen, um ihn auf das daneben liegende Gebäude zu werfen. Der erste Versuch misslang, aber beim zweiten Versuch erwischte er das Dachgesims. Der zweite Aufstieg begann.

Schon seit längerer Zeit erkundete Scaramouche Wege über die Dächer, die es ihm ermöglichten, sich hoch über den Straßen zu bewegen. In einigen Situationen hatte ihn die Möglichkeit, in der Vertikalen zu verschwinden, nicht nur vor Verfolgung geschützt, sondern auch zur Ausgestaltung der Legenden über Scaramouche beigetragen. Einige schworen, sie hätten gesehen, wie er mit speziellen Federn unter den Sohlen auf Dächer gesprungen sei.

An diesem Abend wollte Léo in kein Haus eindringen und keine Hamsterer bestrafen, er hatte das Gefühl, dass es notwendig sei, sich die Dinge ungestört von oben anzusehen. Es war einige Zeit vergangen, seit er im Hof der Grande Pinte mit dem Haken geübt hatte. Er war jetzt stärker und gewandter und kletterte mit größerer Sicherheit. Das verdankte er der Ausbildung durch Bernard den Frosch und vielleicht der Schärfung der Sinne und des Geistes. Die Grande Pinte gab es nicht mehr. Férault war mit ihr verbrannt; Férault, der gute Teufel, einer von denen, die ihm geholfen hatten, als es ihm dreckig ging, der ihm Unterkunft und Verpflegung gegeben hatte; ein grausames Ende.

Bastarde.

Er zog das Seil hoch, rollte es auf und befestigte es am Gürtel, atmete tief durch und ließ den Blick über die Dächer von Paris schweifen. Die Nachtluft war klar, der Mond stand am Himmel und verschwand nur ab und zu hinter ein paar Wolken. Ein leichter Windhauch bewegte den Umhang. Léo ging langsam zu einer kleinen Schornsteingruppe. Dort fühlte er sich sicher, wie eine Katze oder ein Nachtvogel tauchte er ein in die nächtlichen Schatten.

Dieses Mal hatten die Schlafwandler erbarmungslos zugeschlagen, im Herzen von Saint-Antoine. Ein Toter. Férault. Mehrere Verletzte. Sogar ein Junge, Bastien.

Der Sohn Marie Nozières.

Bastarde.

Irgendwo da unten, hinter dem Wald aus Schornsteinen, ruhte Madame Guillotine. Tagsüber war sie weiter in Betrieb, aber es fielen nicht etwa die Köpfe der Muscadins. Die Maschine bot nicht mehr dasselbe Schauspiel, überlegte Léo. Es war, als habe man sich an ihre Gegenwart gewöhnt. Die Dinge veränderten sich rasch, das Szenenbild wechselte, genau wie die Schauspieler, aber die Guillotine war nicht in der Lage, ihren einzigen Satz zu variieren, jenen dumpfen, schweren Ton, den inzwischen alle nur zu gut kannten.

Er nahm die Maske ab und betrachtete das bedrohliche Profil des Schnabels und die runden Augen einer Eule.

Er stellte sich ein Plakat vor: »Scaramouche gegen die Armee der Schlafwandler«. Allein gegen hundert. Seine Thermopylen. Hieß er nicht außerdem Leonidas?

Er hob den Kopf und blickte über die Stadt. Paris war seine Bühne, vielleicht ein letztes Mal. Er fragte sich, wie lange er seine Stegreifkomödie noch variieren konnte, bevor sie ihn umbringen würden. Hatten sie ihn bereits in die Ecke gedrängt? Er fragte sich, ob es da unten, irgendwo irgendjemanden geben würde, der bereit war, sich der verlorenen Sache anzuschließen.

Vielleicht nicht. Denn wenn er genau darüber nachdachte, musste Léo zugeben, dass er eine rein private Schlacht schlug. Nicht die Revolution hatte ihn wie so viele enttäuscht, sondern das Leben selbst. Alle Hoffnungen und Kindheitsträume seit den Tagen, als er auf den Knien Meister Goldonis in der Villa Albergati gesessen hatte, hatten sich verflüchtigt. Er blickte auf eine lange Reihe verlorener Gestalten: Mingozzi, Goldoni ... die Menschen, die ihm in Paris etwas gegeben hatten: Colette, Férault, die Strickerin Marie, Andria und natürlich Bernard der Frosch und Adèle; seine Gegner auf dem Kampfplatz: Jean-Do, Soncourt; schließlich seine Feinde: die hassenswerte *Jeunesse dorée* ... und die Armee der Schlafwandler.

Und er saß oben auf einem Dach und überlegte, wie er angreifen, wen er berauben konnte. Im Namen von was? Er blickte in den schwarzen Himmel. Wer weiß, ob es ein Schicksal gab, das an den Sternen abzulesen war. Wer weiß, welches Finale das Höhere Wesen für ihn bereithielt. Sein Gewissen sagte ihm, dass es nichts Angenehmes sein konnte, aber der Kopf, der *nominepatris*, wie sie ihn in Bologna nannten, erwiderte, dass ein Schlag heimzuzahlen war, wie auf dem Kampfplatz, und dem musste er sich gewachsen zeigen. Der schlauen Katze die fette Maus. Auf den Einsatz des Antagonisten folgte die Antwort des Protagonisten, er musste sich die Bühne zurückerobern.

Léo setzte sich in Bewegung, huschte geduckt über die Dächer und lief weiter, auf der Suche nach einer Grenze, die es zu überschreiten galt.

NATIONALKONVENT

Auszug aus der Sitzung vom 12. Frimaire, Jahr III

MATHIEU: Bürger, im Namen des Allgemeinen Sicherheitsausschusses will ich hier ein formelles Dementi abgeben, und zwar zu den verleumderischen monarchistischen Darstellungen, die seit einigen Tagen in öffentlichen Blättern zu lesen sind. Dem Ausschuss wird vorgeworfen, er habe den Kindern des Capet, die Gefangene im Temple sind, Hauslehrer zur Seite gestellt und ihnen väterliche Fürsorge angeboten, um ihr Überleben und ihre Erziehung sicherzustellen.

Am 9. Thermidor hat der Ausschuss einen zweiten festen Aufseher in den Temple geschickt, weil er einen für nicht ausreichend hielt. Und weil der dauerhafte Aufenthalt von zwei Personen an derselben Stelle das Risiko von Korruption mit sich bringen kann, hat der Ausschuss bestimmt, dass die achtundvierzig Sektionen von Paris jeden Tag eines ihrer Mitglieder schicken, das vierundzwanzig Stunden lang die beiden anderen Wachen bei ihrer Arbeit unterstützt. Daran ist zu erkennen, dass der Allgemeine Sicherheitsausschuss an nichts anderes als an einen Überwachungsdienst gedacht hat und dass er dem Gedanken fernsteht, die Boshaftigkeit der Kinder des Capet bessern zu können oder ihnen Hauslehrer zur Verfügung zu stellen. Ausschuss und Konvent wissen in der Tat, wie man die Köpfe von Königen rollen lässt, aber sie kümmern sich nicht um die Erziehung ihres Nachwuchses.

NATIONALKONVENT

Auszug aus der Sitzung vom 8. Nivôse, Jahr III

LEQUINIO: Schon seit einigen Tagen wissen alle, dass böswillige und perfide Monarchisten neue Aktionen vorbereiten. Ihr werdet die Royalisten niemals zum Schweigen bringen, wenn ihr sie nicht der einzigen Hoffnung beraubt, die ihnen bleibt: Ich spreche von dem letzten Sprössling der unreinen Rasse des Tyrannen, der sich im Temple befindet. [*Applaus*] Mehrmals schon wurde die Ausweisung des französischen Thronfolgers gefordert. Ich beantrage, dass die Ausschüsse uns einen Vorschlag unterbreiten, wie der Boden der Freiheit von den einzig verbliebenen königlichen Überresten gesäubert werden kann.

FÜNFTE SZENE

Allianzen

Dezember 1794 – Januar 1795 (Nivôse, Jahr II)

1.

Als der Chevalier d'Yvers die Lektüre der Tagesblätter beendet hatte, wollte er sofort wieder von vorne beginnen, angefangen bei den Schlagzeilen und der Titelseite. Jedes Wort, jedes Komma und jeder Punkt musste abgewogen und bewertet werden, das war notwendig und unbedingt geboten. Der lange Artikel war für ihn geschrieben worden, das Blatt selbst war nur für ihn gedruckt worden. Überall in der Stadt waren bei eisiger Kälte tausend Kopien von einem Heer von Schreihälsen verkauft worden, damit eines von ihnen seinen Weg auch zu ihm fände.

Welche Verschwendung, welche Ehre für ihn, von Schurken, die keinerlei Ehre hatten. War es nur eine Warnung, oder war es bereits die Kriegserklärung? Wie auch immer, die Sache kam voran. Der große Tag stand kurz bevor.

Er machte es sich im Sessel bequem und kehrte zum Studium der Botschaft zurück, die ihm von den Mächtigen des Thermidor geschickt worden war, sowohl heimlich als auch *coram populo.*

»L'ORATEUR DU PEUPLE«
von Fréron
Abgeordneter des Nationalkonvents

Möge Frankreich erwachen, wenn es meine Stimme hört!
Senat, sei wachsam. Volk, höre genau zu.

Preis: drei Sous — Nr. LVIII vom 3. Nivôse

Die Sektierer setzen listige MITTEL ein, um sich der Straflosigkeit ihrer Verbrechen zu versichern.

WIDERLEGUNG folgender schwerwiegender Aussagen: Es existiert eine diktatorische Fraktion der öffentlichen Meinung; die öffentliche Meinung ist konterrevolutionär.

GEFAHREN monarchistischer Agitation unter der mutigen Jugend von Paris, die es unter Kontrolle zu halten gilt.

»Gnädiger Herr ...«

Yvers hob den Blick von der Zeitung. Im Türeingang stand La Corneille. Auch der Mann ohne Nase hielt ein Blatt in der Hand, zusammengerollt und mit einer Schnur umwickelt. Ohne Siegel.

»Ja?«

»Hier ist der Plan, den Ihr haben wolltet. Jedes Detail ist eingezeichnet, nicht nur der Turm, der gesamte Komplex.«

»Sehr gut, La Corneille«, sagte der Chevalier. Er erhob sich und nahm die Rolle entgegen. »Du kannst gehen.«

Als er wieder allein war, legte Yvers die Rolle auf den Tisch, ohne sie zu öffnen. Alles zu seiner Zeit. Er setzte sich wieder und fuhr in seiner Lektüre fort.

Die Sätze wirkten wie feucht gewordene Feuerwerkskörper, die nicht abhoben und eine Handbreit über dem Boden explodierten. Der Stil Frérons. Vordergründig verteidigte sich der Deputierte gegen die Attacken der anderen Thermidor-Strömungen, er kritisierte die Linken und die Rechten, bekannte seine Treue zur Republik, und zwischen den Zeilen sprach er ihn an, Yvers, und warf ihm vor, zu weit gegangen zu sein.

Die Armee der Schlafwandler war grausam.

Die Armee der Schlafwandler verbreitete Chaos.

Die Armee der Schlafwandler brachte die Politiker, die die Muscadins als Miliz benutzten, in große Verlegenheit.

Und die große Verlegenheit war dabei, sich in eine große Gefahr zu verwandeln.

Kehren wir zurück zu dem, was »die diktatorische Fraktion der öffentlichen Meinung« genannt worden ist. Damit meint man zuallererst diese Zeitung, »L'Orateur du Peuple«, sowie ihre Freunde im Nationalkonvent und bei der Jugend. Es gibt Leute, die uns mit allen Mitteln davon abhalten wollen, die ehrenvolle und schmerzliche Aufgabe zu erfüllen, die wir zum Wohl unserer Mitbürger übernommen haben. Um dieses Ziel zu erreichen, werden alle Mittel eingesetzt und es wird mit allen Tricks gearbeitet. Während man im Konvent lauthals gegen uns polemisiert, versucht man uns heimlich auseinanderzudividieren. Wir sind umgeben von Verrätern und Intriganten, die uns auseinanderbringen wollen, indem sie jene diskreditieren, *deren Einsatz für unsere Sache aufgrund der Umstände unbedingt erforderlich ist.* Kleine Vorzimmer-Machiavelli, mediokre, eifersüchtige Ränkeschmiede, alle wollen sie die Patrioten entzweien. Sie schlachten ein paar bedauernswerte Exzesse der Jugend aus, die diese bei ihrem täglichen Werk der Säuberung begeht, das zum Ziel hat, noch die letzten giftigen Schwänze des Robespierrismus auszureißen, nachdem die republikanische Justiz bereits dessen Köpfe abgeschnitten hat. Sie bauschen die Dinge auf und tragen lauthals die lächerliche und böswillige Anklage vor, der »Orateur du Peuple« erteile dem Abschaum die Befehle! Mithilfe des Blattes schicke der Deputierte Fréron Monarchisten und sogar *mesmerisierte Kriminelle* in die Faubourgs, damit sie dort Feuer legten, die Bewohner terrorisierten und straflos töten könnten!

Was für eine schamlose Verdrehung der Wahrheit, demjenigen Terror vorzuwerfen, der sich bemüht, die Straßen vom Terrorismus zu säubern. Sie schämen sich nicht, zu diesem Zweck alte Schrecken wiederzubeleben, Ängste zu beschwören und von der *Konterrevolution der Somnambulen* zu schwafeln, nur um die Bewohner der Faubourgs gegen uns aufzuhetzen.

Heuchlerischer Komödiant, dachte der Chevalier d'Yvers. Überall maskierte Männer und Narren. Die letzten Akte der Großen Parodie.

Die Verräter sollen wissen, dass es ihnen nichts nützen wird. Das Volk von Paris weiß die Schlangen zu erkennen, und es wird sie zertreten, genauso wie es Tag für Tag den hartnäckigen Robespierrismus zertritt.

Es ist zweifellos wahr, und das haben wir bereits gesagt, dass es Exzesse gegeben hat. Aktionen, die unserer Sache und dem Kampf der Jugend Schaden zugefügt haben, Aktionen, die wir *unverhältnismäßig* nennen, denn wir wollen ihnen keine Absicht unterstellen, keinen uneingestandenen Zweck, nämlich unserem Handeln den Mantel des Schändlichen umzuhängen.

Sollten auf den Straßen der Hauptstadt, in den Reihen derjenigen, die die *Jeunesse dorée* genannt werden, sich die Urheber einer Restauration der Monarchie und sogar neue und alte Anhänger des vorrevolutionären mesmeristischen Glaubens befinden, wäre es eine kriecherische, schmierige Verschwörung, schlimmer noch als die, die wir hier anprangern.

Damit es allen klar ist: Wir fordern alle auf, wachsam zu sein und wenn nötig Säuberungen vorzunehmen. An der Front im

> Inneren sind wir die ersten und entschiedensten Verteidiger der Republik. Wir haben sie verteidigt und verteidigen sie gegen den Robespierrismus, wir haben sie verteidigt und werden sie gegen Monarchisten und wen auch immer verteidigen.

Die Regierung würde bald gegen die Schlafwandler einschreiten.

Der Chevalier d'Yvers hatte es vorhergesehen, er hatte die Entwicklung verfolgt und den nächsten Schritt schon vorbereitet.

Ganz Frankreich würde verstört und erschüttert innehalten, wenn es die wichtigste Nachricht seit dem Tod Ludwigs erführe.

Die Welt würde den Atem anhalten.

2.

Das Palais Égalité gehörte nicht zu den Lieblingsorten D'Amblancs. Die käufliche Liebe machte ihn traurig, der Luxus der Restaurants war in seinen Augen Verschwendung, das Glücksspiel erweckte seine Narben zum Leben – umso mehr nach allem, was geschehen war.

Aber Chauvelin hatte ihm enthüllt, dass der Anführer der Armee der Schlafwandler ein Hausmeister des Palais war, der Mann mit der Nase aus Leder. La Corneille war mit Sicherheit nur der Mittler zwischen dem Chevalier d'Yvers und seinen Milizen. Er nahm an, dass die beiden sich hin und wieder trafen, und sicherlich brauchte der Chevalier einen Stützpunkt für seine kollektiven Magnetisierungen. Bei einem Monarchisten, der sich im Hospital Bicêtre versteckt hatte, konnte man auch nicht ausschließen, dass er das Palais Égalité zum Sitz seiner Intrigen machte. Sich an einem auffälligen Ort zu verstecken, war eine Strategie, deren Erfolg er bereits bewiesen hatte.

Deshalb frequentierte D'Amblanc seit einiger Zeit das Café unter den Arkaden mit seinen im Garten aufgestellten Tischen. Es war ihm peinlich, von Muscadins und Merveilleuses umgeben zu sein, die sich auf idiotische Art und Weise unterhielten, eine Gewalt ausstrahlten, die sie nach Sonnenuntergang verbreiteten, und die Gedanken an fürchterliche, ungerechte Zeiten weckten. Hier fand die Tagesversion des Balls der Opfer statt.

Es war nicht gut.

Es war nicht gut, dass jeder Gedanke ihn zu jenem Abend hinführte. Zu der Frau am Arm von Armand Chauvelin. Zu Cécile, die zu ihm gesagt hatte: »Nur Gott weiß, wie gern ich Olympe de Gouges gewesen wäre, aber ich habe es nur bis zur Witwe Girard gebracht.«

Um jene Worte aus seinem Kopf zu vertreiben, konzentrierte sich D'Amblanc auf die Menschen, die ihn umgaben. Seine Beobachtungen verstärkten seine Verachtung für die *Unglaublichen*.

Einige Wochen lang waren sie verunsichert gewesen, es hatten sich Zweifel eingeschlichen, seit Scaramouche mindestens zwanzig von ihnen außer Gefecht gesetzt hatte, immer nachts; verstümmelt, verkrüppelt, getötet in immer neuen Hinterhalten. Aber in letzter Zeit waren die Aktionen des Mannes mit der Maske seltener geworden. Um genau zu sein, nach dem Angriff der Armee der Schlafwandler auf die Grande Pinte in Saint-Antoine, seit dem Augenblick, da man noch lauter nach ihm verlangte.

Man muss es ihnen heimzahlen. Das wäre eine Sache für Scaramouche. Scaramouche würde Rache nehmen. Ich glaube, sie haben ihn gesucht. Wo war Scaramouche? Sie wollten ihn herausfordern.

Zweifellos hatte Yvers die Auseinandersetzung verschärft, und vielleicht dachte der Held mit dem Umhang über eine mögliche Antwort nach.

Aus welchem Grund auch immer, die Muscadins waren erleichtert.

»Augen auf, Jean! Du wirst sehen, heute haben wir Glück.«

»Das sagt Ihr jedes Mal, ich glaube, wir werden ihm nie begegnen«, protestierte der Junge.

»Doch, doch. Vielleicht hat er die Adresse gewechselt, und ich kann deshalb keinen Kontakt zu ihm aufnehmen. Bleib ruhig, wir werden ihn finden. Willst du eine Schokolade?«

D'Amblanc gab dem Kellner ein Zeichen und bestellte.

Während sie warteten, schleppte sich eine Frau an ihren Tisch. Sie war blass und hielt sich nur mühsam auf den Beinen. Mit dünner Stimme fragte sie, ob sie ihr etwas zum Essen überlassen könnten. D'Amblanc sah sofort, dass die Frau nicht nur Nahrung brauchte, sondern vor allem einen Arzt. Er bat sie, sich auf den leeren Stuhl zu setzen und es sich bequem zu machen, aber plötzlich wurde er vom Geschrei des Kellners unterbrochen:

»Hau ab, stör die Kunden nicht«, brüllte der Mann, obwohl der Kunde ihn aufforderte, die Frau nicht wegzuschicken. Aber sie flüchtete bereits, wie eine in der Speisekammer ertappte Maus, und als D'Amblanc hinter ihr herlief und sie an der Schulter berührte, verpasste sie ihm mit dem Arm einen Schlag vor die Brust und knurrte: »Lasst mich in Ruhe.«

Er kehrte zum Tisch zurück und setzte sich wieder neben Jean, auf dessen Oberlippe bereits ein dünnes Bärtchen sprießte.

»Ich glaube nicht, dass der Chevalier an diesen Ort kommen wird«, sagte er und schüttelte den Kopf.

D'Amblanc fragte ihn nach dem Grund.

»Weil die Leute hier ...«, Jean suchte nach den richtigen Worten »Ich glaube, sie tun nur so, als wären sie Adlige, aber man sieht genau, dass sie es nicht sind. Schaut Euch zum Beispiel diese Männer dort an.« Der Doktor drehte sich um. Eine Gruppe Muscadins hatte sich um die Bettlerin versammelt, die eben noch an ihrem Tisch gewesen war. »Wie laut sie lachen und reden. Sie haben vulgäre Manieren. Sie behandeln eine Frau aus dem niederen Volk nur so schlecht, weil sie wissen, dass sie selbst noch schlechter sind.«

Die vier Muscadins wurden von einigen Merveilleuses begleitet, die sich zwei Schritte hinter ihnen hielten. Sie hatten die Bettlerin umringt und stießen ihre Stöcke aufs Pflaster der Arkaden. D'Amblanc verstand nicht, was sie schrien, aber die Szene sprach für sich. Er erhob sich und ging auf die Gruppe zu.

Als er sich näherte, konnte er sie verstehen.

»Wi' haben di' schon einmal gesagt, du da'fst hie' nicht he'einkommen.«

»Dein Anblick ekelt uns an, *puah.*«

»Ve'such's mal mit Waschen, dann findest du vielleicht A'beit und kannst di' B'ot kaufen.«

»Abe' wie du aussiehst, kann man dich nu' mit dem Knüppel anfassen.«

D'Amblanc sah, wie einer der knotigen Stöcke gehoben wurde, die von diesem Abschaum »exekutive Gewalt« genannt wurden. Die Frau schrie und schützte mit den Händen ihren Kopf. Der Stock senkte sich, ohne sie zu treffen.

»Angst, was?«, kicherte der Muscadin.

»Buuh!«, machte ein anderer.

»Schluss jetzt«, rief D'Amblanc. Die Männer warfen ihm einen flüchtigen Blick zu. »Ich bin Arzt, lasst mich durch. Die Frau gehört in Behandlung.«

»Aber siche' He'' Dokto'. Wi' wollen sie ja ge'ade behandeln, abe' sie will nicht.«

Die Frau hatte drei Stricknadeln hervorgezogen, die sie jetzt wie Krallen zwischen den Fingern hielt. Sie fuhr damit durch die Luft, knurrte und stand anscheinend kurz vor einem Nervenzusammenbruch.

Der Anführer der Muscadins spuckte sie an.

Die Frau sprang auf ihn los, aber ein Stoß genügte, um sie auf den Boden zu befördern.

»Mein Wo't, Dokto'«, sagte der Muscadin, »wenn sie di' gefällt, bitte seh', pflücke di' diese Blume. Wi' machen uns an eine' stinkenden Bettle'in die Hände nicht schmutzig.«

Bei diesen Worten hob er den Arm und bedeutete den anderen, dass es Zeit war, sich zurückzuziehen.

Die Gruppe gehorchte unter Murren, und der Letzte der Gruppe, eingehakt von seiner Merveilleuse, trat der Bettlerin in den Rücken.

D'Amblanc sah, wie sie sich krümmte. Er rannte zu ihr und hob ihren Kopf an. Sie war ohnmächtig geworden. Die Stricknadeln rollten mit metallischem Klang über den Boden.

3.

Das erste Wort, das in Maries Dämmerzustand an ihr Ohr drang, war ein Name.

»Yvers ...«

Eine kindliche Stimme hatte ihn ausgesprochen, und ihre Gedanken wanderten zu Bastien. Sie erschauerte, vielleicht träumte sie immer noch. Sie hatte geträumt, konnte sich aber an nichts erinnern. Ein Alptraum, ein schreckliches Gefühl erdrückte sie. Die Stimme sprach weiter, aber es war nicht dieselbe, es war jetzt die eines Mannes, ruhig und tief. Marie wartete, bis die Schauer vorüber waren, und versuchte sich aufzurichten. Sie saß auf einem Bett in einem unbekannten

Zimmer. Sie lauschte angestrengt. Die Stimmen kamen aus dem angrenzenden Raum, die Tür war nur angelehnt.

»Ich erinnere mich nicht, gnädiger Herr.«

»Ich bin kein gnädiger Herr, Jean.«

»Der Chevalier war mein Herr.«

»Aber er hat dich verlassen.«

Es folgte langes Schweigen. Im Akzent des Kindes hatte Marie etwas ihr Vertrautes erkannt.

»Er war gut ...«

»Wir werden ihn wiederfinden, du musst Geduld haben.«

Marie erhob sich und ging mit unsicheren Schritten zur Tür. Sie zögerte noch, aber dann öffnete sie sie langsam. Der Mann und das Kind saßen an einem Tisch und drehten sich zu ihr um. Der Mann stand auf und ging ihr ohne Eile entgegen, als befürchte er, sie zu ängstigen.

»Ihr seid aufgewacht! Bitte, setzt Euch.«

Er begleitete sie zu einem Stuhl und hielt sich in ihrer Nähe, um sie jederzeit stützen zu können. Das Kind folgte ihr mit großen, dunklen Augen. Als sie sich gesetzt hatte, stellte der Mann einen Teller mit zwei gekochten Kartoffeln vor sie hin.

»Esst ein wenig, Ihr müsst wieder zu Kräften kommen.«

Das Gesicht des Mannes war von Leid gezeichnet, vielleicht sah er älter aus, als er war. Sein Blick war aufrichtig.

»Wer seid Ihr?«, fragte Marie stockend und mit einer Stimme, die sie selbst kaum wiedererkannte.

»Ich bin Arzt, ich heiße Orphée d'Amblanc. Ich habe euch im Palais Égalité erste Hilfe geleistet ... Ihr seid ohnmächtig geworden, erinnert Ihr Euch?«

Marie versuchte den Nebel zu durchdringen, der sich langsam lichtete. Sie war ohnmächtig geworden, ja, nachdem die aufgeputzten, parfümierten Ohrfeigengesichter sie umzingelt hatten.

»Meine Stricknadeln ...«

D'Amblanc blickte sich verlegen um. Der Junge stand auf, ging zu einer Anrichte und brachte Marie die Nadeln.

Sie nahm sie und hielt sie im Schoß, als wären sie das Kostbarste, das sie besäße. Sie nahm die Gabel und begann zu essen. Bei jedem Bissen, den sie langsam kaute, spürte sie, wie ihr Magen es ihr dankte und die Kräfte zurückkehrten.

»Wie heißt Ihr?«, fragte der Doktor.

»Marie Nozière.«

»Gibt es einen Ort, an dem Ihr zu Hause seid?«

Marie nickte und schwieg.

»Gut. Wenn Ihr euch besser fühlt, Bürgerin Nozière, werde ich Euch nach Hause begleiten.«

»Ich gehe allein.«

Der Doktor sagte nichts.

Marie wandte sich an den Jungen:

»Kommst du aus der Auvergne?«

Marie bemerkte das Erstaunen im Gesicht des Erwachsenen.

Der Junge nickte: »Ja, gnädige Frau.«

»Aus welcher Stadt?«

»Yvers.«

»Er heißt Jean«, unterbrach D'Amblanc. »Seid Ihr auch aus der Auvergne?«

»Ja, vor vielen Jahren«, antwortete Marie und konzentrierte sich wieder auf ihre Kartoffeln.

»Gehen wir heute wieder zum Palais Égalité und suchen den Chevalier?«, fragte Jean.

D'Amblanc strich ihm mit der Hand über den Kopf, die liebevolle Geste rührte Marie.

»Nein, Jean, heute nicht. Wir begleiten die Bürgerin Nozière nach Hause.«

»Das ist nicht nötig. Ich habe ja schon gesagt, dass ich das allein schaffe.«

Marie wollte aufstehen, aber für einen kurzen Augenblick wurde ihr wieder schwindlig und sie fiel auf den Stuhl zurück. D'Amblanc stützte sie am Ellenbogen, und als er sie berührte, wurde sie von Angst gepackt und hielt instinktiv die Stricknadeln hoch. D'Amblanc trat einen Schritt zurück und hob die Hände zum Zeichen der Kapitulation.

»Ich bitte Euch, Bürgerin ... Es war nicht meine Absicht ... Ich bin Arzt, ich sagte das bereits. Warum legt Ihr Euch nicht wieder aufs Bett? Ihr könnt nach Hause gehen, wenn Ihr Euch kräftig genug fühlt.«

Gegen ihren Willen gehorchte Marie, und nachdem sie sich hingelegt hatte, fiel sie in einen unruhigen Schlaf. Schemenhafte, undeutliche Figuren umringten sie, zerrissen ihre Kleider und nahmen ihr den Atem.

Als sie wieder erwachte, wusste sie nicht, wie lange sie so gelegen hatte, aber es dämmerte bereits. Sie hielt die Stricknadeln noch immer in der Faust, und jemand hatte ihr eine Decke übergelegt. Am Fußende des Bettes saß der Junge. Unbeweglich und mit leerem Gesichtsausdruck beobachtete er sie.

»Wo ist der Herr?«, fragte sie ihn. »Er ist nicht dein Vater, oder?«

Jean streifte die Decke mit der Hand und blickte auf seine Finger.

»Nein, er ist Arzt. Weil Ihr schlieft, ist er ausgegangen. Er hat mir aufgetragen, auf Euch aufzupassen.«

Marie stand auf. Sie fühlte sich immer noch leicht betäubt, aber es gelang ihr, aufrecht zu stehen. Sie dachte daran, nach Hause zu gehen, aber dann fiel ihr ein, dass das bedeutet hätte, den Jungen allein zu lassen. Er musste ungefähr das Alter Bastiens haben.

»Und wer passt auf dich auf?«

Er zuckte mit den Schultern.

»Wie alt bist du?«

»Ich weiß es nicht, gnädige Frau.«

Marie warf ihm einen befremdeten Blick zu.

»Willst du mich auf den Arm nehmen?«

Der Junge errötete und legte einen Finger an die Stirn.

»Der Kopf ... funktioniert nicht so gut, gnädige Frau. Der Doktor behandelt mich und hilft mir, den Chevalier wiederzufinden.«

Marie ging ans Fenster und schaute auf die Straße. Es war fast dunkel. Der Junge schien ein bisschen verrückt zu sein.

»Ist dieser Chevalier ein Verwandter von dir?«, fragte sie, ohne sich umzudrehen.

»Nein, gnädige Frau.«

Marie blickte in die Dunkelheit, die sich hinter den Scheiben über die Stadt senkte, und dachte an die Dachkammer Claires. Dort würde sie sich verkriechen und sich mit dem übrig gebliebenen Wein betrinken, bis sie alles vergessen hätte. Aber irgendetwas hielt sie zurück. Wenige Schritte von ihr entfernt stand dieser merkwürdige Junge mit den großen Augen und seiner außergewöhnlichen Geschichte. Nach vielen Jahren waren die Alpträume zurückgekehrt und quälten sie. Da war das verzweifelte Verlangen, sich an etwas zu klammern oder zu sterben. Sie war nahe daran gewesen. Aber man hatte sie aufgesammelt, hatte sie zurückgebracht. Sie erkannte die eigene Einsamkeit im Blick Jeans, der so anders war als der Bastiens.

»Habt Ihr eine Familie, gnädige Frau?«, fragte Jean.

»Nicht mehr«, sagte sie unsicher.

»Dann könntet Ihr hier bleiben.«

Sie hörten, wie die Tür geöffnet wurde. Marie ging ins Zimmer nebenan, gefolgt von Jean, gerade als D'Amblanc eintrat, der aussah, als sei er weit gelaufen.

»Guten Abend, es freut mich, dass Ihr wieder auf den Beinen seid. Hat Jean Euch Gesellschaft geleistet?«

Marie bemühte sich vergeblich um ein halbes Lächeln.

»Ja.«

»Vielleicht solltet Ihr noch etwas essen, bevor Ihr geht.«

Der Doktor musste verstanden haben, dass sie seit einiger Zeit alle Mahlzeiten ausließ. Marie dachte wieder an das Dachzimmer Claires, wo sie sich so oft geschworen hatte, auf ihre Freundin zu warten. Eines Abends würde sie sich auf den alten Diwan legen und nicht wieder aufwachen. Etwas anderes gab es für sie nicht mehr.

»Ich habe ein paar Knochen für die Suppe aufgetrieben«, fügte D'Amblanc hinzu und zog ein Päckchen unter der Jacke hervor. »Das macht das Militärbrot weich und gibt ihm Geschmack. Dazu werde ich noch ein paar Zwiebeln anbraten. Wie wär's?«

Marie blickte den Jungen an, dann wieder den Mann und legte die Stricknadeln schließlich auf den Tisch.

Als das Essen beendet war, wünschte Jean den beiden eine gute Nacht und ging zum Schlafen in das andere Zimmer.

D'Amblanc begann eine langstielige Pfeife zu stopfen. Das Zimmer lag im Halbdunkel, nur zwei Kerzen spendeten ein wenig Licht.

»Was hat der Junge?«, fragte Marie und legte den Finger mit derselben Geste an die Stirn, wie Jean es getan hatte.

D'Amblanc entzündete die Pfeife, nahm ein paar tiefe Züge und ließ den Rauch zur Zimmerdecke emporsteigen, der im Lichtschein merkwürdig bewegte Figuren bildete.

»Man hat ihm Schlimmes angetan. Als er noch ein Kind war.«

»Er sagt, Ihr helft ihm, einen Chevalier zu finden ...«

»In Wirklichkeit ist er es, der mir hilft.«

Marie blickte ihn erstaunt an.

»Das verstehe ich nicht«, sagte sie mit einem Schulterzucken.

D'Amblanc rauchte weiter und lächelte.

»Warum helft Ihr mir?«, fragte sie nach einer Weile.

D'Amblanc schien nachzudenken.

»Glaubt Ihr an das, was auf den Fahnen der Republik geschrieben steht? Brüderlichkeit ...«

»Früher vielleicht«, antwortete sie. »Aber jetzt ... Ich weiß nicht. Handelt Ihr danach? Kümmert Ihr Euch um die Menschen?«

»Ich bin Arzt.«

Er sagte das ohne Emphase.

»Wenn es mehr Menschen wie Euch gäbe ... Aber der gute Wille genügt nicht«, wandte Marie ein, »Gerechtigkeit muss sein. Die, die über mich hergefallen sind ...«, sie fand nicht die richtigen Worte, »mit den Fahnen der Republik putzen die sich den ...«, sie hielt verlegen inne.

»Ja, es gibt skrupellose Menschen.«

»Wie die, die in Saint-Antoine die Grande Pinte zusammen mit dem Wirt niedergebrannt haben.«

Der Besuch Bastiens fiel ihr ein, als er ihr erzählt hatte, was im Faubourg passiert war. Ihre Erinnerung war verschwommen und undeutlich. Sie war betrunken gewesen an dem Tag.

»Ich war in Saint-Antoine «, nickte D'Amblanc. »Ich habe gesehen, was dort geschehen ist. Alle vertrauen darauf, dass Scaramouche sie rächen wird.«

»Schöne Hoffnung, aber einer allein reicht nicht.«

»Manchmal denke ich, es gibt ihn gar nicht, er ist nur eine Legende, die sich das Volk ausgedacht hat, um sich Mut zu machen.«

»Den gibt es wirklich!«, sagte Marie heftig. Sie sah sich in der alten Wohnung in den Armen Léo Modonnets. »Ich habe ihn gekannt«, fügte sie schnell hinzu.

D'Amblanc schaute sie ungläubig an.

»Scaramouche? Den, den sie den *Unglaublichentöter* nennen?«

»Keine Ahnung, ob es derselbe ist. Aber letztes Jahr war ein italienischer Schauspieler in Saint-Antoine, der hat es den betrügerischen Händlern heimgezahlt und war als Scaramouche verkleidet.«

D'Amblanc nahm die Pfeife aus dem Mund und beugte sich zu ihr.

»Warum sollte es nicht derselbe sein?«, fragte er zögernd.

Marie dachte nach, sie wunderte sich über die plötzliche Neugier des Arztes.

»Ja, warum nicht? Ich glaube, dass er es ist.«

D'Amblanc schwieg für ein paar Sekunden. Marie spürte, dass er überlegte, ob er sich ihr anvertrauen konnte. Warum hätte er das tun sollen? Sie war nur Abfall, den er auf dem Pflaster des Palais Égalité aufgelesen hatte. Trotzdem stieg so etwas wie Hoffnung in ihr auf. Genau hier vor ihr schien das Ende eines Seils zu hängen, das darauf wartete, von ihr ergriffen zu werden, an dem sie ziehen musste, damit der Vorhang fiel, damit sie neuen Lebenswillen fand, um einen Weg einzuschlagen, der jedoch nicht ins Licht, sondern in die dunkelsten Winkel ihrer Erinnerung führen würde.

»Ich suche eine bestimmte Person, einen gefährlichen Menschen, aber wie Ihr selbst sagt, der gute Wille allein genügt nicht, ich brauche Verbündete«, sagte D'Amblanc schließlich.

Da war sie, die Gelegenheit, dachte Marie. Ich muss die Hand heben, zupacken und ziehen.

»Die Person, die Ihr sucht ist jener Chevalier ... der, der den Jungen verlassen hat?«

D'Amblanc nickte.

»Er ist ein untergetauchter Konterrevolutionär, und ich bin sicher, dass er hier in Paris ist. Ich glaube, dass er der Kopf der Bande ist, die die Grande Pinte niedergebrannt hat, der Armee der Schlafwandler.« Nach einer kurzen Pause fügte er hinzu: »Glaubt Ihr, dieser Scaramouche, der Italiener, würde mir helfen?«

»Ich weiß nicht«, antwortete Marie zerstreut. »Bei was?«

»Um an den Kopf der Schlange zu kommen.«

Marie blickte ihn wieder an.

»Und um ihn abzuschneiden?«

D'Amblanc sagte nichts, das war nicht nötig. Marie fragte sich, ob es das war, was sie wollte: eine Spur, eine Jagd, die Rache der Schwachen, ihren Teil daran. Sie hatte bereits alles verloren, sie hatte nichts mehr aufs Spiel zu setzen, nur ihre traurige, sich jeden Tag dahinschleppende Existenz. Das Schicksal bot ihr eine Chance.

»Ich sage Euch, wie er heißt, und lege ein gutes Wort ein, aber nur unter einer Bedingung«, sagte sie, und jetzt war ihr, als hätte sie ihre eigene Stimme wiedergefunden: »Ihr müsst auch mich als Verbündete akzeptieren.«

»Euch?«, sagte D'Amblanc verwundert. »Ihr braucht regelmäßige Mahlzeiten und Ruhe, außerdem seid Ihr ...«

»Eine Frau«, kam sie ihm zuvor, »und außerdem eine schlechte Mutter, wenn wir schon dabei sind. Und ich trinke zu viel, aber das ist meine Bedingung.«

»Einverstanden«, sagte D'Amblanc. Er gab ihr wie einem Mann die Hand. »Wie heißt dieser Schauspieler?«

»Léo Modonnet.«

»Gut. Vielleicht sollten wir uns in den Theatern erkundigen. Irgendjemand wird ihn schon kennen.«

4.

»Ein italienischer Schauspieler? Modonnet? Wieso? Ist Modonnet ein italienischer Familienname? Nein, in meiner Kompanie spielen nur Franzosen. Versucht es mal im Théâtre du Marais, da spielen sie manchmal noch die Commedia dell'Arte.«

»Mmh, Modonnet ... Warte einen Moment. Héctor, wie hieß der italienische Schauspieler mit dem französischen Namen? Der, der behauptet hat, er wäre der Sohn von Goldoni, du weißt doch. Wie? Ach ja, genau der, Modonnet! In meinem Alter, verdammt gutes Gedächtnis ...«

»Sicher, vom Sehen kannte ich den, aber hier bei uns ist der nie aufgetreten. Der war auf der Liste der Verdächtigen, ein Hitzkopf, der stellt dir in kurzer Zeit das ganze Theater auf den Kopf, und dann kannst du den Laden zumachen.«

»Der Name kommt mir bekannt vor, Doktor. Moment, ich gehe mal eben in mein altes Büro, vielleicht gibt es da eine Akte von ihm. Da ist er. Leonida Modonesi, genannt Modonnet, fünfunddreißig Jahre alt, geboren in Bologna, Italien. Als Aufsicht für die Vorstellungen hatte ich in zwei Fällen mit ihm zu tun. Im ersten Fall erhielt er eine Verwarnung, weil er im Théâtre Giscard eine Prügelei ausgelöst hatte. Dann saß er ein paar Tage im Gefängnis und erhielt eine schriftliche Verwarnung, weil er an einer Schlägerei im Théâtre Chouette beteiligt war. Meine Meinung nach war der Mann bei Prügeleien besser als auf der Bühne. Ich habe ihn gesehen, ich glaube im Figuier, und das eine Mal hat mir gereicht. Giscard, Chouette, Figuier ... alles kleine Bühnen, die nach der Freigabe der Lizenzen wie Pilze aus dem Boden geschossen sind. Das Chouette ist schon lange zu, soviel ich weiß. Mehr weiß ich auch nicht, ich kümmere mich schon seit sechs Monaten nicht mehr um die Theater, und so wie die Dinge sich in letzter Zeit verändert haben, könnte dieser Modonnet das Idol der Massen ...«

»Aber natürlich, so ein Großmaul kann man gar nicht vergessen. Der ist hier mit der Kompanie La Résistance aufgetreten, die spielten eine Komödie mit Scaramouche. Doch, doch, ich bin mir sicher. An welchem Theater die jetzt arbeiten, weiß ich nicht. Aber der ist bestimmt nicht mehr dabei, den haben sie rausgeschmissen. Und recht hatten sie, wenn ihr's genau wissen wollt. Als Schauspieler war er gut, aber sonst war er ein Arschloch!«

»Colette, komm bitte mal her. Der Doktor hier sucht Léo Modonnet, kannst du dich an den erinnern? Weißt du, was aus dem geworden ist, nachdem wir ihn rausgeschmissen haben?«

»Sie haben ihn woanders als Ersatzmann eingestellt, glaube ich.«

»Und danach?«

»Keine Ahnung, ich habe nichts mehr mit dem zu tun gehabt.«

»Ihr müsst entschuldigen, Bürgerin, ich will mich nicht in Eure Angelegenheiten einmischen, aber als Ihr noch mit ihm zu tun hattet, wo wohnte er da?«

»In der Rue d'Enfer 4, die heißt jetzt Rue Bleue.«

»Der Scheißitaliener war mit der Miete drei Monate im Rückstand! Der hat gedacht, er hätte hier das Sagen. Mit Fußtritten habe ich den aus dem Haus gejagt! Man hat mir dann erzählt, dass er ins Grand Hôtel am Pont Neuf gezogen ist. Oben hat er seine Mätzchen als Possenreißer gemacht und unten schlief er. Geschieht ihm recht. Sollen ihn die Ratten fressen.«

»Der ist hier aufgetreten, der hat mit mir zusammen gespielt. Der Typ war gut, ich habe viel über ihn gelacht. Wir haben uns gegenseitig Mut gemacht, ich bin auch Italiener. Er musste dann für eine Weile verschwinden, weil er Mist gebaut hat. Er hat mir die Geschichte nicht selbst erzählt, ich weiß das von anderen. Ich habe ihn schon seit Monaten nicht mehr gesehen. Vor einiger Zeit ist er plötzlich wieder aufgetaucht, aber er hatte keine Auftritte mehr. Er kam eines Morgens ganz früh auf die Brücke. Er hatte sich mit einem Muscadin gestritten und musste gegen einen von ihnen an der Stadtmauer kämpfen. Er hat mich gefragt, ob ich sein Sekundant sein könnte, also bin ich mitgegangen. Ich habe gesehen, wie er gekämpft hat. Der hat dem Moschusochsen den Arsch grün und blau gehauen. Der war so gut, dass er dann Boxer geworden ist. Seinen Impresario habe ich auch gesehen, der war aus Marseille, ich glaube, er heißt Bertrand. Dann habe ich ihn nur noch einmal gesehen, eines Abends, als ich schon am Zusammenpacken war. Wir haben über Goldoni geredet ... Was meint Ihr? Ja, an Bertrand erinnere ich mich, aber wie der genau hieß ... Vielleicht hieß er auch Bernard. Der hatte einen Spitznamen, sie nannten ihn ...«

»Der Italiener war ein ganz ansehnlicher Kerl, wirklich. Ja, Bernard der Frosch hat ihn unter seine Fittiche genommen, der versteht eine Menge von Schlägen. Der hat für ihn die Wetten und die Kämpfe organisiert, ein gutes Geschäft. Aber der lässt sich schon lange nicht mehr blicken. Vielleicht hat er sich ein paar Knochen gebrochen und muss sich auskurieren. Bernard der Frosch? Heute müsste einer von seinen Leuten dabei sein und kämpfen. Oder, Henri? Wenn Ihr Zeit habt, wartet einfach, früher oder später kommt er.«

»Einen Italiener namens Léo Modonnet? Ja, könnte sein, dass ich den kenne. Ich muss nachdenken. Vielleicht würde es mir helfen, wenn ich wüsste, wer ihn sucht.«

»Ich heiße Orphée d'Amblanc, ich bin Arzt ...«

»Marie Nozière, Strickerin aus Saint-Antoine. Sagt ihm, ich müsse dringend mit ihm sprechen.«

5.

Als er den Namen aus dem Mund Bernards hörte, erstarrte Léo. Er hatte in all der Zeit hin und wieder an sie gedacht, die Erinnerung an sie war von der Art, die er sich für besondere Augenblicke aufbewahrte, wenn er mit sich allein war. Der Name traf ihn wie ein Blitz aus heiterem Himmel, und er musste zugeben, dass ganz hinten in seinem Gedächtnis noch immer die Hoffnung lebendig war, sie möge den zurückgekehrten Scaramouche wiedersehen wollen. Er war erhört worden. Er hatte nicht daran geglaubt, aber jetzt stand sie vor ihm, im Unterschlupf Bernards.

Sie war es, aber sie war nicht mehr dieselbe. Ihr Gesicht war schwer gezeichnet, als sei sie in einen Taifun geraten, dem sie gerade noch lebendig entronnen war. Léo fand sie noch schöner, auch wenn sie nicht mehr schön war.

Sie war in Begleitung eines nicht eleganten, aber ansehnlichen Mannes gekommen, der sich als Arzt vorstellte und sich einen Schritt hinter ihr hielt.

Léo wusste nicht, was er sagen sollte, zum Glück begann Marie.

Sie sagte, sie suchten Scaramouche, den *Unglaublichentöter*, den, der die Muscadins bestraft, und sollten sie ihm jetzt nicht gegenüberstehen, hätten sie sich wohl in der Person geirrt und ihn umsonst gestört.

Léo ließ sich Zeit. Er fragte sie, wer der Mann in ihrer Begleitung sei. Marie gab D'Amblanc ein Zeichen näher zu kommen.

Er heiße D'Amblanc, sagte er und brachte die Sache sofort auf den Punkt. Wenn Scaramouche die *Jeunesse dorée* bekämpfte, dann würde es ihn vielleicht interessieren, wer der Anführer der Armee der Schlafwandler sei. Er wisse, wer das sei, und suche ihn.

»Der Mann ohne Nase führt sie an, das ist allgemein bekannt«, sagte Léo.

D'Amblanc sagte, nein, das stimme nicht, der sei bloß die rechte Hand. Es gebe einen anderen, einen sehr viel klügeren Mann, der sich niemals öffentlich zeige.

»Und woher wisst Ihr das?«, fragte Léo.

Das sei eine lange Geschichte, antwortete D'Amblanc, und er werde sie ihm erzählen, wenn Scaramouche bereit sei, ihm zu helfen.

Léo blickte Marie an, als suche er Bestätigung. Ihr Blick sagte ihm, er könne dem Mann vertrauen. Wenn sich ihre Wege aufs Neue kreuzten, dann musste das einen Grund haben. Eine Regiebuchvariante, ein unerwarteter Szenenwechsel, vielleicht auch der Figuren.

Er bot ihnen zwei wurmstichige Hocker an und hörte zu.

Als D'Amblanc geendet hatte, blieb Léo lange gedankenverloren sitzen. Er war sich nicht sicher, alles richtig verstanden zu haben. Die Sache mit dem magnetischen Fluss überzeugte ihn nicht. Aber dennoch erklärte das, wenn man den Worten des Doktors Gauben schenkte, die außerordentliche Widerstandsfähigkeit der Schlafwandler.

»Bei allem Respekt, Bürger, aber das Fluidum scheint mir eine Art Zauberei ...«

D'Amblanc blieb ruhig und sagte, derjenige, den sie suchten, sei eine Art Magier, eine Art Hexenmeister, ein äußerst gefährlicher Mann. Ohne ihn würden die Schlafwandler ihre Macht verlieren.

»Und woher wollt Ihr wissen, dass dieser Mann seine ... Fähigkeiten nicht auch irgendeinem anderen übertragen hat?«, fragte Léo.

D'Amblanc hatte die Frage erwartet und antwortete ohne zu zögern, der Mann sei nicht der Typ, der wolle keine Schüler, der wolle nur Soldaten.

»Sagt mir, wer er ist!«, forderte der Schauspieler ihn auf.

Die Antwort erhöhte seine Neugier. Ein kleiner Schwertadliger, ein Komparse, der sich mit seinem Auftritt einen Platz auf der Bühne, eine Rolle von gewisser Bedeutung erobert hatte. D'Amblanc verdächtigte ihn politischer Protektion, er verfolge langfristige Ziele, sagte er.

Léo bemerkte einen leichten Anflug von Sympathie für diesen Mann. Wer weiß, ob Scaramouche in ihm nicht einen würdigen Gegner gefunden hatte ...

»Und daran wollt Ihr ihn hindern?«

D'Amblanc antwortete, er habe seine Gründe, die zu erklären nicht einfach sei. Aber der Mann müsse in jedem Fall aufgehalten werden.

Léo wandte sich an Marie:

»Und was hab Ihr mit der ganzen Sache zu tun?«

Der Doktor habe ihr geholfen, er habe ihr das Leben gerettet, sie sei ihm einen Gefallen schuldig, antwortete sie.

Léo näherte sein Gesicht dem von D'Amblanc, bis sich ihre Nasen fast berührten.

»Schaut mir in die Augen, Doktor. Meint Ihr es ernst? Die muss man nämlich nicht behandeln, die muss man erledigen. Diese Menschen sind nicht besonders höflich, versteht Ihr?«

Das wisse er sehr gut, antwortete D'Amblanc, und gemeinsam würden sie das Notwendige tun.

Léo blickte sich um. Er dachte an die staubige, unterirdische Höhle, in der er hauste, an die Lumpen, die er am Leib trug, an die Kleidung Scaramouches, die Marie Nozière ihm vor langer Zeit besorgt und genäht hatte und die mit seinem »Spazierstock« unter der Strohmatratze lag. Was hatte er schon zu verlieren?

Er wandte sich wieder an D'Amblanc:

»Wie wollt Ihr vorgehen?«

Die Frage ermutigte D'Amblanc. Er sagte, man müsse seine rechte Hand so lange verbiegen, bis auch der Kopf gezwungen sei nachzugeben.

Das Bild belustigte Léo.

»Seid Ihr sicher? Der Herr Ohne-Nase ist nie allein. Es sind immer vier Leibwächter um ihn herum, sie begleiten ihn sogar zum Pinkeln; bärenstarke Typen, die geben niemals auf, nur wenn man sie tötet ...« sagte er.

Jetzt weiß auch der Doktor, dass ich La Corneille im Auge behalte, dachte Léo. Er war überzeugt, dass La Corneille derjenige war, der das Geld verteilte, auch wenn es ihn erstaunte, dass ein solcher Mensch so freigiebig war. Aber ohne Bezahlung hätten die Parfümierten keinen Finger für ihn gerührt, das war sicher.

D'Amblanc sagte, er könne die magnetische Verbindung auflösen. Er wisse, wie. Dann, und das könne er ihm versichern, würden sie umfallen wie jeder gewöhnliche Mensch.

»Es sind immer noch fünf gegen zwei«, erinnerte ihn Léo.

»Fünf gegen drei, wolltet Ihr sagen«, machte Marie sich bemerkbar.

Die beiden Männer blickten sie erstaunt an, aber die Entschlossenheit in ihrem Gesicht hielt sie davon ab, Einwände vorzubringen.

6.

Der Mann ohne Nase verließ das Palais Égalité in Begleitung von vier mit Stöcken bewaffneten Muscadins. Ihre starren Blicke und der steife Gang waren die Zeichen der Somnambulisierung. Die abendliche Kälte, die die Atemluft vor ihren Mündern weiß färbte, machte ihnen anscheinend nichts aus. Sie bildeten ein Quadrat um ihren Schützling: Einer ging voraus, zwei liefen an den Seiten und einer bildete die Nachhut, ihre Schritte hallten auf dem nassen Pflaster. Die beißende Kälte nach Sonnenuntergang hatte die Straßen leergefegt. La Corneille lief gebeugt, eingehüllt in einen alten Mantel und einen Schal, aus dem die Nasenprothese wie ein kleiner Schnabel herausschaute.

Orphée d'Amblanc stand im Schatten eines Eingangsportals. Kaum war die Gruppe an ihm vorbei, holte er den Stromstab unter seinem Gehrock hervor und ging auf den letzten Mann zu. Der hatte eine Bewegung wahrgenommen und drehte sich um, aber es war zu spät, er konnte dem Schlag nicht mehr ausweichen und schrie auf, als die elektrische Ladung durch seinen Körper fuhr. Als ihn ein zweiter Schlag an der Schläfe traf, stürzte er zu Boden.

Die magnetische Kette war gesprengt. In diesem Moment kam Léo aus einer Seitengasse und zertrümmerte einem der Muscadins die Kniescheibe. Sein Schmerzensschrei hallte durch die Nacht.

Einer der beiden unverletzt Gebliebenen warf Léo zu Boden und versuchte, ihn mit beiden Händen an der Gurgel zu packen. Der Zweite schlug mit seinem Stock um sich, aber D'Amblanc wehrte die Hiebe mit dem Elektrostab ab und schlug dem Muscadin damit auf den Kopf, bis er nach dem dritten Hieb zusammenbrach.

Léo hatte die Hoden seines Gegners gepackt und quetschte sie, bis der andere schrie und seinen Hals losließ. *Es gibt keine verbotenen Schläge.* Der Satz Bernards fiel ihm ein. Er schüttelte den Gegner ab, richtete sich auf, und als der andere wieder angreifen wollte, stellte D'Amblanc ihm ein Bein und Léo trat ihm mit aller Kraft ein paar Mal in die Rippen, sodass er nach Luft schnappend auf dem Boden liegen blieb.

Léo hielt inne und schnappte nach Luft, aber dann sah er, wie La Corneille in einer Gasse verschwand, wie eine Ratte, die Schutz in der Dunkelheit sucht.

Der Flüchtende rannte bis ans Ende der Gasse, und als er um die Ecke bog, war er in Maries Reichweite. La Corneille spürte einen Stich in der Seite und unterdrückte einen Schrei. Die Stricknadeln Maries hatten sich in sein Fleisch gebohrt, aber der Mantel hatte den Angriff gebremst. In Panik warf La Corneille Marie zu Boden und ergriff erneut die Flucht.

Da D'Amblanc mit der Stromschleuder nicht schnell laufen konnte, ließ Léo ihn zurück und verfolgte La Corneille. Es war nicht einfach, ihm auf den Fersen zu bleiben, der Mann ohne Nase war schneller als erwartet und bog plötzlich in eine Seitenstraße Richtung Fluss ab. Léo folgte ihm und sah gerade noch, wie La Corneille ins Rutschen geriet, gegen eine niedrige Mauer am Ende der Straße prallte, sich hinaufschwang und auf die andere Seite sprang.

Eis, vermutete Léo und wurde langsamer, um nicht zu stürzen. Ganz in der Nähe befand sich eine Waschstelle. Das Wasser auf dem Boden war zu einer großen, kompakten Eisplatte gefroren. Mit kurzen, vorsichtigen Schritten erreichte er die Mauer und blickte auf die andere Seite. La Corneille lag ein paar Meter entfernt am Boden. Léo sah ganz in der Nähe eine Leiter und kletterte vorsichtig über die vereisten Sprossen hinunter.

Der Mann befand sich in einem erbarmungswürdigen Zustand. Er lag auf dem Boden, hatte die Prothese verloren, seine Haare waren blutverschmiert, aus einer Kopfwunde quoll Blut und mehrere Zähne waren abgebrochen. Er röchelte und tastete mit den Händen die Rippen der rechten Seite ab, wo Marie ihn verletzt hatte.

Léo fluchte. Der Mann durfte nicht sterben. Noch nicht. Nicht bevor er gesagt hatte, wo sein Herr war.

Von der Mauer hörte er Marie und den Doktor rufen.

»Seid vorsichtig«, rief er ihnen zu, und seine Stimme klang wie die eines Fremden. »Hier ist alles vereist.«

Die beiden kamen über die Leiter herunter.

»Ich glaube, er verreckt«, sagte Léo.

»Zuerst muss er reden«, sagte Marie.

D'Amblanc beugte sich mit besorgtem Gesicht zu dem Todgeweihten hinunter. Er fühlte seinen Puls und bestätigte, dass er nicht mehr lange leben werde.

»Ihr habt gesagt, Ihr wisst, wie man ihn zum Sprechen bringt«, sagte Marie.

D'Amblanc schüttelte den Kopf.

»In dem Zustand ...«

»Versucht es wenigstens!«, platzte Marie heraus.

D'Amblanc hielt eine Hand im Abstand von einer halben Spanne vor die Stirn La Corneilles und die andere auf Höhe der Beine. Er schloss die Augen und konzentrierte sich. Der Todgeweihte hustete Blut und Speichel und hörte nicht auf zu röcheln, aber nach und nach tauchten Worte aus der Ohnmacht auf.

»Gnädiger Herr ... ich werde bleiben ... bis zum Ende ... Euer ...«

Alle drei spitzten die Ohren. D'Amblanc verzichtete auf die Magnetisierung und hielt das Ohr nahe an den Mund, um das Gemurmel zu verstehen.

»Das königliche Blut ... ein großer Tag ... ein neuer Anfang ... für Frankreich ...« La Corneille schien zu lächeln, seine Augen blickten verloren, als träume er. »Das königliche Blut ... gnädiger Herr ... ein großer Tag ... der große Tag ...«

Die Schmerzen nahmen ihm den Atem. Er versuchte, den Mund zu öffnen, aber es drang kein Laut mehr heraus. Sein Hals wurde steif, der Kopf fiel zur Seite.

»Scheiße!«, flüsterte Marie. »Der ist hinüber. Der Teufel soll ihn holen!«

Léo fluchte mit halb erstickter, rauer Stimme und massierte seinen schmerzenden Hals.

»Die ganze Arbeit umsonst, verdammt!« Er rüttelte D'Amblanc an der Schulter: »Wir müssen weg, Doktor, bevor jemand kommt. Vorwärts, los!«

D'Amblanc erhob sich und erschöpft und starr vor Kälte liefen die drei am Fluss entlang.

»Was machen wir jetzt?«, fragte Marie keuchend, die mit den beiden kaum Schritt halten konnte.

D'Amblanc schien einem Gedanken nachzuhängen, einer plötzlichen Eingebung folgend, blieb er plötzlich stehen.

»Er hat uns etwas mitgeteilt.«

Léo blickte ihn an:

»Der hat nur wirres Zeug geredet, ich habe nichts verstanden.«

Marie stieß ihn an und bedeutete ihm zu schweigen, dann stellte sie sich mit verschränkten Armen vor D'Amblanc:

»Und was hat er gesagt?«

»Ein großer Tag, das königliche Blut«, sagte D'Amblanc.»Wann ist der Tag des königlichen Blutes?«

Er blickte sie erwartungsvoll an, aber die beiden schauten weiterhin misstrauisch.

»Der 21. Januar«, sagte er. »Es ist der zweite Jahrestag des Todes Ludwig Capets. Es soll eine große Feier stattfinden. Ich wette, Yvers hat für diesen Tag etwas Besonderes geplant.« Noch einmal murmelte er die Worte La Corneilles vor sich hin: »Ein Neuanfang für Frankreich ...« Er blickte die beiden an: »Etwas ganz Großes, etwas Wichtiges.« Er verfolgte den Gedankengang bis zum Ende: »Er wird dort sein, ich wette darauf.« Er klang enthusiastisch: »Und auch wir werden da sein.«

Auszug aus
»LE MESSAGER DU SOIR«
2. Frimaire, Jahr III

Wir wollen an dieser Stelle unserer Freude über die wunderbare Ruhe Ausdruck geben, die sich dank der erfolgreichen Maßnahmen unserer Regierung eingestellt hat. Die Gespenster des Komplotts sind verschwunden, einem Taubstummen, der der Konspiration verdächtigt wird, schneidet man nicht mehr die Kehle durch [...].

Anmut und Lachen, vom Terror in die Flucht geschlagen, sind nach Paris zurückgekehrt. Wie anbetungswürdig sind die reizenden Damen mit ihren blonden Perücken, unser Ehrenwort darauf. An öffentlich zugänglichen Orten und in den Salons werden herrliche Konzerte gegeben. Alles nimmt neue Gestalt an. Der Name eines revolutionären Ausschusses flößt keinen Schrecken mehr ein. Kein Räuber mit phrygischer Mütze entscheidet mehr über Leben und Tod eines Menschen, der ihm nicht gefällt. Unsere Ohren müssen nicht mehr die makabren Rufe der Freunde Robespierres hören. An die Stelle des rauen, schaurig düsteren Tons der Staatsbeamten ist einladendes, anziehendes Benehmen getreten. Unsere Gewohnheiten haben sich nach dem Fall des Tyrannen geändert, und nur blutrünstige Männer wie Billaud, Collot und die ganze wutschnaubende Bande nennen den Wandel »Konterrevolution«.

AUSZUG AUS
»LE MESSAGER DU SOIR«
1. Pluviôse, Jahr III

Gestern verfluchte in der Rue Saint-Honoré ein Fuhrmann seine Pferde, weil sie nicht laufen wollten. Seine Wut steigerte sich vor allem einem Pferd gegenüber, das sich ungestümer als das andere aufbäumte und wieherte. Der Mann fiel mit Peitschenhieben über das Tier her und rief dabei: »Ich werde dich schon bändigen, du verdammte Jakobinerbestie!« Und das Volk applaudierte.

SECHSTE SZENE

Das Phantom der Freiheit

21. Januar 1795 (2. Tag der ersten Dekade des Pluviôse, Tag des Mooses, Jahr II)

1.

Man sprach im Faubourg seit Tagen von nichts anderem, auf der Straße, in den Läden, auf dem Platz vor dem schwarzen Gerippe der Grande Pinte und in abgelegenen Spelunken, die jetzt Zufluchtsort für all jene waren, die der Brand heimatlos gemacht hatte.

Die Muscadins bereiteten ihr Fest vor. Die *Jeunesse dorée* würde den 21. Januar nicht unbeachtet verstreichen lassen. Die Banden der *Incroyables* würden den Büsten von Marat und Lepeletier die Köpfe abschlagen.

Zwischen einer Sohle am Morgen und einem Oberleder am Nachmittag hatte Bastien schon viele ähnlich klingende Prophezeiungen gehört. Alte Freunde Treignacs – und alte Nörgler, die sich ansonsten nur um ihre eigenen Angelegenheiten kümmerten – kamen, um ihn zu warnen, die Situation werde sich aufheizen und es sei das Klügste, zu Hause zu bleiben. Das gelte vor allem für jemanden, der bereits einen Schlag auf den Kopf erhalten habe und den ein weiterer für immer in den Garten hinter der Kirche schicken würde, wo er dann auf die Hühner des Priesters aufpassen könne.

Sie hatten ihn schließlich überzeugt, und das Thermometer, das Frost anzeigte, hatte ein Übriges getan. Kein Fest. Und außerdem, sagten viele, glaubst du denn, dass es etwas zu feiern gibt? Dazu hatte Bastien keine feste Meinung. Dass das Volk dem König von Frankreich den Kopf abgeschnitten hatte, schien ihm etwas zu sein, auf das man stolz sein konnte, aber was das Leben betraf, hatte die Republik ihnen nichts Besseres zu bieten gehabt. Trotzdem hielt er es für wichtig, bei bestimmten Gelegenheiten persönlich anwesend zu sein, mit eigenen Augen zu sehen, damit man es denen, die nicht da waren, erzählen konnte, und auch denen, die zwar da waren, aber behaupteten, etwas anderes gesehen zu haben. Wollte ein Laufbursche aus dem Faubourg die Geschichte vom Kopf des Capet hören, dann war Bastien stolz, dass er antworten konnte: »Ich erzähl dir, wie's war. Wir waren nämlich dabei, auf dem Platz der Revolution«, und dann zeigte er ihm sogar das Stück Stoff der Jacke Ludwigs, das Treignac ihm an jenem Tag geschenkt hatte. Und so zog sich der Junge zwei Jahre nach jenem 21. Januar, während Treignac noch schlief, die Schuhe an und ging raus auf die Straße, hin zu dem Ort, von dem in diesen Tagen immer wieder die Rede gewesen war.

Zum Garten des Palais Égalité.

Bald schon merkte Bastien, dass er sich richtig entschieden hatte. Die Stimmen hatten nicht gelogen. Die Menschenmenge um ihn herum wurde stetig größer, je näher er dem Ziel kam. Aus den Seitenstraßen strömten elegant gekleidete Menschen und vereinigten sich mit dem Zug. Hin und wieder und äußerst vorsichtig lief Bastien gegen den Strom, schlich sich in die Gassen und mit einem Stück Kohle bewaffnet, leistete er seinen persönlichen Beitrag zum Krieg der Inschriften gegen die *Jeunesse dorée* und die Armee der Schlafwandler.

Aus Angst, irgendein Wächter könnte ihn verjagen, wegen seiner geflickten Kleidung, seines Alters oder auch nur um ihm zu zeigen, wer hier das Sagen hatte, stellte er sich am großen Eingangstor zu einer Gruppe, die geschlossen den Garten betrat.

Unter den Kolonnaden, an Spieltischen und auf den Wegen, überall liefen Menschen herum. Die meisten befanden sich in der Mitte des Hofes in der Nähe einer kleinen Bühne. Auf der Bühne stand ein Thron, und auf dem Thron saß ein Stutzer. Bastien kam näher, um sich die Sache genauer anzusehen.

Der Stutzer war eine Strohpuppe mit zwei Gesichtern und einem zweigeteilten Körper. Die Vorderseite war wie ein König gekleidet und trug eine Krone, die Rückseite trug eine schwarze Perücke, eine phrygische Mütze und das rote Hemd der Jakobiner. Aus den Jackentaschen hingen Bündel von Assignaten und Banknoten. Die rechte Hand hielt einen Dolch wie ein Zepter und die andere ein Glas, das mit einer Flüssigkeit gefüllt war, die wie Blut aussah.

Ein festlich gekleideter Muscadin stieg auf die Bühne, und weil die Umstehenden Beschimpfungen riefen und Lieder sangen, bat er um Ruhe, holte dann tief Luft und begann lauthals zu reden; bei dieser Gelegenheit sprach er das »R« aus.

»Volk Frankreichs! Dieser Tag ist dem Schrecken der Tyrannei und der Liebe zur Unabhängigkeit geweiht. Es ist ein Schicksalstag sowohl für die Royalisten wie für die Blutsäufer, für die Komplizen des Capet und die Hilfstruppen Robespierres. Das Volk hat nicht nur dem König den Krieg erklärt, sondern jeder Art von Diktatur. Wir bezeugen also unsere Empörung darüber, dass die tyrannischen Ungeheuer die von Patrioten zerstörten Bastillen wieder errichtet und das Blut der Bürger in Strömen vergossen haben.«

Der Redner legte eine Pause ein, und das Publikum applaudierte. Eine Spanne vom Ohr Bastiens entfernt klatschte eine junge, mit Spitzen und Glitzer behängte *Dorée* sich die Hände wund. Er blickte sie an und beschloss, sich der allgemeinen Begeisterung nicht anzuschließen. Die Rede gegen Tyrannei und Diktatur hatte ihm gefallen, aber wenn sie einer wie der gefiel, konnte irgendetwas nicht stimmen.

Der Redner zeigte mit dem Finger auf die Puppe und sprach weiter:

»Ich klage dich an, Frankreich ausgeplündert, die Bürger eingekerkert und das Volk ermordet zu haben. Ich klage dich an, die Mitglieder des Konvents abgeschlachtet und versucht zu haben, ihn aufzulösen, um die Franzosen zu versklaven. Ich klage dich an, die Gnadenerlasse der Bürger, die ohne Prozess eingekerkert wurden, abgelehnt zu haben. Und schließlich klage ich dich aller Plagen an, von denen Frankreich heimgesucht wurde und die es noch heute heimsuchen, denn sie alle sind deine Kinder. Im Namen des souveränen Volkes verurteile ich dich deshalb, lebendig verbrannt zu werden, an dem Ort, der die wichtigste Bühne deiner Untaten war. Deine Asche werden wir in einem Nachttopf sammeln und sie in die Kloaken von Montmarte schütten, die wir ab heute das ›Pantheon der Jakobiner‹ nennen werden.«

Wieder Applaus und Rufe. Es lebe die Gerechtigkeit! Tod den Jakobinern! Es lebe der Konvent! Nieder mit den Tyrannen!

Bastien sah wie zahlreiche Fackeln angezündet und hochgehalten wurden. Der Thron des Jakobiner-Königs wurde von vier Muscadins angehoben und von der Bühne getragen. Die Anwesenden folgten ihm in einem Zug. Der Garten war inzwischen überfüllt und bis in die Rue du Faubourg Saint-Honoré sah man nur Köpfe. Die Schätzungen schwankten zwischen tausend und sechstausend.

Es wurde ein Lied angestimmt, das Bastien noch nie gehört hatte, dessen Melodie aber alle als die der Marseillaise erkannten:

Volk Frankreichs, Volk von Brüdern,
du darfst nicht ohne Schrecken zusehen,
wie das Verbrechen seine Fahne
des Todes und des Terrors hisst!

2.
Du erleidest die grausamen Horden,
die Mörder und Verbrecher,
die mit wilder Gier
das Land der Lebenden entstellen.

Marie erkannte das Hasslied, »Le Réveil du Peuple«, »Das Erwachen des Volkes«, hatten sie es genannt. Sie hatte es ein paar Mal im Café Chartres gehört, wenn sie dort gebettelt hatte. Sie drückte Jeans Hand und folgte Doktor D'Amblanc. Sie liefen gegen die Richtung des Zuges, vom Kopf mit dem Thron des Verurteilten bis zum Ende, wo sich die übelsten Kanaillen aufhielten, all jene, die nicht einmal so taten, als wären sie Republikaner, die mit Pistolen herumfuchtelten, Neugierige erschreckten und riefen, dass sie jedem Jakobiner, den sie entdeckten, ein Loch in den Kopf machen und hineinscheißen würden. Schließlich kehrten sie wieder um, blieben ein paar Mal stehen und hoben Jean hoch oder D'Amblanc stellte ihn auf eine Absperrung, damit er die einzelnen Gesichter besser sehen und vielleicht den Herrn der Schlafwandler, den Chevalier d'Yvers, entdecken konntte.

Marie behielt auch die Menschen im Auge, die sich dem Zug nicht angeschlossen hatten, die abseits standen und ihn an sich vorüberziehen ließen. Einige feuerten die Menge an, andere schüttelten nur den Kopf. Eine junge, volkstümlich gekleidete Frau hielt die Hände wie einen Trichter vor den Mund:

»Verräter!«, schrie sie. »Verräter!«

Vielleicht hatte sie gehofft, die Menge würde sie unterstützen, denn jetzt schwieg sie, als warte sie auf eine mehrstimmige Antwort, aber die Einzigen, die sich für sie interessierten, waren drei mit Stöcken bewaffnete Muscadins, die sich vor ihr aufbauten.

»Ve"äte'?«, fragte einer mit kalter Stimme. »Was willst du damit sagen?«

Ein Mann in einer schmutzigen Jacke trat hinzu und schob einen Arm zwischen die Muscadins und die Frau.

»Lasst sie in Ruhe. Sie ist aus meinem Faubourg. Sie ist nicht ganz richtig im Kopf, das ist die Verrückte aus Saint-Marcel«, sagte er.

»Verräter!«, schrie die Frau wieder mit verzerrtem Gesicht, als wollte sie die Worte des Schlichters bestätigen. »Wie viel haben sie euch bezahlt für diese Schmierenkomödie. Wie viel habt ihr eingesteckt für ...«

Sie erhielt einen Schlag ins Gesicht, und der Mann zog sich ohne ein weiteres Wort zurück. Die junge Frau spuckte dem Angreifer ins Gesicht.

Die beiden Muscadins, die bisher geschwiegen hatten, packten die Arme der Frau und drehten sie ihr auf den Rücken. Sie versuchte sich zu befreien und schrie, aber es war vergeblich, der dritte Stutzer schlug ihr in den Magen und sie brach zusammen. Er zog ihren Rock bis zu den Fersen herunter, ebenso die Unterhose.

Beim Anblick des nackten Hinterns rief das Publikum, das sich inzwischen um die Gruppe versammelt hatte: »Auspeitschen! Auspeitschen!«, bis ein biegsamer Ast von Hand zu Hand ging und am Ort seiner Bestimmung ankam.

Der Muscadin hob ihn hoch in die Luft, ließ ihn eine Weile vibrieren und schlug auf das weiße Gesäß.

»Und eins!«, riefen die Zuschauer und unterdrückten ein Kichern.

Marie bekam eine Gänsehaut. Sie sah wieder Théroigne de Méricourt vor sich. Sie sah sich selbst, zuerst als Strafende und dann als die, die es zu bestrafen galt. Hier waren es nicht einmal Frauen, die die Strafe ausführten, sondern Männer.

»Und zwei! Und drei!«

Ihre Hand krampfte sich um die kurz zuvor genähten Krallen, die sie in der Tasche aufbewahrte. Auf dem Rücken eines Lederhandschuhs, dessen Fingerspitzen sie abgeschnitten hatte, waren drei Stricknadeln befestigt.

D’Amblanc berührte ihren Arm und sagte:
»Wir müssen den Jungen von hier wegbringen.«
Marie drehte sich um und sah, dass der Junge entsetzt und blass auf die Szene starrte.
»Und vier!«
Marie folgte D’Amblanc und Jean. Ihr Herz war ein Stein, und Wut schnürte ihr die Kehle zu.

3.

Der Thron des Jakobinerkönigs wurde vor dem Tor der Tuilerien abgesetzt.
Die Zelebranten hoben die Puppe vom Thron, zogen ihr Jacke und Schuhe aus und knickten die Beine ein, um sie in eine kniende Position zu bringen.
Anstelle des Dolches und des Glases mit Blut befestigte man zwei große brennende Kerzen an ihren Händen. Dann kam ein als Henker verkleideter Typ mit einem Strick und legte ihn der Puppe wie eine Krawatte um den Hals.
D’Amblanc beobachtete den Ablauf und fragte sich, ob er der Einzige von allen Anwesenden war, der den Sinn des Geschehens deuten konnte. Nahm man das Ausbleiben irgendeiner Reaktion zum Maßstab, schien es wirklich so, als begreife keiner, was sich gerade dort abspielte.
Aber er war von Erwachsenen umgeben, unter ihnen befanden sich viele Ältere, Menschen, die den größten Teil ihres Lebens unter dem alten Regime verbracht hatten, Menschen, die sich daran erinnerten, was das *Loi du Sacrilège* war. Es zwang den Schuldigen barfuß, in kurzärmeligem Hemd und mit einer Kerze in jeder Hand kniend vor der Tür einer Kirche um Vergebung für seine Verbrechen vor Gott, dem König und der Nation zu bitten. Das war im alten Frankreich die Strafe für Beleidigung, Sakrileg, Veruntreuung und Angriff auf die Sittlichkeit gewesen, und trug der Verurteilte einen Strick um den Hals, bedeutete das, dass die öffentliche Buße eine Zusatzstrafe war, eine Verschärfung der Todesstrafe, die für besonders schwere Verbrechen wie Vatermord als nicht ausreichend galt. Oder für Königsmord.
Von den Männern, die jetzt jubelten, von denen, die »Tod den Jakobinern!« und »Es lebe der Konvent!« riefen, hatten einige das Alter seines Vaters. Männer und Frauen, die wie er

die Qualen des Robert François Damiens gesehen und ihren Kindern davon erzählt hatten. Sie hatten ihn gefoltert, lebendig gevierteilt und schließlich auf dem Scheiterhaufen verbrannt, weil er versucht hatte, Ludwig XV. zu töten, den Vater des letzten französischen Königs. Auch Damiens hatte, bevor er hingerichtet wurde, öffentlich Buße leisten müssen. Es war dieselbe Strafe gewesen, die in diesem Moment der Puppe des letzten Königsmörders Frankreichs auferlegt wurde: Robespierre. Denn hinter dem Doppelgesicht der Puppe, hinter den Hochrufen auf die Republik, hinter den Feierlichkeiten auf den Tod des Tyrannen, verbarg sich mehr schlecht als recht ein Fest der Royalisten, dessen monarchistische Botschaften an diejenigen gerichtet waren, die sie kannten und hören wollten.

Unter den Nostalgikern des Capet kursierte eine beliebte Legende, die besagte, dass Robespierre, geboren in Arras, der Neffe Damiens' sei, der in einem Dorf in der Umgebung von Arras geboren wurde.

D'Amblanc ließ Jean vorausgehen und forderte ihn auf, genau hinzusehen.

Er wusste um das Wagnis, den Jungen mitgenommen zu haben, aber es war die einzige Möglichkeit, Yvers vielleicht zu entdecken, vorausgesetzt der Gedenktag des 21. Januar war der Tag, der ihn aus der Deckung lockte. Das war nicht sicher, aber D'Amblanc spürte, dass sein Gegner sich die Gelegenheit eines solchen Tages nicht entgehen lassen würde. Wenn seine Vermutungen zutrafen, hatte der geheimnisvolle Yvers genau vor zwei Jahren versucht, zusammen mit einer kleinen Gruppe, die vom Baron von Grèche angeführt wurde, den König zu befreien. Nach seiner Flucht hatte er in Bicêtre Unterschlupf gefunden und sich dort vor den Nachforschungen Chauvelins versteckt. Am Tag der Enthauptung Robespierres war er wieder aufgetaucht, um zu handeln.

»Ich tue öffentlich Buße für meine Schuld und bitte Gott, das Volk von Frankreich und den Konvent um Vergebung dafür, dass ich die Nation beschmutzt, zerstört, beleidigt …«

D'Amblanc tastete unter dem Gehrock nach den am Gürtel befestigten Leidener Flaschen. Er ließ die Finger über die mit Seide überzogenen Metalldrähte gleiten, die den Strom leiteten, und kontrollierte, ob alles an der richtigen Stelle saß. Er blickte Marie an seiner Seite an, die ihn fragte:

»Seid Ihr sicher, dass sie funktionieren?«

D'Amblanc wollte sie unter keinen Umständen belügen.

»Nein«, antwortete er, »aber wenn die Technik uns im Stich lässt, müssen wir auf ein günstiges Schicksal vertrauen.«

Marie blickte über die Köpfe vor ihr und entdeckte Léo, der auf der anderen Straßenseite stand. Sie hatten entschieden, dass er sich abseits hielt, in Sichtweite, damit sie die Zielperson von zwei Seiten erreichen konnten. Léo gab ihr durch ein kurzes Zeichen zu verstehen, dass er sie sah.

»Komm, Jean«, sagte D'Amblanc zu dem Jungen. »Schauen wir uns weiter um.«

4.

Im Innenhof des Dominikanerklosters brannten überall Fackeln. Im Zentrum stand der Scheiterhaufen, auf dem die Puppe der Gleichheit verbrannt werden sollte.

Yvers war ganz in Schwarz gekleidet. Er hatte den Kragen der Jacke hochgeschlagen und den Schal bis unter die Nase gezogen. Er trug dieselbe Kleidung wie an jenem 21. Januar, der jetzt der 2. Pluviôse hieß; der übliche alberne Namenstausch. Auch der Ort, an dem er sich hier befand, hatte einen neuen Namen: Er hieß nicht mehr »Gesellschaft der Jakobiner, Freunde der Freiheit und der Gleichheit«. Manch einer nannte ihn jetzt den *ehemaligen* Club der Jakobiner, andere den Club der *ehemaligen* Jakobiner, um auszudrücken, dass die schon so gut wie tot waren. Der Chevalier d'Yvers bevorzugte den alten kirchlichen Namen.

Wie vor zwei Jahren suchte Yvers den Blickkontakt mit seinen Männern, aber heute wusste er, dass sie auf ihren Posten waren – somnambuler Ausdruck, bereit wie die Gliedmaßen eines einzigen Körpers zu handeln, nie wieder würde er sich dem Wankelmut anderer Menschen überlassen. Er hatte den Abschaum zu einer unschlagbaren Phalanx geformt, auf ein Ziel ausgerichtet, unter der Führung eines Meisters. Er ging zu Malaprez, der an der befohlenen Stelle stand.

»Haben alle ihre Plätze eingenommen?«, fragte Yvers.

»Ja, gnädiger Herr.«

»Du bleibst an meiner Seite«, befahl Yvers.

Malaprez nahm den Befehl entgegen, ohne mit der Wimper zu zucken.

Die Muscadins vom Palais Égalité hoben die Puppe, die sie im Zug mitgeführt hatten, auf den Scheiterhaufen. Mit den Fackeln entzündeten sie ihn. Flammen und Rauch stiegen zum Himmel auf, und eine Violine stimmte die Noten der Carmagnole an. Man stellte sich in Kreisen auf, immer abwechselnd ein Mann und eine Frau, bereit zum Tanz der Revolutionäre. An die Stelle des Freiheitsbaumes war der Scheiterhaufen des Jakobinerkönigs getreten, und den Platz der Sansculotten hatten die *Jeunesse dorée* und die Muscadins eingenommen.

5.

Bastien hatte sich einen Stapel alter Dachziegel als Beobachtungsposten erobert, und von hier aus sah er den blonden Hünen, dessen Schnauzbart er sein ganzes Leben nicht vergessen würde. Er war einer der Muscadins, die Férault in der Grande Pinte umgebracht hatten, und er hatte auch Treignac zusammengeschlagen. Dann erkannte er noch andere von denen, die er im Schein der Flammen beobachtet hatte, bevor er in den Brunnen gesprungen war, um seine Haut zu retten; derselbe furchterregende Blick. Er hatte sie genau gesehen, er wusste, zu was sie fähig waren, sie hatten Férault bei lebendigem Leib verbrannt. Bastien begann am ganzen Körper zu zittern, als einige von ihnen sich mit Fackeln in der Hand um den brennenden Scheiterhaufen postierten, als wollten sie ihn vor der Menge schützen. Bastien war aufgewühlt, in den Gesichtern dieser Männer stand geschrieben, dass sie zu allem fähig waren. Die anderen beobachteten sie verunsichert, ein paar Frauen warfen Gegenstände nach ihnen, um sie zu vertreiben, aber sie blieben stehen und rührten sich nicht. Was ging hier vor? In der Luft hing plötzlich ein herber, stechender Geruch. Nach wenigen Augenblicken begriff Bastien, was es war, er kannte den Geruch aus der Schreinerwerkstatt Malets. Es war Terpentin, das die Schreiner zum Polieren von Möbeln benutzten, aber bevor er das mit seiner Nase genauer überprüfen konnte, riefen die Männer:

»Es lebe Frankreich!«, und dann berührten sie mit den Fackeln die eigene Kleidung.

Bastien hielt den Atem an.

6.

Léo beobachtete die Menge, als Marie ihn am Ärmel zog. Sie hatte sich bis zu ihm vorgearbeitet und rief atemlos:

»Sieh dir das an!«

Terpentin hing in der Luft, Gesichter wurden zu Grimassen, und nur die Männer, die sich selbst angezündet hatten und jetzt lichterloh brannten, verzogen keine Miene. Unbeweglich standen sie im Kreis um den Scheiterhaufen, der mit der Puppe verbrannte, während die Flammen bereits über ihre Schultern emporzüngelten.

Marie schrie so laut sie konnte, aber es war kein Ton zu hören. Vielleicht wurde ihr Schrei von denen der anderen übertönt. Léo drückte sie in einer Umarmung an sich, in der ihrer beider Angst und Wut lag.

»Wo sind D'Amblanc und der Junge?«

Marie wollte antworten, aber es roch plötzlich intensiv nach verbranntem Fleisch. Marie erbrach sich aufs Pflaster. Léo hielt sie und unterdrückte den eigenen Brechreiz. Sie befreite sich aus seinem Griff und zeigte auf einen Punkt hinter der Menge. In einer Entfernung von ein paar Dutzend Schritten saß Jean auf den Schultern D'Amblancs und schaute mit aufgerissenen Augen in die Flammen. Marie atmete tief ein und wischte sich mit dem Ärmel den Mund ab. Léo hatte das Gefühl, er sehe diese Frau zum ersten Mal. Was war sie, Bettlerin, Amazone, Strickerin, Witwe, Mutter …? Es wurde noch eine andere Frau sichtbar, und der Hass in ihrem Gesicht war für ihn neu. Er erschauerte, es war, als nähme sie die Trauer aller in sich auf und zöge daraus ihre Stärke.

Um zu den anderen zu gelangen, bahnten sie sich einen Weg durch die Menge. Einige schauten zu, andere hatten genug und wollten weg. Ein Muscadin baute sich vor Léo auf und versetzte ihm einen Stoß.

»Seh' inte'essant, wen haben wi' denn da?«

Vor Léo stand ein widerlicher Kerl mit eingeschlagener Nase und einem Stock in Begleitung von zwei Kumpanen. Léo erkannte ihn. Die Nase war sein Werk. Soncourt. Er war es, der Meister des *Savate* der Muscadins. Und er hatte eine Schmach zu rächen. Instinktiv blickte Léo sich nach Marie um, und erleichtert stellte er fest, dass sie nicht mehr an seiner Seite war.

Der Muscadin betrachtete ihn von oben bis unten.

»Ich wü’de dein Gesicht unter Tausenden wiede’e’kennen …«
Die drei umringten Léo und hoben die Knüppel, aber auch Léo hatte seinen Knüppel unter dem Gehrock hervorgezogen und verteidigte sich. Er konnte einem Schlag ausweichen und einen anderen parieren, aber Soncourt hatte schon zu lange auf diese Gelegenheit gewartet. Er trat Léo in die Weichteile, und als Léo noch versuchte, aufrecht zu bleiben, traf ihn ein Hieb auf der Schulter und ein weiterer streifte hart an seinem Ohr vorbei. Als er zu Boden ging, dachte er an Marie und hoffte, dass sie in Sicherheit wäre.

»Es gibt keine ve’botenen Schläge«, sagte Soncourt kichernd.

7.

D’Amblanc versuchte einen klaren Kopf zu behalten. Die Männer standen regungslos wie Statuen, obwohl die Flammen an ihnen nagten. Ohne Überlebensinstinkt waren sie dem Willen eines Menschen unterworfen, der ihnen den Wunsch, sich selbst zu töten, eingepflanzt hatte. D’Amblanc war sich sicher: Yvers war hier, irgendwo hier musste er sein. Um nichts in der Welt hätte er sich dieses Schauspiel entgehen lassen, das alles verächtlich machte, woran die Menschen dieses Jahrhunderts geglaubt hatten.

»Ich weiß, dass du hier bist … zeig dich«, murmelte er mit zusammengebissenen Zähnen. Er umklammerte Jeans Beine. Mit Worten konnte er ihn nicht beruhigen, sie gingen im panischen Geschrei der Menschen unter.

Milizionäre der Nationalgarde versuchten, in den Hof vorzudringen, aber die menschlichen Fackeln machten, einem stummem Befehl gehorchend, zunächst einen und dann einen zweiten Schritt auf die Menge zu und lösten eine chaotische Fluchtbewegung aus. Körper drückten und stürzten und wurden beim Versuch, den Hofausgang zu erreichen, niedergetrampelt. Der Ausgang war nicht breit genug, sodass die Menge ihn versperrte und die Miliz wieder zurückdrängte. Das Bild war jetzt vollständig, dachte D’Amblanc: auf der einen Seite die unbesiegbaren Schlafwandler und auf der anderen die verrückt gewordenen Ameisen.

D’Amblanc nahm Jean von der Schulter, stellte ihn auf die Füße, nahm seine Hand und wollte ihn fortziehen, aber Jean weigerte sich. D’Amblanc drehte sich um und wollte mit ihm reden, aber der Junge stand stocksteif da, zitterte und hatte die Augen geschlossen.

»Jean, Jean!«

Er nahm seinen Kopf in beide Hände, drückte ihn an seine Brust und hielt ihm die Ohren zu, aber es war zu spät. Jean ließ ein dunkles Knurren hören. Wieder und wieder rief D'Amblanc seinen Namen, in der Hoffnung, die Verwandlung aufhalten zu können, aber er hielt jetzt ein verängstigtes Tier in den Armen, das aufgeschreckt vom Feuer sich zu befreien versuchte. D'Amblanc wollte ihn halten, ohne ihm wehzutun, aber er wusste, dass es nur eine Möglichkeit gab. Als er den Stab der Stromschleuder in die Hand nahm, spürte er seine Narben. Die in Flammen eingehüllten Schlafwandler hatten einen weiteren Schritt gemacht. Einige lagen brennend auf dem Boden, andere hatten Besucher umarmt, die nicht rechtzeitig hatten fliehen können und jetzt verzweifelt schrien.

D'Amblanc berührte Jean mit dem Stab und bat ihn stumm um Verzeihung, aber der Junge biss ihn in die Hand und rannte wie ein Affe vornübergebeugt davon.

Mit dem Stab um sich schlagend, verschaffte D'Amblanc sich Platz und folgte ihm. Die Angst, Jean zu verlieren, war größer als die, in der tödlichen Umarmung der menschlichen Roboter zu landen. Wenn er ihn verlöre, wäre alles, an das er geglaubt hatte, wäre all seine Arbeit umsonst gewesen.

8.

Schaut es euch an, dachte Yvers, während er die wie Sterne am Firmament brennenden Schlafwandler und die in Panik geratenden Menschen beobachtete. Schaut her, wo immer ihr seid, überall in Europa, ihr, die ihr die sublime Größe dieses Ereignisses erfasst. Mesmer, Puységur ... Erkennt den Erfolg dessen an, der eure Vorstellungen weit übertroffen hat. Seht auf die Krieger eines neuen Zeitalters. Kein Klagen, kein Zögern. Sie beweisen, was sie beweisen sollen, und es sind nur wenige. Was könnte man erst mit einer Schlafwandlerarmee machen, die aus einer ganzen Nation besteht? Welche Möglichkeiten eröffnen sich für kommende Jahrhunderte? Was sind die Marats und die Robespierres im Vergleich zu ihnen? Der Schrecken, den sie verbreitet haben, ist nichts im Vergleich zu dem, was ihr in den Augen dieser flüchtenden Menschen seht. Sie fliehen weniger vor der Bedrohung als vielmehr vor der Wahrheit, vor etwas, in dem sie keinen Sinn erkennen können, weil es keinen gibt. Wir sind darüber hinaus und vollziehen einen Akt, der ohne Rechtfertigung sich selbst bestätigt. Was ist das hinter uns liegende Zeitalter der Aufklärung, des Lichts, angesichts des Lichts, das diese Krieger verbreiten, angesichts des unbestreitbaren, unwiderruflichen, ewigen Sieges?

Der Augenblick war gekommen. Yvers wandte sich an Malaprez.

»Rufe die Armee zusammen, sie wissen, was zu tun ist, und dann komm zur vereinbarten Stelle.«

Malaprez sagte nichts. Er schob sich durch das Durcheinander, und wer sich ihm in den Weg stellte, wurde niedergeschlagen.

Yvers gönnte sich unter seinem Schal ein zufriedenes Lächeln. Die Befehle standen fest. Die Schlafwandler würden sich in kleinen Gruppen in der Stadt verteilen, Streitereien vom Zaun brechen und Verwirrung stiften.

Etwas Feuchtes berührte seine Finger und riss ihn aus seinen Gedanken.

Er blickte nach unten und sah ein Wesen, das seine Hand leckte. Angewidert zog er sie zurück und bemerkte, dass es sich um einen Jungen handelte, der wie ein Hund heulte. Er hob die Hand und wollte ihn mit einem Schlag verscheuchen, aber der Junge kauerte sich zu seinen Füßen nieder und winselte, und in diesem Augenblick nahm der Chevalier den Nachhall einer lange zurückliegenden Empfindung wahr. Er vergaß alles um sich herum und blickte in die Augen, die das Mitleid ihres Herrn erflehten. Er sah sich zurückversetzt in das Schloss von Yvers in der Auvergne, an den Anfang von allem.

»Jean ... Mein Gott ...«, murmelte er ungläubig. »Bist du es wirklich?«

Zögernd legte er eine Hand auf den dunklen Haarschopf. Jahre waren vergangen, aber er erkannte das Kind, das er aufgezogen hatte, an den Gesichtszügen.

»Beim Blut aller Heiligen, Jean ...«

Der Hund-Junge ließ sich den Kopf streicheln und leckte ihm wieder die Hand. Unschwer ließ sich in dieser Erscheinung ein Hinweis des Schicksals erkennen. Jetzt, da alles der Vollendung entgegenschritt, kehrte alles an seinen Ursprung zurück. Jean war der Ausgangspunkt gewesen. Die Männer, die inmitten der hysterischen Menschenmenge vor seinen Augen verbrannten waren der nächste Schritt, aber nicht der endgültige Triumph. Noch wenige Stunden und dann, ja, dann würde er das Schicksal Frankreichs in Händen halten. Vielleicht ganz Europas.

Er hörte, dass jemand den Namen des Jungen rief. Er drehte sich um und sah einen Mann mit einer langen Waffe in der Hand aus der Menge auf ihn zukommen. Er sah, wie der andere stehen blieb, als er ihn und Jean entdeckte.

Yvers spürte das Fluidum schneller fließen.

Er nahm die magnetische Kraft des Mannes wahr.

Der Mann wusste Bescheid.

Er kannte Jean, er hatte ihn bei seinem Namen gerufen.

Und Jean hatte ihn, Yvers, seinen alten Herrn, wiedererkannt.

Jean der Hund, der Spürhund.

Er strich fester über den Kopf des Jungen und drückte ihn an sich.

Er hörte, wie der Mann schrie und sich ihnen zu nähern versuchte. Er zog das Stilett aus dem Versteck im Spazierstock und mit einer raschen Bewegung hieb er es dem Jungen unterhalb der Achsel in den Körper und stach es ihm ins Herz. Der Junge glitt röchelnd zu Boden. Yvers wandte sich dem Mann zu, der ihn fast erreicht hatte, und hielt ihm eine Handfläche entgegen. Der andere wand sich vor Schmerzen. Yvers richtete seine Hand weiter auf den Gegner, der sich auf dem Boden krümmte. Die Lähmung durch das Fluidum würde ihn in einer Minute töten.

9.

Die beiden Indianer haben furchterregende Gesichter.

Während der Schlacht haben sich Schweiß und Rauch mit den Kriegsfarben im Gesicht vermischt und rinnen in schwarzen Tränen herab. Sie reichen eine Flasche Rum weiter und nehmen gierig tiefe Züge. Ein dritter Krieger sitzt neben einem Kind am Feuer und singt. Es riecht nach verbranntem Holz und Regen, nach feuchtem Moos und faulenden Blättern. Der Himmel faucht.

Einer der Krieger zieht sein Messer heraus und lässt es vor den Augen des Gefangenen kreisen, dann schneidet er mit einer raschen Bewegung in die Haut auf den Rippen. Er geht näher heran und schneidet weiter, als häute er einen Hirsch. Der Alkohol macht ihn immun gegen die Schreie, in der Hand hält er ein Stück menschliche Haut, die er den anderen mit triumphierender Geste zeigt. Der Zweite nähert sich mit der Klinge, schneidet in die Brust und reißt einen weiteren Hautfetzen heraus. Die Schreie des Gefangenen mischen sich mit dem Donner. Der dritte Schnitt erfolgt in Höhe der Leber, tief, aber nicht tief genug, um zu töten. Das Blut fließt über die Seite, ein Blitz ist genau über ihnen, die elektrostatische Ladung fährt in den Wald und spaltet einen Baum am Rand der Lichtung, es bleibt nur ein verkohlter Stumpf.

Die Indianer schreien und schimpfen, der Regen löscht das Feuer, das Kind beginnt zu weinen. Der Mann neben ihm erhebt sich und sagt ein paar Worte. Die beiden anderen brüllen. Der Mann streckt ihnen etwas entgegen, vielleicht ist es ein Stock, er hält sie auf Abstand, ohne sie zu berühren. Dann löst er die Fesseln des Gefangenen und legt ihn in den Regen. Die Tropfen dringen durchs Laub der Zweige und prasseln auf Gesicht und Arme. Der Mann tupft das Blut ab, hebt die Hände über den Gefangenen und stimmt einen Gesang an. Es ist eine bekannte Stimme mit einem unverwechselbaren Akzent.

»Der Blitz ... der Blitz hat dich gerettet, der Herr des Lebens, der Hüter der kosmischen Harmonie, das Höchste Wesen. Oder das, was andere Zufall nennen würden.«

Der Verletzte spricht unter Tränen.

»Jean ... ich habe ihn nicht beschützen können ... es ist meine Schuld ...«

»Für die Toten kannst du nichts mehr tun. Denke an das, was du für die Lebenden tun kannst. Wollen sie leben? Willst du leben, mein Freund?« Er wartet nicht auf eine Antwort. »Manchmal kann nur der Krebs den Krebs verjagen. Das Risiko zu sterben ist der Sicherheit zu sterben vorzuziehen, meinst du nicht?«

Er nimmt den Stock, mit dem er die beiden Krieger verjagt hat, und legt ihn dem Verletzten in die Hand.

Es gelingt ihm, mit der Spitze Kontakt zum eigenen Körper herzustellen. Die elektrische Ladung fährt durch ihn hindurch und wickelt Geist und Körper zusammen.

10.

D'Amblanc öffnete die Augen und sah den Lichtschein des Feuers, der sich gegen den grauen Himmel abhob. Er stützte sich auf die Ellenbogen und sah sich seinem Gegner gegenüber, der immer noch die Hand ausstreckte, um ihn zu töten, aber er konnte ihm nichts mehr anhaben. Einen Augenblick später war er verschwunden, verschluckt von den Schatten. Der leer gewordene Platz schien verdichtet, als zeichneten sich seine Umrisse noch immer in der Luft ab.

D'Amblanc erhob sich. In den Händen hielt er noch immer den Stab, mit dem er die elektrische Ladung auf sich übertragen hatte, damit die Magnetisierung unterbrochen wurde. Er wandte sich um. Jean lag ausgestreckt auf dem Boden. D'Amblanc kniete sich neben ihn und bettete den Kopf auf seinen Arm. Es sah aus, als schliefe er. Es gab nicht viel Blut, die Blutung war innerlich. Der Stich eines Experten. Tränen verschleierten seinen Blick. Alles, woran er geglaubt hatte, war nacheinander zusammengebrochen. Er drückte die Leiche Jeans an sich. Noch einer unter all den anderen. Im Unterschied zu den anderen war er nur ein Opfer.

Er hob den Blick und verfluchte Yvers, wo immer er sich verkrochen haben mochte. Er wollte weinen, Tränen der Wut und Verzweiflung. Was hatte es gebracht, Jean aus dem Wald zu retten, nur um ihn hier im Herzen der Hauptstadt sterben zu sehen, durch die Hand seines Peinigers, der ihn zum zweiten Mal getötet hatte? D'Amblanc flüsterte ein Gebet für seine gequälte Seele.

11.

Marie hatte Léo im Gewühl verloren. Sie hatte nicht auf ihn gewartet, weil sie gesehen hatte, dass D'Amblanc mit jemandem kämpfte, sich wieder vom Boden erhob und seinem Gegner gegenüberstand, der dann in der Menge verschwand. Ohne nachzudenken war sie diesem Mann gefolgt, auch wenn es schwierig war, ihn nicht aus den Augen zu verlieren.

Sie stieß an einen Stapel Dachziegel, von denen ein paar zu Bruch gingen, aber sie lief weiter, ohne zu merken, dass Bastien wie ein Schiffbrüchiger auf einem Floß zusammengekauert auf dem Stapel lag. Der Junge sah, wie Marie sich durch die Menge wühlte und dem Eingang zustrebte. Instinktiv sprang er herunter und lief ihr hinterher.

12.

Léo schützte seinen Kopf mit Armen und Händen, und er blieb bei Bewusstsein. Soncourt und die anderen Muscadins, die sich über ihn hergemacht hatten, ließen sich Zeit, sie wollten die Rache auskosten und schlugen ihm abwechselnd, langsam und rhythmisch, auf den Rücken. Er hätte aufstehen müssen und sich verteidigen, darauf warteten sie, um ihm endgültig den Schädel einzuschlagen, aber wenn er nichts unternahm, würden sie ihm zuerst alle Knochen brechen. *Fev dèr int'al cul,* murmelte er, wenn ich verrecken muss ... Er rollte sich zur Seite, aber bevor weitere Schläge auf ihn einprasselten, hörte er einen Schuss und sah, wie der Anführer der Muscadins die Augen aufriss und leblos auf ihn fiel.

Dann hörte er zwei Mal das Geräusch von Holz, das auf Knochen krachte, aber nicht auf seine. Er wuchtete den auf ihm liegenden Kadaver zur Seite, sah einen weiteren Muscadin ausgestreckt auf dem Boden und einen dritten, der gerade versuchte aufzustehen. Die Hände auf den Boden gestützt, erwischte Léo ihn mit einem Tritt an der Schläfe, der andere fiel regungslos um.

Aufgestützt auf die Ellenbogen sah er ein bekanntes Gesicht, wenn auch kein befreundetes. Einen Menschen, den er niemals zu sehen erwartet hätte, der ihm jetzt die Hand reichte und ihm auf die Beine half.

»Ich suche Bastien, und wen finde ich? Dich!«, sagte Treignac mit erstickter Stimme und außer Atem. Sein Gesicht war dunkelrot. Er hielt eine große Pistole am Lauf in der Hand, damit musste er sie niedergeschlagen haben, nachdem er auf den ersten geschossen hatte. »Ich war versucht, sie erst mal zuschlagen zu lassen.«

»Und warum hast du es nicht getan?«, fragte Léo noch immer verwirrt.

»Drei gegen einen, außerdem habe ich mit denen noch eine Rechnung offen.«

»Ich habe Marie verloren«, stieß Léo hervor, »sie war bei mir ...«

Treignac fluchte.

»Marie geht mich nichts mehr an«, sagte er, »aber Bastien! Er ist hergekommen, um sich dieses ...« Er blickte sich um, fand aber nicht das richtige Wort und bedachte alles und nichts mit einer vulgären Geste.

»Tut mir leid«, sagte Léo. Und als er das sagte, merkte er, dass es stimmte, und darüber wunderte er sich. Dieser Mann hatte ihn schlecht behandelt und erniedrigt wie kein zweiter, aber er hatte ihm auch das Leben gerettet.

»Kannst du laufen?«, fragte Treignac nach einer längeren Pause.

Léo verzog den Mund.

»Ja, ich bin angeschlagen, aber es fehlt nichts.«

Ein weiterer Fluch. Treignac zeigte auf den Eingang zum Hof, wo es den Milizen der Nationalgarde inzwischen gelungen war, sich einen Weg ins Innere zu bahnen.

»Dahinten ist noch ein Ausgang, komm!«, sagte Treignac.

Die beiden hasteten zu einer kleinen Tür im hinteren Teil der Mauer, die auch von anderen zur Flucht genutzt wurde. Bevor er durch die Tür schlüpfte, sah Léo die Gestalt D'Amblancs, der zusammengekauert neben dem Körper Jeans hockte. Unter den Flüchen Treignacs kehrte er um. Erst als er neben dem Arzt stand, sah er das Blut. Der herabhängende Kopf des Jungen löschte die letzten Zweifel aus.

»Yvers«, sagte D'Amblanc.

»Wo ist er?«, knurrte Léo.

D'Amblanc antwortete nicht.

»Marie?«, fragte Léo weiter.

»Sie war bei euch«, sagte D'Amblanc.

»Wir müssen hier weg«, sagte Léo und blickte zu den Milizen hinüber, die inzwischen in den Hof eingedrungen waren und blind auf alle einschlugen.

D'Amblanc zögerte.

»Ihr müsst ihn zurücklassen, für ihn kann niemand mehr etwas tun«, sagte Léo.

»Das kann ich nicht.«

Léo war versucht, beide zurückzulassen und abzuhauen. Er hörte Treignacs Rufe am Ausgang und verfluchte alle Heiligen und Jungfrauen. Léo packte den Arzt an der Schulter und schüttelte ihn.

»Wir müssen weg! Herrgottnochmal! Sich verhaften lassen hilft niemandem!«

D'Amblanc bettete den Kopf Jeans mit übertriebener Vorsicht auf den Boden und ließ sich am Arm fortziehen. Die drei Männer nahmen die Tür, die in den hinteren Klostergarten führte, dieselbe, durch die Yvers geflohen war.

SIEBTE SZENE

Karneval der Gespenster

Kurze Zeit später

1.

Yvers hatte sich in einem weiten Bogen schnell vom Kloster entfernt, war mehrmals abgebogen und war über die Rue Saint-Honoré zurückgekehrt. Jetzt eilte er dem vereinbarten Treffpunkt zu. Auf dem Weg hatte er sich beruhigt, er konnte wieder klar denken. Im ersten Moment hatte er sich gesagt, das Erscheinen Jeans sei ein Zeichen. Befanden sich in der gesichtslosen Menschenmasse vielleicht auch Juliette und Noëlle und weitere Personen, die er vor Jahren in der Auvergne zurückgelassen hatte? Gespenster aus der Vergangenheit, die gekommen waren, um an seinem Triumph teilzuhaben? Unmöglich. Und dennoch hatte jemand Jean wie einen Trüffelhund benutzt, um ihn aufzustöbern ...

Fast wäre er auf dem Eis ausgerutscht, er konnte sich gerade noch an einem Prellstein halten. Er hatte den Treffpunkt fast erreicht, und nichts und niemand würde die Aktion noch verhindern können. Er würde jetzt sein Meisterwerk vollbringen. Malaprez stand in der Nähe der Brücke. Der treue, loyale Malaprez, der keine Worte erwartete, dem man nichts sagen musste. Yvers lauschte in die abendliche Stadt. Undeutlich drangen Geräusche einer Menschenmenge vom Fluss herauf. Er war zufrieden, dank der Schlafwandler würde es eine aufregende Nacht werden. Er erreichte seinen Beschützer, und beide strebten sie einem Haus auf der rechten Flussseite zu, unweit der Île Saint-Louis. Sie klopften drei Mal kurz und ein Mal lang, die Tür wurde geöffnet.

Ein buckliger, schlecht rasierter Mann begrüßte sie ehrerbietig und führte sie in ein Vorzimmer, das nur von einem Kandelaber und der Glut eines Feuers erleuchtet wurde. Yvers streckte die Hand aus und nahm die Papiere entgegen.

»Das ist das Beglaubigungsschreiben. Wo ist die Bürgerkarte?«

Der Mann reichte ihm auch diese. Yvers las sie in aller Ruhe, dann fragte er:

»Was hast du mit ihm gemacht?«

Der Bucklige deutete ein verschwörerisches Lächeln an.

»Er ruht auf dem Grund des Flusses, mit einem Stein an den Füßen.«

Yvers nickte und wandte sich an den schweigsamen Malaprez.

»Gehen wir!«

»Gnädiger Herr«, stammelte der Hausherr schüchtern.

Yvers sah, dass er eine Hand aufs Herz legte.

»Lang lebe die Armee der Schlafwandler ... Hoch lebe Frankreich ... Der König, er lebe hoch ...«

Der Chevalier verließ das Haus mit dem Bild dieses unterwürfigen Soldaten, der im Eingang stand, ihnen nachblickte und stolz darauf war, einen Anteil an einer Sache zu haben, die so groß war, dass er ihre Folgen kaum zu übersehen vermochte.

Sie liefen zügig, aber ohne zu laufen, sie wollten nicht auffallen. Es war schon spät, die Glocken von Notre-Dame läuteten neun Mal. Sie mussten sich beeilen. Zum Glück war es nicht mehr weit. Sie verlangsamten ihre Schritte erst in Sichtweite der Stadtmauer, über der die Gebäude des Temple zu sehen waren. In einem Torweg blieben sie stehen, Yvers zog eine dreifarbige Kokarde aus der Tasche, befestigte sie am Jackenkragen und sorgte dafür, dass der Mantel sie nicht verdeckte. Dann übergab er Malaprez den Stock.

»Gott stehe Euch bei, gnädiger Herr«, sagte dieser.

Yvers schien ihn nicht gehört zu haben.

»Wenn ich in einer Stunde nicht wieder herausgekommen bin, geh und verlass Paris«, sagte er.

»Dann gehe ich zurück in die Vendée«, antwortete Malaprez. Yvers wunderte sich über die Entschlossenheit. Malaprez hatte folglich über ein mögliches Fehlschlagen des Plans nachgedacht. Er hatte sich allein gesehen und über einen angenehmen Tod nachgedacht.

»Du bist ein ausgezeichneter Soldat, Malaprez. Es wäre Verschwendung, wenn du zu den Bauern zurückkehren würdest.«

Ohne eine Antwort abzuwarten, ging Yvers zum Eingang des Temple.

Unter den Kolonnaden zeigte er sich dem Torwächter:

»Es lebe die Republik, Bürger.«

»Wer seid Ihr?«

»Ich bin Pouland, der für heute zugewiesene Kommissar«, antwortete Yvers.

Er legte die Dokumente vor.

»Ihr kommt spät«, sagte der Mann, kontrollierte die Ausweise und verglich sie mit den Angaben der Stadtverwaltung.

»In der Stadt herrscht ein ziemliches Durcheinander, ein schwieriger Tag heute ... Und nachts wird es nicht einfacher«, entgegnete Yvers.

Der Torwächter nickte eifrig mit dem Kopf.

»Ich weiß, ich weiß ... Es wird mächtig viel Staub aufgewirbelt. Viele von uns sind noch draußen und helfen den Wachen aus den anderen Sektionen.«

Er blickte noch einen Moment auf den Mann, der vor ihm stand, dann zog er an dem Seil, das die Glocke im Palast betätigte, und gab Yvers ein Zeichen, über die Schwelle zu treten.

Yvers ging über den Hof zum Palast des Großpriors, der der Garnison des Temple als Kaserne diente. An der Tür warteten zwei Wachen.

»Ihr seid spät«, sagte einer der beiden. »Folgt mir.«

Er führte ihn durch den Palast, bis zu dem Ausgang, der auf den zweiten Hof führte.

Trotz der abendlichen Kälte schwitzte Yvers, und er musste alle Konzentration aufbringen, um normal zu atmen und seinen Pulsschlag unter Kontrolle zu halten. Sie überquerten den zweiten Hof, an den die Gärten angrenzten, bis zu dem Wachhäuschen, das in der Einfriedungsmauer den Eingang zum Turm kontrollierte.

»Der Kommissar des Tages!«, kündigte ihn sein Begleiter an.

Im Innern tauchte ein verschlafenes Gesicht auf.

»Hört auf, so zu schreien«, sagte es in beleidigtem Ton, und dann betätigte der Mann eine Klingel, um seinen Gefährten herbeizurufen, der sich im Schilderhaus hinter der Mauer aufhielt.

Er steckte einen großen Schlüssel mit ringförmigem Griff ins Türschloss, während der andere Wächter dasselbe auf der anderen Seite der Tür tat.

»Guten Abend, Bürger!«, sagte Yvers und schritt durch die Tür.

Der andere grunzte nur und zeigte auf den Mann, der schon auf ihn wartete. Im Weitergehen sah Yvers, dass er in das Wachhäuschen zurückkehrte, wo eine dampfende Mahlzeit bei Kerzenlicht auf ihn wartete.

»Guten Abend. Ich bin Kommissar Laurant. Seid Ihr Pouland?«

»Ja«, sagte Yvers.

»Sehr gut. Kommt, ich begleite Euch.«

Sie schritten weiter durch eine unwirkliche Landschaft. Baumreihen umstanden den mächtigen, massiven Turm, der zum schiefergrauen Himmel emporragte und dessen Zinnen ihn zu berühren schienen.

Yvers fühlte sich wie eine Märchenfigur, nur dass er keine Prinzessin zu befreien hatte.

2.

Als Marie Yvers den Temple betreten sah, fragte sie sich, was er dort so spät am Abend vorhatte. Als sie um die Ecke des Gebäudes spähte, sah sie, dass sein Kumpan zurückgeblieben war und wartete. Aber auf was? Und wo waren Doktor D'Amblanc und Léo Modonnet geblieben? Sollte sie allein zurechtkommen müssen? Was konnte sie tun? Zurücklaufen und sie suchen und Yvers aus den Augen verlieren? Und selbst wenn sie es mit ihm hätte aufnehmen können, da war noch der andere, der Blonde, ein riesiger Kerl. Zwei Männer gegen eine Frau. Der Wille, voranzuschreiten, etwas zu tun, was sie nie zu tun gewagt hatte, hatte sie in diese Situation gebracht. Sie spürte, wie sie ihre Kraft verließ, die Kraft der Verzweiflung. Hatte sie je eine andere gekannt? Ja, vielleicht für kurze Zeit. Sie hatte sich den Menschen des Faubourgs verbunden gefühlt, dem Volk von Paris, wer weiß, vielleicht von ganz Frankreich. Zusammen hatten sie ihr Schicksal selbst bestimmt. Aber jetzt ... Jetzt war sie eine einzelne Frau, die in der Kälte vor einer unüberwindlichen Mauer stand.

Niedergedrückt von solchen Gedanken, bemerkte Marie die kleine Gestalt nicht, die sich in ihrer Nähe niederduckte. Hätte sie sich umgedreht, hätte sie ein paar Meter entfernt in der Dunkelheit die Umrisse eines Jungen sehen können.

3.

Treignac blieb nach Luft schnappend mitten auf der Gasse stehen, spärlich beleuchtet vom schwachen Licht einer Laterne.

Er lehnte sich gegen eine Hauswand und atmete wie ein Blasebalg, vor seinem Gesicht bildete sich eine weiße Wolke. Léo und D'Amblanc waren ihm gefolgt. Nachdem sie den Hof des Klosters verlassen hatten, waren sie ohne eine bestimmte Richtung einzuschlagen weitergelaufen, nur mit dem Ziel, sich zu entfernen.

Léo ging zu Treignac und erst jetzt fiel ihm auf, wie übel er zugerichtet war. Ein Auge war halb geschlossen, das Gesicht totenblass, ein Arm hing schlaff am Körper und ein Bein schien steif. Das konnten nicht nur die Folgen der Auseinandersetzung mit den Muscadins sein.

»Was ist passiert?«

»Die Schlafwandler«, antwortete Treignac keuchend. »Als sie in Saint-Antoine waren, haben sie mir ein paar Andenken hinterlassen.«

D'Amblanc hatte sich an der Mauer eines Hauses niedergekauert.

»Ich muss Bastien finden, ich kann nur hoffen, dass ihm nichts zugestoßen ist«, sagte Treignac.

»Wer ist Bastien?«, fragte D'Amblanc.

»Der Sohn von Marie Nozière, er ist zwölf Jahre alt«, antwortete Léo und wandte sich an Treignac: »Vielleicht ist er zurück nach Hause. Schaffst du es bis zum Faubourg?«

Treignac zog eine Grimasse. Das Sprechen kostete ihn Kraft.

»Wenn ich es geschafft habe, deine Haut zu retten ... dann schaffe ich es auch ... auf meinen eigenen Beinen nach Hause zu gehen.« Und dann fügte er noch eine Frage an: »Sag mal, der Narr, der den Stutzern den Schädel einschlägt, bist du das?«

Léo nickte, und Treignac konnte sich ein halbes Lächeln nicht verkneifen, als habe er eine Wette mit sich selbst gewonnen.

»Was ist mit Marie?«, fragte er.

»Wir finden sie, sie hat sich bestimmt irgendwo vor der Kälte verkrochen«, sagte Léo und ging zu D'Amblanc.

»Herr Doktor, es ist besser, nach Hause zu gehen. Bei allem Respekt, aber hier friert uns nur der Arsch ab.«

Er erhielt keine Antwort.

Treignac humpelte zu Léo und flüsterte:

»Wer war der kleine Junge, den er zurückgelassen hat, sein Sohn?«, fragte er.

D'Amblanc kam der Antwort Léos zuvor.

»Nein, aber er stand unter meinem Schutz. Ich habe ihn der Gefahr ausgesetzt, es ist meine Schuld, dass er tot ist.«

»Was Ihr getan habt, habt Ihr für eine gerechte Sache getan, es sind schon viele Menschen für eine gerechte Sache ins Jenseits gegangen ... Unzählige.«

»Der Junge war wichtig, jedenfalls für mich«, entgegnete D'Amblanc in düsterem Ton. »Nachdem er wie ein Hund getötet wurde, ist das Wenigste, was ich tun kann, nicht einfach nach Hause zu gehen.«

Léo schwieg. Ihm war kalt, Arme und Rücken schmerzten von den erhaltenen Schlägen.

»Aber was wollt Ihr tun?«, fragte er traurig.

»Yvers das Handwerk legen.«

Die körperlose Stimme drang aus dem Dunkel der Ecke, in die er sich gekauert hatte, seine Gestalt war nur ein dunkler Fleck.

»Er könnte jetzt überall sein«, sagte Léo.

»Ihr irrt, er kann nur an einem Ort sein«, erwiderte D'Amblanc.

»Woher wisst Ihr das. Habt Ihr mit ihm gesprochen?«, fragte Léo.

»Nein, aber zwischen ihm und mir gab es für einen kurzen Augenblick eine magnetische Verbindung. Ich glaube, dass er mir ungewollt ein Bild übertragen hat, auf das seine mentalen Kräfte ausgerichtet sind.«

»Was habt Ihr gesehen?«, fragte Léo mit skeptischem Unterton.

»Ein Kind.«

Léo atmete hörbar aus.

»Angenommen, was Ihr sagt, würde stimmen, Doktor. Seid Ihr Euch sicher, dass es sich nicht um Jean handelte?«

Treignac hustete laut, um darauf aufmerksam zu machen, dass sich jemand näherte. Die beiden schwiegen, bis ein torkelnder Betrunkener, der ein schweinisches Lied lallte, im Hintergrund wieder verschwunden war.

»Es war nicht Jean«, antwortete D'Amblanc in überzeugtem Ton, als sie wieder allein waren. »Es war ein blasses, verwahrlostes Kind. Es weinte. Ich habe es erkannt, es war der Kronprinz Frankreichs. Ich habe ihn einmal getroffen, es besteht kein Zweifel.«

Treignac blickte Léo an und Léo blickte Teignac an und forderte ihn mit einem Zeichen auf, dem Gerede nicht allzu viel Bedeutung beizumessen.

»Erinnert Ihr Euch, was La Corneille gesagt hat, bevor er starb?«, redete D'Amblanc weiter. »Er sprach von königlichem Blut. Ich dachte, er meinte die Feierlichkeiten zum Tode Ludwigs, aber das war falsch. Das Blut des Königs fließt in den Adern seines Sohnes, versteht Ihr?«

»Ich verstehe, dass euch der Tod Jeans sehr mitgenommen hat«, sagte Léo.

D'Amblanc nickte.

»Das ist wahr. Trotzdem wird mir jetzt vieles klar. Die Männer dazu zu bringen, sich selbst anzuzünden, war nichts als ein Ablenkungsmanöver, ein Schauspiel, um die Aufmerksamkeit aller abzulenken. Das Ziel Yvers' ist der Kronprinz.«

»Und warum?«, fragte Léo leicht gereizt. »Ihr habt gesagt, er habe schon einmal versucht, den König zu befreien, und sei gescheitert ... Warum sollte er es jetzt wieder versuchen?«

»Versucht Euch vorzustellen, was geschähe, wenn der Kronprinz entführt würde«, sagte D'Amblanc. »Jede Fraktion würde die andere beschuldigen, hinter der Verschwörung zu stecken. Der Konvent würde im Chaos enden. Ein Frieden mit der Vendée wäre unmöglich. Die Machthaber Europas würden jedem, der über den Thronerben Frankreichs verfügte, Wagenladungen von Gold anbieten. Yvers könnte verlangen, was er wollte.«

Léo schüttelte wieder den Kopf.

»Der Kronprinz sitzt im Temple, dem am besten bewachten Ort in ganz Paris. Nicht einmal den Schlafwandlern würde es gelingen, dort einzudringen.«

»Den Schlafwandlern nicht, aber Yvers vielleicht schon«, sagte der Doktor.

»Allein gegen die ganze Garnison?«, Léo blickte ungläubig.

D'Amblanc erhob sich und Léo hörte, wie er mit dem Gürtel hantierte, an dem er die Leidener Flaschen befestigt hatte. D'Amblanc legte Gürtel, Flaschen und Stab auf den Boden, um sich größere Bewegungsfreiheit zu verschaffen. Er hatte einen Entschluss gefasst und würde gehen. Léo musste sich entscheiden.

»Ein schönes Stück von hier bis zum Temple, verdammt!«, sagte er mehr zu sich selbst als zu den anderen. »Bei dieser verdammten Kälte ...«, fügte er noch hinzu. Dann blickte er resigniert D'Amblanc an.

In den Doktor kam Bewegung. Léo presste einen Fluch zwischen den Zähnen hervor.

»Adieu«, sagte er zu Treignac. »Ich habe so eine Ahnung, dass wir uns erst in der Hölle wiedersehen.«

Treignac lächelte, dann reichte er ihm seine Pistole, ein paar Patronen und eine Pulverflasche.

»Bevor du da ankommst, versuch's erst mal hiermit.«

»So was habe ich noch nie benutzt«, sagte Léo und schaute sich die Waffe von allen Seiten an.

»Die ist geladen. Pass auf, dass du dir nicht in den Fuß schießt«, sagte Treignac. »Viel Glück, Possenreißer!«

4.

Die beiden Torwachen nahmen die Dokumente entgegen, die Yvers ihnen aushändigte, und trugen sie in ein großes Buch ein, das im Turm aufbewahrt wurde.

Yvers folgte Laurent über ein paar Treppenabsätze nach oben. Eine Öllampe an der Bogendecke warf schwaches Licht auf die wenigen Möbel in dem großen Raum. An einem alten Tisch saßen zwei Männer und aßen Käse. Der Jüngere stand auf und stellte sich als Gomin vor. Yvers wusste, dass es Laurents Adjutant war und dass sie beide den Auftrag hatten, den Thronfolger zu bewachen.

»Kennt Ihr die Prozedur?«, fragte der Dritte, nachdem er sich als der Türwächter Gourlet vorgestellt hatte.

Yvers nickte.

»Ihr müsstet mir die Schlüssel zeigen«, sagte er.

»Und natürlich den Thronfolger«, fügte Laurent hinzu.

»Natürlich«, antwortete Yvers mit höflichem Lächeln.

»Er schläft in seiner Unterkunft«, sagte Laurent und zeigte nach oben. »Bitte, hier geht's lang.«

Die beiden ständig anwesenden Kommissare zogen jeder einen Schlüssel aus der Tasche, ebenso Gourlet. Damit öffneten sie das Schloss eines Metallkastens und zeigten Yvers den Inhalt: Hier hingen die Schlüssel zu allen Türen im Turm. Sie stiegen die Wendeltreppe hinauf, jeder mit einem Kandelaber in der Hand, und öffneten nacheinander alle Türen, die den Aufstieg unterbrachen. Im ersten Stock sah Yvers am Ende des Korridors den Raum der Wachen, die ausgestreckt auf ihren Feldbetten lagen und Pfeife rauchten. Schließlich erreichten sie die Wohnung des Gefangenen.

Das Erste, was Yvers sah, war die Erklärung der Menschenrechte, die an der Wand hing. Hier oben war es kälter. Nur ein alter Ofen verbreitete ein wenig Wärme, hinter ihm befand sich eine Trennwand, deren obere Hälfte aus einer Glasfront bestand, sodass man ohne einzutreten, ins Zimmer blicken konnte.

Ungefähr in der Mitte befand sich ein kleines, mit Eisenstäben vergittertes Fenster. Zwischen den Stäben war genug Platz, sodass man dem Gefangenen das Essen hindurchreichen konnte.

Die vier Männer traten an die Trennwand. Laurent forderte Yvers auf hineinzusehen. Der Chevalier erkannte eine auf einem Bett ausgestreckte Gestalt, im Halbdunkel war das helle Gesicht zu sehen. In der Stille des Turms konnte er den schweren Atem des Jungen hören.

»Er hat einen bösen Husten«, bemerkte Laurent. »Es wurde ihm erlaubt, während der wärmeren Stunden auf dem Glacis in der Sonne spazieren zu gehen, damit er frische Luft atmen kann.«

»Sehr vernünftig«, sagte Yvers.

»Manchmal lassen wir ihn nach unten kommen und versuchen, ihn ein wenig abzulenken, ich habe ihm das Würfelspiel beigebracht«, fügte Gomin schüchtern hinzu und setzte ein Lächeln auf, das sofort erlosch, als Yvers ihn kalt anblickte.

»Ich glaube zu verstehen, dass Euch der allgemeine Gesundheitszustand des Gefangenen Sorge bereitet«, wandte er sich an Laurent.

»Bürger, ich will Euch nicht verheimlichen, dass ich zu Beginn meiner Aufgabe bei dem Jungen erste Anzeichen von Skrofulose entdeckt habe«, sagte der Kommissar.

»Ein skrofulöser König ist ein Paradox«, bemerkte Yvers, und als die anderen schwiegen, fügte er hinzu: »Und seine Schwester?«

»Die ist bei bester Gesundheit. Sie ist im oberen Stockwerk, in der Wohnung, in der ihre Mutter eingeschlossen war.«

Yvers nickte ernst.

»Gut, aber ich will Euch jetzt nicht länger von Eurer Abendmahlzeit abhalten.«

Gomin sagte erleichtert:

»Dürfen wir Euch ein Glas Wein anbieten, Bürger Pouland? Bei dieser Kälte ...«

Dieses Mal war das Lächeln ungezwungener.

»Gerne. Und Ihr, Bürger Gourlet, leistet uns doch Gesellschaft, heute Abend kriecht einem die Kälte in alle Knochen.«

Der Türwächter nickte zufrieden und rieb die Hände aneinander, dann ging er zur Treppe.

Vorsichtig stiegen sie die Stufen bis zum Stockwerk der Kommissare hinunter und schlossen alle Türen hinter sich wieder ab. Gomin stellte vier Gläser auf den Tisch und füllte sie aus einer großen Flasche, während sich die anderen setzten.

Yvers blickte sich im Raum um. Das Licht der Kerzen und das Feuer im Kamin beleuchteten schwach das steinerne Gewölbe und die dicken Mauern des Turms.

»Es ist doch ein merkwürdiger Zufall, dass diese von den Tempelrittern erbaute Burg heute den letzten Abkömmling jener Monarchen verwahrt, die den Orden der Tempelritter zerstörten, findet Ihr nicht?«

Die tiefe Stimme Yvers stieg an den Wänden bis zur Decke empor und drang ins poröse Gestein.

Laurent trank von seinem Wein.

»Aber wir sind nicht hier, um die Tempelritter zu rächen«, sagte er, »sondern das französische Volk hat uns geschickt.«

Yvers billigte den Kommentar mit einem geheimnisvollen Lächeln.

»Ich stimme Euch zu, Bürger Laurent. Aber trotzdem, wenn man genau darüber nachdenkt, könnte man Euch für die ergebensten Untertanen des Königs halten.«

Gourlet stürzte sein Glas in einem Zug hinunter und verriet eine leichte Nervosität. Sofort füllte er es wieder.

»Was wollt Ihr damit sagen?«, fragte er.

Die Stimme Yvers wurde noch einschmeichelnder und verführerischer.

»Einer wie ich, der nur hereinschaut und wieder geht, kann sich gar nicht vorstellen, was es heißt, hier jeden Tag mit ihm zu verbringen, ihn zu versorgen, sich Sorgen um seine

Gesundheit zu machen ...« er fixierte Gomin, der den Blick abwandte, »ihm zeigen, wie man mit Würfeln spielt.«

»Herr Louis-Charles ist im Grunde ein Junge wie alle anderen«, sagte der Wärter und schwieg dann sofort wieder verlegen. Offensichtlich fiel es ihm schwer, den Blick Yvers' zu ertragen. Er hatte deshalb die Augen halb geschlossen und starrte auf das unberührte Glas seines Gegenübers.

Der Chevalier legte die Hände auf den Tisch, in Richtung der drei anderen.

»Wachposten, Wärter, Mauern, Tore ... eine Metapher, die auf Frankreich passt. Wächter überwachen Wächter, die andere Wächter überwachen, die wieder andere überwachen. Mauern, die andere Mauern einschließen. Manchmal fragt man sich ganz spontan, ob alles, was geschehen ist, dafür geschehen ist.« Die Schatten auf der Wand tanzten im Rhythmus der Stimme, die aus den Wänden zu kommen schien, als spräche der Turm.

»Ich kann mir vorstellen, dass man sich müde fühlt. Nicht, weil man seine Pflicht fürs Vaterland tut, sondern weil man in einem Gefängnis lebt, in dem man gleichzeitig Aufseher und Gefangener ist. Immer aufmerksam sein, Schlösser auf- und zuschließen, Dokumente kontrollieren, um den Feind draußen zu halten, der gar nicht mehr eintreten will, weil er uns zwingt, wie Gefangene zu leben. Da kann man müde werden, als Schauspieler einer Pantomime, als Komplize einer Selbsttäuschung. Und in den Augenblicken größter Einsamkeit, in den Winternächten, trauert man den achtziger Jahren nach, als die Dinge noch einfach waren, verständlich und für uns zu begreifen. Und dann wünscht man sich, von den Mauern herabzusteigen, durch das Tor zu schreiten und diesen Ort zu verlassen, nicht mehr hinzuschauen.« Laurent blickte ins Leere, Gomin und Gourlet hatten die Augen geschlossen. »Endlich den Blick entspannen, schlafen, vergessen. Träumen, an einem anderen Ort zu sein, in einem Land, in dem es keine Konflikte gibt ... keine Tore ... keine Gedanken.« Auch Laurent schloss die Augen. Die Stimme fuhr fort: »Es macht nicht glücklich, sich in die fade Einsamkeit von Eingeschlossenen zu zwingen, über den langsamen Tod eines Jungen mit Skrofulose ... Husten ... Verfall zu wachen. Denn das ist es, was geschehen wird, und ihr wisst es. Befreit euch. Befreit ihn. Das ist es, was ihr aus tiefstem Herzen wünscht. Dass alle, ihr und er, diesen Ort verlassen können, um sich auf die Suche nach dem eigenen Glück zu machen. So ist es. Und deshalb werdet ihr mir jetzt die Schlüssel geben.«

Yvers stand vorsichtig auf, keiner reagierte. Sie saßen eingeschlafen und unbeweglich auf ihren Plätzen, und er wusste, dass sie gegen seinen Willen nicht wieder aufwachen würden. Er durchwühlte ihre Taschen und fand die drei Schlüssel, die den Metallkasten mit den anderen Schlüsseln öffneten, Laurent hatte ihn zurück in einen Schrank gestellt. Er öffnete ihn und holte sich, was er brauchte. Dann begann er im Dunkeln die Wendeltreppe hinaufzusteigen. Mit den Händen ertastete er das Schloss der ersten Tür, öffnete sie vorsichtig und lehnte sie hinter sich an. Dasselbe machte er mit den anderen. Auf Höhe der Unterkünfte der Wachen angekommen, huschte er schnell und geräuschlos wie ein Schatten durch den Flur an ihnen vorbei. Als er die letzte Tür geöffnet hatte, sah er sich wieder der Menschenrechtserklärung gegenüber. Er legte eine Hand darauf und trommelte mit den Fingern, als wolle er ihre Konsistenz prüfen. Wörter, dachte er. Was waren Wörter verglichen mit dem Willen? Puységur hatte gesagt: »Glaubt und wollt.« Und jetzt setzte sein bester Schüler dieses Motto mit seiner ganzen Kraft in die Praxis um. Er schritt durch das Vorzimmer. Das einzige Licht war der schwache Schein, der hinter dem Ofengitter zu sehen war. Dann schob er die Schlüssel in die Tür der Unterkunft von Louis-Charles und trat ein.

Das leichte Schnarchen hatte aufgehört.

»Bist du der Mann für die Scheiße?«

Die helle Stimme des Jungen ließ ihn zusammenzucken. Für einen kurzen Augenblick verschlug es ihm die Sprache, er wunderte sich über sich selbst. Er durfte ihn nicht erschrecken, würde der Junge schreien, wären die Wachen in wenigen Sekunden zur Stelle. Er kontrollierte seine Atmung.

»Ich komme als Euer Befreier, Königliche Hoheit«, sagte er.

Er gab dem Jungen Zeit, die Information zu verdauen.

»Du lügst, du willst mich runterbringen aufs Klo«, war die Antwort.

»Ich werde Euch von hier fortbringen, weg von Paris und aus Frankreich. In Wien werdet Ihr in Sicherheit sein, dort wartet Euer Onkel auf Euch.«

»Und meine Schwester?«, fragte die helle Stimme. »Bringt Ihr die auch weg?«

Yvers schluckte.

»Selbstverständlich. Später. Zuerst muss ich Euch in Sicherheit bringen. Dann komme ich zurück und hole Eure Schwester.«

Er machte zwei Schritte auf den Jungen zu, seine Augen hatten sich jetzt an das Dunkel gewöhnt und das weiße Gesicht des Thronfolgers ausgemacht. Yvers zog einen Flacon aus der Tasche und leerte den Inhalt auf ein Taschentuch. Der Geruch verbreitete sich in der Luft.

Bevor der Junge reagieren konnte, sprang Yvers zu ihm hin und erstickte seinen Schrei mit dem in Äther getränkten Taschentuch. Der Prinz wehrte sich nicht. Yvers hatte den Eindruck einen Körper in den Armen zu halten, der sich willig jedem Schicksal ergab. Das war aus dem Nachkommen der königlichen Familie Frankreichs geworden! Eine hilflose Puppe in fremden Händen. Er würde niemals ein Anführer von Männern sein, denn nicht nur das Blut überträgt den Willen, sondern der Geist. Niemand hatte je den Geist dieses Jungen geschärft, und jetzt war es zu spät.

Um sicher zu gehen, dass er bewusstlos war, schüttelte er ihn ein paar Mal. Dann legte er seinen Umhang ab, band die Handgelenke des Thronfolgers mit einer mitgebrachten Schnur zusammen und legte ihn sich wie einen Rucksack auf den Rücken. So behielt er die Hände frei. Er legte sich den Umhang wieder um, sodass der Körper des Prinzen bedeckt war und schob die Kapuze über den Kopf. Er schwitzte wieder, aber nicht wegen zu großer Hitze. Tropfen fielen mit einem Ticken auf den Boden. Er musste sich beeilen. Der schwierigste Teil war der Abstieg über die schmale Wendeltreppe mit dem Gewicht auf dem Rücken. Anhalten, Türen öffnen und wieder schließen, an den Unterkünften der Wachen vorbeigehen, ins Zwischengeschoss gehen und schließlich die Schlüssel wieder in den Kasten im Schrank legen. Die drei in den Schlaf Versetzten hatten sich überhaupt nicht bewegt.

»Kommissar Laurent, Ihr steht jetzt auf und bringt mich zum Ausgang«, befahl Yvers.

Laurent öffnete die Augen, sein erloschener Blick war der eines Roboters. Er schob den Stuhl zur Seite und ging zur Tür. Yvers folgte ihm mit seiner Last.

5.

Marie sah, dass sich zwei Männer im Laufschritt näherten und geradewegs auf den Eingang des Temple zuhielten. Als sie in der Nähe der Kolonnaden waren, erkannte sie Léo und Doktor D'Amblanc. Sie wollte schon ihr Versteck verlassen, aber dann blieb sie, wo sie war, denn auch der Gefährte Yvers', der nicht weit entfernt im Schatten stand, musste die beiden gesehen haben.

Ihre Gedanken überschlugen sich. Ihre Freunde waren auf der richtigen Fährte. Sie wäre keine Hilfe, wenn sie sich ihnen anschloss. Sollte es aber Yvers gelingen, zu entkommen, würde sie ihm vielleicht folgen können. Und außerdem gab es da noch den anderen, den Blonden. Yvers hatte einen Verbündeten, der im geeigneten Augenblick eingreifen würde.

Marie drückte sich wieder gegen die eiskalte Wand und klapperte vor Kälte und Aufregung mit den Zähnen. Sie musste weiter warten.

6.

»Ich bin Doktor D'Amblanc, dieser Mann hier ist mein Assistent. Ich habe den Auftrag, den Gesundheitszustand des Thronfolgers zu kontrollieren.«

Der Torwächter forderte die beiden auf näher zu kommen. Eine Laterne beleuchtete ihre Gesichter.

»D'Amblanc? Ich erinnere mich an Euch. Ihr wart schon einmal hier ... schon lange her. Habt Ihr einen Passierschein der Stadtverwaltung?«

D'Amblanc legte seinen Bürgerausweis und den von Chauvelin zu Zeiten der Auvergne unterschriebenen Passierschein vor, ein altes Dokument, das er immer bei sich trug.

»Das ist meine Berufung zum Beamten des Allgemeinen Sicherheitsausschusses«, sagte er entschlossen. »Der Ausschuss hat gute Gründe, anzunehmen, dass die Unversehrtheit des Thronfolgers in Gefahr ist. Ich muss feststellen, ob es ihm gutgeht.«

Der Torwächter nahm das Dokument gelangweilt entgegen.

»Damit kann ich Euch nicht eintreten lassen, Bürger. Sie brauchen ein Schreiben der Stadtverwaltung, außerdem hätte mich der Ausschuss von Eurem Eintreffen unterrichten müssen.«

D'Amblanc kam näher.

»Die Warnung ist erst vor kurzer Zeit eingegangen. Es blieb keine Zeit, Euch zu benachrichtigen.«

»Ihr hättet Euch wenigstens ein paar Zeilen schreiben lassen können, mit dem Datum von heute, tut mir leid ...«

D'Amblanc atmete tief durch, er war wütend und wollte schon losplatzen, als Léo ihn am Arm zog und vortrat.

»Wie heißt Ihr, Bürger?«, fragte er den Torwächter.

»Ich? Émanuel Darque.«

»Émanuel Darque, ist Euch klar, wen man verantwortlich machen wird, sollte dem Thronfolger heute Nacht etwas zustoßen? Denjenigen, der uns nicht vorgelassen hat. Euch.«

Der Torwächter blickte ihn schief an.

»Als guter Patriot tue ich nur meine Pflicht ... Versucht nicht, mir etwas anzuhängen! Ich bin schon seit vielen Jahren auf dieser Stelle, seit den Zeiten des Fürsten von Conti.«

Léo setzte ein maliziöses Grinsen auf, eines großen Schauspielers würdig.

»Verstehe ... Welcher Kopf würde dann Eurer Meinung nach rollen? Der eines Agenten des Sicherheitsausschusses oder der eines Dieners des alten Regimes?«

Kurz sah man dem Gesicht des Torwächters den inneren Kampf an, der Ausdruck wechselte rasch, und schließlich war ihm die Erleuchtung gekommen.

»Also gut: Ich läute jetzt die Glocke, und dann wird einer der Kommissare kommen, der soll entscheiden!«

Er zog an einem Seil und wartete, vom Himmel rieselte feiner Schnee.

Es dauerte lange. Darque läutete immer wieder, aber ohne Erfolg.

»Da habt Ihr's«, schnauzte D'Amblanc ihn an. »Ich habe es Euch gesagt, im Turm stimmt etwas nicht.«

Die Wache zog jetzt an einem anderen Seil.

»Ich rufe jetzt zwei Wachmänner«, sagte er, »die werden Euch zum Turm eskortieren. Aber nur Doktor D'Amblanc darf eintreten. Der Assistent hat keinen Passierschein.«

D'Amblanc wollte protestieren, aber Léo verhinderte es ein weiteres Mal.

»Einer ist besser als keiner«, urteilte er. »Das Schicksal will es, dass ich mir heute Abend den Arsch abfriere«, murmelte er vor sich hin.

Das Geräusch des sich öffnenden Tores drang durch die Nacht, und Léo forderte D'Amblanc auf einzutreten. Der Arzt nahm seine Dokumente wieder an sich und eilte auf die Wachen zu, die ihm entgegenkamen.

7.

Laurent und Yvers erreichten das Wachhäuschen in der Mauer, die den Turm umgab. Ihre Gestalten waren im Schatten der Bäume und im Schneegestöber nur undeutlich zu sehen.

»Wer ist da?«, knurrte der Wachposten.

»Kommissar Laurent. Kommissar Pouland ist bei mir, er will gehen.«

Schweigen.

Dann ließ sich der Wachposten wieder hören:

»Pouland ist der Tageskommissar. Er muss bis morgen Abend hierbleiben.«

Yvers trat näher und bemühte sich, die Anstrengung zu verbergen, die ihm die Last unter dem Umhang verursachte.

»Noch einmal einen guten Abend, Bürger. Im Turm erfriert man, und ganz zufällig wohnt in der Nähe eine Freundin, die es gern hätte, wenn sie heute Nacht in ihrem Glauben an die Republik gestärkt würde.«

Die Worte wurden von einem verständnisvollen Grinsen des Wachpostens begleitet.

»Wenn Ihr mich rauslasst«, fuhr Yvers fort, »schwöre ich bei allem, was mir heilig ist, dass ich sofort zurückkomme, wenn sie das bekommen hat, was sie sich wünscht. Ich brauche nur so viel Zeit, als nötig ist, eine arme Seele der Sache des Vaterlandes zu verpflichten.«

»Verstehe«, sagte die Wache, »der letzte Kommissar, der mir so was erzählt hat, kam im Morgengrauen zurück und stank nach Wein und Möse, dass man es im ganzen Hof riechen konnte.«

Yvers befürchtete schon das Schlimmste, aber dann hörte er, wie der Wachposten mit seinem Kollegen auf der anderen Mauerseite sprach und dann das metallische Geräusch der Riegel, die gleichzeitig zurückgeschoben wurden.

»Laurent«, sagte der Wachposten, »eine Hand wäscht die andere. Könnte sein, dass ich morgen Abend eine Republikanerin trösten muss.«

Yvers drückte ihm die Hand und grinste verschwitzt unter dem Schal hervor, der die zusammengebundenen Hände des Thronfolgers bedeckte.

»Ich bin mir sicher, dass Laurent euch den Gefallen tun wird, mein Freund. Es lebe die Republik.«

»Und die Republikanerinnen«, ergänzte der andere und kicherte.

Yvers' Herz raste. Er war jetzt aus dem inneren Ring heraus und musste jetzt zum Palast des Großpriors.

»Wartet ...«, rief der Wachmann Richard.

Yvers erstarrte.

»Vielleicht machen die Torwächter Schwierigkeiten. Ich zeige euch den Dienstbotenausgang. Den benutzen wir manchmal, wenn wir ein Gläschen trinken wollen.«

Der Chevalier atmete tief durch. Das Glück ist auf der Seite der Mutigen, fuhr ihm durch den Kopf.

Richard führte sie mit einer Lampe in der Hand in den Hof der alten Stallungen des Temple.

»Immer geradeaus auf diesem Weg, ihr könnt das Türchen nicht verfehlen, es führt direkt auf die Straße. Sagt dem Wachposten, dass ich Euch geschickt habe. Er kennt mich, wir haben zusammen gedient. Und einen Kuss meinerseits für Eure Schöne.«

»Danke und viel Glück für morgen«, erwiderte Yvers.

Er hastete den Weg entlang, die Schmerzen in der Schulter wurden unerträglich, und nach wenigen Schritten musste er anhalten, um zu Atem zu kommen. Er ging in die Hocke, damit das Gewicht des Jungen nicht so stark auf seinen Rücken drückte. Es fehlte nicht mehr viel, nur noch eine letzte Anstrengung.

Plötzlich nahm er wie schon im Hof des Jakobinerkonvents einen konzentrierten magnetischen Fluss wahr, in nicht allzu großer Entfernung. War es möglich, dass der Mann auch hier war? Wenn es ihm gelungen war, Jean als Spürhund zu benutzen, dann konnte er es sein. Ein starker Magnetiseur. Fast wie er. Ein würdiger Gegner. Yvers richtete sich mühsam auf und schritt in die Dunkelheit, langsam schwebten immer größere Schneeflocken herab.

8.

Als D'Amblanc dem Wachposten Richard gegenüberstand, überfiel ihn eine schreckliche Vorahnung. Vielleicht war es der Gesichtsausdruck, als er ihn fragte, ob jemand den Turm an diesem Abend verlassen hatte.

Richard antwortete, nur der Tageskommissar sei hinausgegangen.

»Allein?«

»Natürlich. Ihr seid ihm nicht begegnet, weil er den Dienstbotenausgang genommen hat.«

»Wo ist der?«, fragte D'Amblanc und packte ihn am Kragen der Jacke.

Richard, verwundert über so viel Ungestüm, wurde fügsam.

»Hier, immer an der Mauer entlang und nach den Stallungen links.«

»Ihr geht in den Turm und kontrolliert, was mit den Kommissaren passiert ist«, sagte D'Amblanc zu den Wachen.

Die beiden schauten sich an und entschieden, dass es besser wäre, dem Befehl zu folgen. Einen Augenblick später rannte D'Amblanc schon durch die Dunkelheit zu den Stallungen.

9.

Um Hindernissen rechtzeitig ausweichen zu können, lief Yvers mit ausgebreiteten Armen zum Tor.

»Wer seid Ihr?«, fragte der Wachposten.

»Kommissar Pouland. Richard hat mir empfohlen, diesen Ausgang zu nehmen, damit es nicht auffällt. Privatangelegenheiten. Ich habe ihm versprochen, vor Sonnenaufgang zurück zu sein, und zwar mit ein paar Flaschen Wein für alle.«

»So so. Na gut, aber zwei von den Flaschen lasst Ihr hier, die anderen könnt Ihr ihm bringen.«

»Einverstanden«, sagte Yvers.

Das Tor öffnete sich vor Yvers, und es fehlten jetzt nur noch wenige Schritte, und er würde in Sicherheit sein, als er auf dem Pfad in seinem Rücken Laufschritte hörte.

»Haltet den Mann fest! Lasst ihn nicht raus!«, hörte er jemanden rufen.

Dem Wachposten blieb keine Zeit zu reagieren. Ein Schlag mit dem unteren Teil der offenen Handfläche auf den Nasenrücken trieb ihm das Nasenbein ins Hirn. Er fiel wie vom Blitz getroffen um. Yvers hastete hinaus.

Er zögerte nur kurz. Es war, wie er erwartet hatte, sein Verfolger war allein, und es war derselbe Mann, der nachmittags im Jakobinerkonvent aufgetaucht war, er war sich sicher. Plötzlich wusste Yvers, dass er dem Gegner seines Lebens gegenüberstand. Vor ihm stand keuchend sein Doppelgänger, der Mann, der ihm so nahe gekommen war wie kein anderer. Er konnte seine Züge nicht erkennen, es war zu dunkel und Schnee fiel auf sein Gesicht, aber er stellte ihn sich mit dem Gesicht von Pinel, von Marat, von Robespierre vor.

Er lächelte, pfiff und ging auf Malaprez zu, der bereits die Straße überquerte und ihm entgegenkam.

»Töte ihn«, sagte er. »Wir treffen uns an der Brücke.«

Der blonde Riese schritt auf D'Amblanc zu, der aus dem Dienstbotenausgang trat und nicht auf einen Angriff vorbereitet war. Der Blick Malaprez' war leer. Er kannte nur den soeben erhaltenen Befehl, den er ohne Skrupel ausführen würde.

Er zog die Klinge aus dem Spazierstock des Chevaliers, aber noch bevor er zustoßen konnte, hallte ein Schuss, ein trockener Knall wie ein Peitschenhieb durch die Nacht.

Malaprez wankte und griff sich mit der Hand an den Hals, aus dem Blut spritzte. Léo stand einen Schritt entfernt in seinem Rücken mit der rauchenden Pistole in der Hand.

»Schnell, Doktor, er ist in diese Richtung verschwunden«, sagte er und zeigte auf die Straße, die von der vor ihnen liegenden Kreuzung nach rechts abbog.

Malaprez wandte sich um und hob die Klinge gegen D'Amblanc, der dem Hieb nur um ein Haar entging, und bevor der Riese zu einem zweiten ausholen konnte, war Léo über ihm. Er klammerte sich an seinen Rücken, kletterte wie ein Affe an ihm empor und schlug ihm mit dem Pistolenknauf auf den Kopf. D'Amblanc nahm die Verfolgung von Yvers auf.

Arme packten Léo und warfen ihn zu Boden, auf das weiße Tuch des Straßenpflasters. Malaprez stand über ihm. Blut bedeckte seine Schulter und die halbe Brust. Auch die Haare waren blutverschmiert. So würde er also sterben, dachte Léo, getötet von diesem Monster, zertreten wie eine Laus. Ein unrühmliches Ende für einen Mann mit seinen Talenten und nach dem besten *rentrée* seiner Karriere.

Aber Malaprez schwankte und krachte dann lang ausgestreckt auf den Boden. Der Schnee färbte sich rot.

»Verdammt«, sagte Léo, erhob sich und sah eine Gruppe Soldaten der Garnison im Tor des Temple auftauchen.

»Jetzt kommen die auch noch«, murmelte er und ergriff die Flucht. Er hatte die Schnauze voll. Sollte er diese Nacht überleben, würde er für lange Zeit nicht mehr rennen, das stand fest!

10.

Yvers bog um die dritte Ecke, er hatte sich ungefähr 400 Meter von den Mauern des Temple entfernt, sein Rücken schmerzte.

Ein Stechen in der Seite nahm ihm den Atem, und er blieb abrupt stehen.

Als er nach unten blickte, sah er drei eiserne Nadeln, die sich oberhalb der Hüfte in seinen Körper gebohrt hatten. Er taumelte zurück, Blut lief ihm über die Finger. Ein Bein knickte ein.

Eine kleine Gestalt huschte aus dem Dunkel auf die Gasse. Die Nadeln steckten in einem ihrer Handschuhe.

Eine Frau.

Yvers schnappte nach Luft und blickte genauer hin.

Ungläubig begann er zu kichern.

Zweifellos sah er Gespenster. Aber sie standen nicht auf seiner Seite.

»Du ...«, murmelte er.

Er lehnte sich an die Mauer und atmete tief durch.

Aus einer anderen Richtung kam eine Stimme.

»Mama ...«

Die Stimme eines Jungen.

»Mama ...«, wiederholte die Stimme.

11.

Marie hatte mit aller Kraft zugeschlagen. Sie durfte ihn nicht verfehlen, einen Schlag ins Leere, wie bei dem Mann ohne Nase, durfte sie nicht riskieren. Die Nadeln waren tief eingedrungen, die Flucht wurde schwierig.

Nur mit dem Auftauchen Bastiens hatte sie nicht gerechnet; unvorhersehbar und schwer zu akzeptieren. Ausgerechnet in diesem Augenblick.

Auch wenn der Schnee die Stimme dämpfte, hörte sie ihn rufen. Der Junge blickte auf den Handschuh mit den Nadeln, von denen das Blut Yvers' tropfte.

»Bleib weg, Bastien.«

Von dort aus, wo sie stand, sah sie beide. Den Mann und den Jungen. Die gleichmäßigen Züge des einen und die des anderen. Die kleine gerade Nase. Dieselben hellen Augen.

In Marie stieg Wut hoch, Wut, die seit zwölf Jahren in ihr schlummerte. Sie hob die Faust und mit einem Hieb zerstörte sie für immer jenes Gesicht.

12.

Der Chevalier wischte sich mit dem Schal das Blut ab. Die Hand glitt über sein Gesicht, er spürte die Verletzungen. Die Nase war gespalten, aus einer geplatzten Braue lief Blut ins Auge, Wange und Oberlippe waren bis auf den Knochen geöffnet. Durch den Schnitt spürte er mit den Fingerspitzen die Zähne. Er zog den Schal enger, als könnte er damit das zerfetzte Gesicht zusammenhalten. Auch die Seite schmerzte, in die die verfluchte Person hineingestochen hatte.

Infame Dirne. Warum? Er erinnerte sich kaum an sie, sie war eine Bedienstete gewesen ... die Tochter von Bauern ... Eine vulgäre Leibeigene, die sich erdreistete, das Antlitz großer Männer zu beschmutzen. Dahin hatte die Revolution geführt.

Er spuckte aus und riss sich zusammen. Er blickte die Frau und ihr Kind an und sah, dass sie nicht allein waren. An ihrer Seite, im weißen Konfetti dieses Karnevals der Gespenster, standen weitere Gestalten. Er erkannte das engelhafte Gesicht Noëlles und das unscheinbare Juliettes. Und ein Mädchen, das er nicht kannte, aber dessen Augen ihm bekannt vorkamen.

Sie standen dort, um ihn sterben zu sehen, aber er würde ihnen diese Befriedigung niemals verschaffen.

Er nicht. Er machte einen Schritt, rutschte auf dem Matsch aus Schnee und Schlamm einer Abwasserrinne aus und stürzte zu Boden. Mit übermenschlicher Kraft stand er schmutzig und blutend wieder auf. Er machte zwei Schritte und stand dann wieder auf den Beinen. Er versuchte, den Dauphin aufzuheben, aber er scheiterte. Blut und Kälte füllten seinen Mund. Louis-Charles war aus der Bewusstlosigkeit erwacht und blickte ihn an. Wie die anderen.

Yvers spuckte einen Blutklumpen aus und verschwand im Dunkel der Gasse, verfolgt von Gespenstern.

13.

Marie zog den stricknadelbewehrten Handschuh aus und fuhr Bastien durch die nassen Haare. Er blickte sie an, als sähe er sie zum ersten Mal.

»Ich hatte dir gesagt, dass du bei Treignac bleiben sollst, und daran solltest du dich in Zukunft halten. Versprich es mir«, sagte sie.

Der Junge nickte wortlos.

»Du musst es mir versprechen«, wiederholte Marie.

»Versprochen«, stieß Bastien mühsam hervor.

Atemlos stürzte D'Amblanc herbei, in seinem Gesicht standen eine Menge Fragen. Marie zeigte auf den Kronprinzen, der noch immer auf dem Boden saß und sich umblickte, als sitze er auf einer winterlichen Wiese.

»Ist er es?«

D'Amblanc nickte.

»Er sieht auch nicht sehr viel anders als Bastien aus«, sagte sie mit rauer Stimme.

Orphée d'Amblanc näherte sich vorsichtig Louis-Charles. Es erstaunte ihn, dass er so ruhig war.

Ihm fielen plötzlich die Worte Héberts ein, der vor tausend Monaten zu ihm gesagt hatte: »Es wäre angebracht, ihn zu duzen.«

War es hier angebracht? Ja, auch wenn die Gründe jetzt ganz andere waren.

»Keine Angst, ich helfe dir beim Aufstehen.«

Der Junge streckte ihm die Hand entgegen und D'Amblanc stellte ihn auf die Füße.

Alle vier starrten in die Dunkelheit, in der Yvers verschwunden war.

»Wer war der Mann, Mama?«, fragte Bastien.

Marie musste nicht nach einer Antwort suchen, der andere Junge gab sie.

»Ich habe ihn wiedererkannt. Das war der Mann für die Scheiße.«

D'Amblanc spürte, dass seine Anspannung nachließ, und er musste eine Träne unterdrücken, die aus seinem rechten Auge quoll.

»Er redet sogar wie Bastien«, bemerkte Marie und verpasste ihrem Sohn einen leichten Klaps.

»Hee!«, beschwerte er sich.

Marie zeigte ihm den Handschuh mit den Nadeln.

»Sei froh, dass ich dir nicht damit eine verpasst habe. Vergiss nicht, was du versprochen hast.«

»Wir sollten nach Hause gehen«, sagte D'Amblanc, der noch immer Louis-Charles an der Hand hielt.

»Bringt Ihr mich zurück in den Temple, gnädiger Herr?«, fragte der.

D'Amblanc blickte ihn an. Er wusste keine Antwort. Er dachte an Jean, der nicht nach Hause zurückkehren würde. Dann hörte er eine Stimme mit deutschem Akzent, die ihm riet:

»Für die Toten kannst du nichts mehr tun. Denke an das, was du für die Lebenden tun kannst.«

Marie erlöste ihn aus der Verlegenheit, als in der Ferne die Rufe von Polizisten zu hören waren.

»Was ist mit Léo passiert?«

D'Amblanc starrte in die entgegengesetzte Richtung, wo eine schwache Laterne gegen den eisigen Schneesturm kämpfte.

»Ich bin mir sicher, dass er es geschafft hat.«

Sie liefen an der Mauer entlang in die Nacht. Als sie in den Lichtschein traten, blieb Bastien stehen, zog ein Stück Kohle aus der Tasche und schrieb in unbeholfener Schrift etwas auf die Mauer. Zufrieden betrachtete er sein Werk, bevor er zu den anderen aufschloss.

ES LEBE SCARAMOUCHE.

EPILOG

Was aus ihnen wurde

1. ÜBER DIE SANSCULOTTEN UND DEN FAUBOURG SAINT-ANTOINE

Im Frühling des Jahres 1795 erhob sich das gemeine Volk gegen die Herrschaft der Thermidorianer. Die erste Episode ereignete sich am 12. Germinal (1. April), als eine Volksmenge den Konvent mit dem Ruf »Brot und Verfassung aus dem Jahr I« besetzte. Die Wachen räumten in kurzer Zeit den Saal. Die Anführer des Aufstands wurden in den folgenden Tagen zum Tode verurteilt, und die Deputierten der Bergpartei, die sie unterstützt hatten, wurden in die überseeischen Kolonien verbannt. Das heizte die Stimmung der unteren Schichten weiter an, die sich kurz darauf ein weiteres Mal erhoben.

Am Morgen des 1. Prairial (20. Mai) tauchten überall in Paris Plakate auf, die das Volk zum Aufstand aufriefen. Die ersten Vororte, die sich erhoben, waren Saint-Antoine und Saint-Marcel, es folgten weitere. Die Aufständischen belagerten die Tuilerien und durchbrachen den Kordon der Wachen und Muscadins, die den Palast verteidigten, und drangen mit Hacken, Messern und alten Karabinern in den Saal ein. Der Deputierte Féraud, ein früherer Girondist, der an der Verhaftung Robespierres am 9. Thermidor beteiligt gewesen war und der das Amt des Verantwortlichen für die Ernährung von Paris innehatte, versuchte den Sansculotten den Zutritt zu verwehren. Er wurde mit einem Pistolenschuss niedergestreckt. Die Leiche wurde enthauptet, der Kopf auf eine Pike gesteckt und der Präsident der Versammlung gezwungen, sich vor dem Akt der Volksjustiz zu verneigen. Anschließend zertrat eine junge Frau aus dem Volk, Aspasie Carlemigelli, die makabre Trophäe mit den Holzschuhen zu einem blutigen Brei.

In den folgenden Stunden ließen die überlebenden Deputierten der Bergpartei von der Versammlung die Amnestie ihrer deportierten Gefährten und eine ganze Reihe von Maßnahmen verabschieden, die das Ende der Herrschaft der Thermidorianer bedeutet hätten. Gegen Abend begann das Volk sich in seine Vororte zurückzuziehen. In der Nacht gelang drei Abgeordneten, darunter Fréron, die Flucht aus dem Palast. Sie nahmen Kontakt zu Truppenteilen auf, die dem Konvent die Treue hielten, und führten sie zu den Tuilerien. Die Soldaten, die von Gruppen der Muscadins unterstützt wurden, vertrieben die Menge und die Deputierten der Bergpartei wurden verhaftet.

Am nächsten Morgen, am 2. Prairial (21. Mai), besetzten die Aufständischen das Rathaus. Fréron schickte Banden der Muscadins, die das Volk auseinandertreiben sollten, das sich in der Nähe des Konvents versammelte. Am Tag darauf erschien in der Stadt ein Kontingent regulärer Truppen, um die Ordnung wiederherzustellen und die »Terroristen« zu entwaffnen. Am 4. Prairial besetzte das Heer den Faubourg Saint-Antoine und schlug am nächsten Tag die letzten Proteste der Aufständischen endgültig nieder.

Es folgte eine äußerst brutale Repression. Massenverhaftungen betrafen vor allem den Faubourg Saint-Antoine und pauschal alle, die Robespierre unterstützt hatten. Sechs zum Tod verurteilte Deputierte der Bergpartei begingen in der Haft Selbstmord.

Am 12. Prairial (31. Mai) wurde das Revolutionstribunal abgeschafft.

Aspasie Carlemigelli, genannt die Furie der Guillotine oder auch die Letzte Tricoteuse (wie die revolutionären Strickerinnen genannt wurden), wurde zusammen mit den Anführern des Aufstands im Alter von dreiundzwanzig Jahren guillotiniert.

Die Allianz von Thermidorianern und Royalisten führte zur Zeit des Weißen Terrors, der sich von Paris aus über ganz Frankreich ausbreitete. In Lyon, Aix und Marseille wurden die Jakobiner in den Gefängnissen umgebracht. Die Guillotine war ununterbrochen in Betrieb. Die Herrschaft der Thermidorianer festigte sich mit der Inthronisierung des Direktoriums, dem erst der Staatsstreich des 18. Brumaire im Jahr VIII (9. November 1799) des Generals Napoleon Bonaparte ein Ende setzte. Erst im Juli 1830 konnte man das Volk von Paris wieder auf den Barrikaden sehen.

2. ÜBER LEONIDA MODONESI

Der Name Léo Modonnet (ca. 1759–?), von Beruf Schauspieler, taucht in den Polizeiprotokollen zu den Erhebungen der Sansculotten im Germinal und Prairial des Jahres III auf. Die Sicherheitsbeamten Vidal, Clairmont und Figuier zitieren ihn unter vielen anderen bei ihren Ermittlungen hinsichtlich der Identität eines »maskierten Kriminellen, genannt Scaramouche«. Das Verhör eines gewissen Gérard Mignon, von Beruf Diener, Einwohner von Saint-Antoine, ist das letzte Dokument in französischer Sprache, das den Namen Léo Modonnet oder Madonais oder Madonné enthält (5. Messidor, Jahr III; 23. Juni 1795).

Aber auch die Sammlung der »Gazzetta di Bologna«, aufbewahrt in der Bibliothek der Universität, weist den Namen eines Leone Madonnesi in einer Liste von Schauspielern nach, die während der Sommersaison 1805 am Teatro Comunale auftraten.

Die chronologische Darstellung aller Aufführungen am Gran Teatro Comunale von Bologna, von der feierlichen Eröffnung am 14. Mai 1763 bis zum Herbst 1880 enthält den folgenden Theaterzettel:

SOMMER 1805
Jahr IV der Italienischen Republik

Es kommen zwei Tänze und eine Komödie zur Aufführung

Die Tänze wurden komponiert und werden
dirigiert von dem Bürger Antonio Muzzarelli aus
Bologna, der erste der beiden trägt den Titel:

DER RAUB DER HELENA
Der andere ist noch zu bestimmen.

Anzahl der Tänzer: 24.
60 Darsteller.
Cembalo und Chorleiter: Tommaso Marchesini.
Erste Violine und Dirigent: Francesco Rastrelli.
Kostüme, im Besitz des Impresarios, von Luigi Uccelli.
Bühnentechnik: Carlo Sarti.

Titel der Komödie
WER WIND SÄT, WIRD STURM ERNTEN
Oder *Die Posse wird heimgezahlt*
des großen Meisters Goldoni.

Schauspieler: Meister Gottardo, Flachshändler: Leone Madonnesi – Placida, seine Frau: Rosa Pinetti – Meister Agapito: Paolo Ferrari – Pandolfo, Händler: Felice Pellegrini – Costanza, Tochter des Pandolfo: Teresa Belmonte – Roberto, Geliebter Costanzas: Paolo Capelli – Leandro, Freund Robertos: Luigi Lollini – Bernardo, Gastwirt: Giuseppe Tomasini.

Impresario, Luigi Antonini.

Das Abonnement für die Aufführungen kostet 4 Scudi, keine Kupfermünzen, zahlbar zur Hälfte bei der Bestellung, die andere Hälfte nach Aufführung des ersten Werkes.

Der Verfasser der Chronik, Felice Romani, fügte folgende Anmerkung am Seitenende hinzu:

> N.B. Am 21. Juni 1805 kam Seine Majestät der Kaiser Napoleon I. nach Bologna, und am dritten Abend wurde zu seinen Ehren ein großes Kostümfest gegeben, samt Aufführung der Komödie und der Tänze. Aus diesem Anlass wurde das rückwärtige Portal des Theaters geöffnet, das in den Garten des Guasto führt, dessen wundervolle Beleuchtung einen überraschenden Effekt hatte.

Der berühmte Agronom Filippo Re schildert in seinem autobiografischen Bericht »Giornale della mia vita« das Fest in Bologna zu Ehren Napoleons in folgernder Weise:

> Am Abend des 23. Juni gab es ein großes Freudenfeuer auf dem Marktplatz, wo in einer elegant eingerichteten Galerie Ihre Majestäten auftraten und sich anschließend ins Gran Teatro begaben, um der Aufführung einer Komödie von Goldoni beizuwohnen. Der Kaiser war so begeistert, dass er den Ersten Schauspieler persönlich beglückwünschen wollte.

3. ÜBER BERNARD DER FROSCH

Die Chroniken erwähnen Bernard Macchia, genannt Bernard der Frosch, nur als Fechtmeister. Der Familienname, wenn es sich nicht um einen Spitznamen handelt, könnte auf italienische Ursprünge oder einen dortigen Aufenthalt hinweisen. In den folgenden Jahren wird er in zahlreichen Listen als einer der Protagonisten des *Savate* aufgeführt, und zwar während der von vielen als »klassische« Phase bezeichneten Periode dieser Sportart im Gegensatz zu der »romantischen« Phase im 19. Jahrhundert, in der Techniken des englischen Boxkampfes und gegen Ende des Jahrhunderts auch Boxhandschuhe eingeführt wurden. Über sein Leben vor und nach dieser Zeit ist nichts Genaues bekannt. Interessant ist nur die Tatsache, dass ein Macchia in der Entourage von Charles Charlemont auftaucht, einem der wichtigsten Meister des 19. Jahrhunderts, an den wegen einer Technik erinnert wird, die sehr dem »Tritt des Frosches« ähnelt, der Bernard berühmt gemacht hat. Wir vermuten, dass es sich um einen Nachkommen handelt.

4. ÜBER CLAIRE LACOMBE, PAULINE LÉON UND JEAN-THÉOPHILE LECLERC

Claire Lacombe (1765–?), verhaftet am 2. April 1794, war Gefangene in den Pariser Gefängnissen von Port-Libre, Plessis und Sainte-Pélagie und saß zuletzt im Gefängnis des Luxembourg ein, wo sie ihre Freundin Pauline Léon (1768–1838) und ihren Freund Théophile Leclerc (1771–?) wiedertraf. Die beiden hatten im November 1793 geheiratet (der Ehevertrag trägt das Datum des 22. Brumaire). Bei dieser Gelegenheit erklärte Pauline, sie habe die Aktivitäten der Familie wieder aufgenommen, das heißt die Produktion und den Verkauf von Schokolade. Kurz darauf war Théophile zu den Waffen gerufen worden und nach La Fère im Département Aisne übergesiedelt, dem Sitz einer berühmten Artillerieschule. Seine Frau folgte ihm nach. Die beiden wurden am 3. April verhaftet und drei Tage später ins Gefängnis des Luxembourg gebracht.

Nach dem Fall Robespierres schrieben Pauline und Claire mehrere Briefe und Petitionen und baten um Gnade, auch im Namen ihrer achthundert Mitgefangenen, die sie mit »Bürgerin Léon, Frau Leclerc« und »Bürgerin Lacombe, ledig« unterschrieben.

Im Antrag auf Entlassung, geschrieben von Claire Lacombe und auf den 24. Thermidor datiert, ist zu lesen:

> Meine Haltung war stets die einer ehrenhaften Frau, die jene Freiheit verdient hat, die von ihr immer verteidigt wurde. Ich habe der Nation drei Jahre meines Lebens geopfert, und da ich weder Mann noch Kinder habe, würde ich es als einen Grund der Freude ansehen, ihr erneut dienen zu können.

Eine Woche nach diesem Schreiben verließen Théophile und Pauline das Gefängnis und ihre Spuren verlieren sich. Nur durch einen Brief zugunsten ihres inhaftierten Bruders wissen wir, dass Pauline 1804 als Hauslehrerin in Paris lebte und dass ihr Ehemann wahrscheinlich ebenfalls noch am Leben war, denn sie unterschrieb noch immer mit »Frau Leclerc«. 1835 taucht ihr Name unter den Erben ihres verstorbenen Bruders in dem Ort Bourbon-Vendée auf, wo sie im Haus ihrer Schwester gemeldet ist. Im Archiv des Standesamtes der Gemeinde Bourbon-Vendée (heute La Roche-sur-Yon) befindet sich die Sterbeurkunde Nr. 215 von 1838 einer Anne-Pauline Léon, Witwe Leclerc, gestorben am 5. Oktober im Alter von siebzig Jahren.

Claire Lacombe gelang es im Unterschied zum Ehepaar Leclerc nicht, ebenso schnell entlassen zu werden.

Das einzige Zeugnis von ihr während der Haftzeit findet sich in einem Schriftstück von Joachim Vilate, Agent des Wohlfahrtausschusses und Geschworener des Revolutionstribunals. Als Anhänger Robespierres inhaftiert, versuchte der Autor sich in mehreren Schriften zu entlasten. Darunter »Die geheimen Gründe der Revolution vom 9. und 10. Thermidor«, veröffentlicht in Paris am 27. Januar 1795.

Auf Seite 40 schreibt Vilate:

> Vor drei Tagen ging ich in die Galerie dieser Haftanstalt, um wie jeden Abend eine Kerze zu kaufen. Die Verkäuferin ist ein überraschendes Beispiel für die verschlungenen Wege, die die Revolution für einige bereithält. Die Menschen kennen die Verkäuferin nicht, aber man erinnert sich an die berühmte Lacombe, bekannte Schauspielerin und Vorsitzende der schwesterlichen Gesellschaft der revolutionären Amazonen. Sie ist Händlerin geworden, im Dienste der kleinen Freuden der Staatsgefangenen, ihrer unglücklichen Gefährten; ein kurioser Effekt der vulgären Ideen von Ware und Profit! Bevor sie diese Rolle annahm, stand sie auf der Bühne, mit erhobenem Kopf, stolzem Blick und majestätischen Bewegungen; jetzt dagegen, schlicht und den Kunden gegenüber freundlich, ist sie nichts als eine bescheidene Kleinbürgerin, sorgsam zurechtgemacht, Expertin für den Verkauf ihrer Waren zum höchstmöglichen Preis. Höflich verpackt sie die Kerze in einem

Papiertaschentuch, das allein schon die fünfzig Sous wert ist, für die sie sie verkauft; jeden Abend muss ich diese Summe bezahlen, neben dem Preis für einen kleinen sauberen Apfel, den sie für sieben Sous das Stück verkauft.

Zwei im französischen Staatsarchiv unter dem Namen »Lacombe« aufbewahrte Dossiers belegen, dass die Frau am 1. Fructidor, Jahr III (18. August 1795), das Gefängnis verließ und dass ihr Name drei Monate später auf einem Plakat des Theaters von Nantes auftauchte, wo sie als Schauspielerin engagiert wurde, um die Rolle einer »Königin, Adelsfrau und großen Zauberin« zu spielen. Im Prairial des Jahres VI (1798) kehrte sie nach Paris zurück, aber wenige Monate später verlieren sich alle Spuren. Ort und Datum ihres Todes sind unbekannt. Das letzte sie betreffende Dokument ist der Vermerk eines Polizeiinformanten vom 16. September 1798, der sich in einem der oben genannten Dossiers befindet. Darin ist zu lesen, dass Claire Lacombe die Hauptstadt in Begleitung einer Frau verließ, die sie selbst als Kostümschneiderin in einem der Theater, in dem sie auftrat, eingestellt hatte. Der Name dieser Frau wird nicht genannt.

5. ÜBER MARIE NOZIÈRE

Der Name Marie Nozière (1767–?) findet sich im Verzeichnis der hundertzweiundfünfzig Verhafteten des Faubourgs Saint-Antoine nach der Erhebung vom Prairial des Jahres III (1795), aber nicht in dem der Hingerichteten oder der Deportierten. Man kann daraus schließen, dass sie – wie andere auch – wieder entlassen wurde.

Am 7. Fructidor, Jahr IV (24. August 1796), ist unter den Zeugen des Feuers, das während der Aufführung des Werkes »Zémire et Azor« (Städtisches Archiv Nantes, Dossier Grand Théâtre) im Großen Theater von Nantes ausgebrochen war, eine Bürgerin Nozière.

Aussage der Bürgerin Nozière.
Ich, die Unterzeichnende, Bühnenschneiderin des Grand Théâtre der Republik, erkläre hiermit, dass während des dritten Akts die Maschinen, die den Käfig von Azor heben sollten, plötzlich ausfielen, es riss ein Kabel, und in diesem Augenblick sah ich, wie das transparente Bühnenbild der Wohnung der Zemira zusam-

men mit einem anderen Tuch Feuer fing. Jemand versuchte uns zu beruhigen und rief: »Nichts passiert!«, aber als ich nach oben blickte, sah ich, dass die Flammen schon bis zur Decke züngelten. Ich bin dann ins Foyer der Schauspieler gerannt, das schon brannte, und dann in die Waffenkammer, die daneben liegt und in die sich mehrere Personen geflüchtet hatten. Direkt nach mir erschien der Direktor, und mit seiner Unterstützung haben wir die Leute aufgefordert, die Bühnenwaffen zu nehmen und das Schloss einer Tür aufzusprengen, die den Raum zu unserem Gefängnis machte. Wir waren kaum draußen, als wir hörten, wie der Kronleuchter ins Parterre krachte.

Es existieren keine weiteren Dokumente, die über das Schicksal Marie Nozières Auskunft geben. Gleichwohl taucht in den Archiven des Départements Haute-Loire (Auvergne) ihr Name mehr als einmal auf, und zwar in den Akten des Standesamtes der Gemeinde Saint-Julien-des-Chazes. Es handelt sich zweifellos um verschiedene Fälle von Namensgleichheit, aber eine Marie Naugère (so geschrieben und am Seitenrand korrigiert), Tochter von Antoine Nozière und Joséphine Reboux, geboren am 17. Juli 1767, müsste unsere Marie Nozière sein, was aus ihr die Ur-Ur-Urgroßtante (Schwester des Ur-Ur-Urgroßvaters) von Violette Nozière macht, der berühmten Vatermörderin aus den 30er-Jahren des 20. Jahrhunderts, bekannt durch Filme und Romane, Ikone der französischen Surrealisten und 1978 von der italienischen Band Area mit dem Lied »Hommage à Violette Nozières« [sic!] gefeiert.

6. ÜBER BASTIEN UND TREIGNAC

Septime Passounaud, genannt Treignac, Polizeikommissar in Saint-Antoine von 1792 bis 1794, von Beruf Flickschuster, verschwindet nach dem Staatsstreich des 9. Thermidor aus den Chroniken. Die napoleonische Volkszählung von 1801 registriert einen »Passounaud, Flickschuster«, wohnhaft in Saint-Antoine. Das ist die letzte Notiz über ihn.

Im Verzeichnis der Inhaftierten nach der Erhebung vom Prairial taucht dagegen der Name »Bastien Nozière, Sohn der Marie Nozière, Vater unbekannt« auf. Die Verhaftung der Mutter ist wahrscheinlich auf die Zeit, die sie zusammen mit den revolutionären republikanischen Bürgerinnen verbrachte, zurückzuführen, und dass die Inhaftierung Bastiens ohne seine direkte Beteiligung an den verworrenen Ereignissen des Mai 1795 erfolgte, ist nur schwer vorstellbar. Auch Bastien wurde wieder entlassen, wahrscheinlich weil er minderjährig war. Andere Nachrichten über ihn gibt es nicht.

Dennoch ist darauf hinzuweisen, dass ein »Bastien Passounaud« unter den Namen der Aufständischen während der Julirevolution von 1830 auftaucht. Es handelt sich um einen der Insurgenten, die den Angriff auf die Tuilerien zwischen dem 28. und 29. Juli anführten, die königlichen Truppen in Schach hielten und den Palast besetzten. Es ist nicht zu ermitteln, ob es sich um dieselbe Person handelt. Zu diesem Zeitpunkt wäre Bastien siebenundvierzig Jahre alt gewesen.

7. ÜBER ARMAND CHAUVELIN

Die erste Notiz über Armand Chauvelin (1755–?) nach den hier erzählten Ereignissen geht auf den 10. Vendémiaire des Jahres IV zurück, als er einen geheimen Bericht über die Vorbereitungen eines von Monarchisten organisierten Aufstands an den Konvent schickte. Dieser Bericht, zusammen mit weiteren ähnlichen Berichten, sollte es den von Napoleon Bonaparte geführten Pariser Truppen ermöglichen, sofortige Gegenmaßnahmen zu treffen und die Republik vor dem Ansturm von ungefähr fünfundzwanzigtausend Aufständischen zu verteidigen.

Kurze Zeit später, im Frimaire desselben Jahres, gehörte Chauvelin zu den ersten Teilnehmern an den Versammlungen der Freunde der Republik, besser bekannt unter dem Namen Club du Panthéon. Hier hörte er die Reden von Gracchus Babeuf und Filippo Buonarroti, überzeugte Anhänger einer Rückkehr zur jakobinischen Verfassung des Jahres I, mit dem Ziel, die perfekte Gleichheit und das allgemeine Glück aller zu erreichen. Am 8. Ventôse des Jahres IV wurde der Club auf Befehl des Kommandanten der Armée de l'Interieur geschlossen; ihr Kommandant war Napoleon Bonaparte.

Am 11. Mai 1796 treffen wir im Gefängnis des Temple wieder auf Armand Chauvelin, und zwar in Gesellschaft von Babeuf, Buonarroti, Amar, Rossignol, Darthé und der wichtigsten Exponenten der Verschwörung der Gleichen, einer konspirativen Vereinigung, die beabsichtigte, das Direktorium zu stürzen, das Privateigentum abzuschaffen und den Landbesitz zu kollektivieren. Ein Jahr später, am 8. Prairial des Jahres IV (27. Mai 1797), wurde er vom Hohen Gericht von Vendôme freigesprochen, während François Noël, genannt Gracchus Babeuf, der Guillotine übergeben wurde.

Dann verloren sich seine Spuren, bis ihn die Polizei am 15. Nivôse des Jahres IX (5. Januar 1801) verhaftete und ihn beschuldigte, am Heiligen Abend in der Rue Saint-Nicaise mit einem mit Sprengstoff beladenen Karren ein Attentat auf das Leben Napoleon Bonapartes geplant zu haben. Das Komplott sollte sich als von Monarchisten geplant herausstellen, aber man ermittelte zunächst in der Umgebung der ehemaligen und neuen Jakobiner, war dies doch ein willkommener Vorwand, gegen sie vorzugehen. Unter den Angeklagten befand sich neben Chauvelin auch der General Jean-Antoine Rossignol, der bereits in die Verschwörung der Gleichen verwickelt gewesen war. Beide wurden zusammen mit weiteren achtundsechzig Personen ohne Prozess verurteilt und auf die Seychellen deportiert, wo sie nach neunundachtzigtägiger Überfahrt am 22. Messidor (11. Juli 1801) ankamen. Infolge wiederholter Streitigkeiten zwischen lokalen Siedlern und den Verbannten wurden zweiunddreißig von ihnen auf die Insel Anjouan der Komoren deportiert und hier gegen eine Lieferung von Waffen für den Sultan, der Krieg gegen die heidnischen Stämme Madagaskars führte, festgehalten. Einundzwanzig der Neuankömmlinge erkrankten und starben innerhalb weniger Tage. Weitere acht flohen nach Grande Comore und dann nach Sansibar (siehe hierzu J.-B.-A. Lefranc: Das Schicksal zahlreicher Opfer der Tyrannei Napoleon Bonapartes beziehungsweise Übersicht über die Unglücksfälle von 71 ohne Urteil auf die Seychellen deportierten Franzosen, im Gefolge des Attentats mit der Höllenmaschine am 3. Nivôse des Jahres IX [24. Dezember 1800], berichtet von einem der nur zwei überlebenden Opfer der Deportation, Veuve Lepetit, 1816). Der Name Armand Chauvelins taucht weder bei den Namen des geflüchteten Lefranc noch unter den in Anjouan Verstorbenen auf, während aus dem Bericht hervorgeht, dass Jean-Antoine Rossignol in Anjouan am 27. April 1802 an Diarrhö starb.

Die Nachricht seines banalen Todes wurde in Paris ungläubig aufgenommen, vor allem im Faubourg Saint-Antoine, dem Geburtsort Rossignols. Zahlreiche Legenden rankten sich um seinen und die Namen seiner Gefährten, die 1817 in der Veröffentlichung eines vierbändigen Romans von A.-P.-F. Ménégault gipfelte, der den Titel trug »Der Robinson aus dem Faubourg Saint-Antoine, oder auch ein Bericht über die Abenteuer des Generals Rossignol und des Herr A. C***, seines Sekretärs. Nach Afrika deportiert zur Zeit des 5. Nivôse mit neuen Erkenntnissen über das Innere Afrikas und mit Einzelheiten zur Entstehung einer Republik, die gegründet von Rossignol an das Munhumutapa-Reich grenzte und deren Präsident er noch 1816 war«.

Es fällt nicht leicht, der Versuchung zu widerstehen, sich vorzustellen, A. C*** sei die romanhafte Spur des Namens von Armand Chauvelin, auch wenn es für die von Rossignol angeblich gegründete Republik auf dem Gebiet des heutigen Mosambik und Simbabwe keinerlei historische Nachweise gibt.

8. ÜBER FRANZ ANTON MESMER

Franz Anton Mesmer (1734–1815), »Entdecker« des animalischen Magnetismus, war letztlich, auch wenn er von den Wissenschaftlern seiner Zeit als Scharlatan angesehen wurde, sehr wahrscheinlich der Entdecker der Hypnotherapie. Im Gegensatz zu Puységur wollte er jedoch seine Techniken nie öffentlich zeigen und umgab sich stattdessen bis ans Ende seiner Tage mit einer mysteriösen, esoterischen Aura. Es wird behauptet, er habe sich nach seiner Abreise aus Paris 1786 an einem Ort in der Nähe von Avignon unter der Anleitung eines ehemaligen Benediktinermönchs auf der Suche nach dem Elixier für ein langes Leben der Alchemie zugewandt. Um die geheimnisvollen Botschaften des ehemaligen Mönches zu interpretieren, unternahm Mesmer verschiedene Reisen durch Zentraleuropa. Anscheinend gelang es ihm schließlich 1794 in Schaffhausen in der Schweiz ein Elixier zu destillieren, das ihm Kraft und Jugend verlieh. 1799 veröffentlichte er seine Memoiren »Mémoire de Franz Anton Mesmer, docteur en médecine, sur ses decouvertes« [Memoiren von Franz Anton Mesmer, Doktor der Medizin, über seine Entdeckungen]. 1802 sagte ihm eine Zigeunerin Zeitpunkt und Ursache seines Todes voraus. Dreizehn Jahre später bereitete er sich auf das Ableben vor. Kurze Zeit später erlitt er einen Schlaganfall, infolgedessen er am 5. März 1815 starb.

9. ÜBER DEN MARQUIS DE PUYSÉGUR

Im fünften Band der »Biographie des hommes vivants« [Biographien von Zeitgenossen], veröffentlicht in Paris 1819 von L.-G. Michaud, steht geschrieben, dass Armand Marie Jacques de Chastenet, Marquis de Puységur (1751–1825)

> zu einem guten Teil, aber in moderater Weise, die Prinzipien der Revolution übernahm und dann Kommandant der Artillerieschule von La Fère und Feldmarschall wurde. Er quittierte 1792 den Dienst. An den heimischen Herd zurückgekehrt, wurde er angeklagt, mit seinen emigrierten Brüdern in Korrespondenz zu stehen, und wurde zusammen mit seiner Frau und den Kindern für zwei Jahre ins Gefängnis von Soissons eingeliefert. Nachdem er nach dem Staatsstreich vom 18. Brumaire 1799 Bürgermeister von Soissons geworden war, trat er 1805 von seinem Posten zurück.

In ganz ähnlicher Weise, an der Grenze zum Plagiat, schreiben Martin und Lacroix im zweiten Band ihrer »Histoire de Soissons«, veröffentlicht 1837:

> Bei Ausbruch der Revolution folgte er nicht dem Beispiel seiner Brüder und anderer Menschen seines Ranges und emigrierte nicht. Als er aber nach dem 10. August zu der Ansicht gelangte, seinen Dienst [bei der Armee] quittieren zu müssen, machte er sich der republikanischen Regierung verdächtig; er wurde angeklagt, mit seinen beiden emigrierten Brüdern zu korrespondieren. Er wurde verhaftet und zwei Jahre lang mit Frau und Kind in Soissons eingekerkert, hatte aber das Glück, nicht vor dem Revolutionstribunal erscheinen zu müssen. Von Napoleon gerufen, die Stadt zu regieren, die Zeuge seines Unglücks gewesen war, übernahm er bis 1805 fünf Jahre lang das Amt des Bürgermeisters und zog sich dann auf seinen Landsitz in Buzancy zurück.

Diese Aufzeichnungen haben die weit verbreitete Ansicht entstehen lassen, der Marquis de Puységur sei während der Herrschaft der Jakobiner eingekerkert worden, die tatsächlich nur wenig Sympathie für Magnetiseure, Aristokraten und emigrierte Adelige hatten. Im vierten Band der »Biographie moderne«, veröffentlicht 1806 in Leipzig von P.-J. Besson – und folglich vor den beiden oben zitierten Werken –, wird jedoch bestätigt, dass Puységur

> sich zugunsten der Revolution aussprach und ihre Prinzipien zum größten Teil übernahm, sich aber gemäßigt verhielt. Gleichwohl gaben die Behörden von Soissons nach dem Tod Robespierres den Befehl, ihn im Schloss von Buzancy als Terroristen zu entwaffnen. Nach der Revolution vom 18. Brumaire 1799 wurde er zum Bürgermeister von Soissons bestellt.

Der dritte Band einer anderen »Biographie moderne« (Paris 1816) beschreibt fast genau dieselben Ereignisse mit fast denselben Worten.

Diese letzte Version wird außerdem durch Puységurs Karriere als Bühnenautor gestützt. Den Pariser Zeitungen ist zu entnehmen, dass der komische Einakter »L'intérieur d'un ménage républicain« [Das Innenleben eines republikanischen Haushalts] des Bürgers Armand de Chastenet im Théâtre des Italiens am 4. Januar 1794 uraufgeführt und dann weitere sechsundvierzig Mal aufgeführt wurde. Schwer vorstellbar, dass man es während der Zeit des *Terreur* einem wegen Verrats im Gefängnis sitzenden Autor gestattet hätte, die Theater mit seinen Stücken zu bespielen. Das darauf folgende Stück »Paul et Philippe« wurde 1795 insgesamt fünf Mal aufgeführt.

Es ist kein Zufall, dass das erste Werk Puységurs, das nach jenem Jahr in Paris aufgeführt wird, »Le juge bienfaisant« [Der wohltätige Richter] ist. Es wurde am 15. Oktober 1799 im Théâtre Feydeau, dann im Théâtre du Marais aufgeführt und erlebte insgesamt sieben Aufführungen. Wahrscheinlich fiel die Gefangenschaft Puységurs in die Zeit des Thermidor oder des Direktoriums, zwischen 1796 und 1799.

Der mit Jean Courier unterzeichnete Brief, der in diesen Anmerkungen wiedergegeben wird (unter dem Kapitel zu Orphée d'Amblanc), könnte die endgültige Bestätigung der vorgenannten Datierungen sein; die Korrektheit wäre jedoch durch weitere Dokumente zu bestätigen.

Nach seinem Abschied vom Posten des Bürgermeisters von Soissons widmete sich der Marquis der Veröffentlichung einer Reihe von Essays über seine eigenen Erfahrungen als Somnambulist. Aus dem Jahre 1807 stammt die Abhandlung »Du magnétisme animal considéré dans ses rapports avec diverses branches de la physique général« [Über den animalischen Magnetismus unter Berücksichtigung seiner Bezüge zu den verschiedenen Richtungen der allgemeinen Physik]; aus dem Jahr 1881: »Recherches, expériences et observations physiologiques sur l'homme dans l'état du somnambulisme naturel, et dans le somnambulisme provoqué par l'acte magnétique« [Untersuchungen, Experimente und Beobachtungen physiologischer Art am Menschen im Zustand des natürlichen Somnambulismus und des Somnambulismus, der durch magnetische Aktion hervorgerufen wird]; aus dem Jahr 1812: »Les Fous, les Insensés, les Maniaques et les Frénétiques ne seraient-ils que des somnambules désordonnés?« [Sind die Verrückten, die Irren, die Wahnsinnigen und die Frenetischen nichts anderes als gestörte Somnambule?]; aus dem Jahr 1813: »Appel aux savants observateurs du dix-neuvième siècle, de la décision portée par leurs prédécesseurs con le magnétisme animal, et fin du traitement du jeune Hébert« [Appell an die gelehrten Beobachter des neunzehnten Jahrhunderts hinsichtlich der Entscheidung, die von ihren Vorgängern zum animalischen Magnetismus getroffen wurde, und Ergebnis der Behandlung des jungen Hébert].

In den letzten beiden Abhandlungen beschreibt Puységur, auf welche Art er einen zwölfjährigen Jungen behandelte, Alexandre Hébert (nicht verwandt mit dem Pariser Revolutionär), der von nervösen Anfällen, deliranten Zuständen, Wutausbrüchen und Krisen mit Selbstverletzungen heimgesucht wurde. Während der Behandlung erahnte der Marquis die große therapeutische Kraft, die in der Beziehung zwischen Arzt und Patient liegt. Der junge Hébert wurde von Puységur nach Paris gebracht, um ihn vom bekanntesten Nervenarzt seiner Zeit untersuchen zu lassen:

> Nachdem ich Doktor Pinel die Krankheit des jungen Hébert beschrieben hatte, stellte ich ihn ihm vor. Er betastete seinen Kopf und erkannte die Narbe der Operation, der er unterzogen worden war. Dann magnetisierte ich das Kind, das seine üblichen Antworten wiederholte, vor allem, dass man ihm, als man ihn

wegen eines Abszesses am Kopf operierte, irrtümlich ein Stück Gehirn entfernt hatte.

»Ich weiß nicht, bis zu welchem Punkt ich den somnambulen Visionen dieses Jungen Glauben schenken kann [...]«, bemerkte Pinel, »aber ich kann Euch versichern, dass die anatomischen Studien von diesem und jenem (ich erinnere mich nicht an die Namen der Anatomen, die er zitierte) zeigen, dass ein Mensch auch ohne einen Teil seines Gehirns leben kann, umso schlimmer für die Systeme, die sich diesen anerkannten Fakten verweigern.

Herr Pinel hat mich für den Winter eingeladen, wenn ich nach Paris zurückkehre; ich könne die Verrückten und Geistesgestörten in seinem Hospital untersuchen und an einigen von ihnen die Kraft des magnetischen Einflusses erproben.

Puységur wurde in der Krypta der Kirche von Buzancy, Département Aisne, beigesetzt.

Nach 1884 wurden seine Schriften von Charles Richet, der später den Nobelpreis für Medizin erhielt, wiederentdeckt; er erkannte in ihm einen Pionier der Hypnotherapie. Bis heute gilt Puységur als einer der Wegbereiter der psychologischen Wissenschaften.

10. ÜBER PHILIPPE PINEL UND JEAN-BAPTISTE PUSSIN

Philippe Pinel (1745–1826) gilt als einer der Pioniere fortschrittlicher Reformen, die zur »moralischen Behandlung« psychiatrischer Patienten führten.

Am 14. Ventôse des Jahres III (4. März 1795) wurde er zum medizinischen Leiter des Hospitals der Salpêtrière ernannt. Die Stelle behielt er bis an sein Lebensende. 1801 setzte er die Einstellung von Jean-Baptiste Pussin (1746-1811) als Betreuer der Geistesgestörten durch.

Obwohl Pinel in seinen Schriften stets anerkannt hat, dass er von Pussin viel für seine praktische Therapiearbeit gelernt hat, blieb die Bedeutung dieses Einflusses über fast zwei Jahrhunderte im Dunkeln. Erst nach der Wiederentdeckung der »Beobachtungen des Bürgers Pussin über Geistesgestörte« im Jahr 1978 fing man an zu begreifen, wie viel der »Bürgermeister« von Saint-Prix schon vor der Ankunft Pinels in Bicêtre ausprobiert und erreicht hatte. Dennoch ist zu beachten, dass die »Beobachtungen« das Datum des 21. Dezember 1797 tragen und folglich eine nachträgliche Rekonstruktion sind, die erst nach dem Zusammentreffen mit Pinel erfolgte:

> Arbeit erscheint mir unbedingt notwendig zu sein, nicht nur weil es sich um eine körperliche Betätigung handelt, sondern weil sie auch Ablenkung bietet. Arbeit gehört tatsächlich zu den psychologischen Heilmethoden, die ich besonders schätze. Deshalb kann es sich zweifellos nur um Ignoranz oder einen Fehler handeln, dass das Lyzeum der Künste bei einer seiner öffentlichen Sitzungen das Hospital von Avignon als einzigen Ort in Frankreich vorgestellt hat, an dem eine solche Therapieform für die Geistesgestörten angeboten wird, während mir in den letzten dreizehn Jahren keine andere Therapieform zur Verfügung stand.

Heute steht gegenüber dem Eingang des Hospitals der Salpêtrière eine große Bronzestatue Philippe Pinels.

Der Philosoph Michel Foucault betrachtet in seinem grundlegenden Werk »Wahnsinn und Gesellschaft. Eine Geschichte des Wahns im Zeitalter der Vernunft« (1961), Doktor Pinel nicht so sehr als Initiator einer »humaneren« Behandlung der Insassen von Bicêtre, sondern vielmehr als den Verantwortlichen für den Übergang vom physischen Zwang zu einem versteckteren, aber nicht weniger einschneidenden mentalen Zwang.

11. ÜBER DEN IN BICÊTRE INTERNIERTEN GEISTESGESTÖRTEN NAMENS »AUGUSTE LAPLACE«

Im Tagebuch des Philippe Pinel erscheint unter dem Datum des 27. Februar 1795 eine Anmerkung zu einem Internierten mit dem Namen Auguste Laplace, der sich zum zweiten Mal in Bicêtre aufhält. Pinel beschreibt ihn als einen Patienten, dessen Gesicht von schrecklichen Narben entstellt ist. Die Nase fehlt fast völlig, und dem Patienten war eine Lederprothese angepasst worden, die laut Tagebuchschreiber dazu beitrug, ihm »ein finsteres, trauriges Aussehen« zu verleihen.

Pinel beschreibt das Delirium dieses Patienten auf einer Seite mit einzigartiger Eindringlichkeit:

Außer einigen Ereignissen aus seiner Kindheit hat der Patient anscheinend keine Erinnerung von sich selbst, und er erinnert sich auch nicht an seinen früheren Aufenthalt hier und auch nicht an ein paar Episoden aus unserer früheren Beziehung. Er ist sich meistens seiner Verstümmelung und seines abschreckenden Aussehens nicht bewusst. Nur wenn er sein Spiegelbild in einem Glas, einem Spiegel oder einer Wasserpfütze sieht, dringen die Folgen der Misshandlung in all ihrer Offensichtlichkeit in sein Bewusstsein ein und lösen Krisen von Gewalttätigkeit aus.

Im Besonderen durchlebt der Mann lange Phasen, in denen er vor sich hin redet und von Ereignissen erzählt, die sich an einem Ort ereignen, der der Hof eines orientalischen Souveräns sein könnte. Diese Phasen können mehrere Tage dauern.

Der Patient identifiziert sich anscheinend mit einer historischen Person und wendet sich an den Unterzeichnenden mit dem Namen des Herrschers »Chosrau« oder »König der Könige«. Er ermahnt die anderen Patienten, sich mit aller Kraft auf die Seite des Guten zu stellen, dessen Personifizierung eine Gottheit der alten Perser sei: Ormuzd. In seinem Delirium bezieht er sich anscheinend auf Personen des öffentlichen Lebens der jüngeren Vergangenheit. Im Besonderen bezieht er sich auf Robespierre und Saint-Just, manchmal als Manifestationen von Ahriman, den er als »den Gegenspieler« oder einfach als »das Böse« bezeichnet. Manchmal werden aber dieselben Personen als die »Erzengel« des Ormuzd zitiert oder präsentiert. Im Großen und Ganzen wird er von den anderen Patienten gemieden und gefürchtet, mit Ausnahme eines kleinen Kreises, dem er imaginäre Aufgaben und Benimmregeln im beschriebenen wahnhaften Kontext auferlegt.

Auf den nachfolgenden Seiten des Tagebuchs fehlen weitere Hinweise auf diesen Patienten, den Pinel überdies ab dem 29. April, dem Tag seines Wechsels an die Salpêtrière, nicht mehr behandelte.

In den Registern von Bicêtre findet sich nichts über eine eventuelle Entlassung oder den Tod des Geistesgestörten Laplace.

12. ÜBER ORPHÉE D'AMBLANC

Von Doktor Orphée d'Amblanc (1758–?), tätig in Paris in den Jahren der Revolution, verlieren sich nach Januar 1795 alle

Spuren. Sein Name taucht weder im Verzeichnis der praktizierenden Ärzte der Stadt noch in den Listen der Polizei zu den Eingezogenen oder Hingerichteten jener Jahre auf. D'Amblanc gehört zu den zahlreichen »weniger wichtigen« Personlichkeiten der großen Geschichte, die im Labyrinth der Zeit verschwinden.

Diesem Verschwinden steht nur ein Hinweis auf sein Schicksal entgegen, kein Beweis. Man findet ihn in der Briefsammlung des Marquis de Puységur, die im Staatsarchiv von Soissons aufbewahrt wird. Es handelt sich um einen Brief vom 21. Dezember 1799, adressiert an Puységur von einem gewissen Jean Courier, wohnhaft in Fontainebleau, Département Seine-et-Marne:

Lieber Freund,
gestattet mir die Vertrautheit, Euch so zu nennen, nicht nur wegen all dem, was wir im Laufe der Jahre gemeinsam erlebt haben, sondern vor allem wegen der Freude über Eure wiedererlangte Freiheit. Schon der Name des Absenders auf Eurem Brief hatte mich nach dem langen Schweigen auf gute Nachrichten hoffen lassen, aber das, was Ihr geschrieben habt, übertraf alle meine Erwartungen.

Es ist wahr, die Rückkehr nach Hause, in alte Gefühlswelten zu wohlgesonnenen Menschen, die Rückkehr ins Leben kann das Unrecht nicht wiedergutmachen, das man Euch angetan hat, und es gibt nichts, was Euch dafür entschädigen könnte. Dennoch verstehe ich, was Ihr meint, wenn Ihr schreibt, dass in dieser Epoche der Umwälzungen und Revolutionen niemand sich für wirklich unschuldig halten sollte. Wir sind es nicht, ich stimme zu, jeder hat seinen Teil beigetragen, als Akteur oder Zuschauer, das ist nicht wichtig. Anderen, nicht Euch, war ein ganz anderes Schicksal bestimmt, auf öffentlichen Plätzen. Wir dürfen uns beglückwünschen, dass wir noch leben, auch wenn wir nicht mehr dieselben sind und auch unsere Wege nicht mehr dieselben sind. Meiner ist ein anderer als der Eure, wie wir bereits Gelegenheit hatten festzustellen, trotzdem, das möchte ich glauben, führt er in dieselbe Richtung.

Es freut mich zu erfahren, dass Eure Gesundheit in der Haft nicht gelitten hat und dass Ihr ungeduldig darauf wartet, wieder ans Werk zu gehen. Was meine Arbeit angeht, nach der Ihr mit so großer Anteilnahme fragt, sollt Ihr wissen, dass in diesen beiden Jahren, wie auch in den beiden vorhergehenden, die Therapien für meinen jungen Patienten weiterhin regelmäßig und mit Erfolg angewendet wurden. Er machte jeden Tag Fortschritte. Dennoch bin ich zu dem Schluss gekommen, dass die beste Therapie im Glück, in der Klarheit und Heiterkeit ausgeglichenen Heranwachsens besteht, erzielt durch gesundes Leben und gute Beziehungen voller Zuneigung. Ersteres wird dem Jungen durch das Wohlwollen der Dame zuteil, deren Gäste wir sind, die beiden anderen erwachsen aus der gemeinsam verbrachten Zeit. Die Hausherrin empfindet große Sympathie für den Jungen, und wäre der Umgang mit Jugendlichen nicht so ungewohnt für sie, da sie selbst keine Kinder hat, könnte man vermuten, sie hege verwandtschaftliche Gefühle für ihn.

Was seine Erziehung betrifft, habe ich mich selbst dazu verpflichtet, ihn im Rahmen meiner Kräfte und Fähigkeiten in den wichtigsten Fächern zu unterrichten: Philosophie, Mathematik, Geschichte, Literatur, wobei ich mich der nicht gerade kleinen Bibliothek des Hauses bedienen kann. Ich habe den Wunsch, die moralischen Prinzipien und Tugenden in ihm zu kultivieren und aufblühen zu lassen, die die besten Taten unserer Epoche inspiriert haben. Würde ich glauben, dass Blut und Geburt – und nicht etwa gute Erziehung und gutes Leben – unser Schicksal bestimmen, müsste ich allem abschwören, an das ich bisher geglaubt habe. Ich meine damit das unverwüstliche Vertrauen, das ich in die Fähigkeiten des Menschen habe, sein Tiersein zu überwinden, um voll und ganz die ihm eigene Natur eines politischen Tieres zu realisieren. Würden wir nicht daran glauben, dass Freiheit, Gleichheit und Brüderlichkeit die Bestimmung des Menschen sind, die Ziele, an denen wir unsere Taten ausrichten sollten, dann hätte keine unserer Herausforderungen an die Geschichte und damit auch keiner unserer Fehler einen Sinn gehabt. Dass dieser Junge als freier Bürger unter Gleichen und als tugendhaftes Individuum aufwachsen kann, steht in meinen Augen für den Sieg des Lichts und der Vernunft über die immer gleichen Gegner, über Finsternis und Grausamkeit. Wenn man mich heute fragte, ob ich das für einen guten Grund hielte, so gehandelt zu haben, wie ich gehandelt habe, auch unter Akzeptanz außergewöhnlicher Risiken, würde ich antworten, es sei nicht nur ein guter, sondern in Wirklichkeit auch der einzige. Die Revolutionen gehen vorüber, was bleibt, sind die Menschen, die die Zukunft auf den Schultern tragen.

Mehrmals in diesen Jahren habe ich mir selbst die Frage gestellt, die auf Menschen wie Ihnen und mir lastet, aber man könnte auch sagen, auf jedem anderen lebenden Wesen, und zwar jeden Tag, den es auf dieser Erde verbringt: Wie können wir wissen, wann wir Gutes tun und wann wir, auch jenseits unseres Wollens und unserer Absichten, im gegenteiligen Sinne handeln? Nun gut, die Wahrheit ist, dass wir es nicht wissen. Wir können nur versuchen, die Dunkelheit zu erhellen, die uns umgibt, mit dem kleinen Licht, das wir in Händen halten, ohne jemals aufzugeben.

Deshalb noch einmal, *mein Freund*, wie unser beider Meister gesagt hätte, Glückwünsche demjenigen, der die Freiheit wiedererlangt hat. Möget Ihr nie den Willen verlieren, voranzuschreiten auf der Straße des Wissens und der Heilung der Welt und derer, die sie bewohnen.

Euer ergebener
nunc et semper
Jean Courier

13. ÜBER CÉCILE GIRARD

Von der Witwe Girard (1760–1831) ist bekannt, dass sie in ihrem Haus in der Nähe des Waldes von Fontainebleau bis an ihr Lebensende wohnte, ohne wieder zu heiraten. In den Archiven der Gemeinde gibt es keine Heiratsdokumente, die sie betreffen. Da es keine direkten Erben gab, fielen bei ihrem Tod ihre Besitzungen an einen Neffen, den Sohn eines Bruders. Es gibt keine Bestätigung dafür, dass die »gnädige Frau«, die im Brief von Jean Courier an Puységur erwähnt wird, Cécile Girard war, noch weiß man, was später aus ihren »Gästen« wurde.

14. ÜBER LOUIS-CHARLES CAPET, DEN FRANZÖSISCHEN THRONFOLGER

Seit mehr als zwei Jahrhunderten geistern Gerüchte, Legenden und Theorien über ein Komplott und die Flucht des französischen Thronfolgers und über seinen Austausch mit einem anderen Jungen durch die Welt. Diese Geschichten, einst Volkes Phantasie entsprungen, werden von keinerlei Beweisen gestützt, sieht man von »merkwürdigen Übereinstimmungen« ab, die in bestimmten Fällen bemüht werden. Im Lauf der Jahre haben sich Scharen von Historikern bemüht, Hinweise und Zeugnisse ausfindig zu machen, während Romanschreiber sich darin gefielen, Komplizenschaften, Bedrohungen, Verstecke und magische Ereignisse zu erfinden.

In den Archiven findet sich nichts über das, was in der Nacht des 21. auf den 22. Januar 1795 geschehen ist. Wäre der Gefangene, so wie es hier erzählt wird, unter den gegebenen Umständen befreit worden, dann wäre seine Flucht aus offensichtlichen Gründen von den Autoritäten des Thermidor geheim gehalten worden; und vielleicht wurde schon am nächsten Tag im Turm ein Stellvertreter eingesperrt.

Genau am 22. Januar 1795 (3. Pluviôse, Jahr III) berichtet der Deputierte Cambacérès dem Konvent über »die Mitglieder der Familie Capet, die zur Zeit noch in Frankreich sind«. Der Bericht – »Über die Art und Weise, wie das Territorium der Freiheit vom einzigen königlichen Überbleibsel zu reinigen ist« – war weniger als einen Monat vorher von Lequinio angefordert worden.

> Bisher – so Cambacérès von der Tribüne – hat Vorsicht diese Frage verdrängt. Aber heute erfordern die Umstände dennoch eine Prüfung der Frage, sei es um kriminellen Absichten den Wind aus den Segeln zu nehmen und perfide Manöver abzuwenden, sei es um die Meinung des Volkes durch die Darstellung unterschiedlicher Betrachtungsweisen, die das Problem erhellen können, endgültig zu festigen.
>
> Es gibt nur zwei Maßnahmen, die bezüglich dieser Individuen angewandt werden können: Entweder man weist sie aus der Republik aus oder man behält sie in Gefangenschaft.
>
> Hält man sie hier, ist zu befürchten, dass sie die Quelle immer neuer Unordnung und Ärgernisse sein werden, dass ihre Gegenwart den Böswilligen als Vorwand dient, den Konvent zu verleumden und das Volk zu spalten. Andererseits, wenn diese Individuen verbannt werden, würde man dann nicht unseren Feinden ein verhängnisvolles Faustpfand in die Hand geben, das Grund für ewigen Hass, für Rache und für Krieg böte? Würde man den feigen Deserteuren des Vaterlandes nicht einen Mittelpunkt, einen gemeinsamen Fluchtpunkt anbieten?

> Hätte der letzte König seine Absichten verwirklichen können, hätte er seine Hoffnungen und seine Familie in Feindesland hinüberretten können und hätte der Zufall oder der Erfolg unserer Waffen seinen Erben in eure Hände gespielt, was hättet ihr gemacht mit diesem Nachkommen einer unreinen Rasse? Hättet ihr ihn zurückgegeben? Natürlich nicht. Ein Feind ist in unseren Händen weniger gefährlich als in den Händen derjenigen, die seine Sache unterstützen.
>
> Nehmen wir an, der Erbe Capets befinde sich mitten unter unseren Feinden; schon bald würdet ihr erfahren, dass er überall dort ist, wo unsere Armeen kämpfen müssen, und auch wenn seine Existenz ihr Ende fände, wäre er überall gegenwärtig, und eine solche Schimäre wäre geeignet, auf lange Zeit die Hoffnungen der Verräter Frankreichs lebendig zu halten.

Fünf Monate später, am 9. Juni 1795 (21. Prairial, Jahr III), unterzeichneten die Doktoren Dumangin, Pelletan, Jeanroy und Lassus die folgende Erklärung:

> Zu viert kamen wir um elf Uhr morgens an der äußeren Mauer des Temple an und wurden von den Kommissaren empfangen, die uns anschließend in den Turm führten. Im zweiten Stock betraten wir eine Wohnung, in deren zweitem Raum wir auf dem Bett den Körper eines Kindes fanden, das ungefähr zehn Jahre alt war, wie uns schien, und von dem die Kommissare uns sagten, es handle sich um den Sohn des verstorbenen Louis Capet. Zwei von uns erkannten in ihm das Kind wieder, das sie seit einigen Tagen in Behandlung hatten. Die vorgenannten Kommissare erklärten, das Kind sei am Heiligen Abend gegen drei Uhr nachmittags gestorben.

Die vier Ärzte nehmen eine Autopsie vor, bei der Pelletan – glaubt man seinen Erklärungen vom Mai 1814 – dem kleinen Leichnam das Herz entnimmt. Sie beschließen das Dokument mit der Erklärung:

> Alle Symptome, die wir detailliert aufgezählt haben, sind die offensichtlichen Folgen von Skrofulose, einer Krankheit, an der er seit langer Zeit litt und die der Grund für den Tod des Kindes ist.

Die beiden Ärzte, die im Körper des Verstorbenen denjenigen des Kindes »wiedererkennen«, das sie »seit einigen Tagen« behandelten, sind Pelletan und Dumangin. Letzterer hatte den Auftrag erst einen Tag vor dem Tod erhalten. Der andere kümmerte sich dagegen seit etwa einer Woche um den Gefangenen, und zwar nach dem Tod des Arztes Pierre-Joseph Desault, der am 1. Juni verstarb, nachdem er im Mai das Kind behandelt hatte.

Am selben Tag, dem 9. Juni, informierte der Deputierte Sevestre den Konvent über den Tod des »Sohnes des Capet, seit einiger Zeit unpässlich wegen einer Geschwulst am rechten Knie und am linken Ellenbogen«.

Der Leichnam wurde am 10. desselben Monats auf dem Friedhof Sainte-Marguerite nach einem diskret durchgeführten Bestattungszeremoniell begraben; weder Grabstein noch Stele kennzeichneten den Ort.

Seit jenem Tag mehrten sich die Gerüchte über Flucht und Austausch des Thronfolgers und gewannen stetig an Überzeugungskraft.

Im Jahr 1800 verbreitete die Veröffentlichung des Romans »Le Cimetière de la Madeleine« von Jean-Joseph Regnault-Warin die Legende und machte sie berühmt. In diesem Fall schreibt der Autor die Aktion und das Komplott François-Athanase Charette de La Contrie, dem unangefochtenen Anführer des Aufstands in der Vendée, zu.

Der große Erfolg des Buches inspirierte eine ganze Reihe angeblicher Thronfolger, die auf seinen Seiten eine überzeugende Grundlage für ihre Geschichten über Flucht, Untertauchen und Intrige gefunden hatten. Der Erste auf dieser langen Liste, die mindestens vierzig Namen umfasst, war Jean-Marie Hervagault, ein Gewohnheitsbetrüger, dem es gelang, eine beachtliche Schar von Anhängern hinter sich zu sammeln. Am 17. Februar 1802 wurde er wegen Betrug, Identitätsdiebstahl und Vagabundieren verurteilt, in Soissons ins Gefängnis eingeliefert und später nach Bicêtre verlegt, wo er am 8. Mai im Alter von einunddreißig Jahren starb.

Der berühmteste und beliebteste all dieser Prätendenten des französischen Throns ist zweifellos der preußische Uhrmacher Karl Wilhelm Naundorff. Er kam 1833 nach Paris, als gerade der Prozess gegen einen anderen angeblichen Thronanwärter, den Grafen von Richemont, geführt wurde. Er ging so weit, Marie Thérèse, die Tochter Ludwigs XVI., anzuzeigen, weil sie sich angeblich ihm gehörende Dinge widerrechtlich angeeignet habe. Er wurde verhaftet und ausgewiesen und verbrachte den Rest seines Lebens in den Niederlanden. Im Epitaph auf seinem Grabstein ist zu lesen: »Hier ruht Ludwig XVII., König von Frankreich«, während er in seiner Sterbeurkunde als »Karl Ludwig von Bourbon, Graf der Normandie« bezeichnet wird. Noch heute schmücken sich seine Nachfahren mit dem Namenszusatz »de Bourbon« und betreuen die Website des Instituts Louis XVII (www.louis17.com).

Ein anderer erwähnenswerter Fall ist Eleazer Williams, christlicher Missionar bei der Irokesennation der Oneida im Staat New York und Übersetzer des »Book of Common Prayer« der anglikanischen Kirche in die Sprache der Mohawk. Williams war es gelungen, die Oneida und andere Gruppen von Ureinwohnern dazu zu bringen, nach Wisconsin umzusiedeln, wo die Regierung der Vereinigten Staaten ihnen die Gebiete um die Green Bay anbot. Es wird behauptet, der Missionar habe die Absicht gehabt, sich zum Herrscher eines »Indianerimperiums« zu machen, aber nach ungefähr zehn Jahren, im Jahr 1832, wiesen die Oneida ihn mit der Begründung ab, er kümmere sich nicht genügend um ihre Interessen, seien diese spiritueller oder anderer Art. 1842 schließlich verbot der Bischof der Episkopalen ihm schließlich, als Vertreter dieser Kirche aufzutreten. Nach Lage der Dinge hatte Williams einen schweren Unfall – ein Baum war ihm auf den Kopf gefallen –, und von diesem Zeitpunkt an begann er wirr zu reden; unter anderem behauptete er, auf einem Dampfschiff im Jahr zuvor den Prinzen von Joinville getroffen zu haben, den dritten Sohn Louis Philippes I., des Königs der sogenannten »Julimonarchie«. Bei dieser Gelegenheit habe der Prinz ihm enthüllt, dass er, Eleazer, niemand anderes als der Thronfolger Frankreichs sei, der aus dem Temple befreit den Mohawk von Kahnawake anvertraut worden sei. Williams war tatsächlich in diesem Dorf als Sohn eines Mestizenhäuptlings, des Tehorakwaneken, genannt Thomas, und einer Irokesenfrau, Mary Ann Konantewanteta aufgewachsen. Aufgrund seiner hellen Haut und der blonden Haare konnte man ihn für einen Adoptivsohn des Paares halten, das ihn nach alter Sitte der Irokesen aufgenommen hatte. Der Reverend behauptete außerdem, der Prinz habe versucht, ihn eine Erklärung unterschreiben zu lassen, die seine Abdankung gegen Zahlung einer beträchtlichen Summe bestätigte. Das Aufeinandertreffen der beiden ist historisch belegt, jedoch existieren keine Mitschriften oder direkten Zeugenaussagen.

Zurückgekehrt zu den Mohawk von Akwesasne, ließ Williams sich einen schlossartigen Hof bauen, der noch heute den Namen Lost Dauphin Cottage, trägt, so wie in Wisconsin auch eine Lost Dauphin Road, ein Lost Dauphin State Park und ein Lost Louie's Restaurant existieren.

1854 veröffentlichte John Halloway Hanson ein Buch mit dem Titel »The Lost Prince« über »Fakten, die nahelegen, dass es sich bei Ludwig XVII. von Frankreich und dem Reverend Eleazar Williams, Missionar bei den Indianern Nordamerikas«, um dieselbe Person handelt. Es ist wahrscheinlich, dass der angebliche »Looy the Seventeen«, Sohn von »Looy the Sixteen and Marry Antonette«, der in den »Abenteuern des Huckleberry Finn« von Mark Twain auftaucht, von der Figur des Reverend Williams inspiriert ist.

All diese Theorien schienen zu Beginn des dritten Jahrtausends den Todesstoß erhalten zu haben, als die Wissenschaft anhand von DNA-Untersuchungen zeigte, dass das Herz des Kindes, das im Temple gestorben und das von Doktor Pelletan bei der Autopsie entnommen worden war, große genetische Übereinstimmung mit den Nachfahren Marie-Antoinettes aufwies.

Aber es bleibt noch zu bewiesen, dass das analysierte Herz wirklich das des Gefangenen ist, der im Großen Turm am 8. Juni 1795 starb. Jenes Herz war Protagonist unglaublicher Wechselfälle. Gestohlen, wiedergefunden, geraubt, verfolgt, verdoppelt, über Spanien und Italien gereist, landete es erst 1975 in der königlichen Krypta der Basilika von Saint-Denis, am Stadtrand von Paris.

Darüber hinaus hatte Louis-Charles einen Bruder, Louis-Joseph, gestorben an Tuberkulose im Alter von acht Jahren im Jahr 1789. Auch sein Herz wurde in einer Urne aufbewahrt, wie es der Tradition der Könige von Frankreich entsprach. Geschändet während der Revolution zusammen mit anderen Reliquien, reiste es wie ein Schnupfen durch die Stadt Paris.

1815 plante Ludwig XVIII., der neue Monarch Frankreichs, die beiden kleinen Herzen in der Basilika von Saint-Denis zu vereinen, lehnte aber dasjenige »von Pelletan« ab, und es endete damit, dass ihm auch das von Louis-Joseph abhandenkam, dessen Spuren sich 1817 verlieren. Keine Wissenschaft wird beweisen können, dass die beiden Herzen nicht verwechselt wurden. Andererseits ist die genetische Kompatibilität des Herzens »von Pelletan« mit den Knochen, die auf dem Friedhof Sainte-Marguerite gefunden wurden, niemals überprüft worden. Die Knochen wurden bereits bei drei Anlässen exhumiert, ohne dass jemals eine Übereinstimmung hinsichtlich des Alters des Thronfolgers (zehn Jahre) festzustellen war.

Nach zwei Jahrhunderten wieder und wieder geöffneter Särge, Grabungen in Gemeinschaftsgräbern, Romanen, Haaranalysen, Prozessen, mitochondrialen DNA-Untersuchungen, einbalsamierten oder in Formalin eingelegten Herzen, ist das Geheimnis des Temple anscheinend alles andere als gelüftet, trotz der Bestattungszeremonie, mit der am 8. Juni 2004 das Herz »von Pelletan« in der Kapelle der Bourbonen in der Basilika von Saint-Denis beigesetzt wurde.

15. ÜBER DIE ARMEE DER SCHLAFWANDLER

Sollte in der ersten Phase der Herrschaft der Thermidorianer eine konterrevolutionäre, in die buntscheckige Menge der *Jeunesse Dorée* eingebettete Bande aktiv gewesen sein sein, die auf Techniken mentaler Kontrolle zurückgriff, dann hat ihr Aufkommen kaum Spuren in den Dokumenten hinterlassen, und überhaupt keine mehr nach dem 2. Pluviôse des Jahres III. Die wichtigsten Nachweise ihrer Existenz sind die geheimnisvollen Hinweise des Louis-Marie Stanislas Fréron in der Nummer LVIII seiner Zeitung »L'Orateur du Peuple«, die am 3. Nivôse des Jahres II in Paris verteilt wurde: »Mesmerisierte Kriminelle [geschickt], um Feuer zu legen, die Vororte zu terrorisieren [...] neue und alte Getreue des vorrevolutionären mesmerianischen Glaubens«.

Niemand hat bislang faktische Belege für den populären Legendenschatz gefunden – der bei den *classes dangereuses* von Paris lange Zeit im 19. Jahrhundert lebendig geblieben ist – über »seltsame Gecken, die nicht umfielen, wenn man auf sie einschlug«, und über den Tag, an dem eine Handvoll »Männer mit erloschenen Augen« die Schänke La Grande Pinte niederbrannte. Es fehlen auch nicht die Hinweise auf »Inschriften, die niemand verstand«, die auf den Mauern der Stadt im Sommer und Herbst 1794 auftauchten. Diese Geschichten sind eng verbunden mit den Legenden über Scaramouche. Wer von diesen Hinweisen inspiriert seiner Phantasie freien Lauf lassen will, kann mit dem Text von Edouard Thierry beginnen: »Über den Einfluss des Theaters auf die Arbeiterklasse: Vorträge gehalten am 22. und 29. Juni 1862 bei den Treffen der polytechnischen Vereinigung« (E. Panckoucke, Paris 1862).

Es wird behauptet, Peter Hammill, Sänger und Mitbegründer der britischen Rock-Band Van der Graaf Generator, habe den Song »The Sleepwalkers« (1975) geschrieben, nachdem ein Freund aus Paris ihm ein paar Legenden aus dem Faubourg Saint-Antoine erzählt hatte:

At night, this mindless army, ranks unbroken by dissent
Is moved into action and their pace does not relent
In step, with great precision, these dancers of the night
Advance against the darkness – how implacable their might!

Im Weiteren benutzt Hammill exakt den Ausdruck »The army of sleepwalkers«. Die Armee der Schlafwandler.

16. ÜBER SCARAMOUCHE

Seit dem 4. Prairial des Jahres III durchkämmten die Wachen tagelang den Faubourg Saint-Antoine, fanden aber keine Spur von Scaramouche. Mehr als ein Funktionär und Minister der Thermidorianer glaubte, dass ihm das Alter Ego des Helden ins Netz gegangen sei. »Vielleicht werden wir es nie erfahren«, schrieb Fréron an seinen Kollegen Tallien.

In jedem Fall waren die »Terroristen« besiegt und unterworfen. Die Inschriften »Es lebe Scaramouche« wurden übermalt und die Behörden der Thermidorianer machten sich wegen des letzten Beschützers der Sansculotten keine Sorgen mehr.

In der Zeit des Direktoriums (1795–99) und während des gesamten napoleonischen Abenteuers wurde keine Aktion Scaramouches mehr registriert, und das schien denen Recht zu geben, die behaupteten, dass der Mann mit der Maske tot sei.

Der Held tauchte auch bei der Verschwörung der Gleichen an der Seite Babeufs, Buonarrotis, Darthés und Chauvelins nicht wieder auf. Dennoch wird er im Plädoyer der Anklage beim Prozess gegen »Babeuf und andere« erwähnt, ein Bezug, der deutlich macht, welche Unruhe er unter den Herrschenden ausgelöst hatte. Das Plädoyer wurde vom Bürger Bailly während der Sitzung des Obertsten Gerichtshofs am 7., 8. und 9. Floréal des Jahres V (26.-28. April 1797) verlesen. Hier die Passage, in der unser Held auftaucht:

> Ja, es stimmt, Frankreich wäre eine schreckliche Wüste, wenn der am 9. Thermidor befreite Konvent Robespierre und seine abscheuliche Kommune nicht in das Grab gestoßen hätte, das sie sich selbst gegraben haben.
>
> Aber nicht alle Aufrührer sind mit ihm untergegangen; es sieht so aus, als habe er seinen Geist als Erbschaft jener Kohorte hinterlassen, die ihm stets folgte, als sei seine Asche dazu bestimmt, alles Unheil wieder zum Leben zu erwecken, zum Unglück der Menschheit, dessen Zeugen wir alle geworden sind.
>
> Diese Kohorte, die zu Laster und Missetaten anstiftet, bringt so viele Köpfe hervor wie sie Untaten begeht. Zu ihren Werken gehört die schaurige Farce des »Scaramouche«, eines niederträchtigen Mörders, den man auf den Mauern von Saint-Antoine und Saint-Marcel verherrlicht hat! Aber auch der 1. Prairial war ihr Werk: Erinnern wir uns daran, dass der Ruf der Massenversammlung »Brot und die Verfassung von 93« lautete, das eigentliche Ziel aber war es, den Konvent zu hindern, Frankreich eine wohldurchdachte republikanische Verfassung zu geben.

In der berühmten Schrift von Buonarroti »Histoire de la Conspiration pour l'Égalité dite de Babeuf« (Brüssel 1828) [Babeuf und die Verschwörung für die Gleichheit. Mit dem durch sie veranlassten Prozeß und den Belegstücken, Stuttgart 1909] ist zu lesen:

> Eine zahlreiche bewaffnete Macht umgab das Gericht. Jeder Angeklagte saß zwischen zwei Gendarmen. Der Saal war geräumig, und der für das Publikum reservierte Kreis war immer vom Volke gefüllt, das häufig den Angeklagten, niemals den Anklägern Beifall zollte, mit Ausnahme eines sarkastischen Hände-

> klatschens, als [Bailly] Scaramouche als maskierten Helden von Saint-Antoine bezeichnete, als »niederträchtigen Mörder« und vor Empörung zitterte über die Inschriften, die ihn auf den Mauern dieses Vorortes verherrlicht hatten.

Als Buonarroti diese Sätze schrieb, konnte er nicht wissen, dass das Gespenst des Scaramouche bald wieder auftauchen sollte.

Während der »Trois Glorieuses« (27., 28. und 29. Juli 1830), als das Volk von Paris sich den Soldaten Karls X. entgegenstellte, sich des Rathauses bemächtigte und den Monarchen zur Abdankung zwang, tauchten überall auf den Mauern der Stadt Inschriften auf wie »Scaramouche ist zurück«, »Scaramouche ist auf unserer Seite« und – die wichtigste – »Wir sind Scaramouche«.

1848 erhob sich das Volk gegen einen anderen Monarchen, Louis Philippe d'Orléans. Am Morgen des 24. Februar, nach vierundzwanzigstündigem Aufruhr und einer Nacht mit Schießereien und brutaler Repression, machten plötzlich Tausende aufwiegelnde Karikaturen unter den Revoltierenden die Runde, die einen Scaramouche zeigten, mit Maske und Schnabel, Umhang und phrygischer Mütze, der mit einem kraftvollen Tritt in den Hintern einen fetten Louis Philippe über den Ärmelkanal beförderte. Die Bildunterschrift lautete: »Va te branler ailleurs!« [Hol dir woanders einen runter!]. Kurz darauf stürmte die Menge die Tuilerien und vertrieb einen weiteren König aus Frankreich.

Aber die Revolution nahm für das Proletariat von Paris nicht den gewünschten Ausgang. Am 22. Juni erhoben sich die Arbeiter der Nationalwerkstätten gegen die neue bürgerliche Regierung. Der Aufstand wurde blutig niedergeschlagen, es gab ungefähr viertausend Tote und weitere viertausend wurden nach Algerien deportiert. Die letzte Barrikade, die unter dem feindlichen Ansturm zusammenbrach, war die von Saint-Antoine. Einige der Verteidiger trugen Masken wie Scaramouche.

Dreiundzwanzig Jahre später nannte sich ein Blatt der Pariser Kommune »Le Scaramouche«. Es sind keine Kopien erhalten. Wir wissen von seiner Existenz nur, weil Prosper-Olivier Lissagaray es in seiner »Geschichte der Kommune von

1871« (dt. Ausgabe, Dietz, Stuttgart 1891) erwähnt, in einem Absatz des 25. Kapitels mit dem Titel »Paris am Vorabend des Todes«:

> Wir gehen von der Bastille ab. Die Zeitungsverkäufer rufen mit ohrzerreißender Stimme: »Mot d'Ordre« von Rochefort, »Père Duchesne«, »Cri du Peuple« von Jules Vallès, »Vengeur« von Félix Pyat, »Kommune«, »Affranchi«, den »Scaramouche« [...]. Der »Cri du Peuple« druckt bis zu hunderttausend Exemplaren. Er ist mit dem ersten Hahnenschrei auf den Beinen [...] Kauft den »Père Duchesne« nicht mehr als einmal, wiewohl er bis zu sechzigtausend Exemplaren druckt. Er hat nichts mehr mit dem von Hébert zu tun. Mehr Zustimmung findet der »Scaramouche«. Mit seiner unverfrorenen Sprache erzählt er von den Arbeitern von Saint-Antoine [...]. Der Titel ist eine Hommage an den berühmten Unglaublichentöter von 1794, von dem behauptet wird, es handle sich um einen italienischen Schauspieler. Wer immer er ist, die Revolution von heute bewahrt sein Andenken.